W0290393

Le Jeu de la damnation

Clive Barker

Le Jeu de la damnation

ROMAN

traduit de l'anglais
par Jean-Daniel Brèque

Albin Michel

Edition originale anglaise :
THE DAMNATION GAME
© 1985 by Clive Barker
George Weidenfeld and Nicolson Ltd, Londres

Traduction française :
© Éditions Albin Michel, 1988
22, rue Huyghens, 75014 Paris

Tous droits réservés
La loi du 11 mars 1957 interdit les copies ou reproductions destinées à une utilisation collective. Toute représentation ou reproduction intégrale ou partielle faite par quelque procédé que ce soit — photographie, photocopie, microfilm, bande magnétique, disque ou autre —, sans le consentement de l'auteur et de l'éditeur, est illicite et constitue une contrefaçon sanctionnée par les articles 425 et suivants du code pénal.

ISBN 2-226-03090-5

Pour J. R. G.

Remerciements

Merci à Mary Roscoe, qui a travaillé sans relâche pour taper le manuscrit de ce livre et qui m'a aidé, chemin faisant, de ses critiques avisées ; merci également à David T. Cunningham, qui a tapé nombre de passages rajoutés ultérieurement. Parmi les lecteurs dont l'enthousiasme et les suggestions se sont révélés appréciables, je dois remercier Julie Blake, John Gregson et Vernon Conway. Je suis également reconnaissant à Douglas Bennett, qui a organisé une visite en prison à mon intention, et à Alasdair Cameron, qui m'a commandé deux pièces de théâtre pour me permettre de m'approvisionner en spaghettis durant la rédaction de ce roman. Enfin — et leur aide n'a pas été des moins appréciées — mes remerciements à Barbara Boote ainsi qu'à Nann du Sautoy, de Sphere Books.

Non encore exempt, même régnant sur eux comme sur des esclaves,
Du hasard, de la mort et de la mutabilité.

Shelley, *Prométhée enchaîné.*

PREMIÈRE PARTIE

TERRA INCOGNITA

L'Enfer est peuplé de ceux qui ont nié ;
Ils y trouvent ce qu'ils ont planté et ce qu'ils ont creusé,
Un Lac des Espaces, et une Forêt du Néant,
Y errent et y vagabondent, et ne cessent jamais
De hurler leur désir de substance.

W. B. Yeats, *Le Sablier.*

1

L'air était électrique le jour où le voleur traversa la ville, certain que cette nuit, après tant de semaines de frustration, il localiserait enfin le joueur de cartes. Ce ne fut pas un voyage facile. Varsovie avait été détruit à quatre-vingt-cinq pour cent par le bombardement au mortier qui avait eu lieu avant la libération de la ville par les Russes, et par le programme de démolition que les nazis avaient entrepris avant leur retraite. Plusieurs quartiers étaient infranchissables par véhicule. Des montagnes de débris — nourrissant les morts comme des bulbes prêts à éclore à l'approche du printemps — encombraient les rues. Même dans les quartiers les plus accessibles, les façades jadis élégantes penchaient dangereusement et leurs fondations grondaient.

Pourtant, après trois mois passés à exercer ses talents ici, le voleur avait pris l'habitude de naviguer dans cette jungle urbaine. En fait, il prenait plaisir à cette splendeur désolée ; aux perspectives teintées de lilas par la poussière qui descendait de la stratosphère, aux parcs et aux allées au silence si surnaturel ; il avait l'impression, lui, l'intrus, que c'était à cela que ressemblerait la fin du monde. Durant le jour, il subsistait même quelques points de repère — signaux oubliés que l'on finirait un jour par démanteler — grâce auxquels le voyageur pouvait tracer sa route. L'usine à gaz non loin du pont Poniatowski restait reconnaissable, ainsi que le zoo de l'autre côté du fleuve ; l'horloge de la gare centrale pointait encore sa tête, bien que son cadran eût disparu depuis longtemps ; ces vestiges avaient survécu et leur présence frémissante émouvait même le voleur.

Il n'était pas chez lui ici. Il n'était chez lui nulle part, n'avait pas connu de foyer depuis dix ans. C'était un nomade et un charognard, et pendant un certain temps, Varsovie lui avait offert suffisamment de provende pour le fixer ici. Bientôt, quand il aurait recouvré les énergies dissipées lors de ses récentes errances, il serait temps de partir. Mais tandis que les premiers signes du printemps murmuraient dans l'air, il s'attardait, jouissant de la liberté de la ville.

Il y avait des risques, certes, mais où ne s'en trouvait-il pas pour un homme de sa profession ? Et les années de guerre avaient aiguisé ses capacités de survie, à tel point que plus grand-chose ne l'intimidait désormais. Il était davantage en sécurité ici que les véritables citoyens de Varsovie, les quelques survivants désorientés de l'holocauste qui revenaient au compte-gouttes dans la ville, en quête de foyers et de visages perdus. Ils fouillaient les décombres ou restaient immobiles aux coins des rues, écoutant le glas sonné par la rivière, et attendaient que les Russes viennent les rafler au nom de Karl Marx. De nouveaux barrages s'édifiaient chaque jour. Les militaires étaient en train de faire renaître, lentement mais systématiquement, l'ordre de la confusion ; ils divisaient et subdivisaient la ville comme ils le feraient, le moment venu, du pays tout entier. Cependant, couvre-feux et barrages ne gênaient guère le voleur. Dans la doublure de son manteau bien taillé, il conservait des pièces d'identité en tous genres — certaines étaient des faux, la plupart étaient volées —, qui s'avéraient toujours utiles quelle que soit la situation. L'authenticité qui leur manquait, il la compensait par le bagout et les cigarettes, deux articles qu'il possédait en abondance. C'était tout ce dont un homme avait besoin dans cette ville, cette année-là, pour se sentir le seigneur de la Création.

Et quelle Création ! Aucun appétit, aucune curiosité ne demeuraient insatisfaits en ces lieux. Les plus profonds secrets du corps et de l'esprit étaient disponibles pour quiconque se sentait l'envie de les découvrir. On en faisait des jeux. Pas plus tard que la semaine précédente, le voleur avait entendu parler d'un jeune homme qui jouait à l'ancien jeu du bonneteau (vous avez vu la balle ? hop ! vous ne la voyez plus) en substituant, avec le génie de la folie, à la balle et aux trois bols trois seaux et la tête d'un bébé.

Ce n'était pas le pire ; le bébé était mort et les morts ne souffrent pas. Il y avait d'autres passe-temps à la disposition de ceux qui pouvaient payer, des plaisirs qui utilisaient les vivants comme matière première. Pour ceux qui possédaient certains désirs et l'argent pour les satisfaire, un trafic de chair humaine s'était mis en place. L'armée d'occupation, qui n'était plus distraite par le combat, avait redécouvert le sexe, et il y avait là une source de profit. La moitié d'un quignon de pain suffisait à acheter une des filles de réfugiés — dont certaines étaient si jeunes qu'elles avaient à peine des seins à caresser — pour en retirer un plaisir plusieurs fois renouvelé dans les ténèbres complices ; personne n'entendait leurs plaintes et celles-ci étaient bien vite interrompues d'un coup de baïonnette quand les mignonnes avaient perdu leur charme. De tels homicides passaient inaperçus dans une ville où des milliers d'êtres humains avaient déjà péri. L'espace de quelques semaines — le temps de passer d'un régime à l'autre —, tout devenait possible : aucun acte n'était répréhensible, aucune perversion n'était taboue.

Un bordel de petits garçons s'était ouvert dans le quartier de Zoliborz. Là, dans un salon souterrain aux murs tapissés de peintures sauvées de la destruction, on pouvait choisir entre plusieurs enfançons âgés de six ans et plus, tous agréablement amincis par la malnutrition et aussi étroits qu'un connaisseur pouvait le souhaiter. L'endroit était très prisé des officiers, mais trop onéreux, avait entendu murmurer le voleur, pour les sous-officiers. Les doctrines égalitaristes de Lénine ne s'appliquaient pas, semblait-il, à la pédérastie.

Le sport, du moins certains genres de sports, était meilleur marché. Les combats de chiens étaient particulièrement populaires cette saison. On capturait des bâtards sans foyer revenus en ville pour ronger la viande de leurs maîtres, on les nourrissait afin de les remettre en condition, puis on les faisait s'affronter en des combats mortels. C'était un spectacle consternant, mais l'amour du jeu ramenait sans cesse le voleur à ces combats. Un soir, il avait réalisé de jolis gains en pariant tout son argent sur un fox-terrier minuscule mais rusé qui avait terrassé un adversaire trois fois plus grand que lui en lui dévorant les testicules.

Et si, à la longue, votre goût pour les chiens, les petits garçons ou les femmes s'émoussait, il existait d'autres formes de distractions plus ésotériques.

Dans un amphithéâtre grossier creusé dans les débris du Bastion de la Sainte-Vierge, le voleur avait vu un acteur anonyme jouer en solitaire les première et seconde parties du *Faust* de Goethe. Bien que sa connaissance de l'allemand ait été loin d'être parfaite, le voleur avait été profondément marqué par ce spectacle. L'histoire lui était suffisamment familière pour qu'il pût suivre l'action — le pacte avec Méphisto, les débats, les tours de magie, puis, à mesure que la damnation promise approchait, le désespoir et la terreur. La plus grande partie de l'argument était indéchiffrable, mais la maîtrise que l'acteur avait de ses deux rôles — le tentateur d'abord, le tenté ensuite — était si impressionnante que le voleur quitta les lieux les entrailles nouées.

Deux jours plus tard, il était revenu afin de voir à nouveau la pièce, ou au moins s'entretenir avec l'acteur. Mais il ne devait plus y avoir de rappels. L'enthousiasme de l'acteur pour Goethe avait été interprété comme un acte de propagande pronazie ; le voleur le retrouva pendu, exempt de toute joie, à un poteau télégraphique. Il était nu. Ses pieds avaient été dévorés et ses yeux arrachés par les oiseaux ; son torse était constellé d'impacts de balles. Cette vision tranquillisa le voleur. Il y vit une preuve de l'iniquité des sentiments confus que l'acteur avait suscités en lui ; si tel était l'état où son art l'avait conduit, cet homme avait été de toute évidence un escroc et un simulateur. Sa bouche était béante, mais les oiseaux avaient arraché sa langue tout comme ils avaient arraché ses yeux. Ce n'était pas une grande perte.

De plus, il existait des distractions plus enrichissantes. Les femmes, le voleur pouvait les prendre et les laisser, et les garçonnets n'étaient pas à son goût, mais il adorait le jeu et il l'avait toujours adoré. Il retourna donc aux combats de chiens pour tenter sa chance sur un bâtard. Si on ne le trouvait pas là, c'est qu'il était à jouer aux dés dans quelque dortoir, ou — si le désespoir le pressait — à parier avec une sentinelle qui s'ennuyait sur la vitesse d'un nuage qui passait dans le ciel. La méthode et les circonstances le concernaient à peine : il ne se souciait que de jouer. Depuis son adolescence, cela avait été son seul vice ; c'était pour l'assouvir qu'il était devenu un voleur. Avant la guerre, il avait joué dans tous les casinos d'Europe ; le « chemin de fer » était sa spécialité, bien qu'il n'eût rien contre la roulette. A présent, il regardait ces années à travers le voile que la guerre avait tiré devant elles, et il se rappelait les défis du temps passé comme il se serait rappelé ses rêves à l'heure du réveil : quelque chose de perdu à jamais et qui s'éloignait davantage à chaque souffle.

Cependant, cette sensation de perte disparut, quand il entendit parler du joueur de cartes — on l'appelait Mamoulian — qui, disait-on, ne perdait jamais une partie, et qui évoluait dans cette ville pleine de pièges comme une créature à peine réelle.

Mais ensuite, après Mamoulian, tout changea.

2

Il y avait tant de rumeurs qui couraient ; et si peu de vérité quant à l'origine de ces rumeurs. De simples mensonges racontés par des soldats qui s'ennuyaient. L'esprit militaire, avait découvert le voleur, était capable d'inventions plus baroques que celles d'un poète, et bien plus dangereuses.

Aussi, quand il entendit parler d'un maître joueur de cartes sorti de nulle part qui avait défié tous ses adversaires potentiels pour l'emporter à chaque fois, il se dit que cette histoire n'était rien qu'une histoire. Mais il y avait dans la façon dont ce récit apocryphe restait présent dans les esprits quelque chose qui confondait toute attente. Il ne s'évanouissait pas pour être remplacé par quelque fabrication encore plus invraisemblable. Il réapparaissait régulièrement — dans les conversations des hommes aux combats de chiens ; dans les potins, sur les graffitis. De plus, bien que les noms changeassent suivant le narrateur, les faits saillants restaient les mêmes d'une version à l'autre. Le voleur commença à penser qu'il y avait un fond de vérité dans cette histoire, après tout. Peut-être existait-il vraiment un joueur hors du commun qui opérait quelque part dans la ville. Pas totalement invulnérable, bien sûr ; personne ne l'était. Mais cet homme, s'il existait, était certainement quelqu'un de spécial. Quand on parlait de Mamoulian, c'était toujours avec une prudence qui confinait au respect ; les soldats qui prétendaient l'avoir vu jouer mettaient l'accent sur son élégance, sur son calme presque hypnotique. On eût dit des paysans parlant d'un seigneur, et le voleur — qui n'avait jamais été de ceux qui concèdent quelque supériorité à quiconque — ajouta aux raisons qui le poussaient à rechercher le joueur de cartes le désir de détrôner ce roi.

Mais au-delà du portrait qu'il pouvait s'en faire grâce au téléphone arabe, il n'avait que peu de précisions sur lui. Il savait qu'il devrait trouver et interroger un homme qui aurait effectivement affronté ce parangon devant une table de jeu avant de parvenir à séparer la vérité de la fiction.

Deux semaines furent nécessaires pour trouver un tel homme. Son nom était Konstantin Vasiliev, un second lieutenant qui, disait-on, avait tout perdu en jouant avec Mamoulian. Le Russe était aussi large qu'un taureau ; le voleur avait l'impression d'être un nain à côté de lui. Mais alors que certains hommes forts abritent un esprit suffisamment expansif pour emplir leur anatomie, Vasiliev paraissait presque vide. S'il avait jamais possédé pareille virilité, elle avait à présent disparu. Ne restait dans cette carcasse qu'un enfant frêle et fébrile.

Il fallut une heure de persuasion, la presque totalité d'une bouteille de vodka achetée au marché noir et la moitié d'un paquet de cigarettes pour que Vasiliev lui réponde autrement que par monosyllabes, mais quand les révélations arrivèrent, ce fut un flot de paroles, les confessions d'un homme au seuil de la déchéance totale, pleines d'apitoiement sur lui-même, et aussi de colère ; mais on y sentait surtout la puanteur de l'angoisse. Vasiliev était un homme en proie à une terreur mortelle. Le voleur fut fort impressionné : pas par les larmes ni par le désespoir, mais par le fait que Mamoulian, ce joueur de cartes sans visage, ait pu briser le géant assis en face de lui. Feignant de vouloir consoler le Russe et d'être venu quérir auprès de lui quelque conseil amical, il entreprit de lui soutirer la moindre parcelle d'information qui était en sa possession, l'esprit aux aguets, en quête d'un détail significatif qui doterait de chair et de sang la chimère qu'il pourchassait.

« Tu dis qu'il gagne infailliblement ?

— Toujours.

— Alors, quelle est sa méthode ? Comment triche-t-il ? »

Vasiliev cessa de contempler les lattes du plancher.

« Tricher ? dit-il d'une voix incrédule. Il ne triche pas. J'ai joué aux cartes toute ma vie, avec les pires des joueurs et avec les meilleurs. J'ai vu tous les tours que l'homme a inventés. Et je te le dis, il était clair.

— Même le plus veinard des joueurs est battu de temps en temps. Les lois du hasard... »

Une expression d'amusement innocent traversa le visage de Vasiliev et, l'espace d'un instant, le voleur eut un aperçu de ce qu'avait été l'homme qui occupait cette forteresse de chair avant sa chute dans la folie.

« Les lois du hasard ne sont rien pour lui. Tu ne comprends pas ? Il n'est pas comme toi et moi. Comment un homme pourrait-il gagner tout le temps sans détenir un pouvoir sur les cartes ?

— Tu y crois ? »

Vasiliev eut un haussement d'épaules, puis s'affaissa de nouveau.

« Pour lui », dit-il d'une voix que sa détresse totale rendait presque contemplative, « gagner est la beauté même. C'est la vie même ».

Ses yeux vides retournèrent contempler le grain des lattes du plancher tandis que le voleur faisait tourner ces mots dans sa tête : « *Gagner est la beauté même. C'est la vie même.* » C'étaient d'étranges paroles, et elles le mettaient mal à l'aise. Mais avant qu'il ait pu découvrir leur signification, Vasiliev s'était penché vers lui, lui soufflait son haleine redoutable au visage, et sa main s'empara de la manche du voleur tandis qu'il disait :

« J'ai demandé à être muté, est-ce qu'on t'a dit ça ? Je serai loin d'ici dans quelques jours, et personne n'en saura rien. On me donnera des médailles quand je rentrerai. C'est pour ça qu'on a accepté de me muter : parce que je suis un héros, et les héros obtiennent toujours ce qu'ils demandent. Bientôt, je serai parti et il ne me retrouvera jamais.

— Pourquoi souhaiterait-il te retrouver ? »

La main qui tenait sa manche se transforma en poing ; Vasiliev tira le voleur vers lui.

« Je lui dois jusqu'à la chemise que je porte, dit-il. Si je reste ici, il me fera tuer. Il en a tué d'autres, lui et ses camarades.

— Il n'est pas seul ? » dit le voleur.

Il s'était imaginé le joueur de cartes comme un homme sans associé ; il l'avait créé, en fait, à sa propre image.

Vasiliev se moucha dans sa main et se renversa sur son siège, qui craqua sous son poids.

« Qui sait ce qui est vrai et ce qui est faux dans cette ville, hein ? » dit-il, les yeux révulsés. « Et si je te disais qu'il y a des hommes morts avec lui, est-ce que tu me croirais ? » Il répondit lui-même à sa question en secouant la tête : « Non. Tu me croirais fou... »

Jadis, pensa le voleur, cet homme avait été capable d'entretenir des certitudes ; capable d'agir ; peut-être même capable d'être un héros. Maintenant, toute cette noblesse de caractère avait disparu : le champion était réduit à l'état de loque geignarde, il proférait des absurdités. Il applaudit intérieurement l'éclat de la victoire de Mamoulian. Il avait toujours détesté les héros.

« Une dernière question..., demanda-t-il.

— Tu veux savoir où tu pourras le trouver ?

— Oui. »

Le Russe regarda l'extrémité de son pouce et soupira profondément. Tout cela était si lassant.

« Que gagneras-tu à jouer avec lui ? » demanda-t-il, et il répondit de nouveau lui-même à sa question : « Rien que l'humiliation. Peut-être la mort. »

Le voleur se leva. « Alors, tu ne sais pas où il est ? » dit-il, faisant mine d'empocher le paquet de cigarettes à moitié vide qui se trouvait sur la table entre eux.

« Attends. » Vasiliev tendit une main vers le paquet avant qu'il ait disparu. « Attends. »

Le voleur reposa les cigarettes sur la table et Vasiliev les couvrit d'une main possessive. Il leva la tête vers son interlocuteur en parlant.

« La dernière fois que j'ai entendu parler de lui, il était au nord d'ici. Près de la place Muranowski. Tu connais ? »

Le voleur hocha la tête. Ce n'était pas un endroit qu'il aimait visiter, mais il le connaissait. « Et comment le trouverais-je une fois que je serais là ? » demanda-t-il.

Cette question parut rendre le Russe perplexe.

« Je ne sais même pas à quoi il ressemble », dit le voleur pour essayer de faire comprendre son problème à Vasiliev.

« Tu n'auras pas besoin de le chercher », répondit Vasiliev, qui ne comprenait que trop bien. « S'il veut que tu joues, c'est lui qui te trouvera. »

3

La nuit suivante, qui ne fut que la première de plusieurs nuits, le voleur était parti à la recherche du joueur de cartes. Bien qu'on fût en avril, le temps était toujours peu clément cette année. Il était revenu dans la chambre qu'il occupait dans un hôtel partiellement démoli, engourdi par le froid, la frustration et — bien qu'il n'osât pas se l'avouer — la peur. Le quartier qui entourait la place Muranowski était un enfer à l'intérieur de l'enfer. La plupart des cratères laissés là par les bombes donnaient directement sur les égouts, et la puanteur qui en émanait ne laissait pas de place au doute. D'autres, que l'on utilisait comme fours crématoires pour les citoyens exécutés, émettaient des lueurs intermittentes quand une étincelle trouvait un ventre gonflé par les gaz ou une mare de graisse humaine. Chaque pas que l'on faisait dans cette terre vierge était une aventure, même pour le voleur. La mort, en une multitude de formes, guettait partout. Assise sur le bord d'un cratère, réchauffant ses pieds aux flammes ; debout, comme une démente, au milieu des décombres ; en train de rire et de jouer dans un jardin d'ossements et d'éclats d'obus.

En dépit de sa peur, il était retourné dans le quartier à plusieurs reprises ; mais le joueur de cartes lui échappait toujours. Et à chaque tentative infructueuse, à chaque périple inutile, le voleur devenait de plus en plus obsédé par sa quête. Dans son esprit, ce joueur sans visage se mit à acquérir la force d'une créature de légende. La simple volonté de voir cet homme en chair et en os, de constater son existence physique dans ce monde que lui, le voleur, occupait, devint un article de foi. Un moyen, si Dieu lui venait en aide, par lequel il pourrait ratifier sa propre existence.

Après une semaine et demie de vaines recherches, il retourna voir Vasiliev. Le Russe était mort. On avait trouvé son corps la veille, la gorge tranchée d'une oreille à l'autre, le visage plongé dans l'eau des égouts que l'armée Rouge fouillait dans Wola. Il n'était pas seul. Il y avait trois autres cadavres avec lui, tous tués de la même façon, tous arrosés d'essence et lancés comme des navires incendiés dans un tunnel que traversait un fleuve d'excréments. Un des soldats qui s'étaient trouvés dans les égouts quand était apparue cette flottille dit au voleur que les cadavres avaient semblé flotter dans les ténèbres. L'espace d'un instant, le souffle coupé, il avait cru voir approcher des anges.

Et puis, bien sûr, l'horreur. Éteindre les corps flamboyants, leurs cheveux, leurs dos; puis les retourner, et le visage de Vasiliev, aperçu à la lueur d'une torche, empreint d'une expression émerveillée, pareille à celle d'un enfant fasciné par la Mort.

Son ordre de mutation était arrivé l'après-midi même.

En fait, ces documents semblaient avoir été la cause d'une erreur administrative qui avait conclu la tragédie de Vasiliev sur une note comique. Les corps, une fois identifiés, avaient été enterrés à Varsovie, excepté celui du second lieutenant Vasiliev, pour lequel ses faits de guerre requéraient un traitement moins sommaire. On avait prévu de faire transporter le corps jusqu'à la Mère Russie, où il serait enterré avec tous les honneurs dans sa ville natale. Mais quelqu'un était tombé sur les ordres de mutation et avait considéré qu'ils s'appliquaient à Vasiliev mort et non à Vasiliev vivant. Le corps avait disparu mystérieusement. Personne ne voulait admettre la responsabilité de cette erreur : le corps avait été tout simplement expédié vers son nouveau poste.

La mort de Vasiliev ne servit qu'à rendre plus intense la curiosité du voleur. L'arrogance de Mamoulian le fascinait. Voilà un charognard, un homme qui vivait de la faiblesse des autres, que le succès avait rendu si insolent qu'il osait assassiner — ou faire assassiner — ceux qui se dressaient sur son chemin. Le voleur se mettait à trembler par anticipation. Dans ses rêves, quand il parvenait à s'endormir, il errait sur la place Muranowski. Elle était couverte par un brouillard qui promettait à tout moment de se dissiper pour lui révéler le joueur de cartes. Il était pareil à un homme amoureux.

4

Cette nuit-là, le plafond de nuages boueux qui planait au-dessus de l'Europe s'était brisé : un espace bleu, certes encore bien pâle, s'étendait au-dessus de sa tête, s'élargissant sans cesse.

Maintenant que le soir approchait, le ciel était totalement dégagé au-dessus de lui. Vers le sud-ouest, les vastes cumulus, avec leurs têtes en chou-fleur teintées d'ocre et d'or, étaient gonflés de tonnerre, mais la pensée de leur colère ne faisait que l'exciter. Cette nuit, l'air était électrique, et il trouverait le joueur de cartes, il en était sûr. Il en avait été persuadé depuis qu'il s'était levé ce matin.

Quand le soir commença de tomber, il se dirigea vers le nord, vers la place, pensant à peine à l'endroit où il se rendait tant la route lui était devenue familière. Il franchit deux barrages sans être contrôlé, l'assurance de son pas lui servait de mot de passe. Cette nuit, on ne pouvait l'éviter. Sa place ici, alors qu'il respirait l'air aux senteurs de lilas, que les étoiles luisaient dans le ciel, était imprenable. Il sentit l'électricité statique parcourir les poils sur le dos de sa main, et il sourit. Il vit un homme, portant quelque chose d'indistinct dans ses bras, crier à une fenêtre, et il sourit. Non loin de là, la Vistule, grosse des eaux de pluie et de la glace fondue, rugissait en fonçant vers la mer. Il n'était pas moins invincible.

L'or quitta les cumulus ; le bleu lumineux s'assombrit à l'approche de la nuit.

Alors qu'il allait pénétrer sur la place Muranowski, quelque chose dansa devant lui, une saute de vent passa à ses côtés, et l'air fut soudainement plein de confettis blancs. Impossible. Il ne pouvait s'agir bien sûr d'un mariage. L'un d'entre eux, voletant dans l'air, vint se poser sur sa paupière et il l'arracha. Ce n'était pas un confetti, mais un pétale de fleur. Il le broya entre le pouce et l'index. De l'huile parfumée coula des tissus écrasés.

Il se mit à chercher d'où venaient ces pétales et, tournant au coin de la place, il découvrit le fantôme d'un arbre, couvert d'un nombre prodigieux de fleurs suspendues dans les airs. Il semblait dépourvu de toute racine ; sa tête enneigée était éclairée par les étoiles, son tronc plongé dans l'ombre. Il retint son souffle, choqué par cette beauté, et se dirigea vers l'arbre comme il se serait dirigé vers un animal sauvage, prenant garde de ne pas l'effaroucher. Quelque chose le bouleversa, qui n'était ni de l'émerveillement devant ces fleurs ni même un peu de la joie qu'il avait ressentie en marchant jusqu'ici. Tout cela s'enfuyait déjà. Une autre sensation vint l'empoigner au milieu de la place.

C'était un homme si habitué aux atrocités qu'il se considérait depuis longtemps comme peu impressionnable. Pourquoi alors demeurait-il immobile à quelques pieds de l'arbre, ses ongles impeccablement taillés enfoncés dans ses paumes sous l'effet de l'anxieté, mettant cette ombrelle de fleurs au défi de lui montrer le pire ? Il n'y avait rien à redouter ici. Juste des pétales dans l'air, une ombre sur le sol. Pourtant son souffle était court et il espérait contre tout espoir que ses craintes fussent sans objet.

« Allons, pensa-t-il, si tu as quelque chose à me montrer, j'attends. »

Après cette invitation lancée en silence, deux choses se produisirent. Derrière lui, une voix gutturale demanda : « Qui êtes-vous ? » en polonais. Surpris l'espace d'un battement de cœur, il laissa ses yeux s'écarter de l'arbre, et à cet instant, une silhouette se détacha d'en dessous les branches pesant sous leurs fleurs et tituba un instant à la lueur des étoiles. Dans l'obscurité trompeuse, le voleur ne fut pas certain de ce qu'il vit : une tête sans corps regardant d'un air vide dans sa direction peut-être, ses cheveux calcinés. Une carcasse croûteuse, aussi épaisse que celle d'un taureau. Les grosses mains de Vasiliev.

Tout cela, ou rien de tout cela ; et déjà la silhouette se retirait dans sa cachette au-delà de l'arbre, sa tête meurtrie caressant les branches au passage. Une fine pluie de pétales voleta jusqu'à ses épaules carbonisées.

« Vous avez entendu ? » demanda la voix dans son dos. Le voleur ne se retourna pas. Il continua de regarder l'arbre, les yeux plissés, tentant de séparer la réalité de l'illusion. Mais l'homme, quel qu'il fût, était parti. Ce ne pouvait pas être le Russe, proclamait sa raison. Vasiliev était mort, retrouvé le visage plongé dans les immondices. Son corps était probablement déjà en route vers quelque avant-poste lointain de l'Empire russe. Il n'était pas ici ; il ne pouvait pas *être* ici. Mais le voleur ressentait néanmoins un besoin urgent de poursuivre cet inconnu, de lui faire faire demi-tour, de regarder son visage et de vérifier que ce n'était pas Konstantin. Trop tard à présent ; son interlocuteur derrière lui l'avait empoigné par le bras et exigeait une réponse. Les branches de l'arbre avaient cessé de trembler, les pétales avaient cessé de tomber, l'homme était loin.

Poussant un soupir, le voleur se retourna.

La silhouette en face de lui souriait en signe de bienvenue. C'était une femme, en dépit de sa voix rauque, vêtue de pantalons trop grands pour elle et attachés par une corde, mais nue au-dessus de la ceinture. Sa tête était rasée ; les ongles de ses pieds vernis. Il enregistra tout cela avec des sens aiguisés par la vision de l'arbre et par le plaisir qu'il retirait de sa nudité. Ses seins étaient parfaits ; il sentit ses poings s'ouvrir, ses paumes impatientes de la toucher. Mais peut-être l'appréciation qu'il avait de son corps était-elle trop directe. Il regarda de nouveau son visage pour voir si elle souriait toujours. Elle souriait encore ; mais, cette fois-ci, son regard s'attarda sur le visage de la femme et il se rendit compte que ce qu'il avait pris pour un sourire était une mutilation. Ses lèvres avaient été arrachées, dévoilant ses gencives et ses dents. Ses joues étaient couvertes de cicatrices atroces, laissées par les blessures qui avaient tranché ses tendons et placé un rictus d'invite sur sa bouche ouverte. Ce spectacle l'épouvanta.

« Vous voulez... ? » commença-t-elle.

Vouloir ? pensa-t-il, les yeux de nouveau fixés sur ses seins. Sa nudité sans affectation l'excitait, en dépit de son visage mutilé. L'idée de la prendre le dégoûtait — embrasser cette bouche sans lèvres ne valait pas un orgasme — et pourtant, si elle s'offrait à lui, il accepterait, et au diable le dégoût.

« Vous voulez... ? » commença-t-elle de nouveau, avec une voix traînante, ni masculine ni féminine. Il lui était difficile d'articuler et d'émettre les mots sans l'aide de ses lèvres. Mais elle réussit à prononcer le reste de sa question : « Vous voulez les cartes ? »

Il s'était totalement mépris. Elle n'éprouvait aucun intérêt pour lui, sexuel ou autre. C'était simplement une messagère. *Mamoulian était ici.* A moins d'un jet de salive, probablement. Peut-être même en train de l'observer à cet instant.

Mais la confusion de ses émotions brouilla la joie qu'il aurait dû ressentir. Au lieu du triomphe, il ne put saisir qu'une poignée d'images mentales contradictoires : les fleurs, les seins, les ténèbres ; le visage calciné de l'homme, se tournant trop brièvement vers lui ; le désir, la peur ; une étoile solitaire apparaissant au flanc d'un nuage. Réfléchissant à peine à ce qu'il disait, il répondit :

« Oui. Je veux les cartes. »

Elle hocha la tête, se détourna de lui et passa à côté de l'arbre, dont les branches tremblaient toujours là où l'homme qui n'était pas Vasiliev les avait effleurées. Puis elle traversa la place. Il la suivit. Il était possible d'oublier le visage de cette entremetteuse quand on contemplait la grâce des mouvements de ses pieds. Elle ne semblait pas se soucier de là où elle marchait. Pas une fois elle ne vacilla, en dépit des morceaux de verre, de brique et de grenaille sous ses pieds.

Elle le conduisit aux ruines d'une maison de maître de l'autre côté de la place. La façade ravagée de l'immeuble, jadis imposante, était toujours debout ; il y avait même encore un seuil, quoique dépourvu de porte. De l'autre côté clignotait la lueur d'un feu de bois. Des débris venus de l'intérieur encombraient le seuil et bloquaient le passage, obligeant la femme et le voleur à se baisser et à les escalader pour pénétrer dans la maison. Dans l'obscurité, la manche de son manteau s'accrocha à quelque chose, et le tissu se déchira. Elle ne se retourna pas pour voir s'il était blessé, bien qu'il jurât à voix haute. Elle se contenta de le guider sur les amas de briques et de poutres fracassées tandis qu'il trébuchait derrière elle, se sentant ridiculement maladroit. A la lueur du feu de bois, il apprécia l'intérieur : cette maison avait été belle. Mais il n'avait pas le temps de s'attarder à l'étudier. La femme était au-delà du feu, à présent, et se dirigeait vers un escalier. Il la suivit, trempé de sueur. Le feu crachota ; il jeta un regard vers lui et aperçut quelqu'un de l'autre côté, hors de vue, derrière les flammes. Au moment même où il l'observait, le gardien du feu jeta des morceaux de bois et une constellation d'étincelles livides se lança à l'assaut du ciel.

La femme montait les marches. Il se précipita derrière elle, son ombre — projetée par le feu — énorme sur le mur à côté de lui. Elle arriva en haut de l'escalier alors qu'il n'était qu'à mi-chemin, et à présent, elle franchissait un deuxième seuil. Elle disparut. Il la suivit aussi vite qu'il le put et franchit le seuil derrière elle.

La lueur du feu ne se frayait un chemin qu'avec difficulté dans la pièce où il venait de pénétrer et il ne put rien distinguer de prime abord.

« Ferme la porte », demanda quelqu'un. Il lui fallut quelques battements de cœur pour se rendre compte que cette requête lui était adressée. Il se retourna à moitié, chercha la poignée à tâtons, découvrit qu'il n'y en avait pas, et fit tourner la porte sur ses charnières grinçantes.

Puis il regarda de nouveau dans la pièce. La femme se tenait debout à deux ou trois mètres de lui, son visage perpétuellement amusé tourné vers lui, fendu par la serpe grise de son sourire.

« Votre manteau », dit-elle, et elle tendit les mains pour l'aider à l'ôter. Cela fait, elle quitta son champ de vision et l'objet de sa longue quête apparut à ses yeux.

Ce ne fut cependant pas Mamoulian qui attira tout d'abord son regard. Ce fut le retable finement gravé posé contre le mur derrière lui, un chef-d'œuvre de l'art gothique qui étincelait, même dans cette obscurité, de tous ses ors, ses écarlates et ses azurs. « Trésor de guerre, pensa le voleur ; voici donc ce que ce salaud fait de sa fortune. » Il regarda à présent la silhouette devant le triptyque. Une lampe solitaire, plongée dans l'huile, crachait sa fumée sur la table à laquelle il était assis. La lueur qu'elle jetait sur le joueur de cartes était brillante mais instable.

« Ainsi, pèlerin, dit l'homme, tu m'as trouvé. Enfin.
— C'est vous qui m'avez trouvé, plutôt », répondit le voleur.
Tout s'était passé comme Vasiliev l'avait prédit.
« Tu aimerais faire un jeu ou deux, m'a-t-on dit. Est-ce exact ?
— Pourquoi pas ? »
Il s'efforçait de paraître aussi nonchalant que possible, bien que son cœur battît à tout rompre dans sa poitrine. Maintenant qu'il était en présence du joueur de cartes, il se sentait pitoyable. La sueur collait ses cheveux sur son front ; il y avait de la poussière de brique sur ses mains et de la boue sous ses ongles. « Je dois ressembler, pensa-t-il avec gêne, au voleur que je suis. »
Par contraste, Mamoulian était l'image même de la respectabilité. Il n'y avait rien dans sa sobre vêture — cravate noire, costume gris — qui suggérât le profiteur : il ressemblait à un employé de banque. Son visage, comme ses vêtements, était désespérément banal, sa peau tendue et finement ridée était teintée de cire par la lueur sans charme de la lampe. Il paraissait la soixantaine, ses joues étaient légèrement creusées, son nez large et aristocratique ; son front était haut et vaste. Le peu de cheveux qui restaient, sur sa nuque, étaient blancs et duveteux. Mais il n'y avait dans son attitude ni fragilité ni lassitude. Il se tenait droit sur sa chaise, et ses mains agiles battaient et coupaient un paquet de cartes avec la familiarité que confère une longue passion. Seuls ses yeux étaient conformes aux rêves du voleur. Jamais un employé de banque n'aurait eu de tels yeux dévorants. De tels yeux glacés, impitoyables.
« J'espérais que tu viendrais, pèlerin. Tôt ou tard », dit-il. Son anglais était dénué de tout accent.
« Suis-je en retard ? » demanda le voleur, plaisantant à moitié.
Mamoulian reposa les cartes. Il sembla considérer cette question avec sérieux.
« Nous verrons. »
Il observa une pause avant de dire :
« Tu sais, bien sûr, que je ne joue que pour des enjeux élevés.
— C'est ce que j'ai entendu dire.
— Si tu souhaites te retirer maintenant, avant que nous ne soyons allés trop loin, je le comprendrais parfaitement. »
Ce petit discours fut prononcé sans la moindre trace d'ironie.
« Ne souhaitez-vous pas que je joue ? »
Mamoulian pinça ses lèvres minces et sèches, et plissa le front.
« Au contraire, dit-il, je souhaite ardemment que tu joues... »
Il y avait une trace — infime ? — de pathos dans son attitude.

Le voleur ne savait pas s'il s'agissait d'un témoignage de laisser-aller ou du plus subtil des cabotinages.

« Mais je n'ai aucune sympathie..., continua-t-il, pour ceux qui ne paient pas leurs dettes.

— Vous voulez parler du lieutenant ? » tenta le voleur.

Mamoulian le fixa.

« Je ne connais aucun lieutenant, dit-il d'une voix plate. Je ne connais que des joueurs, comme moi-même. Certains d'entre eux sont bons, la plupart ne le sont guère. Ils viennent tous ici pour mettre leur valeur à l'épreuve, comme tu l'as fait. »

Il avait ramassé le paquet, et il volait entre ses mains comme si les cartes avaient été vivantes. Cinquante-deux papillons voletant dans la lumière blafarde, chacun se distinguant à peine des autres. Leur beauté était presque indécente ; leurs visages luisants étaient ce que le voleur avait vu de plus virginal depuis plusieurs mois.

« Je veux jouer », dit-il, défiant le passage hypnotique des cartes.

« Alors, assieds-toi, pèlerin », dit Mamoulian, comme si la réponse à sa question n'avait jamais fait de doute.

Presque sans bruit, la femme avait placé une chaise derrière lui. Quand le voleur s'assit, son regard croisa celui de Mamoulian. Y avait-il dans ces yeux sans joie quelque chose qui lui voulait du mal ? Non, rien. Il n'y avait rien à craindre ici.

Le remerciant de son invitation dans un murmure, il défit les boutons de manchettes de sa chemise et retroussa ses manches pour se préparer à jouer.

Peu après, le jeu commença.

DEUXIÈME PARTIE

ASILE

Le Diable n'est en aucune façon la pire des créatures qui soient; je préférerais avoir affaire à lui qu'à nombre d'êtres humains. Il honore ses agréments avec plus de promptitude que bien des escrocs terrestres. En vérité, lorsque vient le moment du paiement, il arrive sans faille, juste quand l'horloge frappe les douze coups, s'empare de votre âme et s'en retourne en Enfer comme un Diable raisonnable. Il agit tout bonnement en homme d'affaires comme il faut.

J. N. Nestroy, *Hollenangst.*

I

Providence

5

Après avoir passé six années dans la prison de Wandsworth, Marty Strauss avait pris l'habitude d'attendre. Il attendait chaque matin pour se laver et se raser; il attendait pour manger, il attendait pour déféquer ; il attendait la liberté. De si longues attentes. Cela faisait partie du châtiment, bien sûr; tout comme l'entretien auquel on l'avait convoqué par ce sinistre après-midi. Mais, alors que les attentes avaient fini par lui paraître supportables, les entretiens ne l'étaient jamais devenus. Il détestait ce cérémonial bureaucratique : le dossier bourré de rapports disciplinaires, les comptes rendus du juge d'application des peines, les examens psychiatriques ; la façon dont, chaque mois, on vous mettait à nu devant un fonctionnaire-factionnaire qui vous répétait quelle méprisable créature vous étiez. Cela le meurtrissait tant qu'il savait qu'il n'en guérirait jamais; jamais il n'oublierait ces pièces étouffantes pleines de sous-entendus et d'espoirs brisés. Il en rêverait éternellement.

« Entrez, Strauss. »

La pièce n'avait pas changé depuis la dernière fois qu'il s'était trouvé là; elle était seulement devenue plus sinistre. L'homme assis de l'autre côté de la table n'avait pas changé lui non plus. Il s'appelait Somervale et nombreux étaient les prisonniers de Wandsworth qui priaient chaque soir pour qu'il soit un jour pulvérisé. Aujourd'hui, il n'était pas seul derrière la table recouverte de plastique.

« Asseyez-vous, Strauss. »

Marty jeta un regard vers le compagnon de Somervale. Ce n'était pas un officier de la prison. Son costume était de trop bon goût, ses ongles trop bien manucurés. Il paraissait la cinquantaine, était solidement bâti, et son nez était légèrement tordu, comme s'il avait été cassé et mal remis en place. Somervale fit les présentations :

« Strauss. Voici Mr Toy *...
— Bonjour », dit Marty.

Le visage bronzé lui retourna son regard ; l'homme le détaillait sans fausse honte.

« Je suis enchanté de vous rencontrer », dit Toy.

Son examen semblait motivé par autre chose que la simple curiosité ; pourtant — pensa Marty — qu'y avait-il à voir ? Un homme aux mains et au visage marqués par le temps ; un corps que trop de mauvaise nourriture et trop d'inaction avaient rendu flasque ; une moustache maladroitement taillée ; une paire d'yeux rendus moroses par l'ennui. Marty connaissait le moindre des détails ternes de sa propre personne. Il ne valait plus la peine qu'on lui accorde un deuxième coup d'œil. Et pourtant, les yeux bleus délavés continuaient de le fixer, apparemment fascinés.

« Je crois que nous devrions entrer dans le vif du sujet », dit Toy à Somervale.

Il posa ses deux mains sur la table.

« Qu'avez-vous dit à Mr Strauss ? »

Mr Strauss. Cette appellation était une politesse qu'il avait presque oubliée.

« Je ne lui ai encore rien dit, répondit Somervale.

— Alors, autant commencer par le commencement », dit Toy.

Il se renversa sur sa chaise, les deux mains toujours posées sur la table.

« Comme vous voudrez », dit Somervale, se préparant de toute évidence à un discours substantiel.

« Mr Toy... », commença-t-il.

Mais son invité ne le laissa pas aller plus loin.

« Si vous me permettez ? dit Toy. Peut-être suis-je mieux à même d'exposer la situation.

— Comme vous voudrez », dit Somervale.

Il fouilla dans la poche de son veston en quête d'une cigarette, dissimulant à peine son chagrin. Toy l'ignora. Le visage dissymétrique continua de regarder en direction de Marty.

« Mon employeur, commença Toy, est un homme du nom de Joseph Whitehead. Je ne sais pas si cela signifie quelque chose pour vous ? »

Il n'attendit pas de réponse et continua :

« Si vous n'avez jamais entendu parler de lui, vous connais-

* *Toy* = jouet. (*N.d.T.*)

sez sans aucun doute la Whitehead Corporation, une entreprise qu'il a fondée. C'est l'une des plus importantes industries pharmaceutiques d'Europe... »

Ce nom éveilla un vague souvenir dans l'esprit de Marty, qui se rappela l'avoir vu associé à quelque scandale. Mais tout cela était bien trop diffus, et il n'avait pas le temps d'y réfléchir davantage, car Toy était déjà lancé.

« ... Bien que Mr Whitehead ait dépassé la soixantaine, il garde toujours le contrôle de la Corporation. C'est un autodidacte, voyez-vous, et il a consacré toute sa vie à sa création. Il a cependant choisi de ne plus être aussi *visible* qu'il l'a été... »

La photographie d'une première page de journal se développa soudain dans la tête de Marty. Un homme aux mains levées pour se protéger de l'éclat des flashes ; un moment de sa vie privée saisi par un paparazzi en maraude pour être jeté en pâture aux foules.

« ... Il évite presque complètement toute publicité et, depuis la mort de son épouse, il n'a que peu de goût pour la vie sociale... »

Une femme avait partagé cette vie exposée aux regards, se rappela Strauss, une femme dont la beauté l'avait stupéfait, même sous cette lumière peu flatteuse. L'épouse dont parlait Toy, peut-être...

« ... Au lieu de cela, il a choisi de diriger sa Corporation à l'écart des regards du public, s'occupant durant ses heures de loisir de problèmes sociaux. Parmi eux, la surpopulation dans les prisons et la détérioration des conditions de détention en général. »

Cette dernière remarque était sans aucun doute une pique, et elle trouva une cible de choix en Somervale. Celui-ci écrasa sa cigarette à moitié fumée dans le cendrier d'étain et jeta un regard noir à l'autre homme.

« Maintenant que le moment est venu d'engager un nouveau garde du corps, continua Toy, Mr Whitehead a décidé de chercher un candidat parmi les prisonniers prêts à être libérés sur parole plutôt que de passer par les agences habituelles. »

« Il ne parle sûrement pas de moi », pensa Strauss. Cette idée était trop belle pour qu'il s'amuse à l'envisager, et bien trop ridicule de surcroît. Mais alors, pourquoi Toy se trouvait-il ici, avec tous ses discours ?

« Il est à la recherche d'un homme qui approche de la fin de sa peine. Un homme qui mérite, suivant ses critères et les miens, d'être réinséré dans la société, ainsi que de retrouver un emploi et l'estime de soi-même. Votre cas a été porté à mon attention, Martin. Je peux vous appeler Martin ?

— D'habitude, c'est Marty.

— Bien. Marty, donc. Franchement, je ne veux pas vous donner de faux espoirs. Je dois m'entretenir avec plusieurs autres candidats potentiels et, bien sûr, il se peut que ce soir j'arrive à la conclusion qu'aucun ne fait l'affaire. Pour le moment, je souhaite simplement savoir si cette proposition serait susceptible de vous intéresser, si on vous la faisait. »

Marty se mit à sourire. Non pas extérieurement, mais à l'intérieur de lui-même, là où Somervale ne pourrait pas l'atteindre.

« Comprenez-vous bien ce que je vous demande ?

— Oui. Je comprends.

— Joe... Mr Whitehead... a besoin de quelqu'un qui lui serait totalement dévoué ; qui serait en fait prêt à risquer sa vie plutôt que de voir son employeur souffrir quelque dommage grave. Je me rends compte que c'est beaucoup demander. »

Le front de Marty se plissa. C'était *beaucoup* demander, surtout après les six ans de leçons d'indépendance qu'il avait reçues à Wandsworth. Toy perçut bien vite l'hésitation de Marty.

« Cela vous trouble », dit-il.

Marty haussa doucement les épaules.

« Oui et non. Je veux dire : on ne m'a jamais demandé de faire ça auparavant. Je ne veux pas vous raconter des bobards et vous affirmer que je serais prêt à me faire tuer pour quelqu'un, parce que ce n'est pas vrai. Je mentirais en prétendant le contraire. »

Le hochement de tête de Toy encouragea Marty à poursuivre.

« Voilà, c'est tout, dit-il.

— Êtes-vous marié ? demanda Toy.

— Séparé.

— Puis-je vous demander s'il y a une procédure de divorce en cours ? »

Marty grimaça. Il détestait parler de ça. C'était *sa* blessure ; c'était à lui de la soigner et de s'en inquiéter. Aucun prisonnier n'avait réussi à lui soutirer cette histoire, même lors de ces séances de confession à trois heures du matin qu'il avait endurées avec ses précédents compagnons de cellule, avant la venue de Feaver, qui ne parlait que de la bouffe et de ses filles de papier. Mais il fallait bien qu'il dise quelque chose à présent. Ils avaient sûrement déjà tous les détails dans un dossier quelconque. Toy en savait probablement plus que lui sur ce que Charmaine faisait, et avec qui.

« Charmaine et moi... »

Il essaya de formuler le nœud de ses sentiments, mais rien d'autre n'émergea que cette simple déclaration :

« Je ne crois pas qu'il y ait de grandes chances pour que nous recommencions à vivre ensemble, si c'est ça que vous voulez savoir. »

Toy perçut une blessure à vif dans la voix de Marty; et Somervale aussi. Pour la première fois depuis que Toy avait pénétré dans l'arène, l'officier sembla accorder quelque intérêt à leur dialogue. « Il veut me voir m'empêtrer et perdre ce boulot », pensa Marty; il lisait sur le visage de Somervale comme dans un livre ouvert. Eh bien, qu'il aille au diable! il n'allait pas avoir ce plaisir.

« Ce n'est pas un problème..., dit Marty d'une voix plate. Ou si c'en est un, c'est le mien. Je dois encore m'habituer au fait qu'elle ne sera plus là quand je sortirai. C'est tout, vraiment. »

Toy souriait à présent, un sourire plein d'amabilité.

« Vraiment, Marty, dit-il, je ne veux pas être indiscret. Je souhaite simplement que nous comprenions bien toutes les données de la situation. Si vous deviez être employé par Mr Whitehead, vous seriez contraint de vivre dans sa propriété avec lui, et une condition nécessaire au maintien de votre emploi serait l'interdiction de la quitter sans la permission expresse de Mr Whitehead ou de moi-même. En d'autres termes, vous ne vous retrouveriez pas dans un état de liberté sans condition. Loin de là. Peut-être pourriez-vous considérer le domaine comme une prison sans barreaux. Il est important que je connaisse les liens que vous avez contractés et qui pourraient vous donner la tentation d'ignorer ces contraintes.

— Oui, je vois.

— Et, de plus, si pour une raison ou une autre, la relation entre vous-même et Mr Whitehead n'était pas satisfaisante ; si lui ou vous-même aviez l'impression que le travail ne vous convenait pas, alors j'en ai bien peur...

— ... je reviendrais ici pour finir ma peine.

— Exactement. »

Il y eut une pause gênée, au cours de laquelle Toy soupira doucement. Il ne lui fallut qu'un instant pour retrouver son équilibre, puis il repartit dans une nouvelle direction.

« Il y a encore quelques questions que j'aimerais vous poser. Vous avez fait de la boxe, n'est-ce pas?

— Un peu. Il y a longtemps... »

Toy eut l'air déçu.

« Vous avez renoncé ?

— Oui, répondit Marty. J'ai continué avec les haltères pendant un moment.

— Êtes-vous entraîné aux arts martiaux ? Judo ? Karaté ? »

Marty pensa à mentir, mais à quoi cela servirait-il ? Il suffirait à Toy de consulter les psys de Wandsworth.

« Non, dit-il.

— Dommage. »

L'estomac de Marty se contracta.

« Mais je suis en bonne santé, dit-il. Et robuste. Je peux apprendre. »

Il était conscient de l'apparition inattendue d'un trémolo malvenu dans sa voix.

« Nous n'avons pas besoin d'un apprenti, j'en ai peur », remarqua Somervale, parvenant à peine à dissimuler le triomphe dans le ton de sa voix.

Marty se pencha au-dessus de la table, s'efforçant de faire oublier la présence de Somervale.

« Je peux faire ce travail, Mr Toy, insista-t-il. Je *sais* que je peux le faire. Donnez-moi seulement une chance... »

Le trémolo se faisait plus fort ; son ventre faisait des acrobaties. Mieux valait s'arrêter tout de suite, avant d'avoir dit ou d'avoir fait quelque chose qu'il regretterait après. Mais les paroles et les émotions surgissaient d'elles-mêmes.

« Donnez-moi une chance de prouver que je peux le faire. Ce n'est pas demander grand-chose, n'est-ce pas ? Et si je me plante, ce sera de *ma* faute, vous voyez ? Juste une chance, c'est tout ce que je demande. »

Toy leva les yeux vers lui avec une expression proche du regret. Était-ce donc fini ? Avait-il déjà arrêté son opinion — une réponse de travers et tout est fichu par terre —, refermait-il déjà mentalement son attaché-case pour remettre le dossier *Strauss, M.* aux mains moites de Somervale qui irait le ranger à sa place entre deux taulards oubliés ?

Marty se mordit la langue et se rassit sur son siège inconfortable, fixant des yeux ses mains tremblantes. Il ne pouvait plus regarder l'élégance dissymétrique du visage de Toy, maintenant qu'il s'était ainsi déballé. Toy verrait à l'intérieur de lui, oh oui, toutes ses meurtrissures et la si longue attente, et il ne supporterait pas ça.

« Lors de votre procès... », dit Toy.

Quoi encore ? Pourquoi prolongeait-il son supplice ? Tout ce que souhaitait Marty, c'était de retourner dans sa cellule, là où

Feaver serait assis sur son bat-flanc en train de jouer avec ses poupées, là où il trouverait un ennui terne et familier dans lequel il pourrait se réfugier. Mais Toy n'en avait pas fini ; il voulait la vérité, toute la vérité, et rien que la vérité.

« Lors de votre procès, vous avez déclaré que, si vous aviez participé à cette tentative de vol, c'était afin de pouvoir rembourser des dettes de jeu substantielles. Je me trompe ? »

Marty avait quitté ses mains des yeux pour diriger son attention vers ses souliers. Ses lacets étaient dénoués et, bien qu'ils fussent assez longs pour être noués par une rosette, il n'avait jamais la patience de faire des nœuds compliqués. Il préférait les nœuds simples. Quand on avait besoin de les défaire, on tirait dessus, et hop ! — comme par magie — ils avaient disparu.

« Est-ce exact ? redemanda Toy.

— Oui, c'est exact », lui dit Marty.

Il était allé jusque-là ; pourquoi ne pas finir l'histoire ?

« Nous étions quatre. Avec deux revolvers. Nous avons essayé d'attaquer une fourgonnette qui transportait des fonds. Les choses ont mal tourné. »

Il quitta ses chaussures des yeux ; Toy l'observait avec attention.

« Le chauffeur a été touché à l'estomac. Il est mort par la suite. Tout ça est dans mon dossier, n'est-ce pas ? »

Toy acquiesça.

« Et la fourgonnette ? Est-ce que c'est dans le dossier, ça aussi ? »

Toy ne répondit pas.

« Elle était vide, dit Marty. On s'était plantés depuis le début. Cette foutue fourgonnette était vide.

— Et vos dettes ?

— Hein ?

— Vos dettes envers Macnamara. Elles ne sont toujours pas acquittées ? »

Cet homme commençait vraiment à porter sur les nerfs de Marty. Qu'est-ce que ça pouvait faire à Toy s'il devait encore quelques sacs çà et là ? C'était juste une tentative sympathique de camouflage, pour qu'il puisse sortir d'ici la tête haute.

« Répondez à Mr Toy, Strauss, dit Somervale.

— En quoi ça vous regarde-t-il ?

— Cela m'intéresse, dit Toy avec franchise.

— Je vois. »

Qu'il aille se faire foutre avec son intérêt, pensa Marty, qu'il aille s'étouffer avec. Ils lui avaient soutiré assez de confessions comme ça.

« Puis-je m'en aller à présent ? »

Il leva les yeux. Pas vers Toy mais vers Somervale, qui ricanait derrière la fumée de sa cigarette, satisfait d'avoir vu l'entretien se terminer par un fiasco.

« Je le pense, Strauss, dit-il. A moins que Mr Toy n'ait d'autres questions.

— Non, dit Toy d'une voix éteinte. Non ; je suis satisfait. »

Marty se leva, évitant toujours les yeux de Toy. La pièce minuscule était emplie de sinistres bruits. Les pieds de la chaise qui raclaient le sol, la toux râpeuse de Somervale. Toy rassemblait ses notes. C'était fini.

Somervale dit :

« Vous pouvez partir.

— J'ai été très heureux de vous rencontrer, Mr Strauss », dit Toy en direction du dos de Marty quand celui-ci arriva près de la porte.

Et Marty se retourna sans réfléchir pour découvrir l'homme qui le regardait en souriant, la main tendue vers lui.

« J'ai été très heureux de vous rencontrer, Mr Strauss. »

Marty hocha la tête et lui serra la main.

« Merci de m'avoir consacré votre temps », dit Toy.

Marty referma la porte derrière lui et se dirigea vers sa cellule, escorté par Priestley, l'officier responsable de son étage. Ils ne se dirent rien.

Marty regarda les oiseaux voletant au-dessus du toit de l'immeuble, se posant sur les balustrades en quête de miettes de pain. Ils allaient et ils venaient quand ça leur plaisait, trouvaient des nids où se blottir, considéraient leur souveraineté comme allant de soi. Il ne leur enviait rien. Ou dans le cas contraire, ce n'était pas le moment de l'admettre.

6

Treize jours s'écoulèrent, sans la moindre nouvelle de Toy ni de Somervale. Non que Marty en eût attendu. Il avait perdu sa chance ; il en avait lui-même décidé ainsi lors des derniers instants de l'entretien quand il avait refusé de parler de Macnamara. Il pensait avoir étouffé dans l'œuf toute torture par l'espérance. En cela, il avait échoué. En dépit de tous les efforts qu'il faisait pour oublier son entretien avec Toy, il n'y parvenait pas. Cette rencontre l'avait profondément déséquilibré, et cette instabilité était aussi troublante que sa cause. Il pensait maîtriser l'art d'être indifférent, à présent, tout comme les enfants apprennent que l'eau bouillante brûle : grâce à des expériences douloureuses.

Il en avait eu son content. Durant les douze premiers mois de son emprisonnement, il avait lutté contre tout et contre tous. Il ne s'était fait aucun ami cette année-là, et il n'avait fait non plus aucune impression sur le système ; tout ce que ses efforts lui avaient rapporté, c'étaient des blessures et des moments désagréables. Durant la deuxième année, humilié par sa défaite, il avait déplacé sa guerre sur le terrain de la résistance ; il s'était mis à la boxe et aux poids et haltères, se concentrant sur la mise en forme d'un corps qui lui servirait quand viendrait l'heure de la vengeance. Mais au milieu de la troisième année, la solitude avait fait son apparition : une douleur qu'aucune des punitions qu'il s'infligeait à lui-même (des muscles travaillés jusqu'au seuil de la douleur et au-delà, jour après jour) ne parvenait à déguiser. Cette année-là, il signa un traité, avec lui-même et avec sa sentence. C'était une paix instable, mais les choses commencèrent à s'améliorer à partir de ce moment-là. Il se mit même à se sentir chez lui dans les couloirs résonnant d'échos, et dans sa cellule, et dans l'enclave sans cesse plus étroite de sa tête, là où toute expérience agréable n'était plus qu'un souvenir lointain.

La quatrième année avait amené de nouvelles terreurs. Il eut vingt-neuf ans cette année-là ; la trentaine approchait et il se rappelait que lui-même, lorsqu'il était plus jeune et avait toute la vie devant lui, considérait les hommes de son âge comme des reliques. Ce fut une constatation douloureuse et sa vieille claustrophobie (prisonnier, non pas derrière des barreaux, mais à l'intérieur de sa vie) avait fait un nouveau retour en force, en compagnie d'une inconscience nouvelle. Il avait gagné ses tatouages cette année-là : un éclair bleu et écarlate sur son bras gauche et « USA » sur son avant-bras droit. Juste avant Noël, Charmaine lui avait écrit afin de lui suggérer que le divorce était peut-être la meilleure des solutions, et il n'en avait rien pensé. A quoi ç'aurait servi ? L'indifférence était le meilleur des remèdes. Une fois qu'on avait accepté la défaite, la vie devenait un matelas moelleux. A la lumière de cette sagesse, la cinquième année s'écoula comme un charme. Il avait accès à de la drogue ; il jouissait du respect dû à un prisonnier expérimenté ; il avait tout ce qu'il pouvait souhaiter excepté la liberté, et ça, il n'y avait qu'à attendre.

Et puis Toy était venu, et il avait beau s'efforcer d'oublier même le nom de cet homme, il se retrouvait sans cesse en train de revivre dans sa tête la demi-heure qu'avait durée l'entretien, examinant chaque dialogue dans les moindres détails comme s'il avait en valeur de prophétie. C'était un exercice stérile, bien sûr, mais qu'il laissa se reproduire, et ce processus devint presque réconfortant, à sa façon. Il ne dit rien à personne ; même pas à Feaver. C'était son secret : la pièce, Toy, la défaite de Somervale.

Le deuxième dimanche qui suivit sa rencontre avec Toy, Charmaine vint lui rendre visite. Leur entrevue fut le désastre habituel : pareille à un coup de téléphone transatlantique dont le rythme est gâché par le délai d'une seconde entre chaque question et sa réponse. Ce n'était pas le murmure pressé des autres conversations dans le parloir qui gâtait les choses, les choses étaient simplement gâtées. Il avait renoncé depuis longtemps à essayer de sauver la situation. Après les questions froides sur la santé des parents et des amis, on retombait dans le processus habituel de dissolution.

Il lui avait écrit dans ses premières lettres : « *Tu es si belle, Charmaine. Je pense à toi la nuit, je rêve de toi tout le temps.* »

Mais ensuite, sa beauté avait perdu de son importance — et de toute façon, il avait cessé de rêver de son visage et de son corps. Bien qu'il eût continué à se livrer à cette mascarade dans ses lettres durant un certain temps, ses mots d'amour avaient fini par lui paraître contrefaits et il avait arrêté d'évoquer leur intimité quand il lui écrivait. Cela lui semblait digne d'un adolescent de lui dire ce qu'il pensait de son visage ; elle l'imaginerait en train de transpirer dans le noir en s'adonnant à des plaisirs solitaires comme un gamin de douze ans ? Il ne voulait pas qu'elle ait de telles pensées.

Peut-être, à bien y réfléchir, cela avait-il été une erreur. Peut-être était-ce à ce moment-là que leur mariage avait commencé à se détériorer, quand il s'était senti ridicule et avait cessé de lui écrire des lettres d'amour. Mais n'avait-elle pas changé elle aussi ? Ses yeux le regardaient à présent avec une telle suspicion.

« Flynn t'envoie le bonjour.

— Oh, bien. Tu le vois, n'est-ce pas ?

— De temps en temps.

— Comment va-t-il ? »

Elle avait tourné ses yeux vers l'horloge, plutôt que vers lui, ce dont il lui était reconnaissant. Cela lui donnait l'occasion de l'étudier sans avoir l'impression d'être un intrus. Quand elle laissait ses traits se détendre, il la trouvait toujours attirante.

Mais il avait, croyait-il, un contrôle total sur ce qu'il ressentait en sa présence. Il pouvait la regarder — les lobes translucides de ses oreilles, la courbe de sa nuque — et l'examiner sans la moindre passion. C'était au moins une chose que la prison lui avait apprise : ne pas désirer ce qu'il ne pouvait obtenir.

« Oh, il va bien... », répondit-elle.

Il lui fallut un moment pour comprendre ; de qui parlait-elle ? Oh oui : Flynn. Voilà un homme qui ne se mouillerait jamais. Flynn le malin, Flynn l'éclair.

« Il t'envoie son meilleur souvenir, dit-elle.

— Tu me l'as déjà dit », lui rappela-t-il.

Une nouvelle pause ; leur conversation était chaque fois plus éprouvante. Plus pour elle que pour lui. Elle semblait trouver traumatisant chaque mot qu'elle réussissait à prononcer.

« Je suis retournée voir les avocats.

— Ah oui.

— Ça suit son cours, apparemment. Ils ont dit que les papiers seraient prêts le mois prochain.

— Qu'est-ce que je dois faire, seulement les signer ?

— Eh bien... il m'a dit qu'il faudrait discuter de la maison, et de tous les meubles qu'on a achetés ensemble.

— Tout est à toi.

— Mais c'est à nous, n'est-ce pas ? Je veux dire, ça nous appartient à tous les deux. Et quand tu sortiras, il te faudra un endroit où habiter, et des meubles et tout le reste.

— Est-ce que tu veux vendre la maison ? »

Une nouvelle pause maladroite, comme si elle était sur le point, tremblante, de dire quelque chose de bien plus important que les banalités qui allaient sûrement suivre.

« Je suis désolée, Marty.

— Pourquoi ? »

Elle secoua la tête, un léger mouvement. Ses cheveux brillaient.

« Je sais pas, dit-elle.

— Ce n'est pas de ta faute. Rien de tout cela n'est de ta faute.

— Je ne peux pas m'empêcher... »

Elle s'interrompit et leva les yeux vers lui, rendue soudain plus vivante par l'expression d'effroi qu'on lisait sur son visage — était-ce cela, de l'*effroi* ? — qu'elle ne l'avait été lors des douzaines d'autres entretiens figés qu'ils avaient endurés dans une pièce étouffante ou dans une autre. Ses yeux se liquéfiaient, se gonflaient de larmes.

« Qu'y a-t-il ? »

Elle le regardait, au bord des larmes.

« Char... que se passe-t-il ?
— Tout est fini, Marty », dit-elle, comme si ce fait venait de la frapper pour la première fois ; fini, terminé, adieu.
Il acquiesça : « Oui.
— Je ne veux pas que tu... »
Elle s'interrompit, observa une pause, puis de nouveau :
« Tu ne dois pas me blâmer.
— Je ne te blâme pas. Je ne t'ai jamais blâmée. Bon Dieu, tu es venue ici, non ? Tout ce temps. Je déteste te voir ici, tu le sais. Mais tu es venue ; quand j'ai eu besoin de toi, tu étais là.
— Je croyais que tout irait bien, reprit-elle comme s'il n'avait jamais parlé. Vraiment. Je croyais que tu sortirais bientôt — et peut-être même qu'on s'en sortirait, tu sais. On a encore la maison et tout le reste. Mais ces deux dernières années, tout a commencé à partir en miettes. »
Il la regardait souffrir, pensant : « Je n'arriverai jamais à oublier ça, parce que c'est moi qui en suis la cause, et je suis le plus misérable tas de merde sur cette terre, parce que, voilà ce que j'ai fait. » Il y avait eu des larmes au début, bien sûr, et ses lettres avaient été pleines de peine et d'accusations à peine voilées. Mais la détresse qu'elle manifestait aujourd'hui était bien plus profonde. Elle ne provenait pas d'une fille de vingt-deux ans, elle provenait d'une femme mûre ; et il était profondément honteux de savoir qu'il en était la cause.
Elle se moucha dans un mouchoir en papier extrait à grand-peine de son paquet.
« Tout ça est un tel gâchis, dit-elle.
— Oui.
— Je veux seulement y voir clair. »
Elle jeta un regard de côté à sa montre, trop rapide pour qu'elle ait vu l'heure, et se leva.
« Il faut que j'y aille, Marty.
— Un rendez-vous ?
— Non », mentit-elle, sans se donner la peine de dissimuler. « J'irai peut-être faire des courses plus tard. Ça me remet toujours d'aplomb. Tu me connais. »
« Non, pensa-t-il. Non, je ne te connais pas. Si je t'ai jamais connue, et je n'en suis même pas sûr, c'était une autre femme, et Dieu sait qu'elle me manque. » Il se reprit. Ce n'était pas ainsi qu'il devait se séparer d'elle ; il le savait depuis leurs précédentes rencontres. Le truc, c'était de paraître froid, de finir sur une note formelle, afin qu'il puisse retourner dans sa cellule et l'oublier jusqu'à la prochaine fois.

« Je voulais que tu comprennes, dit-elle. Mais je ne crois pas que je me suis bien expliquée. Tout ça est un tel gâchis. »

Elle ne lui dit pas au revoir : les larmes montaient de nouveau, et il était certain qu'elle redoutait, malgré l'allusion aux avocats, de se rétracter à la dernière minute — par faiblesse, par amour, ou par un mélange des deux —, et en partant sans se retourner elle se réservait cette possibilité.

Vaincu, il retourna dans sa cellule. Feaver dormait. Avec son crachat, il avait collé sur son front une vulve arrachée à un de ses magazines, une de ses habitudes préférées. Elle béait — un troisième œil — au-dessus de ses paupières closes, regardant dans le vide sans espoir de s'endormir.

7

« Strauss ? »

Priestley était debout sur le seuil, regardant dans la cellule. Sur le mur à côté de lui, un petit malin avait gribouillé : « *Si vous avez une trique, cognez dans la porte. Un con apparaîtra.* » C'était une plaisanterie familière — il avait vu le même gag ou des variantes sur les murs de beaucoup de cellules —, mais à présent, en voyant le visage épais de Priestley, cette association d'idées — l'ennemi et le sexe d'une femme — lui parut soudain obscène.

« Strauss ?

— Oui, monsieur.

— Mr Somervale veut vous voir. A quinze heures quinze. Je viendrai vous chercher. Soyez prêt à quinze heures dix.

— Oui, monsieur. »

Priestley se tourna pour partir.

« Pouvez-vous me dire à quel sujet, monsieur ?

— Comment foutre le saurais-je ? »

Somervale l'attendait dans un bureau à quinze heures quinze. Le dossier de Marty était posé sur la table devant lui, toujours étroitement ficelé. A côté de lui, une enveloppe couleur cuir, sans inscription. Somervale lui-même était debout en train de fumer près de la fenêtre en verre blindé.

« Entrez », dit-il.

Il ne l'invita pas à s'asseoir ; il ne s'éloigna pas davantage de la fenêtre. Marty referma la porte derrière lui et attendit. Somervale exhala à grand bruit de la fumée de ses narines.

« Que supposez-vous donc qui soit arrivé, Strauss ? dit-il.

— Je vous demande pardon, monsieur ?

— J'ai dit : que supposez-vous donc, hé ? Imaginez. »

Marty ne comprenait rien à ce qui se passait, et se demanda si cette confusion était entretenue par lui-même ou par Somervale. Après une éternité, Somervale dit :

« Ma femme est morte. »

Marty se demanda quelles paroles on attendait de lui. Quoi qu'il en fût, Somervale ne lui donna pas le temps de formuler une réponse. Il fit suivre ses quatre premiers mots de cinq autres :

« Ils vous laissent sortir, Strauss ! »

Il plaçait ces deux faits côte à côte comme s'ils étaient liés ; comme si le monde entier s'était ligué contre lui.

« Vais-je aller avec Mr Toy ? demanda Marty.

— Lui et le tribunal estiment que vous êtes un candidat acceptable pour ce poste au domaine Whitehead, dit Somervale. Imaginez. »

Il eut un bruit de gorge, qui était peut-être un rire.

« Vous resterez sous étroite surveillance, bien entendu. Pas par mes soins, mais par ceux de celui qui me remplacera. Et si vous faites le moindre écart...

— Je comprends.

— Je me le demande. »

Somervale tira sur sa cigarette, toujours sans se retourner.

« Je me demande si vous comprenez bien quel type de liberté vous avez choisi... »

Marty n'allait pas laisser de telles considérations gâcher son euphorie. Somervale était vaincu, qu'il parle.

« Joseph Whitehead est peut-être un des hommes les plus riches d'Europe, mais c'est aussi un des plus excentriques, à ce que j'ai entendu. Dieu seul sait ce qui vous attend, mais laissez-moi vous dire que vous trouverez peut-être la vie ici bien plus agréable. »

Les paroles de Somervale s'évaporèrent ; Marty faisait la sourde oreille à son aigreur. Soit par fatigue, soit parce qu'il sentait qu'il avait perdu son public, il interrompit son monologue critique presque aussitôt après l'avoir commencé et s'écarta de la fenêtre pour mettre fin à sa pénible tâche aussi rapidement que possible. Marty fut frappé par la métamorphose de Somervale. Durant les semaines qui s'étaient écoulées depuis leur précédente rencontre, celui-ci avait vieilli de plusieurs années ; on aurait dit qu'il n'avait vécu pendant cet intervalle que de ses cigarettes et de son deuil. Sa peau avait l'aspect du pain rassis.

« Mr Toy viendra vous chercher devant la porte vendredi

prochain, dans l'après-midi. Le 13 février. Vous êtes superstitieux ?

— Non. »

Somervale tendit l'enveloppe à Marty.

« Tous les détails sont là-dedans. Durant les quinze prochains jours, on vous fera subir un examen médical et quelqu'un viendra vous voir afin de définir votre position vis-à-vis du tribunal. On a contourné le règlement en votre faveur, Strauss. Dieu sait pourquoi. Rien que dans votre couloir, il y a une douzaine de candidats plus dignes de cette chance. »

Marty ouvrit l'enveloppe, parcourut très vite les pages dactylographiées et les fourra dans sa poche.

« Vous ne me verrez plus désormais, dit Somervale, ce dont vous vous félicitez, j'en suis sûr. »

Marty ne laissa pas l'ombre d'une réaction transparaître sur son visage. Son indifférence feinte sembla réveiller ce qu'il y avait de mépris inexprimé dans le corps fatigué de Somervale.

« Si j'étais vous, je remercierais Dieu, Strauss. Je remercierais Dieu du fond de mon cœur, dit-il en laissant voir ses dents gâtées.

— Pourquoi... monsieur ?

— Mais je suppose que vous n'avez pas beaucoup de place pour Dieu dans votre cœur, n'est-ce pas ? »

Ces mots exprimaient à la fois douleur et mépris. Marty ne put s'empêcher d'imaginer Somervale seul dans un lit à deux places ; un mari sans sa femme, et sans la foi qui lui permettrait de croire qu'il la reverrait jamais un jour ; incapable de verser des larmes. Et une autre pensée succéda bien vite à celle-là : le cœur de pierre de Somervale, qu'un seul et terrible coup avait suffi à briser, n'était pas si différent du sien. Tous deux étaient des hommes durs, tous deux gardaient le monde à distance tandis qu'ils livraient des guerres privées dans leurs tripes. Tous deux voyaient finalement les armes qu'ils avaient forgées pour vaincre leurs ennemis se retourner contre eux. C'était une constatation amère, et si Marty n'avait pas été empli de joie à l'annonce de sa prochaine libération, il ne se serait pas laissé aller à la faire. Mais elle était là. Lui et Somervale, pareils à deux lézards gisant dans la même boue puante, avaient soudain l'air de deux frères jumeaux.

« A quoi pensez-vous, Strauss ? » demanda Somervale.

Marty haussa les épaules.

« A rien, dit-il.

— Menteur », dit l'autre.

Ramassant le dossier, il sortit du bureau, laissant la porte ouverte derrière lui.

Marty téléphona à Charmaine le jour suivant et lui apprit la nouvelle. Elle parut contente, ce qui lui fit plaisir. Quand il raccrocha, il tremblait mais il se sentait bien.

Il vécut ses dernières journées à Wandsworth avec les yeux d'un autre, du moins lui sembla-t-il. Tout ce à quoi il s'était habitué dans la vie carcérale — la cruauté machinale, les dortoirs sans fin, les jeux de pouvoir, les jeux de sexe —, tout cela lui paraissait nouveau, comme six années auparavant.

C'étaient des années gâchées, bien sûr. Rien ne pourrait les lui faire revivre, rien ne pourrait les emplir d'expériences utiles. Cette pensée le déprima. Il avait si peu de choses à emmener dans le monde avec lui. Deux tatouages, un corps qui avait connu des jours meilleurs, des souvenirs de colère et de désespoir. Dans le périple qui l'attendait, il allait voyager léger.

8

La nuit qui précéda son départ de Wandsworth, il fit un rêve. Sa vie nocturne n'avait guère été digne d'être criée sur les toits durant les six années de sa peine. Les rêves érotiques avaient bien vite cessé, ainsi que ses délires plus exotiques, comme si son subconscient, plein de sympathie pour son isolement, n'avait pas voulu le tourmenter avec des rêves d'évasion. De temps en temps, il s'éveillait au milieu de la nuit, un tourbillon de gloire dans la tête, mais la plupart de ses rêves étaient aussi absurdes et répétitifs que sa vie éveillée. Celui-ci pourtant fut une expérience tout à fait différente.

Il rêva d'une sorte de cathédrale, un chef-d'œuvre inachevé, et peut-être inachevable, de tours, de flèches et d'éperons figés en plein essor, trop immense pour exister dans le monde réel — les lois de la gravité ne l'auraient pas permis. C'était la nuit et il marchait vers elle, le gravier crissait sous ses pas, l'air embaumait le chèvrefeuille et il entendait des chants venus de l'intérieur. Des voix extatiques, un chœur d'enfants, pensa-t-il, montant et descendant sans un mot. Personne n'était visible dans les ténèbres soyeuses autour de lui : aucun touriste bouche bée devant cette merveille. Rien que lui, et les voix.

Et puis, miraculeusement, il s'envola.

Il ne pesait plus rien et le vent s'était emparé de lui. Il montait le long de la cathédrale avec une vélocité qui lui coupait le souffle. Il volait, semblait-il, non pas comme un oiseau, mais, paradoxalement, comme quelque poisson aérien. Comme un dauphin — voilà ce qu'il était —, les bras parfois plaqués contre son corps, parfois battant l'air bleu à mesure qu'il s'élevait, une chose lisse et nue qui venait frôler les ardoises et tournoyait autour des flèches, les doigts effleurant la rosée déposée sur la pierre, caressant l'eau qui coulait des gouttières. Il ne se souvenait pas d'avoir jamais rêvé de quelque chose d'aussi ineffable. L'intensité de sa joie était presque insupportable et il se réveilla en sursaut.

Il était de retour, les yeux grands ouverts, dans la chaleur artificielle de la cellule, avec en dessous de lui Feaver qui se masturbait dans les draps. Le bat-flanc se mit à osciller sur un rythme de plus en plus saccadé et Feaver éjacula avec un grognement étouffé. Marty essaya de bloquer le passage à la réalité et se concentra afin de ressaisir son rêve. Il referma les yeux, tendit toute son énergie pour faire revenir des ténèbres l'image perdue. L'espace d'un instant, le rêve revint ; mais cette fois-ci, ce n'était pas le triomphe qui l'attendait mais la terreur : il tombait du ciel depuis une hauteur de cent kilomètres et la cathédrale se précipitait vers lui, ses flèches s'aiguisaient au vent pour préparer son arrivée...

Il se força à s'éveiller, interrompant la chute avant qu'elle ne prît fin, et demeura étendu à fixer le plafond le reste de la nuit, jusqu'à ce qu'une lumière blafarde, la première lueur de l'aube, filtrât à travers la fenêtre pour annoncer le jour.

9

Le ciel n'accueillit sa libération par rien d'excitant. Juste un vendredi après-midi ordinaire, la routine sur Trinity Road.

Quand Marty descendit de son étage, Toy était dans la salle de réception. Puis il attendit que les bureaucrates accomplissent leur rituel : les objets personnels que l'on devait contrôler et retourner, les ordres de libération qu'il fallait signer et contresigner. Il fallut presque une heure de formalités diverses avant qu'on n'ouvre les portes et les laisse tous les deux sortir à l'air libre.

Après une simple poignée de main en signe de bienvenue, Toy lui fit traverser la cour d'accès à la prison dans laquelle était garée une Daimler rouge sombre, dont le siège avant était occupé.

« Venez, Marty », dit-il en ouvrant la portière, « il fait trop froid pour que nous nous attardions. »

Il faisait froid : le vent soufflait en rafales. Mais l'air glacé était incapable de refroidir son enthousiasme. Il était libre, pour l'amour de Dieu ; libre dans certaines limites bien précises, peut-être, mais c'était un début. Au moins laissait-il derrière lui tous les accessoires de la prison : le seau dans le coin de sa cellule, les clés, les numéros. A présent, il devait se montrer à la hauteur des choix et des occasions qui l'attendaient.

Toy s'était déjà réfugié à l'arrière de la voiture.

« Marty », appela-t-il de nouveau, lui faisant signe de sa main gantée de cuir. « Nous devons nous dépêcher ou nous allons être pris dans les embouteillages en quittant la ville.

— Oui, j'arrive... »

Marty entra dans la voiture. A l'intérieur cela sentait la cire, le cigare refroidi et le cuir ; des parfums de luxe.

« Dois-je mettre ma valise dans le coffre ? » dit Marty.

L'homme assis au volant se retourna.

« Il y a de la place ici », dit-il.

Un Jamaïcain, habillé non pas d'un uniforme de chauffeur mais d'un blouson d'aviateur en cuir fatigué, regarda Marty de bas en haut, sans le moindre sourire de bienvenue.

« Luther, dit Toy, voici Marty.

— Mettez la valise sur le siège avant », répondit le chauffeur.

Il se pencha et ouvrit la portière avant du côté du passager. Marty ressortit et glissa sa valise et le sac en plastique contenant ses objets personnels sur le siège avant, près d'une pile de quotidiens et d'un exemplaire malmené de *Playboy,* puis il remonta derrière à côté de Toy et claqua la portière.

« Pas besoin de claquer les portes », dit Luther, mais Marty entendit à peine cette remarque.

« Ça n'arrive pas à tous les taulards de se faire embarquer par une Daimler devant les portes de Wandsdworth, pensait-il : peut-être que, cette fois-ci, je suis retombé sur mes pattes. »

La voiture s'éloigna de la prison en ronronnant et tourna à gauche vers Trinity Road.

« Luther est avec nous depuis deux ans, dit Toy.

— Trois, rectifia l'autre homme.

— Vraiment ? répondit Toy. Trois ans, donc. Il me conduit un peu partout ; il emmène Mr Whitehead quand il descend à Londres.

— Plus maintenant. »

Marty aperçut l'œil du chauffeur dans le rétroviseur.

« Ça fait longtemps que vous étiez dans ce trou ? » demanda l'homme sans la moindre hésitation.

« Assez longtemps », répondit Marty.

Il n'allait pas essayer de cacher quoi que ce soit ; cela ne servirait à rien. Il attendit la question suivante, inévitable :

pourquoi étiez-vous là-dedans ? Mais elle ne vint pas. Luther concentra son attention sur sa conduite, apparemment satisfait. Marty fut heureux de laisser la conversation s'enliser. Tout ce qu'il désirait, c'était regarder ce meilleur des mondes défiler et s'en abreuver. Les gens, les vitrines, les publicités, il avait soif de tous ces détails, si triviaux qu'ils fussent. Il colla ses yeux à la vitre. Il y avait tant de choses à voir, et cependant il avait l'impression persistante que tout cela était artificiel, comme si les gens dans la rue, dans les autres voitures, étaient des acteurs jouant leur rôle avec application. Son esprit, qui luttait pour assimiler un tombereau d'informations — de chaque côté, un nouveau paysage, à chaque coin de rue, un nouveau défilé —, leur déniait toute réalité. Ceci n'était qu'une scène de théâtre, lui disait son esprit, une fiction. Ces gens se comportaient comme s'ils avaient toujours vécu sans lui, comme si le monde avait continué de tourner tandis qu'il était enfermé, et l'enfant à l'intérieur de lui — l'enfant qui, cachant ses yeux, se croit caché aux yeux des autres — ne pouvait pas concevoir que quiconque eût vécu hors de sa vue.

Son bon sens le détrompait, bien entendu. Quels que soient les soupçons de ses sens en pleine confusion, le monde était plus vieux, et probablement plus fatigué que depuis qu'ils s'étaient rencontrés pour la dernière fois. Il lui faudrait refaire connaissance avec lui ; apprendre de nouveau son étiquette, ses susceptibilités, son potentiel de plaisir.

Ils traversèrent la Tamise en prenant le pont de Wandsworth, puis passèrent par Earl's Court et Shepherd's Bush pour atteindre Westway. En ce vendredi après-midi, la circulation était encombrée ; les employés de bureau étaient impatients de rentrer chez eux pour le week-end. Il regarda sans ciller les visages des conducteurs des voitures qu'ils dépassaient, tentant de deviner leurs professions ou essayant d'accrocher le regard des femmes.

Kilomètre par kilomètre, l'impression d'étrangeté qu'il avait initialement ressentie s'estompa peu à peu et quand ils atteignirent l'autoroute M40, il commença à se lasser du spectacle. Toy s'était assoupi dans son coin, les mains posées sur ses genoux. Luther était occupé à bondir de file en file sur l'autoroute.

Un seul événement vint ralentir leur progresssion. A trente kilomètres d'Oxford, l'éclat de lumières bleues devant eux et le bruit d'une sirène se rapprochant à vive allure leur annoncèrent un accident. La procession de voitures ralentit, comme une queue de pleureuses faisant une pause pour regarder à l'intérieur d'un cercueil.

Une voiture venant de la direction opposée avait traversé le terre-plein central pour venir emboutir de plein fouet une fourgonnette qui se dirigeait vers l'ouest. Toutes les files de leur côté étaient bloquées, soit par les véhicules accidentés soit par les voitures de police, et les automobilistes étaient obligés d'emprunter le bas-côté de la route pour contourner le lieu de l'accident. « Qu'est-ce qui s'est passé ? Vous voyez quelque chose ? » demanda Luther, son attention trop concentrée sur les indications que lui donnait le policier chargé de faire circuler les voitures pour se rendre compte par lui-même. Marty lui décrivit la scène de son mieux.

Un homme, au visage dégoulinant de sang comme si on lui avait cassé sur le front un œuf d'hémoglobine, se tenait debout au milieu du chaos, hypnotisé par le choc. Derrière lui, un groupe de personnes — policiers et rescapés mêlés — étaient rassemblées autour d'une voiture pressée comme un accordéon et parlaient à son conducteur prisonnier au volant. Sa silhouette était affaissée, immobile. Alors qu'ils rampaient devant la scène, une rescapée, dont le manteau était inondé de son propre sang ou de celui du conducteur, se détourna du véhicule et se mit à applaudir. Du moins ce fut ainsi que Marty interpréta le mouvement de ses mains : comme des applaudissements. On aurait dit qu'elle était victime de la même chimère que celle qu'il avait récemment savourée — que tout ceci n'était qu'une illusion parfaite mais de mauvais goût — et qu'à n'importe quel instant, tout ceci prendrait fin. Il voulait se pencher par-dessus la portière et lui dire qu'elle se trompait ; que ceci était le monde réel — les femmes aux longues jambes, le ciel de cristal et tout le reste. Mais elle le comprendrait bien demain, n'est-ce pas ? Elle aurait tout le temps de souffrir alors. Pour l'instant, elle applaudissait, et elle applaudissait toujours quand l'accident se fut éloigné derrière eux.

II

Le Renard

10

« Asile », Whitehead le savait bien, était un mot plein de duplicité. D'abord il signifiait sanctuaire, refuge, sécurité. Si l'on y regardait de plus près son sens se retournait sur lui-même : un asile devenait une maison de fous, un abîme dans lequel venaient s'enfouir les esprits dérangés. Ce n'était, se rappela-t-il, qu'un jeu de sémantique, rien de plus. Pourquoi alors cette ambiguïté lui passait-elle si souvent par la tête ?

Il était assis dans ce fauteuil trop confortable, près de la fenêtre où il s'était assis tous les soirs durant toute une saison, regardant la nuit ramper le long de la pelouse et réfléchissant, sans que ses méditations prennent quelque cohérence, à la façon dont chaque chose se transformait pour devenir une autre ; à la difficulté qu'il y avait à s'accrocher à quoi que ce soit. La vie était une entreprise dominée par le hasard. C'était une leçon que Whitehead avait apprise des années auparavant, de main de maître, et il ne l'avait jamais oubliée. Que l'on vous récompense pour vos bonnes actions ou que l'on vous écorche vif, cela n'était dû qu'au hasard. Il ne servait à rien de se fier à quelque système numérique ou à une quelconque divinité ; tous finissaient par s'effondrer. La fortune appartenait à celui qui était prêt à tout risquer sur un seul coup.

C'était ce qu'il avait fait. Pas une, mais plusieurs fois, au début de sa carrière, alors qu'il ne faisait que mettre en place les fondations de son empire. Et grâce à cet extraordinaire sixième sens qu'il possédait, à cette capacité de prévoir la façon dont les dés allaient rouler, tous les risques qu'il avait pris s'étaient révélés payants. Les autres corporations avaient leurs virtuoses : des ordinateurs qui calculaient les chances jusqu'à la dixième décimale, des conseillers avisés qui savaient tâter le pouls des bourses de Tokyo, de Londres et de New York, mais ils pâlissaient devant l'instinct de Whitehead. Quand il s'agissait de connaître l'*instant* précis, de percevoir la conjonction du moment et de l'occasion qui allait transformer une bonne décision en une grande décision, un acte banal en un coup d'éclat, personne n'était supérieur au vieux Whitehead, et tous les jeunes loups pleins d'avenir de son conseil d'administration le savaient. Il fallait toujours venir quémander l'avis de Joe avant de prendre la moindre mesure ou de signer le moindre contrat.

Il devinait que, dans certains cercles, son autorité, qui demeurait absolue, irritait. Sans doute se trouvait-il des hommes pour penser qu'il devrait renoncer complètement à son emprise afin de laisser les universitaires et les ordinateurs gérer ses affaires. Mais Whitehead avait conquis ses talents, ses pouvoirs exceptionnels de divination, en courant des risques ; il serait ridicule de les laisser dormir alors qu'ils pouvaient faire tourner la roue en sa faveur. De plus, le vieil homme avançait un argument que les jeunes Turcs ne pouvaient réfuter : ses méthodes étaient efficaces. Il n'avait jamais poursuivi d'études sérieuses ; l'histoire de sa vie avant son succès était — à la grande déconvenue des journalistes — une inconnue. Il avait créé la Whitehead Corporation à partir de rien. Le destin de son entreprise, pour le meilleur ou pour le pire, restait sa première passion.

Mais la passion n'était pas de mise pour lui ce soir, assis dans son fauteuil (un fauteuil où il pourrait mourir, avait-il pensé quelquefois) à côté de la fenêtre. Ce soir, il ne connaissait que l'anxiété, ce fléau du vieillard.

Comme il détestait la vieillesse ! Il était à peine supportable d'être ainsi diminué. Il n'était pas infirme, certes ; mais une douzaine d'affections mineures conspiraient contre son confort, si bien qu'il ne se passait pas un seul jour sans que quelque irritation — un aphte dans sa bouche, ou un furoncle qui le grattait furieusement entre ses fesses — polarise son attention sur son corps alors que l'urgence de sa survie l'appelait ailleurs. La malédiction de la vieillesse, avait-il décidé, était une distraction, et il ne pouvait pas se permettre le luxe de penser avec un esprit distrait. Il était dangereux de s'attarder dans la contemplation de ses aphtes et de ses furoncles. Dès qu'il aurait détourné l'esprit, quelque chose viendrait le saisir à la gorge. Voilà ce que lui disait son anxiété. *Ne détourne pas les yeux un seul instant ; ne te crois pas en sécurité parce que, vieil homme, j'ai un message pour toi : le pire est encore à venir.*

Toy frappa une fois avant d'entrer dans le bureau.

« Bill... »

Whitehead oublia momentanément la pelouse et la lente approche de la nuit quand il se tourna pour faire face à son ami.

« ... vous êtes arrivés.

— Bien sûr, que nous sommes arrivés, Joe. Sommes-nous en retard ?

— Non, non. Pas de problèmes ?

— Tout va pour le mieux.

— Bien.

— Strauss est en bas. »

Dans la lumière faiblissante, Whitehead se dirigea vers la table et se versa une faible rasade de vodka. Il s'était retenu de boire jusqu'à maintenant ; un verre pour fêter l'arrivée de Toy, sain et sauf.

« Un verre ? »

Cette question était un rituel, et sa réponse aussi : « Non, merci.

— Vous allez retourner en ville, alors ?

— Quand vous aurez vu Strauss.

— Il est trop tard pour aller au théâtre. Pourquoi ne restez-vous pas ici, Bill ? Repartez demain matin, quand il fera jour.

— J'ai à faire », dit Toy, avec un très léger sourire.

C'était là un autre rituel, un des nombreux rituels qui existaient entre les deux hommes. Les affaires que Toy traitait à Londres, et dont le vieil homme savait qu'elles n'avaient rien à voir avec la Corporation, étaient sacrées ; elles l'avaient toujours été.

« Et quelle est votre impression ?

— Au sujet de Strauss ? La même qu'après notre entretien. Je pense qu'il conviendra. Et si ce n'est pas le cas, il y en a plein d'autres là d'où il vient.

— Il me faut quelqu'un qui ne risque pas de paniquer. Les choses pourraient devenir déplaisantes. »

Toy émit un grognement qui ne l'engageait à rien et espéra que la conversation n'allait pas se poursuivre dans cette direction. Il était épuisé après cette journée d'attente et de voyage et il souhaitait se consacrer à la soirée qui l'attendait ; ce n'était pas le moment de reparler de cette affaire.

Whitehead avait reposé son verre vide sur le plateau et était revenu près de la fenêtre. La pièce s'obscurcissait rapidement, et quand le vieil homme tourna le dos à Toy, l'ombre forgea avec sa masse une silhouette monolithique. Après trente années passées au service de Whitehead — trois décennies sans la moindre querelle entre eux —, Toy était toujours plein d'une terreur sacrée devant cet homme, comme si Whitehead avait été un potentat disposant du pouvoir de vie et de mort sur lui. Il lui fallait toujours un moment avant de recouvrer son équilibre en présence de Whitehead ; il retrouvait toujours des traces du bégaiement qui l'avait affligé quand ils avaient fait connaissance. C'était une réaction légitime, pensait-il. Cet homme était LE pouvoir : et ce pouvoir reposait avec une trompeuse légèreté sur les larges épaules de Joe Whitehead. Pendant toutes les années qu'avait durée leur association, il n'avait jamais vu Whitehead, que ce soit lors d'une conférence ou lors d'un conseil d'administration, avoir un mot ou un geste inapproprié. C'était l'homme le plus sûr de lui que Toy ait jamais rencontré : sûr jusqu'à la moelle de ses os de sa propre valeur, possesseur de talents si aigus qu'il pouvait briser un homme d'un seul mot, lui ravir le sens de sa propre estime et ruiner sa carrière. Toy avait vu cela se produire d'innombrables fois, et souvent au détriment d'hommes qu'il considérait comme ses supérieurs. Ce qui lui faisait se demander (il se posa cette question à ce moment même, contemplant le dos de Whitehead) pourquoi ce grand homme passait ainsi son temps avec lui. Peut-être était-ce simplement à cause de leur histoire. Était-ce cela ? Leur histoire et leurs sentiments.

« J'envisage sérieusement de faire combler la piscine. »

Toy remercia Dieu que Whitehead ait changé de sujet. On ne parlerait plus du passé, plus ce soir du moins.

« ... Je ne vais plus y nager, même en été.

— Faites-y mettre des poissons. »

Whitehead tourna légèrement la tête pour voir si un sourire s'était dessiné sur le visage de Toy. Il n'y avait jamais rien dans le ton de sa voix pour signaler une plaisanterie, et il était facile, Whitehead le savait, de froisser la sensibilité de cet homme en riant alors qu'il n'avait pas souhaité plaisanter, ou en ne riant pas dans le cas contraire. Toy ne souriait pas.

« Des poissons ? dit Whitehead.

— Des poissons d'ornement, des carpes peut-être. On les appelle des kois, n'est-ce pas ? Ce sont d'exquises créatures. »

Toy aimait bien la piscine. Durant la nuit, elle était éclairée par le fond, et la surface des eaux se mouvait en des courants hypnotiques, d'un turquoise enchanteur. Si l'air était frais, l'eau réchauffée émettait un souffle léger qui s'évanouissait à une vingtaine de centimètres de la surface. En fait, bien qu'il détestât nager, la piscine était un de ses endroits préférés. Il n'était pas certain que Whitehead le sût ; pourtant il le savait probablement. Papa savait la plupart des choses, avait-il découvert, qu'on les eût exprimées à haute voix ou non.

« Vous aimez bien cette piscine », affirma Whitehead.

Et voilà : une preuve.

« Oui.

— Alors, nous la garderons.
— Quand même pas à... »
Whitehead leva une main pour couper court à toute discussion, heureux de lui faire ce cadeau.
« Nous la garderons, dit-il. Et vous pourrez la remplir de kois. »
Il se rassit dans son fauteuil.
« Dois-je allumer les lumières sur la pelouse? demanda Toy.
— Non », dit Whitehead.
La lumière déclinante venant de la fenêtre coulait sa tête dans le bronze, tel un Médicis vieillissant, à la lippe fatiguée, aux yeux enfoncés dans leurs orbites, à la barbe et à la moustache blanches taillées au ras de la peau, au buste apparemment trop lourd pour la colonne qui le supportait. Conscient du regard perçant que ses yeux dirigeaient vers le dos du vieil homme, un regard que Joe percevait sûrement, Toy chassa sa léthargie et se força à plonger dans l'action.
« Eh bien... dois-je aller chercher Strauss, Joe ? Voulez-vous le voir maintenant ou non ? »
Il fallut une éternité à ces paroles pour traverser la pièce dans les ténèbres qui allaient en s'épaississant. L'espace de plusieurs battements de cœur, Toy ne fut même pas sûr que Whitehead l'eût entendu.
Puis l'oracle parla. Non pour émettre une prophétie, mais pour poser une question.
« Allons-nous survivre, Bill ? »
Ces mots furent prononcés à voix si basse qu'ils portèrent à peine, s'accrochant à des grains de poussière et restant collés aux lèvres dont ils étaient issus. Le cœur de Toy se brisa. C'était de nouveau le vieux thème : le même refrain paranoïaque.
« J'entends de plus en plus de rumeurs, Bill. Elles ne sont sûrement pas toutes sans fondement. »
Il regardait toujours par la fenêtre. Des corneilles décrivaient des cercles au-dessus du bois, à quelques centaines de mètres au-delà de la pelouse. Les observait-il ? Toy en doutait. Cela faisait plusieurs fois qu'il trouvait Whitehead dans cet état-là ces derniers temps, enfoui au fond de lui-même, scrutant le passé de son œil intérieur. Toy n'avait pas accès à cette vision, mais il devinait aisément les craintes de Joe — il les avait vécues, après tout, aux premiers temps — et il savait que, quelle que soit la force de son amour pour le vieil homme, il y avait certains fardeaux qu'il ne serait jamais capable, ni désireux, de partager. Il n'était pas assez fort pour cela ; au fond de lui-même, il n'était

que le boxeur que Whitehead avait engagé comme garde du corps trente ans auparavant. Aujourd'hui, bien sûr, il portait un costume qui valait quatre cents livres sterling et ses ongles étaient aussi impeccables que ses bonnes manières. Mais son esprit était toujours le même, superstitieux et fragile. Les rêves que rêvaient les grands de ce monde n'étaient pas pour lui. Ni leurs cauchemars.

A nouveau, Whitehead posa sa question pleine de hantise :

« Allons-nous survivre ? »

Cette fois-ci, Toy se sentit obligé de répondre.

« Tout va bien, Joe. Vous le savez. Les profits sont en augmentation dans la plupart des secteurs... »

Mais le vieil homme ne cherchait pas à se changer les idées et Toy le savait. Il laissa sa phrase en suspens, instaurant un silence encore plus désolé après sa tentative avortée. Les yeux de Toy, de nouveau fixés sur Whitehead, ne cillaient pas et, à la lisière de son champ de vision, la boue qui avait envahi la pièce se mit à frémir et à ramper. Il baissa les paupières : elles semblaient frotter ses globes oculaires. Des images dansaient dans sa tête (roues, étoiles et fenêtres) et lorsqu'il ouvrit à nouveau les yeux, la nuit avait enfin envahi la pièce.

La tête de bronze demeurait immobile. Mais elle parla, et les mots semblaient provenir des entrailles de Whitehead, gagné par l'effroi.

« J'ai peur, Willy, dit-il. De toute ma vie, je n'ai jamais été aussi terrifié que maintenant. »

Il parla lentement, sans la moindre emphase, comme s'il méprisait le caractère mélodramatique de ses paroles et se refusait à les accentuer davantage.

« Toutes ces années à vivre sans la peur ; j'avais oublié ce que c'était. Comme elle vous paralyse. Comme elle suce votre volonté. Je reste assis là, jour après jour. Enfermé dans ce palais, avec ses alarmes, ses barrières, ses chiens. Je regarde la pelouse et les arbres... »

Et il *les* regardait.

« ... et, tôt ou tard, la lumière s'estompe. »

Il observa une pause : un long silence, feutré, profond, interrompu seulement par les cris des corbeaux au loin.

« J'arrive à supporter la nuit. Elle n'est pas agréable, mais elle est sans ambiguïté. C'est le crépuscule que je ne parviens pas à affronter. C'est à ce moment-là que les sueurs froides tombent sur moi. Quand la lumière s'en va, et que rien n'est plus tout à fait réel, plus tout à fait solide. Juste des formes. Des choses qui jadis étaient douées de substance... »

L'hiver avait été riche en soirées comme celle-ci : des bruines incolores qui érodaient la distance et étouffaient les sons ; des semaines sans fin, dans une lumière incertaine, au cours desquelles les aubes troublées devenaient des crépuscules troublés sans que l'on perçût l'intervention du jour. Il y avait eu trop peu de jours froids et secs comme celui-ci ; juste une succession de mois décourageants.

« Je reste assis là chaque soir à présent, disait le vieil homme. C'est une épreuve à laquelle je m'astreins. Rester assis et observer l'érosion des choses. Et la défier. »

Toy parvenait à goûter la profondeur du désespoir de Papa. Il n'avait jamais été ainsi auparavant ; même pas après la mort d'Evangeline.

« Tout est encore là, bien sûr, dit-il.

— Quoi donc ?

— Les arbres, la pelouse. Quand l'aube viendra demain, ils m'attendront.

— Oui, bien sûr.

— Vous savez, lorsque j'étais enfant, je croyais que quelqu'un venait pour emporter le monde durant la nuit et revenait le dérouler le matin suivant. »

Il s'agita sur son siège ; sa main monta jusqu'à sa tête. Impossible de voir ce qu'il faisait.

« Nos croyances d'enfant : elles ne nous quittent jamais, n'est-ce pas ? Elles attendent seulement l'heure de refaire surface, l'heure où nous recommencerons à croire en elles. C'est toujours le même coin, Bill. Vous voyez ? Je veux dire, nous croyons grandir, devenir plus forts, devenir plus sages, mais durant tout ce temps-là, nous restons immobiles dans le même coin. »

Il soupira et tourna la tête vers Toy. La lumière venue du couloir perçait à travers la porte, que Toy avait laissée légèrement entrouverte. Éclairés par cette lumière, même depuis l'autre côté de la pièce, les yeux et les joues de Whitehead étaient luisants de larmes.

« Vous feriez mieux d'allumer les lumières, Bill.

— Oui.

— Et faites monter Strauss. »

Il n'y avait aucun signe de détresse apparent dans sa voix. Mais Joe était un expert quand il s'agissait de déguiser ses sentiments, Toy le savait depuis longtemps. Il lui suffisait de baisser cagoule sur ses yeux et de sceller sa bouche, et même un télépathe n'aurait pu deviner ses pensées. Ce talent, il l'avait utilisé avec des effets dévastateurs lors des conseils d'administration : personne ne savait jamais de quel côté allait bondir le vieux renard. Il avait sans doute appris cette technique en jouant aux cartes. Ça, et comment attendre.

11

Ils avaient franchi les portails électroniques du domaine de Whitehead pour pénétrer dans un autre monde. Des pelouses immaculées de chaque côté de l'allée au gravier couleur sépia ; une forêt lointaine sur leur droite, qui disparut derrière une rangée de cyprès quand ils approchèrent de la maison. L'après-midi était bien avancé quand ils arrivèrent, mais sa lumière adoucie ne faisait que souligner le charme de cet endroit, dont le formalisme était compensé par la brume qui se levait et qui venait émousser les arêtes aiguës de l'herbe et des arbres.

L'immeuble principal était moins imposant que Marty ne l'avait prévu : juste une grande maison de campagne de style anglais classique, solide mais simple, avec quelques extensions plus modernes greffées sur sa structure. Ils passèrent devant la porte principale, abritée sous un porche aux colonnes blanches, avant de s'arrêter devant une entrée de service, et Toy le conduisit jusqu'à la cuisine.

« Posez vos bagages et servez-vous un café, dit-il. Je vais monter voir le patron. Mettez-vous à l'aise. »

Seul pour la première fois depuis qu'il avait quitté Wandsworth, Marty se sentait mal à l'aise. La porte derrière lui était ouverte ; il n'y avait pas de verrous aux fenêtres, pas de gardiens en train d'arpenter les couloirs au-delà de la cuisine. C'était paradoxal, mais il se sentait mal protégé, presque vulnérable. Après quelques minutes, il se leva de table, alluma les lampes fluorescentes (la nuit tombait vite, et il n'y avait pas d'interrupteurs ici) et se versa une tasse de café bien noir au percolateur. La boisson était épaisse et légèrement amère, un café bien serré, fort différent du liquide insipide auquel il était habitué.

Vingt-cinq minutes s'écoulèrent avant que Toy ne revienne. Il s'excusa de l'avoir fait attendre et lui dit que Mr Whitehead allait le recevoir maintenant.

« Laissez vos bagages ici, dit-il. Luther s'en occupera. »

Toy le guida hors de la cuisine, qui faisait partie d'une extension, et le conduisit dans la partie principale de la maison. Les couloirs étaient sinistres mais, où qu'il se posât, l'œil de Marty était stupéfait. Cet immeuble était un véritable musée. Les murs étaient couverts de tableaux du sol au plafond ; sur les tables et sur les étagères se trouvaient des figurines en céramique dont les émaux resplendissaient. Mais il n'eut pas le temps de s'y attarder. Ils avancèrent dans le labyrinthe des couloirs, dont chaque tournant désorientait un peu plus Marty, jusqu'à ce qu'ils atteignissent le bureau. Toy frappa à la porte, l'ouvrit et fit entrer Marty.

Sans rien d'autre à sa disposition que le souvenir confus d'une vieille photographie, Marty avait dû s'inventer un portrait de son nouvel employeur — un portrait totalement faux. Là où il s'était imaginé un être frêle, il découvrit un homme robuste. Là où il s'était attendu à trouver un reclus excentrique, il découvrit un visage subtil et velu qui l'examinait, alors même qu'il pénétrait dans la pièce, avec acuité et humour.

« Mr Strauss, dit Whitehead, bienvenue. »

Derrière Whitehead, les rideaux étaient toujours ouverts, et, à travers la fenêtre, les projecteurs s'allumèrent soudain, illuminant le vert vif de la pelouse sur deux bonnes centaines de mètres. Cela ressemblait à un tour de magicien, la brusque apparition de ce gazon, mais Whitehead l'ignora. Il se dirigea vers Marty. Bien qu'il fût relativement large et que sa masse se fût transformée pour l'essentiel en graisse, son poids reposait sans effort sur son corps. Il ne donnait aucune impression de maladresse. La grâce de sa démarche, le mouvement presque huilé de son bras quand il le tendit vers Marty, la souplesse de ses doigts, tout cela suggérait un homme en paix avec son physique.

Ils se serrèrent la main. Ou bien Marty avait chaud, ou bien l'autre avait froid : Marty sut immédiatement qu'il se trompait. Un homme comme Whitehead n'avait sûrement jamais ni trop chaud ni trop froid ; il contrôlait sa température aussi facilement qu'il contrôlait son empire financier. Toy n'avait-il pas mentionné lors de leur conversation dans la voiture que Whitehead n'avait jamais été sérieusement malade de sa vie ? Maintenant que Marty était face à face avec ce parangon, il était disposé à le croire. Aucun murmure de flatulence n'oserait venir s'insinuer dans les entrailles de cet homme.

« Je suis Joseph Whitehead, dit-il. Bienvenue au Sanctuaire.

— Merci.

— Voulez-vous un verre ? Pour célébrer cette occasion.

— Oui, merci.

— Que prendrez-vous ? »

L'esprit de Marty se vida soudain, et il se retrouva bouche bée comme un poisson échoué sur la grève. Ce fut Toy, Dieu le bénisse, qui suggéra :

« Un scotch ?

— Oui, ça ira.

— Comme d'habitude pour moi, dit Whitehead. Venez vous asseoir, Mr Strauss. »

Ils s'assirent. Les fauteuils étaient confortables ; pas des antiquités, comme les tables dans les couloirs, mais des meubles modernes et fonctionnels. Toute la pièce était dans ce style : c'était un environnement conçu pour le travail, pas un musée. Les quelques tableaux accrochés aux murs bleu sombre semblaient, aux yeux non avertis de Marty, aussi récents que les meubles ; ils étaient grands et comme bâclés. Celui qui était placé le plus en évidence, et celui qui était le plus figuratif, était signé *Matisse*. Il représentait une femme d'un rose bilieux étalée sur une chaise longue d'un jaune bilieux.

« Votre whisky. »

Marty accepta le verre que lui offrait Toy.

« Nous avons demandé à Luther de vous acheter quelques vêtements neufs ; ils sont dans votre chambre, lui dit Whitehead. Juste deux costumes, des chemises, etc., pour aller avec. Plus tard, nous vous laisserons peut-être aller faire vous-même quelques achats. »

Il vida son verre de vodka avant de continuer :

« Fournissent-ils toujours des habits aux prisonniers ou bien ont-ils renoncé à cette habitude ? Ça rappelait trop l'asile pour indigents, je suppose. Preuve de manque de tact en ce siècle des lumières. Les gens pourraient penser que vous êtes devenus criminels par nécessité... »

Marty n'était pas sûr de savoir où il voulait en venir : Whitehead était-il en train de se moquer de lui ? Le monologue continua, sur un ton fort amical, tandis que Marty s'efforçait de faire le tri entre l'ironie et la sincérité dans les paroles de Whitehead. C'était difficile. Il se rappela, durant les quelques minutes qu'il passa à écouter l'autre parler, à quel point les choses étaient plus subtiles dehors. Comparé à cet homme à la conversation mouvante et élégamment rythmée, le plus subtil des beaux parleurs de Wandsworth n'était qu'un amateur. Toy glissa un deuxième whisky bien tassé dans la main de Marty, mais il le remarqua à peine. La voix de Whitehead était hypnotique, et étrangement apaisante.

« Toy vous a expliqué votre travail, n'est-ce pas ?

— Oui, je crois bien.

— Je veux que vous vous sentiez chez vous dans cette maison, Strauss. Familiarisez-vous avec elle. Il y a un ou deux endroits qui vous seront interdits ; Toy vous dira où ils se trouvent. Je vous en prie, respectez ces contraintes. Tout le reste est à votre disposition. »

Marty hocha la tête et engloutit son whisky ; il coula dans sa gorge comme du vif-argent.

« Demain... »

Whitehead se leva, interrompant le flot de ses pensées, et retourna près de la fenêtre. L'herbe brillait comme si on venait tout juste de la peindre.

« ... nous irons faire le tour de la propriété, vous et moi.

— Très bien.

— Voir ce qu'il y a à voir. Vous présenter à Bella et aux autres. »

Il y avait d'autres domestiques ? Toy n'en avait pas parlé ; mais il était inévitable qu'il y en eût : gardes, cuisiniers, jardiniers. L'endroit grouillait probablement de serviteurs.

« Revenez me voir demain, hein ? »

Marty vida le reste de son scotch et Toy lui fit signe de se lever. Whitehead semblait soudainement avoir perdu tout intérêt pour leur présence. Son évaluation était achevée, du moins pour aujourd'hui ; ses pensées étaient déjà ailleurs, son regard dirigé au-delà de la fenêtre, vers la pelouse luisante.

« Bien, monsieur. Demain.

— Mais, avant de venir..., dit Whitehead en se retournant vers Marty.

— Oui, monsieur.

— Rasez votre moustache. On pourrait croire que vous avez quelque chose à cacher. »

12

Toy fit faire à Marty un tour rapide de la maison avant de le conduire à l'étage, lui promettant une visite plus détaillée quand il en aurait le loisir. Puis il fit entrer Marty dans une grande pièce aérée à l'étage supérieur, sur le côté de la maison.

« Voici votre chambre », dit-il.

Luther avait posé la valise et le sac en plastique sur le lit ; leur vulgarité semblait déplacée dans cette chambre soignée et fonctionnelle. Tout comme le bureau, elle était meublée dans un style contemporain.

« C'est un peu dépouillé pour l'instant, dit Toy. Faites-en ce que vous vous voulez. Si vous avez des photographies...

— Pas vraiment.

— Eh bien, il faudra qu'on pense à mettre quelque chose sur les murs. Il y a quelques livres ici », dit-il en désignant du menton l'autre bout de la pièce où plusieurs étagères ployaient sous le poids de nombreux volumes, « mais la bibliothèque en bas est à votre disposition. Je vous montrerai les lieux la semaine prochaine, quand vous serez installé. Il y a un équipement vidéo ici et un autre en bas. Joe ne s'y intéresse guère, alors ne vous gênez pas.

— Ça a l'air bien.

— Il y a un petit vestiaire à votre gauche. Comme Joe vous l'a dit, vous y trouverez quelques vêtements neufs. Votre salle de bains est derrière l'autre porte. Douche, etc. Et je crois bien que c'est tout. J'espère que cela vous conviendra.

— C'est très bien », dit Marty.

Toy jeta un regard sur sa montre et fit mine de s'en aller.

« Avant que vous ne partiez...

— Un problème ?

— Non, pas de problème, dit Marty. Bon Dieu, aucun problème, non. Je veux que vous sachiez à quel point je suis reconnaissant...

— Inutile.

— Mais si », insista Marty — il avait cherché un moyen de placer ce discours depuis Trinity Road. « Je vous suis très reconnaissant. Je ne sais pas comment ni pourquoi vous m'avez choisi... mais je vous en remercie. »

Toy était légèrement embarrassé par ces débordements, mais Marty était heureux d'avoir pu manifester sa reconnaissance.

« Croyez-moi, Marty. Je ne vous aurais pas choisi si je ne vous avais pas cru capable de faire ce travail. A présent, vous êtes ici. Il vous appartient d'en tirer le maximum. Je serai toujours à proximité, bien sûr, mais désormais vous êtes plus ou moins autonome.

— Oui. Je comprends.

— Je vais vous laisser, donc. Rendez-vous au début de la semaine prochaine. Au fait, Pearl vous a laissé un repas dans la cuisine. Bonne nuit.

— Bonne nuit. »

Toy le laissa seul. Il s'assit sur le lit et ouvrit sa valise. Les vêtements mal pliés sentaient le détergent de la prison et il ne voulait pas les déballer. Au lieu de cela, il plongea les mains jusqu'au fond de la valise jusqu'à ce qu'il ait trouvé son rasoir et sa crème à raser. Puis il se déshabilla, jeta ses habits sales sur le sol et se dirigea vers la salle de bains.

Elle était spacieuse, couverte de miroirs et agréablement

éclairée. Des serviettes fraîchement repassées pendaient près d'un radiateur. Il y avait une douche, ainsi qu'une baignoire et un bidet : de véritables thermes. Quel que soit le sort qui l'attendait ici, il serait propre. Il alluma le néon au-dessus du miroir et posa son rasoir sur l'étagère de verre au-dessus du lavabo. Il n'aurait pas dû s'embêter à fouiller dans sa valise. Toy, ou peut-être Luther, avait préparé un véritable nécessaire de toilette à son intention : rasoir, lotion, crème, eau de Cologne. Tous scellés, immaculés : n'attendant que lui. Il s'observa dans le miroir, se livrant à cet examen intime que l'on s'attendait à voir les femmes pratiquer mais auquel les hommes ne se livraient que rarement hors des salles de bains verrouillées. Les anxiétés du jour se lisaient sur son visage : sa peau était anémique et il avait des poches sous les yeux. Comme un homme à la recherche d'un trésor, il fouilla son visage en quête d'indices. Son passé était-il écrit dessus, se demanda-t-il, avec ses détails sordides ; trop profondément gravé, peut-être, pour être jamais effacé ?

Il avait besoin de soleil, cela ne faisait pas de doute, ainsi que d'exercice au grand air. A partir de demain, pensa-t-il, un nouveau régime. Il allait courir chaque jour jusqu'à ce qu'il soit en forme au point d'en être méconnaissable. Et aller voir un vrai dentiste. Les saignements fréquents de ses gencives l'inquiétaient et ses dents se déchaussaient à un ou deux endroits. Il était fier de ses dents : elles étaient carrées et fortes, comme celles de sa mère. Il essaya de sourire devant le miroir, mais son sourire avait perdu de sa splendeur passée. Il faudrait qu'il s'entraîne à ça, aussi. Il était de nouveau dans le vaste monde ; et peut-être rencontrerait-il des femmes que ce sourire pourrait séduire.

Son examen se déplaça de son visage à son corps. Un bourrelet de graisse était planté sur les muscles de son abdomen : il pesait facilement cinq kilos de trop. Il faudrait s'en occuper. Surveiller son régime et continuer les exercices jusqu'à ce qu'il retrouve les soixante-quinze kilos qu'il pesait quand il était entré à Wandsworth. Excepté ces kilos en trop, il se sentait satisfait de lui-même. Peut-être cette lumière douce le flattait-elle, mais la prison ne semblait pas l'avoir changé de façon radicale. Il avait encore tous ses cheveux ; il n'avait aucune cicatrice — sinon celles des tatouages et un léger croissant au coin des lèvres ; il n'était pas drogué jusqu'aux yeux. Peut-être était-il un survivant, après tout.

Sa main s'était glissée jusqu'à son bas-ventre tandis qu'il s'examinait, et avait provoqué une érection distraite. Il n'avait pas pensé à Charmaine. S'il y avait quelque désir dans son excitation, il était purement narcissique. La plupart des taulards avec lesquels il avait vécu avaient trouvé facile d'assouvir leurs désirs sexuels avec leurs compagnons de cellule, mais cette idée avait toujours paru inacceptable à Marty. Pas simplement à cause du dégoût qu'il ressentait pour cet acte — bien qu'il l'eût ressenti de façon aiguë — mais parce qu'il aurait été *contraint* de l'envisager. C'était une autre façon d'humilier un homme en prison. Au lieu de cela, il avait refoulé sa sexualité et avait utilisé sa bite pour pisser et pour pas grand-chose d'autre. A présent, jouant avec elle comme un adolescent vaniteux, il se demanda s'il pourrait encore se servir de ce foutu machin.

Il ouvrit les robinets de la douche et les régla sur « tiède », puis pénétra sous le jet, se frictionnant de la tête aux pieds avec du savon parfumé au citron. De toute cette journée de plaisirs, celui-ci était peut-être le plus agréable. L'eau était stimulante, comme s'il s'était trouvé sous une averse de printemps. Son corps s'éveilla peu à peu. « Oui, c'est ça, pensa-t-il ; j'ai été mort et je reviens à la vie. » On l'avait enterré dans l'anus du monde, un trou si profond qu'il n'avait jamais cru pouvoir en sortir, mais il avait réussi. Il était *dehors*. Il se rinça, puis céda à la tentation et répéta le rituel ; cette fois-ci, laissant couler sur lui une eau bien plus chaude et plus violente. La salle de bains s'emplit de vapeur et du claquement de l'eau sur les carreaux de la douche.

Quand il sortit et ferma les robinets, sa tête bourdonnait sous les effets conjugués de la chaleur, du whisky et de la fatigue. Il se dirigea vers le miroir et dessina à l'aide de son poing un ovale dans la buée. L'eau avait amené de nouvelles couleurs sur ses joues. Ses cheveux étaient plaqués sur sa tête comme un casque blond roux. Il les laisserait pousser, pensa-t-il, tant que Whitehead n'y verrait pas d'objection ; les ferait coiffer, peut-être. Mais il avait quelque chose de plus pressé à faire à présent ; l'exécution de sa moustache condamnée. Il n'était pas particulièrement hirsute. Il lui avait fallu plusieurs semaines pour faire pousser cette moustache et il avait dû tolérer durant ce laps de temps la litanie habituelle de remarques stupides. Mais si le patron voulait le voir glabre, qui était-il pour discuter ses ordres ? L'opinion de Whitehead à ce sujet ressemblait davantage à un ordre qu'à une suggestion.

Bien que l'armoire à pharmacie fût bien approvisionnée (on y trouvait de tout, depuis l'aspirine jusqu'à une pommade contre les morpions), elle ne contenait pas de ciseaux, et il dut savonner soigneusement sa pilosité pour l'adoucir avant de l'attaquer directement au rasoir. La lame protesta, ainsi que sa peau, mais, peu à peu, sa lèvre supérieure redevint visible, tandis que sa moustache chèrement acquise tombait dans le lavabo en amas de poils englués, avant d'être engloutie par les égouts. Il lui fallut une demi-heure pour accomplir cette tâche de façon satisfaisante. Il se coupa en deux ou trois endroits et referma les plaies à l'aide de sa salive.

Quand il eut fini, la vapeur s'était dissipée dans la salle de bains et seuls quelques minuscules nuages de brume lui dissimulaient son reflet. Il regarda son visage dans le miroir. Sa lèvre supérieure nue était rose et vulnérable et la dépression en son centre curieusement parfaite dans sa forme. Cette nudité soudaine n'était pas un spectacle si désagréable.

Satisfait, il rinça le lavabo pour faire disparaître les derniers restes de sa moustache, enroula une serviette autour de sa taille et retourna à la chambre d'un pas nonchalant. Grâce au chauffage central de la maison, il était déjà pratiquement sec : nul besoin de se frictionner. L'épuisement et la faim luttaient en lui quand il s'assit au bord du lit. Un repas l'attendait en bas, du moins Toy le lui avait-il dit. Eh bien, peut-être allait-il s'étendre quelques instants sur ces draps virginaux, poser sa tête sur cet oreiller parfumé et fermer les yeux une petite demi-heure, puis se relever pour aller dîner. Il ôta la serviette et se coucha sur le lit, remontant la couverture sur lui, et ce faisant, s'endormit. Il ne fit pas de rêves ; ou s'il y en eut, il dormit trop profondément pour se les rappeler.

Le matin arriva en quelques instants.

13

Il avait oublié la géographie de la maison après sa brève visite de la veille, mais son odorat suffit à le conduire à la cuisine. Du bacon était en train de frire et le café était presque prêt. Près de la cuisinière se tenait une femme rousse. Elle délaissa sa tâche pour lui adresser un signe de tête.

« Vous devez être Martin », dit-elle ; sa voix avait un léger accent irlandais. « Vous vous êtes levé tard. »

Il regarda la pendule sur le mur. Il était sept heures passées de quelques minutes.

« Votre première journée ici sera belle. »

La porte de derrière était ouverte ; il traversa l'étendue de la cuisine pour aller observer le jour. C'était une belle journée ; le ciel était encore clair. La pelouse était parsemée de givre. Dans le lointain embrumé, il distingua ce qui devait être un court de tennis et, plus loin, une rangée d'arbres.

« Je m'appelle Pearl, au fait, annonça la femme. C'est moi qui fais la cuisine pour Mr Whitehead. Vous avez faim ?

— Oui, maintenant que je suis là.

— Ici, on croit au petit déjeuner. De quoi vous mettre en forme pour toute la journée. »

Elle s'affairait à transférer le bacon de la poêle sur le gaz à l'intérieur du four. L'espace à côté de la plaque chauffante était couvert de nourriture : tomates, saucisses, tranches de pudding noir.

« Il y a du café ici. Servez-vous. »

Le percolateur rota et siffla tandis qu'il se servait une tasse de café, le même nectar sombre et savoureux qu'il avait pu apprécier la veille au soir.

« Il faudra que vous preniez l'habitude d'utiliser la cuisine quand je ne serai pas là. Je ne vis pas ici. Je viens juste de temps en temps.

— Qui fait la cuisine pour Mr Whitehead quand vous n'êtes pas là ?

— Il aime la faire lui-même de temps en temps. Mais il faudra que vous mettiez la main à la pâte.

— Je sais à peine faire bouillir de l'eau.

— Vous apprendrez. »

Elle se tourna vers lui pour l'examiner. Elle était plus âgée qu'il ne l'avait cru de prime abord : peut-être la cinquantaine.

« Ne vous inquiétez pas trop de ça, dit-elle. Vous avez vraiment faim ?

— Je suis affamé.

— Je vous avais laissé un repas froid hier soir.

— Je me suis endormi. »

Elle cassa un œuf dans la poêle, puis un deuxième, et dit :

« Mr Whitehead n'a pas des goûts excentriques, mis à part ses fraises. Il ne vous demandera pas de lui préparer un soufflé, ne vous inquiétez pas. La plupart des provisions sont au congélateur dans la pièce à côté : tout ce que vous aurez à faire, c'est de défaire les emballages et de les mettre dans le four à micro-ondes. »

Marty parcourut la cuisine des yeux, passant son équipement en revue : plaques chauffantes, four à micro-ondes, couteau électrique. Derrière lui, montés sur le mur, se trouvaient une rangée d'écrans de télévision. Il ne les avait pas remarqués auparavant. Mais avant qu'il ait pu s'enquérir de leur fonctions, Pearl lui offrait de nouveaux détails gastronomiques :

« Il a souvent un petit creux en plein milieu de la nuit, du moins c'est ce que disait Nick. Il a des horaires bizarres, vous verrez.

— Qui est Nick ?

— Votre prédécesseur. Il nous a quittés juste avant Noël. Je l'aimais bien ; mais Bill m'a dit qu'il s'était mis à chaparder.

— Je vois. »

Elle haussa les épaules.

« On ne sait jamais ce genre de chose à l'avance, n'est-ce pas ? Je veux dire... »

Elle s'interrompit au milieu de sa phrase, maudissant sa langue en silence, et dissimula son embarras en transférant les œufs de la poêle à une assiette où ils allèrent rejoindre le plat qu'elle avait commencé à composer. Marty acheva sa pensée à haute voix pour elle.

« Il n'avait pas l'air d'être un voleur ; c'est ça que vous essayiez de dire ?

— Ce n'est pas ce que je voulais dire », insista-t-elle, apportant l'assiette sur la table. « Attention, c'est chaud. »

Son visage avait pris la même couleur que ses cheveux.

« Ça ira, lui dit Marty.

— J'aimais bien Nick, répéta-t-elle. Vraiment. J'ai cassé un des œufs. Je suis désolée. »

Marty baissa les yeux vers son assiette débordante. Un des jaunes d'œuf s'était en effet brisé et formait une petite mare autour d'une tomate.

« Ça m'a l'air appétissant », dit-il avec sincérité, et il se mit à manger.

Pearl remplit de nouveau sa tasse, en trouva une pour elle, la remplit, et s'assit à côté de lui.

« Bill a une haute opinion de vous, dit-elle.

— Je n'étais pas sûr de lui convenir au début.

— Oh si, dit-elle, et comment. En partie parce que vous avez fait de la boxe. Lui-même a été boxeur professionnel.

— Vraiment ?

— Je croyais qu'il vous l'aurait dit. Ça fait trente ans de ça. Avant qu'il travaille pour Mr Whitehead. Vous voulez des toasts ?

— S'il y en a de prêts. »

Elle se leva et coupa deux tranches de pain de mie, puis les glissa dans le grille-pain. Elle hésita un instant avant de se retourner vers la table.

« Je suis vraiment désolée, dit-elle.

— Pour l'œuf ?

— D'avoir parlé de Nick et de ses vols...

— C'est moi qui vous l'ai demandé, répondit Marty. De plus, vous avez toutes les raisons d'être prudente. Je suis un ex-taulard. Et même pas vraiment ex. Je risque de retourner là-bas si je fais un faux pas (il détestait dire cela, comme si le fait de formuler ces mots rendait cette éventualité plus probable) mais je ne vais pas décevoir Mr Toy. Ni moi-même. D'accord ? »

Elle hocha la tête, visiblement soulagée qu'il n'y ait aucune aigreur entre eux, et se rassit pour finir son café.

« Vous n'êtes pas comme Nick, dit-elle. Je m'en rends déjà compte.

— Était-il bizarre ? dit Marty. Un œil de verre ou quelque chose comme ça ?

— Eh bien, il n'était pas... »

Elle sembla regretter la nouvelle direction qu'avait prise leur conversation, avant même qu'elle ait pu progresser.

« Ça n'a pas d'importance, dit-elle pour écarter le sujet.

— Si, si. Continuez.

— Eh bien, quoi qu'il en soit, je crois qu'il avait des dettes. »

Marty s'efforça de ne manifester qu'un intérêt modéré. Mais quelque chose avait dû se lire dans ses yeux, peut-être un éclat fugace de panique. Pearl fronça les sourcils.

« Quel genre de dettes ? » demanda-t-il d'une voix égale.

Les toasts sautèrent hors du grille-pain, requérant l'attention de Pearl. Elle se leva pour aller les chercher et les posa sur la table.

« Excusez-moi pour les doigts, dit-elle.

— Merci.

— Je ne sais pas combien d'argent il devait.

— Non, je ne vous demandais pas combien, je voulais dire... d'où provenaient-elles ? »

Réussissait-il à dissimuler son intérêt pour le sujet, se demanda-t-il, ou bien pouvait-elle voir, à la façon dont il empoignait sa fourchette ou à sa soudaine perte d'appétit, que c'était une question importante ? Il fallait qu'il la pose, quoi qu'elle en pensât par la suite. Elle réfléchit un moment avant de lui répondre. Quand elle le fit, il y avait une trace de commérage dans sa voix ; ce qu'elle allait lui dire devait rester un secret entre eux.

« Il avait l'habitude de descendre ici à n'importe quelle heure de la journée pour téléphoner. Il me disait qu'il appelait les gens du spectacle — c'était un cascadeur, voyez-vous, ou du moins il l'avait été —, mais j'ai vite découvert qu'il faisait des paris. A mon avis, c'est de là que venaient ses dettes. Du jeu. »

Sans savoir comment, Marty connaissait la réponse avant de l'entendre. Il en découlait, bien sûr, une autre question : était-ce une simple coïncidence que Whitehead ait employé deux gardes du corps qui avaient tous les deux été, à un moment donné de leur vie, des joueurs ? Et qui étaient tous les deux devenus, c'était clair maintenant, des voleurs à cause du jeu ? Toy n'avait jamais manifesté quelque intérêt que ce soit dans cette partie de la vie de Marty. Mais peut-être tous les faits saillants se trouvaient-ils dans le dossier que Somervale avait toujours eu sur lui : les rapports des psychologues, les comptes rendus d'audience, tout ce que Toy aurait besoin de savoir sur ce qui avait conduit Marty à voler. Il essaya de chasser le trouble qu'il ressentait à cette idée. Que diable cela pouvait-il signifier maintenant ? C'était une vieille histoire ; il était guéri à présent.

« Vous avez fini de manger ?

— Oui, merci.

— Encore un peu de café ?

— Je me servirai. »

Pearl prit l'assiette de Marty, versa les reliefs de son petit déjeuner dans une deuxième assiette — « Pour les oiseaux », dit-elle — et commença à disposer plats, couverts et poêles dans le lave-vaisselle. Marty remplit sa tasse et la regarda travailler. C'était une femme attirante ; la maturité lui seyait.

« Combien de domestiques Whitehead emploie-t-il exactement ?

— *Mr* Whitehead », dit-elle en le reprenant gentiment. « Des domestiques ? Eh bien, il y a moi. Je ne viens que de temps en temps, comme je vous l'ai dit. Et puis il y a Mr Toy, bien sûr.

— Il ne vit pas ici lui non plus, n'est-ce pas ?

— Il reste dormir ici quand ils ont des conférences tard la nuit.

— Ça arrive souvent ?

— Oh, oui. Il y a beaucoup de rencontres ici, dans la maison. Les gens rentrent et sortent tout le temps. C'est pour ça que Mr Whitehead est si soucieux de sa sécurité.

— Est-ce qu'il va à Londres de temps en temps ?

— Plus maintenant, dit-elle. Il prenait l'avion assez fréquemment dans le temps. New York, Hambourg, des endroits comme ça. Mais plus maintenant. Maintenant, il reste ici toute l'année et c'est le monde entier qui vient pour le voir. Où en étais-je ?

— Les domestiques.

— Oh, oui. Autrefois, la maison grouillait de monde. Le service de sécurité ; les serviteurs ; les femmes de chambre. Puis il a traversé une période soupçonneuse. Il pensait que l'un d'entre eux aurait pu l'empoisonner ou l'assassiner dans son bain. Alors, il les a tous sacqués : comme ça. Il a dit qu'il allait ne garder que certains d'entre nous ; ceux à qui il faisait confiance. Comme ça, il ne serait plus entouré par des gens qu'il ne connaissait pas.

— Il ne me connaît pas.

— Pas encore. Mais il est malin : plus malin que quiconque. »

Le téléphone sonna. Elle décrocha. Il savait que Whitehead était à l'autre bout du fil. Pearl avait l'air prise la main dans le sac.

« Oh... oui, c'est de ma faute. Je suis restée bavarder avec lui... Tout de suite. »

Le combiné regagna rapidement son socle.

« Mr Whitehead vous attend. Vous feriez mieux de vous dépêcher. Il est avec les chiens. »

14

Le chenil était situé derrière un groupe de remises — d'anciennes étables, peut-être —, à deux cents mètres environ derrière la maison. Amas disparate d'appentis et d'enclos grillagés, il avait été construit dans un but strictement fonctionnel, sans aucun souci d'esthétisme architectural ; c'était une offense pour l'œil.

Il faisait frais à l'extérieur et, en traversant l'étendue d'herbe rêche en direction du chenil, Marty regretta rapidement d'être en bras de chemise. Mais il avait perçu une certaine urgence dans la voix de Pearl quand elle lui avait demandé de partir, et il ne voulait pas que Whitehead — non, il devait apprendre à penser à cet homme comme à *Mr* Whitehead — l'attendît davantage. En fait, son retard parut laisser le vieil homme indifférent.

« Je pensais que nous pourrions aller voir les chiens ce matin. Ensuite, peut-être irons-nous faire le tour de la propriété, hein ?

— Oui, monsieur. »

Il était vêtu d'un lourd manteau noir, dont l'épais col de fourrure enveloppait son cou.

« Vous aimez les chiens ?

— Vous désirez une réponse honnête, monsieur ?

— Bien sûr que oui.

— Pas beaucoup.

— Votre mère a-t-elle été mordue, ou bien est-ce vous ? »

Il y avait l'ombre d'un sourire dans ses yeux injectés de sang.

« Ni l'un ni l'autre, pour autant que je m'en souvienne, monsieur. »

Whitehead grogna.

« Eh bien, vous allez faire la connaissance de la tribu, Strauss, que cela vous plaise ou non. Il est important qu'ils arrivent à vous reconnaître. Ils sont dressés à réduire les intrus en pièces. Nous ne voudrions pas qu'ils commettent une erreur. »

Une silhouette avait émergé de l'un des appentis les plus larges, portant une muselière. Marty dut y regarder à deux fois pour déterminer si le nouveau venu était un homme ou une femme. Les cheveux coupés court, l'anorak fatigué et les bottes suggéraient tous la virilité ; mais il y avait quelque chose dans le modelé du visage qui contredisait cette impression.

« Voici Lillian. Elle s'occupe des chiens. »

La femme hocha la tête sans jeter le moindre regard à Marty.

Quand elle était apparue, plusieurs molosses — de grands bergers alsaciens velus — avaient émergé des chenils pour se précipiter dans la petite cour bétonnée et ils la reniflaient à travers le grillage, geignant en signe de bienvenue. Elle tenta sans succès de les faire taire ; leur joie se manifesta bientôt par des aboiements et un ou deux d'entre eux se dressèrent sur leurs pattes postérieures, à hauteur d'homme, contre la grille, remuant furieusement de la queue. Le vacarme redoubla.

« Tenez-vous tranquilles », leur lança-t-elle.

La plupart se turent, froissés et honteux. Un des mâles, cependant, demeura debout contre la grille, exigeant son attention, jusqu'à ce que Lillian ôtât son gant de cuir et passât ses doigts à travers le grillage pour gratter sa gorge fourrée.

« Martin est le successeur de Nick, dit Whitehead. Il sera ici tout le temps désormais. J'ai pensé qu'il devait faire la connaissance des chiens et les laisser faire la sienne.

— C'est raisonnable, dit Lillian sans enthousiasme.

— Combien y en a-t-il ? s'enquit Marty.

— Des adultes ? Neuf. Cinq mâles, quatre femelles. Voici Saul », dit-elle en parlant du chien qu'elle caressait toujours.

« C'est le plus âgé et le plus fort. Ce mâle dans le coin est Job. C'est un des fils de Saul. Il n'est pas très bien en ce moment. »

Job était à moitié couché dans un coin de l'enclos et léchait ses testicules avec un certain enthousiasme. Il parut conscient d'être devenu le centre de la conversation, car il délaissa sa toilette pour lever la tête vers eux l'espace d'un instant. Dans le regard qu'il leur jeta, il y avait tout ce que Marty détestait chez l'espèce canine : la menace, la ruse, la haine à peine déguisée pour ses maîtres.

« Les chiennes sont par là-bas... »

Deux molosses trottinaient le long de l'enclos.

« ... la plus claire est Dido et la plus sombre Zoé. »

Il était bizarre de voir de telles brutes dotées de noms pareils ; cela semblait totalement inapproprié. Et les animaux en voulaient sûrement à cette femme de les avoir ainsi baptisés ; ils se moquaient d'elle, probablement, derrière son dos.

« Venez par ici », dit Lillian, appelant Marty comme elle aurait appelé un membre de sa meute.

Comme eux, il s'exécuta.

« Saul, dit-elle à l'animal derrière la grille, voilà un ami. Venez plus près, dit-elle à Marty, il ne peut pas vous sentir d'aussi loin. »

Le chien s'était remis à quatre pattes. Marty s'approcha du grillage avec prudence.

« N'ayez pas peur. Allez droit vers lui. Laissez-le vous renifler un bon coup.

— Ils n'aiment pas la peur, dit Whitehead. N'est-ce pas, Lillian ?

— C'est exact. S'ils la sentent sur vous, ils savent qu'ils vous tiennent. Alors, ils sont sans pitié. Il faut leur tenir tête. »

Marty s'approcha du chien. Celui-ci le regarda d'un air irrité ; il lui retourna son regard.

« N'essayez pas de lui faire baisser les yeux, conseilla Lillian. Cela rend le chien agressif. Laissez-le enregistrer votre odeur afin qu'il vous reconnaisse. »

Au grand inconfort de Marty, Saul lui renifla les jambes et le bas-ventre à travers le grillage. Puis, apparemment satisfait, il s'éloigna.

« C'est bien, dit Lillian. La prochaine fois, pas de grille. Et dans quelque temps, vous le tiendrez dans vos bras. »

Elle prenait plaisir au trouble de Marty, il en était sûr. Mais il ne dit rien et se contenta de la laisser le conduire dans le plus grand des appentis.

« A présent, vous devez rencontrer Bella », dit-elle.

A l'intérieur du chenil, l'odeur de désinfectant, de vieille urine et de chien était étourdissante. L'entrée de Lillian fut accueillie par un nouveau tonnerre d'aboiements et de coups de pattes sur les grilles. L'appentis était divisé en deux par un couloir, avec des rangées de cages sur la droite et sur la gauche. Deux d'entre elles renfermaient chacune une chienne solitaire, dont l'une était considérablement plus petite que l'autre. Lillian ne lui fit grâce d'aucun détail quand ils passèrent devant les cages — le nom de chaque chienne et sa place sur l'arbre généalogique incestueux. Marty écouta avec attention tout ce qu'elle disait et l'oublia immédiatement. Son esprit était occupé ailleurs. Ce n'était pas seulement la présence intime des chiens qui le troublait, mais la familiarité étouffante de cet endroit. Le couloir central; les cellules avec leur sol de béton, leurs couvertures, leurs ampoules nues... Et il commença à percevoir les chiens sous un nouveau jour; il perçut une autre signification dans le regard méchant de Job quand il avait levé la tête après ses ablutions; il comprit, mieux que Lillian ou Whitehead ne pourraient jamais le faire, comment ces prisonniers les voyaient, lui et son espèce.

Il s'arrêta pour regarder dans une des cages, non pas en raison d'un intérêt particulier, mais pour chasser l'anxiété qu'il ressentait dans cette hutte claustrophobique.

« Comment s'appelle celui-ci ? » demanda-t-il.

Le chien s'était approché de la porte de sa cage; un autre mâle de bonne taille, même s'il n'était pas du gabarit de Saul.

« C'est Larousse », répondit Lillian.

Ce chien avait l'air plus amical que les autres. Marty domina ses nerfs et s'accroupit dans le couloir étroit, tendant une main hésitante vers la cage.

« Il sera gentil avec vous », dit-elle.

Marty posa ses doigts sur le grillage. Larousse les renifla avec curiosité; sa truffe était froide et humide.

« Bon chien, dit Marty. Larousse. »

Le chien se mit à remuer la queue, heureux d'être ainsi nommé par cet inconnu en nage.

« Bon chien. »

Près du sol, à proximité des couvertures et de la paille, l'odeur d'excréments et de fourrure était encore plus forte. Mais le chien était ravi que Marty fût descendu à son niveau et il tenta de lécher ses doigts à travers le grillage. Marty sentit la peur qui était en lui se dissiper devant l'enthousiasme du chien : loin de lui vouloir du mal, l'animal manifestait un plaisir sans mélange.

Ce ne fut qu'à ce moment-là qu'il prit conscience du regard de Whitehead. Le vieil homme était debout à quelques mètres sur sa gauche, sa masse bloquant entièrement l'étroit passage entre les cages, et il l'observait avec intensité. Marty se releva, se sentant emprunté, laissant le chien gémir et remuer la queue derrière lui, et il suivit Lillian le long de la rangée de cages. La maître-chien chantait les louanges d'un autre membre de la tribu. Marty se brancha sur sa conversation :

« Et voici Bella », annonça-t-elle.

Sa voix s'était adoucie ; elle avait pris un accent rêveur qu'il n'avait pas perçu auparavant. Quand Marty atteignit la cage qu'elle lui désignait, il comprit pourquoi.

Bella était à moitié couchée sous l'ombre du grillage, au fond de sa cage, telle une madone au museau noir étendue sur un lit de couvertures et de paille, un chiot aveugle suçotant chacune de ses mamelles. Quand Marty posa les yeux sur elle, toutes les réserves qu'il avait pu entretenir à l'égard des chiens s'évaporèrent.

« Six petits », annonça Lillian avec autant de fierté que s'ils avaient été les siens, « tous forts et sains. »

Plus que forts et sains, ils étaient superbes ; des boules grassouillettes de contentement nichées les unes contre les autres dans la volupté des flancs de leur mère. Il paraissait inconcevable que des créatures si vulnérables puissent croître pour devenir des seigneurs gris fer comme Saul ou des rebelles soupçonneux comme Job.

Bella, sentant la présence d'un nouveau venu parmi sa congrégation, leva les oreilles. Sa tête était magnifiquement proportionnée, des nuances de sable et d'or se mêlaient dans son poil en des effets somptueux, ses yeux bruns étaient vigilants mais pleins de douceur dans cette lumière tamisée. Elle était si *achevée ;* si complètement elle-même. La seule réaction possible à cette présence était l'émerveillement. Ce fut ce que Marty ressentit, avec ferveur.

Lillian regarda à travers la grille, présentant Marty à cette mère entre les mères.

« Voici Mr Strauss, Bella, dit-elle. Tu le verras de temps en temps ; c'est un ami. »

Il n'y avait aucune condescendance dans la voix de Lillian. Elle parlait à la chienne d'égale à égale, et en dépit de sa réserve initiale devant cette femme, Marty se sentait plus proche d'elle à présent. L'amour ne se construisait pas aisément, Marty l'avait appris à ses dépens. Quelque forme qu'il prenne, il était sensé de le respecter. Lillian aimait cette chienne — sa grâce, sa dignité. C'était un amour qu'il pouvait approuver, sinon entièrement comprendre.

Bella renifla l'air et parut satisfaite d'avoir pris la mesure de Marty. Lillian s'écarta à regret de la cage pour se tourner vers Strauss.

« Elle pourrait même arriver à vous aimer, avec le temps. C'est une grande séductrice, vous savez. Une grande séductrice. »

Derrière eux, Whitehead grommela devant ce sentimentalisme déplacé.

« Allons-nous faire le tour de la propriété ? suggéra-t-il avec impatience. Je pense que nous en avons fini ici.

— Revenez quand vous serez installé », dit Lillian — son attitude s'était sensiblement dégelée depuis que Marty avait témoigné de l'intérêt pour ses pupilles. « Je les ferai parader pour vous.

— Merci. Je n'y manquerai pas. »

« Je tenais à ce que vous voyiez les chiens », dit Whitehead quand ils eurent laissé les enclos derrière eux et eurent commencé à traverser la pelouse à bon pas en direction du mur d'enceinte. Mais ce n'était qu'en partie la raison de cette visite. Marty le savait parfaitement. Whitehead avait voulu que cette expérience rappelle à Marty ce qu'il avait laissé derrière lui. N'était le bon vouloir de Joseph Whitehead, il retournerait là-bas. Eh bien, il avait appris sa leçon. Il préférerait sauter à travers des cercles de feu si le vieil homme le lui ordonnait plutôt que de revenir au sein des couloirs et des cellules. Il n'y avait même pas de Bella là-bas ; pas de sublime et secrète mère enfermée au cœur de Wandsworth. Juste des hommes perdus comme lui.

Le jour se réchauffait : le soleil s'était levé, pâle ballon jaune citron dérivant au-dessus d'un vol de corneilles, et le givre dégelait sur la pelouse. Pour la première fois depuis son arrivée, Marty commença à apprécier l'échelle du domaine. De vastes étendues s'ouvraient de chaque côté d'eux ; il voyait de l'eau, un lac ou peut-être une rivière miroiter derrière une rangée d'arbres. A l'ouest de la maison se trouvaient des alignements de cyprès, suggérant des promenades, des fontaines peut-être ; de l'autre côté, un jardin surélevé entouré par un petit mur de pierre. Il lui faudrait des semaines pour reconnaître les lieux.

Ils avaient atteint le mur d'enceinte qui faisait le tour du domaine. Haute de trois bons mètres, chacune de ses deux barrières était surmontée de barres de fer aiguisées qui se courbaient dans l'attente de quelque intrus. Elles étaient à leur tour couronnées de spirales de barbelés. La construction émettait le bourdonnement quasi imperceptible d'un courant électrique. Whitehead la regarda avec une satisfaction évidente.

« Impressionnant, hein ? »

Marty hocha la tête. De nouveau, cette vision éveillait des échos en lui.

« Cela nous procure une certaine sensation de sécurité », dit Whitehead.

Arrivé près du mur, il tourna sur la gauche et se mit à marcher le long du périmètre, entamant une conversation — si on pouvait la qualifier ainsi — qui n'était qu'une suite d'enchaînements illogiques, comme s'il avait été trop irrité par la structure elliptique d'un dialogue normal pour la supporter. Il se contentait d'émettre des affirmations, ou des chapelets de remarques, laissant à Marty le soin d'en retirer un sens impondérable.

« Ce n'est pas un système parfait : les barrières, les chiens, les caméras. Vous avez vu les écrans dans la cuisine ?

— Oui.

— J'ai les mêmes en haut. Les caméras nous garantissent une surveillance totale, jour et nuit. »

Il leva un pouce en direction du projecteur de l'une des caméras qui se trouvaient à côté d'eux. Il y en avait une tous les dix poteaux. Elles tournaient lentement de droite à gauche, comme des têtes d'oiseaux mécaniques.

« Luther vous montrera comment les faire fonctionner. Ça m'a coûté une petite fortune de les faire installer et je suis sceptique quant à l'efficacité de ce système. Ces gens-là ne sont pas des imbéciles.

— Vous avez eu des effractions ?

— Pas ici. A la maison de Londres, ça arrivait tout le temps. Bien sûr, c'était quand j'étais plus *visible*. Le nabab sans complexe. Evangéline et moi dans chaque feuille à scandale. Les égouts de Fleet Street ; ça ne manque jamais de m'écœurer.

— Je croyais que vous possédiez un journal ?

— On s'est documenté ?

— Pas exactement, je...

— Ne croyez pas les biographies, ni les rubriques de potins, ni même le *Who's Who*. Ils mentent. Je mens... (il acheva sa conjugaison, diverti par son propre cynisme) tu mens, il ou elle ment. Des écrivaillons. Des fouille-merde. Méprisables, tous autant qu'ils sont. »

Était-ce pour cela qu'il avait érigé cette barrière mortelle : à cause des fouille-merde ? Une forteresse dressée contre une marée de scandale et d'insanités ? Si tel était le cas, c'était une façon fort élaborée de procéder. Marty se demanda si ce n'était pas simplement à cause d'un monstrueux égotisme. L'hémisphère tout entier s'intéressait-il à ce point à la vie privée de Joseph Whitehead ?

« A quoi pensez-vous, Mr Strauss ?

— Aux barrières », mentit Marty, confirmant ainsi la remarque de Whitehead.

« Non, Strauss, corrigea Whitehead. Vous êtes en train de penser : dans quoi me suis-je fourré, enfermé ainsi avec un lunatique ? »

Marty sentit que toute nouvelle dénégation serait un signe de culpabilité. Il ne dit rien.

« N'est-ce pas ce que la sagesse populaire raconte sur moi ? Le ploutocrate sur le déclin, pourrissant dans sa solitude. N'est-ce pas ce que l'on dit de moi ?

— Plus ou moins, répondit finalement Marty.

— Et vous êtes pourtant venu.

— Oui.

— Bien sûr que vous êtes venu. Vous vous êtes dit que, même si j'étais complètement fou, rien ne pourrait être pire qu'un séjour prolongé derrière des portes closes, n'ai-je pas raison ? Et vous vouliez *sortir*. A n'importe quel prix. Vous étiez désespéré.

— Bien sûr que je voulais sortir. N'importe qui l'aurait voulu.

— Je suis heureux que vous l'admettiez. Parce que ce désir me confère un pouvoir considérable sur vous, ne pensez-vous pas ? Vous n'oserez pas me trahir. Vous devez me rester fidèle comme les chiens restent fidèles à Lillian, pas parce qu'elle représente leur prochain repas, mais parce qu'elle est leur univers. Vous devez faire de moi *votre* univers, Mr Strauss. Ma préservation, ma santé mentale, mon bien-être doivent prévaloir dans votre esprit durant le moindre de vos instants d'éveil. Si cela se produit, je vous promets des libertés dont vous n'avez jamais rêvé de faire l'expérience. Le genre de libertés qui ne sont à la disposition que des hommes fabuleusement riches. Sinon, je vous ferai remettre en prison avec un dossier irréparablement souillé. Vous m'avez compris ?

— J'ai compris. »

Whitehead hocha la tête.

« Venez, alors, dit-il. Marchez avec moi. »

Il se tourna et continua sa marche. A cet endroit-là, la barrière décrivait un coude derrière le bois, et plutôt que de plonger dans les broussailles, Whitehead suggéra qu'ils abrègent leur parcours en se dirigeant vers la piscine.

« Tous les arbres se ressemblent à mes yeux, commenta-t-il. Vous pourrez revenir ici et traîner à votre guise plus tard. »

Ils longèrent cependant l'orée des bois assez longtemps pour que Marty se fasse une idée de leur densité. Ces arbres n'avaient pas été plantés avec un esprit de système ; ce n'était pas une réserve montée par les Eaux et Forêts. Ils étaient fort rapprochés les uns des autres, leurs branches venaient s'entremêler, un mélange de pins et d'arbres à feuilles caduques qui luttaient tous pour leur espace. Ce n'était qu'occasionnellement, là où un chêne ou un tilleul lançait vers le ciel ses branches encore dénudées en ce début de saison, que la lumière venait éclairer les fougères. Il se promit de revenir en cet endroit avant que le printemps ne l'enjolivât.

Whitehead ramena l'esprit de Marty à la réalité.

« Désormais, je veux vous avoir à portée de voix la plupart du temps. Je ne veux pas que vous soyez à mes côtés à chaque moment de la journée... j'ai juste besoin de vous dans les environs. De temps en temps, et seulement avec ma permission, vous serez autorisé à sortir d'ici tout seul. Vous savez conduire ?

— Oui.

— Eh bien, on ne manque pas de voitures ici, on vous préparera donc quelque chose. Ce n'est pas rigoureusement conforme aux conditions fixées par le tribunal. Ils ont recommandé, en quelque sorte, la garde à vue durant une période probatoire de six mois. Mais franchement, je ne vois aucune raison pour vous empêcher de rendre visite à vos proches — du moins quand il y aura d'autres personnes ici pour veiller à ma sécurité.

— Je vous remercie. Je vous en suis très reconnaissant.

— J'ai bien peur cependant de ne pas pouvoir vous offrir du temps libre pour l'instant. Votre présence ici est vitale.

— Des problèmes ?

— Ma vie est constamment menacée, Strauss. Je reçois, ou plutôt : mon bureau reçoit des lettres de menace tout le temps. La difficulté, c'est de distinguer les dingues qui passent leur temps à écrire des insanités aux célébrités des véritables assassins.

— Pourquoi souhaiterait-on vous assassiner ?

— Je suis un des hommes les plus riches hors d'Amérique. Je possède des compagnies qui emploient des dizaines de milliers de salariés ; je possède des terres si vastes que je ne parviendrais jamais à les parcourir durant les années qu'il me reste à vivre, même si je me mettais en route aujourd'hui ; je possède des bateaux, des œuvres d'art, des chevaux de course. Il est facile de faire de moi une icône. De penser qu'en mettant fin à ma vie, on apporterait la paix sur la terre aux hommes de bonne volonté.

— Je vois.

— De doux rêves », dit-il d'une voix amère.

Le rythme de leur marche s'était mis à ralentir. Le souffle du grand homme était plus court qu'il ne l'était une demi-heure auparavant. En l'écoutant parler, il était facile d'oublier son âge avancé. Ses opinions avaient l'absolutisme de la jeunesse. Pas de place ici pour la sérénité que conféraient de nombreuses années ; ni pour l'ambiguïté ni pour le doute.

« Je crois qu'il est temps que nous fassions demi-tour », dit-il.

Son monologue s'était finalement tari et Marty n'avait pas le goût à reprendre la conversation. Ni l'énergie. Le style de Whitehead — avec ses sinuosités inattendues — l'avait épuisé. Il faudrait qu'il s'habitue à prendre la pose de l'auditeur attentif : se composer un visage de circonstance. Apprendre à hocher la tête d'un air entendu aux endroits choisis, à murmurer des platitudes lors des pauses appropriées dans ce flot de paroles. Cela lui prendrait du temps, mais il finirait bien par trouver comment s'y prendre avec Whitehead.

« Ceci est ma forteresse, Mr Strauss », annonça le vieil homme quand ils s'approchèrent de la maison.

Celle-ci ne ressemblait guère à une garnison : ses briques étaient trop chaudes pour être sévères.

« Sa seule fonction est de me préserver du mal.

— Comme moi.

— Comme vous, Mr Strauss. »

Derrière la maison, un des chiens s'était mis à aboyer. Son solo se transforma rapidement en chorus.

« L'heure du repas », dit Whitehead.

15

Il fallut à Marty plusieurs semaines de vie dans le domaine avant qu'il comprît pleinement le rythme de la maison Whitehead. Dans cette dictature, si douce qu'elle fût, la forme que prenait chaque jour était définie de façon absolue par les projets et les caprices de Whitehead. Comme le vieil homme l'avait dit à Marty le premier jour, cette maison était son haut lieu ; ses adorateurs venaient chaque jour toucher l'ourlet de son opinion. Il reconnut certains de leurs visages : des capitaines d'industrie ; deux ou trois ministres (l'un d'entre eux avait récemment quitté ses fonctions pour tomber en disgrâce ; venait-il ici, se demanda Marty, pour implorer le pardon ou une vengeance ?) ; des pontifes, des gardiens de l'ordre moral — de nombreuses personnes que Marty connaissait de vue mais sur lesquelles il n'arrivait pas à placer un nom. On ne le présenta à aucune d'elles.

Une ou deux fois par semaine, il arrivait qu'on lui demandât de rester dans la pièce où ces rencontres avaient lieu, mais la plupart du temps il devait seulement se tenir à portée de voix.

Où qu'il se trouvât, il demeurait invisible aux yeux de la majorité des invités, qui le traitaient au mieux comme s'il avait fait partie des meubles. Cela l'irrita d'abord, car il lui semblait que tout le monde dans la maison avait un nom sauf lui. Avec le temps, cependant, il finit par se réjouir de cet anonymat. On ne lui demandait pas de donner son opinion sur quoi que ce fût, aussi laissait-il son esprit dériver sans courir le danger d'être invité à prendre part à la conversation. Il était agréable de se sentir détaché des préoccupations de ces êtres tout-puissants : leur existence avait l'air tendue et artificielle. Il lisait sur nombre de leurs visages des expressions qu'il reconnaissait pour les avoir déjà rencontrées à Wandsworth : les incessantes tracasseries à propos de broutilles, à propos de leur position dans la hiérarchie. Les règles du jeu étaient plus policées dans ce milieu qu'à Wandsworth ; mais les luttes, il commençait à le comprendre, étaient fondamentalement les mêmes. Les mêmes jeux de pouvoir. Il était heureux de ne pas y prendre part.

De plus, son esprit avait des questions plus importantes à méditer. Tout d'abord, il y avait Charmaine. Poussé peut-être davantage par la curiosité que par la passion, il s'était remis à penser souvent à elle. Il se surprenait à se demander à quoi ressemblait son corps huit ans plus tard. Avait-elle encore cette fine traînée de poils qui descendait de son nombril jusqu'à son pubis ; l'odeur de sa sueur était-elle toujours aussi piquante ? Il se demandait aussi si elle aimait toujours autant l'amour. Elle avait fait montre de plus d'appétit pour l'acte physique que toutes les femmes qu'il avait jamais connues ; c'était une des raisons pour lesquelles il l'avait épousée. Était-ce toujours le cas ? Et, dans l'affirmative, auprès de qui étanchait-elle sa soif ? Il tourna et retourna dans sa tête ces questions et une douzaine d'autres qu'il se posait à son sujet, et se promit qu'à la première occasion, il irait la voir.

Les semaines qui s'écoulèrent virent sa condition physique s'améliorer. Le strict régime d'exercices qu'il s'était fixé le soir de son arrivée lui parut d'abord un supplice, mais après quelques jours passés à châtier des muscles gémissants, il commença à porter ses fruits. Il se levait à cinq heures trente chaque matin et courait pendant une heure autour du domaine. Après une semaine passée à suivre le même circuit, il changea son itinéraire, ce qui lui permit d'explorer la propriété tout en s'exerçant. Il y avait plein de choses à voir. Le printemps n'était pas encore vraiment arrivé, mais ses prémices étaient là. Les crocus commençaient à se montrer, ainsi que les tiges élancées des jonquilles. Sur les arbres, des bourgeons grassouillets commençaient à se fendre : les feuilles s'épanouissaient. Il lui avait fallu presque une semaine pour parcourir le domaine dans son intégralité et pour déterminer les relations entre chacune de ses parties ; à présent, il saisissait plus ou moins sa structure. Il connaissait le lac, le colombier, la piscine, les courts de tennis, le chenil, le bois et les jardins. Un matin, alors que le ciel était exceptionnellement dégagé, il avait fait le tour complet de la propriété, longeant la barrière même quand elle se frayait un chemin derrière le bois. Il estimait à présent connaître cet endroit mieux que quiconque, y compris son propriétaire.

C'était un véritable plaisir ; pas seulement ses explorations, ni la liberté de pouvoir courir plusieurs kilomètres sans personne pour le regarder par-dessus l'épaule, mais les retrouvailles avec le spectacle de la nature. Il adorait être debout pour regarder le soleil se lever et on aurait cru qu'il courait à sa rencontre, comme si l'aube avait été réservée à son usage exclusif, une promesse de lumière, de chaleur et de vie à venir.

Il eut vite fait de perdre les bourrelets autour de son ventre. La ligne de partage de ses abdominaux redevint visible : cet estomac rigide comme une planche dont il avait été si fier quand il était plus jeune et qu'il avait cru perdu à jamais. Des muscles dont il avait oublié l'existence se remirent en mouvement, manifestant leur présence tout d'abord sous la forme de douleurs aiguës, puis ensuite se remettant à vivre une vie rayonnante. Il évacuait en transpirant des années de frustration qui coulaient loin de lui sous la douche, et il s'en sentait plus léger. Il était à nouveau conscient de son corps comme d'un système, avec tous ses éléments reliés les uns aux autres, dont la santé dépendait d'un équilibre et d'un usage judicieux.

Si Whitehead remarqua des changements dans ses manières ou dans son physique, il ne fit aucun commentaire. Mais Toy, lors d'un de ses séjours à la maison, perçut immédiatement sa métamorphose. Marty remarqua que Toy avait changé lui aussi, mais c'était pour le pire. Il n'était guère possible de faire des remarques sur son allure fatiguée ; Marty sentait que l'état de leurs relations n'autorisait pas encore une telle familiarité. Il se contenta d'espérer que Toy ne souffrait pas de quelque chose de grave. L'aspect défait de son visage large suggérait que quelque chose dévorait les entrailles de cet homme. La souplesse de son pas, que Marty avait attribuée aux années que Toy avait passées sur le ring, avait disparu.

Il y avait bien d'autres mystères ici, outre le déclin de Toy. Par exemple, la collection de peintures : les œuvres des grands maîtres qui décoraient les couloirs du Sanctuaire. Elles étaient négligées. Personne n'avait dépoussiéré leur surface depuis des mois, peut-être depuis des années, et par-dessus le vernis jaunissant qui ternissait leur éclat, elles étaient affligées d'une couche de saleté. Marty n'avait jamais eu beaucoup de goût pour l'art, mais à présent qu'il avait le temps de contempler ces œuvres, il prenait plaisir à les regarder. La plupart d'entre elles, les portraits et les œuvres de caractère religieux, ne l'attiraient guère : elles ne dépeignaient pas des gens qu'il connaissait ni des événements qu'il comprenait. Mais, dans un petit couloir qui conduisait à l'extension qui avait jadis été la suite d'Evangeline et dans laquelle on avait aménagé un sauna et un solarium, il découvrit deux tableaux qui enflammèrent son imagination. C'étaient deux paysages, dus à la même main anonyme, et à en juger par l'endroit où on les avait relégués, ce n'étaient pas des chefs-d'œuvre. Mais leur mélange curieux de scènes réalistes — des arbres et des routes venteuses sous un ciel bleu et jaune — et de détails totalement fantaisistes — un dragon aux ailes mouchetées en train de dévorer un homme sur la route ; un vol de femmes lévitant au-dessus d'une forêt ; une cité au loin, en train de brûler —, ce mariage du réel et de l'irréel était peint de façon si convaincante que Marty se retrouvait sans cesse ramené vers ces deux tableaux hantés, découvrant à chaque visite de nouveaux détails fantastiques enfouis dans les broussailles et dans les nuées.

Ces peintures n'étaient pas les seules choses propres à aiguiser sa curiosité. L'étage supérieur de la maison, dans lequel Whitehead avait ses appartements, lui était totalement interdit, et il fut plus d'une fois tenté de s'y introduire quand il savait le vieil homme occupé ailleurs, afin d'explorer ce territoire tabou. Il soupçonnait Whitehead d'utiliser l'étage supérieur comme une position stratégique d'où il espionnait les allées et venues de ses acolytes. Ce qui expliquait en partie un autre mystère : l'impression qu'il avait, lorsqu'il faisait sa ronde, qu'on l'observait. Mais il résista à cette tentation. Y céder n'aurait sans doute pas valu le risque de perdre son travail.

Quand il ne travaillait pas, il passait la majeure partie de son temps dans la bibliothèque. Là, s'il était curieux du monde extérieur, il pouvait parcourir les derniers numéros de *Time,* du *Washington Post,* du *Times,* et de plusieurs autres journaux — *Le Monde,* le *Frankfurter Allgemeine Zeitung,* le *New York Times,* que Luther ramenait régulièrement. Il les feuilletait en cherchant les articles au hasard, les emmenant parfois au sauna pour les lire là-bas. Quand il se lassait des journaux, il y avait plusieurs milliers de livres entre lesquels choisir et ce n'étaient pas tous, à son grand plaisir, des grandes œuvres intimidantes. Il s'en trouvait certes en abondance, de ces classiques de la littérature mondiale, mais à côté d'eux sur les étagères, il y avait des éditions de poche usées et souvent lues de livres de science-fiction, aux couvertures tapageuses. Marty se mit à les lire, choisissant tout d'abord ceux dont les couvertures étaient les plus suggestives. Il y avait aussi l'équipement vidéo. Toy lui avait procuré une douzaine de cassettes consacrées aux grands moments de la boxe, que Marty visionnait systématiquement, repassant ses victoires préférées jusqu'à plus soif. Il pouvait rester des soirées entières à regarder les matches, émerveillé par la grâce et par l'économie de mouvements des grands boxeurs. Toy, toujours soucieux de son bien-être, lui avait également fourni deux cassettes pornographiques, les tendant à Marty avec un sourire conspirateur et lui conseillant de ne pas les consommer toutes à la fois. Ces cassettes étaient des suites de scènes dénuées de toute intrigue, dans lesquelles des couples et des trios anonymes se déshabillaient avant que trente secondes ne se soient écoulées et entraient dans le vif du sujet en moins d'une minute. Rien de sophistiqué : mais elles avaient leur utilité car, comme Toy l'avait de toute évidence deviné, le grand air, l'exercice et un optimisme renaissant avaient fait des merveilles sur la libido de Marty. Il viendrait un moment où le plaisir solitaire devant un écran vidéo cesserait d'être satisfaisant. De plus en plus, Marty rêvait de Charmaine : des rêves sans la moindre ambiguïté qui se déroulaient dans la chambre du numéro vingt-six. La frustration lui donna du courage, et quand il revit Toy, il lui demanda la permission d'aller la voir. Toy promit d'en parler au patron, mais il n'y eut pas de suite. Il devait se contenter pour le moment des cassettes et de leurs soupirs et grognements simulés.

Systématiquement, il se mit à apposer des noms sur les visages qui faisaient des apparitions régulières à la maison ; les conseillers les plus proches et les plus sûrs de Whitehead. Toy, bien sûr, était fréquemment là. Il y avait aussi un avocat, Ottaway, un homme mince et bien habillé d'une quarantaine d'années, que Marty détesta dès qu'il perçut un échantillon de sa conversation. Ottaway parlait avec les accents, pleins d'insinuations et de dissimulation, du magouilleur professionnel dont Marty avait une expérience de première main. Cela lui rappela d'amers souvenirs.

Il y avait un autre homme, nommé Curtsinger, un homme aux costumes sobres mais au goût exécrable en matière de cravates et d'eaux de toilette, qui, quoique souvent en compagnie d'Ottaway, paraissait bien plus inoffensif. C'était l'un des rares visiteurs à remarquer la présence de Marty dans une pièce — généralement au moyen d'un bref hochement de tête. Une fois, alors qu'il célébrait un contrat qui venait juste d'être signé, Curtsinger avait glissé un gros cigare dans la poche du veston de Marty ; après ça, Marty s'était senti prêt à tout lui pardonner.

Le troisième visage qu'on voyait apparaître régulièrement aux côtés de Whitehead était le plus énigmatique de tous : un homme basané aux allures de troll nommé Dwoskin. Il faisait figure de Cassius là où Toy était un Brutus. Ses costumes gris pâle immaculés, ses mouchoirs méticuleusement pliés, la précision du moindre de ses gestes, tout cela trahissait un homme au caractère obsessionnel dont les rituels de propreté étaient conçus pour contrebalancer les excès physiques. Mais Marty flairait autre chose sous la surface de cet homme, il flairait un danger, que les années passées à Wandsworth lui avaient appris à détecter. En fait, ce danger était aussi présent chez les autres. Sous l'aspect glacial d'Ottaway et sous l'apparence mielleuse de Curtsinger, il y avait des hommes loin d'être — selon la formule de Somervale — ragoûtants.

Marty écarta tout d'abord cette impression comme la manifestation d'une méfiance de classe ; un minable se gardait par principe des hommes riches et influents. Mais plus il assistait à leurs conférences, plus il était témoin de leurs débats surchauffés et plus il acquérait la certitude qu'il y avait sous leurs affaires une part à peine dissimulée de duperie, et même de crime. Il ne comprenait pas la plupart de leurs conversations — les subtilités de la Bourse lui étaient totalement étrangères —, mais leur vocabulaire civilisé ne parvenait pas tout à fait à en purifier le sens. Ils ne s'intéressaient qu'aux mécaniques de la supercherie : comment manipuler les lois et les marchés. Dans leurs échanges, il était surtout question d'évasion fiscale, de ventes à réaliser afin de gonfler artificiellement les prix, de placebos qu'il fallait faire passer pour des panacées. Il n'y avait aucune justification implicite dans leur démarche ; au contraire, on applaudissait avec enthousiasme aux manœuvres illicites, aux marchandages politiques. Au milieu de tous ces manipulateurs, Whitehead était le caïd. Tous étaient pleins de respect en sa présence. Loin de lui, tandis qu'ils luttaient pour conquérir une meilleure position à ses pieds, ils étaient impitoyables. Il pouvait les réduire au silence en esquissant un geste de la main et il le faisait souvent. La moindre de ses paroles était accueillie avec révérence, comme si elle avait émané de la bouche d'un messie. Cette énigme amusait puissamment Marty : mais en appliquant les préceptes qu'il avait appris en prison, il savait que, pour mériter une telle dévotion, Whitehead devait avoir péché plus gravement que ses admirateurs. Il ne doutait nullement des talents de Whitehead en matière de ruse : il avait déjà fait l'expérience de ses pouvoirs de persuasion. Mais au fil du temps, l'autre question devenait plus brûlante : était-il aussi un voleur ? Et sinon : *quel était son crime ?*

16

L'aisance, finit-elle par comprendre tandis qu'elle observait le coureur depuis sa fenêtre, voilà l'essentiel ; en tout cas, c'était ce qu'elle appréciait le plus en le regardant. Elle ne connaissait pas son nom, bien qu'elle eût pu s'en enquérir. Elle préférait qu'il demeurât anonyme, cet ange vêtu d'un survêtement gris, dont le souffle s'épuisait à mesure qu'il courait. Elle avait entendu Pearl parler du nouveau garde du corps et présumait que c'était lui. Son nom avait-il véritablement de l'importance ? De tels détails ne pouvaient que ternir le mythe qu'elle s'en était fait.

C'était une mauvaise période pour elle, pour plusieurs raisons, et par ces matins de défaite, assise à sa fenêtre après une nuit sans sommeil, la vision de cet ange courant le long de la pelouse ou entr'aperçu au milieu des cyprès était un signe auquel elle s'accrochait, un présage de bonheur à venir. Elle avait fini par compter sur la régularité de ses apparitions, et lorsque le sommeil la capturait et qu'elle manquait le coureur le matin venu, elle éprouvait un vif sentiment de perte durant le reste de la journée. Le matin, elle s'efforçait d'être fidèle à son rendez-vous avec lui.

Mais elle ne pouvait pas se résoudre à quitter l'île du Soleil, à franchir tant de dangereux récifs pour le rejoindre là où il se trouvait. Même lui signaler son existence dans la maison aurait été un trop gros risque. Elle se demanda s'il avait des talents de détective. En ce cas, peut-être avait-il découvert sa présence dans la maison grâce à quelques indices : en ayant vu ses mégots de cigarettes dans l'évier de la cuisine, ou en ayant senti son parfum dans une pièce qu'elle venait de quitter à peine quelques minutes auparavant. Ou peut-être les anges, qui étaient après tout des divinités, n'avaient-ils pas besoin de recourir à de tels subterfuges. Peut-être *savait*-il simplement, sans avoir besoin du moindre indice, qu'elle était là, debout derrière le soleil à sa fenêtre, ou pressée contre une porte verrouillée quand il traversait le couloir en sifflotant.

Il ne servirait cependant à rien de tenter de l'atteindre, même si elle avait pu en trouver le courage. Qu'aurait-elle eu à lui dire ? Rien. Et quand — c'était inévitable — il aurait poussé un soupir d'irritation et lui aurait tourné le dos, elle se serait retrouvée perdue dans son *no man's land,* isolée du seul endroit où elle se sentait en sécurité, l'île du Soleil qui venait à elle dans un nuage de poudre blanche, cet endroit que les pavots saignaient pour lui offrir.

« Vous n'avez rien mangé aujourd'hui », gronda Pearl — ce reproche était familier. « Vous allez dépérir.

— Laissez-moi tranquille, voulez-vous ?

— Il faudra que je lui dise, vous le savez.

— Non, Pearl, supplia Carys, ne dites rien. Je vous en prie. Vous savez comment il est. Je vous détesterai si vous lui dites quelque chose. »

Pearl était debout près de la porte, son plateau à la main, une lueur de désapprobation sur son visage. Elle n'allait pas fondre devant ses prières ni devant son chantage.

« Est-ce que vous essayez encore de vous affamer ? demanda-t-elle sans sympathie aucune.

— Non. Je n'ai pas beaucoup d'appétit, c'est tout. »

Pearl haussa les épaules.

« Je ne vous comprends pas, dit-elle. La moitié du temps, vous avez l'air d'être sur le point de vous suicider. Aujourd'hui... »

Carys eut un sourire radieux.

« C'est *votre* vie, dit la femme.

— Pearl, avant de partir...

— Quoi ?

— Parlez-moi du coureur. »

Pearl parut intriguée : cela ne ressemblait pas à la jeune fille de montrer un intérêt pour ce qui se passait dans la maison. Elle restait enfermée derrière ses portes verrouillées et rêvait. Mais aujourd'hui, elle se montra pleine d'insistance :

« Celui qui court tout seul tous les matins. Avec un survêtement. Qui est-ce ? »

Quel mal y aurait-il à le lui dire ? La curiosité était un signe de bonne santé, et elle n'était guère pourvue ni de l'une ni de l'autre.

« Son nom est Marty. »

Marty. Carys lui fit essayer le nom dans sa tête : il lui allait bien. L'ange s'appelait Marty.

« Marty comment ?

— Je ne m'en souviens pas. »

Carys se leva. Son sourire avait disparu. Elle avait cette expression butée qu'elle prenait quand elle souhaitait vraiment quelque chose ; les coins de sa bouche étaient tirés vers le bas. C'était une expression qu'elle partageait avec Mr Whitehead, et qui intimidait Pearl. Carys le savait.

« Vous savez comment est ma mémoire, dit Pearl pour s'excuser. Je ne me rappelle plus son nom.

— Eh bien, qui est-ce ?

— Le garde du corps de votre père ; il remplace Nicky, répondit Pearl. C'est un ancien prisonnier, apparemment. Vol à main armée.

— Vraiment ?

— Et fort peu sociable.

— Marty.

— Strauss, dit Pearl d'une voix triomphante. Martin Strauss, c'est ça. »

Et voilà : il était nommé, pensa Carys. Il y avait un pouvoir primitif qui résidait dans le fait de nommer quelqu'un. Cela vous donnait un accès à une personne. Martin Strauss.

« Merci, dit-elle, sincèrement contente.

— Pourquoi vouliez-vous savoir ça ?

— Je me demandais qui c'était, voilà tout. Les gens vont et viennent ici.

— Eh bien, je crois qu'il est là pour rester », dit Pearl en quittant la chambre. Alors qu'elle fermait la porte, Carys dit :

« A-t-il un deuxième prénom ? »

Mais Pearl ne l'entendit pas.

Il était étrange de penser que le coureur avait été un prisonnier ; *était* encore un prisonnier, d'une certaine façon, courant toujours en rond autour de la propriété, inspirant un air pur, expirant des nuages, plissant le front tout en courant. Peut-être comprendrait-il mieux que le vieil homme, Toy ou Pearl, quelle impression ça faisait de se trouver sur l'île du Soleil sans savoir comment en sortir. Ou pis, en sachant comment en sortir mais sans jamais oser le faire, de peur de ne jamais retrouver la sécurité.

A présent qu'elle connaissait son nom et ses crimes, le caractère romantique de ses courses matinales n'était néanmoins pas gâché par ces informations. Il rayonnait toujours de gloire ; mais désormais, elle percevait le poids de son corps là où elle n'avait vu que la légèreté de son pas.

Elle décida, après une éternité d'indécision, que l'observer ne suffisait pas.

A mesure que Marty était plus en forme, il exigeait davantage de lui-même lors de ses courses matinales. Il rallongea son itinéraire. Pourtant, il mettait à parcourir cette distance le même temps que celui qu'il avait mis à parcourir une distance plus courte. Parfois, pour épicer ses exercices, il plongeait dans le bois, indifférent aux broussailles et aux branches basses, son rythme régulier dégénérant en une succession de bonds et d'écarts adaptés au lieu. De l'autre côté du bois se trouvait le barrage, et il lui arrivait parfois d'y faire halte, selon l'humeur du moment. Il y avait des hérons dans le coin : il en avait aperçu trois. La saison des amours approchait et ils allaient sans doute bientôt s'accoupler. Il se demanda ce qui arriverait alors au troisième oiseau ? Allait-il s'envoler en quête d'une compagne ou d'un compagnon, ou bien s'attarder ici, ruminant des pensées adultérines ? Les semaines qui viendraient lui apporteraient la réponse.

Certains jours, fasciné par la façon dont Whitehead l'observait depuis le sommet de la maison, il ralentissait l'allure en passant devant lui, espérant apercevoir son visage. Mais l'observateur était trop prudent pour se faire voir.

Un matin, elle l'attendait près du colombier quand il entama le long retour vers la maison, et il sut tout de suite qu'il s'était trompé en pensant que c'était le vieil homme qui l'espionnait. C'était elle, l'observateur prudent à la fenêtre du dernier étage. Il était à peine sept heures moins le quart, et il faisait encore frais. Elle l'attendait depuis un certain temps à en juger par ses joues et son nez rougis. Ses yeux étaient luisants de froid.

Il fit halte, exhalant de la vapeur comme une locomotive.

« Bonjour, Marty, dit-elle.

— Bonjour.

— Vous ne me connaissez pas.

— Non. »

Elle serra son duffle-coat un peu plus étroitement autour d'elle. Elle était maigre et paraissait à peine vingt ans. Ses yeux, d'un brun si sombre qu'ils semblaient noirs quand on était à trois pas d'elle, s'accrochèrent à lui comme des serres. Son visage rougi était large, et sans la moindre trace de maquillage. Elle avait l'air affamée, pensa-t-il.

« C'est vous qui étiez en haut ? s'aventura-t-il.

— Oui. Ça ne vous dérangeait pas que je vous espionne, n'est-ce pas ? demanda-t-elle franchement.

— Non, pourquoi ? »

Elle tendit une main fine vers la pierre du colombier.

« C'est magnifique, n'est-ce pas ? »

L'édifice n'avait jamais paru digne du moindre intérêt à Marty, ce n'était qu'un point de repère sur lequel régler sa course.

« C'est un des plus grands colombiers d'Angleterre, dit-elle. Le saviez-vous ?

— Non.

— Vous y êtes déjà entré ? »

Il secoua la tête.

« C'est un endroit bizarre », dit-elle, et elle lui fit faire le tour du bâtiment en forme de tonneau pour le conduire jusqu'à la porte. Elle eut quelque difficulté à ouvrir celle-ci ; l'humidité avait fait gonfler le bois. Marty dut se courber pour la suivre à l'intérieur. Il faisait encore plus froid dedans que dehors, et il frissonna. La sueur sur son front et sur son torse se gelait à présent qu'il avait cessé de courir. Mais l'endroit était bizarre, comme elle le lui avait annoncé : une seule pièce ronde avec un trou dans le toit pour permettre aux oiseaux d'entrer et de sortir. Les murs étaient creusés de trous, des emplacements pour les nids selon toute évidence, impeccablement alignés — comme les fenêtres d'un immeuble — depuis le sol jusqu'au toit. Ils étaient tous vides. A en juger par l'absence de plumes et d'excréments sur le sol, cela faisait plusieurs années que ce bâtiment n'avait pas été utilisé. Cette désolation lui conférait une certaine mélancolie ; son architecture unique le rendait inutilisable pour une autre fonction que celle pour laquelle il avait été conçu. La jeune fille avait traversé le sol de terre battue et comptait les emplacements de nids à partir de la porte.

« Dix-sept, dix-huit... »

Il observa son dos. Ses cheveux étaient inégalement taillés sur sa nuque. Le manteau qu'elle portait était trop grand pour elle : ce n'était même pas le sien, devina-t-il. Qui était-elle ? La fille de Pearl ?

Elle s'était arrêtée de compter. A présent, elle plongeait sa main dans l'un des trous, poussant un petit cri d'étonnement quand ses doigts vinrent toucher quelque chose. C'était une cachette, comprit-il. Elle allait lui confier un secret. Elle se retourna et lui montra son trésor.

« J'avais oublié que c'était là, dit-elle, je m'en suis souvenue en entrant. »

C'était un fossile, ou plutôt un fragment de fossile, un coquillage en spirale qui avait reposé au fond de quelque mer précambrienne, avant que le monde ne soit vert. Dans ses cannelures, qu'elle était en train de caresser, la poussière s'était déposée. Tandis qu'il observait l'intensité de son intérêt pour ce morceau de pierre, l'esprit de Marty fut traversé par l'idée que cette fille n'était pas entièrement saine d'esprit. Mais cette pensée s'évanouit quand elle leva les yeux vers lui ; ses yeux étaient trop clairs et trop décidés. S'il y avait de la démence en elle, c'était elle qui l'y avait invitée, un grain de folie qu'elle était heureuse de cultiver. Elle lui sourit comme si elle avait su ce qu'il pensait : la ruse et le charme se lisaient également sur son visage.

« Il n'y a pas de colombes ici ? dit-il.

— Non, il n'y en a jamais eu, pas depuis que je suis là.

— Même pas quelques-unes ?

— Si l'on n'en met que quelques-unes, elles meurent durant l'hiver. Quand le colombier est plein, elles échangent leur chaleur. Mais quand il n'y en a qu'une poignée, elles ne produisent pas assez de chaleur et elles meurent de froid. »

Il hocha la tête. Il semblait regrettable de laisser cet édifice ainsi vide.

« On devrait repeupler cet endroit.

— Je ne sais pas, dit-elle. Je l'aime bien comme ça. »

Elle reglissa le fossile dans sa cachette.

« Maintenant, vous connaissez l'endroit que je préfère », dit-elle — la ruse avait disparu, elle était tout charme. Il était captivé.

« Je ne connais pas votre nom.

— Carys », dit-elle, puis, après un moment, ajouta : « C'est gallois.

— Oh. »

Il ne pouvait pas s'empêcher de la fixer. Elle parut soudain embarrassée et revint vivement à la porte, se baissant pour retrouver l'air libre. Il avait commencé de pleuvoir, une douce et légère averse de mars. Elle releva la cagoule de son duffle-coat et lui, celle de son survêtement.

« Peut-être me montrerez-vous le reste de la propriété ? » dit-il, sans trop savoir si c'était là la question appropriée, mais sachant bien qu'il ne voulait pas voir cette conversation prendre fin sans que soit évoquée la possibilité d'une nouvelle rencontre. Les coins de sa bouche étaient tirés vers le bas.

« Demain ? » dit-il.

Cette fois-ci, elle ne répondit rien et se mit à marcher en direction de la maison. Il la suivit, sachant que leur dialogue périrait s'il ne trouvait pas un moyen de lui insuffler vie.

« C'est étrange de vivre dans cette maison sans personne à qui parler », dit-il.

Cette remarque sembla évoquer quelque chose en elle.

« C'est la maison de Papa, dit-elle simplement. Nous ne faisons qu'y vivre. »

Papa. Ainsi, c'était sa fille. Il reconnaissait à présent la bouche du vieil homme sur elle, ces coins tirés vers le bas qui semblaient si stoïques chez lui, et chez elle, simplement tristes.

« Ne dites rien à personne », dit-elle.

Il pensa qu'elle voulait parler de leur rencontre, mais ne la pressa pas davantage. Il y avait des questions plus importantes à lui poser, si elle ne s'enfuyait pas. Il voulait exprimer son intérêt pour elle, mais il ne trouvait rien à lui dire. Le changement soudain de tempo, d'une aimable conversation elliptique à ce staccato, le désorientait.

« Est-ce que ça va ? » demanda-t-il.

Elle se tourna vers lui. Sous sa cagoule, elle semblait presque porter le deuil.

« Il faut que je me dépêche, dit-elle. On m'attend. »

Elle augmenta l'allure de ses pas, signalant par le seul mouvement de ses épaules son désir de le laisser derrière. Il s'exécuta et ralentit l'allure à son tour, la laissant regagner la maison sans lui adresser ni un regard ni un geste.

Plutôt que de retourner à la cuisine, où il devrait supporter les bavardages de Pearl en prenant son petit déjeuner, il fit demi-tour au milieu du pré, restant à l'écart du colombier, jusqu'à ce qu'il ait rejoint le mur d'enceinte, et là il repartit pour un nouveau tour complet de la propriété. Quand il pénétra dans le bois, il se surprit à fouiller involontairement le sol du regard à la recherche de quelque fossile.

17

Deux jours plus tard, vers onze heures et demie du soir, il fut convoqué par Whitehead.

« Je suis dans mon bureau, lui dit-il au bout du fil. J'aimerais vous parler. »

Le bureau, bien qu'il fût pourvu d'une demi-douzaine de lampes, était presque plongé dans l'obscurité. Seule la lampe orientale posée sur le secrétaire était allumée, et elle jetait sa lumière sur un tas de papiers plutôt que sur la pièce. Whitehead était assis dans un fauteuil de cuir près de la fenêtre. Sur la table à côté de lui se trouvaient une bouteille de vodka et un verre presque vide. Il ne se retourna pas quand Marty frappa et entra, et se contenta de s'adresser à lui depuis son poste d'observation sur la pelouse éclairée par les projecteurs.

« Je pense qu'il est temps que je vous laisse la bride sur le cou, Strauss, dit-il. Vous avez fait du bon travail jusqu'ici. Je suis satisfait de vous.
— Merci, monsieur.
— Bill Toy sera ici demain soir et il passera la nuit, ainsi que Luther, c'est peut-être l'occasion pour vous d'aller tout seul à Londres. »
Cela faisait huit semaines, presque jour pour jour, qu'il était arrivé au domaine : et voilà qu'arrivait enfin un signe lui indiquant que sa place était sûre.
« J'ai demandé à Luther qu'il vous prépare un véhicule. Parlez-lui-en quand il arrivera. Et il y a un peu d'argent pour vous sur le bureau... »
Marty baissa les yeux vers le meuble ; il s'y trouvait en effet une liasse de billets.
« Allez-y, prenez-les. »
Les doigts de Marty le démangeaient, mais il réussit à contrôler son enthousiasme.
« Cela couvrira les frais d'essence et une soirée en ville. »
Marty ne compta pas les billets ; il se contenta de les plier et de les empocher.
« Merci, monsieur.
— Il y a aussi une adresse, là.
— Oui, monsieur.
— Prenez-la. Cette boutique appartient à un homme nommé Halifax. Il me procure des fraises quand elles ne sont pas de saison. Voulez-vous aller prendre livraison de ma commande, s'il vous plaît ?
— Bien sûr.
— C'est la seule course que je vous demanderai de faire. Jusqu'à votre retour ici samedi matin, vous pouvez faire ce qu'il vous plaira de votre temps.
— Merci. »
La main de Whitehead se dirigea vers le verre de vodka et Marty crut qu'il allait se retourner et le regarder ; il n'en fit rien. L'entretien était apparemment terminé.
« Est-ce tout, monsieur ?
— Tout ? Oui, je le pense. Et vous ? »

Cela faisait plusieurs mois que Whitehead ne s'était pas couché sobre. Il s'était mis à utiliser la vodka comme soporifique quand les horreurs étaient venues chaque nuit ; tout d'abord, il avait suffi d'un verre ou deux pour émousser sa peur, puis il avait peu à peu augmenté sa dose tandis que, avec le temps, son corps commençait à devenir immunisé. Il ne retirait aucun plaisir de l'ivresse. Il détestait poser sa tête tournoyante sur l'oreiller et entendre ses pensées gémir à ses oreilles. Mais il redoutait encore plus la peur.

A présent, tandis qu'il était assis en train d'observer la pelouse, un renard franchissait le seuil des projecteurs, rendu blême par les illuminations, et regardait la maison. Son immobilité lui conférait une certaine perfection ; ses yeux, accrochant la lumière, luirent dans sa tête pointue. Il n'attendit que l'espace d'un instant. Soudain, il parut percevoir un danger — les chiens peut-être — et il fit demi-tour avant de disparaître. Whitehead contemplait toujours l'endroit où il s'était trouvé longtemps après son départ, espérant contre tout espoir qu'il reviendrait pour partager un instant sa solitude. Mais d'autres affaires l'avaient appelé dans la nuit.

Il y avait eu une époque où il avait été lui aussi un renard : mince et vif ; un vagabond de la nuit. Mais les choses avaient changé. La Providence lui avait apporté l'abondance, ses rêves s'étaient réalisés ; et le renard, qui avait toujours su changer de forme, était devenu gras et indolent. Le monde avait changé lui aussi : il était devenu une géographie de profits et de pertes. Les distances avaient diminué devant l'envergure de sa puissance. Il avait oublié, avec le temps, son ancienne vie.

Mais, ces derniers temps, il se la rappelait de plus en plus. Elle lui revenait avec des détails pleins d'éclat et de reproches, alors que les événements de la veille n'étaient que brume. Mais il savait au plus profond de son cœur qu'il était impossible de revenir à cet état de grâce.

Où le mènerait son parcours à présent ? Son voyage le conduirait dans un endroit sans espoir, où nul signe ne lui indiquerait la droite et la gauche — toutes les directions étant semblables là-bas —, et il n'y aurait pas non plus d'arbres, de collines ou de maisons pour marquer son passage. Cet endroit. Cet endroit si terrible.

Mais il ne serait pas tout seul là-bas. Dans ce néant, il aurait un compagnon.

Et quand le temps serait venu pour lui de poser ses yeux sur cette contrée et sur son habitant, il regretterait, oh mon Dieu ! comme il regretterait de ne pas être resté un renard.

III

Le Dernier Européen

18

Anthony Breer, le Mangeur de Rasoirs, retourna dans son minuscule appartement en fin d'après-midi, se prépara du café instantané dans sa tasse préférée, puis s'assit à la table dans la lumière mourante et commença à tresser un nœud coulant. Il savait depuis l'aube qu'aujourd'hui serait le grand jour. Pas besoin d'aller à la bibliothèque ; s'ils finissaient par remarquer son absence et lui écrivaient pour lui demander où il se trouvait, il ne leur répondrait pas. De plus, le ciel avait paru aussi gris et aussi sale que ses draps ce matin et, comme c'était un homme rationnel, il avait pensé : « Pourquoi se fatiguer à laver ces draps quand le monde est aussi sale, quand je suis aussi sale, et quand il n'y a pas la moindre chance de nettoyer quoi que ce soit ? Le mieux est encore de mettre fin une bonne fois pour toutes à cette existence sordide. »

Il avait vu son content de pendus. Seulement en photos, bien sûr, dans un livre sur les crimes de guerre qu'il avait volé à son travail, un livre estampillé : « *Ne pas ranger sur les étagères. Ne prêter que sur demande écrite.* » Cet avertissement avait enflammé son imagination : voilà un livre que les gens n'étaient pas censés voir. Il l'avait glissé sans l'ouvrir dans son porte-documents, devinant à son titre — *Documents soviétiques sur les atrocités nazies* — que l'attente de la lecture lui apporterait autant de plaisir que la lecture elle-même. Mais il s'était trompé. Aussi délectable qu'ait pu être la journée durant laquelle il avait su que son porte-documents contenait ce trésor tabou, ce plaisir avait pâli devant les révélations que lui avait dispensées le livre. Il y avait des photos des ruines calcinées du cottage de Tchekhov à Istra, et d'autres montrant la profanation de la résidence de Tchaïkovski. Mais surtout — ce qui était le plus important —, il y avait des photographies de morts. Certains d'entre eux étaient rangés en piles, d'autres étaient étendus dans la neige, solidifiés par le gel. Des enfants au crâne fracassé, des gens gisant dans les tranchées, le visage pulvérisé, d'autres avec des svastikas gravés sur le torse et sur les fesses. Mais, pour les yeux avides du Mangeur de Rasoirs, les meilleures photos étaient celles des pendus. Il y en avait une que Breer contemplait souvent. Elle montrait un beau jeune homme que l'on hissait à une potence de fortune. Le photographe avait capturé son dernier instant, le regard fixé sur l'objectif, le sourire plein de béatitude sur son visage.

C'était l'expression que Breer voulait qu'ils trouvent sur *son* visage, quand ils enfonceraient la porte de cette chambre et le trouveraient pendu là-haut, oscillant sous la brise venue du couloir. Il les imaginait déjà en train de le contempler, de pousser des soupirs, de secouer la tête avec émerveillement en découvrant ses pieds si pâles et le courage dont il avait fait preuve en commettant cet acte extraordinaire. Pendant ce temps-là, il faisait et défaisait son nœud coulant, résolu à accomplir un travail aussi professionnel que possible.

Sa seule angoisse venait de la confession. Bien qu'il travaillât jour après jour au milieu des livres, les mots n'étaient pas son point fort : ils glissaient hors de son esprit, comme la beauté et la jeunesse glissaient hors de ses mains grasses. Mais il voulait dire quelque chose au sujet des enfants, simplement pour qu'ils sachent, ces hommes qui allaient le découvrir et le photographier, que ce n'était pas un minable qu'ils contemplaient, mais un homme qui avait accompli les pires des actes pour les meilleures des raisons. C'était vital : il fallait qu'ils sachent qui il était, parce qu'ils finiraient peut-être par le comprendre comme il n'avait jamais pu le faire lui-même.

Ils avaient des méthodes pour interroger les gens, il le savait, même s'ils étaient morts. Ils l'étendraient dans une pièce glacée et l'examineraient minutieusement, et quand ils auraient fini de l'étudier de l'extérieur, ils se mettraient à regarder à l'intérieur, et, oh ! quelles merveilleuses choses ils trouveraient. Ils scieraient le sommet de son crâne et extrairaient son cerveau ; ils l'examineraient, à la recherche de tumeurs, le découperaient en fines lames comme un jambon de qualité, le sonderaient d'une centaine de manières pour découvrir le pourquoi et le comment de son existence. Mais ça ne marcherait pas, n'est-ce pas ? Il était particulièrement bien placé pour le savoir. Si vous découpez une chose vivante et belle afin de savoir *comment* il se fait qu'elle soit si vivante et *pourquoi* elle est si belle, avant que vous n'ayez compris ce que vous faites, elle n'est plus ni l'une ni l'autre et vous vous retrouvez avec du sang sur vos mains, des larmes dans les yeux et la terrible douleur de la honte comme seul résultat. Non, ils ne retireraient rien de son cerveau, ils devraient aller plus loin pour trouver quelque chose. Ils devraient l'ouvrir du cou au pubis, découper ses côtes et les écarter. Alors seulement ils pourraient dérouler ses tripes et fouiller dans son estomac, et jongler avec son foie et avec ses entrailles. Là, oh oui! là ils trouveraient un festin pour leurs yeux.

Peut-être était-ce là la meilleure des confessions, songea-t-il en refaisant le nœud pour la dernière fois. Inutile de chercher les mots qu'il fallait, car qu'étaient les mots après tout? De l'ordure, qui ne seyait pas au cœur des choses. Non, ils trouveraient tout ce qu'ils auraient besoin de savoir en regardant à l'intérieur de son corps. Ils trouveraient l'histoire des enfants perdus, trouveraient la gloire de son martyre. Et ils sauraient, une bonne fois pour toutes, qu'il était le dernier de la tribu des Mangeurs de Rasoirs.

Il acheva le nœud, se prépara une deuxième tasse de café, puis mit la corde en place. Tout d'abord, il décrocha la lampe qui pendait au milieu du plafond, puis il noua la corde et la fixa. Elle était solide. Il s'accrocha à elle quelques instants afin de s'en assurer, et bien que la poutre eût grogné un peu et que quelques morceaux de plâtre fussent tombés sur sa tête, elle supporta son poids.

Le soir était tombé et il était épuisé, la fatigue le rendait encore plus maladroit que d'habitude. Il fit le tour de la chambre pour la nettoyer, et son corps porcin gémit et soupira tandis qu'il roulait en boule les draps tachés et les dissimulait hors de vue, qu'il rinçait sa tasse de café et versait le lait dans l'évier pour qu'il ne tournât pas avant leur arrivée. Il alluma la radio tout en s'affairant; son bruit couvrirait celui de la chute de la chaise quand le moment serait venu : il y avait d'autres locataires dans l'immeuble et il ne voulait pas de sauveteurs à la dernière minute. Les banalités habituelles venues de la radio emplirent la chambre : chansons d'amour perdu et d'amour retrouvé. Rien que des mensonges vicieux et cruels.

Le jour avait perdu presque toutes ses forces quand il eut fini de préparer la chambre. Il entendit des bruits de pas dans le couloir, des bruits de portes qui s'ouvraient, annonçant le retour des autres locataires. Tout comme lui, ils vivaient seuls. Il ne connaissait le nom d'aucun d'eux; aucun d'eux, en le voyant évacué sous l'escorte de la police, ne connaîtrait le sien.

Il se déshabilla complètement et se lava près de l'évier; ses testicules, aussi petits que des noisettes, étaient recroquevillés contre son corps, la graisse de son ventre — la graisse de ses seins et de ses avant-bras — frissonnait sous la morsure du froid. Quand il fut satisfait de sa propreté, il s'assit au bord du matelas et se coupa les ongles des pieds. Puis il se vêtit d'habits fraîchements lavés : une chemise bleue, des pantalons gris. Il n'enfila ni souliers ni chaussettes. De toute son anatomie, dont il avait honte, ses pieds étaient sa seule fierté.

Il faisait presque sombre quand il eut fini. La nuit serait noire et pluvieuse. « C'est le moment de partir », pensa-t-il.

Il disposa la chaise avec précaution, monta dessus et tendit la main vers la corde. Le nœud coulant était trop haut de quelques centimètres et il dut se dresser sur la pointe des pieds pour le passer autour de son cou. Il réussit à l'enfiler au prix d'une simple manœuvre. Une fois que le nœud fut serré contre sa peau, il dit ses prières et donna un coup de pied dans la chaise.

La panique s'empara presque aussitôt de lui et ses mains, en qui il avait toujours eu confiance, le trahirent en cet instant vital et bondirent pour tenter d'arracher la corde qui se resserrait. La chute initiale ne lui avait pas brisé le cou, mais il avait l'impression que son échine était un gigantesque mille-pattes qui se trémoussait dans tous les sens, lançant des spasmes dans ses jambes. La douleur n'était pas le pire : l'angoisse venait de la perte de tout contrôle dont il faisait l'expérience, de ses boyaux qui se relâchaient sans sa permission dans ses pantalons immaculés, de son pénis qui se raidissait sans que l'ombre d'un désir fût présente dans son crâne congestionné, de ses talons qui battaient l'air à la recherche d'un point d'appui, de ses doigts qui s'accrochaient toujours à la corde. Tous lui avaient échappé, tous luttaient pour leur préservation et refusaient de rester tranquilles et de mourir.

Mais leurs efforts furent vains. Il avait trop bien préparé son acte pour que quelque chose marche de travers. La corde se resserrait toujours, les gesticulations du mille-pattes se faisaient plus faibles. La vie, ce visiteur malvenu, le quitterait bientôt. Sa tête était envahie par le bruit, comme s'il s'était trouvé sous terre à l'écoute de tous les sons du monde. Des bruits précipités, le rugissement de grands courants cachés, le bouillonnement de la pierre en fusion. Breer, le grand Mangeur de Rasoirs, connaissait bien la terre. Il avait trop souvent enfoui en elle des beautés mortes et empli sa bouche d'humus en signe de pénitence pour cette intrusion, le mâchonnant tout en recouvrant ces petits corps pastel. A présent, les bruits de la terre avaient occulté tout le reste — ses hoquets, la musique venant de la radio et la rumeur de la circulation au-delà de la fenêtre. La vue le fuyait aussi ; des dentelles d'obscurité rampaient dans la chambre. Il savait qu'il tournait sur lui-même —

voici le lit, la garde-robe, et maintenant l'évier — mais les formes qu'il entr'apercevait se faisaient confuses.

Son corps avait rendu les armes. Sa langue ballottait peut-être, à moins qu'il n'eût fait que se l'imaginer, tout comme il s'imaginait entendre quelqu'un l'appeler par son nom.

Brusquement, la vue le déserta complètement et la mort fondit sur lui. Aucun flot de regrets ne vint accompagner cette fin, aucune régurgitation foudroyante d'une vie rongée par la honte. Rien que l'obscurité, une obscurité de plus en plus profonde, si profonde à présent que la nuit paraissait lumineuse à côté d'elle. Et tout était fini, si facilement.

Non, pas fini.

Pas tout à fait fini. Un ensemble de sensations désagréables se mirent à grouiller autour de lui, envahissant l'instant si privé de sa mort. Une brise vint réchauffer son visage, partant à l'assaut de ses terminaisons nerveuses. Un souffle disgracieux manqua de l'étouffer, s'infiltrant dans ses poumons flasques sans y avoir été invité.

Il lutta contre cette résurrection, mais son Sauveur était plein d'insistance. La chambre commença de s'assembler autour de lui. D'abord la lumière, puis les formes. Et ensuite les couleurs, vides et sales. Les bruits — fleuves farouches et pierre liquéfiée — avaient disparu. Il s'entendait tousser et sentait l'odeur de ses propres vomissures. Le désespoir se moqua de lui. Ne pouvait-il même pas réussir à se tuer ?

Quelqu'un prononça son nom. Il secoua la tête, mais la voix revint, et cette fois-ci, ses yeux levés vers le ciel trouvèrent un visage.

Et, oh ! ce n'était pas fini : loin de là. Il n'était arrivé ni au ciel ni en enfer. Aucun de ces deux endroits ne se vanterait d'abriter le visage qu'il contemplait à présent.

« Je croyais bien t'avoir perdu, Anthony », dit le Dernier Européen.

19

Il avait redressé la chaise sur laquelle Breer était monté lors de sa tentative de suicide et s'était assis dessus, paraissant plus impeccable que jamais. Breer tenta de dire quelque chose, mais sa langue semblait trop grosse pour sa bouche, et quand il y porta les doigts, ce fut pour les ressortir couverts de sang.

« Tu t'es mordu la langue d'enthousiasme, dit l'Européen. Tu auras des difficultés pour parler et pour manger durant un certain temps. Mais tu guériras, Anthony. Tout finit par guérir, avec le temps. »

Breer n'avait pas assez d'énergie pour se lever du plancher ; il ne pouvait que reposer là, le nœud toujours passé autour du cou, les yeux fixés sur la corde tranchée net qui pendait toujours à la place de la lampe. De toute évidence, l'Européen s'était contenté de la couper et de le laisser choir. Son corps s'était mis à trembler ; ses dents claquaient comme celles d'un singe pris de démence.

« Tu es en état de choc, dit l'Européen. Reste étendu... Je vais préparer un peu de thé, d'accord ? Du thé bien doux, c'est exactement ce qu'il te faut. »

Cela lui coûta quelque effort, mais Breer réussit à se hisser du sol et à s'étendre sur le matelas. Ses pantalons étaient souillés, devant aussi bien que derrière : il se sentait répugnant. Mais cela était bien égal à l'Européen. Il pardonnait tout, Breer le savait bien. Aucun homme à sa connaissance n'était aussi capable de pardon ; il se sentait humilié de se trouver en sa compagnie et d'être aux soins d'une si profonde humanité. Voilà un homme qui connaissait le cœur secret de sa corruption et qui n'avait jamais prononcé la moindre parole de censure à son propos.

Adossé à la tête du lit, sentant des signes de vie réapparaître dans son corps meurtri, Breer regarda l'Européen préparer du thé. C'étaient deux personnes fort différentes. Breer s'était toujours senti plein de vénération pour cet homme. Mais l'Européen ne lui avait-il pas dit une fois : « *Je suis le dernier représentant de ma tribu, Anthony, tout comme tu es le dernier de la tienne. Nous sommes semblables de bien des façons* » ? Breer n'avait pas compris la signification de cette remarque quand il l'avait entendue pour la première fois, mais il avait fini par la comprendre avec le temps. « *Je suis le dernier véritable Européen ; tu es le dernier des Mangeurs de Rasoirs. Nous devrions nous entraider.* » Et c'était ce que l'Européen avait entrepris de faire, préservant Breer de la capture à deux ou trois occasions, célébrant ses actes, lui enseignant quelle noble condition était celle de Mangeur de Rasoirs. En contrepartie de cette éducation, il ne lui avait pas demandé grand-chose : quelques services mineurs, rien de plus. Mais Breer n'était pas naïf au point de ne pas se douter que le jour viendrait où le Dernier Européen — je t'en prie, appelle-moi monsieur Mamoulian, avait-il l'habitude de dire, mais Breer n'avait jamais réussi à faire prononcer ce nom comique à sa langue —, où cet étrange compagnon lui demanderait de l'aider à son tour. Et il ne le prierait pas de se charger de quelque démarche banale ; il lui demanderait d'accomplir quelque chose de terrible. Breer le savait, et il redoutait ce moment.

Il avait espéré que la mort le libérerait de cette dette. Plus il restait éloigné de Mr Mamoulian — six années s'étaient écoulées depuis leur dernière rencontre —, et plus le souvenir de cet homme terrifiait Breer. L'image de l'Européen ne s'était pas estompée avec le temps, bien au contraire. Ses yeux, ses mains, la caresse de sa voix étaient demeurés clairs comme le cristal alors que les événements de la veille n'étaient que brume. On aurait cru que Mamoulian n'était pas *tout à fait* parti, comme s'il avait laissé une parcelle de lui-même dans le cerveau de Breer afin de polir son image quand le temps venait la salir, afin de continuer à veiller sur les agissements de son serviteur.

Il n'était guère surprenant que l'homme fût revenu à cet instant précis, interrompant la scène de son agonie avant qu'elle ne fût complètement jouée. Guère surprenant non plus qu'il fût en train de parler à Breer comme s'ils ne s'étaient jamais quittés, comme s'il avait été un mari aimant et Breer son épouse dévouée, comme si toutes ces années n'avaient jamais été. Breer regarda Mamoulian aller de l'évier à la table au fil de ses préparatifs, le regarda chercher la théière, disposer les tasses, accomplissant chacune de ces tâches domestiques avec une économie de mouvements hypnotique. Sa dette devait être payée, il le savait à présent. Il n'y aurait pas d'obscurité avant qu'elle ne soit *payée.* A cette idée, Breer se mit à sangloter doucement.

« Ne pleure pas, dit Mamoulian sans se retourner de l'évier.

— Je voulais mourir », murmura Breer.

Ces paroles sortirent de sa bouche comme si celle-ci avait été pleine de cailloux.

« Tu ne peux pas encore périr, Anthony. Tu me dois un peu de ton temps. Tu le comprends sûrement, n'est-ce pas ?

— Je voulais mourir », ne put que répéter Breer en guise de réponse.

Il s'efforçait de ne pas haïr l'Européen, car l'homme le saurait. Il le sentirait certainement et perdrait peut-être son calme. Mais c'était si difficile : son ressentiment perçait au milieu de ses sanglots.

« La vie t'a-t-elle maltraité ? » demanda l'Européen.

Breer renifla. Il ne voulait pas d'un père confesseur, il ne voulait que les ténèbres. Mamoulian ne pouvait-il pas comprendre qu'il était au-delà des explications, au-delà de toute guérison ? Il n'était que de la merde sur la botte d'un Mongol, la chose la plus indigne et la plus répréhensible de la Création. L'image de lui-même en Mangeur de Rasoirs, en dernier représentant d'une tribu jadis terrible, lui avait permis de conserver l'estime qu'il avait pour lui-même durant quelques années périlleuses, mais ce fantasme avait depuis longtemps perdu le pouvoir de sanctifier sa vilenie. Le même truc ne pouvait pas marcher deux fois, ce n'était pas possible. Et *c'était* un truc, rien qu'un truc, Breer le savait, et il détestait d'autant plus Mamoulian qu'il se savait manipulé par lui. « Je veux seulement mourir » : c'était tout ce qu'il était capable de penser.

Avait-il prononcé ces mots à voix haute ? Il ne s'était pas entendu parler, mais Mamoulian lui répondit comme s'il l'avait fait.

« Bien sûr que oui. Je comprends, en vérité. Tu penses que tout cela n'est qu'illusion : les tribus et les rêves de salut. Mais crois-moi sur parole, tel n'est pas le cas. Le monde a encore une signification. Pour nous deux. »

Breer passa le dos de sa main sur ses yeux gonflés et tenta de contrôler ses sanglots. Ses dents ne claquaient plus ; c'était déjà quelque chose.

« Ces années ont-elles été si cruelles ? s'enquit l'Européen.

— Oui », dit Breer d'un ton maussade.

L'autre hocha la tête, regardant le Mangeur de Rasoirs avec des yeux pleins de compassion, ou du moins qui semblaient tels.

« Au moins ne t'ont-ils pas enfermé, dit-il. Tu as été prudent.

— Vous m'avez appris à l'être, concéda Breer.

— Je n'ai fait que te montrer ce que tu savais déjà, sans parvenir à le voir du fait de la confusion que les autres engendraient en toi. Si tu l'as oublié, je peux te le montrer de nouveau. »

Breer regarda la tasse pleine de thé léger que l'Européen avait posée sur sa table de chevet.

« ... ou bien ne me fais-tu plus confiance ?

— Les choses ont changé », marmonna Breer de sa bouche enflée.

Ce fut au tour de Mamoulian de soupirer. Il se rassit sur la chaise et avala une gorgée de sa tasse de thé avant de répondre.

« Oui, tu as raison, j'en ai peur. Il y a de moins en moins de place pour nous ici. Mais cela signifie-t-il que nous n'avons plus qu'à baisser les bras et à mourir ? »

Regardant ce visage sobre et aristocratique, ces yeux hantés dans leurs orbites profondes, Breer commença à se souvenir des raisons qui lui avaient donné confiance en cet homme. La peur qu'il avait ressentie s'estompait, ainsi que sa colère. L'air était empreint de calme, et ce calme s'insinuait dans le système nerveux de Breer.

« Bois ton thé, Anthony.

— Merci.

— Ensuite, je crois qu'il te faudra changer de pantalons. »

Breer rougit.

« Ton corps a réagi de façon tout à fait naturelle, il n'y a aucune raison d'avoir honte. C'est le foutre et la merde qui font tourner le monde. »

L'Européen rit, doucement, dans sa tasse de thé, et Breer, estimant que la plaisanterie n'était pas à ses dépens, se joignit à lui.

« Je ne t'ai jamais oublié, dit Mamoulian. Je t'ai dit que je reviendrais vers toi et j'étais sincère. »

Breer enveloppa sa tasse dans des mains qui tremblaient encore et regarda Mamoulian dans les yeux. Son regard était aussi impénétrable que dans ses souvenirs, mais il se sentit plein de chaleur pour cet homme. Comme l'avait dit l'Européen, il n'avait pas oublié, il n'était pas parti pour ne plus jamais revenir. Peut-être avait-il ses raisons pour se trouver ici maintenant, peut-être était-il venu extorquer le paiement d'une ancienne dette, mais cela valait mieux, n'est-ce pas, que d'être entièrement tombé dans l'oubli ?

« Pourquoi être revenu maintenant ? demanda-t-il en reposant sa tasse.

— Une affaire à traiter, répondit Mamoulian.

— Et vous avez besoin de moi ?

— C'est exact. »

Breer hocha la tête. Ses larmes avaient totalement cessé de couler. Le thé lui avait fait du bien : il se sentait assez fort pour lui poser une ou deux questions directes.

« Et qu'en retirerai-je ? »

L'Européen plissa le front devant cette demande. La lampe posée à côté du lit clignota, comme si l'ampoule avait été sur le point de s'éteindre.

« Qu'en retireras-tu ? »

Breer était conscient d'avancer sur un terrain mouvant, mais il était résolu à ne pas être faible. Si Mamoulian voulait son aide, alors il devrait être prêt à lui donner quelque chose en retour.

« Qu'en retirerai-je ?

— Tu pourras de nouveau être à mes côtés », dit l'Européen.

Breer grogna. Cette offre était moins que tentante.

« Cela ne suffit pas ? » voulut savoir Mamoulian.

La lampe était plus capricieuse à chaque instant, et Breer avait soudainement perdu tout son goût pour l'impertinence.

« *Réponds-moi, Anthony,* insista l'Européen. Si tu as une objection, formule-la. »

Le clignotement de la lampe empirait, et Breer sut qu'il avait commis une erreur en poussant Mamoulian à conclure un accord. Pourquoi ne s'était-il pas rappelé que Mamoulian détestait également les marchandages et les marchandeurs ? Instinctivement, il toucha la marque de la corde autour de son cou. Elle était profonde, et définitive.

« Excusez-moi... », dit-il, assez faiblement.

Juste avant que l'ampoule ne s'éteignît totalement, il vit Mamoulian secouer la tête. Un mouvement léger, comme un tic. Puis la chambre fut plongée dans les ténèbres.

« Es-tu avec moi, Anthony ? » murmura le Dernier Européen.

Sa voix, d'ordinaire si égale, était déformée jusqu'à en être méconnaissable.

« Oui... », répondit Breer.

Ses yeux fatigués ne s'accoutumaient pas à l'obscurité avec leur célérité habituelle. Il cligna des yeux, essayant de distinguer la silhouette de l'Européen dans les ténèbres qui l'entouraient. Ses efforts étaient inutiles. A peine quelques secondes plus tard, quelque chose sembla s'allumer de l'autre côté de la pièce et, soudain, l'Européen émit sa propre et stupéfiante source de lumière.

A présent, avec ce grotesque spectacle d'ombres et de lumières pour faire vaciller sa raison, le thé et les excuses étaient oubliés. Les ténèbres, la vie elle-même étaient oubliées ; et il n'y eut que le temps, dans cette chambre bouleversée par la terreur et par les pétales de fleurs, de regarder et de regarder encore, et peut-être, si l'on avait le sens du ridicule, de dire une petite prière.

20

Seul dans le sordide studio de Breer, le Dernier Européen s'assit et se fit une réussite avec ses cartes préférées. Le Mangeur de Rasoirs s'était habillé et était sorti pour aller goûter la nuit. S'il se concentrait, Mamoulian pourrait retrouver le parasite enfoui dans son esprit et goûter à sa guise l'expérience dont l'autre allait jouir. Mais il n'avait guère d'appétit pour de tels jeux. De plus, il ne savait que trop bien ce que le Mangeur de Rasoirs allait faire, et cela le révoltait franchement. Tous les plaisirs de la chair, qu'ils soient conventionnels ou pervers, le dégoûtaient, et ce dégoût ne faisait qu'augmenter avec les années. Certains jours, il arrivait à peine à supporter de regarder l'animal humain sans que l'éclat de son œil luisant ou le rose de sa langue n'éveillât la nausée en lui. Mais Breer lui serait utile dans les luttes à venir ; et ses désirs bizarres lui donnaient une idée, même vague, de la tragédie de Mamoulian, une idée qui faisait de lui un auxiliaire plus docile que la plupart des compagnons que l'Européen avait tolérés durant sa longue, longue vie.

La majorité des hommes et des femmes en qui Mamoulian avait placé sa confiance l'avaient trahi. La même histoire s'était si souvent répétée au fil des décennies qu'il était sûr qu'il finirait un jour par être endurci à la douleur que suscitaient de telles trahisons. Mais jamais il ne parvenait à atteindre une si précieuse indifférence. La cruauté des autres — la façon dont ils abusaient de lui — ne manquait jamais de le blesser, et bien qu'il eût tendu une main charitable à toutes sortes d'esprits mutilés, une telle ingratitude était impardonnable. Peut-être, songea-t-il, peut-être que lorsque cette dernière partie serait achevée — quand il aurait encaissé ses dettes de sang, de terreur et de nuit —, peut-être qu'il perdrait cette terrible pulsion qui le tourmentait nuit et jour, qui le conduisait sans espoir et sans répit vers de nouvelles ambitions et de nouvelles trahisons. Peut-être que, lorsque tout serait fini, il parviendrait à s'étendre et à mourir.

Les cartes qu'il tenait dans sa main étaient pornographiques. Il ne jouait avec elles que lorsqu'il se sentait fort, et seulement quand il était seul. Manipuler ces images d'une sensualité extrême était une épreuve qu'il s'imposait à lui-même, une épreuve à laquelle, s'il devait échouer, il échouerait en privé. Aujourd'hui, la souillure de ces cartes n'était, après tout, que perversité humaine ; il pouvait retourner ces dessins et ne pas en être affecté. Il appréciait même leur astuce : la façon dont chacune des couleurs explorait une zone différente de l'activité sexuelle, l'habileté avec laquelle les points étaient incorporés dans chacun des dessins souillés. Les cœurs décrivaient le coït entre l'homme et la femme, en aucune façon limité à la seule position du missionnaire. Les piques étaient consacrés aux contacts bucco-génitaux, représentant la fellation et ses variations plus élaborées. Les trèfles s'intéressaient à la sexualité anale : les basses cartes faisant le portrait de la sodomie homosexuelle et hétérosexuelle, les hautes cartes celui de la sodomie pratiquée sur des animaux. Les carreaux, qui étaient dessinés de la façon la plus exquise, étaient sado-masochistes, et l'imagination de l'artiste s'était là littéralement surpassée. Sur ces cartes, des hommes et des femmes souffraient de toutes sortes d'humiliations, leurs corps mutilés portant des blessures en forme de carreau pour désigner chaque carte.

Mais l'image la plus répugnante du paquet était celle du Joker. C'était un coprophile, et il était assis devant une assiette pleine d'excréments fumants, les yeux agrandis par l'appétit, tandis qu'un singe pelé, au visage chauve horriblement humain, offrait son postérieur boutonneux au spectateur.

Mamoulian ramassa la carte et étudia le dessin. Le visage ricanant du fou mangeur de merde fit naître le plus amer des sourires sur ses lèvres exsangues. C'était très certainement le portrait définitif de la nature humaine. Les dessins des autres cartes, avec leur mascarade d'amour et de plaisir physique, ne faisaient que dissimuler pendant un temps cette terrible vérité. Tôt ou tard, que son corps soit mûr ou non, que son visage soit glorieux ou non, quelles que soient les promesses qu'aient pu lui faire la richesse, le pouvoir ou la foi, tout homme finissait par être escorté jusqu'à une table ployant sous le poids de ses propres excréments et par être forcé, en dépit de la révolte de tous ses instincts, de les manger.

C'était pour ça qu'il était ici. Pour faire bouffer de la merde à un homme.

Il jeta la carte sur la table et sa gorge aboya une parodie de rire. Il y aurait bientôt de tels tourments ; de si terribles scènes.

Aucun gouffre n'est assez profond, promit-il à la pièce, aux cartes et aux tasses de thé, à tout ce monde sale.

Aucun gouffre n'est assez profond.

IV

La Danse des Squelettes

21

L'homme dans le métro récitait les constellations.

« Andromède... la Grande Ourse... le Cygne... » Son monologue était ignoré de la plupart des passagers, mais quand un couple de jeunes hommes lui dit de fermer sa gueule, il répondit, sans briser le rythme de sa litanie, avec un sourire et un : « Vous allez mourir pour avoir dit ça », glissés entre une étoile et la suivante. Cette réponse fit taire son critique et le lunatique se replongea dans la contemplation du ciel.

Toy prit cela pour un bon signe. Il se préoccupait fort de signes ces jours-ci, bien qu'il ne se fût jamais considéré comme un homme superstitieux. Peut-être était-ce le catholicisme de sa mère, qu'il avait renié dans sa jeunesse, qui trouvait enfin à s'exprimer. Au lieu de chercher une signification quelconque dans les mythes de l'Immaculée Conception et de la Transsubstantiation, il allait la chercher dans des menues coïncidences — évitant de passer sous les échelles et accomplissant des rituels à moitié oubliés avec le sel renversé. Tout ceci était relativement récent — depuis quelque deux ans — et avait commencé avec la femme qu'il était sur le point de retrouver aujourd'hui : Yvonne. Ce n'était certes pas parce qu'il s'agissait d'une femme fort pieuse. Elle ne l'était guère. Mais l'apaisement qu'elle avait apporté dans sa vie avait suscité en lui la crainte de la voir disparaître. C'était cela qui le rendait prudent avec les échelles et respectueux du sel : la peur de la perdre. A présent qu'Yvonne était entrée dans sa vie, il avait de nouvelles raisons pour se concilier le destin.

Il l'avait rencontrée six ans auparavant. Elle travaillait alors comme secrétaire dans une filiale britannique d'un fabricant de produits chimiques allemand. Une femme dynamique et séduisante d'une trentaine d'années, dont la froideur, avait-il deviné, dissimulait de l'humour et de la chaleur en abondance. Elle l'avait tout de suite attiré, mais la timidité dont il faisait preuve dans de telles circonstances, ainsi que leur différence d'âge, l'avaient dissuadé de lui faire des avances. Ce fut Yvonne qui rompit la glace entre eux, par diverses remarques sur certains détails dans son apparence — une récente coupe de cheveux, une nouvelle cravate —, manifestant ainsi sans ambiguïté l'intérêt qu'elle lui portait. Une fois le signal donné, Toy l'avait invitée à dîner, et elle avait accepté. Ainsi avait commencé la période la plus agréable de la vie de Toy.

Ce n'était pas un homme extraverti. Sa nature ne connaissait pas les extrêmes, ce qui avait fait de lui un des éléments les plus utiles de l'entourage de Whitehead ; il avait entretenu cette réserve comme l'argument de vente qu'elle était en fait, et jusqu'à peu près au moment où il avait rencontré Yvonne, il en arrivait presque à croire sa propre publicité. C'était elle qui la première l'avait traité d'iceberg ; elle qui lui avait appris (et la leçon avait été dure) qu'il pouvait être important de montrer sa faiblesse, sinon au monde entier du moins à ses intimes. Il lui avait fallu du temps. Il avait cinquante-trois ans quand ils avaient fait connaissance et cette nouvelle façon de penser allait contre sa nature. Mais elle avait insisté et, petit à petit, il avait commencé à fondre. Ensuite, il s'était demandé comment il avait pu vivre la vie qu'il avait vécue durant les vingt années précédentes : une vie de servitude auprès d'un homme dont la compassion était négligeable et l'ego monstrueux. Il perçut, grâce aux yeux d'Yvonne, la cruauté de Whitehead, son arrogance, ses affabulations ; et bien qu'il n'eût manifesté, du moins l'espérait-il, aucun changement dans ses attitudes superficielles à l'égard de Whitehead, sous cette apparence de conciliation et d'humilité bouillonnait un ressentiment qui approchait de la haine pure. Ce n'était que maintenant, six ans plus tard, que Toy pouvait examiner les sentiments contradictoires qu'il éprouvait pour le vieil homme, et même à présent il se surprenait parfois à oublier le pire, du moins lorsqu'il était éloigné de la sphère d'influence d'Yvonne. Il était si difficile, quand il se trouvait dans la maison, sujet aux moindres caprices de Whitehead, de garder cette perspective dont elle l'avait doté, de voir ce monstre sacré tel qu'il était vraiment : monstrueux, mais sans rien de sacré.

Au bout de douze mois, Toy installa Yvonne dans la maison que Whitehead lui avait achetée dans Pimlico ; une retraite loin de l'univers de la Corporation Whitehead au sujet de laquelle le vieil homme ne posait jamais de questions, un endroit où Yvonne et lui pouvaient parler — ou rester silencieux — ensemble ; où il pouvait assouvir sa passion pour Schubert et où elle pouvait écrire des lettres à sa famille, qui était dispersée aux quatre coins du monde.

Ce soir-là, quand il arriva, il lui parla de l'homme dans le métro, le récitant des constellations. Elle trouva son histoire absurde et ne perçut pas son romantisme.

« J'ai simplement trouvé cela étrange, dit-il.

— Je suppose que ça l'est », répondit-elle, guère impressionnée, et elle retourna préparer leur dîner.

Quelques instants plus tard, elle s'interrompit.

« Qu'est-ce qui se passe, Billy ?

— Pourquoi devrait-il se passer quelque chose ?

— Tout va bien ?

— Oui.

— Vraiment ? »

Elle était toujours prompte à lui arracher ses secrets. Il rendit les armes avant qu'elle n'eût entamé la bataille ; cela ne valait pas la peine de la tromper. Il caressa l'arête de son nez cassé, un tic qui lui était familier lorsqu'il était nerveux. Puis il dit :

« Tout va bientôt s'écrouler. Tout. »

Sa voix tremblait et elle se cassa. Quand il devint clair qu'il n'allait pas donner davantage de précisions, elle reposa les assiettes sur la table et alla jusqu'à son fauteuil. Il leva la tête, presque surpris, quand elle lui toucha une oreille.

« À quoi penses-tu ? » demanda-t-elle, plus gentiment qu'auparavant.

Il prit sa main.

« Le jour va peut-être venir... dans pas très longtemps... où je te demanderai de partir avec moi, dit-il.

— Partir ?

— Tout quitter et partir.

— Où ?

— Je n'y ai pas encore réfléchi. Partir, c'est tout. »

Il s'interrompit et regarda les doigts d'Yvonne, qui étaient à présent croisés avec les siens. « Viendras-tu avec moi ? demanda-t-il enfin.

— Bien sûr.

— Sans poser de questions ?

— Que se passe-t-il, Billy ?

— J'ai dit : sans poser de questions.

— Partir, c'est tout ?

— Partir, c'est tout. »

Elle le regarda longuement, avec lucidité. « Il était épuisé, pauvre amour. Une overdose de ce vieux connard à Oxford. » Comme elle détestait Whitehead, sans jamais l'avoir rencontré.

« Bien sûr que je partirai », répondit-elle.

Il hocha la tête. Elle crut qu'il allait pleurer.

« Quand ? dit-elle.

— Je ne sais pas. »

Il essaya de sourire, mais son sourire fut mort-né.

« Peut-être que cela ne sera même pas nécessaire. Mais je crois bien que tout va s'écrouler, et quand ça arrivera, je ne veux pas que nous soyons là.

— A t'entendre, on croirait que ce sera la fin du monde. »

Il ne répondit pas. Elle ne se sentait pas de cœur à l'assaillir de questions : il était trop délicat.

« Juste une question, s'aventura-t-elle. C'est important pour moi.

— Une seule.

— As-tu fait quelque chose, Billy ? Je veux dire, quelque chose d'illégal ? Est-ce que c'est ça ? »

Sa pomme d'Adam tressauta tandis qu'il ravalait sa peine. Elle avait encore tant de choses à lui apprendre ; comment laisser s'exprimer ses sentiments. Il voulait le faire : elle voyait tant de choses bouillonner derrière ses yeux. Mais, pour l'instant, elles y resteraient. Elle était trop intelligente pour le presser davantage. Il ne ferait que se refermer sur lui-même. Et il avait davantage besoin de la savoir là qu'elle n'avait besoin de réponses.

« Ce n'est rien, dit-elle, tu n'as pas besoin de me le dire si tu ne le veux pas. »

La main de Toy serrait la sienne si fort qu'elle crut qu'ils ne parviendraient jamais à les dénouer.

« Oh, Billy. Rien ne peut être *si* terrible », murmura-t-elle.

De nouveau, il ne répondit pas.

22

Les vieux terrains de chasse étaient semblables au souvenir que Marty en avait gardé, mais il avait l'impression d'être un fantôme en les arpentant. Le long des ruelles encombrées de détritus, là où il avait couru et s'était battu quand il était gamin, se trouvaient de nouveaux combattants qui, soupçonnait-il, jouaient à des jeux plus sérieux. Ils reniflaient tous de la colle, ces gosses cradingues, proclamaient les journaux à sensation. Ils grandiraient dans l'oisiveté pour devenir des maniaques de la seringue et des dealers de pilules ; ils ne se souciaient de rien et de personne, et surtout pas d'eux-mêmes.

Il s'était lui-même livré au crime durant son adolescence, bien sûr. Le vol était un rite de passage ici. Mais c'était en général une forme indolente et presque passive de vol : on fauchait quelque chose sur un étalage et on s'éloignait avec nonchalance, à pied ou en cyclo. Si le vol semblait trop problématique, on laissait tomber. Il y avait trop d'autres objets brillants à faucher. Ce n'était pas un *crime,* au sens qu'il avait plus tard donné à ce mot. C'était l'instinct de la pie voleuse à l'œuvre ; on saisissait la moindre occasion qui se présentait, sans penser à mal et sans trop transpirer si les choses ne se passaient pas comme on l'avait prévu.

Mais ces gamins — il y en avait une bande qui rôdait au coin de Knox Street —, ils avaient l'air de faire partie d'une espèce plus dangereuse. Bien qu'ils eussent grandi dans le même secteur sinistre, eux et lui, avec ses tentatives avortées de reboisement, ses murs couronnés de barbelés et de tessons de bouteilles, avec son béton impitoyable —, bien qu'ils eussent partagé tout cela, il savait qu'ils n'auraient rien à se dire. Leur désespérance et leur lassitude l'intimidaient : il sentait que rien ne les ferait reculer. Ce n'était pas un endroit où il faisait bon grandir, cette rue, ni aucune autre rue du quartier. D'une certaine façon, il était heureux que sa mère fût morte avant que le quartier n'ait été ainsi défiguré.

Il arriva devant le numéro vingt-six. La maison avait été repeinte. Lors d'une de ses visites, Charmaine lui avait dit que Terry, un de ses beaux-frères, s'en était occupé deux ans auparavant, mais Marty l'avait oublié, et ce changement de couleur, après tant d'années passées à imaginer la maison vert et blanc, lui fit l'effet d'une claque au visage. Le travail avait été mal fait, à la hâte, et la peinture commençait déjà à s'écailler sur les rebords de la fenêtre. Derrière la vitre, les rideaux en dentelle qu'il avait toujours détestés avaient été remplacés par un store, qui était baissé. Sur le rebord intérieur de la fenêtre, une collection d'objets en porcelaine, un cadeau de mariage, était devenue un nid à poussière, dans l'espace oublié entre le store et la vitre.

Il avait toujours ses clés, mais il ne put se résoudre à les utiliser. De plus, elle avait probablement fait changer la serrure. Il appuya sur la sonnette. Il ne l'entendit pas retentir dans la maison. Comme il savait qu'on l'entendait depuis la rue, il en conclut qu'elle ne fonctionnait plus. Il tapa du poing contre la porte.

Durant trente secondes, il n'y eut pas un seul bruit dans la maison. Puis il entendit enfin un bruit de pas traînants (elle portait sans doute des sandales, devina-t-il, et sa démarche en paraissait lasse) et Charmaine ouvrit la porte. Son visage n'était pas maquillé et cette nudité accentua sa réaction lorsqu'elle le découvrit sur le seuil. C'était pour elle une surprise désagréable.

« Marty », fut tout ce qu'elle réussit à dire. Pas de sourire de bienvenue, pas de larmes.

« Je suis venu au cas où », dit-il, s'efforçant de paraître nonchalant. Mais il fut évident qu'il avait commis une erreur tactique dès le moment où elle l'avait découvert.

« Je croyais qu'on ne devait pas te laisser sortir... », dit-elle, avant de se reprendre : « ... Je veux dire, je croyais que tu ne devais pas quitter la propriété.

— J'ai demandé une autorisation spéciale, dit-il. Puis-je entrer, ou bien continuons-nous de parler devant la porte ?

— Oh... oh, oui. Bien sûr. »

Il pénétra à l'intérieur et elle referma la porte derrière lui. Il y eut un moment de malaise dans l'entrée étroite. Leur proximité semblait exiger une étreinte, mais il se sentait incapable, et elle peu désireuse, de faire ce geste. Elle se décida pour un compromis, un sourire manifestement artificiel et un léger baiser sur sa joue.

« Je suis désolée », dit-elle, s'excusant sans raison particulière.

Elle le fit sortir de l'entrée pour le conduire dans la cuisine.

« Je ne m'attendais pas à te voir, c'est tout. Entre. La maison est en désordre, j'en ai peur. »

La maison sentait le renfermé. Le linge en train de sécher sur les radiateurs rendait l'atmosphère épaisse, comme dans le sauna du Sanctuaire.

« Assois-toi », dit-elle en ôtant un sac plein de victuailles de l'une des chaises. « Je vais finir ça. »

Il y avait un paquet de linge sale sur la table de la cuisine — toujours aussi hygiénique ! — qu'elle entreprit d'enfourner dans la machine à laver, parlant avec nervosité, ne le quittant pas des yeux un seul instant tandis qu'elle se concentrait sur sa besogne ; serviettes, sous-vêtements, blouses. Il ne reconnut aucun des vêtements et se surprit à fouiller du regard le linge sale à la recherche de quelque chose qu'il l'aurait vue porter auparavant. Sinon huit ans plus tôt, du moins lors d'une de ses visites à la prison. Mais tout était neuf.

« ... Je ne t'attendais pas... », disait-elle, fermant la machine et y versant de la lessive. « J'étais sûre que tu appellerais d'abord. Et regarde-moi : je ressemble à une serpillière. Bon Dieu, il fallait que ça arrive aujourd'hui, j'ai tant de choses à faire... »

Elle s'éloigna de la machine à laver, releva les manches de son sweater, dit : « Un café ? » et se tourna vers la bouilloire pour en préparer sans attendre sa réponse.

« Tu as l'air en forme, Marty, vraiment. »

Comment pouvait-elle le savoir ? Elle l'avait à peine regardé deux fois au milieu de ce tourbillon affairé. Alors que lui, il ne pouvait pas la quitter des yeux. Il restait assis à la regarder près de l'évier, essorant un chiffon afin de nettoyer la table, et rien n'avait changé durant ces huit années — pas vraiment —, juste quelques nouvelles lignes sur son visage. Il était pris d'un sentiment proche de la panique ; quelque chose qu'il lui fallait réprimer de peur de passer pour un imbécile.

Elle lui fit du café, parla de la façon dont le quartier avait changé, de Terry et de la saga qu'avait été le choix d'une peinture pour la maison, du prix du ticket de métro entre Mile End et Wandsworth, de son apparence — « Tu as vraiment l'air en forme, Marty, ce n'est pas pour dire. » Elle parla de tout mais ne parla de rien. Ce n'était pas Charmaine qui parlait et ça faisait mal. Ça lui faisait mal à elle aussi, il le savait. Elle essayait de gagner du temps avec lui, c'était tout ce qu'elle faisait, elle remplissait les minutes avec des bavardages sans substance en attendant le moment où il s'en irait en désespoir de cause.

« Écoute, dit-elle. Il faut que j'aille me changer.

— Tu sors ?

— Oui.

— Oh.

— ... Si tu m'avais prévenue, Marty, j'aurais fait de la place. Pourquoi ne m'as-tu pas téléphoné ?

— Peut-être pourrions-nous aller dîner un de ces jours ? suggéra-t-il.

— Peut-être. »

Son refus de s'engager était douloureux.

« ... Les choses sont assez agitées en ce moment.

— J'aimerais avoir une occasion de te parler. Pour de bon, tu vois. »

Elle commençait à s'énerver : il connaissait si bien les signes avant-coureurs, et elle se savait observée. Elle ramassa les tasses et les posa dans l'évier.

« Il faut vraiment que je me presse, dit-elle. Fais-toi encore du café si tu veux. Il est dans le... enfin, tu sais où c'est. Il y a encore plein de trucs à toi ici... Des revues de moto et des trucs comme ça. Je ferai le tri plus tard. Excuse-moi. Je dois aller me changer. »

Elle se précipita — comme si c'était une course, pensa-t-il — dans l'entrée et monta à l'étage. Il l'entendit marcher à pas bruyants ; elle n'avait jamais été discrète. L'eau coulait dans la salle de bains. Elle tira la chasse. Il erra de la cuisine à la salle de séjour. Celle-ci sentait le vieux tabac et le cendrier qui reposait en équilibre sur un des bras du canapé neuf était plein. Il resta debout sur le seuil et regarda les objets dans la pièce un peu comme il l'avait fait avec le linge sale, en quête de quelque chose de familier. Il ne trouva pas grand-chose. L'horloge sur le mur était un cadeau de mariage et se trouvait toujours au même endroit. La chaîne stéréo dans le coin était neuve, un modèle clinquant que Terry avait sans doute acheté pour elle. A en juger par la poussière sur le couvercle, elle n'était guère utilisée et la collection de disques entassée contre le mur était toujours aussi mince. Y avait-il encore parmi eux celui où Buddy Holly chantait *True Love Ways* ? Ils l'avaient fait jouer si souvent qu'il avait dû devenir transparent ; ils avaient dansé sur lui si souvent dans cette même pièce — pas exactement dansé, ils n'avaient fait qu'utiliser la musique comme excuse pour s'étreindre, comme s'ils avaient eu besoin d'excuses. C'était une de ces chansons d'amour qui le faisaient se sentir à la fois romantique et malheureux — comme si le moindre de ses vers avait été empreint de la perte de l'amour même qu'il célébrait. C'étaient là les meilleures chansons d'amour, et les plus vraies.

Incapable de supporter plus longtemps cette pièce, il monta.

Elle était toujours dans la salle de bains. Il n'y avait pas de verrou sur la porte ; elle avait été enfermée dans une salle de bains quand elle était petite, et elle avait une telle terreur que cela ne se reproduisît qu'elle avait toujours insisté pour qu'il n'y eût aucune serrure sur les portes à l'intérieur de la maison. Il fallait siffler quand on était dans les cabinets si l'on ne voulait pas que quelqu'un entre. Il poussa la porte. Elle n'était vêtue que de ses panties ; les bras levés, elle rasait ses aisselles. Son regard croisa celui de Marty dans le miroir, puis revint à ce qu'elle faisait.

« Je n'avais plus envie de café, dit-il faiblement.

— Tu as pris des goûts de luxe, hein ? » dit-elle.

Son corps n'était qu'à quelques pas de lui et il sentit son attraction. Il connaissait le moindre des boutons sur son dos, savait en quels endroits le contact de sa main la ferait rire. Une telle familiarité lui conférait un certain droit de propriété, pensait-il ; et elle le possédait pour les mêmes raisons, si seulement elle choisissait d'exercer ses droits. Il avança jusqu'à elle et posa l'extrémité de ses doigts au bas de son dos, les faisant remonter le long de son échine.

« Charmaine. »

Elle le regarda de nouveau dans le miroir — le premier regard franc dont elle l'eût gratifié depuis qu'il était arrivé à la maison — et il sut que tout espoir de contact physique entre eux était une cause perdue. Elle ne le désirait pas ; ou, si elle le désirait, elle ne l'admettrait pas.

« Je ne suis pas disponible, Marty, dit-elle sans ambages.
— Nous sommes toujours mariés.
— Je ne veux pas que tu restes ici. Je suis désolée. »
C'était ainsi qu'elle avait fait débuter leur rencontre, avec un : « Je suis désolée. » A présent, elle voulait l'achever de la même manière ; aucune excuse sincère n'était sous-entendue, rien qu'un refus poli.
« J'ai pensé si souvent à ça, dit-il.
— Moi aussi, répliqua-t-elle. Mais j'ai cessé d'y penser il y a environ cinq ans. Ça n'apportera rien de bon ; tu le sais aussi bien que moi. »
Les doigts de Marty étaient à présent sur son épaule. Il était sûr qu'une certaine électricité naissait de leur contact, une décharge d'excitation échangée entre leurs deux chairs. Le bout de ses seins s'était durci ; peut-être le courant d'air venu du palier, peut-être le contact de ses doigts.
« J'aimerais bien que tu partes », dit-elle tout doucement, baissant les yeux vers le lavabo. Il y avait un tremblement dans sa voix qui pourrait si facilement se transformer en larmes. Il voulait qu'elle lui offrît ses larmes, pour honteux qu'il en fût. Si elle se mettait à pleurer, il l'embrasserait pour la consoler, et cette consolation se ferait plus dure à mesure que Charmaine s'amollirait, et ils finiraient au lit ; il le savait. C'était pour cette raison qu'elle luttait si durement pour ne rien laisser paraître, connaissant le scénario aussi bien que lui, et résolue à ne pas s'ouvrir à son affection.
« Je t'en prie », dit-elle, de façon définitive. La main de Marty chut de son épaule. Il n'y avait aucune étincelle entre eux ; il n'y en avait eu que dans son imagination. De l'histoire ancienne.
« Peut-être une autre fois. »
Il murmura ce cliché comme s'il avait été empoisonné.
« Oui », dit-elle, heureuse de finir sur une note de conciliation. « Mais téléphone-moi d'abord.
— Je connais la sortie. »

23

Il erra dans les environs pendant une heure, évitant les hordes d'écoliers qui rentraient chez eux en se battant ou en se curant le nez. Même ici, il y avait des signes de l'approche du printemps. La nature ne pouvait guère se montrer généreuse dans un tel environnement, mais elle faisait de son mieux. Dans les jardins minuscules, ainsi que sur les rebords des fenêtres, les fleurs s'épanouissaient ; les rares arbustes qui avaient survécu au vandalisme exhibaient des feuilles vert tendre. S'ils survivaient encore à quelques saisons de gel et de méchanceté, peut-être deviendraient-ils assez grands pour que les oiseaux viennent s'y nicher. Rien d'exotique : des étourneaux bruyants tout d'abord, fort probablement. Mais ils offriraient leur ombre durant l'été, et un siège sur lequel la lune viendrait s'asseoir si on la regardait à la fenêtre par une belle nuit. Il se surprit à nourrir ces pensées inhabituelles — la lune et les étourneaux — comme un adolescent vivant son premier amour. Revenir ici avait été une erreur ; une cruauté qu'il s'était infligée à lui-même et qui avait également blessé Charmaine. Inutile de retourner là-bas pour s'excuser, cela ne ferait qu'embrouiller davantage les choses. Il lui téléphonerait, comme elle le lui avait suggéré, et lui proposerait de la retrouver pour un dîner d'adieu. Puis il lui dirait, que cela soit vrai ou non, qu'il était prêt pour une séparation permanente, et qu'il espérait qu'ils pourraient se revoir de temps en temps, et ils se diraient adieu comme des gens civilisés, sans animosité, et elle retournerait à la vie qu'elle était en train de se faire, et il retournerait à la sienne. Vers Whitehead, vers Carys. Oui, vers Carys.

Et soudain, les larmes fondirent sur lui comme une furie, le réduisant en pièces. Il restait immobile en plein milieu d'une rue qu'il ne reconnaissait pas, aveuglé par elles. Des écoliers le bousculèrent en courant, certains se retournèrent, certains virent sa détresse et lui hurlèrent des obscénités au passage. « C'est ridicule », se dit-il, mais aucune insulte ne parviendrait à étancher ce flot. Aussi avança-t-il en chancelant, le visage enfoui dans ses mains, dans une ruelle où il demeura jusqu'à ce que la crise fût passée. Une partie de lui-même se sentait étrangère à cet éclat. Elle contemplait, cette partie indemne, les sanglots de son être et secouait la tête en signe de mépris pour sa faiblesse et sa douleur. Il détestait voir un homme pleurer, cela l'embarrassait ; mais il ne servait à rien de le nier. Il était perdu ; c'était là le fond du problème, perdu et terrifié. Cela valait la peine de pleurer.

Quand le flot de larmes se tarit, il se sentit un peu mieux, mais il tremblait encore. Il essuya son visage et resta au fond de la ruelle jusqu'à ce qu'il eût retrouvé sa contenance.

Il était seize heures quarante. Il s'était déjà rendu à Holborn pour aller chercher les fraises ; cela avait été sa première préoccupation quand il était arrivé en ville. A présent qu'il avait accompli son devoir et qu'il avait vu Charmaine, le reste de la nuit s'étalait devant lui, attendant son bon plaisir. Mais il avait perdu beaucoup de son enthousiasme pour une nuit d'aventure. Les pubs ouvriraient bientôt et il irait avaler un ou deux whiskies. Cela l'aiderait à se débarrasser de ses nœuds à l'estomac. Peut-être cela aiguiserait-il aussi son appétit, mais il en doutait.

Pour passer le temps avant l'heure de l'ouverture, il alla se balader dans le centre commercial. Celui-ci s'était ouvert deux ans avant son incarcération, une grotte sans âme peuplée de carreaux blancs, de palmiers en plastique et de boutiques à l'éclat artificiel. Aujourd'hui, dix ans à peine après son édification, il avait l'air prêt pour la démolition. Le centre était couturé de graffitis, ses tunnels et ses escaliers étaient souillés, la plupart de ses boutiques étaient fermées, le reste d'entre elles étaient si dénuées de charme et de clientèle que la seule possibilité ouverte à leurs propriétaires était sûrement d'y mettre le feu une de ces nuits, de ramasser l'argent de l'assurance et de s'enfuir sans demander leur reste. Il trouva un petit kiosque à journaux occupé par un Pakistanais maussade, acheta un paquet de cigarettes et revint sur ses pas jusqu'à l'Éclipse.

L'ouverture venait juste d'avoir lieu et le pub était presque désert. Un couple de *skinheads* jouait aux fléchettes ; dans le salon, on célébrait un anniversaire ; un chœur discordant de « Happy Birthday, Dear Maureen » dériva jusqu'à lui. On avait allumé la télévision pour regarder le journal de l'après-midi, mais il ne pouvait pas comprendre grand-chose à cause du bruit de la fête à côté, et cela ne l'intéressait pas de toute façon. Après avoir commandé un whisky au bar, il alla s'asseoir à une table et entreprit de fumer le paquet de cigarettes qu'il venait d'acheter. Il se sentait vidé. L'alcool, au lieu de raviver ses esprits, paraissait seulement alourdir ses membres.

Ses pensées partirent à la dérive. D'étranges associations d'idées naissaient dans sa tête. Carys et lui, et Buddy Holly. Il dansait avec la jeune fille dans l'air glacé du colombier, sur la musique de *True Love Ways.*

Quand il secoua la tête pour en chasser ces images, il y avait de nouveaux clients au bar ; un groupe de jeunes gens qui faisaient tellement de bruit que leurs éclats de rire stridents couvraient à la fois ceux de la télévision et ceux de l'anniversaire. L'un d'eux se trouvait clairement au centre de leurs réjouissances, un grand échalas aux membres agités et au sourire assez large pour qu'on puisse y jouer du Chopin. Il fallut plusieurs secondes à Marty avant de se rendre compte qu'il connaissait ce clown : c'était Flynn. De toutes les personnes qu'il se serait attendu à rencontrer dans cette boîte, Flynn était bien la dernière. Marty fit mine de se lever, au moment même où le regard de Flynn — par une coïncidence presque magique — faisait le tour de la pièce pour s'arrêter sur lui. Marty se figea, comme un acteur qui aurait oublié son rôle, incapable d'avancer ni de reculer. Il n'était pas sûr d'être prêt à avaler une dose de Flynn. Puis le visage du clown s'éclaira quand il le reconnut et il fut trop tard pour battre en retraite.

« Sacré bon Dieu », dit Flynn.

Son sourire s'évanouit pour être remplacé, l'espace d'un instant, par une expression de complet étonnement, avant de revenir, plus éclatant que jamais.

« Regardez donc qui est là, voulez-vous ? »

Il s'avançait vers Marty, les bras grands ouverts en signe de bienvenue, une chemise des plus criardes apparaissant par l'ouverture de son veston bien coupé.

« Sacré nom. Marty ! Marty ! »

Ils s'embrassèrent à moitié, se serrèrent vaguement la main. C'étaient des retrouvailles difficiles, mais Flynn sauta l'obstacle avec l'efficacité d'un représentant de commerce.

« Voyez-vous ça ? De tous les gars que... Ça alors !

— Salut, Flynn. »

Marty avait l'impression d'être un cousin mal fagoté devant cette gravure de mode aux couleurs flamboyantes. Le sourire de Flynn était définitivement gravé sur son visage à présent, et il escortait Marty jusqu'au bar, le présentant au cercle de ses admirateurs (Marty saisit la moitié de leurs noms et ne put les associer à des visages), puis ce fut une tournée générale de doubles cognacs pour célébrer le retour de Marty.

« Je ne savais pas que tu étais déjà sorti, dit Flynn en portant un toast à sa victime. Buvons à la libération anticipée pour bonne conduite. »

Les autres membres du groupe ne firent aucune tentative pour interrompre le flot de paroles issues de la bouche du maître et se mirent à parler entre eux, laissant Marty dans les griffes de Flynn. Il n'avait pas beaucoup changé. Le style de ses vêtements, ça, bien sûr, c'était autre chose : il était habillé, comme toujours, selon les canons de la mode de l'année précédente ; il perdait ses cheveux, qui semblaient le déserter rapidement ; mais en dehors de cela, c'était toujours le même petit escroc gouailleur, qui étalait une étincelante collection d'affabulations devant les yeux de Marty. Sa percée dans le show-business, ses contacts à Los Angeles, ses plans pour ouvrir un studio d'enregistrement dans le quartier. « J'ai pas mal pensé à toi, dit-il. Je me demandais si tu tenais le coup. Je voulais aller te voir ; mais je n'étais pas sûr que ça t'aurait plu. » Il avait raison. « De plus, je ne suis jamais là, tu vois? Alors, raconte-moi, mon vieux, qu'est-ce que tu fais dans le coin?

— Je suis venu voir Charmaine.

— Oh. » Il semblait presque avoir oublié qui elle était. « Ça marche pour elle?

— Mouais. On dirait que ça marche pour *toi.*

— J'ai eu des pépins, tu vois, mais qui n'en a pas eu? Mais ça va bien, tu vois. » Il baissa la voix pour prendre un ton à peine audible. « Si tu veux faire du fric maintenant, il faut dealer de la came. Pas de l'herbe, des drogues dures. Je deale surtout de la coke; parfois de l'héro. Je n'aime pas y toucher moi-même... mais j'ai des goûts de luxe. » Il eut une expression qui disait : « Les temps sont durs », se tourna vers le bar pour commander de nouvelles consommations, puis se remit à parler, une litanie incessante d'autosatisfaction parsemée de remarques à l'emporte-pièce. Après sa résistance initiale, Marty se trouvait en train de succomber devant lui. Son raz de marée d'invention était toujours aussi irrésistible. Il ne s'interrompait qu'occasionnellement pour poser une question à son auditoire, ce qui satisfaisait pleinement Marty. Il n'y avait pas grand-chose qu'il souhaitât lui dire. Cela avait toujours été ainsi. Flynn le gars un peu vulgaire, vif et rapide; Marty l'homme tranquille, celui qui avait des doutes. Comme des alter ego. Le simple fait de se retrouver aux côtés de Flynn donnait l'impression à Marty qu'il prenait un peu plus de relief.

La soirée passa vite. D'autres personnes vinrent se joindre à Flynn, burent avec lui, puis s'éloignèrent, ayant été diverties l'espace d'un instant par ce bouffon de cour. Il se trouva quelques individus que Marty connaissait parmi ce va-et-vient de buveurs, il y eut quelques rencontres malaisées, mais tout se passa mieux qu'il ne l'aurait cru, la bonhomie de Flynn rendant les choses faciles. Vers vingt-deux heures quinze, il sortit pendant un quart d'heure — « J'ai une petite affaire à traiter » — et revint avec un paquet de billets dans la poche de son veston, qu'il se mit aussitôt à dépenser.

« Ce qu'il te faut, dit-il à Marty quand ils furent tous deux bien éméchés, ce qu'il te faut, c'est une bonne femme. Non... » Il gloussa. « Non, non, non. Ce qu'il te faut, c'est une *mauvaise* femme. »

Marty acquiesça; sa tête paraissait instable sur son cou.

« Tu as trouvé, oh oui, dit-il.

— Allons donc nous trouver une dame, hein? On y va?

— D'accord.

— Je veux dire, t'as besoin de compagnie, mec, et moi aussi.

Et je m'occupe un peu de ça en dilettante, tu vois ? J'ai quelques dames sous la main. Je vais m'occuper de toi. »

Marty était trop ivre pour discuter. De plus, l'idée d'une femme — achetée ou séduite, qu'est-ce que ça pouvait bien foutre ? — était la meilleure idée qu'il ait entendue depuis longtemps. Flynn s'éloigna, alla donner un coup de fil et revint avec un large sourire aux lèvres.

« Pas de problème, dit-il. Pas de problème. On s'en boit un autre et puis on se casse. »

Marty le suivit comme un mouton. Ils avalèrent un dernier verre, puis sortirent de l'Éclipse en chancelant et allèrent jusqu'au coin de l'établissement, où était garée la voiture de Flynn, une Volvo qui avait connu des jours meilleurs. Ils roulèrent pendant cinq minutes, jusqu'à une maison du quartier. La porte fut ouverte par une belle femme noire.

« Ursula, voici mon pote Marty. Marty, dis bonjour à Ursula.

— Bonjour, Ursula.

— Où sont les verres, mon chou ? Papa a apporté une bouteille. »

Ils burent encore un peu ensemble, puis montèrent à l'étage ; ce ne fut qu'à ce moment-là que Marty comprit que Flynn n'allait pas s'en aller. Ils étaient censés former un *ménage à trois* *, comme au bon vieux temps. Son trouble initial se dissipa lorsque la fille se mit à se déshabiller devant eux. La boisson avait émoussé ses inhibitions et il l'encouragea dans son strip-tease depuis le lit sur lequel il s'était assis, vaguement conscient de ce que Flynn était probablement aussi diverti par son désir que par la fille. « Qu'il regarde, pensa Marty, c'est lui qui offre. »

Dans la petite chambre mal éclairée, le corps d'Ursula paraissait sculpté dans du beurre noir. Entre ses deux seins lourds reposait une petite croix en or, luisante. Sa peau était également luisante ; chacun de ses pores était marqué d'une minuscule perle de sueur. Flynn avait commencé lui aussi à se déshabiller, et Marty fit de même, trébuchant quand il ôta ses jeans, ne quittant pas la fille des yeux tandis qu'elle s'asseyait sur le lit et portait les mains à son bas-ventre.

Ce qui suivit fut une séance de rééducation accélérée en gymnastique sexuelle. Comme un nageur qui replonge dans l'eau après des années d'absence, il eut vite fait de se rappeler les caresses nécessaires. Durant les deux heures qui suivirent, il cueillit des poignées de souvenirs à emporter avec lui : quitter des yeux le visage amusé d'Ursula pour découvrir Flynn à

* En français dans le texte. (*N.d.T.*)

genoux au pied du lit en train de sucer ses orteils; Ursula roucoulant comme une colombe noire devant son érection avant de la dévorer jusqu'à la racine; Flynn léchant ses mains et souriant, les reléchant et souriant encore. Et finalement, les deux hommes en train de se partager Ursula, Flynn enfoui dans son postérieur, confirmant ce qu'il avait dit quand, âgé de onze ans, il lui avait révélé ce que les hommes faisaient aux femmes.

Après, ils s'endormirent ensemble. Vers le milieu de la nuit, Marty s'éveilla et aperçut Flynn en train de se rhabiller et de s'éloigner sur la pointe des pieds. Sans doute pour rentrer chez lui; où que ce fût ces jours-ci et ces nuits-ci.

24

Il se réveilla juste avant l'aube, demeura désorienté durant plusieurs secondes jusqu'à ce qu'il entendît le souffle régulier d'Ursula à ses côtés. Il lui dit adieu tandis qu'elle somnolait encore, et trouva un taxi pour le ramener à sa voiture. Il fut de retour au Sanctuaire à huit heures et demie. La fatigue finirait bien par se faire sentir, accompagnée d'une bonne gueule de bois, mais il connaissait bien les réactions de son corps. Il aurait quelques heures de répit avant de payer sa dette.

Pearl était dans la cuisine, en train de nettoyer après le petit déjeuner. Ils échangèrent quelques plaisanteries et il s'assit pour avaler trois tasses de café noir à la suite. Sa bouche avait un goût amer et le parfum d'Ursula, qui avait eu des effluves d'ambroisie la veille, lui paraissait douceâtre ce matin. Il restait collé à ses mains et à ses cheveux.

« Vous avez passé une bonne nuit? » demanda Pearl.

Il hocha la tête sans répondre.

« Vous feriez mieux de prendre un solide petit déjeuner; je ne pourrai pas vous préparer de repas aujourd'hui.

— Pourquoi?

— Je serai trop occupée avec le dîner de ce soir.

— Quel dîner?

— Bill vous mettra au courant. Il veut vous voir. Il est dans la bibliothèque. »

Toy avait l'air fatigué, mais pas aussi malade que la dernière fois qu'il l'avait vu. Peut-être avait-il vu un docteur entre-temps, ou bien pris des vacances.

« Vous souhaitiez me parler?

— Oui, Marty, oui. Vous vous êtes bien amusé en ville?

— Beaucoup. Merci de m'avoir permis de le faire.

— Je n'y suis pour rien ; c'était Joe. On vous aime bien ici, Marty. Lillian m'a dit que même les chiens se sont attachés à vous. »

Toy se dirigea vers la table, ouvrit la boîte de cigarettes et en choisit une. Marty ne l'avait jamais vu fumer auparavant.

« Vous n'allez pas voir Mr Whitehead aujourd'hui ; il va y avoir une petite réunion ce soir...

— Oui, Pearl me l'a dit.

— Ce n'est rien d'extraordinaire. Mr Whitehead convie de temps en temps à dîner des amis choisis. Et il aime que ces réunions restent privées, aussi n'aura-t-on pas besoin de vous. »

Cela fit plaisir à Marty. Au moins pourrait-il aller s'étendre et rattraper son sommeil.

« Bien entendu, nous aimerions que vous restiez dans la maison, au cas où on aurait besoin de vous pour une raison ou pour une autre, mais je crois que c'est peu probable.

— Merci, monsieur.

— Je crois que vous pouvez m'appeler Bill en privé, Marty ; je ne pense pas que de telles formalités soient nécessaires entre nous désormais.

— D'accord.

— Je veux dire... (Il s'interrompit pour allumer sa cigarette.)... nous sommes tous des domestiques ici, n'est-ce pas ? D'une façon ou de l'autre. »

Quand il se fut douché, eut envisagé de faire un tour du domaine puis écarté cette idée masochiste pour s'étendre et somnoler un peu, les signes avant-coureurs de l'inévitable gueule de bois commencèrent à se manifester. Il ne connaissait aucun remède à ce mal. Sinon dormir en attendant que ça passe.

Il ne se réveilla pas avant le milieu de l'après-midi, et seulement lorsque la faim l'y poussa. Il n'y avait aucun bruit dans la maison. En bas, la cuisine était vide, seul le bourdonnement d'une mouche sur la vitre — la première que Marty ait vue cette saison — interrompait le calme glacial. De toute évidence, Pearl avait achevé les préparatifs du dîner de ce soir et était partie, peut-être pour revenir plus tard. Il alla jusqu'au réfrigérateur en quête de nourriture pour calmer son estomac en rogne. Le sandwich qu'il confectionna ressemblait à un lit mal fait, dont les draps de jambon débordaient sous les couvertures de pain, mais il accomplit cette tâche sans difficulté. Il brancha le percolateur et sortit en quête de compagnie.

On aurait dit que tout le monde avait disparu de la surface de la terre. Le gouffre de l'après-midi l'avala tandis qu'il errait à travers la maison. Ce calme et les dernières traces de sa migraine conspiraient pour le rendre nerveux. Il se surprit à regarder derrière lui comme un homme avançant dans une rue mal éclairée. L'étage était encore plus tranquille que le rez-de-chaussée ; le bruit de ses pas sur la moquette du couloir était si étouffé qu'il aurait pu se croire en état d'apesanteur. Il alla même jusqu'à raser les murs.

Arrivé à la moitié du couloir — à l'étage privé de Whitehead —, il se trouva à la limite de la zone qui lui avait été interdite. Les appartements privés du vieil homme étaient situés de ce côté-ci de la maison, ainsi que la chambre de Carys. Laquelle de ces pièces était-ce ? Il essaya de reconstituer mentalement l'extérieur de la maison, afin de localiser sa chambre par élimination, mais il n'avait pas assez d'imagination pour mettre en relation l'extérieur avec les portes closes du couloir qui lui faisaient face.

Toutes n'étaient pas closes. La troisième sur sa droite était légèrement entrouverte ; et, à présent que ses oreilles étaient accoutumées au silence, il pouvait entendre des bruits de mouvements venus de l'intérieur. C'était sûrement elle. Il franchit le seuil invisible du territoire interdit, sans se soucier du châtiment qui viendrait sanctionner cette intrusion, trop impatient de voir son visage, de lui parler peut-être. Il atteignit la porte et jeta un regard dans la pièce.

Carys était là. Elle était à moitié allongée sur le lit, le regard perdu dans le vague. Marty allait faire un pas en avant pour lui parler quand quelqu'un d'autre se déplaça dans la pièce, dissimulé à son regard par la porte. Il n'eut pas besoin d'entendre sa voix pour savoir qu'il s'agissait de Whitehead.

« Pourquoi me traites-tu ainsi ? lui demandait-il à voix basse. Tu sais comme j'ai mal lorsque je te vois comme ça. »

Elle ne dit rien, si elle l'entendait, elle n'en donna aucun signe.

« Je ne te demande pourtant pas grand-chose, n'est-ce pas ? » la supplia-t-il. Les yeux de Carys voletèrent dans sa direction. « Eh bien ? »

Elle finit par daigner lui répondre. Quand elle le fit, sa voix était si douce que Marty put à peine saisir ses paroles.

« N'as-tu pas honte ? lui demanda-t-elle.

— Il y a bien pire, Carys, que d'avoir quelqu'un qui a besoin de vous, crois-moi.

— Je sais », répondit-elle en détournant les yeux.

Il y avait une telle douleur et une telle soumission dans

l'expression de cette douleur, dans ces deux mots : « *Je sais.* » Cela rendit Marty soudainement malade de désir pour elle : la toucher, s'efforcer de guérir cette blessure inconnue. Whitehead traversa la chambre et vint s'asseoir à côté d'elle au bord du lit. Marty fit un pas en arrière, redoutant d'être apercu, mais toute l'attention de Whitehead était concentrée sur l'énigme en face de lui.

« *Que* sais-tu ? » lui demanda-t-il. Sa gentillesse s'était brusquement évaporée. « Est-ce que tu me caches quelque chose ?

— Seulement des rêves, répondit-elle. De plus en plus.

— Des rêves de quoi ?

— Tu le sais bien. La même chose.

— Ta mère ? »

Carys acquiesça de façon presque imperceptible.

« Et les autres, ajouta-t-elle.

— Qui ?

— Ils ne se montrent jamais. »

Le vieil homme soupira et détourna les yeux.

« Et dans ces rêves ? demanda-t-il. Que se passe-t-il ?

— Elle essaie de me parler. Elle essaie de me dire quelque chose. »

Whitehead ne la poussa pas davantage : il semblait être à court de questions. Ses épaules s'étaient affaissées, Carys le regarda, sentant sa défaite.

« Où est-elle, Papa ? » lui demanda-t-elle, se redressant pour la première fois et lui passant un bras autour du cou. C'était un geste effrontément manipulateur ; elle ne lui offrait cette intimité qu'afin d'obtenir ce qu'elle voulait de lui. Que lui avait-elle offert et qu'avait-il pris durant les moments qu'ils avaient vécus ensemble ? Son visage s'approcha de celui du vieil homme ; la lumière de cette fin d'après-midi le rendait enchanteur.

« Dis-moi, Papa, demanda-t-elle à nouveau, où crois-tu qu'elle soit ? »

Cette fois-ci, Marty perçut la moquerie dissimulée sous cette question apparemment innocente. Ce que tout cela signifiait, il n'en savait rien. Ce que signifiait toute cette scène, avec ces paroles de froideur et de honte, était loin d'être clair. D'une certaine façon, il était heureux de n'en rien savoir. Mais cette question, qu'elle lui avait posée sur un ton d'amour contrefait, cette question avait été posée, et il *fallait* qu'il attende encore un moment, jusqu'à ce que le vieil homme y ait répondu.

« Où est-elle, Papa ?

— Dans les rêves », répondit-il en écartant son visage de celui de sa fille. « Seulement dans les rêves. »

Elle laissa retomber son bras des épaules de son père.

« Ne me mens jamais, l'accusa-t-elle d'une voix glaciale.

— C'est tout ce que je peux te dire », répondit-il — sa voix était presque pitoyable. « Si tu en sais plus que moi... »

Il se tourna pour la regarder. Sa voix exprimait l'urgence.

« *Sais*-tu quelque chose ?

— Oh, Papa, murmura-t-elle sur un ton de reproche. Encore des conspirations ? » Combien de feintes et de parades y avait-il dans ce dialogue, se demanda Marty. « Tu ne me soupçonnes pas, quand même ? »

Whitehead plissa le front.

« Non, toi jamais, ma chérie, dit-il. Jamais. »

Il leva une main vers le visage de sa fille et se pencha pour poser ses lèvres sèches sur les siennes. Avant qu'ils ne se soient touchés, Marty s'était écarté de la porte et s'éloignait.

Il y avait des choses qu'il ne pouvait pas se résoudre à regarder.

25

Les voitures commencèrent d'arriver à la maison en début de soirée. Il y avait des voix que Marty reconnaissait dans le couloir. Ce serait l'équipe habituelle, devina-t-il ; parmi eux, le magouilleur et ses petits camarades ; Ottaway, Curtsinger et Dwoskin. Il entendit aussi des voix de femmes. Ils avaient amené leurs épouses, ou leurs maîtresses. Il se demanda de quel genre de femmes il s'agissait. Jadis belles, aujourd'hui rongées par l'amertume et la soif d'amour. S'ennuyant auprès de leurs maris, sans aucun doute, lesquels pensaient davantage à faire de l'argent qu'à elles. Il saisit des bouffées de leurs rires, et plus tard de leurs parfums, dans le couloir. Il avait toujours eu l'odorat aiguisé. Saul aurait été fier de lui.

Vers vingt heures quinze, il alla dans la cuisine pour faire réchauffer le plat de raviolis que Pearl avait laissé à son intention, puis se retira dans la bibliothèque pour regarder quelques matches de boxe au magnétoscope. Les événements de l'après-midi le travaillaient toujours. En dépit de tous ses efforts, il n'arrivait pas à chasser de sa tête l'image de Carys, et ses émotions, sur lesquelles il avait si peu de contrôle, l'irritaient. Pourquoi ne pouvait-il pas être comme Flynn, qui achetait une femme pour la nuit et s'en allait ensuite le matin venu ? Pourquoi ses sentiments se brouillaient-ils toujours, à tel point qu'il ne parvenait plus à les démêler ? Sur l'écran de la télévision, le match devenait plus sanglant, mais il enregistrait à peine la douleur d'un boxeur et la victoire de l'autre. Son esprit conjurait le visage fermé de Carys étendue sur son lit, tentant de le sonder, cherchant des explications.

Laissant le commentateur sportif à son bavardage, il retourna dans la cuisine pour aller chercher deux boîtes de bière dans le réfrigérateur. De ce côté-ci de la maison, on n'entendait pas le moindre bruit en provenance de la réception. De plus, une réunion aussi civilisée était sûrement fort calme, n'est-ce pas ? Rien que le tintement des verres et des allusions aux plaisirs des hommes riches.

« Eh bien, qu'ils aillent tous se faire foutre ! » pensa-t-il. Whitehead, Carys et tous les autres. Ce n'était pas son monde et il n'en voulait pas, ni d'eux ni d'elle. Il pouvait avoir toutes les femmes qu'il désirait n'importe quand — il suffisait de décrocher le téléphone et d'appeler Flynn. Pas de problème. Qu'ils jouent donc à leurs jeux de débiles : ça ne l'intéressait pas. Il vida la première boîte debout dans la cuisine, puis en sortit deux autres du réfrigérateur et les emporta avec lui. Il allait vraiment se bourrer la gueule ce soir. Oh oui. Il allait être si pinté que plus rien n'aurait d'importance. Et surtout pas elle. Parce que cela lui était égal. *Cela lui était égal.*

La cassette était finie et l'écran était devenu blanc. Un réseau de points lumineux bourdonnait confusément. Du bruit blanc. Était-ce ainsi qu'on appelait ça ? C'était un portrait du chaos, ce sifflement, ces points tremblotants ; l'univers en train de fredonner pour lui-même. Les ondes de l'éther n'étaient jamais vraiment vides.

Il éteignit le poste. Il n'avait plus envie de regarder d'autres matches. Sa tête bourdonnait comme le poste ; du bruit blanc là-dedans aussi.

Il s'affala dans le fauteuil et engloutit en deux gorgées la deuxième boîte de bière. L'image de Carys en compagnie de Whitehead refit surface. « Va-t'en », lui dit-il à haute voix ; mais elle persista. La désirait-il, était-ce cela ? Son trouble serait-il apaisé s'il l'emmenait dans la colombière un de ces après-midi et la baisait jusqu'à ce qu'elle le supplie de ne plus jamais s'arrêter ? Cette pensée misérable le dégoûta ; il ne pouvait pas résoudre ces ambiguïtés par de la pornographie.

Quand il ouvrit la troisième bière, il découvrit que ses mains étaient couvertes de sueur, une sueur malsaine qu'il associait à la maladie, comme les premiers signes de la grippe. Il essuya les paumes de ses mains sur ses jeans et reposa la bière. Il n'y avait pas que ses désirs larvés pour nourrir sa nervosité. Quelque chose n'allait pas. Il se leva et alla jusqu'à la fenêtre. Il regardait les ténèbres absolues au-delà de la vitre quand il se rendit soudain compte de ce qui clochait. Les projecteurs de la pelouse et du mur d'enceinte n'avaient pas été allumés ce soir. Il faudrait qu'il s'en charge. Pour la première fois depuis qu'il était arrivé à la maison, la nuit régnait au-dehors, une nuit plus noire que celles qu'il avait connues depuis plusieurs années. A Wandsworth, il y avait toujours de la lumière : les projecteurs fixés sur les murs brûlaient du crépuscule à l'aube. Mais ici, loin de tout réverbère, il n'y avait que la nuit au-dehors.

La nuit et le bruit blanc.

26

Contrairement à ce que s'était imaginé Marty, Carys n'assistait pas à la réception. Il lui restait peu de libertés; celle de refuser les invitations de son père en faisait partie. Elle avait supporté un après-midi entier ses soudains accès de larmes, ses accusations tout aussi soudaines. Elle était lasse de ses baisers et de ses doutes. Aussi, avide d'oubli, s'était-elle offert ce soir-là une dose plus importante que d'habitude. Tout ce qu'elle souhaitait à présent, c'était s'étendre et baigner dans le non-être.

Alors même qu'elle posait sa tête sur l'oreiller, quelque chose ou quelqu'un vint la toucher. Elle fit demi-tour dans un sursaut. La chambre était vide. Les lampes étaient allumées et les rideaux tirés. Il n'y avait personne ici; c'était une illusion de ses sens, rien de plus. Mais elle sentait toujours les extrémités nerveuses de la base de son cou la picoter là où l'on avait paru la toucher, réagissant à cette intrusion comme une anémone. Elle posa les doigts sur sa nuque pour masser ce point sensible. Ce contact quasi électrique avait chassé sa léthargie, au moins pour un temps. Il n'était pas question de laisser reposer sa tête tant que son cœur n'aurait pas cessé de palpiter ainsi.

Se rasseyant, elle se demanda où était son coureur. Sans doute à la réception avec le reste de la cour de Papa. Ils aimeraient sûrement ça : l'avoir parmi eux pour l'abreuver de leur condescendance. Elle ne se l'imaginait plus comme un ange. Après tout, il avait un nom désormais et un passé (Toy lui avait répété tout ce qu'il savait). Il avait perdu depuis longtemps son caractère divin. Il n'était que ce qu'il était —

Martin Francis Strauss —, un homme aux yeux gris-vert ; avec une cicatrice sur la joue et des mains éloquentes, comme celles d'un acteur, mais elle ne pensait pas qu'il aurait fait un bon menteur professionnel : ses yeux le trahissaient trop facilement.

Puis le contact refit son apparition, et elle sentit distinctement des doigts qui l'attrapaient par le cou, comme si ses vertèbres cervicales avaient été pincées, si, si légèrement, entre le pouce et l'index. C'était une illusion absurde, mais trop vivace pour être écartée.

Elle s'assit près de sa table de toilette et sentit des tremblements parcourir son corps, prenant naissance dans son estomac agité de frissons. Était-ce le résultat d'une dose mal préparée ? Elle n'avait jamais eu de problèmes auparavant : l'héro que Luther achetait pour elle à ses fournisseurs de Stratford était toujours de la meilleure qualité. Papa pouvait se le permettre.

« Étends-toi donc, se dit-elle. Même si tu n'arrives pas à dormir, étends-toi. » Mais le lit, dès qu'elle se leva pour se diriger vers lui, sembla s'éloigner d'elle, tous les meubles de la chambre se retirèrent dans un coin comme s'ils avaient été peints en trompe-l'œil sur une toile qu'une main invisible aurait écartée d'elle.

Puis les doigts semblèrent revenir se poser sur son cou, avec plus d'insistance cette fois-ci, comme s'ils avaient voulu s'immiscer en elle. Elle leva une main et se frotta vigoureusement la nuque, maudissant Luther à voix haute de lui avoir fourni de la drogue de mauvaise qualité. Il achetait probablement de l'héroïne coupée au lieu de drogue pure et empochait la différence. Sa colère lui purgea la tête l'espace d'un instant, du moins le crut-elle, car il ne se passa plus rien. Elle avança d'un pas mesuré vers le lit, s'orientant en posant une main sur les motifs floraux du papier peint. Les choses commencèrent à se réordonner ; la chambre retrouva sa vraie perspective. Poussant un soupir de soulagement, elle s'étendit sans rabattre les couvertures et ferma les yeux. Quelque chose dansait à l'intérieur de ses paupières. Des formes se modelèrent, se dispersèrent pour se modeler à nouveau. Aucune d'elles n'avait le moindre sens : ce n'étaient que des taches et des ratures, des graffitis de dément. Elle les observa de son regard intérieur, hypnotisée par leurs métamorphoses fluides, à peine consciente au milieu de sa fascination du retour des doigts invisibles sur son cou, ces doigts invisibles qui s'insinuaient dans sa substance avec toute l'efficacité subtile d'un excellent masseur.

Et puis le sommeil.

Elle n'entendit pas les chiens se mettre à aboyer. Marty si. Ce ne fut tout d'abord qu'un aboiement solitaire, quelque part au sud-est de la maison, mais ce signal d'alarme fut aussitôt repris pas un chœur de rugissements.

Il quitta en vacillant le poste de télévision mort et revint à la fenêtre.

Le vent s'était levé. Il avait probablement fait tomber quelques branches mortes, ce qui avait dérangé les chiens. Il avait remarqué dans un coin du domaine plusieurs ormes morts qu'il faudrait abattre ; l'un d'entre eux était probablement le coupable. Mais il ferait mieux d'aller jeter un coup d'œil. Il alla jusqu'à la cuisine et alluma les écrans vidéo, allant d'une caméra à l'autre le long du mur d'enceinte. Il n'y avait rien à voir. Quand il parvint aux caméras situées à l'est du bois, cependant, les images disparurent. Du bruit blanc vint remplacer la pelouse éclairée par les projecteurs. Trois caméras en tout étaient hors d'usage.

« Merde », dit-il. Si un arbre était tombé, et cette hypothèse semblait confirmée par l'arrêt des caméras, il aurait un gros travail de nettoyage à accomplir. Mais il était étrange que les signaux d'alarme n'aient pas retenti. N'importe quelle chute d'arbre ayant causé l'arrêt de trois caméras aurait dû pénétrer le système de défense du mur ; mais aucune cloche ne sonnait, aucune sirène ne hurlait. Il prit son anorak sur le portemanteau près de la porte de service, attrapa une lampe-torche et sortit.

Les projecteurs placés sur le mur d'enceinte luisaient à la périphérie de son champ de vision ; les examinant en hâte, il s'aperçut qu'aucun d'entre eux n'était éteint. Il se dirigea vers le vacarme des chiens. La nuit était douce en dépit du vent : la première chaleur confiante du printemps. Il était heureux d'aller faire un tour, même si c'était pour une raison stupide. Ce n'était peut-être même pas un arbre ; simplement une défaillance électrique. Il n'existait rien d'infaillible. La maison s'éloigna derrière lui, les fenêtres éclairées se firent plus petites. A présent, tout autour de lui, les ténèbres. Il se trouvait isolé sur une longueur de deux cents mètres entre les projecteurs du mur et les lumières de la maison, un *no man's land* qu'il traversa en trébuchant, sa lampe éclairant chichement le gazon à quelques pas devant lui. Dans le bois, le vent trouvait de temps en temps sa voix ; sinon, le silence était total.

Il finit par atteindre l'endroit de l'enceinte où il avait situé approximativement l'origine des aboiements. Tous les projecteurs fonctionnaient des deux côtés : il n'y avait aucun signe visible d'intrusion. En dépit du caractère rassurant de cette scène, quelque chose lui paraissait bizarre dans la nuit et dans la brise. Peut-être que l'obscurité n'était pas aussi innocente, la chaleur de l'air pas entièrement naturelle pour la saison. Son estomac était contracté par un tic et sa vessie était lourde de bière. Il se sentit vexé de n'apercevoir et de n'entendre aucun chien. Ou bien il avait commis une erreur de jugement en localisant leur position, ou bien ils avaient quitté cet endroit à la poursuite de quelque chose. Ou, pensa-t-il absurdement, *poursuivis* par quelque chose.

Les lampes en haut du mur agitèrent leurs têtes encagoulées sous l'effet d'un sursaut de vent ; la scène dansait dans la lumière saccadée de sa torche faiblissante. Il décida qu'il ne pourrait pas faire un pas de plus avant d'avoir soulagé sa vessie douloureuse. Il éteignit la lampe, la mit dans sa poche et ouvrit sa braguette, tournant le dos au mur et aux projecteurs. Ce fut un soulagement intense que de pouvoir pisser dans l'herbe ; la satisfaction physique qu'il en retira lui fit pousser un petit cri de joie.

A ce moment-là, les lumières derrière lui se mirent à clignoter. Il crut tout d'abord que ce n'était qu'une impression due au vent. Mais non, elles se faisaient bien plus faibles. Alors même qu'elles s'évanouissaient, il entendit sur sa droite les chiens reprendre leur concert d'aboiements, la colère et la panique dans la voix.

Il ne pouvait pas s'arrêter de pisser une fois qu'il avait commencé, et il maudit son manque de contrôle durant ces précieuses secondes. Quand il eut fini, il referma sa braguette et se mit à courir en direction du vacarme. Tandis qu'il progressait, les lumières revinrent, hésitantes, leurs circuits bourdonnant à tue-tête. Mais elles étaient réparties de façon trop irrégulière le long du mur d'enceinte pour le rassurer tout à fait. Entre elles, des flaques de ténèbres s'étalaient, si bien que seul un pas sur dix était franchi dans la clarté, et pour les neuf autres, la nuit. En dépit de la peur qui lui nouait les tripes, il continua de courir, le mur clignotant à son passage. Lumière, ténèbres, lumière, ténèbres...

Devant lui, un tableau se forma. Un intrus était debout au bord du disque de lumière dessiné par l'un des projecteurs. Les chiens étaient partout, sur ses jambes, sur sa poitrine, mordant, déchirant. L'homme restait toujours debout, les jambes écartées, tandis qu'ils s'agitaient autour de lui.

Marty se rendit compte qu'il était sur le point d'assister à un véritable massacre. Les chiens étaient fous furieux, déchirant les chairs de l'intrus avec toute la rage dont ils étaient capables. Curieusement, en dépit de la violence de leur assaut, ils avaient tous la queue entre les jambes, et leurs grondements sourds, qui résonnaient tandis qu'ils faisaient le tour de leur proie à la recherche d'une faille, étaient manifestement terrifiés. Job, découvrit-il, ne tentait même pas de bondir : il rôdait autour de la scène, les yeux plissés, observant l'héroïsme de ses congénères.

Marty commença à les appeler par leurs noms, utilisant les ordres simples et fermes que Lillian lui avait enseignés.

« Couché ! Saul ! Couché ! Dido ! »

Les chiens étaient impeccablement dressés : il les avait vus accomplir cet exercice une douzaine de fois. Malgré l'intensité de leur colère, ils renoncèrent à leur victime en entendant ses ordres. Ils reculèrent à regret, les oreilles aplaties, les crocs à nu, les yeux rivés sur l'homme.

Marty se mit à avancer d'un pas résolu en direction de l'intrus, qui restait debout au milieu d'un cercle de chiens vigilants, vacillant et ensanglanté. Il ne portait aucune arme visible ; en fait, il ressemblait davantage à un clochard qu'à un assassin en puissance. Sa veste sombre était déchirée en une douzaine d'endroits, et là où sa peau était exposée, le sang luisait.

« Éloignez-les... de moi », dit-il d'une voix meurtrie. Son corps était couvert de morsures. A certains endroits, en particulier sur ses jambes, des lambeaux de chair avaient été arrachés. Le médius de sa main gauche avait été tranché à hauteur de la deuxième phalange et ne tenait en place que grâce à un bout de nerf. L'herbe était éclaboussée de sang. Marty était stupéfait de voir cet homme encore debout.

Les chiens l'encerclaient toujours, prêts à reprendre leur assaut si l'ordre leur en était donné ; un ou deux d'entre eux jetèrent un regard impatient vers Marty. Ils brûlaient du désir d'achever leur victime chancelante. Mais le clochard refusait de leur octroyer le moindre signe de crainte. Il n'avait d'yeux que pour Marty, et ses yeux étaient des têtes d'épingle sur fond de blanc livide.

« Ne bougez pas, dit Marty. Si vous voulez rester vivant. Si vous tentez de vous enfuir, ils vous terrasseront. Vous avez compris ? Je ne les contrôle pas entièrement. »

L'autre ne dit rien ; il se contenta de le fixer. Son supplice, Marty le savait, devait être atroce. Ce n'était même pas un homme jeune. Sa barbe inégale exhibait plus de gris que de noir. Sous sa peau flasque et cireuse, son crâne était d'un dessin sévère, ses traits usés et fatigués ; tragiques même. Sa souffrance ne transparaissait que grâce à la pellicule de sueur grasse sur sa peau et à la fixité de ses muscles faciaux. Son regard était aussi imperturbable que l'œil d'un cyclope, et aussi menaçant.

« Comment êtes-vous entré ? demanda Marty.

— Éloignez-les », dit l'homme.

Il parlait comme s'il s'était attendu à être obéi.

« Venez à la maison avec moi. »

L'autre secoua la tête, ne souhaitant même pas débattre de cette éventualité.

« Éloignez-les », répéta-t-il.

Marty s'inclina devant l'autorité de l'homme, sans trop savoir pourquoi. Il rappela les chiens à lui, un par un. Ils s'exécutèrent avec des regards pleins de reproche, frustrés de devoir renoncer à leur proie.

« A présent, venez à la maison avec moi, dit Marty.

— Inutile.

— Vous allez être saigné à blanc, pour l'amour de Dieu.

— Je déteste les chiens », dit l'homme sans quitter Marty des yeux. « Et vous aussi. »

Marty n'avait pas le temps de réfléchir à ce que l'homme lui avait dit, il ne souhaitait qu'empêcher une nouvelle escalade. La perte de son sang l'avait sûrement affaibli. S'il s'écroulait, Marty n'était pas certain de pouvoir empêcher les chiens de se précipiter à la curée. Ils étaient autour de ses jambes, le regardaient avec irritation ; leur souffle était chaud sur sa peau.

« Si vous ne me suivez pas de votre propre volonté, je serai obligé de vous emmener de force.

— Non. » L'intrus leva sa main blessée à la hauteur de sa poitrine et baissa les yeux sur elle. « Je n'ai nul besoin de votre sollicitude, merci. »

Il mordit le nerf du doigt mutilé, comme une couturière l'aurait fait pour casser un fil. Les phalanges délaissées churent sur l'herbe. Puis il referma sa main pour en faire un poing qu'il enfouit dans sa veste en lambeaux.

Marty dit : « Dieu tout-puissant. » Brusquement, les lumières clignotèrent de nouveau le long du mur d'enceinte. Mais cette fois-ci, elles s'éteignirent complètement. Dans l'obscurité soudaine, Saul se mit à gémir. Marty avait reconnu la voix du chien et partageait son appréhension.

« Qu'est-ce qui se passe, mon garçon ? » demanda-t-il au chien, souhaitant que celui-ci ait pu lui répondre. Puis les ténèbres s'écartèrent ; quelque chose vint illuminer la scène, qui n'était ni l'électricité ni la lueur des étoiles. L'intrus en était la source. Il s'était mis à brûler avec une luminescence ténue. La lumière coulait de l'extrémité de ses doigts et dégoulinait des trous ensanglantés de sa veste. Elle enveloppait sa tête dans un halo gris et incertain qui ne dévorait ni la chair ni les os. La lumière coulait de sa bouche, de ses yeux et de ses narines. Et elle se mit à modeler des formes, ou à sembler le faire. Tout n'était que semblances. Des spectres bondissaient de ce flux de lumière. Marty distingua des chiens, puis une femme, et ensuite un visage ; tout cela, et peut-être rien de cela, une rafale d'apparitions qui se transformaient avant même de se matérialiser. Et au centre de ces manifestations éphémères, les yeux de l'intrus restaient fixés sur Marty : clairs et froids.

Puis, sans l'ombre d'un indice compréhensible, le spectacle prit soudain un ton tout à fait différent. Une expression d'angoisse coula le long du visage du façonneur de formes ; une bave de ténèbres sanglantes jaillit de ses yeux, faisant disparaître ses mouvances de brume, ne laissant que des vers enflammés pour dessiner les contours de son crâne. Puis eux aussi s'éteignirent, et aussi soudainement que les illusions étaient apparues, elles s'évanouirent, et il ne resta qu'un homme déchiré devant l'enceinte bourdonnante.

Les projecteurs se remirent à fonctionner. Leur lumière était si plate qu'elle évacua les derniers vestiges de la magie. Marty regarda la chair blême, les yeux vides, la misère nue de la silhouette en face de lui et ne crut aucune de ces apparences...

« Dites à Joseph », dit l'intrus.

Tout cela n'avait été qu'illusion...

« Lui dire quoi ?

— Que je suis venu. »

... mais dans ce cas, pourquoi ne s'avançait-il pas pour appréhender cet homme ?

« Qui êtes-vous ? demanda-t-il.

— Dites-le-lui. »

Marty hocha la tête ; il se sentait vidé de tout courage.

« Et puis rentrez chez vous.

— Chez moi ?

— Allez-vous-en loin d'ici, dit l'intrus. A l'abri. »

Il se détourna de Marty et des chiens, et à ce moment-là les projecteurs se remirent à clignoter, puis s'éteignirent sur plusieurs dizaines de mètres dans chaque direction.

Quand ils se rallumèrent, le magicien avait disparu

27

« Et c'est tout ce qu'il a dit ? »

Comme toujours, Whitehead tournait le dos à Marty quand il lui parlait, et il fut impossible de juger de sa réaction au récit des événements de la nuit. Marty lui avait donné une description soigneusement édulcorée de ce qui s'était vraiment passé. Il avait dit à Whitehead qu'il avait entendu les chiens, lui avait raconté son arrivée sur les lieux et la brève conversation qu'il avait eue avec l'intrus. Il avait laissé de côté la partie qu'il ne pouvait pas expliquer : les images que l'homme avait apparemment conjurées de son corps. Il n'avait fait aucune tentative pour les décrire, pas même pour les signaler. Il s'était contenté de dire au vieil homme que les projecteurs du mur d'enceinte avaient donné des signes de défaillance et que l'intrus s'était enfui sous le couvert de l'obscurité. Cela donnait une conclusion boiteuse à sa rencontre, mais il lui était impossible d'améliorer son récit. Son esprit, toujours peuplé des visions de la nuit précédente, était trop incertain de la vérité objective pour envisager un mensonge plus élaboré.

Cela faisait à présent vingt-quatre heures qu'il n'avait pas dormi. Il avait passé la majeure partie de la nuit à contrôler le périmètre, à la recherche de l'endroit où l'intrus avait franchi le mur d'enceinte. Mais il n'y avait aucune brèche dans les barbelés. Ou bien l'homme avait pénétré dans le domaine quand les portes avaient été ouvertes pour laisser passer les voitures des invités, ce qui était plausible ; ou alors, il avait escaladé la barrière, sans se soucier de la décharge électrique capable de foudroyer n'importe quel être humain. Après avoir vu ce dont il était capable, Marty n'allait pas négliger cette seconde hypothèse. Après tout, ce même homme avait rendu les signaux d'alarme inefficaces, de même qu'il avait réussi à vider les projecteurs de leur énergie tout le long du mur d'enceinte. Comment il avait accompli ces exploits, cela restait à deviner. Ce qui était sûr, c'était qu'à peine quelques minutes après la disparition de l'homme, le système tout entier était de nouveau opérationnel : les alarmes fonctionnaient et les caméras tournaient tout autour du périmètre.

Une fois son examen du mur d'enceinte achevé, il était revenu à la maison et était resté assis dans la cuisine pour reconstituer tous les détails de l'expérience qu'il venait de vivre. Vers quatre heures du matin, il avait entendu les convives se disperser : rires, portières qui claquent. Il n'avait pas fait mine de signaler l'effraction à ce moment-là. Il était inutile, raisonna-t-il, de gâcher la soirée de Whitehead. Il s'était contenté de rester assis et d'écouter le bruit des invités en provenance de l'autre bout de la maison. Leurs voix n'étaient que des rumeurs incohérentes ; comme s'il s'était trouvé sous terre et eux à la surface. Et tandis qu'il était à l'écoute, complètement vidé après le sursaut d'adrénaline qui avait secoué son organisme, des souvenirs de l'homme près du mur revenaient danser devant ses yeux.

Il ne raconta rien de cela à Whitehead. Rien qu'un résumé des événements et ces quelques mots : « *Dites-lui que je suis venu.* » Ça suffisait.

« A-t-il été grièvement blessé ? dit Whitehead sans s'écarter de la fenêtre.

— Il a perdu un doigt, comme je vous l'ai dit. Et il saignait abondamment.

— Souffrait-il, à votre avis ? »

Marty hésita avant de répondre. Souffrance n'était pas le mot qu'il voulait employer ; pas la souffrance au sens où il l'entendait. Mais s'il utilisait quelque autre mot, comme angoisse — un mot qui donnait un aperçu des gouffres qu'il avait devinés derrière ces yeux glacés —, il risquait de se retrouver dans une région où il n'était pas prêt à pénétrer, surtout pas avec Whitehead. Il était persuadé que, s'il laissait deviner au vieil homme la moindre ambivalence, ils se retrouveraient à couteaux tirés. Aussi répondit-il :

« Oui. Il souffrait.

— Et vous dites qu'il a mordu dans son doigt pour l'arracher ?

— Oui.

— Peut-être devriez-vous aller le rechercher.

— C'est déjà fait. Je crois qu'un des chiens s'en est emparé. »

Whitehead riait-il en silence ? On l'aurait bien dit.

« Vous ne me croyez pas ? dit Marty, pensant que l'autre riait à ses dépens.

— Bien sûr que si. Sa venue ici n'était plus qu'une question de temps.

— Vous savez qui c'est ?

— Oui.

— Alors, vous pouvez le faire arrêter. »

Toute plaisanterie avait cessé. Les paroles qui suivirent étaient dénuées de toute émotion.

« Il ne s'agit pas d'un intrus ordinaire, Strauss, et je suis sûr que vous en êtes conscient. Cet homme est un assassin professionnel de premier ordre. Il est venu ici dans le seul et unique but de me tuer. Grâce à votre intervention et à celle des chiens, il en a été empêché. Mais il essaiera encore...

— Il est d'autant plus nécessaire de le faire rechercher, monsieur.

— Aucune force de police en Europe ne pourrait le retrouver.

— Si c'est un assassin connu... », dit Marty avec insistance.

Ce refus de lâcher un os jusqu'à ce qu'il en eût extrait la moelle commençait à irriter le vieil homme. Il répondit en grognant.

« Il est connu de *moi.* Et peut-être de quelques autres qui l'ont rencontré au fil des ans... mais c'est tout. »

Whitehead quitta la fenêtre pour se diriger vers son bureau, ouvrit un des tiroirs et en sortit un objet enveloppé dans du tissu. Il le posa sur la surface polie du meuble et défit l'emballage. C'était un revolver.

« Désormais, vous porterez ceci sur vous à chaque instant, dit-il à Marty. Prenez-le. Il ne mord pas. »

Marty ramassa l'arme sur le bureau. Elle était lourde et froide.

« N'ayez aucune hésitation, Strauss. Cet homme est dangereux. »

Marty fit passer le revolver d'une main à l'autre ; il lui paraissait laid.

« Un problème ? » s'enquit Whitehead.

Marty mâcha ses mots avant de les prononcer.

« C'est seulement que... eh bien, je suis libéré sur parole, monsieur. Je suis censé respecter la loi à la lettre. Et voilà que vous me donnez une arme et que vous me dites de tirer à vue. Je veux dire, je suis sûr que vous avez raison quand vous dites que c'est un assassin, mais je crois qu'il n'était même pas armé. »

L'expression de Whitehead, jusque-là impartiale, se transforma quand Marty eut fini de parler. Ses dents jaunies rugirent sa réponse.

« Vous m'appartenez corps et biens, Strauss. Vous ne devez vous soucier que de *moi,* ou alors vous foutez le camp d'ici dès demain matin. De *moi !* » Il se frappa la poitrine d'un doigt. « Et non de vous-même. Oubliez que vous existez. »

Marty ravala une gorgée de répliques possibles : aucune d'elles n'était polie.

« Souhaitez-vous retourner à Wandsworth ? » dit le vieil homme. Tout signe de colère avait disparu ; les dents jaunes étaient rengainées. « Eh bien ?

— Non. Bien sûr que non.

— Vous pouvez retourner là-bas si vous le désirez. Vous n'aurez qu'un mot à dire.

— J'ai dit non !... monsieur.

— Alors écoutez-moi, dit le vieil homme, l'homme que vous avez rencontré la nuit dernière me veut du mal. Il est venu ici pour me tuer. S'il revient — et il reviendra —, je veux que vous lui rendiez la pareille. Ensuite, nous verrons, n'est-ce pas, mon garçon ? » Les dents se remontrèrent, sourire de renard. « Oh oui... nous verrons. »

Carys se réveilla mal à l'aise. Tout d'abord, elle ne se rappela rien de la nuit précédente, mais elle se remémora peu à peu le trip pourri qu'elle avait enduré : la chambre animée de vie, les doigts fantômes qui lui avaient pincé — oh, si gentiment — les cheveux au creux de sa nuque.

Elle ne parvenait pas à se souvenir de ce qui s'était passé quand les doigts s'étaient enfoncés plus profondément. Était-elle allée s'étendre, était-ce cela ? Oui, à présent elle s'en souvenait, elle s'était étendue. Ce n'était qu'à ce moment-là, lorsque sa tête avait chu sur l'oreiller et que le sommeil s'était emparé d'elle, que le pire avait vraiment commencé.

Pas de rêves : du moins pas tels qu'elle en avait déjà eus. Il n'y avait eu aucune mise en scène, aucun symbole, aucun souvenir fugitif pour venir s'insinuer entre les horreurs. Il n'y avait rien eu du tout ; et c'était cela qui avait suscité (qui suscitait toujours) la terreur. Elle avait été plongée dans le vide.

« Vide. »

Ce n'était qu'un mot sans vie quand elle le prononça à haute voix ; il était impuissant à décrire l'endroit qu'elle avait découvert ; la vacance de cet endroit était encore plus immaculée, les terreurs qu'il faisait naître plus atroces, l'espoir de salut dans ses profondeurs plus fragile que dans n'importe quel autre lieu qu'elle avait jamais imaginé. C'était un Nulle Part de légende, à côté duquel n'importe quelles ténèbres étaient d'une clarté aveuglante, n'importe lequel des désespoirs qu'elle avait endurés une amourette avec l'abîme et non l'abîme lui-même.

Son architecte s'était également trouvé là. Elle se rappelait quelques détails de sa physionomie anodine qui ne l'avaient absolument pas convaincue. Voyez comme ce vide est extraordinaire, s'était-il vanté ; comme il est pur, comme il est absolu. Un monde de merveilles ne peut se comparer, ne peut *espérer* se comparer avec un si sublime néant.

Et quand elle s'était réveillée, ces vantardises étaient toujours présentes à son esprit. On aurait dit que cette vision avait été celle de la réalité et que la réalité qu'elle occupait à présent était une fiction. Comme si la couleur, les formes et la substance n'étaient que d'agréables trompe-l'œil conçus pour dissimuler la vacance qu'il lui avait révélée. Elle attendait à présent, à peine consciente du temps qui passait, caressant son drap ou sentant les fibres du tapis sous ses pieds nus, attendait avec désespoir l'instant où tout s'effacerait pour lui révéler le vide qui viendrait la dévorer.

« Eh bien, se dit-elle, je vais faire un voyage dans l'île du Soleil. » Si jamais il y avait eu un moment où elle méritait d'aller y jouer quelque temps, c'était bien maintenant, après avoir tant souffert. Mais quelque chose vint gâter cette idée. L'île n'était-elle pas une fiction, elle aussi ? Si elle se rendait là-bas à présent, n'allait-elle pas se retrouver plus faible quand le magicien reviendrait, portant l'offrande du vide dans ses mains ? Son cœur se mit à battre à tout rompre dans ses oreilles. Qui donc aurait pu l'aider ? Personne ne comprenait. Il n'y avait que Pearl, avec ses yeux accusateurs et son mépris sournois ; et Whitehead, qui se contentait de lui procurer de l'héro tant que cela la rendait obéissante ; et Marty, son coureur, gentil à sa façon, mais si naïvement pragmatique qu'elle ne pourrait jamais lui expliquer la complexité des mondes dans lesquels elle vivait. C'était l'homme d'une seule dimension ; il la regarderait, complètement déboussolé, essayant de la comprendre, sans succès.

Non ; elle n'avait aucun guide, aucun panneau indicateur. Il vaudrait mieux qu'elle retourne vers un endroit qu'elle connaissait. Qu'elle retourne dans l'Île.

C'était un mensonge chimique, et il finirait par la tuer ; mais la vie vous tuait aussi avec le temps, n'est-ce pas ? Et si la mort était la seule vérité, n'était-il pas sensé d'aller vers elle avec joie plutôt que de rester à pourrir dans un trou perdu de ce monde où le vide murmurait dans chaque coin ? Aussi, quand Pearl monta avec son héro, elle la prit, remercia poliment, et retourna dans l'île en dansant.

28

La peur pouvait faire tourner le monde si ses rouages étaient soigneusement huilés. Marty avait vu ce système à l'œuvre à Wandsworth : une hiérarchie bâtie sur la peur. Il était violent, instable et injuste, mais il fonctionnait parfaitement.

Découvrir Whitehead, le centre immobile et calme de son univers, transformé par la peur, si suant, si plein de panique avait été pour lui un choc inattendu et terrifiant. Marty n'éprouvait aucun sentiment pour le vieil homme — du moins aucun dont il fût conscient —, mais il avait vu l'intégrité selon Whitehead à l'œuvre et en avait profité. A présent, sentait-il, la stabilité dont il avait pris l'habitude de jouir était menacée d'anéantissement. D'ores et déjà, le vieil homme lui dissimulait de toute évidence des informations — peut-être nécessaires à sa compréhension de la situation — sur l'intrus et sur ses mobiles. Insinuations et menaces étaient venues remplacer la conversation naguère directe de Whitehead. C'était sa prérogative, bien sûr. Mais Marty se retrouvait avec un jeu de devinettes dans les mains.

Il y avait au moins une chose de certaine : quoi qu'ait pu en dire Whitehead, l'intrus du mur d'enceinte n'était pas un tueur à gages ordinaire. Plusieurs événements inexplicables avaient eu lieu près du mur. Les projecteurs s'étaient affaiblis pour revenir ensuite à la normale, comme s'ils avaient obéi à une volonté consciente ; les caméras avaient mystérieusement cessé de fonctionner lorsque l'homme était apparu. Les chiens eux aussi avaient perçu cette anomalie. Sinon, pourquoi auraient-ils fait preuve d'une telle confusion de colère et d'appréhension ? Et restaient les illusions — ces images qui flamboyaient dans l'air. Aucun tour de passe-passe, si élaboré fût-il, n'aurait pu les expliquer de façon satisfaisante. Si Whitehead connaissait cet « assassin » aussi bien qu'il le prétendait, alors il devait également connaître les talents de cet homme ; il avait tout simplement trop peur pour en parler.

Marty passa la journée entière à poser des questions à toute la maisonnée le plus discrètement possible, mais il devint vite apparent que Whitehead n'avait rien dit des événements de la nuit, ni à Pearl, ni à Lillian, ni à Luther. Cela était étrange — le moment était pourtant venu d'exhorter tout le monde à la vigilance. La seule personne qui lui laissa entendre qu'il avait eu connaissance des événements de la nuit fut Bill Toy, mais il se montra évasif quand Marty aborda le sujet.

« Je me rends compte que vous êtes placé dans une situation difficile, Marty, mais c'est notre cas à tous en ce moment.

— Je pense seulement que je pourrais mieux faire mon travail...

— ... si vous connaissiez mieux les faits.

— Oui.

— Eh bien, je pense que le mieux pour tous est d'admettre que Joe a raison, dit-il en faisant la grimace. Nous devrions tous nous faire tatouer cette phrase sur les mains, ne croyez-vous pas ? JOE A RAISON. J'aimerais pouvoir vous en dire davantage. J'aimerais bien en *savoir* davantage. Je crois que la meilleure solution pour toutes les parties concernées serait que vous laissiez tomber vos questions.

— Il m'a donné une arme, Bill.

— Je sais.

— Et il m'a dit de m'en servir. »

Toy hocha la tête ; tout cela semblait lui causer de la peine, et même du regret.

« Nous vivons des jours difficiles, Marty. Nous sommes tous... tous contraints de faire des choses que nous ne souhaitons pas faire, croyez-moi. »

Marty ne le croyait pas ; il avait suffisamment confiance en Toy pour savoir que, s'il avait *pu* lui dire quelque chose, il le lui aurait dit. Il était tout à fait possible que Toy ne sût même pas qui avait pénétré les défenses du Sanctuaire. S'il s'agissait d'une confrontation privée entre le vieil homme et l'inconnu, alors une explication pleinement satisfaisante ne pouvait venir que du vieil homme lui-même, et ce ne serait sûrement pas de sitôt.

Marty eut une dernière entrevue. Avec Carys.

Il ne l'avait pas vue depuis le jour où il avait pénétré dans l'étage interdit. Ce qu'il avait découvert entre Carys et son père l'avait troublé, et il y avait en lui-même, il en était conscient, un désir infantile de la punir en la privant de sa compagnie. A présent, il se sentait obligé de partir à sa recherche, même si leur rencontre devait se révéler embarrassante.

Il la trouva cet après-midi-là, errant autour du colombier, emmitouflée dans un manteau de fourrure qui paraissait avoir été acheté aux puces ; il était trop grand pour elle de plusieurs tailles et mangé aux mites. Telle quelle, elle semblait trop chaudement vêtue. Le temps était doux malgré le vent, et les nuages qui traversaient le ciel d'un bleu limpide n'étaient guère menaçants : trop petits, trop blancs. C'étaient des nuages d'avril, n'annonçant au pire qu'une légère averse.

« Carys. »

Elle le fixa avec des yeux si cernés de fatigue que sa première pensée fut qu'ils étaient meurtris. Elle tenait dans sa main un paquet de fleurs, plutôt qu'un bouquet, dont beaucoup n'étaient encore que des boutons.

« Sentez », dit-elle en le lui tendant.

Il renifla les fleurs. Elles ne dégageaient pratiquement aucun parfum : elles ne sentaient que l'impatience et la terre.

« Je ne sens pas grand-chose.

— Bien, dit-elle. Je croyais que j'avais perdu mon odorat. »

Elle laissa son paquet de fleurs choir sur le sol, déçue.

« Cela ne vous dérange pas que je vous interrompe ? »

Elle secoua la tête.

« Interrompez tout ce que vous voulez », répondit-elle.

L'étrangeté de son attitude le frappa avec plus de force que jamais ; elle parlait toujours comme si elle avait à l'esprit une plaisanterie qu'elle seule pouvait comprendre. Il souhaitait ardemment se joindre à son jeu, apprendre son langage secret, mais elle semblait si fermée, un anachorète derrière un mur de sourires sournois.

« Je suppose que vous avez entendu les chiens la nuit dernière, dit-il.

— Je ne me rappelle pas, dit-elle en plissant le front. Peut-être.

— Est-ce que quelqu'un vous a dit quelque chose à ce sujet ?

— Pourquoi l'aurait-on fait ?

— Je ne sais pas. Je pensais seulement... »

Elle écarta sa maladresse d'un hochement de tête sec.

« Oui, si vous voulez tout savoir. Pearl m'a dit qu'il y avait eu un intrus. Et que vous l'aviez fait partir. C'est exact ? Vous et les chiens.

— Moi et les chiens.

— Et lequel d'entre vous lui a tranché le doigt ? »

Pearl lui avait-elle parlé aussi du doigt, ou bien était-ce le vieil homme qui avait rapporté ce détail vicieux ? S'étaient-ils retrouvés ensemble, ce matin, dans sa chambre ? Il fit disparaître la scène avant qu'elle ne se soit matérialisée dans sa tête.

« Est-ce Pearl qui vous a raconté ça ? dit-il.

— Je n'ai pas vu le vieil homme, répondit-elle, si c'est ça que vous voulez insinuer. »

L'essence même de ses pensées — c'était inquiétant. Elle utilisait même sa phraséologie. Elle l'appelait « le vieil homme » et non « Papa ».

« Et si nous allions jusqu'au lac ? » suggéra-t-elle, sans paraître se soucier de sa réponse.

« D'accord.

— Vous aviez raison au sujet du colombier, vous savez, dit-elle. Cet endroit est affreux quand il est vide comme ça. Je n'y avais jamais pensé auparavant. »

L'image du colombier déserté semblait sincèrement la troubler. Elle frissonna dans son lourd manteau.

« Est-ce que vous avez couru aujourd'hui ?

— Non. J'étais fatigué.

— C'était si dur ?

— Quoi donc ?

— La nuit dernière. »

Il ne savait pas comment lui répondre. Oui, bien sûr, cela avait été dur, mais même s'il lui faisait suffisamment confiance pour lui décrire le mirage auquel avait assisté — ce dont il n'était pas sûr —, son vocabulaire était lamentablement inadéquat.

Carys s'immobilisa quand ils arrivèrent en vue du lac. Des petites fleurs blanches constellaient l'herbe à leurs pieds. Marty ne connaissait pas leur nom. Elle les étudia tout en disant :

« N'est-ce qu'une autre prison, Marty ?

— Quoi ?

— Ici. »

Elle avait le même don que son père pour les remarques à l'emporte-pièce. Il n'avait pas prévu cette question et elle le prit de court. Personne ne lui avait vraiment demandé comment il se sentait depuis son arrivée. Rien d'autre que des questions superficielles sur son confort. Peut-être ne s'était-il pas soucié de s'interroger à ce sujet. Sa réponse — quand elle vint enfin — fut hésitante.

« Oui... Je suppose que ce n'est qu'une autre prison, je n'y avais pas vraiment pensé... Je veux dire : je ne peux pas m'en aller quand j'en ai envie, n'est-ce pas ? Mais il n'y a aucune comparaison... avec, avec Wandsworth... (de nouveau, son vocabulaire lui fit défaut)... ici, c'est un autre monde. »

Il voulait lui dire qu'il aimait les arbres, l'étendue du ciel, les petites fleurs blanches qu'ils piétinaient en marchant, mais il savait que de telles déclarations paraîtraient lourdes dans sa bouche. Il n'avait pas le chic pour faire des phrases : pas comme Flynn, qui pouvait déclamer de la poésie à volonté comme si cela avait été une deuxième langue. « C'est mon sang irlandais », avait-il l'habitude de prétendre pour expliquer sa loquacité. Tout ce que Marty put dire fut :

« Je peux courir ici. »

Elle murmura quelque chose qu'il ne parvint pas à saisir ; peut-être une simple approbation. Quoi qu'il en soit, sa réponse parut la satisfaire, et il sentit la colère qu'il avait éprouvée au début, le ressentiment que faisaient naître en lui sa conversation acerbe et sa vie secrète avec Papa, se dissiper peu à peu.

« Jouez-vous au tennis ? » demanda-t-elle, encore une fois sans raison apparente.

« Non, je n'ai jamais essayé.

— Vous aimeriez apprendre ? » suggéra-t-elle en se tournant à moitié vers lui avec un sourire. « Je pourrais vous donner des leçons. Quand il fera un peu plus chaud. »

Elle semblait bien trop frêle pour se livrer à un exercice aussi exténuant ; vivre tout le temps sur les nerfs semblait l'épuiser, mais *pourquoi* était-elle sur les nerfs, il n'en savait rien.

« Vous me donnerez des leçons : je jouerai », dit-il, heureux de cette décision.

« Marché conclu ? demanda-t-elle.

— Marché conclu. »

« ... et ses yeux, pensa-t-il, sont si sombres ; des yeux ambigus qui parfois s'esquivent et s'écartent, et qui parfois, au moment où vous vous y attendez le moins, vous regardent comme si elle mettait votre âme à nu. »

« ... et il n'est pas vraiment beau, pensa-t-elle ; il est trop usé pour cela, et il court pour se maintenir en forme parce qu'il sait que, s'il s'arrêtait, il deviendrait flasque. C'est probablement un narcissique : je parierais qu'il se regarde tous les soirs devant son miroir en regrettant de ne plus être un joli garçon et d'être devenu maussade et sérieux. »

Elle saisit une de ses pensées, son esprit l'attrapant au vol au-dessus de sa tête (du moins l'imaginait-elle ainsi) et l'arrachant à l'air. Elle faisait cela tout le temps — près de Pearl, près de son père —, oubliant souvent que les autres n'étaient pas doués de ce talent indiscret.

La pensée qu'elle avait capturée était : *Il faudra que j'apprenne à être gentil ;* ou quelque chose d'approchant. Il avait peur de lui faire mal, pour l'amour de Dieu. C'était pour ça qu'il était si coincé quand il était auprès d'elle, si compliqué dans ses paroles et dans ses actes.

« Je ne vais pas tomber en morceaux », dit-elle, et elle vit rougir la peau au coin de son cou.

« Excusez-moi », répondit-il.

Elle ne savait pas s'il admettait son erreur ou s'il n'avait tout simplement pas compris sa remarque.

« Vous n'avez pas besoin de prendre des gants avec moi. Je n'attends pas ça de vous. C'est le seul traitement auquel j'aie droit. »

Il lui jeta un regard inconsolable. Pourquoi ne croyait-il pas ce qu'elle lui disait ? Elle attendit, espérant un indice, mais rien ne vint.

Ils étaient arrivés près du barrage qui alimentait le lac. La chute d'eau était fort rapide et fort haute. Des gens s'étaient noyés là-dedans, lui avait-on dit, les derniers en date il y avait un peu moins de vingt ans de cela, juste avant que Papa achetât le domaine. Elle commença à lui raconter tout cela, à lui parler de cet entraîneur hippique qu'une tempête avait précipité dans le lac avec ses chevaux, racontant sans écouter ce qu'elle disait, s'efforçant de trouver le moyen de passer outre sa courtoisie et son machisme pour parvenir à cette partie de lui qui pourrait lui être utile.

« Et l'entraîneur est toujours là-dedans ? » demanda-t-il en regardant les eaux agitées.

« Sans doute », dit-elle.

L'histoire avait déjà perdu de son charme.

« Pourquoi ne me faites-vous pas confiance ? » lui demanda-t-elle soudain.

Il ne répondit pas ; mais de toute évidence, il luttait avec quelque chose. Les rides que la réflexion avait fait naître sur son front se creusèrent de désarroi. « Merde, pensa-t-elle, j'ai réussi à tout gâcher. » Mais ce qui était fait était fait. Elle lui avait posé la question avec franchise, et elle était prête à recevoir les mauvaises nouvelles, quelles qu'elles fussent.

Presque sans en avoir eu l'intention, elle lui déroba une nouvelle pensée, et celle-ci était d'une clarté choquante : elle avait cru la vivre. Elle découvrit à travers ses yeux la porte de sa propre chambre, elle-même étendue sur le lit derrière elle, les yeux vitreux, avec Papa assis à côté. Quand était-ce arrivé ? se demanda-t-elle. Hier ? Avant-hier ? Les avait-il entendus parler ; était-ce cela qui suscitait un tel dégoût en lui ? Il avait joué au détective et n'avait guère apprécié ce qu'il avait découvert.

« Je ne sais pas très bien m'y prendre avec les gens », dit-il pour répondre à sa question sur la confiance. « Je ne l'ai jamais su. »

Comme il esquivait la question. Il était avec elle d'une politesse obscène. Elle voulait lui tordre le cou.

« Vous nous avez espionnés, dit-elle avec une franchise brutale. C'est ça, n'est-ce pas ? Vous nous avez vus ensemble, Papa et moi... »

Elle s'efforça de donner à cette remarque l'apparence d'une intuition. Cela n'était guère convaincant et elle le savait bien. Mais que faire d'autre ? Elle avait parlé à présent, et il devrait s'inventer des raisons pour expliquer comment elle était arrivée à cette conclusion.

« Qu'avez-vous entendu ? » demanda-t-elle, sans obtenir de réponse.

Ce n'était pas la colère qui le rendait muet, mais la honte d'avoir joué au voyeur. Le rouge couvrait son visage d'une oreille à l'autre.

« Il vous traite comme si vous lui apparteniez », murmura-t-il sans quitter les eaux agitées de son regard.

« D'une certaine façon, c'est exact.
— Pourquoi ?
— Je suis tout ce qui lui reste. Il est seul...
— Oui.
— ... et il a peur.
— Vous laisse-t-il jamais quitter le Sanctuaire ?
— Je n'en ai aucune envie, dit-elle. J'ai tout ce qu'il me faut ici. »

Il voulait lui demander comment elle se procurait des compagnons de lit, mais il était déjà suffisamment embarrassé comme ça. Elle saisit néanmoins cette pensée, et aussitôt derrière elle, l'image de Whitehead se penchant sur elle pour l'embrasser. Peut-être était-ce davantage qu'un simple baiser paternel. Bien qu'elle se fût efforcée de ne pas penser trop souvent à cette possibilité, elle ne pouvait pas éviter sa présence. Marty était plus observateur qu'elle ne l'avait cru ; il avait perçu cette nuance, pour subtile qu'elle fût.

« Je ne lui fais pas confiance », dit-il.

Il quitta le lac des yeux pour se tourner vers elle. Sa détresse était parfaitement visible.

« Je sais comment m'y prendre avec lui, répondit-elle. J'ai passé un marché avec lui. C'est une chose qu'il peut comprendre. Il peut me garder auprès de lui et moi, j'ai ce que je veux.
— C'est-à-dire ? »

Ce fut à son tour de détourner les yeux. L'écume qui naissait du tourbillon des eaux était d'un brun sale.

« Un peu de soleil, finit-elle par répondre.
— Je croyais que c'était gratuit, dit Marty, intrigué.
— Pas comme je l'aime », répondit-elle.

Que souhaitait-il d'elle ? Des excuses ? En ce cas, il risquait d'être déçu.

« Il faut que je retourne à la maison », dit-il.

Soudain, elle lui dit :

« Ne me détestez pas, Marty.
— Il n'en est rien, dit-il en revenant vers elle.
— Il y en a beaucoup comme nous.
— Comment ?
— Qui lui appartiennent. »

Une autre vérité pénible. Elle en débordait littéralement aujourd'hui.

« Vous pourriez foutre le camp d'ici si vous le vouliez vraiment, n'est-ce pas ? » dit-il avec malice.

Elle acquiesça. « Je suppose que oui. Mais pour aller où ? »

Ces questions n'avaient aucun sens pour lui. Il y avait un

univers entier au-delà de ces barrières, et elle ne manquait sûrement pas des moyens financiers pour l'explorer, pas elle, la fille de Joseph Whitehead. Trouvait-elle vraiment cette perspective si banale ? Ils formaient un couple si étrange, tous les deux. Lui avec son expérience de la vie abrégée de façon si peu naturelle — des années entières de sa vie gâchées — et si anxieux à présent de rattraper le temps perdu. Elle, si apathique, lassée par la seule idée de tenter de s'échapper de la prison qu'elle s'était infligée à elle-même.

« Vous pourriez aller *n'importe où,* dit-il.

— Autant aller nulle part », répondit-elle d'une voix plate.

C'était une destination qui demeurait présente à son esprit. Elle lui jeta un regard, espérant que le voile se serait levé, mais il ne montrait aucun signe, même minime, de compréhension.

« N'en parlons plus, dit-elle.

— Vous venez ?

— Non. Je crois que je vais rester ici un moment.

— Ne vous jetez pas à l'eau.

— On ne sait pas nager, hein ? » répliqua-t-elle.

Il plissa le front sans comprendre.

« Aucune importance. Je ne vous ai jamais pris pour un héros. »

Il la laissa debout à quelques centimètres de la berge, observant les eaux. Ce qu'il lui avait dit était vrai ; il ne savait pas s'y prendre avec les gens. Mais avec les femmes, c'était encore pire. Il aurait dû entrer dans les ordres, comme sa mère l'avait toujours voulu. Cela aurait résolu le problème ; sinon qu'il n'avait aucun sentiment religieux et n'en avait jamais eu. Peut-être cela faisait-il partie du problème qu'il y avait entre lui et cette jeune fille : aucun d'eux ne croyait à quoi que ce fût. Il n'y avait plus rien à dire, il n'y avait rien à discuter. Il regarda autour de lui. Carys s'était un peu éloignée en longeant la berge de l'endroit où il l'avait laissée. Le soleil se reflétait sur la surface des eaux et venait brûler sa silhouette. On aurait presque cru qu'elle n'était pas réelle.

TROISIÈME PARTIE

COUPS DE DÉS

Un coup de dés jamais n'abolira le hasard.

Stéphane Mallarmé

V

Superstition

29

Moins d'une semaine après leur conversation au bord du lac, les premières fissures firent leur apparition sur les piliers de l'empire Whitehead. D'abord fines comme des cheveux, elles eurent vite fait de s'élargir. Des ventes spontanées d'actions sur toutes les places boursières du monde, une perte de foi rapide en la crédibilité de l'empire. Leurs lourdes pertes en actions et en obligations se mirent bientôt à augmenter. En l'espace d'une journée, le domaine reçut plus de visiteurs que Marty n'en avait jamais vu. Parmi eux, bien sûr, des visages devenus familiers. Mais cette fois-ci, ils étaient accompagnés par des douzaines d'autres, des analystes financiers, pensa-t-il. Les visiteurs japonais et européens se mélangeaient aux anglais, si bien que la maison résonnait de plus d'accents que les Nations unies.

Au grand désespoir de Pearl, la cuisine devint un lieu de rendez-vous improvisé pour ceux dont la présence auprès du grand homme n'était pas requise. Ils se rassemblaient autour de la grande table, exigeant sans cesse d'être approvisionnés en café, afin de mettre au point les stratégies pour lesquelles ils s'étaient réunis ici. La plupart de leurs débats étaient comme d'habitude inintelligibles pour Marty, mais il devint vite clair d'après les bribes qu'il réussissait à en saisir que la Corporation n'avait pas à faire face à un contretemps ordinaire. On parlait de chutes boursières aux proportions colossales se produisant dans le monde entier ; d'interventions gouvernementales en Allemagne et en Suède pour colmater les brèches ; et aussi du sabotage qui était à l'origine de la catastrophe. Le consensus semblait s'être fait parmi ces prophètes que seul un plan élaboré — et préparé depuis de nombreuses années — avait pu causer des dommages de nature si fondamentale à la Corporation. On parlait à voix basse des interférences secrètes du gouvernement ; d'un complot de la concurrence. Une paranoïa rampante régnait dans la maison.

Il y avait quelque chose dans la façon dont ces hommes se

querellaient et s'affrontaient, les mains fendant l'air avec violence en s'efforçant de contredire les déclarations du précédent orateur, quelque chose qui semblait profondément absurde à Marty. Après tout, ils ne voyaient jamais les millions qu'ils gagnaient et qu'ils perdaient, ni les gens dont ils remodelaient les vies avec tant d'insouciance. Tout n'était qu'abstraction : des chiffres dans leurs têtes. Marty ne percevait pas l'utilité de tout cela. Le pouvoir sur des fortunes conceptuelles n'était qu'un rêve de pouvoir et non le pouvoir lui-même.

Le troisième jour, alors que tout le monde s'était retrouvé à court de gambits et se mettait à prier pour une résurrection qui ne montrait aucun signe de sa venue, Marty rencontra Bill Toy, engagé dans un débat houleux avec Dwoskin. Toy, à sa grande surprise, appela Marty en le voyant passer, interrompant brusquement sa conversation. Dwoskin s'éloigna en grimaçant, laissant Toy et Marty seuls ensemble.

« Eh bien, ça fait un moment, dit Toy. Comment ça va ?

— Ça va bien », dit Marty. Il eut l'impression que Toy n'avait pas dormi depuis longtemps. « Et vous ?

— Je survivrai.

— Vous avez une idée de ce qui se passe ? »

Toy le gratifia d'un sourire amer.

« Pas vraiment, dit-il. Je n'ai jamais été un homme à fric. Je les déteste. Glissants comme des anguilles.

— Tout le monde dit que c'est une catastrophe.

— Oh oui, dit-il d'une voix sans émotion, c'en est probablement une. »

Le visage de Marty s'effondra. Il avait espéré quelques paroles de réconfort. Toy perçut l'origine de son trouble.

« Il n'arrivera rien de dramatique, dit-il, tant que nous garderons la tête froide. Vous avez toujours un emploi, si c'est ça qui vous inquiète.

— Ça m'a traversé l'esprit.

— Ne vous en faites pas. » Toy posa une main sur l'épaule de Marty. « Si je pensais que la situation devenait grave, je vous le dirais.

— Je sais. Je suis nerveux, c'est tout.

— Qui ne l'est pas ? » Toy accentua la pression de sa main. « Et si nous allions faire un tour en ville tous les deux, quand l'orage sera passé ?

— J'aimerais bien.

— Vous êtes déjà allé au casino de l'Academy ?

— Je n'ai jamais eu assez d'argent.

— Je vous y emmènerai. Nous irons perdre un peu de la fortune de Joe à sa place, hein ?

— Ça m'a l'air chouette. »

L'anxiété se lisait toujours sur le visage de Marty.

« Écoutez, dit Toy, ce combat n'est pas le vôtre. Vous m'avez compris ? Quoi qu'il arrive à partir de maintenant, ce ne sera pas de votre faute. Nous avons commis des erreurs durant notre ascension, et le moment est venu de les payer.

— Des erreurs ?

— Parfois, les gens ne pardonnent pas, Marty.

— Tout cela... (Marty tendit une main pour envelopper l'agitation autour d'eux)... parce qu'il y a des gens qui ne pardonnent pas ?

— Croyez-moi sur parole. C'est la meilleure raison que l'on puisse invoquer. »

Marty se rendit soudain compte que Toy était devenu un étranger ces derniers temps ; qu'il avait cessé d'être un pivot essentiel dans l'univers du vieil homme. Était-ce cela qui expliquait l'amertume qui avait insidieusement envahi son visage ?

« Savez-vous qui est responsable ? demanda Marty.

— Que savent les boxeurs ? » dit Toy avec une pointe d'ironie perceptible ; et Marty fut brusquement persuadé que cet homme savait tout.

Les jours de panique se transformèrent en semaine sans le moindre signe de répit. Les visages des conseillers changeaient, mais leurs costumes et leurs conversations restaient les mêmes, sophistiqués et vides. Malgré cet afflux de nouveaux venus, Whitehead relâchait de plus en plus ses mesures de sécurité. Marty était de moins en moins souvent convoqué aux côtés du vieil homme ; la crise présente semblait avoir chassé de la tête de Papa toute idée d'assassinat.

Cette période fut pleine de surprises. Le premier dimanche, Curtsinger prit Marty à part et entreprit de le séduire avec un discours élaboré, qui commença par des considérations sur la boxe pour glisser ensuite vers les plaisirs de la chair entre hommes et s'achever par une offre d'argent. « Juste une demi-heure, rien de compliqué. » Marty avait perçu ce qui se tramait plusieurs minutes avant que Curtsinger se déclare et il avait préparé un refus poli. Ils se quittèrent à l'amiable. Excepté ces distractions, ce fut une période fort morne. Le rythme de vie dans la maisonnée avait été brisé et il était impossible d'en instaurer un nouveau. La seule façon pour Marty de préserver sa raison était de sortir de la maison aussi souvent qu'il le pouvait. Il courut beaucoup cette semaine-là, faisant souvent plusieurs fois le tour du domaine, jusqu'à ce que la fatigue le pousse à regagner sa chambre, après s'être frayé un chemin parmi les mannequins bien habillés qui erraient dans les couloirs. En haut, derrière une porte qu'il fermait à clé (pour les empêcher d'entrer, pas pour rester enfermé), il prenait une douche et dormait de longues heures, d'un sommeil sans rêves qu'il goûtait tout particulièrement.

Carys ne jouissait pas d'une telle liberté. Depuis la nuit où les chiens avaient surpris Mamoulian, elle s'était mis dans la tête de jouer de temps en temps à l'espionne. Pour quelle raison, elle l'ignorait. Elle ne s'était jamais vraiment intéressée aux allées et venues dans le Sanctuaire. En fait, elle avait toujours pris soin d'éviter tout contact avec Luther, Curtsinger et les autres membres des cohortes de son père. A présent, cependant, d'étranges impératifs la saisissaient sans prévenir : va à la bibliothèque, ou à la cuisine, et *observe.* Elle ne retirait aucun plaisir de cette activité. La plupart du temps ce qu'elle entendait lui était incompréhensible ; ce n'étaient pour l'essentiel que des commérages financiers. Néanmoins, elle restait assise durant des heures, jusqu'à ce que son vague appétit fût rassasié, puis elle s'éloignait, peut-être pour aller écouter un autre débat. Certains des orateurs savaient qui elle était ; aux autres, elle se présentait avec le minimum de formalités. Une fois que son identité avait été établie, plus personne ne contestait sa présence.

Elle alla aussi rendre visite à Lillian et aux chiens dans ce sinistre chenil derrière la maison. Non qu'elle aimât ces animaux, mais elle se sentait obligée de les voir rien que pour les voir ; regarder les verrous et les cages, et les chiots qui jouaient autour de leur mère. Dans son esprit, elle évaluait la position du chenil par rapport au mur d'enceinte et à la maison, comptant les pas qui les séparaient au cas où elle aurait dû retrouver les enclos dans le noir. Pourquoi elle aurait eu besoin de tels renseignements, elle n'en savait rien.

Durant ces expéditions, elle prenait soin de n'être vue ni de Martin ni de Toy, ni surtout de son père. Ce n'était qu'un jeu, bien que le but en demeurât mystérieux. Peut-être voulait-elle dessiner une carte des lieux. Était-ce pour cela qu'elle allait et venait sans cesse d'un bout à l'autre de la maison, vérifiant et revérifiant sa géographie, déterminant la longueur de chaque couloir, mémorisant les passages reliant les chambres entre elles ? Quelle qu'en fût la raison, cette activité stupide répondait à un profond besoin en elle, et quand elle l'aurait menée à bien, et seulement à ce moment-là, ce besoin serait satisfait et la laisserait en paix pour un temps. Lorsque arriva la fin de la semaine, elle connaissait la maison comme jamais elle ne l'avait connue ; elle s'était rendue dans chaque pièce, excepté dans la chambre de son père, qui était interdite même à elle. Elle avait exploré toutes les entrées et toutes les sorties, tous les escaliers et tous les couloirs, avec l'esprit méthodique d'un voleur.

Jours étranges, nuits étranges. Était-ce la folie, commença-t-elle à se demander ?

Le deuxième dimanche — le onzième jour de la crise —, Marty fut convoqué à la bibliothèque. Whitehead s'y trouvait. Il avait l'air un peu fatigué, certes, mais ne semblait guère atteint par l'énorme pression qui pesait sur lui. Il était habillé pour sortir ; du manteau à col de fourrure qu'il portait le premier jour, lors de cette visite symbolique au chenil.

« Cela fait plusieurs jours que je n'ai pas quitté la maison, Marty, annonça-t-il, et ma tête sent le renfermé. J'ai pensé que nous pourrions aller nous promener, vous et moi.

— Je vais me chercher une veste.

— Oui. Et le revolver. »

Ils sortirent par-derrière, évitant les délégations fraîchement arrivées qui se pressaient toujours dans les couloirs et sur les escaliers, attendant d'accéder au saint des saints.

C'était une belle journée ; on était le 19 avril. Les ombres légères des nuages traversaient la pelouse en ordre dispersé. « Allons vers le bois », dit le vieil homme en ouvrant la marche. Marty se plaça en retrait à deux mètres derrière lui, conscient que Whitehead était sorti pour s'éclaircir les idées et non pas pour parler.

Le bois bourdonnait d'activité. De nouvelles pousses perçaient sous l'humus laissé par l'automne précédent ; des oiseaux casse-cou plongeaient et décollaient entre les arbres, on les entendait faire leur cour sur toutes les branches. Ils marchèrent durant plusieurs minutes dans une direction indéterminée, sans que Whitehead quittât ses bottes des yeux. Loin de la maison et de ses disciples, il ployait sous le fardeau de ses responsabilités de façon plus visible. La tête baissée, il avançait péniblement entre les arbres, également indifférent au chant des oiseaux et au murmure des feuilles.

Marty appréciait la promenade. Chaque fois qu'il avait traversé ce territoire, cela avait été en courant. A présent, il avait ralenti le rythme par la force des choses et le bois lui apparaissait dans ses moindres détails. Les fleurs à ses pieds, les champignons qui perçaient dans les espaces humides entre les racines ; tout cela le réjouissait. Il ramassa des cailloux tout en marchant. L'un d'eux portait l'empreinte fossilisée d'une fougère. Il pensa à Carys et au colombier, et un désir inattendu d'être auprès d'elle vint poindre à la lisière de sa conscience. N'ayant aucune raison de lui barrer l'accès, il le laissa venir.

Une fois qu'il l'eut admis, la profondeur de ses sentiments pour elle le frappa. Il se sentit victime d'une conspiration ; comme si, durant ces derniers jours, ses émotions avaient œuvré en secret à l'intérieur de lui-même, transformant un léger intérêt pour Carys en quelque chose de plus fort. Mais il n'eut pas l'occasion d'étudier ce phénomène. Lorsqu'il quitta des yeux le caillou fossilisé, il vit que Whitehead avait pris de l'avance sur lui. Écartant toute pensée de Carys, il accéléra le pas. Des alternances d'ombre et de lumière se mouvaient dans les frondaisons à mesure que les légers nuages de tout à l'heure laissaient la place à des formations plus lourdes. Le vent s'était rafraîchi ; il y avait de temps en temps des gouttes de pluie.

Whitehead avait relevé son col. Ses mains étaient enfouies dans ses poches. Quand Marty le rejoignit, il fut accueilli par une question.

« Croyez-vous en Dieu, Martin ? »

Cette interrogation venait de nulle part. Pris de court, Marty ne put que répondre : « Je ne sais pas », ce qui était, parmi les réponses qu'on aurait pu donner à cette question, relativement honnête.

Mais Whitehead voulait en savoir plus. Ses yeux pétillaient.

« Je ne prie jamais, si c'est ça que vous voulez dire, poursuivit Marty.

— Même pas avant votre procès ? Un petit mot au Tout-Puissant ? »

Il n'y avait aucune trace d'humour ni de malice dans cette question. Marty s'efforça à nouveau de répondre le plus honnêtement possible.

« Je ne me rappelle pas, pas exactement... Je suppose que j'ai dû faire quelque chose comme ça, oui. » Il observa une pause. Au-dessus de leurs têtes, les nuages vinrent occulter le soleil. « Ça ne m'a pas servi à grand-chose.

— Et en prison ?

— Non, je n'ai jamais prié. » Il en était certain. « Pas une seule fois.

— Mais il se trouvait sûrement à Wandsworth des hommes pour craindre Dieu ? »

Marty se rappela Heseltine, avec qui il avait partagé une cellule pendant quelques semaines au début de sa peine. Vieil habitué de la prison, Tiny avait passé plus d'années de sa vie derrière les barreaux qu'à l'extéricur. Toutes les nuits, il murmurait avant de s'endormir une version abâtardie du Notre Père dans son oreiller — « *Notre Père, qui êtes osseux, que votre nom soit béni...* » — sans comprendre les mots ni leur signification, répétant la prière qu'il avait jadis apprise par cœur, comme il l'avait probablement fait chaque soir de sa vie, jusqu'à ce que le sens en fût corrompu au-delà de toute rémission — « ... *car c'est à vous qu'appartiennent la Pitance et le Boire, dans le socle des socles, Amen.* »

Était-ce cela que voulait dire Whitehead ? Y avait-il du respect pour le Créateur et des louanges pour sa Création, voire même une anticipation du Jugement Dernier, dans la prière d'Heseltine ?

« Non, fut la réponse de Marty. Personne ne craignait vraiment Dieu. Je veux dire : à quoi bon... ? »

Il y avait autre chose derrière ces paroles, et Whitehead attendait avec la patience d'un vautour. Mais les mots restaient sur le bout de la langue de Marty, refusant qu'il les prononce. Le vieil homme tenta de les susciter.

« Pourquoi : à quoi bon, Marty ?

— Parce que tout arrive par accident, n'est-ce pas ? Je veux dire : tout n'est qu'une question de hasard. »

Whitehead eut un hochement de tête presque imperceptible. Il y eut un long silence entre eux, puis le vieil homme dit :

« Savez-vous pourquoi je vous ai choisi, Marty ?

— Pas vraiment.

— Toy ne vous a jamais rien dit ?

— Il m'a dit qu'il m'estimait capable de faire ce travail.

— Eh bien, de nombreuses personnes m'ont déconseillé de vous prendre. Ils pensaient que vous ne feriez pas l'affaire, pour de nombreuses raisons qu'il est inutile d'expliciter. Même Toy n'était pas sûr. Vous lui plaisiez, mais il n'était pas sûr.

— Mais vous m'avez quand même engagé ?

— En effet. »

Marty commençait à trouver insupportable ce jeu du chat et de la souris. Il dit :

« Et maintenant, vous allez me dire pourquoi, non ?

— Vous êtes un joueur », répliqua Whitehead.

Marty eut l'impression qu'il connaissait déjà la réponse avant qu'il l'eût prononcée.

« Vous n'auriez pas eu tous ces ennuis si vous n'aviez pas été

obligé de rembourser d'importantes dettes de jeu. Est-ce que j'ai raison ?
— Plus ou moins.
— Vous avez dépensé votre argent jusqu'au dernier penny. C'est du moins ce qu'ont déclaré vos amis lors de votre procès. Vous avez tout dilapidé.
— Pas toujours. J'ai eu quelques gros gains. Vraiment gros. »
Le regard que Whitehead jeta à Marty était tranchant comme un scalpel.
« Après tout ce que vous avez enduré, après tout ce que votre passion vous a fait souffrir, vous parlez encore de *gros gains.*
— Je me rappelle les meilleurs moments, n'importe qui ferait de même », répondit Marty, sur la défensive.
« *Des coups de pot.*
— Non ! J'étais bon, nom de Dieu.
— Des coups de pot, Martin. Vous l'avez dit vous-même il y a un instant. Vous avez affirmé que tout était une question de hasard. Comment pouvez-vous être bon à quelque chose de purement accidentel ? Cela n'a aucun sens, n'est-ce pas ? »
Le vieil homme avait raison, du moins superficiellement. Mais ce n'était pas aussi simple qu'il le laissait paraître. *Tout* était le fait du hasard ; il ne pouvait pas le nier. Mais une parcelle de Marty croyait en autre chose. En *quoi* il croyait, il ne pouvait pas le formuler.
« N'est-ce pas ce que vous avez dit ? le pressa Whitehead. Que tout arrivait par accident.
— Ce n'est pas toujours comme ça.
— Certains de nous ont le hasard de leur côté. C'est ça que vous voulez dire ? Certains de nous ont le doigt... (l'index de Whitehead décrivit un cercle en train de tourner)... posé sur la roue. »
Le doigt arrêta son mouvement circulaire. Dans son esprit, Marty compléta l'image : la boule bondit de trou en trou et se trouve une niche, un numéro. Quelques gagnants hurlent leur triomphe.
« Pas toujours, dit-il. Parfois seulement.
— Décrivez-le. Décrivez vos impressions. »
Pourquoi pas ? Où était le mal ?
« Parfois, c'était vraiment facile, vous savez, comme de chiper des bonbons à un bébé. J'allais dans un club, les jetons se mettaient à vibrer dans mes doigts et je savais, bon Dieu, je *savais* que je ne pourrais pas faire autrement que de gagner. »
Whitehead sourit.
« Mais vous avez perdu », rappela-t-il à Marty sur un ton à la

fois brutal et courtois. « Vous avez souvent perdu. Vous avez perdu jusqu'à devoir tout ce que vous possédiez, et plus encore.

— J'étais stupide. Je jouais même lorsque les jetons ne vibraient pas, même quand je savais que j'allais sûrement perdre.

— Pourquoi ? »

Marty le regarda avec hostilité.

« Qu'est-ce que vous voulez, une confession signée ? aboya-t-il. J'étais avide, voilà ! Et j'adorais jouer, même quand je n'avais pas une seule chance de gagner. Je voulais toujours jouer.

— Pour l'amour du jeu ?

— Je suppose. Oui. Pour le jeu. »

Une expression complexe traversa le visage de Whitehead. Elle était empreinte de regret, et aussi d'un terrible sentiment de perte ; et de quelque chose en plus : l'incompréhension. Whitehead, le maître, Whitehead, le seigneur du Sanctuaire, révélait soudain — de façon trop fugace — un autre visage, plus accessible : celui d'un homme en proie à un désarroi qui le conduisait au désespoir.

« Je voulais quelqu'un qui eût votre faiblesse », reconnut-il, et soudain, c'était lui qui se confessait. « Parce que je savais que, tôt ou tard, un jour comme celui-ci viendrait ; et que j'aurais à vous demander de partager un risque avec moi.

— Quel genre de risque ?

— Rien d'aussi simple que la roulette ou qu'un jeu de cartes. Et je le regrette. J'aurais pu alors vous donner des explications au lieu d'exiger de vous un acte de foi. Mais c'est si compliqué. Et je suis si fatigué.

— Bill m'a dit quelque chose... »

Whitehead l'interrompit.

« Toy a quitté le domaine. Vous ne le reverrez plus.

— Quand est-il parti ?

— Au début de cette semaine. Nos relations s'étaient détériorées ces derniers temps. » Il perçut la consternation de Marty. « Ne vous faites pas de souci à ce sujet. Votre position ici est toujours assurée. Mais vous devez avoir en moi une confiance *absolue.*

— Monsieur...

— Pas de manifestations de loyauté ; elles n'ont aucune prise sur moi. Pas parce que je ne vous crois pas sincère. Mais je suis entouré de personnes qui me disent seulement ce qu'ils me croient désireux d'entendre. C'est comme ça qu'ils peuvent continuer à acheter des fourrures à leur femme et de la cocaïne à leur fils. » Ses doigts gantés vinrent agripper sa joue tandis qu'il parlait. « Si peu d'honnêtes gens. Toy en était un. Evangeline, ma femme, en était une autre. Mais il y en a si peu. Je suis obligé de faire confiance à mes instincts ; je dois évacuer tous les bavardages et me fier à ce que me dit ma tête. Et elle a confiance en vous, Martin. »

Marty ne dit rien ; il se contenta d'écouter la voix de Whitehead, elle devenait plus calme et ses yeux étaient à présent si intenses qu'une étincelle issue d'eux aurait suffi à mettre le feu au bois.

« Si vous restez avec moi, si vous veillez à ma sécurité, il n'y a rien que vous ne pourriez avoir ou devenir. Vous m'avez compris ? *Rien.* »

Ce n'était pas la première fois que le vieil homme tentait de le séduire de la sorte ; mais les circonstances avaient changé depuis l'arrivée de Marty au Sanctuaire. Il y avait davantage de risques à présent.

« Qu'est-ce qui peut arriver de pire ? » demanda-t-il.

Le visage énigmatique s'était affaissé : seuls les yeux incendiaires montraient encore des signes de vie.

« Le pire ? dit Whitehead. Qui donc connaît le pire ? » Ses yeux brûlants semblaient sur le point d'être noyés de larmes ; il lutta contre elles. « J'ai déjà vu de telles choses. Et je suis passé près d'elles de l'autre côté. Jamais pensé... jamais... »

Un léger bruit de tambour annonça la pluie ; cette douce percussion accompagna les efforts que Whitehead faisait pour parler. Tous ses dons pour l'élocution l'avaient soudainement déserté : il était au désespoir. Mais quelque chose — quelque chose d'énorme — exigeait d'être dit.

« Jamais pensé... que cela pourrait m'arriver. »

Il ravala d'autres mots et secoua la tête devant sa propre absurdité.

« M'aiderez-vous ? » demanda-t-il au lieu de s'expliquer davantage.

« Bien sûr.

— Eh bien, répondit-il, nous verrons, hein ? »

Sans prévenir, il fit un pas de côté pour tourner le dos à Marty et rebrousser chemin. La promenade était apparemment terminée. Durant plusieurs minutes, ils marchèrent comme auparavant, Whitehead en tête, Marty le suivant discrètement deux mètres derrière lui. Juste avant qu'ils n'arrivent en vue de la maison, Whitehead prit de nouveau la parole. Cette fois-ci, il ne brisa pas le rythme de sa marche, mais jeta la question par-dessus son épaule. Juste quatre mots :

« Et le Diable, Marty ?

— Quoi donc, monsieur ?
— Le Diable. L'avez-vous jamais prié, *lui ?* »
C'était une plaisanterie. Un peu lourde, peut-être, mais une façon pour le vieil homme de faire passer sa confession.
« Eh bien, l'avez-vous fait ?
— Une ou deux fois », répondit Marty, réprimant un sourire.
Au moment où ces mots quittaient ses lèvres, Whitehead se figea sur place, une main tendue derrière lui pour enjoindre à Marty de s'arrêter.
« Chut. »
Vingt mètres devant eux, immobilisé à l'instant où il allait croiser leur route, se trouvait un renard. Il n'avait pas encore vu les deux hommes qui l'observaient, mais il ne faudrait que quelques secondes pour que leur odeur atteigne ses narines.
« De quel côté ? siffla Whitehead.
— Quoi ?
— De quel côté va-t-il s'enfuir ? Mille livres. Un pari.
— Je n'ai pas..., commença Marty.
— Contre le salaire d'une semaine. »
Marty eut un sourire. Qu'était donc le salaire d'une semaine ? De toute façon, il ne pouvait pas le dépenser.
« Mille livres qu'il part sur la droite. »
Marty hésita.
« Vite...
— Tenu. »
Au moment même où il prononçait ce mot, l'animal perçut leur odeur. Il dressa les oreilles, tourna la tête et les vit. L'espace d'un instant, la surprise l'empêcha de réagir ; puis il se mit à courir. Il suivit le sentier devant eux pendant plusieurs mètres, sans opter pour un côté ou pour l'autre, ses pattes faisant voler les feuilles mortes sur son passage. Puis, sans prévenir, il plongea à l'abri des arbres, *sur la gauche.* Il n'y avait aucune ambiguïté dans cette victoire.
« Bien joué », dit Whitehead en ôtant son gant et en tendant la main vers Marty. Quand il lui serra la main, Marty la sentit vibrer comme l'avaient fait les jetons les soirs de victoire.

Quand ils revinrent à la maison, la pluie s'était mise à tomber avec plus d'intensité. Un silence bienvenu était descendu sur la demeure. Apparemment, Pearl, incapable de supporter plus longtemps les barbares qui avaient envahi sa cuisine, avait piqué une crise et quitté les lieux. Malgré son départ, les responsables paraissaient assagis. Leur conversation se réduisait à des murmures et rares furent ceux qui osèrent s'approcher de Whitehead quand il entra. Ceux qui s'y aventurèrent furent promptement remballés. « Vous êtes *encore* là, Munrow ? » dit-il à un disciple ; à un autre, qui avait commis l'erreur de tendre vers lui des feuilles de papier, il suggéra d'aller « s'étouffer avec elles ». Ils parvinrent au bureau avec un minimum d'interruptions. Whitehead ouvrit le coffre-fort mural.

« Vous préférerez du liquide, j'en suis sûr. »

Marty étudiait le tapis. Bien qu'il eût sans conteste gagné le pari, il était embarrassé par ses gains.

« Du liquide, ça ira », murmura-t-il.

Whitehead compta une liasse de billets de vingt livres et les tendit vers lui.

« Amusez-vous bien, dit-il.

— Merci.

— Ne me remerciez pas, dit Whitehead. C'était un pari. Je l'ai perdu. »

Un silence gêné s'ensuivit tandis que Marty empochait l'argent.

« Notre conversation..., dit le vieil homme, est strictement confidentielle, est-ce bien compris ?

— Bien sûr. Je ne... »

Whitehead leva une main pour écarter toute protestation.

« ... *Strictement* confidentielle. Mes ennemis ont des agents. »

Marty hocha la tête comme s'il avait compris. Ce qui était le cas, d'une certaine façon. Peut-être Whitehead suspectait-il Luther ou Pearl. Peut-être même Toy, qui était si soudainement devenu *persona non grata.*

« Ces gens sont responsables de mes revers de fortune. Tout cela a été méticuleusement préparé. »

Il haussa les épaules, ses yeux n'étaient plus que des fentes. « Mon Dieu, pensa Marty, je ne dois jamais devenir l'ennemi de cet homme. »

« Ce genre de choses me laisse froid. S'ils souhaitent comploter ma ruine, grand bien leur fasse. Mais je n'aimerais pas savoir qu'ils ont accès à mes sentiments les plus intimes. Vous voyez ?

— N'ayez crainte.

— Non. »

Il pinça les lèvres : un sourire froid et satisfait.

« Vous avez beaucoup vu Carys ces derniers temps, n'est-ce pas ? Pearl m'a dit que vous avez passé quelque temps ensemble, est-ce exact ?

— Oui. »

Whitehead adopta un ton détaché, manifestement feint.

« Elle paraît équilibrée la plupart du temps, mais il s'agit essentiellement d'une simulation. Elle n'est pas en bonne santé, j'en ai peur, et cela depuis plusieurs années. Bien sûr, elle a vu les meilleurs psychiatres que mon argent ait pu trouver, mais je crains que cela n'ait servi à rien. Sa mère a fini de la même façon.

— Essayez-vous de me dire que je dois cesser de la voir ? »

Whitehead eut l'air sincèrement surpris.

« Non, pas le moins du monde. Votre compagnie peut lui faire du bien. Mais, je vous en prie, n'oubliez pas qu'il s'agit d'une jeune fille très perturbée. Ne prenez pas ses affirmations trop au sérieux. La plupart du temps, elle ne sait pas ce qu'elle dit. Eh bien, je crois que c'est tout. Vous feriez mieux d'aller donner sa part au renard. »

Il rit doucement.

« Rusé renard. »

Durant les deux mois et demi que Marty avait passés au Sanctuaire, Whitehead avait été un iceberg. A présent, il lui fallait réviser cette impression. Aujourd'hui, il avait entr'aperçu un homme tout à fait différent : en proie à la solitude et au désarroi ; parlant de Dieu et de prières. Et pas seulement de Dieu. Il y avait eu cette dernière question, celle qu'il avait lancée sans en avoir l'air : « *Et le Diable ? L'avez-vous jamais prié, lui ?* »

Marty avait l'impression qu'on lui avait donné une pile de pièces de puzzle, dont aucune ne semblait appartenir au même portrait. Des fragments d'une douzaine de scènes : Whitehead resplendissant au milieu de ses acolytes ; ou assis à sa fenêtre en train d'observer la nuit ; Whitehead, le potentat, seigneur de son Sanctuaire ; ou en train de parier comme un portier ivre sur la direction qu'allait choisir un renard.

C'était ce dernier élément qui intriguait le plus Marty. En lui se trouvait, pensait-il, un indice susceptible d'unifier toutes ces images disparates. Il avait le sentiment très étrange que le pari avec le renard avait été truqué. Impossible, bien sûr, et pourtant, et pourtant... Et si Whitehead avait le pouvoir de poser le doigt sur la roue chaque fois qu'il le désirait, si bien qu'une chose aussi insignifiante que la décision que prendrait un renard de partir sur la droite ou sur la gauche pouvait lui être connue ? Voyait-il l'avenir avant qu'il ne se produise — était-ce pour cela que les jetons vibraient, que ses doigts vibraient ? — ou bien le *façonnait*-il ?

Plus jeune, Marty aurait chassé ces subtilités de son esprit. Mais il avait changé. Sa présence dans le Sanctuaire l'avait changé, les sous-entendus de Carys l'avaient changé. Il était cent fois plus complexe qu'il ne l'avait jamais été et une partie de lui-même appelait de ses vœux le retour à la clarté du noir et blanc. Mais il savait bien qu'une telle simplicité n'était que mensonge. La vie était faite d'ambiguïtés sans nombre — de mobiles, de sentiments, de causes et d'effets — et s'il voulait triompher dans ces circonstances, il devait comprendre comment fonctionnaient ces ambiguïtés.

Non ; pas *triompher*. Il n'était pas question ici de triomphe ou d'échec : pas au sens où il le comprenait jadis. Le renard était parti sur la gauche, et il avait un millier de livres dans la poche, pourtant il ne ressentait rien de la joie qui avait été la sienne quand il avait gagné aux courses ou au casino. Rien que le noir se fondant dans le blanc, et vice versa, jusqu'à ce qu'il fût incapable de distinguer le bien du mal.

30

Toy avait téléphoné au domaine en milieu d'après-midi, avait parlé à une Pearl en furie qui était sur le point de faire sa valise, et avait laissé un message pour Marty, lui demandant de le rappeler à son numéro de Pimlico. Mais Marty n'en avait rien fait. Toy se demanda si Pearl avait négligé de lui transmettre le message, ou bien si Whitehead l'avait intercepté afin de l'empêcher de passer un coup de fil. Quelle qu'en fût la raison, il n'avait pas parlé à Marty et se sentait coupable. Il avait promis à Strauss de le prévenir si les événements commençaient à mal tourner. Et c'était ce qui arrivait maintenant. Rien de perceptible peut-être ; les angoisses dont Toy faisait l'expérience étaient nées de son instinct plutôt que des faits. Mais Yvonne lui avait appris à se fier à son cœur plutôt qu'à sa tête. Tout allait s'écrouler, après tout ; et il n'avait pas averti Marty. Peut-être était-ce pour cela qu'il faisait de tels cauchemars et qu'il se réveillait avec des souvenirs d'horreur voletant dans sa tête.

Tout le monde ne survivait pas à sa jeunesse. Certains mouraient jeunes, victimes de leur propre appétit de vivre. Toy n'avait pas fait partie de ces victimes, bien qu'il eût couru le risque d'en devenir une. Il n'en avait d'ailleurs pas eu conscience à l'époque. Il avait été trop ébloui par les océans que lui avait révélés Whitehead pour voir clairement le danger de leurs eaux. Et il avait obéi aux moindres souhaits du vieil homme avec tant de zèle, n'est-ce pas ? Jamais il n'avait reculé devant son devoir, pour criminel qu'il ait pu lui paraître. Pourquoi aurait-il été surpris de voir les crimes qu'il avait commis avec tant d'insouciance le rattraper après toutes ces années ? Était-ce pour cela qu'il était à présent étendu en nage, Yvonne endormie à ses côtés, avec la même phrase tournant en rond dans son esprit :

Mamoulian va venir.

C'était la seule notion claire dans son esprit. Tout le reste — les pensées de Marty et de Whitehead — n'était qu'un pot-pourri de honte et d'accusations. Mais cette phrase toute simple — *Mamoulian va venir* — se dressait dans ce marais d'incertitude comme un point fixe auquel venaient adhérer toutes ses terreurs.

Aucune excuse ne suffirait. Aucune humiliation ne ferait fléchir la colère du Dernier Européen. Toy avait été jeune, avait été une brute, et s'était conduit avec lui de façon perverse. Jadis, trop jeune pour avoir conscience de ce qu'il faisait, il avait fait souffrir Mamoulian et le remords qu'il éprouvait aujourd'hui venait trop tard — vingt, trente ans trop tard. Après tout, n'avait-il pas vécu durant toutes ces années des profits retirés de cet acte brutal ? « Ô Jésus ! dit-il dans un souffle, Jésus, venez-moi en aide. »

Terrifié, et prêt à l'admettre si cela signifiait qu'elle pourrait le réconforter, il se tourna et tendit une main vers Yvonne. Elle n'était pas là. L'autre côté du lit était froid.

Il s'assit, momentanément désorienté.

« Yvonne ? »

La porte de la chambre était entrouverte et la plus ténue des lumières venue d'en bas dessinait la pièce. C'était le chaos. Ils avaient fait leurs bagages pendant toute la soirée et leur tâche n'était pas encore achevée quand, à une heure du matin, ils s'étaient retirés. Des vêtements étaient entassés sur les tiroirs de la commode ; une valise ouverte béait dans un coin ; ses cravates pendaient sur le dossier d'une chaise comme des serpents desséchés, leurs langues traînant sur le plancher.

Il entendit une voix sur le palier. Il connaissait bien le pas feutré d'Yvonne. Elle était allée se chercher un verre de jus de fruits, ou un biscuit, comme elle le faisait souvent. Elle apparut sur le seuil, dessinée en silhouette.

« Est-ce que ça va ? » lui demanda-t-il.

Elle murmura quelque chose qui ressemblait à « Oui ». Il laissa retomber sa tête sur l'oreiller.

« Encore faim, dit-il en fermant les yeux. Toujours faim. »

De l'air froid s'insinua dans le lit quand elle souleva le drap pour se glisser contre lui.

« Tu as laissé la lumière allumée en bas », taquina-t-il alors que le sommeil fondait de nouveau sur lui.

Elle ne répondit pas. Déjà endormie, probablement : elle

avait la chance de pouvoir replonger instantanément dans l'inconscience. Il se tourna pour la contempler dans la demi-obscurité. Elle ne ronflait pas encore, mais elle n'était pas non plus tout à fait silencieuse. Il écouta avec plus d'attention, son estomac noué se mettant soudain à frémir. C'était un bruit liquide qu'elle produisait : comme si elle avait respiré à travers de la boue.

« Yvonne... est-ce que ça va ? »

Elle ne répondit pas.

Sur son visage, à quelques centimètres de lui, les bruits visqueux se prolongeaient. Il tendit la main vers le commutateur de la lampe placée au-dessus du lit, gardant les yeux fixés sur la masse noire de la tête d'Yvonne. « Autant agir vite, raisonna-t-il, avant que je ne me laisse emporter par mon imagination. » Ses doigts localisèrent le bouton, le tripotèrent un instant, puis il alluma la lumière.

Ce qui lui faisait face sur l'oreiller ne ressemblait plus guère à Yvonne.

Il balbutia son nom en reculant en hâte loin du lit, les yeux rivés à l'abomination étendue à côté de lui. Comment était-il possible qu'il y eût assez de vie en elle pour qu'elle pût remonter l'escalier et se recoucher, pour lui murmurer « Oui » comme elle l'avait fait ? La gravité de ses blessures l'avait sûrement tuée. Personne ne pouvait vivre ainsi écorché.

Elle se tourna à moitié sur le lit, les yeux clos, comme si elle avait roulé dans son sommeil. Puis — et ce fut horrible — elle prononça son nom. Sa bouche ne fonctionnait plus comme elle l'avait fait ; le sang venait lubrifier ses lèvres. Il ne pouvait plus supporter de la regarder ainsi, il allait se mettre à crier et cela les attirerait — qui que soient les responsables de cet acte monstrueux —, les attirerait vers lui, hurlant et brandissant leurs scalpels déjà humides. Ils étaient probablement déjà derrière la porte ; mais rien ne pourrait le forcer à rester dans cette chambre. Pas quand il observait son lent mouvement giratoire sur la couche, pas quand il l'entendait toujours prononcer doucement son nom tout en relevant sa chemise de nuit.

Il sortit de la chambre en chancelant et se retrouva sur le palier. A sa grande surprise, ils ne l'y attendaient pas.

Arrivé en haut de l'escalier, il hésita. Ce n'était pas un homme courageux, ni stupide. Demain, il la pleurerait ; mais ce soir, elle était tout simplement perdue pour lui et il n'y avait rien d'autre à faire que d'échapper aux inconnus qui avaient fait cela. Inconnus ! Pourquoi refusait-il d'admettre l'évidence ? C'était Mamoulian le responsable ; cet acte était signé de sa main. Et il n'était pas seul. L'Européen n'aurait jamais daigné poser ses précieuses mains sur la chair humaine comme quelqu'un l'avait fait sur celle d'Yvonne ; sa délicatesse affectée était légendaire. Mais c'était lui qui lui avait fait don de cette semi-vie après son meurtre. Seul Mamoulian était capable de ce don.

Et il devait l'attendre en bas maintenant, n'est-ce pas, dans cet univers sous-marin, ce monde du silence en bas des marches ? Attendre, comme il avait attendu si longtemps, que Toy descendît à sa rencontre.

« Va au diable », murmura Toy vers les ténèbres en bas, et il avança (ses impulsions lui hurlaient de courir, mais le bon sens lui enjoignait le contraire) le long du palier en direction de la chambre d'amis. A chaque pas, il s'attendait à une attaque de l'ennemi, mais rien ne vint. Du moins pas avant qu'il n'eût atteint la porte de la chambre.

Puis, alors même qu'il tournait la poignée, il entendit la voix d'Yvonne derrière lui :

« Willy... » Le mot était mieux formé qu'auparavant.

L'espace du plus bref des instants, il douta de sa raison. Était-il possible qu'en se retournant, il la découvrît debout sur le seuil de sa chambre, aussi défigurée que dans ses souvenirs ; ou bien n'était-ce qu'un rêve de fièvre ?

« Où vas-tu ? » demanda-t-elle.

En bas, quelqu'un bougea.

« Reviens te coucher. »

Sans même se retourner pour décliner son invitation, Toy ouvrit la porte de la chambre d'amis et entendit à cet instant quelqu'un monter les marches derrière lui. Les pas étaient lourds ; celui qui les faisait était pressé.

Il n'y avait pas de clé dans la serrure pour retarder son poursuivant et pas le temps de traîner les meubles devant la porte. Toy traversa la chambre obscure en trois enjambées, ouvrit les portes-fenêtres et fit un pas sur le petit balcon aux grilles en fer forgé. Celui-ci gémit sous son poids. Il se doutait qu'il ne tiendrait pas longtemps.

En dessous de lui, le jardin était plongé dans les ténèbres, mais il avait une bonne idée de l'endroit où se trouvaient les massifs de fleurs et de celui où il y avait des pavés. Sans la moindre hésitation — les pas se faisaient plus pressés derrière lui —, il grimpa sur le balcon. Ses articulations se mirent à gémir, augmentant leurs protestations quand il eut enjambé la grille et se retrouva suspendu dans le vide, accroché par les mains dans une prise qui menaçait à chaque seconde de lâcher.

Un vacarme soudain dans la chambre attira son regard ; son

poursuivant, un obèse aux mains ensanglantées et à l'œil d'animal enragé, se trouvait dans la pièce ; il la traversait en direction de la fenêtre, grognant de contrariété. Toy fit osciller son corps, priant pour ne pas choir sur le pavé qu'il savait se trouver juste au-dessous de ses pieds nus et pour atterrir dans la terre meuble de la bordure gazonnée. Il n'avait guère le temps d'élaborer sa manœuvre. Il lâcha la balustrade au moment où l'obèse arrivait sur le balcon, et durant ce qui lui sembla être un temps infini, il tomba à travers l'espace ; la fenêtre diminuait de taille devant lui. Il atterrit, sans autre blessure que quelques écorchures, au milieu des géraniums qu'Yvonne avait plantés la semaine précédente.

Il se remit sur pieds, secoué mais indemne, et courut à travers le jardin éclairé par la lune en direction du portail de derrière. Celui-ci était cadenassé, mais il réussit à l'escalader sans peine — l'adrénaline enflammait ses muscles. Il n'y eut aucun bruit de poursuite et, quand il jeta un regard derrière lui, il vit que l'obèse était toujours debout à la porte-fenêtre, le regardant s'enfuir comme s'il avait perdu toute envie de le poursuivre. Saisi d'une soudaine excitation malsaine, il sprinta pour traverser le passage qui longeait les jardins des maisons voisines, ne cherchant qu'à s'éloigner le plus possible de son domicile.

Ce ne fut que lorsqu'il atteignit la rue, dont les rangées de réverbères commençaient à s'éteindre à l'approche de l'aube, qu'il se rendit compte qu'il était nu comme un ver.

31

Marty s'était couché content. Bien qu'il y eût encore beaucoup de choses qu'il ne comprenait pas, beaucoup de choses que le vieil homme — en dépit de ses promesses d'éclaircissements — paraissait désireux de garder obscures, rien de tout cela ne le regardait en fin de compte. Si Papa choisissait d'avoir des secrets, qu'il en soit ainsi. Marty avait été engagé pour veiller sur lui et apparemment il remplissait ses fonctions à la satisfaction de son employeur. Les résultats étaient là, dans les confidences que le vieil homme avait partagées avec lui et dans les mille livres qui reposaient sous son oreiller.

L'euphorie l'empêchait de dormir : le cœur de Marty semblait battre deux fois plus vite que d'habitude. Il se leva, enfila sa robe de chambre et tenta de choisir une sélection de vidéocassettes pour se distraire des événements de la journée, mais les combats de boxe le déprimaient, la pornographie aussi. Il erra jusqu'à la bibliothèque en bas, trouva un roman de science-fiction en piètre état, puis regagna sa chambre, faisant un détour par la cuisine pour aller se chercher une bière.

Carys était dans sa chambre quand il remonta, habillée d'un sweater et de jeans, pieds nus. Elle avait l'air flétrie, plus vieille que ses dix-neuf ans. Le sourire qu'elle lui offrit était trop artificiel pour être convaincant.

« Je ne vous dérange pas? dit-elle. Je vous ai entendu marcher.

— Vous ne dormez donc jamais?

— Pas souvent.

— Un peu de bière?

— Non, merci.

— Asseyez-vous », dit-il, écartant une pile de vêtements pour libérer une chaise. Mais elle se posa sur le lit, laissant le siège à Marty.

« Il faut que je vous parle », dit-elle.

Marty reposa le livre qu'il avait choisi. Sur sa couverture, une femme nue à la peau d'un vert fluorescent émergeait d'un œuf sous la lumière de deux soleils. Carys dit :

« Savez-vous ce qui est en train de se passer?

— De se passer? Que voulez-vous dire?

— N'avez-vous rien senti de bizarre dans la maison?

— Par exemple? »

Sa bouche avait retrouvé sa moue préférée : les coins rabaissés en signe d'exaspération.

« Je ne sais pas... c'est difficile à décrire.

— Essayez. »

Elle hésita, comme une plongeuse arrivée au bout de la planche, puis se jeta à l'eau.

« Savez-vous ce qu'est un *sensitif*? »

Il secoua la tête.

« C'est quelqu'un qui peut capter les ondes. Les ondes de pensée.

— Qui peut lire dans les esprits?

— Dans un sens. »

Il lui adressa un regard sans s'engager.

« C'est quelque chose que vous savez faire? dit-il.

— Pas *faire*. Je ne *fais* rien. On dirait plutôt que c'est quelque chose que l'on me fait. »

Marty se recula sur son siège, démonté.

« On dirait que tout devient poisseux autour de moi. Je n'arrive pas à m'en dépêtrer. J'entends les gens parler sans qu'ils remuent les lèvres. La plupart du temps, cela n'a aucune signification : juste des bribes.

— Et c'est là ce qu'ils pensent ?

— Oui. »

Il ne voyait pas quoi répondre, sinon qu'il doutait de ce qu'elle racontait, et ce n'était pas ce qu'elle souhaitait entendre. Elle était venue ici pour être rassurée, n'est-ce pas ?

« Ce n'est pas tout, dit-elle. Je vois parfois des formes, autour des corps des gens. Des formes très vagues... comme une sorte de lumière. »

Marty pensa à l'homme près du mur d'enceinte ; comment il avait saigné de la lumière, ou avait paru le faire. Mais il ne l'interrompit pas.

« En bref, je ressens des choses que les autres ne ressentent pas. Je ne crois pas qu'il s'agisse d'un signe d'intelligence de ma part ou de quelque chose comme ça. C'est quelque chose que je *fais,* c'est tout. Et ces dernières semaines, j'ai senti quelque chose dans la maison. Il y a des pensées étranges dans ma tête, venues de nulle part ; je rêve... d'horribles choses. »

Elle se tut, consciente que sa description devenait de plus en plus vague et qu'elle risquait en poursuivant de perdre le peu de crédibilité que son monologue avait pu lui conférer.

« Ces lumières que vous voyez..., dit Marty, revenant en arrière.

— Oui.

— J'ai vu quelque chose comme ça. »

Elle se pencha en avant.

« Quand ?

— L'homme qui a pénétré dans le domaine. J'ai cru voir de la lumière jaillir de lui. De ses blessures, je suppose, et de ses yeux et de sa bouche. » Alors même qu'il finissait sa phrase, il haussait les épaules comme pour éviter la contagion. « Je ne sais pas, dit-il. J'avais bu.

— Mais vous avez vu quelque chose ?

— ... Oui », concéda-t-il à regret.

Elle se leva pour aller jusqu'à la fenêtre. « Tel père, telle fille, pensa-t-il : des maniaques des fenêtres, tous les deux. » Tandis qu'elle regardait la pelouse — Marty ne tirait jamais les rideaux —, il eut tout le loisir de la contempler.

« Quelque chose..., dit-elle, quelque chose. »

La grâce de sa jambe légèrement inclinée, le poids dissymétrique de ses fesses ; son visage reflété dans le verre froid, si concentré sur ce mystère : tout le fascinait.

« C'est pour cela qu'il ne me parle plus, dit-elle.

— Papa ?
— Il sait que je peux sentir ce qu'il pense ; et il est terrifié. »
Cette observation était un cul-de-sac : elle se mit à taper du pied avec irritation, son souffle faisait naître des fantômes intermittents sur la fenêtre. Puis, subitement, elle dit :
« Savez-vous que vous êtes obsédé par les seins ?
— Quoi ?
— Vous les regardez tout le temps.
— Comment ça !
— Et vous êtes un menteur. »
Il se leva, ne sachant pas ce qu'il allait dire ou faire. Finalement, au milieu de sa confusion, seule la vérité lui parut dicible.
« J'aime vous regarder. »
Il toucha son épaule. A cet instant-là, s'ils le choisissaient, le jeu pouvait s'interrompre ; la tendresse n'était qu'à un souffle d'eux. Ils pouvaient saisir leur chance ou l'écarter : reprendre leur dialogue ou le cesser. L'instant se prolongea entre eux, attendant des instructions.
« Mon bébé, dit-elle. Ne tremble pas. »
Il fit un demi-pas vers elle et embrassa le creux de sa nuque. Elle se retourna pour lui rendre son baiser, une main venant glisser le long de son échine pour envelopper son crâne, comme si elle avait voulu en estimer le poids.
« Enfin, dit-elle quand ils se séparèrent, je commençais à croire que tu étais vraiment un gentleman trop poli. »
Ils tombèrent sur le lit et elle roula pour enserrer ses hanches. Sans hésiter, elle tendit une main pour dénouer la ceinture de sa robe de chambre. Il était déjà dur sous elle, pris au piège, mal à l'aise. Et un peu emprunté, aussi. Elle ouvrit la robe de chambre et promena les mains sur sa poitrine. Son corps était solide sans être lourd ; un duvet soyeux naissait sous son sternum pour courir jusqu'à l'abdomen, devenant plus rêche en descendant. Elle s'assit pour dégager son bas-ventre des plis de la robe. Son sexe libéré passa de quatre heures à midi. Elle le caressa sur toute sa longueur ; il répondit par quelques secousses.
« Mignon », dit-elle.
Il commençait à s'habituer à son approbation. Son calme était contagieux. Il s'assit à moitié, se redressant sur ses coudes pour mieux l'observer en train de se pencher sur lui. Elle était concentrée sur son érection, portant l'index à la bouche et transférant une pellicule de salive sur son sexe, le caressant du bout des doigts en un lent mouvement paresseux. Il gigota de plaisir. Une bouffée de rougeur était apparue sur sa poitrine,

signal supplémentaire et confirmation inutile de son excitation. Ses joues étaient également écarlates.

« Embrasse-moi », demanda-t-il.

Elle se pencha à la rencontre de sa bouche. Ils s'effondrèrent sur le lit. Ses mains partirent à la recherche du sweater qu'elle portait et firent mine de le soulever, mais elle l'arrêta.

« Non..., murmura-t-elle dans sa bouche.

— ... veux te voir... », dit-il.

Elle se rassit. Il la regardait, perplexe.

« Pas si vite », dit-elle, et elle souleva le sweater assez haut pour exposer à ses regards ses seins et son ventre, mais sans enlever le vêtement. Marty reçut son corps comme un aveugle à qui on aurait fait le don de la vue : ses constellations de chair de poule, la plénitude inattendue de ses formes. Ses mains suivirent l'itinéraire de son regard, vinrent presser la peau luisante, décrire des spirales sur les aréoles, observant le poids des seins faire frémir les côtes. Sa bouche suivit bientôt ses yeux et ses mains : il voulait la baigner de sa langue. Elle attira sa tête contre elle. A travers le rideau de ses cheveux, son cuir chevelu brillait comme la peau d'un bébé. Elle se baissa pour l'embrasser mais ne put l'atteindre et préféra faire glisser une main pour saisir son sexe. « Sois prudente », murmura-t-il tandis qu'elle le caressait. Sa paume était humide ; elle desserra son étreinte.

Doucement, il l'inclina vers lui et ils churent côte à côte sur le lit. Elle écarta la robe de chambre de son cou tandis que ses doigts tâtonnaient à la recherche de la ceinture du jean. Elle ne fit aucune tentative pour lui venir en aide, savourant l'air concentré de son visage. Il serait si bon d'être complètement nue à côté de lui : peau contre peau. Mais le moment n'était pas venu de courir ce risque. S'il voyait les blessures et les marques de seringue et la rejetait. Ce serait insupportable.

Il avait réussi à défaire le bouton et la fermeture à glissière, et ses mains, à présent à l'intérieur des jeans, se glissaient sous les bords de sa culotte. Il y avait tant d'impatience en lui, et bien qu'elle aimât à en observer les effets sur son visage, elle l'aida à la déshabiller, soulevant ses hanches pour les écarter du lit et faisant glisser jeans et sous-vêtements, exposant son corps des seins aux genoux. Il glissa sur elle, laissant une coulée de salive pour marquer son passage, léchant son nombril, puis plus bas à présent, le visage écarlate, la langue plongée en elle, pas vraiment en expert mais avide d'apprendre, cherchant les coins de peau où le plaisir était le plus intense en se laissant guider par les soupirs qu'elle poussait.

Il fit glisser les jeans un peu plus et, quand elle ne résista pas, les ôta complètement. La culotte suivit et elle ferma les yeux, occultant tout ce qui n'était pas son exploration. Dans son impatience, il exhibait des instincts de cannibale ; rien de ce que lui offrirait son corps ne serait rejeté ; il allait aussi profondément que le lui permettait son anatomie.

Quelque chose vint la gratter au creux de la nuque, mais elle l'ignora, trop concentrée sur cette autre activité. Il leva la tête, le visage plein de doute.

« Continue », dit-elle.

Elle ondula sur sa couche, l'invitant en elle. Le doute se lisait toujours sur son visage.

« Qu'est-ce qui ne va pas ?

— Pas de protection, dit-il.

— N'y pense plus. »

Il n'eut pas besoin de nouvelle invitation. Sa position, pas étendue sous lui mais à moitié assise, lui permettait d'observer ses doux mouvements. Elle le voyait presser la base de son sexe jusqu'à ce que le gland s'assombrît et se mît à luire, avant de la pénétrer lentement, presque cérémonieusement. Puis il se libéra les mains et les posa sur le lit de chaque côté d'elle, le dos arqué, croissant dans un autre croissant, emporté par le poids de son corps. Ses lèvres s'écartèrent et sa langue en émergea pour venir lécher les yeux de Carys.

Elle alla vers lui, pressant ses hanches contre les siennes. Il soupira, plissa le front.

« Ô Seigneur, pensa-t-elle, il a joui. » Mais les yeux de Marty se rouvrirent, toujours résolus, et ses mouvements, après cette menace de ratage initial, se firent réguliers et plus lents.

Son cou se remit à l'irriter ; on aurait dit plus qu'un pinçon. C'était une morsure, une vrille. Elle s'efforça de l'ignorer, mais cette sensation ne fit que s'intensifier à mesure que son corps succombait. Marty était trop concentré sur leur accouplement pour percevoir son malaise. Son souffle était court, brûlant sur le visage de Carys. Elle essaya de bouger, espérant que la douleur n'était due qu'à l'inconfort de sa position.

« Marty..., souffla-t-elle, tourne-toi. »

Il n'était pas sûr de pouvoir accomplir cette manœuvre, mais une fois qu'il fut étendu sur le dos et qu'elle fut assise sur lui, il retrouva aisément son rythme. Il se mit à nouveau à monter, ébloui par le vertige.

La douleur persistait sur son cou mais elle la chassa loin d'elle. Elle se pencha en avant ; son visage ne se trouvait plus qu'à une dizaine de centimètres au-dessus de celui de Marty et elle laissa la salive couler de sa bouche vers la sienne, un filet de bulles qu'il reçut avec un large sourire, s'enfonçant en elle aussi loin qu'il le pouvait et demeurant là.

Soudain, quelque chose bougea en elle. Pas Marty. Quelque chose ou *quelqu'un* d'autre, voletant à l'intérieur de son corps. Sa concentration la lâcha, son cœur également. Elle perdit de vue l'endroit où elle se trouvait et qui elle était. Une autre paire d'yeux semblait regarder à travers les siens ; elle partagea momentanément la vision de leur possesseur. Elle perçut le sexe comme une perversion, un échange cru et bestial.

« Non », dit-elle, essayant de chasser la nausée qui venait soudain de monter en elle.

Marty ouvrit les yeux, croyant que ce « Non » était un ordre de reculer la fin.

« J'essaie, bébé..., dit-il en souriant, ne bouge pas. »

Elle ne comprit pas tout d'abord ce qu'il disait : il était à un millier de kilomètres d'elle, gisant dans sa sueur puante, la blessant contre sa volonté. « OK ? », dit-il, se retenant jusqu'à la douleur. Il sembla gonfler en elle. Cette sensation chassa la vision dédoublée de sa tête. L'autre spectateur se recula derrière ses yeux, révolté par la plénitude de cette œuvre de chair, par sa réalité. Cet esprit intrus sentait-il lui aussi Marty, se demanda-t-elle vaguement, son cortex était-il lui aussi pénétré par un gland gonflé et sur le point d'exploser ?

« Dieu... », dit-elle.

A présent que les autres yeux avaient battu en retraite, la joie revenait en elle.

« Je ne peux pas m'arrêter, bébé, dit Marty.

— Continue, dit-elle. C'est bon. C'est bon. »

Des gouttes de sueur plurent sur lui quand elle bougea.

« Continue. Oui ! » répéta-t-elle. C'était une exclamation de plaisir pur et elle l'emmena au-delà du point de non-retour. Il essaya de reculer l'orgasme encore quelques secondes tremblantes. Le poids de ses hanches sur les siennes, la chaleur de son ventre, la brillance de ses seins emplissaient sa tête.

Et puis quelqu'un parla : une voix basse, gutturale.

« *Arrêtez.* »

Les yeux de Marty s'écarquillèrent, regardant à droite et à gauche. Il n'y avait personne d'autre dans la chambre. C'était sa tête qui avait inventé ce bruit. Il chassa l'illusion et regarda de nouveau Carys.

« Continue, dit-elle. Je t'en prie, continue. »

Elle dansait sur lui. Les os de ses hanches accrochaient la lumière ; la sueur coulait sur eux en flots brillants.

« Oui... oui... », répondit-il, oubliant la voix.

Elle baissa les yeux vers lui au moment où l'imminence du plaisir investissait son visage, et à travers le labyrinthe de ses propres sensations enflammées, sentit de nouveau la présence du deuxième esprit. C'était un ver enfoui dans sa tête gonflée, qui poussait en avant, son infection prête à souiller sa vision. Elle lutta contre lui.

« Va-t'en, lui dit-elle à mi-voix, va-t'en. »

Mais il voulait sa défaite, leur défaite. Ce qui n'avait semblé que de la curiosité était à présent pure malice. Il voulait tout gâcher.

« Je t'aime », dit-elle à Marty, défiant la présence en elle. « Je t'aime, je t'aime... »

L'envahisseur fut pris d'un spasme, furieux contre elle, plus furieux encore qu'elle ne s'inclinât pas devant ses spoliations. Marty était rigide, au seuil du plaisir ; sourd et aveugle à tout ce qui n'était pas sa jouissance. Puis, dans un gémissement, il se mit à éjaculer en elle, et elle fut là elle aussi. Cette sensation chassa toute idée de résistance de sa tête. Quelque part, au loin, elle entendait Marty hoqueter...

« Ô Seigneur, disait-il, bébé... bébé. »

... mais il était dans un autre monde. Ils n'étaient pas ensemble, même en cet instant. Elle au cœur de son extase, lui au cœur de la sienne ; chacun courant sa propre course vers la plénitude des sens.

Un spasme plongea Marty dans une convulsion. Il ouvrit les yeux. Carys avait les mains collées au visage, les doigts écartés.

« Ça va, bébé ? » dit-il.

Lorsque ses yeux s'ouvrirent, il dut réprimer un cri. L'espace d'un instant, ce ne fut pas elle qui le regardait entre les doigts. C'était quelque chose surgi du fond des mers. Des yeux noirs tournoyant dans une tête grise. Une créature primitive qui le regardait — il le sut jusqu'à la moelle de ses os — avec de la haine aux tripes.

Cette hallucination ne dura que deux battements de cœur, mais ce fut suffisant pour que son regard parcoure le corps de Carys et remonte vers ses yeux maléfiques.

« Carys ? »

Puis ses paupières frissonnèrent et l'éventail de ses doigts se referma sur son visage. Pendant un instant de folie, il tiqua, attendant une révélation. Ses mains qui tombent loin de sa tête ; son visage transformé : une tête de poisson. Mais c'était elle, bien sûr, rien qu'elle. Elle était là à présent, qui lui souriait.

« Est-ce que ça va ? s'aventura-t-il.

— Qu'en penses-tu ?

— Je t'aime, bébé. »

Elle murmura quelque chose tout en s'écroulant sur lui. Ils restèrent étendus durant plusieurs minutes, son sexe s'amollissait dans un bain rafraîchissant de fluides mêlés.

« Tu ne vas pas avoir une crampe ? » lui demanda-t-il après un moment, mais elle ne répondit pas. Elle dormait.

Gentiment, il la fit glisser sur le côté, se retirant d'elle avec un bruit humide. Elle resta étendue sur le lit à côté de lui, le visage impassible. Il embrassa ses seins, lécha ses doigts et s'endormit à côté d'elle.

32

Mamoulian se sentait mal.

Ce n'était pas une proie facile, cette femme, en dépit de son emprise sentimentale sur son psychisme. Mais cette force aurait dû être prévisible. C'était l'engeance de Whitehead : chair de paysan, chair de voleur. Rusée et répugnante. Tout en ne sachant pas précisément ce qu'elle faisait, elle l'avait combattu avec cette sensualité qui était ce qu'il détestait le plus au monde.

Mais ses faiblesses — et elles étaient nombreuses — étaient exploitables. Il avait d'abord utilisé ses voyages à l'héroïne, accédant à son esprit durant les moments où elle était pacifiée jusqu'à l'indifférence. Ces voyages déformaient ses perceptions, ce qui avait rendu son invasion plus difficile à remarquer, et il avait pu observer la maison à travers ses yeux, écouter grâce à ses oreilles les conversations stupides de ses occupants, partager avec elle, en dépit de sa répugnance, l'odeur de leur eau de toilette et celle de leur flatulence. C'était l'espionne parfaite, vivant en plein cœur du camp ennemi. Et au fil des semaines, cela lui avait été de plus en plus facile de se glisser en elle et hors d'elle sans être remarqué. Et cela l'avait rendu insouciant.

C'était une preuve d'insouciance que d'avoir ainsi plongé en elle sans regarder; d'avoir investi sa tête sans avoir vérifié ce qu'elle faisait. Il n'avait même pas pensé qu'elle aurait pu se trouver en compagnie du garde du corps; et quand il s'était rendu compte de son erreur, il partageait déjà ses sensations — cette ridicule volupté —, et cela l'avait laissé tout tremblant. Il ne commettrait jamais plus une pareille erreur.

Il restait assis dans la chambre nue de la maison nue qu'il avait achetée pour lui-même et pour Breer, et s'efforçait d'oublier la turbulence dont il venait de faire l'expérience, l'expression dans les yeux de Strauss quand il avait regardé la fille. Ce gredin avait-il entr'aperçu le visage *derrière* son visage ? L'Européen pensait que oui.

Aucune importance ; aucun d'entre eux ne survivrait. Il n'y aurait pas que le vieil homme, comme il l'avait initialement prévu. Tous — ses acolytes, ses serfs, tous — se retrouveraient au pied du mur en compagnie de leur maître.

Le souvenir des assauts de Strauss s'attardait dans les entrailles de l'Européen ; il désespérait de pouvoir les évacuer. Cette sensation le plongeait dans la honte et le dégoût.

En bas, il entendit Breer rentrer ou sortir ; il allait commettre quelque nouvelle atrocité ou il venait d'en commettre une. Mamoulian se concentra sur le mur nu en face de lui, mais en dépit de tous ses efforts pour chasser le traumatisme, il ressentait toujours son intrusion : la tête éjaculante, la chaleur de l'acte.

« Oublie, dit-il à voix haute. Oublie ce feu brun qui naissait d'eux. Aucun risque pour toi. Ne vois que le néant : la promesse du vide. »

Ses entrailles le secouèrent. Devant ses yeux, la peinture du mur parut bouillonner. Des éruptions vénériennes vinrent défigurer le vide de sa surface. Une illusion, mais horriblement réelle à ses yeux. Très bien : s'il ne parvenait pas à déloger ces obscénités, il allait les transformer. Il n'était guère difficile de transmuter la sexualité en violence, de transformer les soupirs en hurlements, les caresses en convulsions. La grammaire était la même ; seule la ponctuation changeait. Quand il visualisa les deux amants en train de périr, il sentit sa nausée le fuir.

Face à ce vide, qu'était leur substance ? Transitoire. Leurs promesses ? Des faux-semblants.

Il se calma bientôt. Les blessures du mur avaient commencé à guérir, et il resta encore quelques minutes avec l'écho du néant qui lui était devenu si nécessaire. La vie ne faisait que passer pour s'en aller ensuite. Mais l'absence, il le savait, était éternelle.

33

« Au fait, il y a eu un coup de téléphone pour vous. De Bill Toy. Avant-hier. »

Marty leva les yeux de son steak pour regarder Pearl et fit la grimace.

« Pourquoi ne me l'avez-vous pas dit ? »

Elle avait l'air prise en faute.

« C'était le jour où je me suis mise en colère après tous ces envahisseurs. J'ai laissé un message pour vous...

— Je ne l'ai pas eu.

— ... sur le bloc près du téléphone. »

Le message était toujours là : « *Rappelez Toy* », suivi d'un numéro. Il le composa et attendit une bonne minute avant qu'on décroche le combiné à l'autre bout. Ce n'était pas Toy. La femme qui répéta le numéro avait une voix douce et égarée, lente comme si elle avait été prise de boisson.

« Pourrais-je parler à William Toy, s'il vous plaît ? demanda-t-il.

— Il est parti, répondit la femme.

— Oh. Je vois.

— Il ne reviendra plus. Plus jamais. »

La qualité de cette voix était glaçante. « Qui est-ce ? lui demanda-t-elle.

— Ça n'a pas d'importance », répondit Marty. Son instinct lui criait de ne pas donner son nom.

« Qui est-ce ? demanda-t-elle de nouveau.

— Excusez-moi de vous avoir dérangée.

— Qui est-ce ? »

Il reposa le combiné sans avoir satisfait la molle insistance à l'autre bout du fil. Ce ne fut qu'à ce moment-là qu'il se rendit compte que sa chemise était collée à sa peau par une sueur froide apparue soudain sur sa poitrine et sur son échine.

Dans le nid d'amour de Pimlico, Yvonne demanda : « Qui est-ce ? » dans le vide durant un peu plus d'une demi-heure avant de laisser retomber le combiné. Puis elle alla s'asseoir. Le canapé était trempé : de larges taches poisseuses à l'endroit où elle s'asseyait toujours. Elle pensait en être à l'origine, mais elle ne parvenait pas à savoir exactement pourquoi ni comment. Et elle ne pouvait pas davantage expliquer la présence des mouches qui s'agglutinaient autour d'elle, dans ses cheveux, dans ses vêtements, bourdonnant sans cesse.

« Qui est-ce ? » demanda-t-elle à nouveau. Cette question demeurait parfaitement pertinente, bien qu'elle ne l'adressât plus à l'inconnu au bout du fil. La peau qui pourrissait sur ses mains, le sang qu'elle laissait dans la baignoire chaque fois qu'elle en sortait, la vision d'horreur que lui renvoyait le miroir, tout cela lui inspirait cette même question hypnotique : « *Qui est-ce ?* »

« Qui est-ce ? Qui est-ce ? Qui est-ce ? »

VI

L'Arbre

34

Breer détestait la maison. Elle était froide et les indigènes de cette partie de la ville étaient inhospitaliers. On le regardait avec suspicion dès qu'il apparaissait devant la porte d'entrée. Cela se comprenait en partie, il devait bien l'admettre. Ces dernières semaines, une certaine odeur s'était mise à flotter autour de lui ; une senteur sirupeuse et malsaine qui le rendait presque honteux de s'approcher des jeunes beautés qu'il apercevait derrière les grilles de l'école, de peur qu'elles ne se bouchent le nez en émettant des bruits dégoûtés et ne s'enfuient en le traitant de tous les noms. Quand elles faisaient cela, il avait envie de mourir.

Bien qu'il n'y eût pas de chauffage dans la maison et qu'il fût obligé de se baigner dans de l'eau froide, il se lavait cependant de la tête aux pieds au moins trois fois par jour, dans l'espoir de déloger cette odeur. Quand cela ne suffisait pas, il achetait des parfums — en particulier du bois de santal — et en arrosait son corps après chaque ablution. Les commentaires qu'on lui adressait à présent ne faisaient pas référence à ses excréments mais à sa vie sexuelle. Il subissait l'assaut de leurs remarques avec indifférence.

Néanmoins, un ressentiment maussade sourdait en lui. Et pas seulement à cause du traitement qu'on lui infligeait dans le quartier. L'Européen, après une cour initiale qui avait été au moins polie, le traitait de plus en plus avec mépris : comme un laquais plutôt que comme un allié. Cela l'irritait, la façon dont on l'envoyait fouiller tel ou tel endroit à la recherche de Toy — on lui demandait de passer toute la ville au crible pour retrouver un vieillard flétri que Breer avait aperçu pour la dernière fois en train d'escalader un mur entièrement nu, ses fesses maigrichonnes blanchies par le clair de lune. L'Européen perdait tout sens de la mesure. Quels que soient les crimes que ce Toy avait commis contre Mamoulian, ils ne pouvaient pas être bien graves, et Breer se sentait déjà épuisé à l'idée de passer une nouvelle journée à errer dans les rues à sa recherche.

En dépit de cette fatigue, sa capacité de sommeil semblait l'avoir déserté presque totalement. Rien, pas même l'épuisement qui lui engourdissait les nerfs, ne pouvait contraindre son corps à se détendre pendant plus de quelques minutes de somnolence agitée, et même durant ces moments-là, son esprit faisait de tels rêves, des rêves si horribles, qu'on ne pouvait guère qualifier son sommeil de reposant. Le seul confort qui lui restait était celui que lui apportaient ses beautés.

Un des rares avantages de la maison était sa cave — un petit espace froid et sec qu'il avait entrepris de débarrasser des débris laissés là par les précédents propriétaires. C'était un travail de longue haleine, mais il arrivait peu à peu à aménager l'endroit selon ses désirs, et bien qu'il n'eût jamais apprécié les lieux clos, il y avait quelque chose dans ces ténèbres, et dans l'impression qu'il avait de se trouver *sous terre,* qui répondait à un besoin que son esprit ne parvenait pas à formuler. Bientôt, il aurait tout nettoyé. Il disposerait ensuite des guirlandes de papier crépon sur les murs et des vases pleins de fleurs sur le sol. Une table peut-être, avec une nappe sentant bon la violette ; des fauteuils confortables pour ses invités. Alors il pourrait commencer à recevoir ses petits amis d'une façon à laquelle il espérait qu'ils finiraient par s'habituer.

Tous ces aménagements auraient pu être effectués beaucoup plus vite s'il n'avait pas été constamment interrompu par les recherches infructueuses que l'Européen exigeait de lui. Mais cette période de servitude, avait-il décidé, allait bientôt prendre fin. Aujourd'hui, il dirait à Mamoulian que ni le chantage ni les menaces ne pourraient le forcer à jouer encore à ce jeu. Il le menacerait de le quitter si les choses devaient en arriver là. Il irait vers le nord. Il y avait dans le Nord des endroits où le soleil ne se levait pas durant cinq mois de l'année — il l'avait lu quelque part — et cela lui paraissait idéal. Pas de soleil ; et des cavernes profondes dans lesquelles il pourrait vivre, des gouffres où même le clair de lune ne pouvait s'égarer. Le moment était venu pour lui de poser ses cartes sur la table.

Si l'atmosphère était froide dans la maison, elle l'était encore davantage dans la chambre de Mamoulian. L'Européen semblait exhaler un souffle aussi glacé que celui de la tombe.

Breer restait immobile sur le seuil. Il n'était entré qu'une seule fois dans cette pièce et elle le remplissait d'angoisse. Elle était trop nue. L'Européen avait demandé à Breer de clouer des planches sur les fenêtres, et il avait obéi. A présent, éclairée par la seule lumière d'une mèche qui brûlait dans une coupe d'huile posée sur le sol, la chambre paraissait grise et sinistre ; tout ce qui se trouvait à l'intérieur semblait vide de substance, même l'Européen. Il était assis dans le fauteuil de bois sombre qui était le seul meuble de la pièce et regardait Breer avec des yeux si vitreux qu'on l'aurait cru aveugle.

« Je ne t'ai pas demandé de monter ici, dit Mamoulian.

— Je voulais... vous parler.

— Alors, ferme la porte. »

En dépit de ses appréhensions, Breer s'exécuta. Le loquet cliqueta dans son dos ; la chambre était à présent centrée sur la flamme solitaire et sur la lumière chiche qu'elle dispensait. Breer regarda mollement autour de la chambre en quête d'un endroit où s'asseoir ou sur lequel s'appuyer. Mais il n'y avait aucun confort dans cette pièce : son austérité aurait fait honte à un ascète. Rien que quelques couvertures sur le plancher nu dans un coin, là où dormait le grand homme ; quelques livres posés contre le mur, un paquet de cartes, une carafe d'eau et une tasse ; pas grand-chose d'autre. A l'exception du rosaire accroché à un clou, les murs étaient nus.

« Que veux-tu, Anthony ? »

L'unique pensée de Breer était : je hais cette pièce.

« Dis ce que tu as à dire.

— Je veux partir...

— Partir ?

— Loin. Les mouches m'ennuient. Il y a tant de mouches.

— Pas plus que durant un mois de mai ordinaire. Il fait peut-être un peu plus chaud que d'habitude. Tous les signes sont là pour nous annoncer que l'été sera torride. »

L'idée de la chaleur et de la lumière rendait Breer malade. Et c'était un autre de ses problèmes : la violence avec laquelle son estomac se révoltait s'il tentait d'y faire entrer la moindre nourriture. L'Européen lui avait promis un nouveau monde — la santé, la richesse et le bonheur — mais il souffrait les tourments des damnés. Tout n'était que mensonge : mensonge.

« Pourquoi ne m'avez-vous pas laissé mourir ? demanda-t-il sans réfléchir à ce qu'il disait.

— J'ai besoin de toi.

— Mais je me sens malade.

— Mon œuvre sera bientôt accomplie. »

Breer regarda Mamoulian droit dans les yeux, un acte qu'il ne trouvait que rarement le courage d'accomplir. Mais le désespoir était un aiguillon dans son dos.

« Vous voulez dire : retrouver Toy ? Nous ne le retrouverons pas. C'est impossible.

— Oh si, nous le retrouverons, Anthony. J'insiste là-dessus. »

Breer soupira. « Je souhaiterais être mort.

— Ne dis pas cela. Tu as toute la liberté que tu désires, n'est-ce pas ? Tu ne ressens plus aucune honte ?

— Non...

— La plupart des gens seraient heureux de souffrir quelques inconforts mineurs comme les tiens pour être exempts de honte, Anthony : pouvoir donner de la chair au désir de leur cœur et ne jamais avoir à le regretter. Repose-toi aujourd'hui. Demain, nous serons fort occupés, toi et moi.

— Pourquoi ?

— Nous allons rendre visite à Mr Whitehead. »

Mamoulian lui avait parlé de Whitehead, de la maison et des chiens. Les dommages qu'ils avaient infligés à l'Européen étaient encore visibles. Bien que sa main meurtrie eût vite guéri, les tissus étaient irrémédiablement atteints. Un doigt et la moitié d'un autre disparus, d'horribles cicatrices lui labourant le visage et les mains, un pouce qui refusait de bouger correctement : son aisance avec les cartes s'en trouvait amoindrie de façon permanente. C'était un long et triste récit qu'il avait fait à Breer le jour où il était revenu, encore ensanglanté, de sa rencontre avec les chiens. Un récit plein de promesses trahies et de confiance déçue ; d'atrocités commises contre l'amitié. L'Européen avait pleuré sans retenue en le racontant et Breer avait eu un aperçu de la profondeur de sa peine. Tous deux étaient des hommes que l'on méprisait, on conspirait contre eux et on leur crachait dessus. Quand il se rappela la confession de l'Européen, l'impression de profonde injustice que Breer avait alors éprouvée se réveilla en lui. Et lui, lui qui devait tant à l'Européen — sa vie, sa raison —, voilà qu'il projetait de tourner le dos à son Sauveur. Le Mangeur de Rasoirs se sentit envahi par la honte.

« Je vous en prie », dit-il, impatient de se faire pardonner ses reproches mesquins. « Laissez-moi aller tuer cet homme pour vous.

— Non, Anthony.

— Je peux le faire, insista Breer, je n'ai pas peur des chiens. Je ne ressens pas la douleur ; plus maintenant, plus depuis que vous êtes revenu. Je peux le tuer dans son lit.

— Je suis sûr que tu en serais capable. Et j'aurai certainement besoin de toi, pour tenir les chiens à l'écart.

— Je les réduirai en pièces. »

Mamoulian eut l'air profondément heureux.

« Fais-le donc, Anthony. Je déteste cette engeance. Je l'ai toujours détestée. Tu t'occuperas d'eux pendant que j'irai dire un mot à Joseph.

— Pourquoi se soucier de lui ? Il est si vieux.

— Moi aussi, répondit Mamoulian. Bien plus vieux que je ne le parais, crois-moi. Mais un marché est un marché.

— C'est difficile, dit Breer, les yeux pleins de larmes.

— Quoi donc ?

— D'être le dernier.

— Oh oui.

— D'être contraint à tout faire correctement ; pour que l'on se souvienne de la tribu... »

La voix de Breer se brisa. Toutes les gloires qu'il n'avait pas connues, lui qui n'était pas né lors d'une « grande époque ». A quoi donc avait pu ressembler cette ère de rêve, durant laquelle les Mangeurs de Rasoirs, les Européens et toutes les autres tribus avaient tenu le monde dans leurs mains ? Il n'y aurait plus jamais d'époque comme celle-là, Mamoulian le lui avait dit.

« On ne t'oubliera pas, promit l'Européen.

— Je crois que si. »

L'Européen se leva. Il paraissait plus grand que dans les souvenirs de Breer et plus sombre.

« Aie un peu de foi, Anthony. Tant de grandes choses nous attendent. »

Breer sentit un contact sur sa nuque. On aurait dit qu'un papillon s'était posé là et lui frottait la peau de ses antennes velues. Sa tête s'était mise à bourdonner, comme si les mouches qui le tourmentaient avaient pondu leurs œufs dans ses oreilles, des œufs qui se mettaient à présent à éclore. Il secoua la tête pour essayer de chasser cette sensation.

« Tout va bien », entendit-il l'Européen dire au milieu du vrombissement de leurs ailes. « Reste calme.

— Je ne me sens pas bien », protesta faiblement Breer, espérant que sa débilité apitoierait Mamoulian.

La chambre se dissociait autour de lui, les murs se séparaient du plancher et du plafond, les six parois de cette boîte grise s'éloignaient les unes des autres pour laisser pénétrer toutes sortes de néants. Tout s'était évanoui dans la brume : le fauteuil, les couvertures, même Mamoulian.

« Tant de grandes choses nous attendent », entendit-il Mamoulian répéter, ou bien n'était-ce qu'un écho, revenant à lui depuis quelque falaise incommensurablement lointaine ? Breer était terrifié. Bien qu'il ne pût même plus voir son bras tendu, il savait que cet endroit s'étendait à l'infini dans tous les sens et qu'il était perdu en son sein. Ses larmes se firent plus abondantes. Son nez se mit à couler, ses tripes se nouèrent.

Alors qu'il se croyait sur le point de hurler ou de perdre l'esprit, l'Européen surgit du néant en face de lui, et dans l'éclair qui traversa sa conscience éclipsée, Breer découvrit l'homme transfiguré. Devant lui se trouvait la source de toutes les mouches, de tous les étés torrides et de tous les hivers assassins, de tous les deuils, de toutes les terreurs, qui flottait devant lui plus nue qu'un homme n'avait le droit de l'être, nue au point de ne plus exister. Et Mamoulian tendit sa main valide vers Breer. Dans sa paume se trouvaient des dés en os, sur les faces desquels étaient gravés des visages que Breer faillit reconnaître, et le Dernier Européen s'accroupissait à présent, et il jetait les dés, il jetait les visages dans le vide, tandis que, non loin de là, une créature dont la tête était de flammes sanglotait, sanglotait tant et si bien qu'il semblait qu'ils allaient tous se noyer dans ses larmes.

35

Whitehead prit le verre plein de vodka, ainsi que la bouteille, et descendit au sauna. C'était devenu son refuge préféré durant ces semaines de crise. A présent, bien que le danger fût loin d'être écarté, il avait perdu de vue l'état de son empire. Plusieurs secteurs importants des opérations de la Corporation en Europe et en Extrême-Orient avaient été vendus afin de limiter leurs pertes ; on avait fait appel à des administrateurs judiciaires pour s'occuper d'une ou deux filiales moins importantes ; on prévoyait des suppressions d'emplois en masse dans certaines usines chimiques d'Allemagne et de Scandinavie : des tentatives désespérées pour prévenir la faillite ou la vente forcée. Mais Joe avait d'autres soucis en tête. On pouvait reconquérir des empires, mais pas la vie ni la raison. Il avait renvoyé les financiers et les technocrates du gouvernement ; il les avait renvoyés à leurs banques et à leurs bureaux de Whitehall aux murs couverts d'études de marché. Ils ne pouvaient rien lui dire qu'il eût souhaité entendre. Aucun graphique, aucune projection informatique, aucune prédiction ne l'intéressait. Durant les cinq semaines qui s'étaient écoulées depuis le début de la crise, il ne pouvait se rappeler qu'une seule conversation intéressante : celle qu'il avait eue avec Strauss.

Il appréciait Strauss. Bien plus, il faisait *confiance* à Strauss, et ce produit était encore plus rare que l'uranium dans les souks où

Joe avait l'habitude de marchander. L'instinct de Toy s'était révélé fiable quand il avait jugé Strauss ; Bill était un homme qui savait renifler l'intégrité chez les autres. Parfois, en particulier lorsque la vodka l'emplissait de sentimentalité et de remords, il regrettait amèrement l'absence de Toy. Mais du diable s'il se mettait à pleurer : cela n'avait jamais été son style et il n'allait pas commencer maintenant. Il se servit un nouveau verre de vodka et le leva.

« A la Chute », dit-il, et il but.

Il exsudait en abondance dans le hammam aux carreaux blancs et, assis sur le bat-flanc dans la lumière tamisée, gonflé et rouge, il avait l'impression d'être une plante grasse. Il jouissait de la sensation de la sueur coulant dans les plis de son corps, au creux de ses aisselles et de son bas-ventre ; des stimuli purement physiques qui venaient le distraire de ses sombres pensées.

Peut-être l'Européen ne viendrait-il pas, après tout. Prions Dieu.

Quelque part dans la maison obscure, une porte s'ouvrit et se referma, mais l'alcool et la vapeur l'avaient détaché de ce qui se passait ailleurs. Le sauna était une autre planète ; la sienne, et la sienne seule. Il posa le verre vide sur le carrelage et ferma les yeux, espérant le sommeil.

Breer se dirigea vers le portail. Un bourdonnement électrique s'en dégageait, ainsi que l'odeur âcre de l'énergie dans l'air.

« Tu es fort, dit l'Européen. C'est ce que tu m'as dit. Ouvre ce portail. »

Breer posa une main sur le fil. Ses vantardises n'avaient fait que refléter la vérité : il ne sentait que la plus infime des vibrations. Il ne perçut qu'une odeur de viande grillée et le staccato de ses dents en train de claquer quand il commença à mettre la grille en pièces. Il était plus fort qu'il ne se l'était imaginé. Il n'y avait aucune crainte en lui, et cette absence lui conférait la puissance d'un Hercule. Les chiens s'étaient mis à aboyer le long du mur d'enceinte, mais il se contenta de penser : « Qu'ils viennent ». Il n'allait pas mourir. Peut-être n'allait-il *jamais* mourir.

Riant comme un dément, il déchira le portail ; le bourdonnement s'interrompit quand le circuit fut brisé. L'air était baigné de fumée bleue.

« Bien », dit l'Européen.

Breer essaya de lâcher le morceau de grille qu'il tenait, mais une partie avait fondu avec sa main. Il dut l'arracher avec son autre main. Il regarda avec incrédulité sa chair calcinée. Elle était noircie et il s'en dégageait une odeur appétissante. Bientôt, il allait sûrement avoir un peu mal. Nul homme — même pas un homme comme lui, exempt de honte et investi d'une force sublime — ne pouvait recevoir une telle blessure sans souffrir. Pourtant il n'y avait aucune sensation.

Soudain — surgi des ténèbres — un chien.

Mamoulian recula brusquement, secoué par la terreur, mais c'était Breer qui était sa cible. A quelques pas de lui, le chien bondit et sa masse vint frapper Breer en pleine poitrine. L'impact le fit choir sur le dos et le chien fut soudain au-dessus de lui, les mâchoires prêtes à se refermer sur sa gorge. Breer était armé d'un couteau de cuisine, mais il parut se désintéresser de cette arme, pourtant à portée de main. Son visage gras se fendit d'un large sourire quand le chien fit un petit saut pour atteindre sa gorge. Breer s'empara tout simplement de la mâchoire inférieure du molosse. L'animal referma aussitôt la gueule, emprisonnant la main de Breer. Il se rendit compte presque aussitôt de son erreur. Breer tendit sa main libre vers la nuque du chien, agrippa une poignée de fourrure et de muscles, et tira la tête et le cou de l'animal dans des directions opposées. Il y eut un bruit grinçant. Le chien rugit, sans lâcher la main de son bourreau, alors même que le sang jaillissait entre ses crocs serrés. Breer fit subir à l'animal une nouvelle torsion mortelle. Ses yeux devinrent vitreux et ses pattes se raidirent. Il s'effondra sur la poitrine de Breer, mort.

D'autres chiens aboyaient au loin, répondant au cri d'agonie qu'ils venaient d'entendre. L'Européen regarda avec nervosité des deux côtés le long du mur.

« Relève-toi ! Vite ! »

Breer dégagea sa main des mâchoires du chien et jeta sa dépouille d'un geste dédaigneux. Il riait toujours.

« Facile, dit-il.

— Il y en a d'autres.

— Amenez-moi à eux.

— Peut-être trop nombreux pour que tu les affrontes tous en même temps.

— Était-ce lui ? » demanda Breer, retournant le chien d'un coup de pied afin que l'Européen pût mieux le voir.

« Lui ?

— Celui qui vous a arraché le doigt ?

— Je ne sais pas », répondit l'Européen, évitant de regarder le visage ensanglanté de Breer qui lui souriait, les yeux brillants comme ceux d'un adolescent éperdu d'amour.

« Le chenil ? suggéra-t-il. Achève-les là-bas.

— Pourquoi ? »

L'Européen s'éloigna du mur d'enceinte pour se diriger vers le chenil. Grâce à Carys, le plan du Sanctuaire lui était aussi familier que la paume de sa main. Breer restait près de lui, puant déjà le sang, le pas inhabituellement léger. Il s'était rarement senti aussi vivant.

La vie était belle, n'est-ce pas ? Si belle.

Les chiens aboyaient.

Dans sa chambre, Carys enfouit sa tête sous l'oreiller pour faire taire leur vacarme. Demain, elle rassemblerait son courage pour aller dire à Lillian qu'elle n'appréciait pas d'être réveillée en pleine nuit par ses chiens hystériques. Si elle devait jamais retrouver la santé, il lui faudrait commencer par réapprendre les rythmes d'une vie normale. Cela signifiait vaquer à ses occupations tandis que le soleil brillait et dormir une fois la nuit venue.

Alors qu'elle se tournait à la recherche d'une portion du lit qui fût encore fraîche, une image fit irruption dans sa tête. Elle avait disparu avant que Carys eût pu l'appréhender tout à fait, mais elle en saisit suffisamment pour se réveiller en sursaut. Elle vit un homme — sans visage mais familier — en train de traverser la pelouse. Sur ses talons, une marée d'immondices. Cette marée rampait derrière lui, aveuglée par l'adoration, ses vagues sifflant comme des serpents. Elle n'eut pas le temps de voir ce qu'abritaient ces vagues, et peut-être était-ce une bonne chose.

Elle se retourna une troisième fois et se força à oublier ces stupidités.

Curieusement, les chiens avaient cessé d'aboyer.

Après tout, que pouvait-il faire de pire, que pouvait-il faire de *pire* ? Whitehead s'était posé cette question tant de fois qu'elle lui était devenue aussi familière qu'un vieux manteau. Les tortures physiques qu'il était capable de lui infliger n'avaient pas de limites, bien sûr. Parfois, dans l'étreinte moite de la sueur de trois heures du matin, il lui arrivait de s'estimer digne de toutes ces tortures — si un homme pouvait mourir une douzaine, deux douzaines de fois —, car les crimes de puissance qu'il avait commis ne s'expiaient pas facilement. Les choses — ô Dieu du ciel —, les choses qu'il avait faites.

Mais, bon sang ! qui n'aurait aucun crime à confesser quand son heure viendrait ? Qui donc n'avait jamais agi poussé par l'avarice ou par l'envie ; qui n'avait jamais tenté de saisir le pouvoir et qui, l'ayant saisi, n'avait pas choisi d'exercer une autorité absolue plutôt que d'y renoncer ? Il ne pouvait pas être tenu pour responsable de tout ce que la Corporation avait fait. Si, une fois tous les dix ans, une préparation médicale qui produisait des fœtus déformés se glissait sur le marché, était-il à blâmer parce qu'il en avait retiré du profit ? Ce genre de comptabilité morale était réservée aux auteurs de romans revanchards : elle n'avait pas sa place dans le monde réel, là où la majorité des crimes n'étaient punis que par la richesse et l'influence ; là où les humbles ne manifestaient que rarement le désir qu'on cesse de les piétiner, et là où on les écrasait s'ils osaient le faire ; là où un homme ne pouvait qu'espérer une parcelle de plaisir une fois qu'il s'était hissé, par la ruse, par la duplicité et par la violence, à la hauteur de ses ambitions. C'était cela, la réalité, et l'Européen était aussi rompu à ses ironies que *lui.* Mamoulian ne lui avait-il pas fait découvrir tout ce qu'il était ? Comment l'Européen pouvait-il se retourner contre son élève et le punir d'avoir trop bien appris ses leçons ?

« Je mourrai probablement dans un lit bien chaud, pensa Whitehead, avec des rideaux ouverts sur un ciel de printemps, et entouré d'admirateurs. Il n'y a rien à craindre, dit-il à haute voix. » Les volutes de vapeur tournoyaient. Les carreaux, disposés avec une précision obsessionnelle, transpiraient de concert avec lui ; mais leur sueur était froide là où la sienne était chaude.

Rien à craindre.

36

Depuis la porte du chenil, Mamoulian observait Breer à l'œuvre. C'était un massacre efficace cette fois, pas l'épreuve de force qu'il avait eue avec le chien près du portail. L'obèse se contentait d'ouvrir une par une les cages et les gorges des chiens, utilisant son couteau à longue lame. Coincés dans leurs cellules, les chiens étaient des proies faciles. Ils ne pouvaient que tourner en rond, lançant des glapissements désespérés et vains en direction de leur assassin, sachant confusément que la bataille était perdue avant même d'avoir été engagée. Ils déféquaient en s'effondrant, leurs cous et leurs flancs tailladés et dégoulinant de sang, leurs yeux bruns levés vers Breer comme des yeux d'icônes. Il tua aussi les chiots, les arracha des tétons de leur mère pour écraser leurs têtes entre ses doigts. Bella résista avec plus de violence que les autres chiens, résolue à infliger le maximum de dommages à l'assassin avant d'être tuée à son tour. Il lui retourna le compliment, mutilant son corps après l'avoir réduite au silence ;

des blessures en échange de celles qu'elle lui avait faites. Lorsque les clameurs se furent tues et que les seuls mouvements dans les cages furent les spasmes de leurs pattes et le jaillissement d'urine de leurs vessies, Breer estima qu'il en avait fini. Ils se dirigèrent ensemble vers la maison.

Il y avait deux autres chiens près d'elle ; les derniers. Le Mangeur de Rasoirs les élimina en vitesse. A présent, il ressemblait davantage à un employé des abattoirs qu'à un ex-bibliothécaire. L'Européen le remercia. Cela avait été plus facile qu'il ne l'aurait cru.

« J'ai à faire dans la maison maintenant, dit-il à Breer.

— Voulez-vous que je vienne ?

— Non. Mais tu peux m'ouvrir la porte, si tu veux. »

Breer se dirigea vers la porte de service et brisa une vitre, puis tendit une main à l'intérieur et ouvrit le verrou, avant de laisser Mamoulian pénétrer dans la cuisine.

« Merci. Attends-moi ici. »

L'Européen disparut dans l'obscurité bleutée qui régnait à l'intérieur. Breer le regarda s'éloigner, et une fois que son maître fut hors de vue, il pénétra dans le Sanctuaire à sa suite, le visage décoré par des guirlandes de sang et de sourires.

Bien que le rideau de vapeur étouffât les bruits, Whitehead avait l'impression que quelqu'un se déplaçait à l'intérieur de la maison. Strauss, probablement : l'homme était devenu agité ces derniers temps. Whitehead laissa ses yeux se refermer lentement.

Quelque part près de lui, il entendit une porte s'ouvrir et se refermer, la porte de l'antichambre qui conduisait au sauna. Il se leva et scruta l'obscurité.

« Marty ? »

Il n'y eut aucune réponse, ni de Marty ni de quelqu'un d'autre. La certitude d'avoir entendu une porte s'évanouit. Il n'était pas toujours facile d'apprécier ce que l'on entendait ici. Ni ce que l'on voyait. La vapeur s'était considérablement épaissie ; il n'arrivait plus à voir le mur de l'autre côté de la pièce.

« Il y a quelqu'un ? » demanda-t-il.

La vapeur formait un mur gris et mort devant ses yeux. Il se maudit de l'avoir laissé devenir aussi épaisse.

« Martin ? » dit-il à nouveau. Bien que ni sa vue ni son ouïe ne lui apportent des indices pour confirmer ses soupçons, il savait qu'il n'était pas seul. Il y avait quelqu'un très près de lui, quelqu'un qui ne lui répondait pas. Quand il parla de nouveau, il tendit une main, centimètre par centimètre, vers la serviette posée sur les carreaux à côté de lui. Ses doigts en fouillèrent les plis tandis que ses yeux restaient fixés sur la muraille de vapeur ; dans la serviette se trouvait un revolver. Ses doigts le localisèrent.

Plus doucement cette fois-ci, il s'adressa au visiteur invisible. Le revolver lui donnait confiance.

« Je sais que vous êtes là. Montrez-vous, espèce de salaud. Je refuse d'être terrorisé. »

Quelque chose bougea dans la vapeur. Whitehead entendait le rythme binaire de son cœur dans ses oreilles. Qui que ce fût (*faites que ce ne soit pas lui, ô Seigneur, faites que ce ne soit pas lui*), il était prêt. Et puis, sans prévenir, la brume s'écarta, anéantie par un froid soudain. Le vieil homme leva son revolver. Si c'était Marty là-bas, qui s'amusait à ses dépens, il allait le regretter. La main qui tenait l'arme s'était mise à trembler.

Et il y eut enfin une silhouette en face de lui. Elle était toujours indéchiffrable dans cette brume. Du moins le resta-t-elle jusqu'à ce qu'une voix qu'il avait entendue une centaine de fois au cours des rêves que lui apportait la vodka dît :

« *Pèlerin.* »

La brume se rétracta. L'Européen était là, debout en face de lui. Son visage reflétait à peine les dix-sept années qui s'étaient écoulées depuis leur dernière rencontre. Le front haut, les yeux si enfoncés dans leurs orbites qu'ils luisaient comme de l'eau au fond d'un puits. Il avait si peu changé, comme si le temps — par respect et par crainte — était passé à côté de lui.

« Assieds-toi », dit-il.

Whitehead ne bougea pas ; le revolver était toujours braqué sur l'Européen.

« Je t'en prie, Joseph. Assieds-toi. »

Valait-il mieux qu'il s'assoie ? Pourrait-il éviter les coups mortels en feignant l'obéissance ? Ou était-ce pur mélodrame que de supposer que cet homme pourrait en venir aux mains ? Dans quel rêve ai-je vécu, se morigéna Whitehead, pour croire qu'il viendrait ici afin de me blesser, de me faire souffrir ?

Il s'assit. Il était conscient de sa nudité mais ne s'en souciait guère. Mamoulian ne voyait pas sa chair ; son regard allait plus loin que la graisse et les os. Whitehead sentait son œil en lui à présent ; il venait lui caresser le cœur. Comment aurait-il pu expliquer sinon son soulagement en voyant enfin l'Européen ?

« Cela fait si longtemps... » — ce fut tout ce qu'il put dire : une banalité consternante. Avait-il la voix d'un amant plein d'espoir, avide de réconciliation ? Peut-être n'était-ce pas si éloigné de la vérité. Le caractère singulier de leur haine réciproque avait toute la pureté de l'amour.

L'Européen l'étudia.

« Pèlerin », murmura-t-il avec reproche en regardant l'arme, « ce n'est pas nécessaire. Ni utile. »

Whitehead sourit et reposa l'arme près de lui à côté de la serviette.

« J'avais peur de ta venue, dit-il en guise d'explication. C'est pour cela que j'ai acheté les chiens. Tu sais à quel point je déteste les chiens. Mais je savais que tu les détestais encore plus. »

Mamoulian porta un doigt à ses lèvres pour enjoindre à Whitehead de se taire.

« Je pardonne les chiens », dit-il.

Qui pardonnait-il : les animaux ou l'homme qui les avait utilisés contre lui ?

« Pourquoi a-t-il fallu que tu reviennes ? dit Whitehead. Tu devais bien savoir que tu ne serais pas le bienvenu.

— Tu sais pourquoi je suis venu.

— Non. Vraiment. Je n'en sais rien.

— Joseph, soupira Mamoulian. Ne me traite pas comme un de tes politiciens. Je ne suis pas de ceux qu'on paie avec des promesses puis que l'on chasse une fois la fortune venue. Tu ne peux pas me traiter ainsi.

— Je ne l'ai jamais fait.

— Pas de mensonges, je t'en prie. Pas maintenant. Pas alors qu'il nous reste si peu de temps. Cette fois-ci, cette *dernière* fois, soyons honnêtes l'un avec l'autre. Ouvrons notre cœur. Il n'y aura plus d'autre occasion de le faire.

— Pourquoi ? Pourquoi ne pouvons-nous pas recommencer ?

— Nous sommes vieux. Et fatigués.

— Pas moi.

— Pourquoi alors n'as-tu pas lutté pour sauver ton empire, sinon à cause de la fatigue ?

— C'était ton œuvre ? » demanda Whitehead, déjà certain de la réponse.

Mamoulian hocha la tête.

« Tu n'es pas le seul homme que j'aie aidé à atteindre la fortune. J'ai des amis fort haut placés ; tous, comme toi, des élèves de la Providence. Ils pourraient vendre et acheter la moitié du monde si je le leur demandais ; ils me doivent bien ça. Mais aucun d'entre eux n'était tout à fait comme toi, Joseph. Tu étais le plus affamé, et le plus capable. Il n'y a qu'avec toi que j'aie vu une chance de...

— Continue, le pressa Whitehead, une chance de quoi ?
— De salut », répondit Mamoulian, puis il écarta cette pensée d'un rire. « Imagine », dit-il doucement.
Whitehead n'avait jamais pensé que les choses se dérouleraient ainsi : une conversation feutrée dans une pièce carrelée de blanc, deux vieillards échangeant leurs chagrins. Retournant leurs souvenirs comme ils auraient retourné des pierres et observant la vermine en train de s'égailler. C'était tellement plus paisible et tellement plus douloureux. Rien ne l'affectait comme la perte.
« J'ai commis des erreurs, dit-il, et j'en suis sincèrement désolé.
— Dis-moi la vérité, gronda Mamoulian.
— C'est la vérité, bon sang. Je suis désolé. Que veux-tu de plus ? Des terres ? Des usines ? Que veux-tu ?
— Tu m'étonnes, Joseph. Même maintenant, réduit à la dernière extrémité, tu essaies de passer un marché. Quelle perte tu représentes. Quelle terrible perte. J'aurais pu faire de toi un grand homme.
— Je *suis* un grand homme.
— Tu sais bien que non, pèlerin, dit-il gentiment. Que serais-tu devenu sans moi ? Avec ta langue bien pendue et tes beaux costumes. Un acteur ? Un vendeur de voitures ? *Un voleur ?* »
Whitehead tiqua, et pas seulement à cause de cette insulte. La vapeur était devenue mouvante derrière Mamoulian, comme si des fantômes s'étaient mis à la peupler.
« Tu n'étais rien. Aie au moins la bonne grâce de l'admettre.
— J'ai parié avec toi, fit remarquer Whitehead.
— Oh, oui, dit Mamoulian. Tu avais de l'appétit, je te l'accorde. Tu avais de ça en abondance.
— Tu avais besoin de moi », rétorqua Whitehead.
L'Européen l'avait blessé ; à présent, en dépit de toute raison, il voulait le blesser en retour. C'était *son* univers, après tout. L'Européen était un intrus ici ; sans arme, sans aide. Et il avait exigé qu'on lui dît la vérité. Eh bien, il allait l'entendre, fantômes ou pas fantômes.
« Pourquoi aurais-je eu besoin de toi ? » demanda Mamoulian. Il y eut soudain du mépris dans sa voix. « Qu'est-ce que tu vaux ? »
Whitehead attendit un moment avant de répondre ; puis les mots s'écoulèrent de lui sans qu'il se souciât de leurs conséquences.
« Pour vivre à ta place, parce que tu étais trop exsangue pour

le faire toi-même ! C'est pour ça que tu m'as choisi. Pour goûter à tout à travers moi. Les femmes, le pouvoir : tout.

— Non...

— Tu as l'air malade, Mamoulian. »

Il appelait l'Européen par son nom. Vous avez vu ? Bon Dieu, que c'était facile. Il appelait ce salaud par son nom et il ne tournait pas la tête quand ses yeux se mettaient à luire, parce que c'était la *vérité* qu'il disait là, n'est-ce pas ? Ils le savaient bien tous les deux. Mamoulian était pâle, presque décoloré. Vidé de toute volonté de vivre. Soudain, Whitehead commença à croire qu'il pourrait sortir vainqueur de cette confrontation s'il se montrait rusé.

« Ne tente pas de lutter, dit Mamoulian. J'aurai ce qui m'est dû.

— C'est-à-dire ?

— Toi. Ta mort. Ton *âme,* à défaut d'un autre mot.

— Tu as déjà pris tout ce que je te devais, et bien plus que cela, il y a des années.

— Ce n'était pas le marché que nous avions passé, pèlerin.

— Nous passons tous des marchés pour changer ensuite les règles.

— Ce n'est pas jouer le jeu que d'agir ainsi.

— Il n'y a qu'*un* jeu. C'est toi qui me l'as appris. Tant que je gagne à ce jeu... le reste n'a aucune importance.

— J'aurai ce qui est mien », dit Mamoulian avec une détermination tranquille. « C'est un fait acquis d'avance.

— Pourquoi ne pas tout simplement me tuer ?

— Tu me connais, Joseph. Je veux finir les choses proprement. Je vais te laisser quelque temps pour organiser tes affaires. Pour clore les registres, effacer les ardoises, rendre tes terres à ceux auxquels tu les as volées.

— Je ne t'aurais jamais cru communiste.

— Je ne suis pas ici pour parler politique. Je suis venu t'exposer mes projets. »

« Ainsi, pensa Whitehead, la date de l'exécution est reportée. » Il chassa toute idée d'évasion de son esprit, de peur que l'Européen ne la reniflât. Mamoulian avait plongé une main dans la poche intérieure de sa veste. La main mutilée lui tendit une grande enveloppe pliée en deux.

« Tu disposeras de tes valeurs selon les directives écrites ici.

— Au profit de tes amis, bien sûr.

— Je n'ai pas d'amis.

— Cela me convient, dit Whitehead avec un haussement d'épaules. Je suis heureux d'être débarrassé de tout ça.

— Ne t'avais-je pas prévenu que la fortune finirait par devenir un fardeau ?

— Je donnerai tout. Je deviendrai un saint, si tu veux. Seras-tu satisfait alors ?

— Quand tu mourras, pèlerin, dit l'Européen.

— Non.

— Toi et moi, ensemble.

— Je mourrai à mon heure, dit Whitehead, pas à la tienne.

— Tu ne souhaiterais pas partir tout seul. »

Derrière l'Européen, les fantômes s'agitaient. La vapeur frissonnait avec eux.

« Je ne partirai *nulle part* », dit Whitehead. Il crut distinguer des visages parmi les volutes. Peut-être était-il malavisé de se méfier, décida-t-il. « ... Où est le mal ? » murmura-t-il, esquissant un mouvement pour chasser ce que contenait la brume.

Les lumières du hammam diminuaient d'intensité. Les yeux de Mamoulian luisaient dans l'obscurité grandissante et une lueur jaillissait aussi de sa gorge, maculant l'air. Les fantômes prenaient substance à cette source, devenant plus palpables à chaque seconde.

« Arrête », supplia Whitehead, mais cette tentative était désespérée.

Le hammam avait disparu. La vapeur déchargeait ses passagers. Whitehead sentait leurs regards aigus se poser sur lui. Ce ne fut qu'à cet instant qu'il se sentit nu. Il se pencha pour ramasser la serviette et, quand il se redressa, Mamoulian s'était évanoui. Il pressa la serviette contre son ventre. Il sentait les fantômes rire de lui à l'abri des ténèbres, rire de ses seins, de son membre flétri, de l'absurdité de sa chair vieillissante. Ils l'avaient connu en des temps plus heureux ; quand sa poitrine était large, son membre arrogant, sa chair imposante, qu'elle fût nue ou habillée.

« Mamoulian... », murmura-t-il, espérant que l'Européen mettrait fin à sa misère avant qu'il ne perdît tout contrôle. Mais personne ne répondit à sa supplique.

Il fit un pas hésitant sur le carrelage pour se diriger vers la porte. Si l'Européen était parti, il pourrait sûrement quitter les lieux, rejoindre Strauss et trouver une chambre où se cacher. Mais les fantômes n'en avaient pas encore fini avec lui. La vapeur, qui s'était assombrie pour prendre la couleur d'une plaie, se leva légèrement, et quelque chose miroita en son sein. Il ne put rien distinguer tout d'abord, que cette blancheur incertaine, des flocons de neige voletant.

Puis, venue de nulle part, une brise. Elle appartenait au passé et en avait l'odeur. Odeur de cendres et de poussière de brique ; de la crasse sur des corps qui ne s'étaient pas lavés depuis des décennies ; odeur de cheveux qui brûlent, odeur de la colère. Mais il y avait une autre senteur qui s'insinuait parmi elles, et quand il l'inspira, la signification de cet air miroitant devint claire pour lui, et il lâcha la serviette pour se voiler les yeux, s'inondant de larmes et de prières.

Mais les fantômes se pressèrent néanmoins sur lui, apportant avec eux le parfum des pétales de fleurs.

37

Carys était immobile sur le petit palier devant la chambre de Marty, à l'écoute. De l'intérieur venait le bruit d'un sommeil calme. Elle hésita un instant — ne sachant pas si elle devait entrer ou non —, puis redescendit doucement l'escalier, le laissant à son sommeil. Il aurait été facile de se glisser dans le lit à ses côtés, de se blottir au creux de son cou, là où battait son sang, de se décharger de tous ses troubles et de le supplier d'être fort à sa place. Facile et dangereux. La véritable sécurité ne l'attendait pas dans ce lit. Elle la trouverait *par* elle-même et *en* elle-même, nulle part ailleurs.

Arrivée à mi-chemin du deuxième escalier, elle s'immobilisa. Il y avait un curieux tintement dans le couloir obscur. Un frisson d'air glacé ; et quelque chose d'autre. Elle attendit, mince comme une ombre, sur les marches, jusqu'à ce que ses yeux se soient accoutumés aux ténèbres. Peut-être valait-il mieux qu'elle remonte, qu'elle referme la porte de sa chambre derrière elle et qu'elle trouve quelques pilules pour passer le temps jusqu'au lever du soleil. Cela serait tellement plus facile que de vivre comme elle le faisait, avec de l'électricité au bout de chaque nerf. Au bout du couloir qui menait à la cuisine, elle perçut un mouvement. Une large masse se découpa sur le seuil, puis disparut.

« Ce n'est que l'obscurité, se dit-elle, qui me joue des tours. » Elle caressa le mur d'une main, sentant les dessins de la tapisserie onduler sous ses doigts, jusqu'à ce qu'elle ait trouvé le commutateur. Elle l'actionna. Le couloir était vide. L'escalier derrière elle était vide. Le palier était vide. Elle se murmura : « Idiote », et descendit à pas de loup les trois dernières marches, puis s'avança le long du couloir vers la cuisine.

Ses soupçons au sujet du courant d'air étaient confirmés avant qu'elle ne l'ait atteinte. La porte de service était encadrée dans celle de la cuisine, et toutes deux étaient ouvertes. C'était bizarre, presque choquant, en fait, de découvrir la maison, d'habitude hermétiquement close, ainsi exposée à la nuit. La porte ouverte était comme une blessure à son flanc.

Elle quitta d'un pas le sol moquetté du couloir pour poser un pied sur le linoléum de la cuisine et elle avait déjà traversé la moitié de la distance qui la séparait de la porte quand elle aperçut les débris de verre sur le sol. La porte n'avait pas été laissée ouverte par négligence : quelqu'un était entré par effraction. Un parfum — du bois de santal — vint lui titiller les narines. Ce parfum était écœurant ; mais ce qu'il dissimulait l'était encore plus.

Il fallait qu'elle prévienne Marty ; c'était la première des priorités. Pas besoin de remonter. Il y avait un téléphone mural dans la cuisine.

Son esprit était divisé. Une partie d'elle-même examinait froidement le problème et ses solutions : où se trouvait le téléphone, que devrait-elle dire à Marty quand il lui répondrait ? Une autre partie, celle qui accueillait l'héro avec joie, celle qui était toujours terrifiée, était plongée dans la panique. Il y a quelqu'un tout près (le bois de santal), lui disait-elle, quelqu'un de redoutable tapi dans les ténèbres, pourrissant dans les ténèbres.

La partie la plus calme gardait le contrôle. Elle fit un pas — heureuse à présent d'être pieds nus parce qu'elle ne faisait presque aucun bruit — en direction du téléphone. Elle décrocha le combiné et composa le dix-neuf, le numéro de la chambre de Marty. Elle entendit une sonnerie, puis une deuxième. Elle voulait de toutes ses forces qu'il se réveillât vite. Ses réserves de contrôle étaient, elle le savait, strictement limitées.

« Allez, allez... », souffla-t-elle.

Puis il y eut un bruit derrière elle ; des pas lourds vinrent réduire les morceaux de verre en pièces minuscules. Elle se retourna pour voir de qui il s'agissait, et découvrit un cauchemar debout sur le seuil, un couteau à la main et une peau de chien jetée par-dessus l'épaule. Le téléphone lui glissa des doigts et la partie d'elle-même qui avait prêché pour la panique prit les rênes.

« Je te l'avais bien dit, cria-t-elle. *Je te l'avais bien dit !* »

Le téléphone sonna dans les rêves de Marty. Il rêva qu'il s'éveillait, qu'il portait le combiné à l'oreille et qu'il parlait à la mort à l'autre bout du fil. Mais la sonnerie persistait bien qu'il eût décroché et il se réveilla pour découvrir le combiné dans sa main et personne au bout du fil.

Il le reposa sur son socle. Avait-il vraiment sonné? Il pensait que non. Pourtant, son rêve ne valait pas la peine qu'il y retourne : cette conversation avec la mort était incohérente. Jetant les jambes au pied du lit, il enfila ses jeans et arriva près de la porte, les yeux gonflés, il entendit un bruit de verre brisé provenant d'en bas.

Le Boucher s'était précipité vers elle — jetant au loin la dépouille du chien pour la saisir plus facilement. Elle l'évita en se baissant : une fois, deux fois. Il était lourd et maladroit, mais elle savait que, s'il parvenait à mettre les mains sur elle, ce serait la fin. Il s'était dressé entre elle et la porte qui menait à l'intérieur de la maison; elle était obligée de se frayer un chemin vers la porte de service.

« Je n'irais pas par là à votre place... », conseilla-t-il, d'une voix où, comme dans son odeur, se mêlaient la douceur et la corruption. « Ce n'est pas sûr. »

Cet avertissement était la meilleure recommandation qu'elle eût jamais entendue. Elle se glissa à côté de la table et fonça vers la porte ouverte, essayant d'éviter les éclats de verre. Elle réussit à refermer la porte derrière elle — de nouveaux bouts de verre vinrent se briser sur le sol —, elle se mit à courir loin de la maison. Derrière elle, elle entendit la porte que l'on ouvrait avec une telle brutalité qu'elle crut qu'on l'avait arrachée de ses gonds. Ensuite, elle perçut le bruit des pas du tueur de chiens — tonnerre dans le sol — qui courait à sa poursuite.

L'obèse était lent; elle était agile. Il était lourd; elle était légère jusqu'à en être presque invisible. Au lieu de rester collée aux murs de la maison, ce qui ne ferait que la reconduire vers le devant, là où la pelouse était illuminée par les projecteurs, elle s'écarta de l'immeuble et pria Dieu que cet animal ne puisse pas voir dans les ténèbres.

Marty descendit les marches en trébuchant, secoua sa tête pour en chasser le sommeil. L'air glacé du hall l'éveilla comme l'aurait fait une claque en plein visage. Il suivit le courant d'air jusqu'à la cuisine. Il ne mit que quelques secondes pour enregistrer le verre et le sang sur le sol avant que Carys ne se mît à hurler.

Dans quelque ailleurs inimaginable, quelqu'un cria. Whitehead entendit une voix, une voix de jeune fille, mais perdu comme il l'était dans cette désolation, il ne parvint pas à localiser le cri. Il n'avait aucune idée du temps qui s'était écoulé depuis qu'il avait commencé à pleurer en observant le passage des damnés : cela ressemblait à une éternité. Sa tête tournoyait sous l'effet du vertige ; sa gorge était rêche de sanglots.

« Mamoulian..., supplia-t-il de nouveau, ne me laisse pas ici. »

L'Européen avait eu raison : il ne voulait pas partir tout seul dans ce néant. Bien qu'il l'eût supplié de l'en sauver au moins une centaine de fois sans résultat, à présent, enfin, l'illusion commençait à se dissiper. Les carreaux, tels de petits crabes blancs et timides, se remettaient en place à ses pieds ; l'odeur amère de sa propre sueur revenait l'assaillir, accueillie avec plus de joie que toute odeur qu'il eût jamais sentie. L'Européen se tenait maintenant en face de lui, comme s'il n'avait jamais bougé.

« Allons-nous discuter, pèlerin ? » demanda-t-il.

Whitehead frissonnait malgré la chaleur. Ses dents claquaient.

« Oui, dit-il.

— Tranquillement ? Dans la dignité et avec politesse ?

— Oui.

— Tu n'as pas aimé ce que tu as vu. »

Whitehead passa ses doigts sur son visage blême, son pouce et son index vinrent s'enfoncer dans les creux à la naissance de son nez, comme pour faire reculer les visions.

« Non, damnation », dit-il.

Ces images ne pourraient pas être délogées. Ni maintenant ni jamais.

« Peut-être pourrions-nous aller discuter ailleurs ? suggéra l'Européen. N'as-tu pas une chambre ?

— J'ai entendu Carys. Elle a hurlé. »

Mamoulian ferma les yeux un instant, cherchant à capter les pensées de la jeune fille.

« Elle va bien, dit-il.

— Ne lui fais pas de mal. Je t'en supplie. Elle est tout ce qui me reste.

— Elle n'a eu aucun mal. Elle a simplement trouvé un exemple du travail de mon ami. »

Breer ne s'était pas contenté d'écorcher le chien, il l'avait également étripé. Carys avait glissé dans la mare de ses entrailles et son cri lui avait échappé avant qu'elle ait pu le retenir. Quand ses échos se furent estompés, elle tendit l'oreille à l'écoute des pas du Boucher. Quelqu'un courait vers elle.

« Carys ! »

C'était la voix de Marty.

« Je suis là. »
Il la trouva en train de contempler le crâne écorché du chien.
« Qui a fait ça, bordel ? jeta-t-il.
— Il est ici, dit-elle. Il m'a suivie. »
Il caressa son visage.
« Ça va ?
— Ce n'est qu'un chien mort, dit-elle. C'est juste le choc. »
Tandis qu'ils retournaient vers la maison, elle se rappela le rêve qui l'avait éveillée. Il y avait eu un homme sans visage qui traversait cette pelouse — piétinaient-ils la trace de ses pas en ce moment ? — avec une marée de merde sur ses talons.
« Il y a quelqu'un d'autre ici », dit-elle avec une certitude absolue, « en plus du tueur de chiens.
— Bien sûr. »
Elle hocha la tête, le visage de pierre, puis prit le bras de Marty.
« Celui-ci est pire, bébé.
— J'ai un revolver. Il est dans ma chambre. »
Ils étaient arrivés dans la cuisine ; la peau de chien reposait toujours sur le sol.
« Sais-tu de qui il s'agit ? » lui demanda-t-il.
Elle secoua la tête.
« Il est obèse, et il a l'air stupide.
— Et l'autre. Tu le connais ? »
L'autre ? Bien sûr qu'elle le connaissait : il lui était aussi familier que son propre visage. Elle avait pensé à lui mille fois par jour durant les dernières semaines ; quelque chose lui disait qu'elle l'avait toujours connu. C'était l'Architecte qui paradait dans son sommeil, qui pianotait des doigts sur sa nuque, qui était venu maintenant pour lâcher sur elle les immondices qui l'avaient suivie sur la pelouse. Y avait-il eu un temps où elle n'avait pas vécu dans son ombre ?
« A quoi penses-tu ? »
Il la regardait d'un air si doux, essayant de dissimuler sa confusion sous un masque d'héroïsme.
« Je t'en parlerai une autre fois, dit-elle. Maintenant, allons chercher ce foutu revolver. »
Ils avancèrent avec précaution dans la maison. Elle était absolument tranquille. Aucune trace de pas sanglants, aucun cri. Il récupéra l'arme dans sa chambre.
« A présent, Papa, dit-elle, vérifie qu'il est en sécurité. »
Avec le tueur de chiens toujours en liberté, leur fouille fut prudente et par conséquent lente. Whitehead ne se trouvait dans aucune des chambres, ni dans son vestiaire. Les salles de bains,

la bibliothèque, le bureau et les salons étaient également déserts. Ce fut Carys qui suggéra d'essayer le sauna.

Marty ouvrit en grand la porte du hammam. Un mur de chaleur humide vint à la rencontre de son visage et des volutes de vapeur s'insinuèrent dans le couloir. On était certainement venu dans cet endroit récemment. Mais le hammam, les cabines de relaxation et le solarium étaient tous vides. Quand il eut fini de fouiller en hâte toutes les pièces, il revint sur ses pas pour découvrir Carys appuyée contre la porte.

« ... Je me sens malade, dit-elle. Ça vient juste de me prendre. »

Marty la soutint.

« Assieds-toi une minute. »

Il la guida vers un bat-flanc. Il y avait un revolver posé dessus, luisant de condensation.

« Ça ira, insista-t-elle. Va chercher Papa, je resterai ici.

— Tu as l'air vraiment mal en point.

— Merci, dit-elle. Maintenant, vas-tu t'en aller, oui ou non ? Je préfère vomir quand personne ne me regarde, si ça ne te fait rien.

— Tu es sûre ?

— Va-t'en bon sang. Laisse-moi tranquille. Tout ira bien.

— Referme la porte derrière moi, ordonna-t-il.

— Oui, chef », dit-elle en lui jetant un regard trouble. Il la laissa dans le hammam et attendit d'avoir entendu le verrou se refermer avant de partir. Il ne se sentait pas complètement rassuré, mais c'était mieux que rien.

Il avança avec précaution jusqu'au vestibule et décida de jeter un coup d'œil sur le devant de la maison. Les projecteurs étaient allumés, et si le vieil homme était dans le coin, il aurait vite fait de le repérer. Cela faisait de Marty une cible facile, bien sûr, mais au moins était-il armé. Il déverrouilla la porte principale et fit un pas sur le gravier. Les projecteurs dispensaient une lueur constante et régulière. Elle était plus intense que celle du soleil, mais curieusement morte. Il parcourut des yeux la pelouse, sur sa droite et sur sa gauche. Il n'y avait aucun signe du vieil homme.

Derrière lui, dans le hall, Breer observa le héros partir en quête de son maître. Ce ne fut que lorsqu'il fut hors de vue que le Mangeur de Rasoirs sortit de sa cachette et sautilla, les mains couvertes de sang, vers l'objet de tous ses désirs.

38

Après avoir verrouillé la porte, Carys retourna en chancelant vers le bat-flanc et se concentra pour tenter de contrôler son métabolisme en rébellion. Elle n'était pas sûre de connaître la raison de cette subite nausée, mais elle était résolue à la surmonter. Quand cela serait fait, elle irait retrouver Marty et l'aiderait à rechercher Papa. Le vieil homme était venu ici récemment, cela au moins était évident. Le fait qu'il en était reparti sans son arme ne laissait rien augurer de bon.

Une voix s'insinua en elle pour l'arracher à sa méditation et elle leva la tête. Il y avait une tache dans la vapeur devant elle, une pâleur projetée sur l'air. Elle plissa les yeux pour essayer de mieux la distinguer. La tache semblait avoir la texture d'un réseau de points blancs. Elle se leva et — loin de disparaître — l'illusion se renforça. Des filaments naissaient pour relier les points les uns aux autres, et elle faillit éclater de rire au moment où le puzzle s'éclaircissait devant ses yeux. C'étaient des fleurs qu'elle voyait, des fleurs d'un blanc brillant accrochées par la lumière du soleil ou celle des étoiles. Agitées par un vent venu d'elle ne savait où, des branches arrosaient le sol d'une cascade de pétales. Ceux-ci semblaient venir caresser son visage, bien que sa main ne trouvât rien lorsqu'elle se tendait vers eux.

Durant toutes ses années de soumission à l'héro, elle n'avait jamais rêvé d'image qui soit aussi apparemment innocente et aussi chargée de menace. Il ne venait pas d'elle, cet arbre. Elle ne l'avait pas conçu dans sa tête. Il appartenait à quelqu'un qui était venu ici avant elle : l'Architecte, sans aucun doute. Il avait montré ce spectacle à Papa et ses échos subsistaient encore.

Elle essaya de tourner la tête, de diriger son regard vers la porte, mais ses yeux étaient fixés sur l'arbre. Elle ne parvenait apparemment pas à les en décoller. Elle avait l'impression que ses frondaisons s'enflaient, comme si de nouvelles fleurs allaient se mettre à éclore. La blancheur de l'arbre — son horrible pureté — emplissait ses yeux, une blancheur qui la figeait et la gonflait à la fois.

Et puis, quelque part derrière ces branches qui se balançaient lourdement, une silhouette bougea. Une femme aux yeux brûlants leva sa tête fracassée vers Carys. Sa présence fit renaître la nausée. Carys se sentit défaillir. Ce n'était pas le moment de perdre conscience. Pas alors que les fleurs continuaient de s'épanouir et que la femme derrière l'arbre sortait de sa cachette pour se diriger vers elle. Elle avait été très belle, cette femme, et habituée à l'admiration. Mais le hasard était intervenu. Son corps avait été cruellement mutilé, sa beauté souillée. Quand, finalement, elle émergea de sa cachette, Carys la reconnut pour sienne.

« Maman. »

Evangeline Whitehead ouvrit les bras et offrit à sa fille une étreinte que celle-ci n'avait jamais connue de son vivant. Dans la mort, avait-elle découvert la capacité d'aimer alors qu'elle n'avait connu que celle d'être aimée ? Non. Jamais. Ces bras grands ouverts étaient un piège, Carys le savait. Si elle tombait dedans, l'arbre, et son Créateur, la posséderaient à jamais.

La tête emplie par le tonnerre, elle se força à détourner les yeux. Ses membres étaient sculptés dans la gelée ; elle se demanda si elle aurait la force de bouger. Chancelante, elle orienta sa tête vers la porte. Elle découvrit dans un choc que celle-ci était ouverte. Le verrou avait été fracassé par les efforts faits pour l'enfoncer.

« Marty ? dit-elle.

— Non. »

Elle se retourna, cette fois-ci vers sa gauche. Le tueur de chiens se tenait à moins de deux mètres d'elle. Il avait lavé les taches de sang sur sa tête et sur ses mains, et de lui se dégageait une forte odeur de parfum.

« Tu es en sécurité avec moi », dit-il.

Elle regarda de nouveau vers l'arbre. Il était en train de se dissoudre, sa vie illusoire avait pris fin avec l'intrusion de la brute. La mère de Carys, les bras toujours tendus, devenait de plus en plus ténue. Au dernier instant, juste avant de disparaître, elle ouvrit la bouche et vomit un jet de sang noir en direction de sa fille. Puis l'arbre et ses horreurs disparurent. Ne restèrent que la vapeur, les carreaux, et cet homme avec du sang de chien sous les ongles qui se tenait à côté d'elle. Elle n'avait entendu aucun bruit quand il avait forcé la porte : sa rêverie au pied de l'arbre avait occulté le monde extérieur.

« Tu as crié, expliqua-t-il. Je t'ai entendue crier. »

Elle ne se rappelait pas l'avoir fait.

« Je veux Marty, lui dit-elle.

— Non, répondit-il d'une voix polie.

— Où est-il ? » demanda-t-elle, et elle fit un pas, faiblement, en direction de la porte ouverte.

« J'ai dit *non !* »

Il se dressa sur son chemin. Il n'eut pas besoin de la toucher. Sa seule proximité suffit à l'immobiliser. Elle pensa à se glisser derrière lui grâce à une feinte et à se précipiter dans le couloir, mais jusqu'où irait-elle avant qu'il ne la rattrape ? Il existait deux règles fondamentales quand on se retrouvait en face d'un chien enragé ou d'un dément. La première : ne pas courir. La seconde : ne pas montrer sa peur. Quand il tendit une main vers elle, elle essaya de ne pas reculer.

« Je ne laisserai personne te faire du mal », dit-il.

Il laissa courir l'extrémité d'un pouce contre la paume de sa main, trouvant çà et là une perle de sueur et l'écartant d'un geste plein de douceur. Le contact de sa peau était léger comme une plume, et froid comme la glace.

« Me laisseras-tu prendre soin de toi, ma beauté ? » demanda-t-il.

Elle ne répondit pas ; le contact de sa peau la dégoûtait. Elle regretta de nouveau d'être une sensitive : jamais elle n'avait perçu pareille détresse au contact d'un être humain.

« J'aimerais t'offrir le confort, disait-il. Partager... (Il s'interrompit, comme si les mots lui manquaient.)... tes secrets. »

Elle le regarda dans les yeux. Les muscles de ses mâchoires tressautaient tandis qu'il lui faisait des propositions. Il était aussi nerveux qu'un adolescent.

« Et en retour, proposa-t-il, je te révélerai *mes* secrets. Tu veux voir ? »

Il n'attendit pas sa réponse. Sa main avait plongé dans la poche de sa veste souillée pour en retirer une poignée de lames de rasoirs. Leurs tranchants luisaient. C'était trop absurde : comme un numéro de foire, mais accompli sans musique et sans roulements de tambour. Ce clown, parfumé au bois de santal, allait manger des rasoirs pour conquérir son amour. Il tira une langue sèche et posa dessus la première lame. Elle n'aimait pas ça du tout ; les rasoirs la rendaient nerveuse, l'avaient toujours rendue nerveuse.

« Ne faites pas ça, dit-elle.

— Tout va bien, dit-il en déglutissant. Je suis le dernier de la tribu. Tu vois ? (Il ouvrit la bouche et tira la langue.) Partie.

— Extraordinaire », dit-elle.

Et c'était vrai. Révoltant, mais extraordinaire.

« Et ce n'est pas tout », dit-il, heureux de sa réaction.

Il valait mieux le laisser poursuivre son bizarre numéro, raisonna-t-elle. Plus il passait de temps à lui exhiber ses perversions, plus il y avait de chances pour que Marty revînt.

« Que pouvez-vous faire d'autre ? » demanda-t-elle.

Il lui lâcha la main et entreprit de défaire sa ceinture.

« Je vais te montrer », dit-il en se déboutonnant.

« Ô Seigneur, pensa-t-elle, idiote, idiote, idiote. » Son état d'excitation après cette exhibition était évident avant même qu'il ait achevé de baisser son pantalon.

« Je suis au-delà de la douleur à présent, expliqua-t-il avec courtoisie. Aucune douleur, quoi que je me fasse. Le Mangeur de Rasoirs ne ressent plus rien. »

Il était nu sous ses pantalons.

« Tu vois ? » dit-il avec fierté.

Elle vit. Son bas-ventre était complètement rasé et était orné d'une guirlande de décorations qu'il s'était lui-même infligées. Anneaux et crochets transperçaient la graisse de son ventre et de ses organes génitaux. Ses testicules étaient deux pelotes d'épingles.

« Touche-moi, invita-t-il.

— Non... merci », dit-elle.

Il plissa le front ; sa lèvre supérieure se retroussa pour révéler des dents jaunes qui luisaient au milieu de sa chair pâle.

« Je veux que tu me touches », dit-il, et il tendit une main vers elle.

« *Breer.* »

Le Mangeur de Rasoirs se figea dans une immobilité absolue. Seuls ses yeux se mouvaient.

« Laisse-la tranquille. »

Elle connaissait cette voix ; elle ne la connaissait que trop bien. C'était l'Architecte, bien sûr, le guide de ses rêves.

« Je ne lui ai pas fait mal, marmonna Breer. Hein ? Dis-lui que je ne t'ai pas fait mal.

— Couvre-toi », dit l'Européen.

Breer remonta ses pantalons comme un gamin surpris en train de se masturber et s'éloigna de Carys, lui jetant un regard de conspirateur. Alors seulement, le maître pénétra dans le hammam. Il était plus grand qu'elle ne l'avait rêvé, et plus lugubre.

« Je suis désolé », dit-il.

Le ton de sa voix était celui du parfait maître d'hôtel, en train de s'excuser de la maladresse d'un garçon.

« Elle était malade, dit Breer. C'est pour ça que je suis entré.

— Malade ?

— Elle parlait aux murs, bafouilla-t-il, appelait sa mère. »

L'Architecte comprit immédiatement le sens de cette observation. Il regarda Carys avec attention.

« Ainsi, tu as vu ? dit-il.

— Qu'était-ce ?

— Rien que tu ne doives souffrir de nouveau, répondit-il.

— Ma mère était ici. Evangeline.

— Oublie cela, dit-il. Cette horreur est réservée à d'autres, elle n'est pas pour toi. »

Écouter sa voix tranquille était presque hypnotique. Elle découvrit qu'il lui était difficile de se rappeler ses cauchemars de néant ; sa présence en effaçait le souvenir.

« Je crois que, peut-être, tu devrais venir avec moi, dit-il.

— Pourquoi ?

— Ton père va mourir, Carys.

— Oh ? » dit-elle.

Elle se sentait totalement détachée d'elle-même. Ses terreurs étaient des choses du passé devant cette présence courtoise.

« Si tu demeures ici, tu ne pourras que souffrir avec lui, et cela n'est pas nécessaire. »

C'était une offre fort séduisante ; ne plus jamais vivre sous la coupe du vieil homme, ne plus jamais endurer ses baisers au goût de vieillesse. Carys regarda en direction de Breer.

« N'aie pas peur de lui », la rassura l'Architecte, posant une main sur sa nuque. « Il n'est rien ni personne. Tu es en sécurité avec moi. »

« Elle pourrait s'enfuir », dit Breer quand l'Européen eut laissé Carys aller dans sa chambre afin de rassembler ses affaires.

« Elle ne me quittera jamais, répondit Mamoulian. Je ne lui veux aucun mal et elle le sait. Je l'ai bercée dans mes bras autrefois.

— Elle était nue, n'est-ce pas ?

— Une si petite chose, si vulnérable. » Sa voix s'affaiblit jusqu'à n'être qu'un murmure : « Elle méritait bien mieux que lui. »

Breer ne dit rien ; il se contenta de s'adosser contre le mur dans une posture insolente, ôtant le sang séché sous ses ongles avec une lame de rasoir. Il se détériorait bien plus vite que l'Européen ne l'avait anticipé. Il avait espéré que Breer survivrait jusqu'à ce que tout ce chaos ait pris fin, mais, connaissant le vieil homme, celui-ci allait tenter de l'amadouer et de gagner du temps, et ce qui aurait pu se faire en quelques jours lui prendrait des semaines, au bout desquelles l'état du Mangeur de Rasoirs serait devenu bien misérable. L'Européen se sentait las. Découvrir et contrôler un substitut à Breer drainerait une grande partie de ses énergies déjà fort entamées.

A ce moment-là, Carys arriva en bas.

D'une certaine façon, il regrettait de perdre cette espionne dans le camp ennemi, mais il resterait trop de variables en présence s'il ne lui faisait pas quitter le jeu. D'abord, elle avait connaissance de son existence, une connaissance plus profonde qu'elle n'en avait peut-être conscience. Elle connaissait d'instinct sa terreur de la chair ; il se rappelait la façon dont elle l'avait chassé lorsqu'elle et Strauss s'étaient trouvés ensemble. Elle connaissait aussi sa lassitude, sa foi vacillante. Mais il y avait une autre raison de l'emmener. Whitehead avait dit qu'elle était son seul réconfort. S'il l'emportait à présent, le pèlerin se retrouverait seul, et ce serait pour lui un supplice. Mamoulian espérait que ce supplice serait insupportable.

39

Après avoir fouillé toutes les parties du domaine qui étaient éclairées par les projecteurs sans avoir trouvé la moindre trace de Whitehead, Marty remonta à l'étage. L'heure était venue d'enfreindre le commandement de Whitehead et de rechercher le vieil homme dans le territoire interdit. La porte située au fond du couloir de l'étage supérieur, derrière les chambres de Carys et de Whitehead, était fermée. Le cœur au bord des lèvres, Marty s'en approcha et tapa dessus.

« Monsieur ? »

Il n'y eut d'abord aucun bruit à l'intérieur. Puis vint la voix de Whitehead, vague comme s'il avait été tiré du sommeil.

« Qui est-ce ?

— Strauss, monsieur.

— Entrez. »

Marty poussa doucement la porte et elle s'ouvrit en grand.

Quand il s'était imaginé l'intérieur de cette pièce, il avait toujours vu une caverne aux trésors. Mais la vérité était tout à l'opposé. La pièce était spartiate : ses murs blanchis et ses rares meubles offraient à l'œil un spectacle glacé. Il s'y trouvait cependant un trésor. Un retable se dressait contre l'un des murs nus, dont la richesse était déplacée dans un environnement aussi austère. Le centre du triptyque représentait une crucifixion d'un sadisme sublime ; toute de sang et d'or.

Son propriétaire était assis, vêtu d'une opulente robe de chambre, à l'autre bout de la pièce, derrière une grande table. Il regarda Marty sans que son visage trahisse le moindre sentiment, ni bienvenue ni accusation, le corps affaissé comme un sac sur son siège.

« Ne restez pas comme ça à la porte, mon vieux. Entrez. »

Marty referma la porte derrière lui.

« Je sais ce que vous m'avez dit, monsieur, de ne jamais venir ici. Mais j'avais peur qu'il vous soit arrivé quelque chose.

— Je suis vivant, dit Whitehead en écartant les mains. Tout va bien.

— Les chiens...

— ... sont tous morts. Je sais. Asseyez-vous. »

Il désigna du doigt la chaise vide en face de lui, de l'autre côté de la table.

« Dois-je appeler la police ?

— Inutile.

— Ils sont peut-être encore ici. »

Whitehead secoua la tête.

« Ils sont partis. Asseyez-vous, Martin. Servez-vous un verre de vin. On dirait que vous avez bien couru. »

Marty tira vers lui la chaise qui avait été placée sous la table et s'assit. L'ampoule nue qui brûlait au milieu de la pièce jetait une lumière peu flatteuse sur toutes choses. Ombres lourdes, éclairage spectral : grand-guignol.

« Posez cette arme. Vous n'en aurez pas besoin. »

Il posa le revolver sur la table, à côté de l'assiette dans laquelle restaient encore quelques fines tranches de viande. Derrière l'assiette, un bol de fraises, partiellement entamé, et un verre d'eau. La frugalité de ce repas était assortie au lieu : la viande, fine au point d'en être transparente, saignante et moite ; la disposition négligée des verres et du bol de fraises. Une précision arbitraire investissait toutes choses, un sens presque surnaturel d'une beauté due au hasard. Entre Whitehead et Marty, un grain de poussière tournoyait dans l'air, flottant entre la table et l'ampoule, la direction de son mouvement influencée par le moindre soupir.

« Goûtez cette viande, Marty.

— Je n'ai pas faim.

— Elle est superbe. C'est mon invité qui l'a apportée.

— Vous savez donc qui ils sont.

— Bien sûr que oui. Mangez, maintenant. »

A contrecœur, Marty se découpa un morceau dans la tranche de viande en face de lui et goûta. La texture se dissolvait sur sa langue, délicate et appétissante.

« Finissez-la », dit Whitehead.

Marty fit ce que le vieil homme lui avait dit : l'exercice de cette nuit lui avait donné de l'appétit. On lui versa un verre de vin rouge ; il l'avala d'un trait.

« Votre tête est sans nul doute pleine de questions, dit Whitehead. Posez-les, je vous en prie. Je ferai de mon mieux pour y répondre.

— Qui sont-ils ? demanda-t-il.

— Des amis.

— Ils se sont introduits ici comme des assassins.

— N'est-il pas possible que les amis, avec le temps, *deviennent* des assassins ? »

Marty n'était pas préparé à encaisser ce genre de paradoxe.

« L'un d'eux s'est assis là où vous vous trouvez maintenant.

— Comment puis-je être votre garde du corps si je ne peux pas distinguer vos ennemis de vos amis ? »

Whitehead fit une pause et lança à Marty un regard dur.

« Vous en souciez-vous vraiment? demanda-t-il après un battement de cœur.

— Vous avez été bon avec moi », répondit Marty, insulté par cette question. « Pour quel genre de salaud me prenez-vous?

— Mon Dieu... »

Whitehead secoua la tête.

« Marty...

— Expliquez-moi. Je veux vous aider.

— Expliquer quoi ?

— Comment pouvez-vous inviter un homme qui veut vous tuer à dîner avec vous ? »

Whitehead regarda le grain de poussière qui tourbillonnait entre eux. Ou bien il estimait cette question indigne de son mépris, ou alors il ne pouvait pas lui donner de réponse.

« Vous voulez m'aider? finit-il par dire. Alors, enterrez les chiens.

— C'est tout ce que je suis bon à faire ?

— L'heure viendra...

— C'est ce que vous n'arrêtez pas de me dire », dit Marty en se relevant.

Il n'allait recevoir aucune réponse; cela au moins était évident. Rien que de la viande et du bon vin. Cette nuit, cela ne suffisait pas.

« Puis-je m'en aller ? » demanda-t-il, et, sans attendre une réponse, il tourna le dos au vieil homme et se dirigea vers la porte.

Alors qu'il l'ouvrait, Whitehead dit : « Pardonnez-moi », très doucement. Si doucement en fait que Marty se demanda si ces mots lui étaient destinés ou non.

Il referma la porte derrière lui et fit le tour de la maison une nouvelle fois afin de vérifier que les intrus étaient bien partis ; tel était le cas. Le hammam était vide. De toute évidence, Carys était retournée dans sa chambre.

Se sentant plein d'insolence, il se glissa dans le bureau et se servit un triple whisky, puis il s'assit sur le fauteuil de Whitehead près de la fenêtre, sirotant et réfléchissant. L'alcool ne fit rien pour lui éclaircir l'esprit ; il ne fit qu'émousser la douleur due à la frustration qu'il ressentait. Il se glissa entre ses draps avant que l'aube ne vînt éclairer de sa lumière crue les dépouilles velues gisant sur la pelouse.

VII

Pas de limites

40

Ce n'était pas un matin à enterrer des chiens morts ; le ciel était trop clair et trop plein de promesses. Des avions, suivis par un sillage de vapeur, volaient vers l'Amérique, les bois bourdonnaient de vie voletante. Et pourtant, il fallait bien accomplir cette tâche, pour déplacée qu'elle fût.

Seule l'impitoyable lumière du jour permettait d'apprécier pleinement l'étendue du massacre. En plus d'avoir tué les chiens qui patrouillaient autour de la maison, les intrus avaient pénétré dans le chenil et avaient systématiquement occis tous ses occupants, y compris Bella et sa progéniture. Quand Marty arriva au chenil, Lillian s'y trouvait déjà. Elle paraissait avoir pleuré durant plusieurs jours. Elle berçait un des chiots dans ses bras. Sa tête paraissait avoir été broyée dans un étau.

« Regardez », dit-elle en lui présentant le petit cadavre.

Marty n'avait rien pu avaler pour son petit déjeuner : l'idée de ce qui l'attendait lui avait coupé l'appétit. A présent, il regrettait de ne pas avoir ingurgité quoi que ce fût : des échos se mirent à résonner dans son ventre creux. Il se sentait presque la tête vide.

« Si seulement j'avais été là, dit-elle.

— Vous auriez sans doute été tuée vous aussi », lui dit-il.

Ce n'était que la pure vérité.

Elle reposa le chiot sur la paille et caressa la fourrure souillée de Bella. Marty était plus délicat qu'elle. Même avec les épais gants de cuir qu'il portait, il ne souhaitait pas toucher les corps. Mais il compensa bien vite ce manque de respect par son efficacité, se servant de son dégoût comme d'un aiguillon pour faire avancer le travail. Lillian, bien qu'elle eût insisté pour être là et lui donner un coup de main, était complètement désarmée devant cette situation. Elle ne put que regarder Marty envelopper les cadavres dans des sacs poubelle en plastique noir, charger ces misérables linceuls à l'arrière de la Jeep et conduire ce corbillard improvisé dans une clairière qu'il avait repérée au cœur du bois. C'était là que les chiens devaient être enterrés, sur ordre de Whitehead, hors de vue de la maison. Il avait amené deux pelles, espérant que Lillian l'assisterait, mais elle en était totalement incapable. Il ne lui restait qu'à accomplir tout seul cette besogne, tandis qu'elle demeurait immobile, les mains plongées dans les poches de son anorak sali, à regarder les linceuls qui suintaient déjà.

C'était une tâche difficile. Le sol était un fouillis de racines qui s'entrecroisaient en allant d'arbre en arbre, et Marty fut bientôt en nage, tailladant les racines avec le tranchant de sa pelle. Une fois qu'il eut creusé une tombe peu profonde, il fit rouler les cadavres dedans et commença à entasser de la terre sur eux. La terre venait glisser sur leurs linceuls de plastique, comme une pluie sèche. Quand le trou fut rempli, il égalisa la glèbe pour former un tumulus.

« Je retourne boire une bière à la maison, dit-il à Lillian, vous venez ? »

Elle secoua la tête. « Une prière », dit-elle.

Il la laissa au milieu des arbres et traversa la pelouse en direction de la maison. Tout en marchant, il pensait à Carys. Elle devait être sûrement réveillée à présent, bien que les rideaux à la fenêtre de sa chambre fussent toujours tirés. Comme il serait agréable d'être un oiseau, pensa-t-il, et de passer un œil entre les rideaux pour l'épier, nue sur sa couche, la paresseuse, les bras relevés au-dessus de la tête, les poils sous ses aisselles. Il pénétra dans la maison avec un sourire et une érection.

Il trouva Pearl dans la cuisine, lui dit qu'il était affamé, et monta prendre une douche. Quand il redescendit, ce fut pour découvrir le repas froid qu'elle lui avait préparé : du bœuf, du pain, des tomates. Il le dévora avec enthousiasme.

« Vous avez vu Carys aujourd'hui ? demanda-t-il la bouche pleine.

— Non », répondit-elle.

Elle était fort peu communicative ce matin, le visage renfrogné par quelque reproche. Il se demanda, tout en l'observant aller et venir dans la cuisine, comment elle était au lit : pour une raison inconnue, sa tête était pleine d'idées salaces aujourd'hui, comme si son esprit, refusant d'être déprimé par l'enterrement, était avide d'exaltation. Tout en mâchonnant un morceau de bœuf salé, il dit :

« C'est du veau que vous avez servi au vieil homme hier soir ? »

Pearl ne quitta pas sa besogne des yeux.

« Il n'a rien mangé hier soir. Je lui avais laissé du poisson, mais il n'y a pas touché.

— Mais il avait de la viande, dit Marty. Je l'ai finie à sa place. Et des fraises.

— Il a dû descendre lui-même pour venir les chercher. Toujours ses fraises, dit-elle. Un jour, il s'étouffera avec. »

Maintenant que Marty y pensait, Whitehead avait dit que c'était son invité qui lui avait apporté la viande.

« En tout cas, c'était bien bon, dit-il.

— Ça ne venait pas de moi », dit Pearl, aussi offensée qu'une épouse découvrant l'adultère de son mari.

Marty laissa la conversation s'étioler ; il ne servait à rien de tenter de la distraire quand elle était de cette humeur.

Son repas fini, il monta jusqu'à la chambre de Carys. La maison était si calme qu'on aurait entendu une mouche voler ; après la farce mortelle de la nuit précédente, elle avait retrouvé sa contenance. Les tableaux alignés le long de l'escalier, la moquette sous ses pieds, tout conspirait pour étouffer les rumeurs de détresse. Le chaos en ces lieux était aussi impensable qu'une émeute dans une galerie d'art : tout paraissait l'interdire.

Il frappa doucement à la porte de Carys. Il n'y eut pas de réponse, aussi frappa-t-il de nouveau, plus fort cette fois-ci.

« Carys ? »

Peut-être ne voulait-elle pas lui parler. Il n'avait jamais été capable de prédire d'un jour à l'autre s'ils allaient être amants ou ennemis. Mais les ambiguïtés de la jeune fille ne le plongeaient plus dans la détresse. C'était sa façon de le mettre à l'épreuve, devinait-il, et cela durerait jusqu'à ce qu'elle finisse par admettre qu'elle l'aimait plus que tous les salauds qui peuplaient cette terre.

Il essaya le loquet : la porte n'était pas fermée. La chambre était vide. Non seulement Carys en était absente, mais on n'y trouvait aucune trace de son existence. Ses livres, ses affaires de toilette, ses vêtements, ses bijoux, tout ce qui avait désigné la chambre comme sienne avait disparu. Les draps avaient été ôtés du lit, la taie de son oreiller. Le matelas nu paraissait désolé.

Marty referma la porte et se précipita en bas. Cela faisait plusieurs fois qu'il avait demandé des explications et il n'avait été que rarement satisfait. Mais cette fois-ci, c'était trop. Il regretta amèrement que Toy ne soit plus là : au moins avait-il traité Marty comme un animal capable de réflexion.

Luther était de retour dans la cuisine, les pieds sur la table au milieu d'un tas de vaisselle sale. Pearl avait de toute évidence quitté son domaine devant l'invasion des barbares.

« Où est Carys ? fut la première question de Marty.

— On ne renonce jamais, hein ? » dit Luther.

Il écrasa sa cigarette dans l'assiette de Marty et tourna une page de la revue qu'il était en train de lire.

Marty se sentait à deux doigts d'exploser. Il n'avait jamais aimé Luther, mais il avait supporté ses remarques acerbes durant plusieurs mois parce que le système lui interdisait d'y répondre comme il l'aurait vraiment souhaité. Maintenant, ce système était au bord de l'effondrement. Toy disparu, les chiens morts, les pieds de Luther sur la table de la cuisine : qui se soucierait vraiment de le voir casser la gueule à Luther ?

« Je veux savoir où est Carys.

— Il n'y a personne de ce nom ici. »

Marty fit un pas en direction de la table. Luther sembla se rendre compte que sa réplique était malvenue. Il reposa sa revue ; son sourire disparut.

« Ne t'énerve pas, mec.

— Où est-elle ? »

Il lissa la page devant lui, sa paume venant caresser une fille nue.

« Elle est partie, dit-il.

— Où ça ?

— Partie, mec. C'est tout. T'es sourd, débile, ou les deux à la fois ? »

Marty traversa la cuisine en moins d'une seconde et arracha Luther à son siège. Comme tous les actes de violence spontanée, celui-ci était dénué de toute grâce. Cette attaque soudaine les déséquilibra tous les deux. Luther tomba en arrière, son bras tendu vint frapper une tasse de café qui s'envola avant de se briser sur le sol tandis que les deux hommes s'empoignaient. Luther, le premier à retrouver son équilibre, projeta un genou dans le bas-ventre de Marty.

« Sei-gneur !

— Bordel, lâche-moi, mec ! » hurla Luther, paniqué par cet accès de rage. « Je ne veux pas me battre avec toi, pigé ? » Cet ordre se transforma en prière : « Allez, mec. Calme-toi. »

Marty répondit en se précipitant vers l'autre, les poings levés. Plus par hasard que par intention délibérée, l'un d'eux vint frapper le visage de Luther, et Marty fit suivre ce premier coup par deux ou trois autres à la poitrine et à l'estomac. Luther, reculant pour échapper à cet assaut, glissa dans une flaque de café froid et tomba sur le sol. Le souffle coupé, le visage en sang, il resta étendu, là où il était, en sécurité, tandis que Marty, les yeux picotants de douleur après son coup de genou dans les couilles, frottait ses mains douloureuses.

« Dis-moi où elle est... », hoqueta-t-il.

Luther cracha un jet de sang et de salive avant de répondre.

« Tu es complètement cinglé, mec, tu sais ? Je ne sais pas où elle est. Demande au grand sachem. C'est lui qui lui fournit sa foutue héroïne. »

Bien sûr ! Cette révélation apportait la solution à une demi-douzaine de mystères. Elle expliquait la répugnance de Carys à quitter le vieil homme ; elle expliquait aussi sa lassitude, son incapacité à voir au-delà du jour suivant, de la dose suivante.

« Et c'est toi qui livres la marchandise ? C'est ça, hein ?

— Peut-être bien. Mais ce n'est pas moi qui l'ai accrochée, mec. Je n'ai jamais fait ça. C'est lui ; ça a toujours été *lui* ! Il a fait ça pour la garder près de lui. Pour la garder près de lui, bordel. Le salaud. » Sa voix était empreinte d'un mépris sincère. « Quelle sorte de père pourrait faire un truc pareil ? Je te le dis, cette ordure pourrait nous donner des leçons en matière de coups fourrés. »

Il s'interrompit pour enfoncer un doigt dans sa bouche ; de toute évidence, il n'avait aucune intention de se relever tant que la rage de Marty ne serait pas passée.

« Je ne pose pas de questions, dit-il. Tout ce que je sais, c'est que j'ai dû vider sa chambre ce matin.

— Où sont ses affaires ? »

Il hésita plusieurs secondes avant de répondre.

« Brûlées, pour la plupart.

— Au nom de Dieu, pourquoi ?

— Ordre du vieux. T'as fini ? »

Marty hocha la tête. « J'ai fini.

— Toi et moi, dit Luther, on s'est détestés depuis le début. Tu sais pourquoi ?

— Pourquoi ?

— Parce qu'on est tous les deux de la merde, dit-il avec amertume. De la merde. Sauf que moi, je sais ce que je suis. Je peux même arriver à vivre avec. Mais toi, pauvre connard, tu crois que si tu tires la langue en remuant la queue assez longtemps, quelqu'un finira un de ces jours par te pardonner tes péchés. »

Marty cracha un jet de salive dans sa main et l'essuya sur ses jeans.

« Il n'y a que la vérité qui blesse, hein ? railla Luther.

— D'accord, répliqua Marty, puisque tu sais si bien assener les vérités, peut-être que tu vas pouvoir me dire ce qui se passe ici.

— Je te l'ai dit : je ne pose pas de questions.

— Tu ne t'es jamais demandé ce qui arrivait ?

— Bien sûr que si. Tous les jours, chaque fois que j'apportais sa came à la gamine, chaque fois que je voyais le vieux se mettre à suer quand il commençait à faire noir. Mais pourquoi est-ce que tout ça devrait avoir un sens ? C'est un dingue ; voilà ta réponse. Il a perdu la boule quand sa femme est partie. Ça a été trop brutal. Il n'a pas pu l'encaisser. Il est complètement fou depuis que c'est arrivé.

— Et ça suffit à expliquer tout ce qui se passe ? »

Luther essuya une tache de sang sur son menton avec le dos de sa main.

« Je n'entends rien, je ne dis rien, je ne vois rien, déclara-t-il.

— Je ne suis pas un singe », répondit Marty.

41

Ce ne fut pas avant le milieu de la soirée que le vieil homme consentit à voir Marty. A ce moment-là, sa colère avait perdu de son intensité, ce qui était sans doute la raison de ce délai. Cette nuit, Whitehead avait délaissé son bureau et son fauteuil près de la fenêtre. Il leur avait préféré la bibliothèque. La seule lampe allumée de la pièce avait été placée non loin de lui, derrière son siège. En conséquence, il était presque impossible de voir son visage, et sa voix était si dénuée de couleur qu'il était malaisé d'en retirer quelque indice quant à son humeur. Mais Marty s'était à moitié attendu à ce cabotinage et il s'y était préparé. Il avait des questions à poser, et il n'allait pas se laisser intimider et demeurer muet.

« Où est Carys ? » demanda-t-il.

La tête bougea légèrement dans l'ombre du fauteuil. Les mains refermèrent un livre pour le reposer sur la table. Un roman de science-fiction : de la lecture légère pour une atmosphère lourde.

« En quoi cela vous regarde-t-il ? » voulut savoir Whitehead.

Marty croyait bien avoir prévu toutes les réactions possibles — faux-fuyants et tentatives de corruption —, mais cette question, qui renvoyait la balle dans son camp, le prit par surprise. Elle sous-entendait d'autres questions : Whitehead était-il au courant de sa liaison avec Carys, par exemple ? Il s'était torturé durant l'après-midi entier à l'idée qu'elle avait pu tout lui dire, qu'elle était allée trouver le vieil homme après leur première nuit, et après les autres, pour rendre compte de la moindre de ses maladresses, de sa pitoyable naïveté.

« Il faut que je sache, dit-il.

— Eh bien, je ne vois aucune raison pour ne pas vous le dire, répliqua la voix éteinte, bien que, Dieu m'en soit témoin, ce soit une épreuve douloureuse pour moi. Mais il y a peu de gens désormais à qui je puisse me confier. »

Marty essaya de localiser les yeux de Whitehead, mais la lumière derrière le fauteuil l'éblouissait. Il ne pouvait qu'écouter les modulations régulières de cette voix et essayer de pêcher des conclusions dans son flot.

« Elle a été emmenée loin d'ici, Marty. Sur ma demande. Dans un endroit où l'on pourra accorder à ses problèmes toute l'attention nécessaire.

— La drogue ?

— Vous avez dû vous rendre compte que sa dépendance s'était considérablement accrue ces dernières semaines. J'avais espéré la limiter en lui donnant une quantité suffisante pour la satisfaire, tout en diminuant peu à peu ses doses. Cela marchait bien jusqu'à une date récente. » Il soupira ; une main monta jusqu'à son visage. « J'ai été stupide. J'aurais dû admettre ma défaite il y a longtemps et la faire entrer en clinique. Mais je ne voulais pas qu'on me la prenne — c'est aussi simple que ça. Puis, la nuit dernière — nos visiteurs, le massacre des chiens —, je me suis rendu compte à quel point j'étais égoïste en lui faisant subir une telle pression. Il est trop tard à présent pour que je demeure possessif ou vaniteux. Si les gens découvrent que ma fille est une droguée, tant pis.

— Je vois.

— Vous étiez attaché à elle.

— Oui.

— C'est une belle jeune fille ; et vous êtes seul. Elle a parlé de vous avec chaleur. Avec le temps, elle finira par revenir parmi nous, j'en suis sûr.

— J'aimerais lui rendre visite.

— Plus tard, plus tard. On m'a dit qu'ils exigeaient qu'elle soit maintenue en isolation durant les premières semaines du traitement. Mais soyez rassuré, elle est en bonnes mains. »

Tout ceci était si convaincant. Mais c'étaient des *mensonges*. C'étaient sûrement des mensonges. La chambre de Carys avait été totalement vidée : était-ce en anticipation de son retour « parmi eux » dans quelques semaines ? C'était une autre fiction. Mais avant que Marty n'ait pu protester, Whitehead avait repris la parole d'un ton mesuré.

« Vous êtes très proche de moi à présent, Marty. Comme Bill Toy l'a été en son temps. En fait, je pense que nous devrions vous accueillir dans notre cercle, ne le croyez-vous pas ? Je donne une réception dimanche prochain. J'aimerais que vous y assistiez. En tant qu'invité d'honneur. »

Que voilà des paroles flatteuses ! Le vieil homme avait repris le dessus sans effort.

« Cette semaine, je crois que vous devriez aller à Londres pour vous acheter un costume décent. J'ai bien peur que mes réceptions ne soient un peu formelles. »

Il tendit la main vers son livre et le rouvrit.

« Voici un chèque. »

Il était plié entre les pages du livre, déjà signé, déjà prêt pour que Marty l'emporte.

« Son montant devrait couvrir l'achat d'un costume de qualité, de quelques chemises, d'une ou deux paires de souliers. Et de tout ce que vous souhaiterez d'autre. »

Le chèque était tendu vers lui, tenu entre l'index et le majeur.

« Prenez-le, je vous en prie. »

Marty fit un pas en avant et prit le chèque.

« Merci.

— Vous pourrez l'encaisser à ma banque du Strand. Ils vous attendent. Et ce que vous ne dépenserez pas, je veux que vous le jouiez.

— Monsieur ? »

Marty n'était pas sûr d'avoir bien entendu cette invite.

« *J'insiste* pour que vous jouiez cet argent, Marty. Les chevaux, les cartes, ce que vous voulez. Amusez-vous. Voulez-vous faire ça pour moi ? Et quand vous serez revenu, vous pourrez rendre un vieil homme jaloux en lui faisant le récit de vos aventures. »

C'était bien une tentative de corruption. Le chèque que lui offrait le vieil homme persuada Marty que celui-ci mentait au sujet de Carys, mais il manquait du courage nécessaire pour insister davantage. Ce n'était pas cependant la seule lâcheté qui le retenait : c'était une excitation naissante. On l'avait acheté deux fois. Une première fois avec de l'argent ; et ensuite avec cette invitation à le jouer. Cela faisait des années qu'il n'avait pas eu pareille chance. De l'argent à profusion et du temps libre en abondance. Le jour viendrait peut-être où il détesterait Papa pour avoir réveillé le virus dans son organisme : mais avant cela, il aurait pu gagner et perdre une fortune et la regagner ensuite. Il restait debout devant le vieil homme, déjà en proie à la fièvre.

« Vous êtes un brave homme, Strauss. »

Les paroles de Whitehead s'élevaient du fauteuil plongé dans l'ombre comme celles d'un prophète sur un roc. Bien qu'il ne pût pas voir le visage du potentat, Marty savait qu'il souriait.

42

Malgré les années qu'elle avait passées sur l'île du Soleil, Carys avait une appréhension tout à fait saine de la réalité. Du moins en avait-elle joui jusqu'à ce qu'ils l'eussent amenée dans cette maison froide et nue de Caliban Street. Ici, plus rien n'était sûr. C'était l'œuvre de Mamoulian, à n'en pas douter. Les maisons n'étaient pas hantées, seuls l'étaient les esprits humains. Tout ce qui se mouvait dans l'air en ce lieu, tout ce qui grouillait le long des lattes du plancher en compagnie des cafards et des boules de poussière, tout ce qui scintillait au coin de ses yeux comme la lumière jouant sur l'eau, tout cela était fabriqué par Mamoulian.

Durant les trois jours qui avaient suivi son arrivée dans cette maison, elle avait même refusé de parler à son hôte, ou plutôt à son geôlier. Elle n'arrivait pas à se rappeler pourquoi elle était venue, mais elle était sûre qu'il s'était jouée d'elle pour l'amener ici — le souffle de son esprit sur ma nuque — et elle lui en voulait de ses manipulations. Breer, l'obèse, lui avait apporté de la nourriture et, le deuxième jour, de la drogue, mais elle refusait de manger ou de dire un seul mot. La chambre dans laquelle ils l'avaient enfermée était fort confortable. Elle avait des livres et un poste de télévision, mais l'atmosphère y était trop instable pour qu'elle s'y sentît à l'aise. Elle ne pouvait ni lire ni regarder les stupidités qui défilaient sur l'écran. Parfois, il lui était difficile de se souvenir de son nom ; on aurait dit que cette constante proximité l'effaçait. Peut-être était-il capable de ça. Après tout, il avait bien pénétré dans sa tête... Il s'était subrepticement insinué comme un ver dans son esprit Dieu savait combien de fois. Il était entré en elle, en *elle,* pour l'amour de Dieu, et elle ne l'avait jamais su.

« N'aie pas peur. »

Il était trois heures du matin, c'était le quatrième jour de sa captivité, après une nouvelle nuit sans sommeil. Il était entré dans sa chambre si silencieusement qu'elle avait baissé les yeux pour voir si ses pieds étaient en contact avec le sol.

« Je déteste cette maison, l'informa-t-elle.

— Préférerais-tu l'explorer, plutôt que de rester enfermée ici ?

— Elle est hantée », dit-elle, s'attendant à ce qu'il éclate de rire.

Il n'en fit rien, cependant. Aussi continua-t-elle.

« Êtes-vous son fantôme ?

— Ce que je suis est un mystère, répondit-il, même pour moi. » L'introspection avait adouci sa voix. « Mais je ne suis pas un fantôme. Tu peux en être sûre. N'aie pas peur de moi, Carys. Tout ce que tu ressens, je le partage avec toi dans une certaine mesure. »

Elle se rappelait avec acuité la révulsion de cet homme à l'égard de l'acte sexuel. Quelle créature pâle et maladive il était, en dépit de tous ses pouvoirs. Elle ne pouvait pas se résoudre à le haïr, bien qu'elle eût des raisons de le faire.

« Je n'aime pas que l'on m'utilise, dit-elle.

— Je ne t'ai fait aucun mal. Je ne te fais aucun mal *maintenant,* n'est-ce pas ?

— Je veux voir Marty. »

Mamoulian s'était mis à tirailler sur sa main mutilée.

« Ce n'est pas possible, j'en ai peur », dit-il.

Le tissu cicatriciel de sa main, ainsi étiré, luisait, mais cette anatomie mal guérie refusait de se soumettre.

« Pourquoi ne voulez-vous pas me laisser le voir ?

— Tu as tout ce dont tu as besoin. De la nourriture en quantité suffisante ; et de l'héroïne. »

L'idée lui traversa soudain l'esprit que Marty pouvait se trouver sur la liste des victimes potentielles de l'Européen. Pouvait, en fait, être déjà mort.

« Je vous en prie, ne lui faites pas de mal, dit-elle.

— Les voleurs ne font que passer, répondit-il. Je ne veux pas être tenu pour responsable de ce qui lui arrivera.

— Je ne vous le pardonnerai jamais, dit-elle.

— Mais si », répondit-il, d'une voix si douce qu'elle devenait presque irréelle. « Je suis ton protecteur à présent, Carys. Si l'on me l'avait permis, je t'aurais élevée depuis ton enfance et t'aurais épargné toutes les humiliations qu'il t'a fait endurer. Mais il est trop tard. Je ne peux que te protéger contre de nouvelles corruptions. »

Il renonça à former un poing. Elle vit à quel point sa main blessée le dégoûtait. « Il la trancherait s'il le pouvait, pensa-t-elle ; ce n'est pas seulement le sexe qu'il abhorre, c'est la chair. »

« Il suffit », dit-il, à propos de sa main, de leur conversation, ou de rien du tout.

Quand il la quitta pour la laisser dormir, il ne verrouilla pas la porte derrière lui.

Le lendemain, elle commença à explorer la maison. Il n'y avait rien de remarquable dans cet endroit ; c'était simplement une grande maison vide de trois étages. Dans la rue, au-delà des fenêtres sales, des gens ordinaires déambulaient, trop enfermés dans leurs têtes pour regarder autour d'eux. Bien que son instinct lui eût tout d'abord crié de frapper sur les carreaux, d'appeler à l'aide, cette impulsion fut aisément vaincue par la raison. Si elle sortait d'ici, que fuirait-elle, où fuirait-elle ? Elle jouissait d'une certaine sécurité, et de la drogue. Bien qu'elle lui eût tout d'abord résisté, la drogue l'attirait trop pour qu'elle la jetât dans les toilettes. Et après quelques jours durant lesquels elle s'était contentée des pilules, elle avait baissé pavillon devant l'héroïne. On lui en fournissait régulièrement : il n'y en avait jamais trop, il y en avait toujours assez, et elle était toujours de bonne qualité.

Seul Breer, l'obèse, la dérangeait. Il venait certains jours et l'observait, ses yeux gonflés pareils à deux œufs mal pochés au milieu de sa tête. Elle en parla à Mamoulian et, le lendemain, il ne s'attarda pas ; il se contenta de lui apporter ses pilules puis s'esquiva. Et les journées se succédèrent lentement ; parfois elle ne se rappelait ni où elle était ni comment elle était arrivée ici ; parfois, elle se rappelait son nom, parfois non. Une fois, peut-être deux, elle essaya d'atteindre Marty par la pensée, mais il était trop loin d'elle. A moins que la maison n'eût mis ses pouvoirs en sommeil. Quoi qu'il en fût, ses pensées s'égaraient quand elles s'éloignaient de quelques kilomètres de Caliban Street, et elle revenait là, en nage et terrifiée.

Elle se trouvait dans la maison depuis une semaine quand la situation se dégrada.

« J'aimerais que tu fasses quelque chose pour moi, dit l'Européen.

— Quoi ?

— J'aimerais que tu retrouves Mr Toy. Tu te souviens de Mr Toy ? »

Bien sûr, qu'elle s'en souvenait. Pas très bien, mais elle s'en souvenait. Ce nez cassé, ces yeux prudents qui l'avaient toujours regardée avec tant de tristesse.

« Crois-tu pouvoir le localiser ?

— Je ne sais pas comment faire.

— Laisse ton esprit aller à lui. Tu sais comment faire, Carys.

— Pourquoi ne pouvez-vous pas le faire vous-même ?

— Parce qu'il s'attendra à moi. Il aura érigé des défenses, et je suis trop fatigué en ce moment pour lutter avec lui.

— A-t-il peur de vous ?

— Probablement.

— Pourquoi ?

— Tu étais encore au berceau quand Mr Toy et moi nous sommes rencontrés pour la dernière fois. Nous nous sommes séparés comme des ennemis ; il pense que nous sommes toujours des ennemis...

— Vous allez lui faire du mal, dit-elle.

— Ce sont mes affaires, Carys. »

Elle se releva, prenant appui contre le mur au pied duquel elle s'était affalée.

« Je ne pense pas vouloir le rechercher pour vous.

— Ne sommes-nous pas des amis ?

— Non, dit-elle. Non. Jamais.

— Viens. »

Il fit un pas vers elle. Sa main brisée vint la toucher — son contact était aussi léger que celui d'une plume.

« Je crois que vous *êtes* un fantôme », dit-elle.

Elle le laissa dans le couloir et monta dans la salle de bains pour réfléchir, verrouillant la porte derrière elle. Elle savait sans l'ombre d'un doute qu'il ferait du mal à Toy si elle le conduisait jusqu'à cet homme.

« Carys », dit-il doucement.

Il était devant la porte de la salle de bains. Cette présence toute proche lui donna la chair de poule.

« Vous ne pouvez pas me forcer, dit-elle.

— Ne me tente pas. »

Soudain, le visage de l'Européen envahit sa tête. Il parla de nouveau :

« Je t'ai connue avant que tu ne marches, Carys. Je t'ai souvent tenue dans mes bras. Tu as sucé mon pouce. »

Il parlait les lèvres collées contre la porte ; sa voix basse résonnait dans le bois derrière son dos.

« Ce n'est ni de ta faute ni de la mienne si nous avons été séparés. Crois-moi, je suis heureux que tu aies les dons de ton père, parce qu'il ne les a jamais utilisés. Il n'a jamais pu comprendre la sagesse que l'on pouvait en retirer. Il a tout gaspillé : pour la gloire, pour la richesse. Mais toi... je pourrais t'apprendre, Carys. T'apprendre ces choses. »

Sa voix était si séduisante qu'elle semblait passer à travers la porte pour venir l'envelopper, comme l'avaient fait ses bras, il y avait tant d'années de cela. Elle se retrouva soudain minuscule dans son étreinte ; il gazouillait à son oreille, faisait des grimaces pour faire naître sur ses lèvres un sourire angélique.

« Trouve Toy pour moi. Est-ce tant demander en retour de toutes les faveurs dont je t'ai gratifiée ? »

Elle se surprit en train d'osciller au rythme de sa berceuse.

« Toy ne t'a jamais aimée, disait-il, personne ne t'a *jamais* aimée. »

C'était un mensonge, et une erreur de tactique. Ces paroles agirent comme de l'eau froide jetée sur son visage. Elle *était* aimée ! Marty l'aimait. Le coureur ; *son* coureur.

Mamoulian sentit son erreur de calcul.

« Ne me défie pas », dit-il — sa voix avait perdu toute douceur.

« Allez au diable, dit-elle.

— Comme tu voudras... »

Il y avait une note définitive dans sa voix, comme si le problème était réglé une bonne fois pour toutes. Mais il ne quitta pas son poste près de la porte. Elle le sentait tout près. Attendait-il qu'elle se lasse et qu'elle sorte de là ? se demanda-t-elle. La contrainte par la violence n'était sûrement pas son style ; à moins qu'il n'ait décidé de se servir de Breer. Elle se durcit contre cette éventualité. Elle lui arracherait ses yeux glauques.

Plusieurs minutes s'écoulèrent — elle était sûre que l'Européen était toujours là, bien qu'elle ne pût entendre ni mouvement ni souffle.

Et puis, la tuyauterie se mit à gronder. Quelque part dans le système, une marée montait vers elle. Le lavabo émit un bruit de succion, l'eau dans la chasse se mit à clapoter, le couvercle du cabinet s'ouvrit et se referma brusquement tandis qu'une bouffée d'air fétide était déchargée par les profondeurs. Cela devait être son œuvre. Le cabinet péta de nouveau — l'odeur était atroce.

« Que se passe-t-il ? » demanda-t-elle dans un souffle.

Un gruau d'immondices débordait du cabinet et tombait goutte à goutte sur le sol. Des formes sinueuses y nageaient. Elle ferma les yeux. Ce n'était qu'un artifice, conjuré par l'Européen dans le but de mater sa révolte : elle devait l'ignorer. Mais même sans le secours de la vision, l'illusion persista. L'eau clapotait plus fort avec la montée du déluge et elle entendait dans le courant des choses lourdes et molles qui s'agitaient sur le sol de la salle de bains.

« Eh bien ? » fit Mamoulian.

Elle maudit les illusions et l'enchanteur dans un même souffle vitriolé.

Quelque chose vint ramper sur son pied nu. Qu'elle soit damnée si elle ouvrait les yeux et offrait un autre sens à ses assauts, mais la curiosité la força à les ouvrir.

Les gouttes qui tombaient de la cuvette étaient devenues une cascade, comme si les égouts avaient été pleins et déchargeaient leur contenu à ses pieds. Ce n'étaient pas simplement des excréments et de l'eau; cette soupe d'ordures chaude avait engendré des monstres. Des créatures qu'on ne trouverait dans aucune zoologie saine : des choses qui avaient jadis été des poissons, jadis des crabes; des fœtus évacués des cliniques avant que leurs mères ne s'éveillent en hurlant à leur vue; des animaux qui se nourrissaient d'excréments. Au cœur de ce limon de choses délaissées, d'immondices et d'ordures, ces créatures se dressaient sur des membres huileux et se dirigeaient vers elle sur leurs nageoires rudimentaires.

« Faites-les partir », dit-elle.

Elles n'avaient aucune intention de battre en retraite. La marée écumante et blafarde montait toujours vers elle ; la faune que vomissait le cabinet produisait des spécimens de plus en plus grands.

« Trouve Toy », proposa la voix de l'autre côté de la porte.

Ses mains en sueur glissèrent sur la poignée, mais la porte refusa de s'ouvrir. Il n'y avait aucun signe de répit.

« Laissez-moi sortir.

— Dis-moi seulement oui. »

Elle s'aplatit contre la porte. Le couvercle du cabinet s'ouvrit brusquement pour laisser passer un souffle violent, et cette fois-ci, il resta ouvert. Le flot s'amplifia et le tuyau se gonfla alors que quelque chose qui était trop large pour lui commençait à se frayer un chemin vers la lumière. Elle entendit ses griffes racler la paroi du tuyau, elle entendit le staccato de ses crocs.

« Dis oui.

— Non. »

Un bras luisant surgit de la cuvette flatulente et s'agita dans l'air jusqu'à ce que ses doigts se fussent fixés sur la porcelaine. Puis la créature commença à se hisser, ses os pourris par l'eau avaient la consistance du caoutchouc.

« Je vous en supplie, cria-t-elle.

— Dis-moi seulement oui.

— Oui ! Oui ! Tout ce que vous voudrez ! *Oui !* »

Alors qu'elle éjaculait ces mots, la poignée de la porte bougea. Elle tourna le dos à l'horreur qui émergeait des égouts et appuya de tout son poids sur la poignée tandis que son autre main saisissait la clé. Derrière elle, elle entendit le bruit d'un corps en train de se contorsionner pour se dégager. Elle tourna la clé dans le mauvais sens, puis dans le bon. De la boue vint éclabousser son mollet. Il était presque sur ses talons. Alors qu'elle ouvrait la porte, des doigts visqueux saisirent sa cheville, mais elle bondit hors de la salle de bains avant qu'il ait pu l'attraper, et une fois sur le palier, referma la porte derrière elle.

Mamoulian, une fois sa victoire acquise, avait disparu.

Après cela, elle ne parvint plus à se rendre dans la salle de bains. Sur sa requête, le Mangeur de Rasoirs lui apporta un seau hygiénique, qu'il venait chercher et ramener tous les jours avec révérence.

L'Européen ne parla plus jamais de cet incident. Cela n'était pas nécessaire. Cette nuit-là, elle fit ce qu'il lui avait demandé. Elle laissa s'ouvrir son esprit et partit à la recherche de Bill Toy, et, après quelques minutes seulement, le trouva. Peu de temps après, l'Européen fit de même.

43

Jamais, depuis les jours bénis de ses triomphes dans les casinos, Marty n'avait possédé autant d'argent qu'aujourd'hui. Deux mille livres sterling : ce n'était pas une fortune pour Whitehead, mais cela hissait Marty à des hauteurs vertigineuses. Peut-être l'histoire que le vieil homme lui avait racontée au sujet de Carys était-elle un mensonge. Dans ce cas, il parviendrait bien à lui soutirer la vérité le moment venu. Doucement, mon vieux, comme lui disait Feaver. Que dirait Feaver en voyant Marty aujourd'hui, des billets de banque jusqu'aux chevilles ?

Il gara sa voiture près de la gare d'Euston et prit un taxi pour aller jusqu'au Strand encaisser le chèque. Puis il partit en quête d'un beau costume de soirée. Whitehead lui avait conseillé un tailleur près de Regent's Street. Les essayeurs le traitèrent d'abord avec quelque brusquerie, mais dès qu'il leur eut montré la couleur de son argent, leur ton se métamorphosa en délire de sycophantes. Réprimant un sourire, Marty joua au client délicat ; ils s'agitaient en soupirant autour de lui ; il les laissa faire. Ce ne fut qu'après avoir supporté durant trois quarts d'heure leurs attentions efféminées qu'il tomba sur quelque chose à son goût : un choix fort traditionnel mais d'un style impeccable. Le costume et la garde-robe qui l'accompagnait — souliers, chemises, une sélection de cravates — entamèrent son liquide plus qu'il ne l'avait prévu, mais il le laissa couler entre ses doigts. Il emporta avec lui le costume et l'un des ensembles qui allaient avec. Il demanda qu'on envoie le reste au Sanctuaire.

Il était près de midi quand il émergea de chez le tailleur et il erra quelque temps à la recherche d'un endroit où manger. Il y avait dans Gerrard Street un restaurant chinois que lui et

Charmaine avaient fréquenté chaque fois que leurs fonds le leur avaient permis. Il y retourna. Bien que sa façade ait été modernisée pour accueillir une large enseigne au néon, l'intérieur était resté à peu près le même ; la nourriture était aussi bonne que dans ses souvenirs. Il s'assit et entreprit d'explorer les richesses du menu, heureux de jouer jusqu'au bout le rôle du richard. Il commanda une demi-douzaine de cigares après le repas, avala plusieurs cognacs et laissa un pourboire digne d'un millionnaire. « Papa serait fier de moi », pensa-t-il. Quand il fut bien repu, gris et satisfait, il sortit dans l'après-midi tiède. Il était temps de suivre le reste des instructions de Whitehead.

Il se dirigea vers Soho, errant quelques minutes avant de trouver un bureau de paris. Quand il pénétra dans cet endroit enfumé, la honte l'assaillit, mais il ordonna à sa conscience mal inspirée d'aller se faire voir.

Il y avait des courses à Newmarket, à Kempton Park et à Doncaster — chacun de ces noms évoquait des associations douces-amères — et il paria généreusement sur toutes celles qui étaient en cours. Un vieil enthousiasme eut bientôt tué les dernières bribes de sa honte. C'était comme la vie, ce jeu, mais il avait un goût plus fort. Avec les gains qu'il promettait toujours et les pertes qu'il dispensait souvent, il dramatisait l'impression qu'il avait eue, étant enfant, de ce que devait être la vie d'un adulte. Il avait cru qu'une fois qu'il aurait laissé l'ennui derrière lui pour pénétrer dans le monde secret, barbu et tumescent de la virilité, chaque mot serait chargé de risques et de promesses, que chaque souffle exhalé serait une victoire remportée malgré des risques extraordinaires.

Tout d'abord, l'argent se mit à le fuir ; il ne pariait pas de fortes sommes, mais la fréquence de ses pertes commença à faire diminuer ses réserves. Puis, au bout de trois quarts d'heure, les choses s'améliorèrent nettement ; les chevaux qu'il choisissait au hasard gagnaient malgré des handicaps invraisemblables, l'un après l'autre. En une seule course, il regagna ce qu'il avait perdu dans les deux précédentes, et bien plus encore. Son enthousiasme devint de l'euphorie. C'était le sentiment même qu'il avait tenté avec difficulté de décrire à Whitehead — maîtriser le hasard.

Finalement, ses gains se mirent à le lasser. Empochant les sommes qu'il avait remportées sans prendre la peine de les compter réellement, il s'en fut. L'argent formait une grosse boule à l'intérieur de son veston ; il exigeait d'être dépensé. Poussé par l'instinct, il se fraya un chemin dans la foule d'Oxford Street, choisit un magasin de luxe et acheta un manteau de fourrure à neuf cents livres pour Charmaine, puis héla un taxi pour le lui apporter. Le voyage fut fort lent ; les masses laborieuses commençaient à s'évader et les rues bouchonnaient. Mais son humeur l'empêchait d'être irrité.

Il demanda au taxi de le descendre au coin de la rue car il voulait en parcourir la longueur. Les choses avaient changé depuis qu'il était venu ici pour la dernière fois, deux mois et demi auparavant. Le début de printemps était devenu un début d'été. A présent, aux environs de six heures du soir, la chaleur du jour ne s'était pas dissipée ; on sentait en elle une odeur de croissance. Et ce n'était pas seulement la saison qui avait progressé, qui était devenue plus mûre, pensa-t-il ; c'était aussi sa situation.

Il se sentait réel. Dieu du ciel, c'était ça. Il était enfin capable d'opérer dans le monde, de l'affecter, de le modeler.

Charmaine paraissait agitée quand elle vint lui ouvrir la porte, et plus encore quand Marty pénétra dans la maison, l'embrassa et posa le paquet contenant la fourrure dans ses bras.

« Tiens. Je t'ai acheté quelque chose. »

Elle fronça les sourcils.

« Qu'est-ce que c'est, Marty ?

— Regarde. C'est pour toi.

— Non, dit-elle. Je ne peux pas. »

La porte d'entrée était toujours ouverte. Elle le repoussait vers elle, ou du moins tentait de le faire. Mais il ne voulait pas s'en aller. Sous l'expression d'embarras qui avait envahi son visage il y avait quelque chose : de la colère, et même de la panique. Elle pressa le paquet contre lui sans l'avoir ouvert.

« Je t'en prie, va-t-en, dit-elle.

— C'est une surprise », lui dit-il, résolu à ne pas se laisser repousser.

« Je ne veux pas de surprise. Va-t'en. Téléphone-moi demain. »

Il refusait de prendre le paquet qu'elle lui tendait, et celui-ci s'ouvrit quand il tomba entre eux. Le lustre somptueux de la fourrure coula hors de lui ; elle ne put s'empêcher de se pencher pour la ramasser.

« Oh, Marty... », murmura-t-elle.

Alors qu'il baissait la tête pour regarder ses cheveux luisants, quelqu'un apparut en haut de l'escalier.

« Qu'est-ce qu'il y a ? »

Marty releva la tête. Flynn se tenait sur le palier, vêtu seulement de son slip et de ses chaussettes. Il n'était pas rasé. L'espace de quelques secondes, il ne dit rien, évaluant la situation. Puis un sourire, sa panacée habituelle, s'étala sur son visage.

« Marty, s'exclama-t-il, ça boume ? »

Marty regarda Charmaine, qui avait les yeux fixés sur le sol. Elle tenait le manteau de fourrure dans ses bras, ramassé sur lui-même comme un animal mort.

« Je vois », dit Marty.

Flynn descendit quelques marches. Ses yeux étaient injectés de sang.

« Ce n'est pas ce que tu crois. Vraiment », dit-il, s'arrêtant à mi-chemin, attendant de voir de quelle façon Marty allait réagir.

« C'est exactement ce que tu crois, Marty, dit doucement Charmaine. Je regrette que tu aies dû le découvrir de cette façon, mais tu ne m'as jamais téléphoné. Je t'avais dit de téléphoner avant de passer ici.

— Combien de temps ? murmura Marty.

— Deux ans, environ. »

Marty jeta un œil à Flynn. Ils s'étaient bien amusés ensemble avec cette fille noire — Ursula, c'est ça ? — quelques semaines auparavant, et quand le lait avait été renversé, Flynn s'était éclipsé. Il était revenu ici, vers Charmaine. S'était-il lavé, se demanda Marty, avant de rejoindre Charmaine dans leur lit à deux places ? Probablement non.

« Pourquoi lui ? se surprit-il à demander. Pourquoi lui, pour l'amour de Dieu ? Tu ne pouvais pas trouver mieux ? »

Flynn ne dit rien pour sa défense.

« Je crois que tu ferais mieux de partir, Marty », dit Charmaine, tentant avec maladresse de remettre le manteau dans son paquet.

« C'est un tel tas de merde, dit Marty. Tu ne vois pas quel tas de merde est ce mec ?

— *Il était là,* répondit-elle avec amertume. Pas toi.

— Mais c'est un maquereau, pour l'amour de Dieu !

— Oui », dit-elle, laissant choir le paquet et se relevant enfin, les yeux en furie, pour laisser éclater la vérité. « Oui, c'est exact. Pourquoi donc crois-tu que je me sois mise en ménage avec lui ?

— Non, Char...

— Les temps sont durs, Marty. Je n'avais rien pour vivre sinon l'air du temps et tes lettres d'amour. »

Elle avait fait la pute pour lui ; ce salaud lui avait fait faire la pute. Sur les marches, Flynn était devenu d'une couleur maladive.

« Un instant, Marty, dit-il. Je ne l'ai jamais forcée à faire ce qu'elle ne voulait pas faire. »

Marty se dirigea vers le bas de l'escalier.

« C'est pas vrai ? dit Flynn en se tournant vers Charmaine. Dis-le-lui donc ! Est-ce que je t'ai jamais forcée à faire une chose que tu ne voulais pas faire ?

— Non », dit Charmaine, mais Marty montait déjà les marches quatre à quatre.

Flynn ne resta immobile qu'un instant, puis battit en retraite.

« Hé, mec... », dit-il, levant les mains pour s'abriter des coups.

« Tu as fait de ma femme une pute ?

— Est-ce que je serais capable de faire une chose pareille ?

— *Tu as fait de ma femme une pute, nom de Dieu ?* »

Flynn se retourna et se précipita vers le palier. Marty trébucha sur les marches en courant derrière lui.

« Salaud ! »

La tentative d'évasion fut une réussite : Flynn était à l'abri derrière la porte de la chambre et plaçait une chaise contre elle avant que Marty ne parvînt sur le palier. Tout ce qu'il pouvait faire était de cogner contre la porte. Mais il suffit d'une seconde de répit pour faire tomber sa colère. Quand Charmaine arriva en haut des marches, il avait cessé de haranguer la porte et s'était appuyé contre le mur, les yeux douloureux. Elle ne dit rien ; elle n'avait ni les moyens ni le désir de traverser le gouffre qui béait entre eux.

« *Lui,* fut tout ce qu'il put dire. Il a fallu que ce soit lui que tu choisisses.

— Il a été bon avec moi », répondit-elle.

Elle n'avait aucune intention de plaider leur cause ; c'était Marty qui était un intrus ici. Elle ne lui devait aucune excuse.

« Ce n'est pas comme si je t'avais quittée...

— C'était de ta faute, Marty. Tu as tout perdu pour *nous deux.* Je n'ai jamais eu mon mot à dire. » Si elle tremblait, il le voyait bien, ce n'était pas de chagrin mais de colère. « Tu as joué tout ce que nous avions. Tout. Et tu as tout perdu, pour nous deux.

— Nous ne sommes pas morts.

— J'ai trente-deux ans. J'ai l'impression d'en avoir le double.

— C'est lui qui te rend fatiguée.

— Tu es si stupide », dit-elle, sans la moindre trace de sentiment — son mépris glacé le fit frissonner. « Tu n'as jamais vu à quel point tout était fragile : tu continuais de te conduire comme ça te plaisait. Stupide et égoïste. »

Marty mordilla sa lèvre supérieure, observant sa bouche qui proférait des vérités à son encontre. Il avait envie de la frapper, mais cela ne lui aurait pas donné tort ; il n'aurait fait que la blesser davantage. Secouant la tête, il passa près d'elle et descendit l'escalier à grand bruit. Là-haut, elle restait silencieuse.

Il passa près du paquet, près du manteau de fourrure abandonné. « Qu'ils baisent là-dessus, pensa-t-il : Flynn aimerait ça. » Il ramassa le sac qui contenait son costume et s'en fut. La vitre de la porte trembla tant il la referma avec force.

« Tu peux sortir maintenant, dit Charmaine à la porte close de sa chambre. On a cessé de tirer. »

44

Marty ne parvenait pas à chasser une pensée de sa tête : elle avait dû tout dire à Flynn à son sujet ; elle lui avait révélé tous les secrets de leur vie commune. Il s'imagina Flynn étendu sur le lit, vêtu de ses seules chaussettes, en train de la caresser et d'éclater de rire tandis qu'elle lui ressortait toutes ses saletés : comment Marty avait dépensé tout son argent aux courses et au poker ; comment il n'avait jamais réussi à gagner plus de cinq minutes d'affilée durant toute sa vie (« tu aurais dû me voir aujourd'hui, voulait-il lui dire, les choses ont changé à présent, je brûle maintenant ») ; comment il se comportait au lit, correctement les rares fois où il avait réussi à gagner quelque chose et lamentablement le reste du temps ; comment il avait d'abord perdu sa voiture en jouant avec Macnamara, puis ensuite ses plus beaux meubles, et finalement une petite fortune, qu'il lui devait encore ; comment il avait ensuite essayé de voler pour se tirer de ses dettes. Et cela aussi avait lamentablement échoué.

Il revivait la poursuite dans son esprit, avec toujours autant de netteté. La voiture qui empeste la poudre du fusil que berce Nygaard ; les gouttes de sueur qui coulent sur le visage de Marty, emplissant les pores de sa peau en se refroidissant sous l'effet de l'air qui entre par la vitre ouverte, voletant comme des pétales de fleur devant ses yeux. Tout était si clair que cela aurait pu se passer la veille. Tout ce qui était arrivé depuis, presque dix ans de son existence, pivotait sur ces quelques minutes. Cela le rendit presque physiquement malade d'y penser. Un vrai gâchis. Un gâchis.

L'heure était venue de s'enivrer. L'argent qui restait dans sa poche — un nombre à quatre chiffres — semblait le brûler, exigeant d'être dépensé ou d'être joué. Il erra jusqu'à Commercial Road et héla un autre taxi, incertain de ce qu'il allait faire à présent. Il était à peine dix-neuf heures ; la soirée à venir exigeait des préparatifs soigneux. Que ferait Papa ? pensa-t-il. Trahi et dans la merde, que ferait le grand homme ?

La réponse vint : ce dont il avait envie ; ce dont il avait foutrement envie.

Il se rendit à la gare d'Euston et passa une demi-heure dans les toilettes ; il se lava et se changea pour revêtir son costume neuf, en émergeant transformé. Il donna ses anciens vêtements au gardien des lieux, ainsi qu'un billet de dix livres.

Un peu de sa bonne humeur s'était de nouveau insinuée en lui quand il se fut changé. Il aimait bien l'image que lui avait renvoyée le miroir : la soirée pouvait encore se révéler un triomphe, à condition qu'il n'en fît pas trop. Il alla boire quelques verres à Covent Garden, juste assez pour lui fouetter le sang et lui remettre les idées en place, puis alla manger dans un restaurant italien. Quand il en sortit, les théâtres se vidaient ; il cueillit un bouquet de regards admiratifs, venus pour la plupart de femmes d'un certain âge et de jeunes hommes bien coiffés. « Je ressemble probablement à un gigolo », pensa-t-il ; il y avait une certaine disparité entre sa vêture et son visage, qui trahissait l'homme en train de jouer un rôle. Cette idée lui plut. Désormais, il allait jouer à être Martin Strauss, homme du monde, avec toute l'impudence dont il était capable. Être lui-même ne l'avait pas mené bien loin. Peut-être cette fiction allait-elle accélérer sa progression.

Il se balada le long de Charing Cross Road pour rejoindre la foule des piétons et des voitures de Trafalgar Square. Il y avait eu un pugilat sur les marches de l'église Saint-Martin's-in-the-Fields : deux hommes échangeaient des injures et des accusations sous le regard de leurs épouses.

Non loin de Trafalgar Square, derrière Pall Mall, la circulation était moins dense. Il lui fallut plusieurs minutes pour s'orienter. Il savait où il voulait aller, et avait cru savoir comment s'y rendre, mais à présent, il n'en était plus aussi sûr. Cela faisait longtemps qu'il n'était pas venu dans ce quartier, et quand il finit par retrouver la ruelle où se trouvait l'Academy — le club de Bill Toy —, ce fut grâce au hasard et non à sa volonté.

Son cœur battit un peu plus vite quand il gravit le perron. Il avait à jouer un numéro d'acteur difficile, un numéro qui ruinerait la soirée s'il échouait. Il fit une pause pour allumer un cigare, puis entra.

Durant sa période de gloire, il avait fréquenté un grand nombre de casinos de classe ; celui-ci exhibait la même grandeur démodée que ceux qu'il avait connus : panneaux de bois sombre, moquette prune sur le sol, portraits d'illustres inconnus sur les murs. La main dans la poche de son pantalon, la veste déboutonnée pour révéler le lustre de sa chemise, il traversa l'entrée jusqu'au bureau de la réception. La sécurité risquait d'être sévère : les hommes fortunés exigeaient d'être protégés. Il n'était pas un membre du club, et il ne s'attendait pas à le devenir sur-le-champ : pas sans parrain ni sans références. La seule façon pour lui de jouir d'une bonne soirée de jeu était de s'introduire ici en bluffant.

La rose pomponnée qui régnait sur le bureau eut un sourire prometteur.

« Bonsoir, monsieur.

— Comment allez-vous ce soir ? »

Son sourire ne bougea pas d'un pouce, bien qu'il fût impossible qu'elle l'eût reconnu.

« Très bien. Et vous ?

— Belle nuit. Est-ce que Bill est arrivé ?

— Je vous demande pardon, monsieur ?

— Mr Toy. Est-ce qu'il est arrivé ?

— Mr Toy... »

Elle consulta un registre, faisant défiler un doigt manucuré sur la liste des joueurs de la soirée. « Je ne pense pas qu'il...

— Il n'a sûrement pas signé, dit Marty. C'est un membre du club, pour l'amour de Dieu. »

La légère irritation perceptible dans sa voix prit la fille de court.

« Oh... je vois. Je ne pense pas le connaître.

— Enfin, c'est sans importance. Je vais y aller. Dites-lui que je suis aux tables de jeu, voulez-vous ?

— Attendez, monsieur. Je n'ai pas... »

Elle tendit une main comme pour saisir sa manche, mais changea d'avis. Il lui adressa un sourire enjôleur en se dirigeant vers les marches.

« Qui dois-je inscrire ?

— Mr Strauss, dit-il en affectant une pointe d'exaspération.

— Oui. Bien sûr. » Une expression de familiarité artificielle se peignit sur son visage. « Je suis désolée, Mr Strauss. C'est juste que...

— Pas de problème », répondit-il d'un air aimable, la laissant derrière lui en train de le regarder.

Il ne lui fallut que quelques minutes pour se familiariser avec la disposition des lieux. La roulette, le poker, le vingt-et-un — on trouvait de tout cela et plus encore. L'atmosphère de cet endroit était empreinte de sérieux : la frivolité n'était pas de mise en ce lieu où l'on pouvait gagner et perdre des sommes considérables. Si les hommes et les quelques femmes qui hantaient cette enclave feutrée étaient ici pour s'amuser, ils n'en laissaient paraître aucun signe. C'était un travail pour eux ; un dur travail, un travail sérieux. On entendait quelques conversations à voix basse dans les escaliers et les couloirs, et bien sûr, les appels lancés autour des tables, mais sinon, l'intérieur du club était plein d'un silence quasi religieux.

Il alla de salle en salle, observant les jeux l'un après l'autre, se familiarisant avec l'étiquette des lieux. Personne ne lui accorda plus d'un regard — il était trop à sa place dans ce paradis obsessionnel.

L'anticipation de l'instant où il allait enfin s'asseoir pour prendre part à un jeu l'excitait profondément ; il fit durer quelques moments de plus le plaisir de l'attente. Il avait toute la nuit pour s'amuser, après tout, et il ne savait que trop bien que l'argent dans sa poche disparaîtrait en quelques minutes s'il ne se montrait pas prudent. Il alla jusqu'au bar, commanda un whisky avec de l'eau et examina ses compagnons. Ils étaient tous ici pour la même raison : pour dresser leur ruse contre le hasard. La plupart buvaient seuls, rassemblant leurs forces mentales en vue du jeu qui les attendait. Plus tard, quand ils auraient gagné des fortunes, on les verrait peut-être danser sur les tables, ou demander à leurs maîtresses ivres d'improviser un strip-tease. Mais il était encore tôt.

Le garçon apparut. Un homme jeune, vingt ans tout au plus, avec une moustache qui avait l'air dessinée sur sa lèvre ; il avait déjà réussi à acquérir ce mélange d'obséquiosité et de supériorité qui caractérisait sa profession.

« Je vous demande pardon, monsieur... », dit-il.

L'estomac de Marty se contracta. Quelqu'un allait-il relever son bluff ?

« Oui ?

— Scotch ou bourbon, monsieur ?

— Oh. Euh... scotch.

— Très bien, monsieur.

— Apportez-le à la table.

— Où serez-vous, monsieur ?

— A la roulette. »

Le garçon se retira. Marty alla à la caisse et acheta pour huit cents livres de jetons, puis se rendit à la salle de roulette.

Il n'avait jamais été vraiment tenté par les cartes. Les jeux de cartes exigeaient la maîtrise de certaines techniques qu'il ne s'était jamais soucié d'apprendre ; bien qu'il admirât le style des grands joueurs, ce style même émoussait la confrontation qui était au cœur du jeu. Un bon joueur de cartes *utilisait* la chance, un grand joueur la chevauchait. Mais la roulette, bien qu'elle eût elle aussi ses systèmes et ses techniques, était un jeu bien plus pur. Rien n'avait autant de charme que la roue qui tournait : ses chiffres qui se brouillent, la boule qui crépite en se logeant dans un trou, en le quittant d'un bond.

Il s'assit à la table entre un Américain et un Arabe parfumé d'abondance qui ne parlait que le français. Aucun d'eux ne lui adressa la parole : il n'y avait ici ni bienvenue ni adieu. Toutes les subtilités des relations humaines étaient sacrifiées à la roue devant eux.

C'était une étrange affection. Ses symptômes rappelaient ceux de l'amour — des palpitations, un sommeil difficile. Son seul remède : la mort. Il s'était surpris une ou deux fois à regarder son reflet dans le miroir d'un casino ou dans le verre de la cabine du caissier, et il avait découvert un homme au visage avide et hanté. Mais rien — ni le dégoût de lui-même ni les reproches de ses amis —, rien n'avait pu le guérir de cet appétit.

Le garçon lui apporta son verre, les glaçons cliquetaient. Marty lui donna un fort pourboire.

La roulette tournoyait déjà, bien que Marty fût arrivé trop tard pour miser de l'argent. Tous les yeux étaient fixés sur les nombres qui tournaient.

Il s'écoula un peu plus d'une heure avant que Marty ne quittât la table de jeu, et ce ne fut que pour aller soulager sa vessie avant de regagner sa place. Les joueurs se succédaient. L'Américain, obéissant aux caprices du jeune homme au nez aquilin qui l'accompagnait, avait laissé toutes les décisions à son compagnon et perdu une petite fortune avant de se retirer. Les réserves de Marty étaient en train de fondre. Il avait gagné, puis perdu, puis gagné ; et ensuite, perdu, perdu et encore perdu. Ces défaites ne le déprimaient pas outre mesure. Ce n'était pas son argent et, comme Whitehead l'avait souvent fait remarquer, il y en avait encore plein là d'où il venait. Quand il ne lui resta plus qu'un nombre suffisant de jetons pour parier encore une fois, il se retira de la table pour aller souffler un peu. Il s'était parfois aperçu que sa chance pouvait tourner quand il quittait le champ de bataille l'espace de quelques minutes, pour y retourner ensuite avec une nouvelle résolution.

Quand il quitta son siège, les yeux pleins de chiffres, quelqu'un passa près de la porte de la salle et y jeta un regard avant de se diriger vers un autre jeu. Il ne lui fallut que quelques secondes pour le reconnaître.

La dernière fois que Marty avait vu ce visage, il était mal rasé et pâli par la douleur, éclairé par les projecteurs du mur d'enceinte du Sanctuaire. A présent, Mamoulian était transformé. Ce n'était plus un clochard pris au piège et en proie à l'angoisse. Marty se surprit à marcher en direction de la porte comme un homme hypnotisé. Le garçon était près de lui — « Un autre verre, monsieur ? » — mais son offre resta sans réponse et Marty sortit de la salle de roulette pour pénétrer dans le couloir. Des sentiments contraires s'affrontaient en lui : il était à moitié terrifié de confirmer ce qu'il avait vu, et curieusement excité de trouver cet homme ici. Ce n'était sûrement pas une coïncidence. Peut-être Toy était-il avec lui. Peut-être que tous les mystères étaient sur le point de trouver leur solution. Il aperçut Mamoulian en train de pénétrer dans la salle de baccara. Une lutte particulièrement féroce se déroulait là, et plusieurs spectateurs étaient venus assister à sa phase finale. La salle était comble ; les joueurs des autres tables avaient déserté leurs propres jeux pour observer le combat. Même les garçons s'attardaient dans les environs, essayant de saisir un moment de la lutte.

Mamoulian se fraya un chemin à travers la foule pour voir de plus près ce qui se passait, sa mince silhouette grise écartant sans effort la cohue devant lui. Ayant trouvé un poste d'observation bien situé, il s'immobilisa, son pâle visage éclairé par la lumière montant de la serge. Sa main mutilée était enfouie dans une poche de sa veste, hors de vue ; son front dégagé était dénué de toute expression. Marty l'observa durant cinq bonnes minutes. Pas une seule fois les yeux de l'Européen ne s'écartèrent de la partie qui se déroulait devant lui. On eût cru une figurine de porcelaine : une façade glacée sur laquelle un artisan nonchalant aurait gravé quelques lignes. Les yeux enfouis dans cette argile étaient incapables, semblait-il, de dispenser autre chose que ce regard d'une fixité impitoyable. Mais il y avait du pouvoir dans cet homme — les spectateurs se tenaient à l'écart de lui, préférant se presser les uns contre les autres plutôt que de s'approcher de lui près de la table.

De l'autre côté de la salle, Marty aperçut le garçon à la moustache de graphite. Il se fraya un chemin à travers les spectateurs pour aller jusqu'à lui.

« Par ici, murmura-t-il.

— Oui, monsieur ?

— Cet homme. Au costume gris. »

Le garçon jeta un œil vers la table, puis vers Marty.

« Mr Mamoulian ?
— Oui. Que savez-vous de lui ? »
Le garçon adressa à Marty un regard réprobateur.
« Je suis désolé, monsieur. Nous ne sommes pas autorisés à faire des commentaires sur les membres du club. »
Il tourna les talons et sortit dans le couloir. Marty le suivit. Le couloir était vide. En bas, la fille de la réception — ce n'était plus celle avec laquelle il avait parlé — gloussait en discutant avec le responsable du vestiaire.
« Attendez un instant. »
Quand le garçon tourna la tête, Marty sortit son portefeuille, encore assez garni pour lui fournir un substantiel pot-de-vin. L'autre regarda les billets avec une avidité non dissimulée.
« Je veux juste vous poser quelques questions. Je n'ai pas besoin de connaître le numéro de son compte en banque.
— Je ne le connais pas, de toute façon, ricana le garçon. Vous êtes de la police ?
— Je m'intéresse à Mr Mamoulian, c'est tout, dit Marty en lui tendant cinq billets de dix livres. Seulement quelques informations. »
Le garçon saisit l'argent et l'empocha avec la célérité née d'une longue pratique.
« Posez vos questions, dit-il.
— Est-ce qu'il vient ici régulièrement ?
— Environ deux fois par mois.
— Pour jouer ? »
Le garçon fronça les sourcils.
« Maintenant que vous le dites, je ne pense pas l'avoir jamais vu en train de jouer.
— Il se contente de regarder, alors ?
— Eh bien, je n'en suis pas sûr. Mais je crois que, s'il avait joué, je l'aurais vu au moins une fois. Bizarre. Mais nous avons certains membres qui agissent ainsi.
— Et est-ce qu'il a des amis ? Des gens avec qui il arrive ici, avec qui il s'en va ?
— Non, autant que je m'en souvienne. Il était fort lié avec une femme grecque qui avait l'habitude de venir ici. Elle gagnait toujours des fortunes. Ça ne manquait jamais. »
C'était l'histoire classique de la pêche miraculeuse qui court parmi les habitués du jeu, l'histoire du joueur au système si infaillible qu'il ne le trahit jamais. Marty l'avait entendue une centaine de fois, et son héros était toujours l'ami d'un ami, un quidam mythique que l'on ne rencontrait jamais en chair et en os. Et pourtant, quand il repensait au visage de Mamoulian, si

calculateur dans sa suprême indifférence, il pouvait presque imaginer que cette fiction était réelle.

« Pourquoi vous intéressez-vous autant à lui ? demanda le garçon.

— Il me fait une impression bizarre.

— Vous n'êtes pas le seul.

— Que voulez-vous dire ?

— Il ne m'a jamais rien dit ni rien fait, vous comprenez, expliqua le garçon. Il me donne toujours des bons pourboires, bien qu'il ne boive jamais autre chose que de l'eau plate. Mais il y a un type qui est venu ici une fois, c'était il y a deux ans, un Américain, un gars de Boston. Il a vu Mamoulian et — laissez-moi vous le dire — il a complètement flippé. Il aurait soi-disant joué avec un type qui était son portrait craché, ça se passait dans les années vingt. Ça a fait pas mal de pétard. Je veux dire : ce n'est pas le genre de type que l'on s'imagine avec un père, hein ? »

Le garçon avait mis le doigt sur quelque chose. Il était impossible d'imaginer Mamoulian en enfant ou en adolescent boutonneux. Avait-il souffert d'un chagrin d'amour, de la mort d'un chaton, de celle de ses parents ? Cela paraissait improbable au point d'en être risible.

« C'est à peu près tout ce que je sais.

— Merci », dit Marty.

C'était amplement suffisant.

Le garçon s'éloigna, laissant Marty avec une brassée d'hypothèses. Des histoires apocryphes, pour la plupart : la femme grecque au système infaillible, l'Américain pris de panique. Un homme comme Mamoulian était de nature à susciter les rumeurs ; son air d'aristocrate déchu invitait aux affabulations. Comme un oignon que l'on pèle et pèle sans cesse, pour découvrir que chaque peau ne révèle pas le cœur mais une nouvelle peau.

Fatigué, étourdi par la boisson et par le manque de sommeil, Marty décida d'en rester là. Il utiliserait la centaine de livres qu'il lui restait dans son portefeuille pour persuader un chauffeur de taxi de le ramener au domaine, et laisserait la voiture en ville pour venir la rechercher un autre jour. Il était trop éméché pour conduire. Il jeta un dernier regard dans la salle de baccara. La partie continuait ; Mamoulian n'avait pas bougé de son poste.

Marty descendit aux toilettes. Il y faisait un peu plus froid que dans le club, et les murs rococo étaient facétieux quand on pensait à l'usage de ces lieux. Il observa son visage épuisé dans le miroir, puis alla se soulager dans un urinoir.

Derrière l'une des portes des w.-c., quelqu'un s'était mis à sangloter, très doucement, comme pour tenter d'étouffer le bruit de ses larmes. Malgré sa vessie douloureuse, Marty découvrit qu'il était incapable de pisser ; ce chagrin anonyme le déprimait trop. Il provenait de derrière une porte close. Probablement un optimiste qui avait perdu sa chemise sur un coup de dés et contemplait à présent les conséquences. Marty le laissa à sa peine. Il n'y avait rien à faire, et rien à dire, il le savait d'expérience.

Dans l'entrée, la réceptionniste l'appela.

« Mr Strauss ? »

C'était la rose pomponnée. Elle ne montrait aucun signe de flétrissure en dépit de l'heure avancée.

« Avez-vous trouvé Mr Toy ?

— Non.

— Oh, c'est bizarre. Il était ici.

— Vous en êtes sûre ?

— Oui. Il est arrivé avec Mr Mamoulian. Je lui ai dit que vous étiez là et que vous aviez demandé à le voir.

— Et qu'a-t-il dit ?

— Rien, répondit la fille. Pas un mot. » Elle baissa la voix. « Est-ce qu'il va bien ? Je veux dire, il avait l'air vraiment mal en point, si je peux me permettre. Blanc comme un linge. »

Marty parcourut des yeux l'escalier, puis le palier.

« Est-il encore ici ?

— Eh bien, je ne suis pas restée à la réception toute la soirée, mais je ne l'ai pas vu partir. »

Marty monta les marches quatre à quatre. Il voulait tellement voir Toy. Il avait des questions à lui poser, des confidences à échanger avec lui. Il fouilla toutes les salles à la recherche de son visage las et buriné. Mais bien que Mamoulian fût toujours là, en train de siroter son eau plate, Toy n'était pas avec lui. Et il ne se trouvait pas non plus au bar. Il était de toute évidence reparti. Déçu, Marty redescendit, remercia la fille pour son aide, lui donna un bon pourboire et s'en alla.

Ce ne fut que lorsqu'il eut mis une bonne distance entre lui et l'Academy, marchant au milieu de la rue pour repérer le premier taxi en maraude, qu'il se rappela les sanglots dans les toilettes. Il ralentit le pas. Il finit par s'arrêter sur la chaussée, les battements de son cœur résonnant dans sa tête. Était-ce seulement une impression à retardement, ou bien cette voix rauque lui avait-elle vraiment paru familière alors qu'elle se lamentait sur sa peine ? S'était-il agi de Toy, assis à l'abri derrière une porte de w.-c., pleurant comme un enfant perdu ?

Comme dans un rêve, Marty regarda derrière lui. S'il soupçonnait Toy de se trouver encore au club, ne devrait-il pas retourner là-bas pour s'en assurer ? Mais son esprit arrivait à des conclusions peu agréables : la femme de Pimlico, à l'autre bout du fil, dont la voix était si horrible qu'il n'avait pu l'écouter longtemps ; la question de la réceptionniste : « Est-ce qu'il va bien ? » ; la profondeur de ce désespoir qu'il avait perçu derrière la porte close. Non, il ne pouvait pas retourner là-bas. Rien, pas même la promesse d'un système infaillible qui lui aurait permis de triompher à toutes les tables de jeu, rien ne le persuaderait jamais de retourner là-bas. Il existait, après tout, quelque chose qui s'appelait un doute raisonnable ; et, à l'occasion, cela pouvait s'avérer un baume sans pareil.

VIII

Panique

45

Le jour du « dernier souper », comme il y penserait par la suite, Marty se rasa trois fois, une fois le matin et deux fois l'après-midi. L'impression flatteuse qu'il avait initialement ressentie à la suite de cette invitation s'était émoussée depuis longtemps. A présent, il priait pour trouver un moyen honorable d'y échapper, un moyen poli d'éviter ce qui serait sans nul doute une soirée éprouvante. Il n'était pas à sa place dans l'entourage de Whitehead. Leurs valeurs n'étaient pas les siennes ; leur univers était un monde hostile dans lequel il n'était rien de plus qu'un factotum. Il ne pouvait rien avoir en lui qui fût susceptible de leur apporter plus d'une seconde de distraction.

Ce ne fut que lorsqu'il eut revêtu son costume de soirée qu'il commença à se sentir un peu de courage. Dans cet univers d'apparences, pourquoi ne serait-il pas plus capable qu'un autre d'entretenir une illusion ? Après tout, il avait réussi son coup à l'Academy. Le truc consistait à ne pas se planter dans les détails — la bonne façon de s'habiller, l'angle d'approche qui permettait d'arriver à bon port. Il se mit à considérer la soirée qui l'attendait comme une épreuve pour son intelligence et son esprit de compétition releva le défi. Il jouerait contre eux à leur propre jeu, au milieu du cliquetis des verres et des bavardages sur l'opéra et la finance de haut vol.

Rasé trois fois, bien habillé et aspergé d'eau de toilette, il descendit à la cuisine. Bizarrement, Pearl ne se trouvait pas dans la maison — c'était Luther qui avait été chargé de l'intendance de cette nuit d'agapes. Il était en train d'ouvrir des bouteilles de vin : la cuisine embaumait le mélange de bouquets. Bien que Marty ait eu l'impression que les invités seraient en petit nombre, plusieurs douzaines de bouteilles étaient rassemblées sur la table ; les étiquettes de certaines étaient si sales qu'elles en devenaient presque illisibles. On aurait dit que la cave avait été dépossédée de ses plus grands crus.

Luther regarda Marty des pieds à la tête.

« A qui t'as volé ces fringues ? »

Marty prit une des bouteilles ouvertes et la renifla, ignorant la remarque. Ce soir, il n'allait pas se laisser provoquer, ce soir, il avait tiré le gros lot et il n'allait laisser personne lui gâcher son plaisir.

« J'ai dit : à qui t'as...

— J'avais bien entendu. Je les ai achetées.

— Avec quel fric ? »

Marty reposa lourdement la bouteille sur la table. Les verres posés dessus se mirent à tinter.

« Pourquoi tu ne la fermes pas ? »

Luther haussa les épaules.

« C'est le vieux qui te l'a donné ?

— Je te l'ai déjà dit. Va te faire voir.

— On dirait bien que t'as pris du galon, mec. Tu sais que c'est toi l'invité d'honneur à cette bouffe ?

— Je vais là-haut pour faire la connaissance de certains des amis du vieil homme, c'est tout.

— Tu veux dire Dwoskin et les autres crétins ? T'es vraiment verni, tu sais ?

— Et qu'est-ce que tu es, toi : le sommelier ? »

Luther grimaça en débouchant une nouvelle bouteille.

« Il n'y a pas de garçon dans leurs parties spéciales. Elles sont *très* privées.

— Qu'est-ce que tu veux dire ?

— Qu'est-ce que j'en sais ? dit Luther en haussant les épaules. Je ne suis qu'un singe, hein ? »

Entre vingt heures et vingt heures trente, les voitures commencèrent d'arriver au Sanctuaire. Marty attendait dans sa chambre qu'on l'invitât à rejoindre les autres convives. Il entendit la voix de Curtsinger, ainsi que des voix de femmes ; il y eut quelques rires, dont quelques-uns stridents. Il se demanda s'ils n'avaient amené que leurs femmes ou bien s'ils avaient fait venir leurs filles.

Le téléphone sonna.

« Marty ? »

C'était Whitehead.

« Monsieur ?

— Pourquoi ne pas monter nous rejoindre ? Nous vous attendons.

— Entendu.

— Nous sommes dans la chambre blanche. »

Une nouvelle surprise. Cette pièce nue, avec son retable hideux, semblait un lieu insolite pour une réception.

Le soir tombait au-dehors, et avant de monter à l'étage, Marty alluma les projecteurs de la pelouse. Ils se mirent à briller, leur lumière jetant des échos à travers la maison. L'excitation qu'il avait ressentie un peu plus tôt s'était transformée en un mélange de méfiance et de fatalisme. Tant qu'il ne cracherait pas dans la soupe, se dit-il, il s'en tirerait.

« Entrez, Marty. »

L'atmosphère à l'intérieur de la chambre blanche était déjà saturée de fumée de cigare et de cigarette. On n'avait fait aucune tentative pour rendre cet endroit plus agréable. La seule décoration était fournie par le triptyque : la crucifixion qu'il dépeignait était aussi vicieuse que dans les souvenirs de Marty. Whitehead se leva quand Marty entra, et lui tendit une main en signe de bienvenue, un sourire presque sinistre plaqué sur son visage.

« Refermez la porte, voulez-vous ? Entrez et asseyez-vous. »

Il n'y avait qu'une seule place vide à la table. Marty se dirigea vers elle.

« Vous connaissez Felix, bien sûr. »

Ottaway, l'avocat aux allures de danseur mondain, hocha la tête. L'ampoule nue jetait une lumière crue sur sa tête, exposant les bords de sa perruque.

« Et Lawrence. »

Dwoskin — cet homme maigre qui ressemblait à un troll — était en train de boire une gorgée de vin. Il murmura un vague salut.

« Et James.

— Bonsoir, dit Curtsinger. Quel plaisir de vous revoir. »

Le cigare qu'il tenait était sans doute le plus gros que Marty ait jamais vu.

Les visages familiers une fois passés en revue, Whitehead présenta les trois femmes qui étaient assises à côté des hommes.

« Nos invitées pour ce soir, dit-il.

— Bonsoir.

— Voici mon garde du corps occasionnel, Martin Strauss.

— Martin. »

Oriana, une femme d'une trentaine d'années, lui adressa un léger sourire en coin.

« Enchantée de faire votre connaissance. »

Whitehead ne donnant aucun nom de famille, Marty se demanda s'il s'agissait de l'épouse de l'un des hommes ou simplement d'une amie. Elle était bien plus jeune qu'Ottaway et que Curtsinger, entre lesquels elle était assise. Peut-être était-elle la maîtresse de l'un d'eux. Cette pensée l'excita.

« Voici Stéphanie. »

Stéphanie, plus âgée que la première femme d'une bonne dizaine d'années, gratifia Marty d'un regard qui sembla le déshabiller des pieds à la tête. Ce regard était franc jusqu'à en être déconcertant, et il se demanda si quelqu'un l'avait remarqué autour de la table.

« Nous avons tellement entendu parler de vous », dit-elle en caressant de sa main celle de Dwoskin. « N'est-ce pas ? »

Dwoskin grimaça. Le dégoût que Marty éprouvait pour cet homme était plus fort que jamais. Il était difficile d'imaginer pourquoi ou comment un autre être humain pourrait le toucher.

« ... Et enfin, Emily. »

Marty tourna la tête pour saluer le troisième de ces nouveaux visages. A ce moment-là, Emily fit tomber son verre de vin.

« Oh, Seigneur ! dit-elle.

— Aucune importance », dit Curtsinger en souriant. Il était déjà ivre, remarqua Marty — son sourire était trop généreux pour être celui d'un homme sobre. « Ça n'a vraiment aucune importance, chérie. Aucune. »

Emily leva les yeux vers Marty. Elle aussi avait déjà trop bu, à en juger par la rougeur de son teint. C'était de loin la plus belle des trois femmes, d'une beauté presque dévastatrice.

« Asseyez-vous. Asseyez-vous, dit Whitehead. Ne faites pas attention au vin, pour l'amour de Dieu. »

Marty prit place à côté de Curtsinger. Le vin qu'Emily avait renversé coulait goutte à goutte de la table, sans que personne y prît garde.

« Nous étions juste en train de nous dire, claironna Dwoskin, quel dommage c'était que Willy n'ait pu venir. »

Marty jeta un regard en direction du vieil homme pour voir si cette allusion à Toy — les bruits de sanglots lui revinrent quand il pensa à lui — avait suscité quelque réaction. Il n'y en eut aucune. Lui aussi — Marty s'en rendit compte à présent — était fort pris de boisson. Les bouteilles que Luther avait ouvertes — les bordeaux, les bourgognes — encombraient la table ; l'atmosphère était plus celle d'un pique-nique improvisé que celle d'une réception. Il n'y avait aucune trace du cérémonial auquel il s'était attendu : aucune succession de plats délicats, aucun régiment de coutellerie. Le peu de nourriture que l'on trouvait à cette table — des boîtes de caviar dans lesquelles étaient plongées des cuillères d'argent, du fromage, des biscuits — venait en second derrière le vin. Bien que Marty ne connût presque rien en matière de vin, ses soupçons quant au pillage de la cave furent confirmés par les bavardages autour de la table. Ils s'étaient rassemblés ce soir pour boire jusqu'au dernier litre les crus les plus fins et les plus célèbres du Sanctuaire.

« Buvez ! dit Curtsinger. C'est la meilleure chose que vous avalerez jamais, croyez-moi. » Il chercha une bouteille à tâtons parmi la forêt de cadavres. « Où est le château-latour ? On ne l'a pas fini, n'est-ce pas ? Stéphanie, est-ce que c'est toi qui le caches, ma chérie ? »

Stéphanie leva les yeux de ses verres. Marty doutait fort qu'elle eût compris ce que racontait Curtsinger. Ces femmes n'étaient pas leurs épouses, il en était sûr. Il doutait même qu'il s'agît de leurs maîtresses.

« Voilà ! » Curtsinger remplit avec maladresse un verre qu'il tendit à Marty. « Dites-moi ce que vous en pensez. »

Marty n'avait jamais apprécié le vin. C'était une boisson qu'il fallait siroter et laisser tourner dans sa bouche, et il n'avait pas assez de patience pour cela. Mais le bouquet de ce vin hurlait sa qualité, même à son nez de profane. Il avait une richesse qui le fit saliver avant qu'il eût avalé une gorgée, et son goût ne vint pas le décevoir : il était superbe.

« C'est bon, hein ?

— Savoureux.

— Savoureux », hurla Curtsinger à la ronde en feignant d'être offensé. « Notre jeune ami déclare ce vin *savoureux*.

— Ferais mieux de le passer avant qu'il n'avale tout, remarqua Ottaway.

— Tout doit partir ce soir, dit Whitehead.

— Tout ça ? » dit Emily, parcourant du regard les deux douzaines d'autres bouteilles alignées le long du mur : liqueurs et cognacs mélangés aux vins.

« Oui, tout ça. Un dernier éclat pour finir ce qu'il y a de mieux ici. »

Qu'est-ce que cela voulait dire ? Ils étaient pareils à une armée battant en retraite et rasant tout sur son passage plutôt que de laisser quoi que ce soit en pâture aux conquérants.

« Qu'allez-vous boire la semaine prochaine ? » demanda Oriana, une cuillère pleine de caviar en équilibre instable au-dessus de son décolleté.

« La semaine prochaine ? fit Whitehead. Plus de réceptions à partir de la semaine prochaine. Je rentre dans un monastère. » Il jeta un regard en coin vers Marty. « Marty sait à quel point je suis un homme troublé.

— Troublé ? dit Dwoskin.

— Préoccupé du sort de mon âme immortelle », dit Whitehead, sans quitter Marty des yeux.

Cette remarque fut saluée par un rire étouffé d'Ottaway, qui perdait rapidement le contrôle de lui-même.

Dwoskin se pencha et remplit de nouveau le verre de Marty.

« Buvez, dit-il. Il nous en reste beaucoup à écluser. »

Il était hors de question de savourer le vin autour de cette table : on remplissait, vidait et remplissait les verres comme si cette gnôle avait été de l'eau plate. Il semblait y avoir quelque chose de désespéré dans leur appétit. Mais il aurait dû savoir que Whitehead ne faisait rien à moitié. Ne souhaitant pas être distancé, Marty vida son verre en deux gorgées et le remplit immédiatement à ras bord.

« Vous aimez ça ? demanda Dwoskin.

— Willy n'aurait pas approuvé, dit Ottaway.

— Quoi donc, Mr Strauss ? » dit Oriana — le caviar n'avait toujours pas trouvé le chemin de sa bouche.

« Non, pas Martin. Cette consommation sans discrimination... »

Il était à peine capable de faire prononcer ces mots à sa langue. Il y avait un certain plaisir à voir l'avocat magouilleur ainsi bafouiller pitoyablement.

« Toy peut aller se faire foutre », dit Dwoskin.

Marty voulait dire quelque chose pour défendre Bill, mais le vin avait émoussé ses réflexes, et avant qu'il n'ait pu parler, Whitehead avait levé son verre.

« Un toast », annonça-t-il.

Dwoskin se leva en trébuchant, renversant une bouteille qui alla en faire choir trois autres. Du vin s'écoula de l'une des bouteilles renversées, s'étalant sur la table et allant goutter sur le sol.

« A Willy ! dit Whitehead. Où qu'il soit. »

Les verres se levèrent et s'entrechoquèrent, même celui de Dwoskin. Un chœur de voix glapit :

« A Willy ! »

... Et les verres furent vidés à grand bruit. Le verre de Marty fut rempli par la main d'Ottaway.

« Buvez, mon vieux, buvez ! »

L'alcool faisait des ravages dans l'estomac vide de Marty. Il se sentait loin de ce qui se passait dans la pièce : des femmes, de l'avocat-danseur, de la crucifixion sur le mur. Le choc qu'il avait initialement éprouvé en découvrant ces hommes ainsi, le vin coulant sur leurs joues et leurs mentons, les obscénités dégoulinant de leurs bouches, s'était depuis longtemps estompé. Leur comportement n'avait pas d'importance. Mieux valait s'attacher à faire couler ces grands crus dans sa gorge. Il échangea un regard funeste avec le Christ. « Va te faire foutre », dit-il à voix basse. Curtsinger saisit sa remarque. « C'est exactement mon avis », murmura-t-il en retour.

« Où est Willy ? demanda Emily. Je croyais qu'il serait là. »

Elle adressa cette question à la cantonade, mais personne ne semblait désireux d'y répondre.

« Il est parti, finit par dire Whitehead.

— C'est un homme si gentil », dit la fille. Elle donna un coup de coude dans les côtes de Dwoskin. « Tu ne penses pas que c'est un homme fort gentil ? »

Dwoskin fut irrité par cette interruption. Il avait entrepris de défaire la fermeture à glissière dans le dos de la robe de Stéphanie. Celle-ci ne faisait aucune objection à ses avances. Du verre qu'il tenait dans son autre main, le vin coulait sur ses cuisses. Il ne semblait pas le remarquer, ou bien cela lui était égal.

Whitehead accrocha l'œil de Marty.

« Ne sommes-nous pas divertissants ? » dit-il.

Marty effaça le sourire qui naissait sur son visage.

« Nous désapprouvez-vous ? demanda Ottaway à Marty.

— Je n'ai pas à juger.

— J'ai toujours eu l'impression que les classes criminelles étaient fort puritaines au fond de leur cœur. Est-ce exact ? »

Marty détourna les yeux du visage bouffi par l'alcool de l'avocat-danseur et secoua la tête. Cette insulte était indigne de son mépris, tout comme celui qui l'avait proférée.

« Si j'étais vous, Marty, dit Whitehead depuis l'autre bout de la table, je lui tordrais le cou. »

Marty haussa les épaules.

« A quoi bon ? dit-il.

— Il me semble que vous n'êtes pas du tout dangereux, après tout, continua Ottaway.

— Qui a dit que j'étais dangereux ? »

La grimace qu'arborait l'avocat s'accentua.

« Je veux dire. Nous nous attendions à voir un *animal,* vous savez ? » Ottaway poussa une bouteille de côté pour mieux voir Marty. « On nous avait promis... »

Toute conversation avait cessé autour de la table, mais Ottaway ne parut pas s'en rendre compte.

« Enfin, rien n'est jamais comme on s'y attend, n'est-ce pas ? dit-il. Je veux dire, demandez à n'importe lequel de ces gentlemen déchus. »

La table était une nature morte ; le bras d'Ottaway eut un geste large destiné à inclure tout le monde dans sa tirade.

« Nous le savons, n'est-ce pas ? Nous savons à quel point la vie peut être décevante.

— Tais-toi », aboya Curtsinger. Il regarda Ottaway avec des yeux troubles. « On ne veut pas l'entendre.

— Nous n'en aurons peut-être plus la chance, mon cher James, répliqua Ottaway avec une courtoisie méprisante. Ne crois-tu pas que nous devrions tous admettre la vérité ? Nous sommes finis ! Oh oui, mes amis. Nous devrions tous nous mettre à genoux et nous confesser !

— Oui, oui », dit Stéphanie. Elle essayait de se lever, mais ses jambes n'étaient pas du même avis. Sa robe, dont le dos était défait, menaçait de glisser. « Confessons-nous tous », dit-elle.

Dwoskin la fit retomber sur sa chaise.

« Nous serons ici toute la nuit », dit-il.

Emily gloussa. Ottaway, sans se décourager, continuait de parler.

« Il me semble, dit-il, qu'*il* est probablement le seul innocent parmi nous. » Ottaway désigna Marty du doigt. « Je veux dire, regardez-le. Il ne sait même pas de quoi je parle. »

Ces remarques commençaient à irriter Marty. Mais il n'aurait retiré qu'une mince satisfaction en menaçant l'avocat. Dans l'état où il se trouvait, Ottaway se serait écroulé sous un seul de ses coups. Ses yeux larmoyants semblaient proches de l'inconscience.

« Vous me décevez, murmura Ottaway avec un regret sincère dans sa voix, j'aurais cru que nous finirions mieux que ça... »

Dwoskin se leva.

« J'ai un toast, annonça-t-il. Je veux porter un toast aux femmes.

— Voilà une bonne idée, dit Curtsinger. Mais nous aurons besoin d'un feu. »

Ottaway trouva que cette remarque était la plus drôle de la soirée.

« Aux femmes ! » déclara Dwoskin en levant son verre.

Mais personne ne l'écoutait. Emily, qui avait été douce comme un agneau jusqu'ici, avait été saisie d'une envie soudaine de se déshabiller. Elle avait poussé sa chaise en arrière et était en train de déboutonner son chemisier. Elle ne portait rien dessous ; ses aréoles avaient l'air maquillées, comme en prévision de ce dévoilement. Curtsinger applaudit ; Ottaway et Whitehead se joignirent à lui et lancèrent en chœur des cris d'encouragement.

« Qu'en pensez-vous ? demanda Curtsinger à Marty. C'est votre type, n'est-ce pas ? Et tout ça est à elle, n'est-ce pas, ma chérie ?

— Vous voulez toucher ? » proposa Emily.

Elle avait jeté son chemisier ; elle était à présent nue au-dessus de la ceinture.

« Viens », dit-elle, prenant la main de Marty et la pressant contre son sein, l'obligeant à le caresser dans tous les sens.

« Oh oui, dit Curtsinger en jetant un sourire obscène à Marty. Il aime ça. Je vois bien qu'il aime ça.

— Bien sûr que oui », entendit-il dire à Whitehead.

Le regard de Marty, légèrement dans le vague, glissa en direction du vieil homme. Whitehead l'affronta avec détermination : ses yeux enfoncés dans leurs orbites étaient dénués d'humour comme d'excitation.

« Allez-y, dit-il. Elle est à vous. C'est pour ça qu'elle est ici. »

Marty entendit ces mots mais ne parvint pas à leur donner un sens. Il écarta sa main de la chair de la fille comme s'il s'était brûlé.

« Allez au diable », dit-il.

Curtsinger s'était levé.

« Allons, ne gâchez pas notre plaisir, morigéna-t-il Marty, nous voulons seulement voir de quoi vous êtes fait. »

A l'autre bout de la table, Oriana s'était remise à rire, Marty n'était pas sûr de savoir pourquoi. Dwoskin tapait de la main sur la table. Les bouteilles tressautaient en cadence.

« Allez-y », dit Whitehead à Marty.

Ils étaient tous en train de le regarder. Il se tourna pour faire face à Emily. Elle se tenait à un mètre de lui, en train d'essayer de défaire la fermeture de sa robe. Il y avait quelque chose d'indéniablement érotique dans cette exhibition. Les pantalons de Marty lui semblaient trop étroits et sa tête aussi. Curtsinger avait posé ses mains sur les épaules de Marty et essayait de lui ôter sa veste. Le rythme des coups que Dwoskin, à présent rejoint par Ottaway, assenait sur la table, faisait danser la tête de Marty.

Emily avait réussi à venir à bout de la fermeture Éclair de sa robe et celle-ci se trouvait à présent à ses pieds. Sans plus d'encouragement, elle ôta sa culotte et se dressa devant l'assemblée, vêtue seulement de ses perles et de ses talons hauts. Ainsi nue, elle paraissait quatorze ans, quinze tout au plus. Sa peau était de crème. Une main — celle d'Oriana, pensa-t-il — massait le sexe de Marty. Il se tourna à moitié : ce n'était pas du tout elle, c'était Curtsinger. Il repoussa sa main. Emily avait fait un pas vers lui et entreprenait de déboutonner sa chemise en partant du bas. Il essaya de se lever pour dire quelque chose à Whitehead. Les mots n'étaient pas encore là, mais il voulait farouchement les trouver ; il voulait dire au vieil homme quel traître il faisait. Plus qu'un traître : c'était une ordure, une répugnante ordure. C'était pour ça qu'on l'avait invité à venir ici, qu'on l'avait séduit avec du vin et des obscénités. Le vieil homme avait voulu le voir nu et en train de baiser.

Marty repoussa une nouvelle fois la main de Curtsinger : ses caresses étaient horriblement expertes. Son regard alla le long de la table jusqu'à Whitehead, qui était en train de se servir un autre verre de vin. Les yeux de Dwoskin étaient fixés sur la nudité d'Emily ; ceux d'Ottaway sur Marty. Tous deux avaient cessé de taper sur la table. Le regard de l'avocat était éloquent : il était d'une pâleur maladive, son visage transpirait.

« Allez-y, dit-il dans un souffle rauque, allez-y, prenez-la. Offrez-nous un spectacle digne de mémoire. Ou bien n'avez-vous rien qui soit digne d'être montré ? »

Marty comprit le sens de cette repartie trop tard pour pouvoir y répondre ; l'enfant nue se pressait contre lui et quelqu'un — Curtsinger — essayait de déboutonner sa braguette. Il fit un dernier effort maladroit pour tenter de recouvrer son équilibre.

« Arrêtez, murmura-t-il en regardant le vieil homme.

— Quel est le problème ? demanda Whitehead d'un ton badin.

— Cette plaisanterie a assez duré », dit Marty.

Une main s'était glissée dans son pantalon à la recherche de son sexe. « *Lâchez-moi, nom de Dieu !* »

Il poussa Curtsinger en arrière avec plus de force qu'il ne l'aurait cru. L'homme trébucha et vint choir contre le mur.

« *Mais qu'est-ce qui vous prend ?* »

Emily fit un pas en arrière pour éviter les moulinets du bras de Marty. Le vin bouillonnait dans son ventre et dans sa gorge. Une enflure déformait ses pantalons. Il avait l'air absurde et il le savait. Oriana riait toujours, ainsi que Dwoskin et Stéphanie. Ottaway se contentait de le regarder fixement.

« Vous n'avez jamais vu quelqu'un en train de bander ? leur cracha-t-il.

— Où est votre sens de l'humour ? dit Ottaway. Nous voulons juste goûter le spectacle. Où est le mal ? »

Marty agita un doigt en direction de Whitehead.

« *J'avais confiance en vous* », dit-il.

C'était tout ce qu'il pouvait trouver pour exprimer sa peine.

« C'était une erreur alors, n'est-ce pas ? » commenta Dwoskin. Il parlait comme s'il s'était adressé à un débile.

« Taisez-vous, *bordel !* »

Luttant contre l'envie de casser la gueule à quelqu'un — n'importe qui ferait l'affaire —, Marty remit sa veste et, d'un seul mouvement du bras, fit tomber de la table une douzaine de bouteilles, encore pleines pour la plupart. Emily hurla quand elles vinrent se briser à ses pieds, mais Marty ne s'attarda pas pour apprécier l'étendue des dégâts. Il s'éloigna de la table en reculant et trébucha jusqu'à la porte. La clé était dans la serrure ; il la fit tourner et fit un pas sur le palier. Derrière lui, Emily s'était mise à brailler comme un bébé qui vient de se réveiller après avoir fait un cauchemar; il l'entendait encore quand il avança dans le couloir plongé dans l'ombre. Il priait Dieu pour que ses membres tremblants le soutiennent. Il voulait *sortir* : à l'air frais, au cœur de la nuit. Il trébucha le long de l'escalier de derrière, les mains plaquées contre le mur pour ne pas tomber, les pieds posés sur des marches qui paraissaient disparaître sous lui. Il atteignit la cuisine après n'être tombé qu'une seule fois et ouvrit la porte de service. La nuit attendait. Rien pour le voir; rien pour le reconnaître. Il aspira l'air frais et noir, qui vint brûler ses narines et ses poumons. Il traversa la pelouse en chancelant, à moitié aveugle, sans savoir dans quelle direction il allait, jusqu'à ce qu'il pense au bois. S'arrêtant un instant afin de s'orienter, il courut vers lui, le suppliant de lui offrir un peu de réconfort.

46

Il courut, les jambes tiraillées par les fourrés, et s'enfonça si loin parmi les arbres qu'il lui devint impossible de voir la maison et ses lumières. Ce ne fut qu'à ce moment-là qu'il s'arrêta, le corps battant comme son propre cœur. Sa tête paraissait flotter sur ses épaules; de la bile gargouillait au fond de sa gorge.

« Seigneur! Seigneur! Seigneur! »

L'espace d'un instant, sa tête tournoyante perdit le contrôle : ses oreilles sifflaient, ses yeux brûlaient. Soudain, il ne fut plus sûr de *rien,* même pas de son existence physique. La panique se mit à ramper dans ses tripes, râpant le tissu de ses entrailles et de son estomac en remontant vers sa gorge.

« Redescends », lui dit-il. Une seule fois dans sa vie il s'était senti aussi près de perdre l'esprit — de rejeter la tête en arrière et de hurler — et cela s'était passé lors de sa première nuit à Wandsworth, la première de nombreuses nuits passées enfermé dans une cellule de quatre mètres sur trois. Il s'était assis sur le bord du matelas et avait ressenti ce qu'il ressentait à présent. L'ascension de cette bête aveugle qui lui suçait son adrénaline. Il avait maîtrisé la terreur cette fois-là, et il pourrait le refaire.

Brutalement, il enfonça ses doigts dans sa gorge aussi profondément qu'il le put et fut récompensé par un accès de nausée. Une fois le réflexe déclenché, il laissa son corps faire le reste, vomissant un estomac plein de vin non digéré. C'était une expérience répugnante et purifiante à la fois, et il ne fit aucun effort pour contrôler ses spasmes jusqu'à ce qu'il ne lui reste plus rien à vomir.

Les muscles de son estomac ployant sous les douleurs de ses contractions, il déracina quelques fougères et s'essuya la bouche et le menton, puis lava ses mains dans la terre humide et se releva. Le traitement de choc avait fait son effet ; son état s'était amélioré de façon notable.

Il tourna le dos au contenu de son estomac et s'éloigna encore un peu plus de la maison. Malgré la densité des frondaisons au-dessus de lui, un peu de la lumière des étoiles parvenait jusqu'au sol, suffisamment pour conférer une solidité ténue aux troncs d'arbres et aux buissons. Marcher dans cette forêt spectrale l'enchantait. Il laissa le doux spectacle de la lumière et de l'ombre des feuilles panser sa vanité blessée. Il vit que tous ses rêves de sécurité et de permanence au sein de l'univers de Whitehead n'avaient été que faux-semblants. Il était et serait toujours un homme marqué.

Il se mit à marcher lentement, là où les arbres s'épaississaient et où les buissons, privés de lumière, se faisaient plus rares. Des petits animaux grouillaient devant lui ; des insectes nocturnes bruissaient dans l'herbe. Il s'immobilisa pour mieux goûter ce nocturne. Ce faisant, il perçut un mouvement au coin de son œil. Il regarda dans cette direction, tentant de cerner une image au bout de la perspective des arbres. Ce n'était pas une illusion. Il y avait quelqu'un, quelqu'un d'aussi gris que les arbres, quelqu'un qui se tenait à une trentaine de mètres de lui — immobile, puis en mouvement. Il se concentra sur cette silhouette qui se dressait dans le réseau d'ombres et de ténèbres.

C'était sûrement un fantôme. Si calme, si nonchalant. Il l'observa comme le cerf observe le chasseur ; ne sachant pas s'il avait été aperçu mais hésitant à quitter son abri. La peur vint hérisser son cuir chevelu. Pas la peur d'une arme quelconque ; cela faisait longtemps qu'il avait fait face à ces terreurs et les avait maîtrisées. C'était la peur intense de l'enfance ; l'essence même de la peur. Et paradoxalement, cette peur le ramena à lui-même. Qu'il ait quatre ans ou trente-quatre, il était toujours la même créature au fond de son cœur. Il avait rêvé d'une telle forêt, d'une telle nuit universelle. Il toucha du doigt sa terreur avec révérence, figé sur place, tandis que la silhouette grise —

trop occupée par sa tâche pour faire attention à lui — contemplait la terre entre les arbres.

Ils composèrent ainsi un tableau immobile, lui et le fantôme, durant ce qui sembla être plusieurs minutes. Un certain temps s'écoula avant qu'il n'entende le bruit, qui n'était ni un cri de hibou ni un cri de rongeur, filtrant à travers les arbres. Ce bruit avait toujours été présent, il avait seulement échoué à l'interpréter correctement : le bruit d'une pelle qui creuse. Le cliquetis des cailloux, le bruit mou de la terre qui retombe. L'enfant au fond de lui dit : laisse ça, laisse *tout* ça. Mais il était trop curieux. Il fit deux pas hésitants en direction du fantôme. Celui-ci parut ne l'avoir ni vu ni entendu. Rassemblant son courage, il avança encore de quelques pas, s'efforçant de rester aussi près que possible des arbres, de façon à pouvoir trouver très vite un abri si le fantôme regardait dans sa direction. Il progressa ainsi d'une dizaine de mètres vers son but. Assez près pour voir le fantôme avec suffisamment de précision et pour le reconnaître.

C'était Mamoulian.

L'Européen contemplait toujours la terre à ses pieds. Marty se dissimula derrière un tronc d'arbre et s'aplatit contre lui, tournant le dos à la scène. De toute évidence, quelqu'un était en train de creuser aux pieds de Mamoulian ; il avait sans aucun doute d'autres acolytes à proximité. S'il voulait rester hors de danger, il lui fallait se planquer et prier que personne ne l'eût espionné comme il avait espionné l'Européen.

Finalement, on cessa de creuser ; et le nocturne s'interrompit au même instant. C'était fort bizarre. Toute l'assemblée d'insectes et de petits animaux semblait retenir son souffle, comme pétrifiée par la terreur.

Marty glissa le long du tronc pour se mettre à ramper sur le sol, les oreilles tendues, à l'écoute du moindre indice qui pourrait le renseigner sur ce qui se passait. Il osa jeter un regard. Mamoulian s'éloignait dans ce que Marty estima être la direction de la maison. Les buissons lui bouchaient la vue : il ne parvenait pas à apercevoir celui qui avait creusé la terre, ni les autres disciples qui accompagnaient l'Européen. Mais il entendit le bruit de leur passage ; le bruissement de leurs pas qui traînaient. Qu'ils s'en aillent ! pensa-t-il. Il avait fini de protéger Whitehead. Leur contrat ne tenait plus.

Il s'assit, les genoux pressés contre sa poitrine, et attendit que Mamoulian eût disparu derrière le rideau des arbres. Puis il compta jusqu'à vingt et se leva. Des aiguilles et des pommes de pin avaient laissé leurs empreintes sur ses jambes et il dut les frotter vigoureusement pour rétablir sa circulation sanguine. Puis il se dirigea vers l'endroit où s'était tenu Mamoulian.

Alors même qu'il s'en approchait, il reconnut la clairière, bien qu'il n'y eût jusque-là accédé qu'en venant de la maison. Sa promenade nocturne lui avait fait décrire un demi-cercle. Il se trouvait à l'endroit même où il avait enterré les chiens.

Leur tombe était ouverte et vide ; on avait déchiré les linceuls de plastique noir, on les avait vidés sans cérémonie de leur contenu. Marty contempla le trou sans parvenir à comprendre cette plaisanterie. A quoi pouvaient bien servir des chiens morts ?

Il y eut un mouvement dans la tombe ; quelque chose bougea sous l'enveloppe de plastique. Il s'éloigna d'un pas — il avait encore l'estomac trop sensible ! Une nichée de vers, probablement, ou peut-être un seul ver, gros comme son bras, engraissé par la viande de chien ; qui savait ce qui se dissimulait sous la terre ?

Tournant le dos au trou, il se dirigea vers la maison, suivant le sentier emprunté par Mamoulian, jusqu'à ce que les arbres se fissent plus clairsemés et les étoiles plus brillantes. Là, sur la ligne de partage entre le bois et la pelouse, il demeura immobile, attendant que les bruits de la nuit réapparaissent autour de lui.

47

Stéphanie quitta la table en s'excusant et alla jusqu'à la salle de bains, laissant derrière elle une scène d'hystérie. Alors qu'elle fermait la porte, un des hommes — Ottaway, pensa-t-elle — lui demanda de pisser dans une bouteille devant lui. Elle ne daigna pas répondre à cette remarque. Quel que fût l'argent qu'ils lui donnaient, elle n'avait pas l'intention de se livrer à ce genre d'activité ; ce n'était pas sain.

Le couloir était à moitié plongé dans l'obscurité ; les reflets sur les vases, l'épaisseur du tapis sous ses pieds, tout cela trahissait la richesse, et lors de ses précédentes visites, elle avait goûté l'extravagance des lieux. Mais ils étaient si troublés ce soir — Ottaway, Dwoskin, le vieil homme lui-même —, il y avait un tel désespoir dans leur beuverie et dans leurs paroles que cela lui gâchait le plaisir de se trouver ici. Au cours des autres soirées, ils s'étaient tous enivrés avec complaisance avant de passer au numéro habituel, qui évoluait parfois vers quelque chose de plus sérieux avec un ou deux des hommes. Mais la plupart du temps, ils se contentaient de regarder. Et à la fin de la nuit, on payait les filles généreusement. Mais ce soir, tout avait été différent. Il y avait eu de la cruauté dans leur comportement, ce qu'elle détestait. Argent ou pas, elle ne reviendrait plus jamais ici. Il était temps qu'elle prenne sa retraite, de toute façon ; laisse ça à des filles plus jeunes, qui ont l'air moins usées que toi.

Elle se pencha pour s'approcher du miroir de la salle de bains afin de refaire son maquillage, mais sa main tremblait sous l'effet de l'alcool, et elle glissa. Elle jura et fouilla son sac à la recherche d'un mouchoir pour effacer la trace de sa maladresse. A ce moment-là, elle entendit un bruit dans le couloir. Dwoskin, devina-t-elle. Elle ne voulait pas que cette gargouille la touchât de nouveau, du moins pas avant que l'alcool ne l'ait suffisamment paralysée pour qu'elle s'en foute. Elle alla sur la pointe des pieds jusqu'à la porte et la verrouilla. Dehors, les bruits avaient cessé. Elle retourna au lavabo et ouvrit le robinet, pour asperger son visage fatigué d'eau glacée.

Dwoskin était bien allé chercher Stéphanie. Il avait l'intention de la persuader de lui faire quelque chose d'outré, quelque chose de bien répugnant, digne de cette nuit entre toutes les nuits.

« Où vas-tu ? » lui demanda quelqu'un alors qu'il pénétrait dans le couloir. Peut-être ne fit-il qu'imaginer ces mots ? Il avait pris quelques pilules avant la réception — ça le décoinçait toujours — mais elles avaient tendance à faire naître des voix dans sa tête, surtout celle de sa mère. Qu'on lui eût posé ou non cette question, il choisit de ne pas y répondre ; il se contenta d'avancer le long du couloir en appelant Stéphanie. Cette femme était extraordinaire, du moins sa libido défoncée en avait-elle ainsi décidé. Elle avait des fesses superbes. Il voulait être étouffé sous ces fesses ; mourir sous elles.

« Stéphanie ! » appela-t-il. Elle ne réapparut pas. « Allons, la rassura-t-il, ce n'est que moi. »

Il y avait une odeur dans le couloir : un soupçon d'égout. Il l'inhala. « Ça pue », annonça-t-il, non sans l'apprécier. L'odeur se faisait plus forte, comme si sa source était proche de lui, s'approchait de lui. « Lumière », dit-il pour lui-même, et il scruta le mur en quête d'un commutateur.

Quelques mètres plus loin, au bout du couloir, quelque chose commença à s'avancer vers lui. La lumière était trop faible pour y voir correctement, mais c'était un homme, et cet homme n'était pas seul. Il y avait d'autres formes, à hauteur de ses genoux, qui se rassemblaient dans les ténèbres. L'odeur devenait insoutenable. La tête de Dwoskin s'était mise à danser au milieu d'un ballet de couleurs ; des images détestables voletaient dans l'air, accompagnant l'odeur. Il lui fallut un moment avant de se rendre compte que ces graffitis tracés dans l'air ne venaient pas de lui, mais de l'homme en face de lui. Des traits et des taches de lumière éclataient et tournoyaient dans l'air.

« Qui êtes-vous ? » demanda Dwoskin.

Pour seule réponse, les graffitis se mirent à fuser. Sans savoir si on pourrait l'entendre, le Roi des Trolls se mit à hurler.

Stéphanie laissa choir son crayon dans le lavabo quand le cri parvint jusqu'à elle. Elle ne reconnut pas la voix qui l'avait poussé. C'était une voix suffisamment aiguë pour être celle d'une femme, mais ce n'était ni celle d'Emily ni celle d'Oriana.

Ses tremblements s'intensifièrent. Elle s'accrocha à la bordure du lavabo pour se redresser tandis que les bruits se multipliaient autour d'elle : des hurlements à présent, et le bruit d'une course. Quelqu'un poussait des cris ; des ordres sans signification ni cohérence. C'était Ottaway, pensa-t-elle, mais elle n'allait pas sortir pour le vérifier. Qu'il se déroule n'importe quoi derrière cette porte — poursuite, capture, même meurtre —, elle ne voulait pas le savoir. Elle éteignit la lumière de la salle de bains au cas où elle aurait filtré sous la porte. Quelqu'un courait dans le couloir, invoquant Dieu : *ça,* c'était du désespoir. Des bruits de pas résonnaient sur les marches ; quelqu'un tomba. Des portes claquèrent. Les cris montaient.

Elle s'éloigna de la porte et s'assit au bord de la baignoire. Là, dans les ténèbres, elle se mit à chanter un cantique — du moins le peu qu'elle s'en rappelait — très doucement.

Marty lui aussi entendit les cris, bien qu'il ne l'eût pas souhaité. Même à une telle distance, ils étaient empreints d'une telle charge de panique aveugle qu'il se mit à transpirer d'abondance.

Il s'agenouilla dans l'humus entre les arbres et se boucha les oreilles. La terre sous ses jambes avait une odeur forte et son esprit fut envahi par des images malsaines : il se voyait étendu sous le sol, le visage tourné vers le ciel, mort peut-être, mais anticipant sa résurrection. Comme un dormeur sur le point de se réveiller, nerveux à l'idée du jour tout proche.

Quelque temps après, le vacarme devint intermittent. Bientôt, se dit-il, il faudrait qu'il rouvre les yeux, qu'il se lève et qu'il retourne à la maison pour découvrir le pourquoi et le comment de tout ce tohu-bohu. Bientôt, mais pas encore.

Longtemps après que tout bruit eut cessé dans le couloir et dans l'escalier, Stéphanie rampa jusqu'à la porte de la salle de bains, l'ouvrit et jeta un œil au-dehors. Le couloir était à présent entièrement plongé dans les ténèbres. Les lampes avaient été soit éteintes soit brisées. Mais ses yeux, habitués à l'obscurité de la salle de bains, enregistrèrent la scène grâce à la faible lumière venue de l'escalier. Le couloir était désert autour d'elle. Il n'était peuplé que d'une vague odeur pareille à celle d'un abattoir par temps de chaleur.

Elle ôta ses chaussures et se dirigea vers le haut de l'escalier. Le contenu d'un sac à main était éparpillé le long des marches et la moquette qui couvrait celles-ci était humide. Elle baissa les yeux : le tissu était couvert de taches de vin ou de sang. Elle se précipita vers l'entrée. Elle était glaciale ; la porte du vestibule et celle de l'entrée étaient grandes ouvertes. De nouveau, aucun signe de vie. Les voitures avaient disparu de l'allée ; toutes les pièces du bas — bibliothèque, salon, cuisine — étaient désertes. Elle remonta en hâte pour aller chercher ses affaires dans la chambre blanche avant de s'enfuir.

Tandis qu'elle rebroussait chemin le long du couloir, elle entendit derrière elle un bruit de pas feutrés. Elle fit demi-tour. Il y avait un chien en haut des marches ; il l'avait apparemment suivie en haut. Elle pouvait à peine le distinguer dans cette demi-obscurité, mais elle n'avait pas peur de lui. « Bon chien », dit-elle, heureuse de trouver une présence vivante dans la maison abandonnée.

Le chien ne grogna ni ne remua la queue, il se contenta d'avancer pesamment vers elle. Ce fut à ce moment-là qu'elle se rendit compte de son erreur. L'abattoir se trouvait devant elle, à quatre pattes : elle recula.

« Non..., dit-elle... Je ne... oh, Seigneur... ne t'approche pas. »

Mais il venait toujours vers elle ; et à chaque pas qu'il faisait, elle se rendait un peu plus compte de son état : ses entrailles pendaient de son ventre, sa face décomposée, était faite de crocs et de putrescence. Elle fonça vers la chambre blanche, mais l'animal franchit en trois bonds la distance qui les séparait. Ses mains empoignèrent le corps du chien quand il bondit vers elle, et à son grand dégoût, fourrure et chair se dissocièrent ; ses mains écorchèrent les flancs de la créature. Elle recula ; l'animal s'avança vers elle, la tête dodelinant sur son cou ravagé, la mâchoire se refermant autour de sa gorge pour la secouer. Elle ne parvenait pas à crier — l'animal dévorait sa voix —, mais son bras remonta le long du corps glacé et sa main vint en trouver l'échine. Son instinct lui fit agripper la colonne vertébrale — les muscles se séparaient en tranches visqueuses sous ses doigts — et l'animal la lâcha, s'arc-boutant au moment où ses doigts faisaient craquer les vertèbres. Le chien poussa un long soupir quand elle retira son bras. Son autre main se porta à sa gorge : le sang giclait sur le tapis avec un bruit de cascade — il fallait qu'elle trouve de l'aide ou elle allait être saignée à blanc.

Elle se mit à ramper en direction de l'escalier. A plusieurs kilomètres d'elle, quelqu'un ouvrit une porte. La lumière tomba sur elle. Trop engourdie pour ressentir la douleur, elle tourna la tête. La silhouette de Whitehead se découpait sur un seuil lointain. Entre eux se dressait le chien. Il avait réussi à se redresser elle ne savait comment, du moins sur sa partie antérieure, et il se traînait vers elle le long du tapis luisant, sa masse en grande partie impuissante à présent, sa tête à peine éloignée du sol. Mais il bougeait toujours, il bougerait toujours tant que celui qui l'avait ressuscité ne lui accorderait pas le repos.

Elle leva un bras pour signaler sa présence à Whitehead. S'il l'aperçut dans la pénombre, il n'en laissa rien paraître.

Elle avait atteint le haut des marches. Elle n'avait pratiquement plus de forces. La mort arrivait vite. Assez! disait son corps, assez! Sa volonté rendit les armes et elle s'effondra, le sang qui jaillissait de son cou meurtri vint couler le long des marches sous ses yeux. Une marche, deux marches.

L'énumération était un bon remède contre les insomnies.

Trois marches, quatre.

Elle ne vit pas la cinquième, ni celles qui jalonnèrent ensuite cette cascade sinistre.

Marty répugnait à revenir dans la maison, mais ce qui s'était passé là-dedans était sûrement fini et il commençait à avoir froid en restant à genoux. Son costume neuf était maculé au-delà de tout espoir; sa chemise était souillée et déchirée, ses souliers flambant neufs couverts de boue. Il ressemblait à un clochard. Cette idée faillit le ravir.

Il avançait en zigzaguant le long de la pelouse. Il apercevait les lumières de la maison quelque part devant lui. Leur lueur était rassurante, même s'il savait qu'un tel sentiment relevait de l'illusion. Toutes les maisons n'étaient pas des refuges. On était parfois plus en sécurité à l'extérieur, à la belle étoile, là où personne ne pouvait frapper à la porte et venir vous chercher, là où aucun toit ne pouvait tomber sur votre tête confiante.

Quand il arriva à mi-chemin entre le bois et la maison, un avion gronda au-dessus de sa tête, très haut, sillonnant le ciel de ses feux pareils à des étoiles jumelles. Il s'arrêta pour le regarder passer au zénith. Peut-être s'agissait-il d'un de ces avions de surveillance qui patrouillent perpétuellement au-dessus de l'Europe — un américain, un russe —, scrutant de leurs yeux électroniques les cités endormies ; jumeaux du Jugement dernier, de la bienveillance desquels dépendait la vie de millions de gens. Le bruit de l'avion ne fut bientôt plus qu'un murmure qui se fondit dans le silence. Parti espionner d'autres horizons. Apparemment, les péchés de l'Angleterre ne s'avéreraient pas mortels cette nuit.

Il se mit en marche vers la maison avec une nouvelle détermination, empruntant un chemin qui le ferait arriver par-devant, au milieu du jour artificiel des projecteurs. Alors qu'il traversait cette scène de théâtre pour se diriger vers la porte d'entrée, l'Européen sortit de la maison.

Il n'y avait aucun moyen de ne pas être vu. Marty se figea, comme enraciné sur place, alors que Breer émergeait à son tour, et les deux improbables compagnons s'éloignèrent de la maison. La tâche qu'ils étaient venus accomplir, quelle qu'elle fût, était accomplie.

Quand il eut fait quelques pas sur le gravier, Mamoulian tourna la tête. Ses yeux trouvèrent immédiatement Marty. Durant un long moment, l'Européen resta immobile à le regarder à l'autre bout de l'étendue d'herbe luisante. Puis il hocha la tête — un geste sec et bref qui n'était même pas un salut. « Je vous ai vu, disait-il, et regardez ! je vous ai épargné. » Puis il se retourna et s'éloigna, jusqu'à ce que le fossoyeur et lui eussent disparu derrière les cyprès alignés le long de l'allée.

QUATRIÈME PARTIE

LE RÉCIT DU VOLEUR

Les civilisations ne dégénèrent pas à cause de la peur, mais parce qu'elles oublient que la peur existe.

Freya Stark, *Persée dans la tourmente.*

48

Marty était immobile dans l'entrée, à l'écoute de voix ou de bruits de pas. Il n'y avait rien. De toute évidence, les filles étaient parties, ainsi qu'Ottaway, Curtsinger et le Roi des Trolls. Et peut-être aussi le vieil homme.

Rares étaient les lumières qui brûlaient dans la maison. Celles qui fonctionnaient éclairaient un spectacle en deux dimensions. On avait brûlé ici une incroyable énergie. Ses dernières traces crépitaient dans le métal ; l'air avait une nuance bleue. Il se dirigea vers l'escalier. L'étage était plongé dans les ténèbres, mais il se fraya un chemin, guidé par son instinct, venant frapper du pied des débris de porcelaine — restes de quelque trésor fracassé — tout en progressant. Il y avait plus que de la porcelaine sous ses pieds. Des choses humides, des choses déchirées. Il ne baissa pas les yeux mais se dirigea vers la chambre blanche, l'angoisse montait à chacun de ses pas.

La porte était entrouverte, et une lumière, qui ne provenait pas d'une lampe mais d'une bougie, brûlait à l'intérieur. Il fit un pas sur le seuil. La flamme solitaire dispensait une illumination panique — sa présence même la faisait tressauter —, mais il vit que toutes les bouteilles de la pièce avaient été cassées. Il avança d'un pas au milieu d'un marécage de verre brisé et de vin répandu : la pièce empestait le désastre. La table avait été renversée et la plupart des chaises réduites en pièces.

Le vieil homme, Whitehead, se tenait debout dans un coin de la pièce. Il y avait des taches de sang sur son visage, mais il était difficile de dire si ce sang était le sien. Il ressemblait à un homme photographié peu après un tremblement de terre : le choc avait fait blêmir son visage.

« Il est venu tôt », dit-il, et chacune des syllabes qu'il prononça trahissait son incrédulité. « Imaginez. Je pensais qu'il respecterait nos accords. Mais il est venu me surprendre bien *tôt.*

— Qui est-ce ? »

Il essuya d'une main la sueur sur ses joues, étalant les taches de sang.

« Ce salaud m'a menti, dit-il.

— Êtes-vous blessé ?

— Non », dit Whitehead comme si cette question était du plus grand ridicule. « Il n'a pas levé la main sur moi. Il est bien trop malin pour ça. Il veut que j'aille à lui de ma propre volonté, ne le voyez-vous pas ? »

Marty ne comprenait rien.

« Il y a un cadavre dans l'entrée, observa Whitehead d'une voix neutre. Je l'ai descendu en bas des marches.

— Qui ?

— Stéphanie.

— C'est lui qui l'a tuée ?

— Lui ? Non. Il a les mains propres. On pourrait en traire du lait.

— Je vais appeler la police.

— Non ! »

Whitehead fit quelques pas hasardeux sur le verre brisé et saisit le bras de Marty.

« Non ! Pas la police.

— Mais quelqu'un est mort.

— N'y pensez plus. Vous pourrez la dissimuler quelque part plus tard, hein ? » Le ton de sa voix était presque patelin, son souffle, maintenant qu'il était tout proche, horriblement toxique. « Vous ferez ça pour moi, n'est-ce pas ?

— Après tout ce que vous avez fait ?

— Ce n'était qu'une plaisanterie », dit Whitehead. Il essaya de sourire ; l'étreinte de sa main sur le bras de Marty était paralysante. « Allons ! une plaisanterie, c'est tout. »

Marty avait l'impression d'être accosté par un ivrogne au coin d'une rue. Il dégagea son bras.

« Je ne ferai plus jamais rien pour vous, dit-il.

— Vous voulez retourner chez vous, c'est ça ? » La voix de Whitehead s'aigrit en un instant. « Vous voulez retourner derrière les barreaux, là où vous pourrez cacher votre gueule ?

— Vous avez déjà essayé ce truc.

— Commencerais-je à me répéter ? Oh mon cher, oh Dieu du ciel. » Il écarta Marty d'un geste. « Partez donc. Allez vous faire foutre ; vous n'avez pas ma classe. » Il se dirigea en chancelant vers le mur, contre lequel il s'appuya. « Qu'est-ce qui me prend, pourquoi devrais-je m'attendre à ce que vous me restiez fidèle ?

— Vous m'avez pris pour un pigeon, gronda Marty, depuis le debut !

— Je vous l'ai déjà dit... Une plaisanterie.

— Je ne parle pas seulement de ce soir. Depuis le début. Vous m'avez menti... vous m'avez acheté. D'abord, vous me racontez que vous avez besoin d'un homme de confiance, et ensuite vous me traitez comme de la merde. Pas étonnant que tout le monde finisse par vous laisser tomber ! »

Whitehead pivota sur ses talons.

« D'accord, cria-t-il, que voulez-vous ?

— *La vérité.*

— Vous en êtes sûr ?

— Oui, damnation, *oui !* »

Le vieil homme suçota ses lèvres, paraissant s'interroger. Quand il reprit la parole, sa voix s'était adoucie. « D'accord, mon garçon. D'accord. » La vieille lueur avait reparu dans ses yeux et sa défaite était momentanément enfouie sous un nouvel enthousiasme. « Si vous êtes si impatient de savoir, je vais tout vous dire. » Il dirigea un doigt tremblant vers Marty. « Fermez la porte. »

Marty écarta d'un coup de pied une bouteille cassée et s'exécuta. Il était bizarre de fermer ainsi une porte sur un meurtre à seule fin d'écouter une histoire. Mais ce récit avait tant attendu d'être raconté, on ne pouvait plus en retarder le début.

« Quand êtes-vous né, Marty ?

— 1948. En décembre.

— La guerre était finie, alors.

— Oui.

— Vous ne savez pas ce que vous avez manqué. »

C'était un étrange début pour une confession.

« Quelle époque !

— Vous avez eu une bonne guerre ? »

Whitehead tendit la main vers une des chaises les moins endommagées et la redressa ; puis il s'assit. Durant plusieurs secondes, il ne dit plus rien.

« J'étais un voleur, Marty, dit-il. Enfin... “ trafiquant de marché noir ” fait plus d'effet, je suppose, mais cela revient au même. Je savais parler trois ou quatre langues couramment et j'avais l'esprit vif. Les choses s'arrangeaient facilement pour moi.

— Vous avez eu de la chance.

— La chance n'avait rien à y voir. La chance, c'est pour ceux qui n'exercent aucun *contrôle.* Moi, j'exerçais un contrôle ; bien que je ne l'aie pas su à l'époque. Je créais ma propre chance, si vous voulez. » Il fit une pause. « Il faut que vous compreniez une chose, la guerre ne ressemble pas à ce qu'on voit au cinéma ; du moins ce n'était pas le cas de ma guerre. L'Europe était en train de s'effondrer. Tout était mouvant. Les frontières changeaient, les gens étaient expédiés vers l'oubli : le monde était à saisir. » Il secoua la tête. « Vous ne pouvez pas concevoir de telles choses. Vous avez toujours vécu dans une période de stabilité relative. Mais la guerre change toutes les règles de vie. Soudain, c'est *bien* de haïr, c'est *bien* d'applaudir à la destruction. Les gens ont toute latitude de montrer au grand jour leur moi véritable... »

Marty se demanda où les conduirait ce préambule, mais Whitehead ne faisait qu'essayer de trouver le rythme de son récit. Le moment était mal choisi pour le distraire.

« ... et lorsque règne une telle incertitude, l'homme qui peut façonner sa propre destinée peut devenir le souverain du monde. Pardonnez une telle exagération, mais c'était ainsi que je me sentais. Le Souverain du Monde. J'étais rusé, voyez-vous. Pas *instruit,* cela est venu plus tard, mais *rusé.* J'avais été à l'école de la rue, comme on dit. Et j'étais bien résolu à retirer le maximum de cette merveilleuse guerre que Dieu m'avait envoyée. J'ai passé deux ou trois mois à Paris, juste avant l'Occupation, et puis je me suis défilé pendant qu'il était encore temps. Plus tard, je suis allé vers le sud. J'ai goûté aux joies de l'Italie, de la Méditerranée. Je ne manquais de rien. Plus la guerre s'intensifiait, plus ma situation s'améliorait. Le désespoir des autres faisait de moi un homme riche.

« Bien sûr, je gaspillais tout cet argent. Je n'ai jamais réussi à m'accrocher à mes gains pendant plus de quelques mois. Quand je pense à tous les tableaux qui me sont passés entre les mains, à tous les objets d'art, à tout ce *trésor.* Et je ne savais même pas que, lorsque je pissais dans un seau, j'éclaboussais un Raphaël. J'achetais et je revendais tous ces trucs par camions entiers.

« Quand la guerre a touché à sa fin en Europe, je suis parti vers le nord, vers la Pologne. Les Allemands étaient en mauvaise posture : ils savaient que la fin de la partie approchait et je croyais pouvoir faire quelques affaires là-bas. Finalement — et ce fut une erreur —, j'ai échoué à Varsovie. Il ne restait pratiquement plus rien quand je suis arrivé. Ce que les Russes n'avaient pas réduit en cendres, les Allemands s'étaient chargés de le détruire. Tout n'était que désolation. » Il poussa un soupir et fit une grimace, cherchant ses mots. « Vous ne pouvez pas l'imaginer, dit-il. Cela avait été une grande ville.

Mais aujourd'hui? Comment pourrais-je vous faire comprendre? Vous devez vous efforcer de voir à travers mes yeux, ou bien rien de tout cela n'aura de sens.

— J'essaie, dit Marty.

— Vous vivez en *vous-même,* continua Whitehead. Tout comme je vis en *moi-même.* Nous avons des idées bien arrêtées sur ce que nous sommes. C'est ainsi que nous accordons de la valeur à l'essence de notre être; grâce à ce qui est unique en nous. Vous suivez bien ce que je suis en train de dire? »

Marty était trop passionné par ce qu'il entendait pour mentir. Il secoua la tête.

« Non, pas vraiment.

— L'*essence* des choses; voilà où je veux en venir. Le fait que tout ce qui a une valeur quelconque en ce bas monde est spécifiquement *soi-même.* Nous louons l'individualité de l'apparence, de l'être, et, je le suppose, nous assumons qu'une partie de cette individualité est éternelle, ne serait-ce que dans le souvenir de ceux qui en ont fait l'expérience. C'est pour cela que j'estimais la collection d'Evangeline, parce que j'apprécie tout ce qui est *spécial.* Le vase qui ne ressemble à aucun autre, le tapis qui est tissé par un artisan habile. »

Puis, soudain, ils étaient de retour à Varsovie.

« Il y avait eu tant de gloire là-bas, vous savez. De belles maisons, des églises magnifiques, de superbes collections de tableaux. Tant de choses. Mais au moment où je suis arrivé, tout avait disparu, tout avait été réduit en poussière.

« Où que vous alliez, c'était la même chose. Sous vos pieds, la boue. Une boue grise. Elle s'incrustait sur vos bottes, flottait dans l'air en fine poussière, imprégnait le fond de votre gorge. Quand vous éternuiez, votre morve était grise; votre merde était pareille. Et si vous regardiez de plus près cette ordure, vous vous aperceviez que ce n'était pas seulement de la saleté, c'était aussi de la chair, des débris, des fragments de porcelaine et de papier. Tout Varsovie était plongé dans cette boue. Ses maisons, ses citoyens, son art, son histoire : tout cela avait été broyé pour devenir cette boue que vous ôtiez de vos souliers. »

Whitehead était recroquevillé sur son siège. Il paraissait chacun de ses soixante-dix ans; un vieil homme perdu dans ses souvenirs. Son visage était noué, ses mains étaient des poings. Il était plus âgé que ne l'aurait été le père de Marty s'il avait survécu à son cœur défaillant; sauf que son père n'aurait jamais été capable de parler ainsi. Il n'avait aucune aptitude à articuler ses sentiments, ni, pensa Marty, la profondeur de cette douleur. Whitehead était au supplice. Plus que le souvenir de cette boue, il y avait son *anticipation.*

Repensant à son père et au passé, Marty retrouva un vieux souvenir qui donnait un certain sens aux réminiscences de Whitehead. Il était âgé de cinq ou six ans quand une femme qui vivait à trois portes de chez lui avait trouvé la mort. Elle n'avait apparemment aucun parent proche, du moins aucun qui se souciât suffisamment d'elle pour venir chercher les quelques biens qu'elle avait entassés dans sa maison. La municipalité avait pris possession de son domicile et l'avait vidé sans cérémonie, faisant emporter ses meubles pour les vendre aux enchères publiques. Le lendemain, Marty et ses camarades avaient retrouvé une partie des affaires de la vieille femme, jetées dans une allée derrière la rangée de maisons. Les ouvriers municipaux, pressés par le temps, avaient tout simplement vidé les tiroirs des meubles de ses effets personnels, en avaient fait une pile et les avaient laissés là. Des paquets de vieilles lettres attachées par des rubans aux couleurs passées ; un album de photos (elle y était omniprésente : en fillette, en jeune mariée, en mégère quadragénaire, diminuant de taille à mesure qu'elle se desséchait) ; tout un bric-à-brac sans valeur ; de la cire, des stylos à plume sans encre, un coupe-papier. Les gamins s'étaient précipités sur ces reliques comme des hyènes en quête de nourriture. N'ayant rien trouvé, ils avaient dispersé les lettres déchirées le long de l'allée ; ils avaient démembré l'album, riant comme des imbéciles en découvrant les photographies, bien qu'une vague superstition les eût dissuadés de les déchirer elles aussi. Leurs scrupules avaient été inutiles. Les éléments eurent vite fait d'accomplir leur œuvre de vandalisme avec plus d'efficacité qu'ils n'en auraient pu manifester. Après une semaine d'averses et de gelées nocturnes, les visages sur les photographies étaient défigurés, souillés et finalement complètement érodés. Peut-être les derniers portraits existants de personnes mortes depuis longtemps avaient-ils été ainsi réduits en poussière dans cette allée, et Marty, qui passait devant elle chaque jour, les avait observés dans leur extinction progressive ; il avait vu l'encre des lettres dispersées se diluer sous la pluie jusqu'à ce que tous les souvenirs de la vieille femme eussent entièrement disparu, ainsi que l'avait fait son corps. Si l'on avait dispersé ses cendres sur les restes piétinés de ses possessions, il aurait été virtuellement impossible de les distinguer : rien que de la poussière grise, dont la signification était irrémédiablement perdue. La boue avait tout emporté.

Marty ne s'en souvenait que vaguement. Il ne revoyait pas vraiment les lettres, la pluie, les autres gamins, mais il retrouvait la sensation confuse, que l'incident avait fait naître en lui, que ce qui était arrivé dans cette allée était insupportablement poignant. Ses souvenirs vinrent se mêler à ceux de Whitehead. Tout ce que le vieil homme avait dit au sujet de la boue, de l'essence des choses, tout cela avait un sens.

« Je vois », murmura-t-il.

Whitehead leva la tête pour regarder Marty.

« Peut-être, dit-il. J'étais un joueur en ce temps-là ; bien plus que maintenant. La guerre suscite de tels sentiments en vous. Vous entendez tout le temps certaines histoires, comme celle de cet homme qui a échappé à la mort parce qu'il avait éternué, à moins qu'il n'ait été tué pour cette même raison. Des histoires qui parlent de Providence ou de malchance fatale. Et après un certain temps, vous regardez le monde d'une façon légèrement différente : vous commencez à voir le hasard à l'œuvre partout. Vous devenez réceptif à ses mystères. Ainsi qu'au revers de la médaille, bien sûr : le déterminisme. Parce que, croyez-moi, il existe des hommes qui façonnent eux-mêmes leur chance. Des hommes qui *modèlent* le hasard comme si c'était une pâte. Vous-même avez parlé de cette vibration que vous ressentiez dans votre main. Comme si, ce jour-là, quoi que vous eussiez fait, vous ne pouviez pas perdre.

— Oui... »

Cette conversation semblait s'être déroulée il y avait une éternité de cela ; c'était de l'histoire ancienne.

« Eh bien, alors que je me trouvais à Varsovie, j'entendis parler d'un homme qui ne perdait jamais. Un joueur de cartes.

— Qui ne perdait jamais ? »

Marty était incrédule.

« Oui, j'étais aussi cynique que vous. Je traitais les récits que j'entendais comme une fable, du moins pendant un certain temps. Mais, où que j'aille, les gens me parlaient de lui. Je finis par devenir curieux. En fait, je décidai de rester dans cette ville — bien que Dieu sache qu'il n'y avait pas grand-chose pour m'y retenir — et ce afin de trouver par moi-même ce faiseur de miracles.

— Contre qui jouait-il ?

— Contre tout le monde, apparemment. Certains prétendaient qu'il était déjà là avant l'offensive russe et qu'il avait joué contre les nazis, et que, lorsque l'armée Rouge avait pénétré dans la ville, il était resté là.

— Pourquoi jouer au milieu de nulle part ? Il ne devait pas y avoir beaucoup d'argent à gagner dans les parages.

— Pratiquement pas. Les Russes pariaient leurs rations, ils pariaient même leurs bottes.

— Alors : pourquoi ?

— C'était cela qui me fascinait. Je n'arrivais pas à le comprendre, moi non plus. Et je ne croyais pas non plus qu'il gagnait chaque partie, même si c'était un joueur exceptionnel.

— Je ne vois pas comment il trouvait toujours des gens pour jouer contre lui.

— Parce qu'il se trouve toujours quelqu'un pour se croire capable de défaire un champion. C'était mon cas. Je suis parti à sa recherche afin de prouver que toutes ces histoires étaient fausses. Elles offensaient l'idée que je me faisais de la réalité, si vous voulez. J'ai passé toutes les heures de chacune de mes journées à fouiller la ville à sa recherche. Et finalement, j'ai trouvé un soldat qui avait joué contre lui et qui, bien sûr, avait perdu. Le lieutenant Konstantin Vasiliev.

— Et le joueur de cartes... comment s'appelait-il ?

— Je pense que vous le savez..., dit Whitehead.

— Oui, répondit Marty après un court moment. Oui, vous savez que je l'ai revu ? Au club de Bill.

— Quand cela ?

— Lorsque je suis allé acheter mon costume. Vous m'aviez dit d'aller jouer l'argent qui me resterait.

— Mamoulian était à l'Academy ? Et est-ce qu'il a joué ?

— Non. Apparemment, il ne joue jamais.

— J'ai tenté de le convaincre de jouer, la dernière fois qu'il est venu ici, mais il a refusé.

— Mais à Varsovie ? Vous avez joué avec lui là-bas ?

— Oh oui. C'était ce qu'il attendait. Je le vois bien à présent. Toutes ces années durant lesquelles j'ai prétendu que j'avais été maître de mon destin, vous savez ? Que j'étais allé le voir de moi-même, que j'avais gagné grâce à ma propre habileté...

— Vous avez gagné ? s'exclama Marty.

— Bien sûr que oui. Mais il m'a laissé gagner. C'était sa façon de me séduire, et elle a marché. Il s'est arrangé pour que ça ait l'air difficile, bien entendu, pour donner un certain poids à l'illusion, mais j'étais si imbu de moi-même que pas une seule fois je n'ai envisagé la possibilité qu'il eût délibérément perdu la partie. Je veux dire, il n'y avait aucune raison pour qu'il ait agi ainsi, n'est-ce pas ? Aucune raison apparente. Pas à l'époque.

— Pourquoi vous a-t-il laissé gagner ?
— Je vous l'ai dit : pour me séduire.
— Quoi, vous voulez dire qu'il souhaitait coucher avec vous ? »

Whitehead eut le plus doux des haussements d'épaules. « C'est possible, oui. » Cette idée paraissait l'amuser ; la vanité éclaira son visage. « Oui, je crois que j'étais probablement très tentant. » Puis son sourire s'effaça. « Mais le sexe, ce n'est rien, n'est-ce pas ? Je veux dire, quand on en vient à parler de possession, baiser quelqu'un est assez banal. Ce pour quoi il me désirait allait bien plus loin et était plus permanent que n'importe quel acte physique.

— Avez-vous toujours gagné en jouant contre lui ?

— Je n'ai plus jamais joué contre lui par la suite, ce fut la première et la dernière fois. Je sais que ça a l'air invraisemblable. C'était un joueur et moi aussi. Mais, comme je vous l'ai dit, l'enjeu ne l'intéressait pas quand il jouait aux cartes.

— C'était une épreuve.

— Oui. Pour voir si j'étais digne de lui. Digne de bâtir un empire. Après la guerre, quand on a commencé à reconstruire l'Europe, il avait l'habitude de dire qu'il ne restait plus aucun *véritable* Européen, qu'ils avaient tous été balayés par un holocauste ou par un autre, et qu'il était le dernier de la lignée. Je le croyais. Et toutes ces histoires d'empires et de traditions. J'étais flatté qu'il me traite ainsi comme un grand homme. Il était plus cultivé, plus persuasif, plus pénétrant que quiconque parmi les individus que j'aie rencontrés dans ma vie, à cette époque et même par la suite. » Whitehead était perdu dans sa rêverie, hypnotisé par ses souvenirs. « Tout ce qui reste de lui n'est plus qu'une carcasse, bien sûr. Il vous est impossible d'imaginer l'impression qu'il pouvait donner. Il n'y avait rien qu'il n'aurait pu accomplir ou faire accomplir une fois qu'il s'y était résolu. Mais quand je lui disais : pourquoi vous souciez-vous d'un homme comme moi, pourquoi n'entamez-vous pas une carrière politique, pourquoi ne pénétrez-vous pas dans un milieu où vous pourriez exercer directement le pouvoir, il me disait : tout cela a déjà été fait. Tout d'abord, je croyais qu'il voulait dire que ce genre de vie était prévisible. Mais je crois que sa réflexion avait un autre sens. Je crois qu'il voulait me faire comprendre qu'il avait *déjà* été de ces hommes, qu'il avait *déjà* fait de telles choses.

— Comment est-ce possible ? Ce n'était qu'un homme.

— Je ne sais pas. Tout ceci n'est que conjectures. Ce n'est que conjectures depuis le début. Et me voilà aujourd'hui, quarante ans plus tard, toujours en train de jongler avec des rumeurs. »

Il se leva. A en juger par son expression, il était évident que la position assise avait causé quelque raideur dans ses articulations. Quand il se fut redressé, il s'appuya contre un mur et rejeta la tête en arrière, fixant le plafond nu.

« Il n'avait qu'un seul grand amour. Une seule passion dévorante. Le hasard. Le hasard l'obsédait. " Toute la vie n'est que hasard, disait-il. L'astuce est d'apprendre à s'en servir. "

— Et cela avait un sens pour vous ?

— Il m'a fallu du temps ; mais j'ai fini par partager cette fascination au bout de quelques années, oui. Pas par curiosité intellectuelle. Je n'en ai jamais vraiment eu. Mais parce que je savais qu'on pouvait en retirer du pouvoir. Si vous pouvez forcer la Providence à travailler pour vous (il jeta un œil à Marty), si vous parvenez à percer son *système,* si vous voulez, le monde succombe à vos assauts. » Sa voix s'aigrit. « Je veux dire, regardez-moi. Regardez ce que j'ai fait de moi... (il eut un rire bref et amer)... Il a triché », dit-il, revenant au début de leur conversation. « Il n'a pas obéi aux règles du jeu.

— Ce devait être le " dernier souper " ce soir, dit Marty. Ai-je raison ? Vous aviez l'intention de fuir avant qu'il ne vienne vous chercher.

— D'une certaine façon.

— Comment ? »

Whitehead ne répondit pas. Au lieu de cela, il reprit son récit là où il l'avait laissé.

« Il m'a tellement appris. Après la guerre, nous avons voyagé pendant un certain temps, ramassant une petite fortune au passage. Moi grâce à mes talents, lui grâce aux siens. Puis nous sommes arrivés en Angleterre et je me suis lancé dans la chimie.

— Et vous êtes devenu riche.

— Plus que n'aurait pu le rêver Crésus. Cela a pris quelques années, mais l'argent a afflué, le pouvoir a afflué.

— Grâce à son aide. »

Whitehead fronça les sourcils en entendant cette observation malvenue.

« J'ai appliqué ses principes, oui, répondit-il. Mais *il* a prospéré autant que moi. Il a partagé ma maison, mes amis, même ma femme. »

Marty fit mine de parler, mais Whitehead le coupa.

« Vous ai-je parlé du lieutenant ? dit-il.

— Vous l'avez mentionné. Vasiliev.

— Il est mort, est-ce que je vous ai dit ça ?

— Non.

— Il n'avait pas payé ses dettes. On a retrouvé son cadavre dans les égouts de Varsovie.

— Mamoulian l'avait tué ?

— Pas personnellement. Mais oui, je pense... » Whitehead s'interrompit au milieu de sa phrase, pencha la tête sur le côté, attentif. « N'avez-vous pas entendu quelque chose ?

— Quoi ?

— Non. Ce n'est rien. Un bruit dans ma tête. Que disais-je ?

— Le lieutenant.

— Ah, oui. Cette partie de l'histoire... je ne sais pas si elle signifiera grand-chose pour vous... mais il faut que je vous l'explique, car sans elle le reste n'a aucun sens. Voyez-vous, la nuit où j'ai découvert Mamoulian fut un moment incroyable. Il est inutile que j'essaie de le décrire, mais vous savez comment la lumière du soleil vient accrocher le sommet des nuages ; ils prennent la couleur d'une joue qui rougit, la couleur de l'amour. Et j'étais si imbu de moi-même, si *certain* que rien ne pourrait m'atteindre. » Il s'interrompit et humecta ses lèvres avant de poursuivre. « J'étais un imbécile, lança-t-il avec mépris. Je traversais cette étendue de ruines — l'odeur de la putréfaction était omniprésente autour de moi, la boue collait à mes pieds — et je m'en foutais, parce que ces ruines n'étaient pas *miennes,* cette putréfaction n'était pas *mienne.* Je me croyais au-dessus de tout ça, et surtout cette nuit-là. Je me sentais déjà vainqueur, parce que j'étais *vivant,* et parce que les morts étaient morts. »

Les mots cessèrent de se presser à sa bouche pendant un moment. Quand il reprit la parole, ce fut si doucement que les oreilles avaient du mal à saisir ses mots.

« Que savais-je donc ? Rien du tout. » Il couvrit son visage de ses mains tremblantes et dit doucement : « Oh, Seigneur. »

Dans le silence qui suivit, Marty crut entendre quelque chose derrière la porte : un mouvement dans le couloir. Mais ce bruit était trop ténu pour qu'il soit sûr de l'avoir perçu, et l'atmosphère de la pièce exigeait de lui une complète attention. Faire un geste, dire un mot à cet instant aurait gâché la confession du vieil homme, et Marty, fasciné comme un enfant devant un maître conteur, voulait entendre la fin de son récit. A ce moment-là, cela lui semblait plus important que tout le reste.

Le visage de Whitehead était dissimulé derrière ses mains, comme s'il avait tenté d'étouffer ses larmes. Après un long moment, il reprit le fil de son récit — avec précaution, comme s'il avait pu le pétrifier sur place.

« Je n'ai jamais raconté tout cela à quelqu'un. Je pensais que, si je gardais le silence — si je laissais cela devenir une simple rumeur parmi tant d'autres —, cela finirait par disparaître, tôt ou tard. »

Il y eut un autre bruit dans le couloir, un gémissement pareil à celui du vent soufflant à travers une minuscule ouverture. Et ensuite, un grattement à la porte. Whitehead ne l'entendit pas. Il était de nouveau à Varsovie, dans une maison où brûlait un grand feu, où un escalier branlant conduisait à une pièce minuscule dans laquelle une bougie solitaire éclairait un homme assis à une table. Presque identique à la pièce dans laquelle ils se trouvaient, en fait, mais sentant la cendre et la braise plutôt que le vin répandu.

« Je me souviens, dit-il, que lorsque la partie fut achevée, Mamoulian s'est levé et m'a serré la main. Ses mains étaient froides. Glacées. Puis la porte s'est ouverte derrière moi. Je me suis retourné pour voir qui était là. C'était Vasiliev.

— Le lieutenant ?

— Horriblement brûlé.

— Il avait survécu, souffla Marty.

— Non. Il était tout à fait mort. »

Marty pensa qu'il avait manqué un passage lors du déroulement du récit, un passage qui justifierait cette extraordinaire affirmation. Mais non ; cette démence était présentée comme la vérité la plus banale.

« C'était Mamoulian le responsable », continua Whitehead. Il tremblait, mais ses larmes s'étaient taries, évaporées par le feu de ce souvenir. « Il avait ressuscité le lieutenant d'entre les morts, voyez-vous. Comme Lazare. Il avait besoin de factotums, je suppose. »

Après qu'il eut prononcé ces paroles d'une voix faible, on gratta de nouveau à la porte : quelqu'un demandait de toute évidence à entrer. Cette fois-ci, Whitehead entendit. Son moment de faiblesse était apparemment passé. Il releva brusquement la tête.

« Ne répondez pas, ordonna-t-il.

— Pourquoi donc ?

— C'est lui, dit-il avec des yeux fous.

— Non. L'Européen est parti. Je l'ai vu s'en aller.

— Pas l'Européen, répondit Whitehead. C'est le lieutenant. Vasiliev. »

Marty lui jeta un regard incrédule

« Non, dit-il.

— Vous ne savez pas de quoi Mamoulian est capable.

— Vous êtes ridicule ! »

Marty se leva et se fraya un chemin à travers le verre brisé.

Derrière lui, il entendit Whitehead dire à nouveau : « Non, je vous en prie, Seigneur, non », mais il tourna la poignée et ouvrit la porte. La lueur chiche de la bougie vint éclairer le nouveau venu.

C'était Bella, la madone du chenil. Elle se tenait, vacillante, sur le seuil, les yeux, ou ce qu'il en restait, dirigés avec haine vers Marty, la langue, muscle flasque et grouillant de vers, pendant hors de sa gueule comme si elle n'avait plus eu la force de la rentrer. Venu du gouffre de son corps s'exhala un lent sifflement, le gémissement d'un chien en quête de réconfort humain.

Marty recula en chancelant pour s'éloigner de la porte.

« Ce n'est pas lui, dit Whitehead en souriant.

— Seigneur Jésus.

— Tout va bien, Marty. Ce n'est pas lui.

— Refermez cette porte ! » dit Marty, incapable de faire le moindre geste pour s'en charger lui-même — ces yeux, cette odeur, le tenaient en respect.

« Elle ne vous veut aucun mal. Elle avait l'habitude de venir ici, parfois, pour manger quelques restes. C'était la seule de la tribu en qui j'avais confiance. Sale engeance. »

Whitehead s'écarta du mur et se dirigea vers la porte, donnant au passage des coups de pied dans les bouteilles cassées. Bella tourna la tête pour regarder dans sa direction et sa queue se mit à battre la mesure. Marty détourna les yeux, révolté, sentant sa raison se débattre en quête d'une explication à cette démence, mais il n'y en avait aucune. Cette chienne était morte : il l'avait enterrée lui-même. Un enterrement prématuré était inconcevable.

Whitehead avait les yeux fixés sur Bella.

« Non, tu ne peux pas rentrer », lui dit-il, comme si cela avait été une créature vivante.

« Faites-la partir, gémit Marty.

— Elle se sent seule », répondit le vieil homme, le réprimandant pour son manque de compassion. Marty eut la sensation soudaine que Whitehead avait perdu l'esprit. « Tout ceci ne peut pas arriver, je n'y crois pas, dit-il.

— Les chiens ne sont rien pour lui, croyez-moi. »

Marty se rappela Mamoulian immobile au cœur de la forêt, observant la terre à ses pieds. Il n'avait vu aucun fossoyeur parce qu'il n'y en avait pas eu. Les chiens s'étaient exhumés eux-mêmes ; gigotant pour sortir de leurs linceuls de plastique et se frayant un chemin vers l'air libre en fouillant la terre de leurs pattes.

« C'est facile avec les chiens, dit Whitehead. N'est-ce pas, Bella ? Tu as été entraînée à obéir. »

Elle reniflait son corps, contente à présent qu'elle avait vu Whitehead. Son dieu était toujours au ciel et tout allait bien de par le monde. Le vieil homme laissa la porte entrouverte et se tourna vers Marty.

« Vous n'avez aucune raison d'avoir peur, dit-il. Elle ne nous fera aucun mal.

— C'est lui qui les a amenés dans la maison ?

— Oui, pour gâcher ma réception. Pure mesquinerie. C'était sa façon de me rappeler de quoi il était capable. »

Marty se pencha et redressa une autre chaise. Il tremblait si violemment qu'il redoutait de s'écrouler s'il ne s'asseyait pas.

« Le lieutenant était pire, dit le vieil homme, parce qu'il n'était pas obéissant comme Bella. Il savait que ce qu'on lui avait fait était une abomination. Ça le mettait en colère. »

Bella s'était réveillée pleine d'appétit. C'était pour cette raison qu'elle était montée jusqu'à la pièce qu'elle se rappelait avec tant de joie ; une pièce dans laquelle un homme qui connaissait l'endroit derrière ses oreilles où elle aimait tant qu'on la gratte lui avait murmuré des paroles douces et lui avait offert à manger à même son assiette. Mais cette nuit, elle se rendait compte que les choses avaient changé. L'homme était bizarre avec elle, sa voix était distordue, et il y avait quelqu'un d'autre dans la pièce, un homme dont elle se rappelait vaguement l'odeur, mais qu'elle ne pouvait pas reconnaître. Elle avait *encore* faim, tellement faim, et il y avait une odeur appétissante tout près d'elle. Une odeur de viande abandonnée dans la terre, juste comme elle l'aimait, collant encore à l'os et à moitié putréfiée. Elle renifla, presque aveugle, en quête de la source de cette odeur, et, l'ayant trouvée, se mit à manger.

« Ce n'est pas beau à voir. »

Elle dévorait son propre corps, arrachant des bouchées grises et poisseuses aux muscles décomposés de ses hanches. Whitehead la regardait déchirer sa propre chair. Sa passivité devant cette nouvelle horreur galvanisa Marty.

« Ne la laissez pas faire ! dit-il en poussant le vieil homme par le côté.

— Mais elle a faim », répondit-il, comme si cette horreur était la chose la plus naturelle du monde.

Marty saisit la chaise sur laquelle il s'était assis et la fracassa contre le mur. Elle était lourde, mais ses muscles débordaient d'énergie et la violence de cet acte était la bienvenue. La chaise se brisa.

La chienne quitta son repas des yeux pour lever la tête vers

Marty ; la viande qu'elle était en train d'avaler tomba de sa gorge tranchée.

« C'est trop », dit Marty, ramassant un des pieds de la chaise et traversant la pièce avant que Bella n'eût pu comprendre ce qu'il avait l'intention de faire. Au dernier moment, elle parut se rendre compte qu'il lui voulait du mal et tenta de se relever. Une de ses pattes postérieures, qui ne tenait plus qu'à une hanche à moitié dévorée, refusa de la supporter, et elle vacilla, les crocs à nu. Marty la frappa alors de son arme improvisée. La force du coup lui brisa le crâne. Elle cessa de gronder. Son corps recula, traînant derrière lui la tête fracassée qui ne tenait plus que par quelques nerfs, la queue entre ses jambes ruinées. Deux ou trois pas tremblants, retraite pitoyable, et il lui fut impossible d'aller plus loin.

Marty attendit, priant Dieu de ne pas avoir à frapper une seconde fois. Le corps de la chienne sembla se dégonfler sous ses yeux. Le torse gonflé, les restes de la tête, les organes qui pendouillaient dans le vide de son abdomen, tout s'effondra pour ne plus former qu'une abstraction, chaque partie devenant semblable aux autres. Il referma la porte sur ce spectacle et laissa tomber à ses pieds l'arme ensanglantée.

Whitehead s'était réfugié à l'autre bout de la pièce. Son visage était aussi gris que le corps de Bella.

« Comment a-t-il fait cela ? dit Marty. *Comment* est-ce possible ?

— Il a le pouvoir », déclara Whitehead. C'était apparemment aussi simple que ça. « Il peut prendre la vie, et il peut la donner. »

Marty plongea une main dans sa poche à la recherche du mouchoir de lin qu'il avait acheté spécialement pour cette soirée pleine de distinction. Il secoua le tissu immaculé et essuya son visage. Le mouchoir dans sa main était couvert de taches de pourriture. Il se sentait aussi vide que l'enveloppe de chair dans le couloir.

« Vous m'avez demandé un jour si je croyais à l'enfer, dit-il. Vous vous en souvenez ?

— Oui.

— Est-ce que Mamoulian est quelque chose comme ça, à votre avis ? Quelque chose... (il avait envie de rire) quelque chose qui vient de l'enfer ?

— J'ai envisagé cette possibilité. Mais ma nature ne me pousse pas à croire au surnaturel. Au ciel et à l'enfer. A tout ce charabia. Mon système se révolte contre tout ça.

— S'il ne s'agit pas de diables : quoi, alors ?

— Est-ce si important ? »

Marty essuya ses paumes moites sur ses pantalons. Il se sentait contaminé par cette obscénité. Il lui faudrait longtemps avant de se purifier de cette horreur, s'il y parvenait jamais. Il avait commis l'erreur de creuser trop profondément, et le récit qu'il venait d'entendre — ça et la chienne derrière la porte — en était la conséquence.

« Vous avez l'air malade, dit Whitehead.

— Je n'aurais jamais cru...

— Quoi ? Que les morts pourraient se lever et marcher ? Oh, Marty, je vous avais cru bon chrétien en dépit de vos protestations.

— Je m'en vais, dit Marty. Nous partons tous les deux.

— *Tous les deux ?*

— Carys et moi. Nous allons partir. Loin de lui. Loin de vous.

— Pauvre Marty. Vous êtes plus stupide que je ne le croyais. Vous ne la reverrez plus jamais.

— Et pourquoi donc ?

— Elle est avec *lui,* damnation ! Vous n'y avez pas pensé ? *Elle est partie avec lui !* » Telle était donc la clé de sa disparition. « De sa propre volonté, bien sûr.

— Non.

— Oh, si, Marty. Il a eu des droits sur elle depuis le début. Il l'a bercée dans ses bras alors qu'elle était à peine née. Qui sait quelle influence il a pu exercer sur elle. Je l'ai gagnée à moi, bien sûr, pendant un certain temps. » Il soupira. « Je me suis arrangé pour qu'elle m'aime.

— Elle souhaitait partir loin de vous.

— Jamais. C'est *ma* fille, Strauss. Elle est aussi manipulatrice que moi. Tout ce qui a pu se passer entre vous ne s'est produit que parce que cela lui convenait.

— Vous êtes un véritable salaud.

— C'est une des données du problème, Marty. Je suis un monstre, je vous le concède. »

Il écarta les bras pour exhiber ses paumes, innocent de tout sauf de sa culpabilité.

« Je croyais vous avoir entendu dire qu'elle vous aimait. Et pourtant, elle est partie.

— Je vous l'ai dit : c'est ma fille. Elle pense comme moi. Elle est partie avec lui pour apprendre à se servir de ses pouvoirs. J'ai fait la même chose, vous vous rappelez ? »

Cet argument, même dans la bouche d'une crapule comme Whitehead, n'était pas dénué de sens. Derrière les étranges conversations que Marty avait eues avec Carys, n'avait-il pas perçu un certain mépris, aussi bien pour lui-même que pour le vieil homme, un mépris dû à leur incapacité à appréhender la jeune fille ? Si l'occasion s'en présentait, Carys n'irait-elle pas danser avec le diable si elle pensait parvenir à mieux se comprendre ainsi ?

« Ne vous souciez pas d'elle, dit Whitehead. N'y pensez plus. Elle est partie. »

Marty essaya de s'accrocher à l'image de son visage, mais celle-ci se détériorait dans son esprit. Il se sentit soudain très fatigué, épuisé jusqu'à la moelle des os.

« Allez vous reposer, Marty. Demain, nous irons ensemble enterrer cette pute.

— Je ne veux pas être mêlé à ça.

— Je vous ai déjà dit, n'est-ce pas, que si vous restiez avec moi, il n'y avait rien que je ne puisse vous offrir. Cela est plus vrai maintenant que jamais. Vous savez que Toy est mort.

— Quand ? Comment ?

— Je n'ai pas cherché à connaître les détails. Il est parti, voilà tout. Il n'y a plus que vous et moi maintenant.

— Vous vous êtes foutu de moi. »

Le visage de Whitehead était le portrait même de la persuasion.

« Une faute de goût, dit-il. Pardonnez-moi.

— Trop tard.

— Je ne veux pas que vous me quittiez, Marty. *Je ne vous laisserai pas me quitter !* Vous m'entendez ? (Son doigt vint fendre l'air.) Vous êtes venu ici pour m'aider. Et qu'avez-vous fait ? Rien ! *Rien du tout !* »

En l'espace de quelques secondes, il était passé de la flatterie aux accusations de trahison. Des larmes aux menaces, et derrière tout cela, la même terreur de rester isolé. Marty regarda les mains du vieil homme se contracter et former des poings.

« Je vous en prie..., supplia-t-il, ne me laissez pas.

— Je veux que vous finissiez votre histoire.

— Brave garçon.

— Je veux tout savoir, c'est compris. Tout.

— Qu'y a-t-il à ajouter ? dit Whitehead. Je suis devenu riche. Je me suis imposé sur un des marchés les plus fructueux de l'après-guerre : l'industrie pharmaceutique. En moins d'une décennie, je m'étais hissé au niveau des grands de ce monde. » Il sourit pour lui-même. « Et de plus, il n'y a pas grand-chose d'illégal dans la façon dont j'ai fait ma fortune. Contrairement à beaucoup, j'ai joué en respectant les règles du jeu.

— Et Mamoulian ? Est-ce qu'il vous a aidé ?

— Il m'a appris à ne pas me tourmenter sur les questions de morale.
— Et que souhaitait-il en retour ? »
Whitehead plissa les yeux.
« Vous n'êtes pas si bête, n'est-ce pas ? dit-il d'un ton plein d'appréciation. Vous ne dédaignez pas de remuer le couteau dans la plaie quand ça vous arrange.
— C'est une question évidente. Vous aviez passé un marché avec lui ?
— Non », interrompit Whitehead, le visage dur. « Je n'ai passé aucun marché, du moins pas comme vous l'entendez. Il y avait, peut-être, un *gentlemen's agreement* entre nous, mais cela appartient au passé. Il a eu tout ce qu'il souhaitait de moi.
— C'est-à-dire ?
— Il a pu vivre à travers moi, répondit Whitehead.
— Expliquez-vous, dit Marty, je ne comprends pas.
— Il voulait vivre, comme n'importe quel homme. Il avait ses appétits. Et il les assouvissait à travers moi. Ne me demandez pas comment. Je ne le comprends pas moi-même. Mais parfois, je sentais sa présence derrière mes yeux...
— Et vous le laissiez faire ?
— D'abord, je ne savais même pas ce qu'il faisait : j'avais d'autres préoccupations en tête. Apparemment, je devenais plus riche d'heure en heure. Je possédais des maisons, des terrains, des œuvres d'art, des femmes. Il était facile d'oublier qu'il était toujours là, à observer ; à vivre par procuration.
« Puis, en 1959, j'ai épousé Evangeline. Nous avons eu un mariage qui aurait fait honte aux têtes couronnées : tous les journaux en ont parlé, de Londres à Hong Kong. La Richesse et l'Influence mariées à l'Intelligence et à la Beauté : c'était une union idéale. Le couronnement de mon bonheur.
— Vous étiez amoureux ?
— Il était impossible de ne pas aimer Evangeline. Je pense... (Il avait l'air surpris en prononçant ces mots.) Je pense même qu'elle m'aimait.
— Qu'a-t-elle pensé de Mamoulian ?
— Ah, voilà le nœud du problème, dit-il. Elle l'a détesté depuis le début. Elle disait qu'il était trop puritain ; que sa seule présence la faisait se sentir perpétuellement honteuse. Et elle avait raison. Il abhorrait le corps ; ses fonctions le dégoûtaient. Mais il ne pouvait pas s'en libérer, ni de ses appétits. C'était un véritable tourment pour lui. Et avec le temps, cette tendance à la haine de soi n'a fait que s'aggraver.
— A cause d'elle ?

— Je ne sais pas. Peut-être. Maintenant que j'y pense, probablement la *voulait*-il, comme il avait jadis voulu plusieurs beautés. Et bien sûr, elle le méprisa, et ce depuis le début. Une fois qu'elle fut devenue maîtresse de notre maison, cette guerre des nerfs ne fit qu'escalader. Finalement, elle me dit de me débarrasser de lui. C'était juste après la naissance de Carys. Elle me dit qu'elle n'aimait pas le voir en train de tenir le bébé dans ses bras — ce qu'il aimait faire, apparemment. Tout simplement, elle ne voulait plus de lui dans la maison. Cela faisait vingt ans que je le connaissais à ce moment-là — il avait vécu dans ma maison, il avait partagé ma vie —, et je me suis rendu compte que je ne savais *rien* de lui. C'était toujours le joueur de cartes mythique que j'avais rencontré à Varsovie.

— Lui avez-vous jamais demandé ?

— Demandé quoi ?

— Qui il était ? D'où il venait ? Comment il avait acquis ses talents ?

— Oh oui, je le lui ai demandé. A chacune de ces occasions, sa réponse était légèrement différente de la précédente.

— Il vous mentait donc ?

— De la façon la plus évidente. C'était une sorte de plaisanterie, je crois bien — l'idée qu'il se faisait d'une bonne blague : ne jamais être la même personne deux fois de suite. Comme s'il n'existait pas tout à fait. Comme si cet homme nommé Mamoulian n'était qu'une façade, dissimulant quelque chose de tout à fait différent.

— Quoi donc ? »

Whitehead haussa les épaules.

« Je ne sais pas. Evangeline avait l'habitude de dire : il est vide. C'était ce qu'elle détestait le plus en lui. Ce n'était pas sa présence dans la maison qui la déprimait, c'était son *absence,* la nullité de son être. Et je me suis mis à penser que, peut-être, je ferais mieux de me débarrasser de lui, ne serait-ce qu'à cause d'Evangeline. J'avais appris toutes les leçons qu'il avait pu m'enseigner. Je n'avais plus besoin de lui désormais.

« De plus, il était devenu une source d'embarras pour notre vie sociale. Mon Dieu, quand j'y repense, je me demande — je me demande vraiment — comment nous avons pu le laisser régenter nos existences pendant si longtemps. Il s'asseyait avec nous à la table du dîner et on pouvait sentir l'odeur de dépression qu'il jetait sur les invités. Et plus il vieillissait, plus sa conversation était faite de futilités.

« Mais n'allez pas croire que ce vieillissement ait été perceptible ; tel n'était pas le cas. Aujourd'hui, il n'a pas l'air d'avoir une année de plus que le jour où je l'ai rencontré la première fois.

— Il n'a pas changé ?

— Pas physiquement. Il y a peut-être quelque chose d'altéré. Il transporte avec lui un air de défaite.

— Il ne m'a pas fait l'effet d'un vaincu.

— Vous auriez dû le voir à son apogée. Il était terrifiant à cette époque, croyez-moi. Le silence se faisait quand il apparaissait sur le seuil : il semblait aspirer la joie de ceux qui l'entouraient ; il la tuait sur place. A tel point qu'Evangeline a fini par ne plus pouvoir supporter sa présence dans la même pièce qu'elle. Elle est devenue paranoïaque, persuadée qu'il complotait de la tuer et de tuer notre fille. Elle avait engagé quelqu'un pour veiller Carys toutes les nuits, afin de s'assurer qu'il ne la touchait pas. Maintenant que j'y pense, c'est Evangeline qui m'a convaincu d'acheter des chiens. Elle savait qu'il les abhorrait.

— Mais vous n'avez pas fait ce qu'elle vous demandait ? Je veux dire : vous ne l'avez pas fichu dehors ?

— Oh, je savais qu'il me faudrait agir tôt ou tard ; je n'avais pas assez de couilles pour le faire, voilà tout. Puis il s'est mis à jouer à des jeux de pouvoir mesquins, juste pour me prouver que j'avais encore besoin de lui. C'était une erreur de tactique. L'attrait de la présence de ce puritain à domicile avait fini par s'émousser. Je le lui ai dit. Je lui ai dit qu'il lui faudrait changer de comportement ou partir. Il a refusé, bien sûr. Je savais qu'il agirait ainsi. Je ne cherchais qu'une excuse pour rompre notre association et il me l'a apportée sur un plateau d'argent. Aujourd'hui, bien sûr, je me rends compte qu'il savait parfaitement ce que je faisais. Quoi qu'il en soit, le résultat a été que... je l'ai jeté dehors. Enfin, pas moi personnellement. Toy s'en est chargé.

— Toy travaillait exclusivement pour vous ?

— Oh oui. Encore une fois, c'était une idée d'Evangeline : elle pensait toujours à ma protection. Elle m'a suggéré d'engager un garde du corps. J'ai choisi Toy. C'était un ancien boxeur, et il était aussi honnête que costaud. Mamoulian ne l'avait jamais impressionné. Il n'hésitait jamais à dire ce qu'il pensait. Aussi, quand je lui ai dit de me débarrasser de ce type, c'est ce qu'il a fait, tout simplement. Un soir, je suis rentré à la maison et le joueur de cartes avait disparu.

« J'ai poussé un soupir de soulagement ce jour-là. On aurait cru que j'avais porté une lourde pierre autour du cou sans jamais m'en rendre compte. Soudain, elle avait disparu : je me sentais la tête légère.

« Toutes les craintes que j'avais pu entretenir sur les conséquences de cette décision se révélèrent sans fondement. Ma fortune ne s'évapora pas du jour au lendemain. J'avais autant de succès. Et peut-être davantage. Je trouvai une nouvelle confiance en moi-même.

— Et vous ne l'avez plus jamais revu ?

— Oh si, je l'ai revu. Il revint par deux fois à la maison, à chaque fois sans prévenir. Les choses avaient mal tourné pour lui, apparemment. Je ne sais pas ce qui s'était passé, mais il avait perdu sa magie. La première fois qu'il est revenu, il était si décrépit que je l'ai à peine reconnu. Il avait l'air malade et il empestait. Si vous l'aviez aperçu dans la rue, vous auriez changé de trottoir pour l'éviter. J'avais peine à croire à cette transformation. Il ne voulut même pas entrer dans la maison — ce que je ne lui aurais pas permis —, tout ce qu'il voulait, c'était de l'argent ; je lui en ai donné et il est reparti.

— Et c'était authentique ?

— Que voulez-vous dire : *authentique ?*

— Ce numéro de mendiant : c'était pour de vrai, n'est-ce pas ? Je veux dire : ce n'était pas un simulacre de plus... »

Whitehead leva les sourcils.

« Toutes ces années... Je n'y avais jamais pensé. J'ai toujours cru... » Il s'interrompit et repartit dans une autre direction. « Vous savez, en dépit de toutes les apparences, je ne suis pas un homme sophistiqué. Je suis un voleur. Mon père était un voleur, et probablement son père avant lui. Toute cette culture dont je m'entoure, ce n'est qu'une façade. Des choses que j'ai prises à d'autres. Un bon goût dérobé, si vous voulez.

« Mais, au bout de quelques années, vous commencez à croire à votre propre publicité ; vous commencez à croire que vous *êtes* vraiment un personnage sophistiqué, un homme du monde. Vous avez honte des instincts qui ont fait de vous ce que vous êtes devenu, parce qu'ils appartiennent à un passé embarrassant. C'est ce qui m'est arrivé. J'ai perdu toute notion de ce que j'étais.

« Eh bien, je pense que l'heure est venue pour le voleur de refaire surface : l'heure est venue d'utiliser *ses* yeux, *son* instinct. C'est vous qui m'avez montré ça, bien que vous n'en ayez pas eu conscience.

— Moi ?

— Nous sommes semblables, vous et moi. Ne le voyez-vous pas ? Tous les deux des voleurs, tous les deux des victimes. »

La façon dont Whitehead s'apitoyait sur son sort, c'en était trop pour Marty.

« Vous ne pouvez pas prétendre être une victime, dit-il, avec la vie que vous avez menée.

— Que savez-vous de mes sentiments ? aboya Whitehead. Ne *présumez* rien, vous m'entendez ? N'allez pas croire que vous me comprenez, parce que c'est faux ! Il m'a tout pris ; *tout !* D'abord Evangeline, puis Toy, et maintenant Carys. Vous ne savez pas si j'ai beaucoup souffert ou non !

— Que voulez-vous dire : il vous a *pris* Evangeline ? Je croyais qu'elle était morte dans un accident. »

Whitehead secoua la tête.

« Il y a des limites à ce que je peux vous raconter, déclara-t-il. Des choses que je ne peux pas exprimer. Que je ne pourrai jamais exprimer. »

Sa voix était brisée. Marty passa à un autre sujet.

« Vous dites qu'il est revenu deux fois ?

— C'est exact. Il a refait une apparition un an ou deux après sa première visite. Evangeline n'était pas à la maison ce soir-là. C'était en novembre. Toy est allé répondre à la porte, je m'en souviens, et bien que je n'aie pas entendu la voix de Mamoulian, je *savais* que c'était lui. Je suis descendu dans l'entrée. Il était debout sur le seuil, éclairé par la lumière du porche. Il bruinait. Je le revois encore aujourd'hui, je revois ses yeux trouvant les miens. " Suis-je le bienvenu ? " a-t-il dit. Il est resté là et a juste dit : " Suis-je le bienvenu ? "

« Je ne sais pas pourquoi, mais je l'ai laissé entrer. Il n'avait pas l'air en mauvaise forme. Peut-être pensais-je qu'il était venu s'excuser, je ne me le rappelle pas. Même à ce moment-là, j'étais prêt à être son ami s'il me l'avait demandé. Pas comme avant. Comme deux relations d'affaires, peut-être. J'ai baissé ma garde. Nous nous sommes mis à parler du passé... (Whitehead remâcha ce souvenir, comme pour mieux le goûter) et puis il a commencé à me dire à quel point il était seul, à quel point il avait besoin de ma compagnie. Je lui ai dit que beaucoup d'eau avait coulé sous les ponts depuis Varsovie. J'étais un homme marié, un pilier de la communauté, et je n'avais aucune intention de changer ma façon de vivre. Il a commencé à se mettre en colère, m'accusant d'ingratitude, déclarant que je l'avais trahi. Que j'avais rompu le pacte qui nous liait. Je lui ai dit qu'il n'y avait jamais eu de pacte entre nous, que j'avais seulement gagné aux cartes en jouant avec lui, dans une ville lointaine, et qu'il avait choisi de m'aider en conséquence, et ce pour ses propres raisons. J'ai ajouté que je pensais avoir suffisamment satisfait à ses exigences pour estimer avoir payé ma dette envers lui. Durant dix ans, il avait partagé ma maison, mes amis, ma vie : tout ce que j'avais eu, il l'avait partagé. " Cela ne suffit pas ", a-t-il dit, et il a recommencé : les mêmes prières, les mêmes exigences, je devais quitter cette mascarade de respectabilité et partir vers l'inconnu avec lui, vagabonder avec lui, devenir son disciple, apprendre de nouvelles et terribles leçons sur la façon dont fonctionne le monde. Et je dois avouer qu'il sut rendre cette éventualité tout à fait séduisante. Il y avait des moments où j'étais las de cette comédie ; où je sentais de nouveau l'odeur de la guerre et de la poussière ; où je revoyais les nuages au-dessus de Varsovie et me sentais plein de regret en repensant au voleur que j'avais été. Mais je n'allais pas renoncer à tout par pure nostalgie. Je le lui ai dit. Je crois bien qu'il devait savoir que je serais inflexible, car il est devenu désespéré à partir de ce moment-là. Il s'est mis à délirer, à dire qu'il avait peur sans moi, qu'il se sentait perdu. Il m'avait consacré des années de sa vie et toutes ses énergies — comment pouvais-je me montrer si ingrat et si impitoyable ? Il a posé ses mains sur moi, a éclaté en sanglots, a tenté de me caresser le visage. Cela m'horrifiait. Il me dégoûtait avec son mélodrame ; je ne voulais plus entendre parler de ça, ni de lui. Mais il refusait de partir. Ses exigences devinrent des menaces, et je suppose que j'ai perdu mon calme. Non, ce n'est pas une supposition. Je n'ai jamais été aussi en colère de ma vie. Je voulais en finir avec lui et avec tout ce qu'il représentait : mon passé peu reluisant. Je l'ai frappé. Pas trop fort tout d'abord, mais quand il a refusé de me quitter des yeux, j'ai perdu tout contrôle sur moi-même. Il n'a fait aucune tentative pour se défendre, et cette passivité n'a fait que m'exciter davantage. Je l'ai frappé et encore frappé, et il s'est contenté d'encaisser les coups. Il n'arrêtait pas d'offrir son visage à mes poings... » Il poussa un soupir tremblant. « Dieu sait que j'ai fait bien pire dans ma vie. Mais rien dont je n'aie autant honte. Je ne me suis arrêté que lorsque mes phalanges se sont mises à saigner. Puis je l'ai laissé à Toy, qui l'a vraiment passé à tabac. Et durant tout ce temps-là, il n'a pas dit un seul mot. Ça me glace rien que d'y repenser. Je le revois encore appuyé contre le mur, Bill le tenant à la gorge ; ses yeux ne regardaient même pas d'où allait venir le prochain coup et restaient fixés sur moi. Toujours sur moi.

« Je me rappelle qu'il a dit : " Sais-tu ce que tu as fait ? " Juste comme ça. Très doucement. Le sang coulait de sa bouche à chaque mot.

« Puis il est arrivé quelque chose. L'air s'est épaissi. Le sang sur son visage a commencé à affluer comme s'il avait été vivant. Toy l'a lâché. Il a glissé contre le mur, laissant une traînée de sang. Je crus que nous l'avions tué. Ce fut le pire moment de ma vie. J'étais à côté de Toy, nous avions les yeux fixés sur ce tas d'os que nous avions tabassé. Ça a été notre erreur, bien sûr. Nous n'aurions jamais dû reculer. Nous aurions dû en finir à ce moment-là et le tuer.

— Seigneur !

— Oui ! J'ai été stupide de ne pas en finir une bonne fois pour toutes. Bill m'était loyal : il n'y aurait eu aucun danger. Mais nous n'en avions pas le courage. *Je* n'en avais pas le courage. J'ai juste demandé à Toy de nettoyer Mamoulian, puis de l'emmener en ville et de le lâcher dans la nature.

— Vous n'auriez pas pu le tuer, dit Marty.

— Vous insistez toujours pour lire dans mon esprit, répondit Whitehead d'une voix lasse. Ne voyez-vous pas que c'était ce qu'il voulait ? *Qu'il était venu pour ça ?* Il m'aurait laissé être son bourreau à ce moment-là, si j'avais eu assez de courage pour aller jusqu'au bout. Il était malade de vivre. J'aurais pu faire cesser ses tourments et tout aurait été fini.

— Vous pensez qu'il est mortel ?

— Toute chose a sa saison. La sienne appartient au passé. Il le sait.

— Alors, il vous suffit d'attendre, hein ? Il finira bien par mourir un beau jour. »

Marty fut soudain malade de toute cette histoire ; des voleurs, du hasard. Le récit du voleur, véridique ou non, le dégoûtait.

« Vous n'avez plus besoin de moi », dit-il.

Il se leva et se dirigea vers la porte. Le bruit de ses pieds sur le verre brisé était assourdissant dans la petite pièce.

« Où allez-vous ? voulut savoir le vieil homme.

— Loin. Aussi loin que je le pourrai.

— Vous aviez promis de rester.

— J'avais promis de vous écouter. Je vous ai écouté. Et je ne veux plus rien avoir à faire avec ce foutu endroit. »

Marty commença à ouvrir la porte. Whitehead s'adressa à son dos.

« Vous croyez que l'Européen va vous laisser tranquille ? Vous l'avez vu en chair et en os, vous avez vu ce dont il est capable. Il sera obligé de vous réduire au silence tôt ou tard. Avez-vous pensé à ça ?

— Je prendrai le risque.

— Vous êtes en sécurité ici.

— En sécurité ? répéta Marty d'une voix incrédule. Vous ne

pouvez pas être sérieux. *En sécurité?* Vous êtes vraiment pathétique, vous savez?

— Si vous partez..., menaça Whitehead.

— Quoi? » Marty se tourna vers lui, crachant son mépris. « Que ferez-vous, *vieil homme?*

— Je les lancerai à vos trousses en moins de deux minutes; vous serez considéré comme un prisonnier en fuite.

— Et s'ils me retrouvent, je leur dirai tout. Je leur parlerai de l'héroïne et du cadavre dans l'entrée. Toutes les saletés que je pourrai déterrer, je les leur montrerai. Je n'en ai rien à foutre de vos menaces, vous m'entendez? »

Whitehead hocha la tête.

« Ah. C'est l'impasse.

— On dirait bien », répondit Marty, et il sortit dans le couloir sans se retourner.

Une surprise morbide l'y attendait : les chiots avaient retrouvé Bella. La main de Mamoulian ne leur avait pas épargné la résurrection, bien qu'ils ne dussent pas lui être utiles à grand-chose. Trop petits, trop aveugles. Ils étaient étendus à l'ombre du ventre creux de leur mère, leurs gueules cherchant des tétons depuis longtemps disparus. L'un d'eux manquait à l'appel, remarqua-t-il. Était-ce ce sixième rejeton qu'il avait vu bouger dans la tombe, trop profondément enfoui ou trop gravement dégénéré pour suivre le reste de la progéniture?

Bella leva la tête quand il passa près d'elle. Ce qui restait de son crâne se tourna dans la direction de Marty. Celui-ci détourna les yeux, dégoûté; mais un battement rythmé le força à regarder en arrière.

Elle lui avait apparemment pardonné son acte de violence. A présent comblée, ayant retrouvé ses adorateurs blottis dans son giron, elle tournait vers lui ses orbites sans yeux tandis que sa misérable queue venait battre gentiment le tapis.

Dans la pièce où l'avait laissé Marty, Whitehead s'affala sur sa chaise, recru de fatigue.

Bien qu'il lui eût été tout d'abord difficile de raconter son histoire, c'était devenu plus facile au fil du temps, et il était heureux de s'être déchargé de ce fardeau. Il avait tant de fois tout voulu dire à Evangeline. Mais celle-ci lui avait fait comprendre, de façon élégante et subtile, que s'il avait gardé des secrets envers lui, elle ne voulait rien en savoir. Durant toutes les années qu'ils avaient vécues avec Mamoulian dans leur maison, elle n'avait jamais demandé nettement *pourquoi* à

Whitehead, comme si elle avait su que sa réponse n'en aurait pas été une, seulement une nouvelle question.

Repenser à elle lui fit monter le chagrin à la gorge ; un chagrin bouillonnant. L'Européen l'avait tuée, cela ne faisait aucun doute. Lui ou ses agents avaient été sur cette route avec elle ; sa mort n'était pas due au hasard. Si le hasard seul en avait été responsable, il l'aurait su. Son instinct infaillible aurait perçu l'inéluctabilité du hasard, si terrible qu'eût été sa peine. Mais rien de tel ne s'était produit, il n'avait perçu que la complicité indirecte de Mamoulian dans la mort de sa femme. Elle avait été tuée par vengeance, vengeance contre lui. Un parmi une foule d'actes similaires, mais sans aucun doute le pire d'entre eux.

Et l'Européen s'était-il emparé d'elle après sa mort ? S'était-il glissé dans son mausolée pour la ramener à la vie par le simple contact de sa main, comme il l'avait fait avec les chiens ? Cette idée était répugnante, mais Whitehead la considéra néanmoins, résolu à s'attendre au pire de peur que, dans le cas contraire, Mamoulian ne trouvât de nouvelles terreurs pour l'ébranler.

« *Tu n'y arriveras pas* », dit-il à haute voix à la pièce de verre brisé. « Tu n'arriveras pas à *me terrifier, m'intimider, me détruire.* » Il avait encore des ressources. Il pouvait encore s'échapper et se dissimuler à l'autre bout de la terre. Trouver un abri où il pourrait oublier l'histoire de sa vie.

Il y avait quelque chose qu'il n'avait pas dit ; une partie du récit, guère essentielle mais d'un intérêt plus qu'anecdotique, qu'il avait cachée à Strauss comme il l'aurait cachée à n'importe quel interlocuteur. Peut-être était-elle indicible. Ou peut-être touchait-elle de trop près aux ambiguïtés qui l'avaient pourchassé durant toute la désolation qu'avait été sa vie, de si près qu'en parler aurait révélé la couleur de son âme.

Il réfléchit à ce dernier secret, et d'une étrange façon, cette pensée vint le réchauffer :

Il avait quitté la partie, la seule et unique partie qu'il avait jouée contre l'Européen, et avait franchi la porte encombrée de détritus pour regagner la place Muranowski. Aucune étoile ne brillait, la seule lumière venait du feu derrière son dos.

Alors qu'il était immobile dans le crépuscule, essayant de se réorienter, le froid venant ramper à travers les semelles de ses bottes, la femme sans lèvres était apparue en face de lui. Elle lui avait fait un signe de la main. Il avait pensé qu'elle avait l'intention de le reconduire sur le chemin du retour, aussi l'avait-il suivie. Mais elle avait eu de tout autres intentions. Elle lui avait fait quitter la place pour le conduire vers une maison aux fenêtres condamnées, et — toujours curieux — il y avait pénétré à sa suite, certain que, cette nuit entre toutes les nuits, il ne pourrait rien lui arriver de mal.

Dans les entrailles de la maison se trouvait une pièce minuscule dont les murs étaient drapés d'étoffes volées — certaines en lambeaux, d'autres de magnifiques rideaux de velours qui avaient jadis encadré des fenêtres majestueuses. Là, dans ce boudoir de fortune, se trouvait un seul meuble. Un lit, sur lequel feu le lieutenant Vasiliev — qu'il avait aperçu récemment dans l'antre de Mamoulian — était en train de faire l'amour. Et lorsque le voleur eut franchi le seuil et que la femme sans lèvres se fut écartée de lui, Konstantin avait levé les yeux de sa besogne, son corps pénétrant toujours la femme étendue au-dessous de lui sur un matelas jonché de drapeaux russes, allemands et polonais.

Le voleur demeura immobile, incrédule, voulant dire à Vasiliev qu'il n'accomplissait pas correctement son acte, qu'il avait confondu un trou avec un autre, et que ce n'était pas un orifice naturel qu'il pénétrait avec tant de brutalité, mais une blessure.

Le lieutenant n'aurait pas écouté, bien sûr. Il besognait toujours en souriant, son pieu écarlate s'enracinant puis se déterrant, s'enracinant puis se déterrant. Le cadavre qu'il honorait tressautait au-dessous de lui, guère impressionné par les attentions de son amant.

Combien de temps le voleur était-il resté à regarder ? Cet acte semblait ne jamais vouloir approcher de sa consommation. Finalement, la femme sans lèvres avait murmuré : « *Assez !* » à son oreille, et il s'était légèrement tourné vers elle tandis qu'elle portait une main à ses pantalons. Elle ne semblait aucunement surprise de le découvrir ainsi excité, bien qu'il n'eût jamais compris par la suite comment une telle chose avait été possible. Cela faisait longtemps qu'il avait accepté le fait que l'on puisse réveiller les morts. Mais qu'il ait senti de la chaleur en leur présence, c'était un crime bien différent, plus terrible à ses yeux que le premier.

« *Il n'y a pas d'enfer* », pensa le vieil homme, chassant de son esprit le boudoir et son Casanova calciné. « Ou alors, l'enfer est une chambre, un lit et un appétit insatiable, et j'y suis allé, et j'ai vu cette volupté, et, dans le pire des cas, je saurai l'endurer. »

CINQUIÈME PARTIE

LE DÉLUGE

D'un vaisseau incendié que l'engloutissement
Seul aurait préservé de la fureur des flammes,
Des hommes bondissaient, et pas un seul instant
Le navire ennemi ne fit taire ses armes ;
Ils périrent ainsi, sous le feu ennemi
Ou consumés au cœur du vaisseau englouti.

John Donne, *Le Vaisseau incendié.*

IX

Mauvaise foi

49

Le Déluge s'abattit durant le mois de juillet le plus sec de mémoire d'homme ; mais aucune version remaniée de l'Apocalypse ne serait complète sans quelque paradoxe. L'éclair qui apparaît dans un ciel dégagé ; la chair qui se métamorphose en sel ; les humbles qui héritent de la terre : autant de phénomènes invraisemblables.

Ce mois de juillet, cependant, on n'assista à aucune transformation spectaculaire. Aucune lumière céleste n'apparut au sein des nuages. Il n'y eut aucune pluie de salamandres ou d'enfants. Si des anges descendirent sur terre durant ce mois-là — si le Déluge tant attendu se déclencha —, alors ce ne fut, comme lors de toute véritable Apocalypse, que pure métaphore.

Il y eut, il est vrai, quelques événements étranges qui doivent être reportés, mais la plupart d'entre eux se déroulèrent dans des endroits délaissés, dans des couloirs mal éclairés, dans des étendues désolées, parmi les matelas maculés par la pluie et les cendres d'anciens feux de joie. Leurs ondes de choc ne firent naître — au mieux — que des rumeurs chez les chiens errants.

Cependant, la majorité de ces miracles — jeux, pluies et saluts — fut glissée avec tant de ruse derrière la façade de la vie la plus ordinaire que seuls le plus perçant des regards ou les esprits en quête de fantastique purent avoir un aperçu de l'Apocalypse en train d'exhiber ses splendeurs à la ville courbée sous le soleil.

50

La ville n'accueillit pas Marty à bras ouverts ; pourtant il était heureux d'avoir quitté la maison une bonne fois pour toutes, d'avoir tourné le dos au vieil homme et à sa folie. Quelles que fussent les conséquences à long terme de son départ — et il lui fallait à présent bien réfléchir pour savoir s'il devait se rendre ou non à la police —, il pouvait au moins respirer ; il avait le temps de méditer tout ce qui lui était arrivé.

La saison touristique battait son plein. Londres grouillait de visiteurs qui rendaient étranges ses rues familières. Il passa ses deux premiers jours en ville à se promener, à se réhabituer à être de nouveau libre comme l'air. Il ne lui restait que bien peu d'argent, mais il pouvait se faire embaucher pour du travail de force si le besoin s'en faisait sentir. En plein cœur de l'été, l'industrie du bâtiment était avide d'esclaves bien bâtis. L'idée d'une journée de labeur honnête, d'une sueur versée en échange d'un peu de liquide, était attirante. Si nécessaire, il revendrait la Citroën qu'il avait prise au Sanctuaire en un dernier, et sans doute malavisé, geste de rébellion.

Après ces deux journées de liberté, ses pensées se tournèrent vers un vieux thème : l'Amérique. Il avait fait tatouer ce mot sur son bras pour se rappeler ses rêves de prisonnier. Maintenant, peut-être, l'heure était venue de faire de ce rêve une réalité. Dans son imagination, le Kansas lui ouvrait les bras, ses champs s'étendant à l'infini dans toutes les directions, sans un seul témoignage de présence humaine en vue. Il serait en sécurité là-bas. Pas seulement loin de la Police et de Mamoulian, mais loin de l'Histoire, loin des histoires répétées encore et encore, maintenant et à jamais, dans les siècles des siècles. Au Kansas, il y aurait une nouvelle histoire : une histoire dont il ne pourrait pas connaître la fin. Et n'était-ce pas là une définition acceptable de la liberté, vierge de toute main européenne, de toute certitude européenne ?

Afin de rester à l'écart des rues tandis qu'il élaborait ses plans d'évasion, il se trouva un logement dans le quartier de Kilburn, un studio sordide, avec un cabinet de toilette situé deux étages plus bas et qu'il devrait partager, l'informa le propriétaire, avec six autres personnes. En fait, il y avait au moins quinze occupants dans les sept pièces que comportait l'immeuble, y compris une famille de quatre dans l'une d'elles. Les cris du plus jeune des enfants lui rendaient le sommeil difficile, aussi se levait-il tôt pour quitter la maison durant toute la journée, ne revenant, à contrecœur, que lorsque les pubs étaient fermés. Mais, se rassura-t-il, ça n'allait pas durer longtemps.

Son départ imminent lui posait des problèmes, bien sûr, dont le moindre n'était pas de se procurer un passeport régulier. Sans un tel document, on ne l'autoriserait pas à poser le pied sur le sol américain. Il lui fallait s'en procurer un de toute urgence. Pour ce qu'il en savait, Whitehead avait signalé sa fuite, et au diable les conséquences. Peut-être les autorités fouillaient-elles déjà les rues à sa recherche.

Le 3 juillet, une semaine et demie après son départ du domaine, il décida de prendre son destin par les cornes et d'aller faire un tour chez Toy. Bien que Whitehead eût insisté pour lui dire que Bill était mort, Marty gardait intacts tous ses espoirs. Papa lui avait menti avant ça, et à plusieurs reprises : pourquoi pas cette fois-ci ?

La maison était située dans une partie élégante de Pimlico ; une rue longée par des façades discrètes et par des automobiles somptueuses garées sur les trottoirs. Il appuya sur la sonnette une demi-douzaine de fois : il n'y avait aucun signe de vie à l'intérieur. Les stores vénitiens étaient baissés aux fenêtres du rez-de-chaussée ; il y avait un paquet de courrier — surtout des prospectus — fourré dans la boîte aux lettres.

Il était debout devant la porte d'entrée, la regardant stupidement et sachant très bien qu'elle ne s'ouvrirait jamais, quand une femme apparut sur le seuil de la maison voisine. Ce n'était pas la propriétaire de la maison, il en était sûr : plus probablement une femme de ménage. Son visage hâlé — qui n'était pas bronzé par cet été torride ? — était envahi par l'expression pleine de délice d'un porteur de mauvaises nouvelles.

« Excusez-moi. Puis-je vous aider ? » demanda-t-elle avec espoir.

Il fut soudain heureux d'avoir mis une veste et une cravate pour venir ici ; cette femme paraissait du genre à aller rapporter le moindre de ses soupçons à la police.

« Je voulais voir Bill. Mr Toy. »

Elle eut une expression réprobatrice — dirigée contre Toy, sinon contre lui.

« Il n'est plus ici, dit-elle.

— Sauriez-vous par hasard où il est parti ?

— Personne ne le sait. Il l'a quittée, c'est tout. Il est parti et il l'a laissée là.

— Laissé qui ?

— Sa femme. Enfin... son amie. On l'a retrouvée ici il y a quinze jours, vous n'en avez pas entendu parler ? C'était dans tous les journaux. Ils sont venus m'interviewer. Je leur ai dit, je leur ai dit qu'il ne m'avait pas l'air catholique, pas du tout.

— J'ai dû passer à côté.

— C'était dans tous les journaux. On le recherche toujours.

— Mr Toy ?

— La brigade criminelle.

— Vraiment.

— Vous n'êtes pas un journaliste ?
— Non.
— Oh, je suis prête, vous savez, prête à tout vous raconter, pour un prix raisonnable, bien sûr. Je pourrais vous dire des choses.
— Vraiment.
— Elle était dans un drôle d'état, apparemment...
— Que voulez-vous dire ? »
Consciente de la valeur de ses informations, la matrone n'avait aucune intention d'en divulguer les détails, même si elle en avait, ce dont Marty doutait. Mais elle était disposée à lui communiquer des allusions alléchantes.
« Elle était atrocement mutilée, commença-t-elle, personne n'aurait pu la reconnaître, même pas sa mère.
— Vous en êtes sûre ? »
La femme de ménage eut l'air offensée que l'on mît ainsi en doute l'authenticité de ses dires.
« Elle s'était fait ça elle-même, ou alors quelqu'un lui avait fait et puis l'avait gardée enfermée ici pour la laisser mourir. Pendant des journées entières. L'odeur quand ils ont ouvert la porte... »
Le son de cette voix rauque et égarée qui avait répondu au téléphone revint à l'esprit de Marty et il eut la conviction que l'amie de Toy était déjà morte quand elle lui avait parlé. Mutilée et morte, mais ressuscitée pour faire office de standardiste afin de préserver quelque temps les apparences. Les syllabes résonnèrent à son oreille : « *Qui est-ce ?* » avait-elle demandé. Malgré la chaleur et la lumière de ce jour de juillet, il se mit à frissonner. Mamoulian était venu ici. Il avait franchi ce même seuil à la recherche de Toy. Il avait un compte à régler avec Toy, Marty le savait à présent : qu'est-ce que cet homme avait été capable d'imaginer en ruminant son humiliation, pour se venger d'une telle violence ?
Marty surprit la femme de ménage en train de l'observer.
« Vous vous sentez bien ? dit-elle.
— Oui. Merci.
— Vous avez besoin de sommeil. J'ai les mêmes problèmes. Avec des nuits chaudes comme celles-ci, impossible de dormir. »
Il la remercia de nouveau et s'éloigna en hâte de la maison, sans se retourner. Trop facile d'imaginer les horreurs ; elles surgissaient de nulle part, sans prévenir.
Et refusaient de partir. Refuseraient toujours désormais. Le souvenir de Mamoulian était en lui — nuit et jour —, était en lui à jamais. Il devenait conscient (n'était-ce que sa vie onirique,

frustrée par ses nuits sans sommeil, qui se développait durant l'état de veille ?) d'un autre monde, qui le guettait au-delà de la façade illusoire de la réalité.

Ce n'était pas le moment de tergiverser. Il *fallait* qu'il parte, qu'il oublie Whitehead, Carys et la loi. « Débrouille-toi pour quitter le pays et aller en Amérique, par n'importe quel moyen ; pour aller là où le réel est réel et où les rêves restent au-dessous des paupières, à leur place. »

51

Raglan était un expert dans l'art de la contrefaçon. Deux coups de téléphone suffirent pour le localiser et Marty put faire affaire avec lui. Contre une modeste rétribution, il pourrait apposer le visa approprié sur un passeport. Si Marty voulait bien amener avec lui une photo d'identité, le travail serait effectué en une journée ; deux tout au plus.

On était le 15 juillet : le mois s'annonçait torride, à quelques degrés de l'évaporation. La radio qui gueulait dans la chambre voisine avait promis un ciel aussi bleu et aussi immaculé que celui de la veille et de l'avant-veille. Même pas bleu : blanc. Le ciel était d'un blanc aveugle ces jours-ci.

Marty partit très tôt pour la maison de Raglan, en partie pour éviter le plus fort de la chaleur, et en partie parce qu'il était impatient d'obtenir ses faux papiers, d'acheter son billet et de s'en aller. Mais il n'alla pas plus loin que la station de métro de Kilburn High Road. Là, sur la première page du *Daily Telegraph,* il lut la manchette : « *Le millionnaire-ermite découvert mort à son domicile.* » En dessous, une photo de Papa ; un Whitehead plus jeune, sans barbe, saisi à l'apogée de sa forme physique et de son influence. Il acheta le journal, ainsi que deux autres qui rapportaient l'événement en première page, et se mit à les lire au beau milieu du trottoir, tandis que la foule des passants empressés le bousculait en se précipitant vers les quais.

« *On a annoncé aujourd'hui le décès de Joseph Newzam Whitehead, dirigeant millionnaire de la Whitehead Corporation, dont les produits pharmaceutiques avaient fait, jusqu'à une date récente, une des compagnies les plus puissantes de l'Europe de l'Ouest. Mr Whitehead, âgé de soixante-huit ans, a été trouvé mort par son chauffeur dans sa propriété située dans l'Oxfordshire, très tôt hier matin. Sa mort a été attribuée à une crise cardiaque. La police a déclaré que ce décès n'était entouré d'aucune circonstance susceptible d'éveiller les soupçons. Voir notice nécrologique en page sept.* »

La notice en question était un amalgame familier d'informations glanées dans les pages du *Who's Who,* agrémenté d'un bref rappel de l'histoire de la Corporation et se concluant par des conjectures sur les revers de fortune récents de cette dernière. Il y avait un condensé de la vie de Whitehead, mais ses années de jeunesse étaient pratiquement passées sous silence, comme si leurs détails avaient été douteux. Tout le reste de son histoire était là, bien que grossièrement esquissé. Son mariage avec Evangeline ; son ascension spectaculaire durant la période d'expansion de la fin des années cinquante ; les années de consolidation et de réussite ; puis sa retraite après la mort d'Evangeline.

Il était mort.

En dépit de toute sa bravoure, de toute sa défiance, de tout le mépris qu'il ressentait à l'égard des machinations de l'Européen, il avait perdu la bataille. Que sa mort eût été naturelle, comme le rapportaient les journaux, ou qu'elle fût l'œuvre de Mamoulian. Marty ne pourrait jamais le savoir. Mais il lui était impossible d'ignorer sa curiosité. Plus que sa curiosité, sa peine. Qu'il pût éprouver quelque chagrin à l'annonce de la mort du vieil homme l'ébranla ; l'ébranla peut-être même davantage que son chagrin. Il ne s'était pas attendu à éprouver une telle sensation de perte douloureuse.

Il annula son rendez-vous avec Raglan et retourna dans son studio, où il lut et relut les journaux, en extrayant la moindre bribe d'information sur les circonstances de la mort de Whitehead. Il y avait peu d'indices, bien sûr : tous les articles étaient rédigés dans le style neutre et empreint du formalisme propre à de telles nouvelles. Ayant épuisé les ressources de la presse écrite, il alla frapper à la porte de sa voisine et demanda à emprunter sa radio. La jeune femme qui occupait la chambre, une étudiante, pensait-il, ne se laissa convaincre qu'à grand-peine, mais elle finit par céder. Il resta à l'écoute des bulletins d'information diffusés toutes les demi-heures tandis que la chaleur montait dans la pièce minuscule. La nouvelle garda une certaine importance jusqu'à midi, mais ensuite, les événements de Beyrouth et la saisie d'un stock de drogue à Southampton occupèrent la plus grande partie des bulletins, et la nouvelle du décès de Whitehead cessa peu à peu d'être une information majeure pour ne plus être annoncée que brièvement avant de disparaître tout à fait en milieu d'après-midi.

Il rendit la radio à sa propriétaire, déclinant le café qu'elle lui proposait de boire en sa compagnie et celle de son chat, dont l'odeur du repas flottait dans la chambre étroite comme une menace de tonnerre, et retourna dans ses quartiers pour s'asseoir et réfléchir. Si Mamoulian avait vraiment assassiné Whitehead — et il ne faisait aucun doute que l'Européen avait la capacité de le faire sans être détecté par le plus habile des criminologistes —, c'était indirectement par *sa* faute. S'il était resté à la maison, le vieil homme serait peut-être toujours en vie. C'était improbable. Plus probablement, il serait mort lui aussi. Mais il se sentait néanmoins coupable.

Durant les deux jours qui suivirent, il ne fit pas grand-chose : l'entropie avait déversé du plomb dans ses entrailles. Ses pensées étaient circulaires, presque obsessionnelles. Dans le cinéma privé à l'intérieur de son crâne, il se repassa les films qu'il avait tournés mentalement ; depuis ses premiers aperçus incertains de la vie privée du pouvoir jusqu'à ses souvenirs plus récents — presque trop clairs, trop détaillés — de cet homme isolé dans sa cage de verre ; les chiens ; les ténèbres. Et en surimpression, dans la majorité des plans apparaissait le visage de Carys, parfois énigmatique, parfois insouciant ; souvent coupé de lui, l'observant derrière les barreaux de ses cils et paraissant l'envier. Tard dans la nuit, quand le bébé s'était endormi dans l'appartement du dessous et que le seul bruit qu'il entendait était celui de la circulation dans Kilburn High Road, il se remémorait leurs instants les plus intimes, des instants trop précieux pour être évoqués sans compter, de peur que le pouvoir qu'ils avaient de le revigorer ne finît par s'étioler.

Pendant un certain temps, il avait essayé de l'oublier : c'était plus commode ainsi. A présent, il s'accrochait au souvenir de ce visage, désespéré. Il se demanda s'il la reverrait jamais.

Les journaux du dimanche publièrent d'autres reportages sur le décès de Whitehead. Le *Sunday Times* consacra la majeure partie de sa page magazine à un portrait du « *Plus mystérieux millionnaire d'Angleterre* », écrit par Lawrence Dwoskin, « *associé de longue date et confident du Howard Hughes anglais* ». Marty lut par deux fois cet article, incapable de parcourir les colonnes de texte sans entendre dans son oreille la voix insinuatrice de Dwoskin...

« ... *C'était un parangon de bien des façons,* écrivait-il, *bien que, durant ces dernières années, son existence d'ermite ait inévitablement suscité nombre de rumeurs et de ragots, dont la plupart offensaient l'homme sensible qu'était Joseph. Durant toutes les années qu'il avait vécues sous les feux des projecteurs de l'actualité, toutes ces années pendant lesquelles il avait été exposé à l'attention d'une presse qui n'était pas toujours bien disposée à son égard, il n'était jamais parvenu à s'endurcir face aux critiques, qu'elles soient implicites ou explicites. Aux rares privilégiés qui le connaissaient bien, il révélait une nature plus vulnérable aux attaques de toute sorte que son apparente indifférence aurait pu le laisser supposer. Quand il apprenait que circulaient à son sujet des rumeurs sur sa vie privée ou sur ses soi-disant excès, ces critiques le blessaient profondément, surtout depuis qu'il était devenu, après le décès d'Evangeline, son épouse bien-aimée, survenu en 1965, le plus prude et le plus moral des êtres humains. »*

Marty lut cet éloge grotesque avec un goût amer dans la gorge. La canonisation du vieil homme était déjà en route. Bientôt, sans nul doute, viendraient les biographies, autorisées — et ensuite expurgées — par sa succession, transformant sa vie en une fable édifiante grâce à laquelle il resterait dans les mémoires. Cette machination lui donnait la nausée. En lisant les platitudes du texte de Dwoskin, il se surprit à défendre farouchement les défauts du vieil homme, comme si tout ce qui l'avait rendu unique — l'avait rendu *réel* — était sur le point d'être oblitéré.

Il lut l'article de Dwoskin jusqu'à sa conclusion larmoyante, puis le reposa. Le seul détail digne d'intérêt qu'il y avait trouvé était une mention du service funèbre qui aurait lieu le lendemain dans une petite église de Minster Lovell. Son corps devait être ensuite incinéré. Malgré le danger que cela présentait, Marty se sentait obligé d'aller lui rendre un dernier hommage.

52

En fait, la cérémonie attira tellement de monde, depuis les badauds curieux jusqu'aux renifleurs de scandales endurcis, que personne ne remarqua la présence de Marty. Cet événement paraissait totalement irréel, comme s'il avait été conçu dans le seul but de convaincre le monde entier que le vieil homme était mort. Des journalistes et des photographes étaient venus de toute l'Europe pour grossir les rangs du clan de Fleet Street ; et parmi l'assistance affligée, certains des visages les plus connus du grand public : politiciens, pontifes professionnels, capitaines d'industrie — même une poignée de vedettes de cinéma, dont le seul titre de gloire était la gloire elle-même. La présence de telles célébrités attira les voyeurs fidèles par centaines. La petite église, le jardin qui l'entourait et la rue qui y conduisait étaient envahis. Le service funèbre était retransmis par haut-parleur à l'extérieur de l'édifice — détail curieux et source de déformation. La voix de l'ecclésiastique qui officiait était rendue ridicule et emphatique par la sonorisation, l'éloge funèbre qu'il prononçait était ponctué par une percussion amplifiée composée de quintes de toux et de raclements de pied.

Marty n'appréciait pas d'entendre le service de cette manière, pas plus qu'il n'appréciait la présence des touristes, qui n'étaient guère vêtus pour la circonstance et qui s'asseyaient sur les pierres tombales, semant leurs détritus sur la pelouse et attendant avec une impatience à peine dissimulée que cessât cette cérémonie lassante qui les empêchait de voir leurs vedettes préférées. Whitehead avait encouragé l'éveil d'une misanthropie qui sommeillait en Marty : ce sentiment faisait désormais partie de sa vision du monde. Quand il contemplait cette congrégation aux visages écarlates et aux yeux mornes qui s'était entassée dans le cimetière, il sentait le mépris monter en lui. Il lui tardait de tourner le dos à cette mascarade et de s'éclipser. Mais le désir de voir cette scène finale se dérouler jusqu'au bout l'emporta sur le désir de partir, aussi prit-il son mal en patience tandis que les guêpes venaient bourdonner au-dessus des cheveux poisseux des enfants et qu'une femme au physique de mante religieuse flirtait avec lui depuis le sommet d'une tombe voisine.

Quelqu'un lisait le sermon à présent — un acteur, à en juger par sa voix compassée. On avait annoncé un passage tiré des Psaumes, mais Marty ne le reconnut pas.

Alors que le sermon approchait de sa fin, une voiture approcha du portail de l'église. Les têtes se tournèrent et les appareils photo crépitèrent quand deux silhouettes en sortirent. Un bourdonnement se répandit à travers la foule ; ceux qui s'étaient étendus se relevèrent afin de voir ce qui pouvait être vu. Quelque chose arracha Marty à sa léthargie et il se dressa sur la pointe des pieds pour tenter d'apercevoir les nouveaux venus : c'était une belle entrée qu'ils faisaient ainsi. Il regarda entre les têtes des badauds pour tenter de voir quelque chose ; il aperçut les nouveaux arrivants, les perdit de vue ; dit doucement « Non », ne croyant pas ses yeux ; puis il se fraya un chemin à travers la foule en essayant de ne pas se faire distancer tandis que Mamoulian, traînant à côté de lui une Carys voilée, avançait le long du chemin de pierre et disparaissait à l'intérieur de l'église. « Qui était-ce ? lui demanda quelqu'un. Vous savez qui c'était ? »

L'enfer, voulait-il répondre. *Le Diable lui-même.*

Mamoulian était ici ! En plein jour, le soleil sur sa nuque, marchant bras dessus, bras dessous avec Carys comme s'ils avaient été mari et femme, laissant les appareils photo les saisir pour l'édition du lendemain. Il ne redoutait apparemment rien. Cette apparition tardive, si minutée, si ironique, était un dernier geste de mépris. Et pourquoi jouait-elle son jeu ? Pourquoi ne se dégageait-elle pas de son étreinte afin de le dénoncer comme la créature contre nature qu'il était ? Parce qu'elle avait volontairement rejoint son entourage, tout comme Whitehead le lui avait dit. En quête de quoi ? De quelqu'un pour louer le grain de nihilisme qui germait en elle ; pour l'initier aux beaux-arts de la mort ? Et qu'allait-elle lui offrir en retour ? Ah, en voilà une question épineuse !

Finalement, le service toucha à sa fin. Soudain, à la grande joie — mêlée d'outrage — de la congrégation, les notes rauques d'un saxophone vinrent briser la solennité du moment et une version jazz de *Fools Rush In** se mit à retentir dans les haut-parleurs. La dernière plaisanterie de Whitehead, sans aucun doute. Elle déclencha quelques rires ; certains des badauds se mirent même à applaudir. A l'intérieur de l'église, on entendit les gens quitter leurs bancs à grand bruit. Marty leva la tête afin de mieux voir l'entrée, et, n'y parvenant pas, se fraya un chemin à travers la foule jusqu'à une tombe d'où il pourrait voir ce qui se passait. Il y avait des oiseaux dans les arbres courbés sous la chaleur et leur agitation vint le distraire quand ils se mirent à voleter autour de lui comme par jeu. Quand il tourna la tête, le cercueil était presque arrivé à son niveau, porté, entre autres, par Ottaway et Curtsinger. La boîte aux lignes sobres paraissait presque obscène. Il se demanda comment ils avaient fini par habiller le vieil homme ; s'ils avaient taillé sa barbe et cousu ses paupières.

L'assistance suivit le cercueil en formant une procession, cortège vêtu de noir qui vint écarter le flot de touristes aux couleurs vives. A sa droite et à sa gauche, les appareils photo crépitaient ; un imbécile cria : « Le petit oiseau va sortir. » Le jazz continuait de jouer. Tout ceci était si absurde que Marty en sourit. Le vieil homme devait bien s'amuser dans sa boîte.

Finalement, Carys et Mamoulian émergèrent de l'ombre de l'église dans la lumière de l'après-midi, et Marty fut certain d'apercevoir la jeune fille en train de scruter la foule avec précaution, craignant que son compagnon ne remarquât ses gestes. C'était *lui* qu'elle cherchait des yeux ; il en était sûr. Elle

* Littéralement : « Les idiots se précipitent. » Allusion à une citation de Pope : « Les idiots se précipitent là où les anges redoutent de poser le pied. » (*N.d.T.*)

savait qu'il était là, quelque part, et elle le cherchait. Son esprit se mit à battre la campagne. S'il lui faisait le moindre signe, si subtil fût-il, il y avait toutes les chances pour que Mamoulian l'aperçût, et c'était sûrement dangereux pour eux deux. Mieux valait dissimuler sa tête, même s'il lui était douloureux de ne pas la voir.

A regret, il descendit de la tombe alors que le cortège funèbre parvenait à son niveau, et continua d'observer la scène à l'abri de la foule. L'Européen leva à peine la tête et la garda penchée en avant, et, quand Marty put enfin apercevoir Carys au milieu des têtes des badauds, il vit qu'elle avait apparemment renoncé à le chercher au milieu de la foule — peut-être avait-elle désespéré de le trouver ici. Alors que le cercueil et son appendice noir sortaient de la cour de l'église, Marty se précipita en courbant le dos vers le mur en quête d'un meilleur poste d'observation.

Dans la rue, Mamoulian parlait à quelques membres du cortège. On échangea des poignées de main ; on adressa des condoléances à Carys. Marty regardait la scène avec impatience. Peut-être se séparerait-elle de l'Européen au milieu de la foule et aurait-il ainsi une chance de se montrer, ne fût-ce qu'un instant, et de la rassurer par sa présence. Mais aucune occasion ne se présenta. Mamoulian était un parfait chaperon et gardait Carys près de lui à chaque instant. Après avoir échangé plaisanteries et adieux, ils montèrent à l'arrière d'une Land Rover vert foncé et s'éloignèrent. Marty se précipita vers la Citroën. Il ne devait pas la perdre maintenant, quoi qu'il arrive : c'était peut-être sa dernière chance de la retrouver. La poursuite s'avéra difficile. Une fois quittées les petites routes de campagne, la Land Rover arriva sur l'autoroute et accéléra avec une facilité insolente. Marty la suivit avec autant de discrétion que le lui permettaient ses considérations stratégiques et son excitation.

Sur le siège arrière de la voiture, Carys eut une étrange et fugace pensée. Chaque fois qu'elle fermait les yeux pour s'abriter de l'intense lumière du jour, une silhouette apparaissait : un coureur. Elle le reconnut en quelques secondes — son survêtement gris, le nuage de vapeur s'échappant de sa cagoule —, lui donna un nom avant d'avoir aperçu son visage. Elle voulait regarder par-dessus son épaule, pour voir s'il se trouvait, comme elle le devinait, quelque part derrière eux. Mais elle n'en fit rien. Mamoulian aurait deviné qu'il se passait quelque chose, s'il ne l'avait pas déjà fait.

L'Européen regarda dans sa direction. C'était un être fort secret, pensa-t-il. Il ne savait jamais vraiment ce qu'elle était en train de penser. C'était bien, sous cet aspect, la fille de sa mère. Alors qu'il avait appris, avec le temps, à lire le visage de Joseph, Evangeline n'avait que rarement laissé paraître une fraction de ce qu'elle ressentait. Durant plusieurs mois, il avait supposé que sa présence dans leur maison ne suscitait en elle que de l'indifférence ; seul le temps avait fini par dévoiler toute l'étendue de ses machinations contre lui. Il lui arrivait parfois de soupçonner Carys d'une pareille duplicité. N'était-elle pas tout simplement trop *malléable* ? Même en cet instant, son visage était empreint du plus léger des sourires.

« Cela t'a amusé ? s'enquit-il.

— Quoi donc ?

— L'enterrement.

— Non, dit-elle d'un ton léger. Non, bien sûr que non.

— Tu souriais. »

Le soupçon de sourire s'effaça ; son visage s'affaissa.

« C'était quelque peu grotesque, je trouve, dit-elle d'une voix morne, de les voir tous parader devant les photographes.

— Tu n'as pas cru à leur peine ?

— Ils ne l'ont jamais aimé.

— Et toi ? »

Elle parut soupeser la question.

« L'amour... », dit-elle, laissant flotter ce mot dans l'air brûlant afin de voir, semblait-il, ce qu'il allait en advenir. « Oui. Je crois que je l'aimais. »

Mamoulian se sentait mal à l'aise près d'elle. Il voulait s'assurer une prise plus sûre sur l'esprit de la jeune fille, mais cet esprit était rebelle à ses tentatives les plus élaborées. La crainte des illusions qu'il pouvait évoquer pour elle l'avait bien sûr dotée d'un vernis de servilité, mais il doutait que cela puisse faire d'elle une véritable esclave. La terreur était un aiguillon efficace, mais la loi des rendements décroissants s'appliquait néanmoins ici ; chaque fois qu'elle lui résistait, il était obligé de trouver un nouvel épouvantail pour la soumettre : cela l'épuisait.

Et à présent, pour porter l'insulte à son comble, voilà que Joseph était mort. Il était décédé — selon ce qu'avaient dit les membres du cortège funèbre — « paisiblement, dans son sommeil ». Il n'était même pas *mort;* ce terme vulgaire avait été exorcisé des paroles prononcées par l'assistance. Il avait trépassé, il nous avait quittés ; il s'était endormi. Mais mort, jamais. Cette tartuferie sentimentale qui avait suivi le voleur jusqu'à sa tombe dégoûtait l'Européen. Mais il se dégoûtait encore plus lui-même. Il avait laissé filer Whitehead. Pas une fois, mais deux, trahi par son désir de voir le jeu se conclure à la perfection jusque dans ses moindres détails. Ainsi que par son souci de voir le voleur entrer volontairement dans le vide. Ses faux-fuyants avaient causé sa perte. Tandis qu'il avait jonglé avec ses menaces et ses visions, le vieux bouc s'était éclipsé.

Cela aurait pu ne pas être la fin de l'histoire. Après tout, il possédait le pouvoir de suivre Whitehead entre les morts et de l'en ressusciter, s'il avait pu accéder à son cadavre. Mais le vieil homme avait eu conscience d'une telle éventualité. Son cadavre était resté hors de vue, même de ses proches. On l'avait enfermé dans un coffre-fort (comme c'était approprié !) et fait garder jour et nuit, à la grande joie des journaux à sensation, qui faisaient des gorges chaudes de telles excentricités. Cette nuit, il ne serait plus que cendres ; et Mamoulian aurait perdu sa dernière chance d'être réuni à lui.

Et pourtant...

Pourquoi avait-il la sensation que tous les jeux auxquels ils avaient joué durant toutes ces années : les jeux de la Tentation, les jeux de la Révélation, de la Répudiation, de la Diffamation et de la Damnation — n'étaient pas *tout à fait* terminés ? Son intuition, tout comme sa force, s'étiolait : mais il était certain que quelque chose clochait. Il pensa au sourire de la femme à ses côtés ; le secret ciselé sur son visage.

« Est-il mort ? » lui demanda-t-il soudain.

Cette question sembla la démonter.

« Bien sûr qu'il est mort, répondit-elle.

— *Vraiment,* Carys ?

— Nous venons juste d'assister à son enterrement, pour l'amour de Dieu. »

Elle sentit son esprit, présence quasi solide, se poser sur sa nuque. Ils avaient déjà joué cette scène à plusieurs reprises les semaines précédentes — l'épreuve de force entre deux volontés — et elle savait qu'il était plus faible de jour en jour. Mais pas assez faible pour être inoffensif : il pouvait toujours susciter des terreurs s'il l'estimait nécessaire.

« Livre-moi tes pensées..., dit-il, que je n'aie pas à creuser pour les trouver. »

Si elle ne répondait pas à ses questions et s'il la pénétrait de force, il verrait certainement le coureur.

« Je vous en prie, dit-elle en feignant la lâcheté, ne me faites pas mal. »

L'esprit se retira légèrement.

« Est-il mort ? demanda à nouveau Mamoulian.

— La nuit de sa mort... », commença-t-elle. Que pouvait-elle lui dire sinon la vérité ? Aucun mensonge ne serait suffisant : il saurait. « ... la nuit où *ils ont dit* qu'il est mort, je n'ai rien ressenti. Il n'y a eu aucun changement. Pas comme lorsque maman est morte. »

Elle regarda Mamoulian d'un air abattu, pour renforcer l'illusion de servilité.

« Et que déduis-tu de cela ? demanda-t-il.

— Je ne sais pas, répondit-elle avec franchise.

— Alors, que *devines*-tu ?

— Qu'il n'est pas mort. »

Le premier sourire que Carys ait jamais vu sur le visage de l'Européen apparut. Ce n'était qu'une esquisse, mais il était bien là. Elle le sentit retirer les cornes de ses pensées et se contenter de méditer. Il ne la presserait pas davantage. Trop de plans à élaborer.

« Oh, pèlerin », dit-il à mi-voix, grondant son ennemi invisible comme il l'aurait fait d'un enfant bien-aimé mais turbulent, « tu as bien failli me duper. »

Marty suivait toujours la Rover quand elle quitta l'autoroute, et il traversa la ville derrière elle jusqu'à Caliban Street. Le soir commençait à tomber lorsque la poursuite s'acheva. Garé à une distance prudente, il les observa quand ils quittèrent la voiture. L'Européen paya le chauffeur, puis, après avoir passé un certain temps à ouvrir la porte d'entrée, Carys et lui pénétrèrent dans une maison dont les rideaux sales et la peinture écaillée ne suggéraient rien d'anormal dans une rue où toutes les maisons avaient besoin d'être rénovées. Une lumière s'alluma au premier étage ; on tira les rideaux.

Il resta assis au volant de sa voiture pendant une heure, les yeux fixés sur la maison, mais rien ne se passa. Elle n'apparut pas à la fenêtre, ne jeta aucune missive, lestée de pierre et de baisers, à son héros qui l'attendait. Mais il n'avait espéré aucun signe de cette sorte — ce n'étaient que des inventions de romanciers et sa situation était bien réelle. De la pierre sale, des fenêtres sales, des terreurs sales qui lui contractaient le bas-ventre.

Il n'avait pratiquement rien mangé depuis l'annonce de la mort de Whitehead ; à présent, pour la première fois depuis ce matin-là, il se sentait affamé. Abandonnant la maison à la lente invasion du crépuscule, il partit en quête de nourriture.

53

Luther faisait ses bagages. Les jours qui avaient suivi l'annonce de la mort de Whitehead avaient été un véritable tourbillon et il avait encore le vertige. Avec tout cet argent dans ses poches, chaque minute qui s'écoulait lui offrait une nouvelle voie, un nouveau fantasme à présent réalisable. Tout d'abord, il avait décidé de retourner à la Jamaïque pour y prendre de longues vacances. Il avait quitté l'île alors qu'il avait huit ans, il y avait dix-neuf ans de cela ; les souvenirs qu'il en avait gardés étaient idylliques. Il était préparé à une déception, mais s'il n'aimait pas cet endroit, cela n'aurait aucune importance. Un homme aussi riche qu'il l'était à présent n'avait nul besoin de faire des plans trop précis : il n'aurait qu'à s'en aller. Une autre île, un autre continent.

Il avait presque achevé ses préparatifs de départ quand une voix l'appela depuis le rez-de-chaussée. Ce n'était pas une voix qu'il connaissait.

« Luther ? Es-tu là ? »

Il alla jusqu'en haut des marches. La femme avec qui il avait partagé cette petite maison était partie, elle l'avait quitté six mois auparavant en emmenant leurs enfants avec elle. La maison aurait dû être vide. Mais il y avait quelqu'un dans l'entrée ; pas un homme, mais deux. Son interlocuteur, un homme grand, digne même, avait la tête levée vers lui, la lumière venue du palier éclairait son front large et lisse. Luther reconnut ce visage ; aperçu à l'enterrement, peut-être ? Derrière lui, dans l'ombre, se tenait une silhouette plus lourde.

« J'aimerais te dire un mot, dit le premier homme.

— Comment êtes-vous entré ici ? Qui diable êtes-vous ?

— Rien qu'un mot. Au sujet de ton employeur.

— Vous êtes journaliste, c'est ça ? Écoutez, je vous ai déjà dit tout ce que je savais. Maintenant, foutez le camp d'ici avant que j'appelle la police. Vous n'avez aucun droit d'entrer ici. »

Le second homme sortit de l'ombre et leva la tête vers le haut de l'escalier. Son visage était maquillé, c'était visible même de loin. Sa chair était poudrée, ses joues rougies : on aurait dit un travesti de théâtre. Luther recula d'un pas sur le palier, l'esprit en déroute. « N'aie pas peur », dit le premier homme, d'une façon qui rendit Luther plus terrifié que jamais. Quelles menaces pouvaient dissimuler cette politesse ?

« Si vous n'êtes pas sorti d'ici dans dix secondes..., prévint-il.

— Où est Joseph ? demanda l'homme si poli.

— Mort.
— En es-tu sûr ?
— Bien sûr que j'en suis sûr. Je vous ai vu à l'enterrement, hein ? Je ne sais pas qui vous êtes...
— Mon nom est Mamoulian.
— Eh bien, vous y étiez, n'est-ce pas ? Vous avez bien vu. Il est mort.
— J'ai vu une boîte.
— Il est mort, mec, insista Luther.
— C'est toi qui l'as trouvé, m'a-t-on dit », dit l'Européen, traversant l'entrée en quelques pas silencieux pour se placer en bas des marches.
« C'est ça. Dans son lit », répondit Luther. Peut-être étaient-ils des journalistes, après tout. « Je l'ai trouvé dans son lit. Il est mort pendant son sommeil.
— Descends donc ici. Donne-moi quelques détails, si tu le veux bien.
— Je suis bien là où je suis. »
L'Européen regarda le visage tendu du chauffeur ; il lança une sonde hésitante vers sa nuque. Il y avait tant de chaleur et d'ordure là-dedans ; il n'était pas assez robuste pour aller y faire des fouilles. Mais il y avait d'autres méthodes, plus grossières. Il fit un geste à l'adresse du Mangeur de Rasoirs, dont il sentait le parfum de bois de santal près de lui.
« Voici Anthony Breer, dit-il. Il a en son temps expédié des enfants et des chiens — tu te souviens des chiens, Luther ? — avec une efficacité digne de louanges. Il ne redoute pas la mort. En fait, il jouit d'une extraordinaire empathie envers elle. »
Le visage fardé s'éclaira en bas des marches, le désir dans ses yeux.
« Allons, je t'en prie, dit Mamoulian, pour nous épargner un moment pénible à tous les deux : la vérité. »
La gorge de Luther était si sèche que les mots avaient de la peine à en sortir.
« Le vieil homme est mort, dit-il. C'est tout ce que je sais. Si j'en savais davantage, je vous le dirais. »
Mamoulian hocha la tête. Quand il reprit la parole, son visage était empreint de compassion, comme s'il regrettait sincèrement ce qui allait se passer.
« Tu me dis quelque chose que je veux croire ; et tu le dis avec une telle conviction que je le crois presque. En principe, je pourrais m'en aller, satisfait, et te laisser vaquer à tes affaires. Mais..., soupira-t-il lourdement, mais je ne te crois pas *tout à fait* assez.

— Écoutez, bordel, c'est chez moi ici ! » bafouilla Luther, sentant qu'il était nécessaire de prendre à présent des mesures draconiennes.

L'homme nommé Breer avait déboutonné sa veste. Il ne portait pas de chemise au-dessous. Des broches étaient enfoncées dans la graisse de sa poitrine et venaient se croiser pour transpercer ses seins. Il tendit une main et en retira deux ; le sang ne coula pas. Armé de ces deux aiguilles d'acier, il avança lentement jusqu'au pied de l'escalier.

« Je n'ai rien fait, supplia Luther.

— C'est ce que tu dis. »

Le Mangeur de Rasoirs se mit à gravir les marches. Ses seins non maquillés étaient glabres et jaunâtres.

« Attendez ! »

En entendant le cri de Luther, Breer s'immobilisa.

« Oui ? dit Mamoulian.

— Le laissez pas m'approcher !

— Si tu as quelque chose à me dire, dis-le. Je suis plus qu'impatient de t'écouter. »

Luther hocha la tête. La déception se lisait sur le visage de Breer. Luther déglutit avant de parler. On lui avait offert ce qui représentait pour lui une petite fortune pour ne pas dire ce qu'il était sur le point de dire, mais Whitehead ne l'avait pas prévenu que ça se passerait comme ça. Il s'était attendu à subir les assauts des reporters curieux, peut-être même à recevoir des propositions lucratives pour raconter son histoire dans les journaux à sensation, mais pas à ça : pas à cet ogre au visage de poupée et aux blessures qui ne saignaient pas. Il y avait une limite au silence que pouvait acheter n'importe quelle somme, pour l'amour de Dieu.

« Qu'as-tu à me dire ? demanda Mamoulian.

— Il n'est pas mort », répondit Luther. Voilà : ce n'était pas si difficile à faire, n'est-ce pas ? « C'était un coup monté. Seules deux ou trois personnes sont au courant : moi entre autres.

— Pourquoi toi ? »

Luther n'était pas sûr de le savoir.

« Je suppose qu'il me faisait confiance, dit-il en haussant les épaules.

— Ah.

— De plus, il fallait bien que quelqu'un trouve le corps, et j'étais le candidat le plus crédible. Il voulait juste se tirer sans laisser de traces. Repartir de zéro là où on ne pourrait jamais le trouver.

— Et où est-ce ? »

Luther secoua la tête.

« Je n'en sais rien, mec. N'importe où, je suppose, là où personne ne connaît sa tête. Il ne me l'a jamais dit.

— Il a bien dû te donner une idée.

— Non. »

Breer se sentit revigoré en voyant l'expression réticente de Luther ; son visage s'éclaira.

« Allons, allons, dit Mamoulian. Tu m'as déjà dit l'essentiel ; quel mal y aurait-il à me dire le reste ?

— Je ne sais *rien* de plus.

— Pourquoi t'exposer ainsi à la souffrance ?

— *Il ne m'a rien dit, mec !* »

Breer fit un pas sur l'escalier ; et un autre ; et un autre.

« Il a dû te donner une petite idée, dit Mamoulian. Réfléchis ! Réfléchis ! Tu m'avais dit qu'il te faisait confiance.

— Pas à ce point ! Hé, le laissez pas me toucher, hein ? »

Les broches étincelaient.

« Pour l'amour de Dieu, le laissez pas me toucher ! »

C'était si dommage... D'abord qu'un être humain soit capable d'infliger tant de brutalités à un autre en souriant. Puis que Luther n'ait rien su. Les informations dont il disposait étaient, comme il l'avait dit, strictement limitées. Mais quand l'Européen se fut assuré de l'ignorance de Luther, l'homme était irrécupérable. Enfin, ce n'était pas tout à fait exact. Une résurrection était parfaitement plausible. Mais Mamoulian devait consacrer son énergie faiblissante à d'autres tâches ; et de plus, laisser cet homme demeurer mort était la seule façon qu'il avait de compenser les souffrances que le chauffeur avait endurées en vain.

« Joseph, Joseph, Joseph », gronda Mamoulian.

Et le flot des ténèbres s'enfla.

X

Le Néant, et ensuite...

54

S'étant procuré tout ce dont il aurait besoin pour monter la garde près de la maison de Caliban Street — à lire, à manger et à boire —, Marty retourna là-bas et resta en faction la plus grande partie de la nuit, avec une bouteille de Chivas Regal et l'autoradio pour lui tenir compagnie. Juste avant l'aube, il déserta son poste et retourna dans son studio, ivre, pour s'y endormir jusque vers midi. Lorsqu'il se réveilla, sa tête lui parut gonflée comme un ballon plein d'air malsain ; mais la journée s'annonçait pleine de promesses. Finis les rêves du Kansas désormais ; ne devaient compter que cette maison et sa prisonnière, Carys.

Après avoir avalé quelques hamburgers en guise de petit déjeuner, il retourna près de la maison, se garant assez loin pour ne pas être remarqué, mais suffisamment près pour pouvoir observer toutes les allées et venues de ses habitants. Il passa les trois jours qui suivirent — durant lesquels la température s'éleva jusqu'à plus de vingt degrés pour atteindre par moments la trentaine — au même endroit. Parfois, il lui arrivait de s'endormir quelques instants sur le siège étroit de la voiture ; le plus souvent, il retournait à Kilburn pour y goûter une heure ou deux de sommeil. La fournaise de cette rue lui devint familière sous tous ses aspects. Il la découvrait juste avant l'aube, se solidifiant peu à peu. Il la contemplait au milieu de la matinée, pleine de jeunes mères promenant leurs enfants d'un pas affairé ; et aussi durant l'après-midi aux couleurs criardes ; et le soir également, quand la lumière rosée du soleil déclinant venait faire exulter la brique et l'ardoise. La vie publique et privée du peuple de Caliban se déployait devant lui. L'enfant handicapé du numéro soixante-sept, dont la colère était un vice secret. La femme du numéro quatre-vingt-un, qui accueillait chaque jour un homme dans sa maison, à douze heures quarante-cinq précises. Son mari, un policeman à en juger par sa chemise et sa cravate, était accueilli chaque soir sur le seuil avec une ardeur proportionnelle au temps que son épouse avait passé avec son amant à l'heure du déjeuner. Et bien d'autres : une douzaine, deux douzaines d'histoires qui s'entremêlaient et se démêlaient chaque jour.

Quant à la maison elle-même, il apercevait de temps en temps des signes d'activité, mais pas une seule fois il ne vit Carys. Les rideaux du premier étage restaient tirés toute la journée et on ne les ouvrait qu'en fin d'après-midi. L'unique fenêtre de l'étage supérieur semblait avoir été définitivement condamnée de l'intérieur.

Marty en conclut qu'il n'y avait que deux personnes vivant dans la maison, outre Carys. L'une, bien sûr, était l'Européen. L'autre était le Boucher qu'ils avaient failli affronter au Sanctuaire; le tueur de chiens. Il quittait la maison une fois par jour, parfois deux; en général pour quelque course sans importance. Il offrait un spectacle presque insoutenable, avec son visage fardé, sa démarche incertaine, les regards vicieux qu'il lançait aux enfants.

Durant ces trois jours, Mamoulian ne quitta pas la maison; du moins Marty ne le vit-il jamais sortir. Il lui arrivait de faire une brève apparition à la fenêtre du rez-de-chaussée, contemplant la rue écrasée par le soleil; mais cela ne se produisait que peu fréquemment. Et tant qu'il resterait à l'intérieur de la maison, Marty se garderait bien de toute tentative. Tout le courage dont il disposait — et il n'en avait pas en quantité illimitée — ne réussirait pas à l'armer suffisamment pour résister aux pouvoirs de l'Européen. Non, il devait continuer d'attendre qu'une occasion se présente à lui.

Le cinquième jour de surveillance, alors que la température montait toujours, la chance finit par lui sourire. Aux environs de vingt heures quarante-cinq, alors que le crépuscule envahissait la rue, un taxi vint se garer devant la maison, et Mamoulian, habillé pour une soirée au casino, monta dedans. Presque une heure plus tard, le deuxième homme apparut sur le seuil; son visage était confus dans la nuit tombante mais il avait l'air affamé. Marty le vit fermer la porte, puis regarder des deux côtés le long du trottoir avant de s'éloigner. Il attendit que la silhouette chancelante eût disparu au coin de Caliban Street avant de descendre de voiture. Résolu à ne pas risquer la moindre erreur au cours de sa tentative — la première, et probablement la seule chance qu'il aurait de venir au secours de Carys —, il alla jusqu'au coin de la rue vérifier que le Boucher n'était pas parti pour une simple promenade digestive. Mais il était impossible de ne pas reconnaître le corps massif de l'homme qui se dirigeait vers la ville, étreignant les ombres sur son passage. Ce ne fut que lorsqu'il fut complètement hors de vue que Marty retourna près de la maison.

Toutes les fenêtres étaient closes, devant aussi bien que derrière ; aucune lumière n'était visible. Peut-être — un doute lui vint — n'était-elle même pas dans la maison ; peut-être étaitelle sortie tandis qu'il somnolait dans la voiture. Il pria pour que ce ne fût pas le cas ; et, tout en priant, il força la porte de derrière avec une pince-monseigneur qu'il avait achetée dans ce seul but. Ça et une lampe torche : les outils de base de tout cambrioleur qui se respecte.

A l'intérieur, l'atmosphère était lugubre. Il commença à fouiller le rez-de-chaussée, pièce par pièce, résolu à être aussi systématique que possible. Ce n'était pas le moment de se comporter en amateur : il ne devait pas crier, ne devait pas se précipiter dans tous les coins — une fouille précise et efficace. Toutes les pièces étaient vides, de personnes et de meubles. Quelques objets, abandonnés par les précédents locataires, accentuaient l'impression de désolation qui se dégageait des lieux. Il monta au premier étage.

Il y trouva la chambre de Breer. Elle puait : un mélange malsain de parfum et de viande pourrissante. Dans un coin, un poste de télévision noir et blanc à grand écran avait été laissé allumé, le son réglé au minimum ; une sorte de jeu télévisé était en cours. L'animateur poussa un hurlement muet de désespoir simulé devant la défaite d'un candidat. La lumière métallique éclairait faiblement les rares meubles de la chambre : un lit recouvert d'un matelas nu et de plusieurs oreillers tachés ; un miroir posé sur une chaise dont le siège était envahi par des cosmétiques et des eaux de toilette. Sur le mur étaient accrochées des photographies arrachées à un livre sur les horreurs de la guerre. Il ne fit que jeter un coup d'œil dans leur direction, mais leurs détails, même dans cette lumière incertaine, étaient effroyables. Il referma la porte sur cette pièce sordide et essaya la suivante. C'était le cabinet de toilette. Juste à côté, la salle de bains. La quatrième et dernière porte de l'étage était cachée au fond d'un petit couloir — elle était fermée à clef. Il tourna la poignée une fois, deux fois, dans les deux sens, puis pressa l'oreille contre la porte, à l'écoute d'un signe de vie à l'intérieur de la pièce.

« Carys ? »

Il n'y eut aucune réponse : aucun signe de présence humaine.

« Carys ? C'est Marty. Tu m'entends ? » Il secoua de nouveau la poignée, plus violemment cette fois-ci. « C'est Marty. »

L'impatience l'emporta dans son esprit. Elle était là, juste derrière cette porte — il fut soudain saisi par l'absolue conviction de sa présence. Il donna un coup de pied dans la porte, plus par frustration que par autre chose ; puis, levant la jambe, il projeta son talon de toutes ses forces. Le bois se mit à craquer sous ses assauts. Une demi-douzaine de coups supplémentaires, et le verrou céda ; il posa son épaule contre la porte et l'enfonça.

La chambre avait son odeur, sa chaleur. Mais excepté sa présence et sa chaleur, elle était pratiquement vide. Rien qu'un seau dans un coin et un petit tas d'assiettes vides ; quelques livres épars, une couverture, une petite table sur laquelle se trouvait son nécessaire : seringues hypodermiques, coupelles, allumettes. Elle gisait, repliée sur elle-même, dans un coin de la chambre. Une lampe, munie d'une ampoule de faible puissance, reposait dans un autre coin, son abat-jour partiellement drapé d'un mouchoir pour diminuer encore l'intensité de la lumière. Elle ne portait qu'un tee-shirt et un slip. Ses autres vêtements, jeans, sweaters, chemises, étaient éparpillés autour d'elle. Quand elle leva la tête vers lui, il vit comme la sueur sur son front avait trempé ses cheveux jusqu'à les rendre poisseux.

« Carys. »

Tout d'abord, elle ne parut pas le reconnaître.

« C'est moi. C'est Marty. »

Un tic vint creuser une ride sur son front luisant.

« Marty ? » dit-elle d'une voix minuscule. La ride se creusa davantage ; elle n'était pas sûre de seulement le voir ; ses yeux roulaient. « Marty », répéta-t-elle, et cette fois-ci, ce nom sembla signifier quelque chose pour elle.

« Oui, c'est moi. »

Il traversa la chambre jusqu'à elle et elle parut presque choquée par la soudaineté de son approche. Ses yeux s'écarquillèrent, envahis par cette présence qu'elle reconnaissait et qui amenait la terreur avec elle. Elle se redressa à moitié, le tee-shirt collé à sa poitrine en sueur. La saignée de ses bras était meurtrie de piqûres.

« Ne t'approche pas de moi.

— Qu'y a-t-il ?

— *Ne t'approche pas de moi.* »

Il recula d'un pas devant la férocité de cet ordre. Que diable lui avaient-ils fait ?

Elle acheva de s'asseoir et laissa choir sa tête entre ses jambes, posant les coudes sur ses genoux.

« Attends... », dit-elle, murmurant toujours.

Son souffle devint très régulier. Il attendit, conscient pour la première fois du bourdonnement qui semblait émaner de la pièce. Peut-être pas seulement de la pièce ; peut-être que ce gémissement — comme si un générateur avait été en train de bourdonner tout seul quelque part dans la maison — avait été présent dans l'air dès son entrée. En ce cas, il ne l'avait pas remarqué. A présent, tandis qu'il attendait qu'elle eût mis fin au rituel qui paraissait l'absorber, ce bruit l'irritait. Subtil, et pourtant si pénétrant qu'il était impossible, après quelques secondes passées à l'écouter, de déterminer si ce n'était pas un simple bourdonnement dans l'oreille interne. Il déglutit : ses sinus craquèrent. Le bruit continuait, monotone. Finalement, Carys leva la tête.

« Tout va bien, dit-elle. Il n'est pas ici.

— J'aurais pu te le dire. Il a quitté la maison il y a deux heures. Je l'ai vu partir.

— Il n'a pas besoin d'être ici physiquement, dit-elle en se massant la nuque.

— Est-ce que ça va ?

— Ça va. »

A les entendre, on aurait pu croire qu'ils s'étaient quittés seulement la veille. Il se sentait ridicule, comme si son soulagement, le désir qu'il avait de la faire lever et de s'enfuir, était déplacé, inutile même.

« Il faut qu'on file, dit-il. Ils pourraient revenir. »

Elle secoua la tête.

« Ça ne servirait à rien.

— Que veux-tu dire : ça ne servirait à rien ?

— Si tu savais ce dont il est capable.

— J'ai vu ce qu'il peut faire, crois-moi. »

Il pensa à Bella, pauvre Bella, qui allaitait ses chiots morts d'un lait de pourriture. Il en avait assez vu, il en avait trop vu.

« Ça ne sert à rien d'essayer de s'échapper, insista-t-elle. Il peut s'insinuer dans ma tête. Je suis un livre ouvert pour lui. »

C'était une exagération. Il était de moins en moins capable de la contrôler. Mais elle était si épuisée par leurs luttes, presque aussi épuisée que l'Européen. Elle se demandait quelquefois s'il ne lui avait pas transmis sa lassitude à l'égard du monde ; si un résidu de lui dans son cortex n'avait pas souillé chaque possibilité de la connaissance de sa dissolution. Elle en avait un exemple en regardant Marty, au visage duquel elle avait rêvé, dont elle avait désiré le corps. Elle le voyait vieillir, le voyait s'étioler et mourir, comme chaque chose finissait par s'étioler et par mourir. Pourquoi se lever, lui demandait la maladie dans son système, puisque ce n'est qu'une question de temps avant que tu retombes ?

« Tu ne peux pas lui bloquer le passage ? demanda Marty.

— Je suis trop faible pour lui résister. Avec toi, je serai encore plus faible.

— Pourquoi ? »

Cette remarque le consternait.

« Dès que je me détendrai, il pénétrera mes défenses. Tu ne comprends pas ? Dès l'instant que je m'abandonne à quelqu'un, *n'importe qui,* il peut s'introduire en moi. »

Marty revit le visage de Carys sur l'oreiller et pensa à la façon dont, l'espace d'un instant de folie, un autre visage avait paru le regarder entre ses doigts. Le Dernier Européen avait observé, pis, avait partagé leur union. Un *ménage à trois* pour homme, femme et esprit intrus. Cette obscénité fit résonner en lui les échos d'une colère plus profonde : non pas la rage superficielle d'un homme vertueux, mais un rejet absolu de l'Européen et de sa décadence. Quelles que soient les conséquences, il ne se laisserait pas persuader de laisser Carys en proie à Mamoulian. Si besoin était, il l'emmènerait de force. Quand elle aurait quitté cette maison aux tapisseries suintant le désespoir, elle se rappellerait comme la vie pouvait être belle ; il la *ferait* se le rappeler. Il fit de nouveau un pas vers elle et s'accroupit pour la toucher. Elle eut un sursaut de recul.

« Il est occupé..., la rassura-t-il, il est au casino.

— Il te tuera, dit-elle tout simplement, s'il découvre que tu es venu ici.

— Il me tuera quoi qu'il arrive, désormais. Je suis intervenu. J'ai découvert son repaire et je compte bien l'endommager avant de partir, juste afin qu'il se souvienne de moi.

— Fais ce que tu veux, dit-elle en haussant les épaules. Ça te regarde. Mais laisse-moi tranquille.

— Alors, Papa avait raison, dit Marty d'une voix amère.

— Papa ? Que t'a-t-il dit ?

— Que tu avais toujours voulu vivre avec Mamoulian.

— Non.

— Tu veux être *comme* lui !

— Non, Marty, *non !*

— Je suppose qu'il te fournit de la came d'excellente qualité, hein ? Et moi, je ne le pourrais pas, n'est-ce pas ? »

Elle ne le détrompa pas, se contentant de prendre un air maussade.

« Mais qu'est-ce que je fous ici ? dit-il. Tu es heureuse, n'est-ce pas ? Seigneur ! tu es heureuse. »

Il était risible de voir à quel point il s'était mépris sur sa tentative. Elle était heureuse dans cette porcherie, et le resterait tant qu'elle serait approvisionnée. Ses histoires d'invasion mentale n'étaient que leurre. Au fond de son cœur, elle pardonnerait à Mamoulian chacun des crimes qu'il pourrait perpétrer tant que la came continuerait d'affluer.

Il se leva.

« Où est sa chambre ?

— Non, Marty.

— Je veux voir où il dort. Où est-ce ? »

Elle se releva en s'accrochant à son bras. Ses mains étaient moites et brûlantes.

« Je t'en prie, Marty, va-t'en. Cela n'est pas un jeu. Il n'y aura pas de pardon pour nous quand nous arriverons à la fin de l'histoire, tu sais ? Et l'histoire ne se terminera même pas quand tu seras mort. Tu comprends ce que je suis en train de dire ?

— Oh oui, dit-il, je comprends. »

Il posa une main sur le visage de Carys. Son souffle avait un goût amer. « Le mien aussi, pensa-t-il, mais ce n'est que le whisky. »

« Je ne suis plus un innocent. Je sais ce qui se passe. Pas tout, mais suffisamment. Je prie pour ne plus jamais revoir les choses que j'ai vues ; j'ai entendu des histoires... Seigneur, je comprends. » Comment pourrait-il l'en persuader avec assez de force ? « Je suis mort de trouille. Je n'ai jamais eu aussi peur de ma vie.

— Tu as de bonnes raisons d'avoir peur, dit-elle froidement.

— Ne te soucies-tu pas de ce qui va t'arriver ?

— Pas beaucoup.

— Je te trouverai de la came, dit-il. Si c'est tout ce qui te retient ici ; je t'en trouverai. »

Un doute traversa-t-il son visage ? Il insista davantage.

« Je t'ai vue en train de me chercher des yeux pendant l'enterrement.

— Tu étais là ?

— Pourquoi regardais-tu dans tous les sens si tu ne croyais pas que je viendrais ? »

Elle haussa les épaules.

« Je ne sais pas. Je pensais que, peut-être, tu étais parti avec Papa.

— Que j'étais mort, tu veux dire ? »

Elle le regarda en plissant le front.

« Non. Parti. Là où il se cache. »

Il lui fallut un certain temps avant d'absorber l'impact de ses paroles. Finalement, il dit :

« Tu veux dire qu'il n'est pas mort ? »

Elle secoua la tête.

« Je croyais que tu le savais. Je croyais que tu étais impliqué dans sa fuite. »

Bien sûr ! le vieux salaud n'était pas mort. Les grands hommes ne s'étendaient pas pour mourir ainsi dans les coulisses. Ils attendaient patiemment durant le deuxième acte — vénérés, pleurés et sanctifiés — avant de réapparaître lors de la scène finale. Une scène de mort, un mariage...

« Où est-il ? demanda Marty.

— Je ne sais pas, et Mamoulian non plus. Il a tenté de me forcer à le retrouver, comme j'avais retrouvé Toy ; mais je n'y arrive pas. Plus rien n'est défini. J'ai même essayé de *te* trouver une fois. Sans succès. C'est à peine si j'ai réussi à me projeter au-delà de la porte.

— Mais tu as trouvé Toy ?

— C'était au début. Maintenant... je suis usée. Je lui dis que ça me fait mal. Comme si quelque chose allait se briser en moi. »

Son visage se déforma sous la douleur, souvenue et présente.

« Et tu veux quand même rester ici ?

— Tout sera bientôt fini. Pour nous tous.

— Viens avec moi. J'ai des amis qui pourront nous aider, la supplia-t-il en saisissant ses poignets. Dieu du ciel, ne vois-tu pas que j'ai besoin de toi ? *Je t'en prie.* J'ai besoin de toi.

— C'est inutile. Je suis trop faible.

— Moi aussi. Je suis faible, moi aussi. Nous sommes faits l'un pour l'autre. »

Le cynisme de cette remarque parut lui plaire. Elle réfléchit un moment avant de dire : « Peut-être », très doucement. Son visage était un labyrinthe d'indécision ; la drogue et le doute. Finalement, elle dit : « Je vais m'habiller. »

Il la serra dans ses bras, très fort, humant l'odeur de ses cheveux sales, sachant que cette première victoire pouvait très bien être la seule, mais jubilant quand même. Elle se dégagea doucement de son étreinte et s'affaira à ses préparatifs de départ. Il la regarda enfiler ses jeans, mais sa timidité lui fit détourner les yeux. Il alla jusqu'au palier. Loin d'elle, le bourdonnement emplissait ses oreilles ; plus fort à présent, pensa-t-il, qu'il ne l'avait été. Allumant sa lampe torche, il gravit les quelques marches qui conduisaient à la chambre de Mamoulian. A chacun de ses pas, le gémissement devenait plus intense ;

il résonnait dans les marches de bois et dans les murs de pierre — présence vivante.

Sur le dernier palier, il n'y avait qu'une porte ; la pièce sur laquelle elle donnait s'étendait apparemment sur l'étage tout entier. Mamoulian, toujours aristocrate, s'était réservé la meilleure part. La porte était restée ouverte. L'Européen ne redoutait aucun intrus. Quand Marty la poussa, elle pivota de quelques centimètres sur ses gonds, mais le rayon de la lampe torche ne pénétra pas de plus d'une coudée dans les ténèbres au-delà. Il demeura sur le seuil comme un enfant hésitant devant un train-fantôme.

Depuis qu'il fréquentait Mamoulian de façon intermittente, il ressentait une intense curiosité à l'égard de cet homme. Il y avait du danger en lui, sans aucun doute, et peut-être une terrible propension à la violence. Mais tout comme le visage de Mamoulian était apparu en dessous de celui de Carys, il y avait probablement un autre visage en dessous de celui de l'Européen. Plus d'un visage, peut-être. Une cinquantaine de visages, chacun d'eux plus étrange que le précédent, régressant vers quelque chose qui était plus ancien que Bethléem. Il fallait bien qu'il jette un coup d'œil, n'est-ce pas ? Juste un coup d'œil, en souvenir du bon vieux temps. Rassemblant son courage, il fit un pas dans la ténèbre vivante de la chambre.

« Marty ! »

Quelque chose voleta en face de lui, une bulle éclata dans sa tête quand Carys l'appela.

« Marty ! Je suis prête ! »

Le bourdonnement dans la chambre avait paru s'intensifier encore quand il était entré. A présent qu'il se retirait, il diminuait pour devenir un sanglot de déception. *Ne t'en va pas,* semblait-il soupirer. *Pourquoi partir ? Elle peut attendre. Laisse-la attendre. Reste un moment ici et regarde ce que j'ai à te montrer.*

« On n'a pas le temps », dit Carys.

Presque furieux qu'on l'ait appelé loin de la chambre, Marty referma la porte sur la voix et descendit.

« Je ne me sens pas bien », dit-elle quand il la rejoignit sur le palier du premier étage.

« C'est lui ? Il essaie de t'atteindre ?

— Non. Je suis étourdie, c'est tout. Je ne m'étais pas rendu compte que j'étais aussi faible.

— Il y a une voiture dehors », dit-il en lui offrant son bras. Elle l'écarta d'un geste.

« J'ai fait un paquet avec mes affaires, dit-elle. Dans la chambre. »

Il retourna le chercher, et alors qu'il le ramassait, elle poussa un petit cri de douleur et trébucha sur les marches.

« Est-ce que ça va ?

— Oui », dit-elle. Quand il apparut sur l'escalier à côté d'elle, elle le regarda avec des yeux de cendre. « La maison veut que je reste, déclara-t-elle.

— On va y aller doucement », dit-il, et il la précéda de peur qu'elle ne trébuchât de nouveau. Ils atteignirent l'entrée sans autre incident.

« On ne peut pas passer par la porte de devant, dit-elle. Il y a deux serrures fermées de l'extérieur. »

En traversant l'entrée, ils entendirent un bruit, sans aucun doute possible celui de la porte de derrière en train de s'ouvrir.

« Merde », dit Marty à voix basse. Il lâcha le bras de Carys et se glissa à travers l'obscurité jusqu'à la porte de devant. Il essaya de l'ouvrir. Comme Carys le lui avait dit, elle était dotée de deux serrures. La panique montait en lui, mais au milieu de sa confusion, une petite voix, qu'il savait être celle de la chambre, lui disait : *Pas besoin de s'inquiéter. Monte ici. Tu seras en sécurité. Cache-toi en moi.* Il écarta cette tentation. Le visage de Carys était tourné vers lui :

« C'est Breer », souffla-t-elle. Le tueur de chiens était dans la cuisine. Marty l'entendait, le sentait. Carys tira sur la manche de Marty et désigna du doigt une porte verrouillée sous l'escalier. La cave, devina-t-il. Le visage blême dans l'obscurité, elle pointa un doigt vers le sol. Il hocha la tête.

Breer, affairé à quelque besogne, chantonnait tout seul. Étrange de l'imaginer ainsi heureux, ce massacreur balourd ; assez satisfait de son sort pour fredonner.

Carys avait ouvert le verrou de la porte de la cave. Quelques marches, faiblement éclairées par la lumière venue de la cuisine, conduisaient vers le gouffre. Odeurs de désinfectant et de copeaux de bois : odeurs saines. Ils descendirent les marches ; frissonnant à chaque grattement, à chaque marche qui craquait. Mais le Mangeur de Rasoirs était apparemment trop affairé pour les entendre. Il n'y eut aucun cri de poursuite. Marty referma la porte de la cave derrière eux, espérant frénétiquement que Breer ne remarquerait pas que l'on avait ouvert le verrou, puis il tendit l'oreille.

Il finit par entendre un bruit de robinet, puis le tintement des tasses, peut-être celui d'une théière : le monstre se préparait une camomille.

Les sens de Breer n'étaient plus aussi aiguisés qu'auparavant. La chaleur de cet été le rendait faible et irrité. Sa peau sentait fort, ses cheveux tombaient, ses entrailles ne fonctionnaient qu'à grand-peine ces derniers temps. Il avait besoin de vacances, avait-il décidé. Quand l'Européen aurait trouvé Whitehead et l'aurait expédié — et ce n'était sûrement plus qu'une question de jours —, il partirait pour aller voir l'aurore boréale. Cela signifiait qu'il lui faudrait quitter leur invitée — il la sentait toute proche, à peine à quelques mètres —, mais elle aurait perdu toute séduction à ce moment-là. Il était bien plus volage que par le passé et la beauté était provisoire. En deux semaines, trois par temps frais, tous ses charmes s'évanouissaient.

Il s'assit à la table et se versa un bol de camomille. Son parfum, qui lui avait jadis apporté tant de joie, était désormais trop subtil pour ses sinus bouchés, mais il en buvait encore par respect pour la tradition. Plus tard, il monterait dans sa chambre et regarderait un de ces feuilletons télévisés à l'eau de rose qu'il aimait tant ; peut-être irait-il dans la chambre de Carys pour la contempler pendant son sommeil ; si elle se réveillait, il l'obligerait à évacuer ses eaux en sa présence. Perdu dans sa rêverie ondiniste, il sirota sa tisane.

Marty avait espéré que l'homme se retirerait dans sa chambre avec son breuvage, leur laissant la voie libre jusqu'à la porte de derrière, mais Breer était de toute évidence résolu à ne pas bouger pendant un certain temps.

Il tendit la main vers Carys dans l'obscurité. Elle était derrière lui sur les marches, tremblant de tous ses membres tout comme lui. Il avait stupidement laissé la pince-monseigneur, sa seule arme, quelque part dans la maison, probablement dans la chambre de Carys. Si jamais il avait à affronter le monstre face à face, il serait désarmé. Pis, le temps s'écoulait. Combien de temps avant que Mamoulian ne revînt ? Son cœur se serra à cette idée. Il glissa le long des marches, les mains posées sur les briques froides du mur, laissant Carys derrière lui pour pénétrer dans la cave proprement dite. Peut-être trouverait-il une arme quelconque là-dedans. Et même, espoir fou, une autre sortie. Mais il n'y avait que peu de lumière en bas. Il ne vit rien qui suggérât une trappe ou un soupirail. Certain qu'on ne pourrait pas le voir depuis la porte, il alluma sa lampe torche. La cave n'était pas tout à fait vide. Un rideau de toile plastifiée tendu la divisait en deux, comme un mur artificiel.

Il leva une main jusqu'au plafond bas et traversa la cave, pas à pas, s'accrochant aux tuyaux du plafond pour garder l'équilibre. Il tira le rideau de toile et dirigea la lueur de sa torche vers ce qui se trouvait derrière. Il lui sembla alors que son estomac remontait jusqu'au bord de ses lèvres. Un cri faillit lui échapper : il réussit tout juste à l'étouffer.

Un mètre ou deux devant lui se tenait une table. Une fillette y était assise. Elle le regardait avec des yeux fixes.

Il porta un doigt à sa bouche pour lui enjoindre de se taire avant qu'elle ne crie. Mais c'était inutile. Elle ne fit ni bruit ni geste. L'expression figée de son visage n'était pas due à quelque déficience mentale. Cette enfant était morte, comprit-il soudain. Elle était couverte de poussière.

« Oh, Seigneur », dit-il à voix basse.

Carys l'entendit. Elle se tourna vers lui et descendit les marches.

« Marty ? souffla-t-elle.

— Ne t'approche pas », dit-il, incapable de décoller ses yeux de la petite fille morte.

Il y avait plus que ce cadavre pour accrocher son regard. Des couteaux et une assiette étaient placés sur la table devant elle, et une serviette immaculée posée sur ses genoux. L'assiette, vit-il, contenait une tranche de viande, découpée avec amour par un maître boucher. Il passa près du corps, essayant d'éviter son regard. Quand il arriva près de la table, il frôla la serviette qui glissa entre les jambes de la fillette.

Deux horreurs survinrent alors, coup sur coup. La serviette avait été disposée sur un endroit de la cuisse de la fillette où l'on avait tranché la viande qui se trouvait dans son assiette. Au même instant, il prit conscience de quelque chose : il avait goûté à cette viande, encouragé par Whitehead, dans la chambre blanche du Sanctuaire. Sa saveur était des plus délicates et il n'avait rien laissé dans son assiette.

La nausée l'envahit. Il laissa choir sa lampe torche en tentant de lutter contre cet accès d'écœurement, mais c'était au-delà de ses forces physiques. L'odeur amère de ses sucs digestifs emplit la cave. Soudain, il fut impossible de dissimuler quoi que ce soit, impossible d'éviter la folie sinon en vomissant.

Là-haut, le Mangeur de Rasoirs délaissa sa tisane, se leva en poussant sa chaise et sortit de la cuisine.

« Il y a quelqu'un ? demanda sa voix grasse. Qui est là ? »

Il se dirigea sans hésiter vers la porte de la cave et l'ouvrit. Une fluorescence morte dévala les marches.

« Qui est là ? » répéta-t-il, et à présent il descendait à la suite de la lumière, le tonnerre de ses pieds résonnant sur les marches de bois. « Qu'est-ce que vous êtes en train de faire ? » Il hurlait. Sa voix était à deux doigts de l'hystérie. « *Vous n'avez pas le droit de venir ici !* »

Marty leva les yeux, étourdi, à bout de souffle, et vit Carys traverser la cave pour se diriger vers lui. Ses yeux se posèrent sur la table et sur ce qui s'y trouvait, mais elle se contrôla admirablement, ignorant le petit cadavre et tendant la main vers le couteau et la fourchette posés à côté de l'assiette. Elle s'en empara d'un geste, accrochant la nappe dans sa hâte. L'assiette et son contenu couvert de chiures de mouches allèrent choir sur le sol ; les couteaux s'éparpillèrent tout autour.

Breer s'était immobilisé en bas des marches, figé dans la contemplation de son temple profané. Furieux, il se précipita vers les deux infidèles dans une attaque que sa taille rendait encore plus impressionnante. Minuscule en face de lui, Carys pivota sur elle-même quand il s'approcha d'elle. Sa masse vint éclipser la jeune fille. Marty ne pouvait plus distinguer où se trouvaient l'un et l'autre. Mais cette confusion ne dura que quelques secondes. Breer leva ses mains grises comme pour éloigner Carys, secouant la tête de droite à gauche. Un hurlement sortait de ses lèvres, plus pitoyable que douloureux.

Carys se baissa pour l'éviter, puis se glissa hors de portée. La fourchette et le couteau qu'elle avait saisis n'étaient plus dans ses mains. Breer s'était précipité droit sur eux. Mais il ne semblait pas conscient de leur présence dans son ventre. Il ne se préoccupait que de la fillette, dont le corps oscilla puis tomba, les membres pêle-mêle sur le sol de la cave. Il se rua vers elle pour la consoler, oubliant les profanateurs dans son angoisse. Carys aperçut Marty, le visage défait, qui se relevait péniblement en s'aidant des tuyaux accrochés au plafond.

« Remue-toi ! » lui cria-t-elle. Elle attendit assez longtemps pour vérifier qu'il l'avait entendue, puis se précipita vers l'escalier. Tandis qu'elle montait les marches quatre à quatre vers la lumière, elle entendit derrière elle le Mangeur de Rasoirs, qui criait : « Non ! Non ! » Elle regarda par-dessus son épaule. Marty atteignit le pied de l'escalier juste au moment où les mains de Breer — manucurées, parfumées, mortelles — tentaient de le saisir. Marty donna un coup de pied au hasard derrière lui et Breer lâcha prise. Mais ce ne fut qu'un bref répit, rien de plus. Marty n'était qu'à mi-chemin de l'escalier quand son agresseur revint sur ses talons. Le visage fardé était couvert de stries quand il les regarda depuis les profondeurs de la cave, ses traits si déformés par l'outrage qu'ils paraissaient à peine humains.

Cette fois-ci, Breer réussit à attraper les pantalons de Marty, et ses doigts s'enfoncèrent profondément dans les muscles du mollet. Marty glapit lorsque le tissu se déchira et que le sang se mit à jaillir. Il tendit une main vers Carys, qui jeta le peu de forces qu'il lui restait dans la bataille, tirant Marty vers elle. Breer, en équilibre instable, lâcha prise, et Marty monta les marches en hâte, poussant Carys devant lui. Elle trébucha dans l'entrée. Marty la suivait, Breer sur les talons. Arrivé en haut des marches, Marty fit soudain demi-tour et donna un coup de pied. Son talon vint frapper le ventre meurtri du Mangeur de Rasoirs. Breer tomba en arrière, les mains battant l'air à la recherche d'un point d'appui ; il n'en trouva aucun. Ses ongles ne réussirent qu'à érafler la brique tandis qu'il tombait lourdement en bas des marches, heurtant le sol de pierre de la cave avec un bruit mou. Puis il resta là, immobile, géant peinturluré.

Marty claqua la porte derrière lui et la verrouilla. Il se sentait trop faible pour examiner la blessure à sa jambe, mais il savait, grâce à la chaleur qui se diffusait dans sa chaussette et dans son soulier, qu'elle saignait abondamment.

« Peux-tu... trouver quelque chose..., dit-il, ...juste pour la panser ? »

Trop essoufflée pour lui répondre, Carys hocha la tête et disparut en direction de la cuisine. Il y avait une serviette sur l'égouttoir, mais elle était trop sale pour être posée sur une plaie ouverte. Elle se mit à fouiller les lieux à la recherche de quelque chose de propre, n'importe quoi. Il était temps qu'ils s'en aillent — Mamoulian ne resterait pas dehors toute la nuit.

Dans l'entrée, Marty tendit l'oreille à l'écoute d'un bruit venant de la cave. Il n'en entendit aucun.

Mais un autre bruit s'infiltra dans son oreille, un bruit qu'il avait presque oublié. Le bourdonnement de la maison était revenu dans sa tête et une voix douce s'insinuait en lui, comme un courant souterrain issu de ses rêves. Son bon sens lui criait de ne pas l'écouter. Mais quand il se concentrait, essayant de distinguer les syllabes, il lui semblait que sa nausée et la douleur de sa jambe diminuaient d'intensité.

Sur le dossier d'une chaise, Carys avait trouvé une des chemises gris sombre de Mamoulian. L'Européen était fort soigneux de son linge. Cette chemise avait été récemment repassée, un bandage idéal. Elle la déchira — bien que le coton de bonne qualité lui eût résisté —, puis en trempa un lambeau dans de l'eau froide afin de nettoyer la blessure avant de réduire le reste en charpie pour panser la jambe de Marty. Quand elle eut fini, elle retourna dans l'entrée. Mais Marty avait disparu.

55

Il fallait qu'il voie. Sinon voir — qu'était-ce que la vue, de toute façon ? rien qu'un sens —, du moins accéder à une nouvelle connaissance. C'était la promesse que la chambre murmurait à son oreille : une nouvelle connaissance et la façon d'y accéder. Il se hissa le long de la rampe, s'accrochant des deux mains, de moins en moins conscient de sa douleur à mesure qu'il avançait dans les ténèbres bourdonnantes. Il voulait tant monter dans le train fantôme. Il y avait dedans des rêves qu'il n'avait jamais rêvés, qu'il n'aurait plus jamais la chance de rêver. Le sang clapotait dans sa chaussure ; il en rit. Un spasme s'était mis à secouer sa jambe ; il l'ignora. Les dernières marches étaient devant lui : il les grimpa avec obstination. La porte était entrouverte.

Il atteignit le haut de l'escalier en trébuchant.

Bien que l'obscurité fût totale dans la cave, le Mangeur de Rasoirs ne s'en souciait guère. Cela faisait plusieurs semaines que ses yeux ne fonctionnaient plus aussi bien qu'avant : il avait appris à substituer le toucher à la vue. Il se releva et tenta de réfléchir. L'Européen reviendrait bientôt. Il le châtierait pour avoir quitté la maison et avoir permis cette tentative d'évasion. Pis, il ne pourrait plus jamais revoir la jeune fille : il ne pourrait plus jamais la contempler en train d'évacuer ses eaux, ces eaux si parfumées qu'il préservait pour les grandes occasions. La désolation s'empara de lui.

Il l'entendait en ce moment même se déplacer dans l'entrée au-dessus de lui ; elle montait l'escalier. Le rythme de ses petits pas lui était familier après toutes les journées et toutes les nuits qu'il avait passées à l'écouter aller et venir dans sa cellule. Dans son esprit, le plafond de la cave devint transparent ; il regarda entre ses jambes tandis qu'elle gravissait les marches ; sa fente généreuse béait. Il fut pris de colère à l'idée de les perdre, cette fente et elle. Elle était vieille, bien sûr, et ne ressemblait guère à la beauté assise à la table, ni aux autres qui couraient encore dans la rue, mais il y avait eu des moments où sa présence avait été la seule chose qui l'eût préservé de la folie.

Il fit demi-tour, trébuchant dans les ténèbres, et se dirigea vers sa petite auto-cannibale, dont le dîner avait été si grossièrement interrompu. Avant de l'atteindre, son pied vint heurter un des couteaux qu'il avait laissés sur la table au cas où elle aurait voulu se servir toute seule. Il se mit à quatre pattes et fouilla le sol à tâtons jusqu'à ce qu'il l'eût trouvé, puis il rampa jusqu'en haut de l'escalier, où il se mit à tailler dans le bois de la porte, là où un rai de lumière lui montrait que se trouvait le verrou.

Carys ne voulait pas remonter dans la maison. Il y avait trop de choses qu'elle redoutait là-haut. Des allusions plutôt que des faits, mais suffisamment pour l'affaiblir. Pourquoi Marty était-il monté là-haut — et c'était le seul endroit où il avait *pu* se rendre —, voilà qui la confondait. Bien qu'il eût affirmé avoir tout compris, il lui restait encore beaucoup à apprendre.

« Marty ? » avait-elle appelé en bas des marches, espérant qu'il allait apparaître en haut de l'escalier, le sourire aux lèvres, avant de se diriger vers elle en boitant sans qu'elle eût besoin d'aller le chercher. Mais seul le silence avait répondu à sa question et le matin approchait de plus en plus vite. L'Européen pouvait survenir à la porte d'un moment à l'autre.

A contrecœur, elle commença à monter.

Marty n'avait rien compris jusqu'à présent. Il était pareil à un être vierge, vivant dans un monde innocent de cette pénétration profonde et extatique, spirituelle autant que corporelle. L'atmosphère de la chambre se referma autour de sa tête dès qu'il eut fait un pas à l'intérieur. Les os de son crâne semblèrent grincer les uns contre les autres ; la voix de la pièce, qui n'avait plus besoin de murmurer désormais, hurla dans son cerveau. *Ainsi, tu es venu ? Bien sûr que tu es venu. Sois le bienvenu au Pays des Merveilles.* Il était vaguement conscient que c'était sa propre voix qui prononçait ces mots. Cela avait probablement toujours été sa voix. Il avait parlé tout seul comme un dément. Bien qu'ayant percé à jour cette ruse, la voix revint à lui, plus basse cette fois — *Quel endroit agréable à visiter, ne trouves-tu pas ?*

A cette question, il regarda autour de lui. Il n'y avait rien à voir, même pas des murs. S'il y avait des fenêtres dans cette pièce, elles étaient hermétiquement closes. Aucune parcelle du monde extérieur n'avait sa place ici.

« Je ne vois rien », murmura-t-il en réponse aux prétentions de la pièce.

La voix eut un rire ; il rit avec elle.

Il n'y a rien à craindre ici, dit-elle. Puis, après une pause ricanante : *Rien du tout ici.*

Et c'était exact, n'est-ce pas ? Rien du tout. Ce n'était pas seulement l'obscurité qui l'empêchait de voir, c'était la pièce elle-même. Pris de vertige, il regarda par-dessus son épaule : il ne voyait plus la porte derrière lui, bien qu'il l'eût laissée ouverte en entrant, il en était persuadé. Il y aurait dû avoir au moins un soupçon de lumière venant du rez-de-chaussée. Mais cette illumination avait été dévorée, tout comme le rayon de sa lampe torche. Une brume grise et étouffante se pressait si fort contre ses yeux que, même en levant la main en face de lui, il ne voyait rien du tout.

Tu es en sécurité ici, rassura la pièce. *Pas de juges ici ; pas de barreaux.*

« Suis-je aveugle ? » demanda-t-il.

Non, répondit la pièce. *Tu vois clair pour la première fois de ta vie.*

« Je... n'aime... pas ça. »

Bien sûr que non. Mais tu finiras par apprendre. La vie n'est pas faite pour toi. Les vivants ne sont que des fantômes de fantômes. Tu ne souhaites qu'une chose : t'étendre ici ; en finir avec cette aventure. Il n'y a rien d'essentiel, mon garçon.

« Je veux m'en aller. »

Pourquoi te mentirais-je ?

« Je veux m'en aller... s'il vous plaît. »

Tu es entre de bonnes mains.

« S'il vous plaît. »

Il trébucha, ne sachant plus où se trouvait la porte. Devant lui, ou derrière lui ? Les bras tendus comme un aveugle au bord d'un précipice, il vacilla, en quête d'un point d'appui. Ce n'était pas l'aventure à laquelle il s'était attendu ; ce n'était rien. *Il n'y a rien d'essentiel.* Une fois qu'on y avait pénétré, ce néant infini n'avait ni distance ni profondeur, ni nord ni sud. Et tout ce qui était hors de lui — les marches, le palier, les marches un peu plus bas, l'entrée, Carys —, tout cela était semblable à une fiction. Un rêve de quelque chose de palpable, mais rien de réel. Il n'y avait *rien* de réel nulle part, sauf ici. Tout ce qu'il avait vécu, toutes ses expériences, tout ce qui lui avait apporté joie et douleur, tout cela était dénué de substance. La passion n'était que poussière. L'optimisme, un leurre. Il doutait même à présent du souvenir de ses sens : la texture, la température. Couleurs, formes, masses. De simples distractions — des jeux inventés par l'esprit pour masquer cet insupportable *zéro.* Et pourquoi pas ? Regarder au fond de l'abîme pouvait rendre un homme fou.

Fou, sûrement pas ? dit la pièce, savourant cette idée.

Toujours, même lors de ses moments les plus noirs (couché sur un bat-flanc dans une cellule étouffante, écoutant l'homme au-dessous de lui sangloter dans son sommeil), il y avait toujours eu quelque chose à espérer : une lettre, l'aurore, la libération ; une étincelle de sens.

Mais ici, le sens était *mort.* Le futur et le passé étaient *morts.* L'amour et la vie étaient *morts.* La mort elle-même était morte, car rien de ce qui suscitait l'émotion n'était le bienvenu ici. Le néant seul : maintenant et à jamais, le néant.

« Au secours », dit-il, comme un enfant perdu.

Va au diable, répondit la pièce avec respect ; et pour la première fois de sa vie, il sut exactement ce que cela voulait dire.

Sur le palier, Carys s'immobilisa. Elle entendait des voix ; non, maintenant qu'elle écoutait avec plus d'attention, il n'y avait pas plusieurs voix mais une seule — la voix de Marty —, qui faisait les questions et les réponses. Il était difficile de savoir d'où provenait cette conversation ; les mots semblaient venir de partout et de nulle part. Elle jeta un coup d'œil dans sa chambre, puis dans celle de Breer. Finalement, se préparant à une répétition de son cauchemar, elle regarda dans la salle de bains. Il n'était dans aucune de ces pièces. Elle ne pouvait plus désormais qu'envisager une seule et déplaisante conclusion. Il était remonté, il était dans la chambre de Mamoulian.

Alors même qu'elle traversait le palier en direction de l'escalier qui conduisait à l'étage supérieur, un autre bruit attira son attention : quelque part au-dessous d'elle, une lame attaquait le bois. Elle sut aussitôt qu'il s'agissait du Mangeur de Rasoirs. Il s'affairait en hâte, impatient de venir jusqu'à elle. Quelle maison que celle-ci, pensa-t-elle, en dépit de sa façade anonyme. Il faudrait un nouveau Dante pour décrire ses gouffres et ses hauteurs : des enfants morts, des Mangeurs de Rasoirs, des drogués, des déments, et tout le reste. Les étoiles qui étaient suspendues à son zénith frissonnaient sûrement dans le ciel ; dans les profondeurs de la terre, le magma tremblait au-dessous d'elle.

Dans la chambre de l'Européen, Marty poussa une plainte, un cri. L'appelant par son nom et priant Dieu qu'il entendît sa voix, elle se rua en haut des marches et, le cœur au bord des lèvres, fit un pas vers la porte.

Il était tombé à genoux. Ce qu'il restait de sa volonté de survie n'était qu'un tableau de pensée désespérée, gris sur gris. Même la voix s'était tue à présent. Elle était lasse de leurs échanges. De plus, elle lui avait bien appris sa leçon. *Il n'y a rien d'essentiel,* lui avait-elle dit, et elle lui avait montré le pourquoi et le comment ; ou plutôt, elle avait creusé en lui jusqu'à atteindre cette partie de lui-même qui avait toujours su cela. Il ne lui restait plus qu'à attendre que le concepteur de cet élégant syllogisme vînt s'occuper de lui. Il gisait, ne sachant pas s'il était vivant ou mort, si l'homme qui viendrait allait le tuer ou le ressusciter — certain d'une seule chose : rester ainsi étendu était ce qu'il y avait de plus facile dans ce monde, le plus vide de tous les mondes possibles.

Carys était déjà venue dans ce Néant. Elle avait goûté à cette atmosphère de désolation. Mais durant les dernières heures, elle avait aperçu quelque chose qui ne participait pas de son aridité. Ils avaient remporté des victoires aujourd'hui — guère importantes, peut-être, mais des victoires quand même. Elle pensa à la façon dont Marty était apparu devant elle, les yeux emplis de plus que le simple désir. C'était une victoire, n'est-ce pas ? Elle avait conquis ce sentiment né en lui, l'avait mérité d'une façon encore mal définie. Elle n'allait pas se laisser vaincre par ce dernier oppresseur, cette bête flétrie qui étouffait ses sens. Ce n'était que le résidu de l'Européen, après tout. La dépouille qu'il avait laissée pour décorer sa tanière. Ses déchets, ses scories. Eux et lui ne méritaient que le mépris.

« Marty, dit-elle. Où es-tu ?

— Nulle part... », répondit une voix.

Elle la suivit à tâtons. La désolation se faisait plus pressante, insistante...

Breer s'interrompit un instant. Au loin, il entendait des voix. Il ne parvenait à distinguer aucun mot, mais le sens de ceux-ci ne pouvait pas avoir d'importance. Ils ne s'étaient pas encore échappés, cela seul était essentiel. Il avait des idées sur leur sort, une fois qu'il serait sorti — surtout sur celui de l'homme. Il le réduirait en pièces minuscules, jusqu'à ce que même ses proches ne reconnaissent plus ce qui aurait été son doigt ou son visage.

Il repartit à l'assaut du bois avec une ferveur nouvelle. Sous la force de son attaque, la porte se mit enfin à céder.

Carys suivit la voix de Marty à travers la brume, mais il lui échappait toujours. Ou bien il se déplaçait, ou alors la pièce la trompait d'une façon mal définie, faisant résonner l'écho de sa voix sur les murs ou l'imitant. Puis la voix de Marty prononça son nom, tout près. Elle tourna sur elle-même dans la boue, complètement désorientée. Il n'y avait plus aucune trace de la porte par laquelle elle était entrée — elle avait disparu, tout comme les fenêtres. Sa résolution commença à s'effriter. Le doute s'insinua en elle, ricanant.

Tiens, tiens. Et qui es-tu ? demanda quelqu'un, peut-être elle-même.

« Je connais mon nom », souffla-t-elle. Elle n'allait pas se laisser démonter comme ça. « Je connais mon nom. »

C'était une pragmatiste, bon sang ! Elle n'était pas disposée à croire que l'univers n'existait que dans son esprit. C'était pour ça qu'elle s'était mise à l'héro : le monde était *trop* réel. Et maintenant, cette vapeur venait lui dire à l'oreille qu'elle n'était rien, que tout n'était rien — une fange sans nom.

« Merde, dit-elle. Tu es de la merde. *Sa* merde ! »

La voix ne daigna pas répondre ; elle poussa son avantage.

« Marty. Tu m'entends ? » Il n'y eut pas de réponse. « Ce n'est qu'une chambre, Marty. Tu m'entends ? Rien que ça ! Rien qu'une chambre. »

Tu es déjà venue en moi, fit remarquer la voix dans sa tête. *Tu te rappelles ?*

Oh oui, elle se rappelait. Il y avait un arbre quelque part dans cette brume ; elle l'avait vu dans le sauna. C'était un arbre monstrueux, aux branches chargées de fleurs, sous lesquelles elle avait aperçu d'horribles visions. Était-ce là que Marty était allé ? Pendait-il à présent à l'une d'elles comme un nouveau fruit ?

Damnation, non ! Elle ne devait pas se laisser aller à de telles pensées. Ce n'était qu'une chambre. Elle pouvait en trouver les murs si elle se concentrait, peut-être même la fenêtre.

Sans se soucier des obstacles, elle tourna sur sa droite et fit quatre pas, cinq, jusqu'à ce que ses mains tendues viennent heurter le mur : il était étonnamment, splendidement solide. « Ha ! pensa-t-elle. Va te faire foutre avec ton arbre. Regarde ce que j'ai trouvé. » Elle appuya les paumes de ses mains contre l'arbre. Et maintenant : à gauche ou à droite ? Elle jeta une pièce imaginaire. Elle retomba côté face, et Carys se dirigea vers sa gauche.

Non, murmura la pièce.

« Essaie de m'arrêter. »

Tu ne pourras aller nulle part, cracha-t-elle, *tu ne feras que tourner en rond. Tu as toujours tourné en rond, n'est-ce pas ? Femme faible, paresseuse, ridicule.*

« Tu me dis ridicule. Toi, une *brume* qui parle. »

Le mur contre lequel elle avançait à une allure régulière sembla s'étirer à l'infini. Après une demi-douzaine de pas, elle se mit à douter de sa théorie. Peut-être cet espace était-il malléable, après tout. Peut-être s'éloignait-elle de Marty en longeant une nouvelle Muraille de Chine. Mais elle s'accrocha à cette surface froide avec autant de ténacité qu'un alpiniste rivé à une falaise. Si nécessaire, elle ferait le tour de toute la pièce jusqu'à ce qu'elle ait retrouvé la porte, Marty, ou les deux.

Connasse, dit la chambre. *C'est tout ce que tu es. Tu n'arrives même pas à sortir d'un labyrinthe ridicule comme celui-ci. Tu ferais mieux de te coucher par terre et d'attendre ton sort, comme une bonne connasse.*

Était-ce du désespoir qu'elle percevait dans ce nouvel assaut ?

Le désespoir ? dit la chambre. *Je m'en repais. Connasse.*

Elle avait atteint un des coins de la pièce. Elle aborda un autre mur.

Non, dit la chambre.

« Si », pensa-t-elle.

Je n'irais pas par là si j'étais toi. Oh non. Vraiment. Le Mangeur de Rasoirs est en haut avec toi. Tu ne l'entends pas ? Il n'est qu'à quelques centimètres de toi. Non, non ! Je t'en prie, non ! Je déteste l'odeur du sang.

Pure comédie ; c'était tout ce dont elle était capable. Plus la chambre paniquait, plus l'espoir montait en Carys.

Arrête ! Je t'en supplie ! Arrête !

Alors même que la chambre hurlait dans ses oreilles, ses mains trouvèrent la fenêtre. C'était ça qu'elle avait eu peur de la voir trouver.

CONNASSE ! hurla-t-elle. *Tu vas le regretter. Je te le promets. Oh, oui.*

Il n'y avait ni rideaux ni volets ; la fenêtre avait été condamnée avec des planches afin que rien ne vînt troubler ce néant parfait. Ses doigts cherchèrent une prise dans l'une des planches — il était temps de laisser entrer ici un peu du monde extérieur. Mais on avait solidement cloué les morceaux de bois. Malgré tous ses efforts, ils refusaient de céder.

« Casse-toi, bon sang ! »

La planche craqua, des échardes en jaillirent. « Oui, s'encouragea-t-elle, nous y voilà. » Un rai de lumière, encore faible et incertain, filtra entre les planches. « Allez », pressa-t-elle, tirant de plus belle. Ses ongles se cassèrent sous l'effort quand elle tenta de tordre le morceau de bois, mais le soupçon de lumière était devenu un vrai rayon. Il vint l'éclairer et elle put distinguer dans l'air sale la forme de ses mains.

Ce n'était pas le jour qui perçait ainsi entre les planches. Rien que la lumière des réverbères et celle des phares des voitures, et peut-être la lumière des étoiles, celle des postes de télévision qui brûlaient dans les maisons de Caliban Street. Mais c'était suffisant. Chaque fois que la brèche s'élargissait d'un centimètre, la certitude envahissait un peu plus la chambre ; forme et substance.

Dans un autre coin de la pièce, Marty lui aussi sentit la lumière. Elle l'irrita, comme un rideau ouvert sur le printemps aurait irrité un mourant. Il rampa sur le sol, essayant de s'enfouir au creux de la brume avant qu'elle se fût dissipée, cherchant ce vide rassurant qui lui dirait qu'il n'y avait rien d'essentiel. Mais il avait disparu. Il l'avait déserté, et la lumière tombait sur lui en rayons de plus en plus larges. Il vit une femme dont la silhouette se découpait devant la fenêtre. Elle avait arraché une des planches et l'avait jetée par terre. A présent, elle en arrachait une deuxième. « Viens voir maman », disait-elle, et la lumière pénétra, la définissant avec une foule de détails nauséeux. Il ne voulait rien de tout cela ; c'était un vrai fardeau que d'*être*. Il exhala un souffle de douleur et d'exaspération.

Elle se tourna vers lui. « Te voilà », dit-elle en se dirigeant vers lui et en le relevant. « Il faut qu'on se dépêche. »

Marty contemplait la pièce, qui était à présent révélée dans toute sa banalité. Un matelas sur le sol ; un bol en porcelaine renversé ; à côté de lui, une cruche d'eau.

« Réveille-toi », dit Carys en le secouant.

« Inutile de partir, pensa-t-il ; je n'ai rien à perdre si je reste ici et si j'attends que le gris revienne. »

« Pour l'amour de Dieu, Marty ! » cria-t-elle.

On entendit un bruit lointain, le bois en train de se briser. « Il va arriver, qu'on le veuille ou non », pensa-t-elle.

« Marty, hurla-t-elle à son oreille. Tu l'entends ? C'est Breer. »

Ce nom éveilla en lui des horreurs. Une fillette toute froide, assise devant une assiette où on lui avait servi sa propre chair. Cette terrible et indicible plaisanterie. L'image chassa la brume de l'esprit de Marty. Le monstre responsable de cette horreur était en bas : il ne se le rappelait que trop bien à présent. Il regarda Carys avec des yeux clairs, bien qu'inondés de larmes.

« Que s'est-il passé ?

— Pas le temps », dit-elle.

Il claudiqua derrière elle vers la porte. Elle tenait toujours une des planches qu'elle avait arrachées de la fenêtre, avec ses clous encore en place. Le vacarme s'amplifia au-dessous d'eux, produit d'une matière et d'un esprit fracassés.

La douleur dans la jambe blessée de Marty, que la chambre avait sournoisement apaisée, vint de nouveau faire rage en lui. Il fallut que Carys le soutînt pour descendre le premier des escaliers. Ils avancèrent ensemble, sa main rougie d'avoir touché sa blessure venant marquer leur progression le long du mur.

Quand ils furent parvenus à mi-chemin du deuxième escalier, la cacophonie cessa dans la cave.

Ils restèrent immobiles, attendant que Breer se manifestât. Venu d'en bas, il y eut un craquement lorsque le Mangeur de Rasoirs fit choir la porte de la cave. Seule la faible lumière venue de la cuisine, qui devait franchir une partie du couloir avant d'atteindre l'entrée, venait éclairer la scène. Le chasseur et ses proies, également dissimulés par l'obscurité, faisaient durer ce moment éphémère, ne sachant pas si le suivant amènerait une catastrophe. Carys laissa Marty derrière elle et descendit en douceur les cinq dernières marches qui la conduisirent au pied de l'escalier. Ses pieds étaient presque silencieux sur le tapis, mais après la privation sensorielle dont il avait fait l'expérience dans la chambre de Mamoulian, Marty entendit chacun de ses battements de cœur.

Rien ne bougeait dans l'entrée ; elle fit signe à Marty de descendre à sa suite. Le couloir était silencieux et apparemment vide. Breer était tout près, elle le savait : mais où ? Il était lourd et maladroit : il lui serait difficile de trouver une cachette. Peut-être, pria-t-elle, ne s'était-il pas échappé, après tout, peut-être avait-il renoncé, épuisé. Elle fit un pas en avant.

Sans prévenir, le Mangeur de Rasoirs surgit en rugissant de la porte de la pièce de devant. Le couteau descendit pour porter un coup mortel. Elle réussit à éviter sa trajectoire, mais faillit perdre l'équilibre. Ce fut la main de Marty qui vint saisir son bras et l'attira hors de portée du deuxième coup de Breer. La force de sa charge propulsa le Mangeur de Rasoirs loin d'elle. Il vint s'enfoncer contre la porte de devant ; la vitre trembla.

« Dehors ! » dit Marty, voyant que la voie était libre jusqu'à la porte de derrière. Mais cette fois-ci, Carys n'avait aucune intention de s'enfuir. Il y avait un temps pour la fuite et un temps pour l'affrontement ; peut-être n'aurait-elle plus jamais la chance de remercier Breer pour les humiliations qu'il lui avait fait subir. Elle se dégagea de la main de Marty et saisit de ses deux mains le gourdin de bois qu'elle tenait toujours.

Le Mangeur de Rasoirs s'était redressé, tenant toujours son couteau à la main, et il fit un pas vers elle, enragé. Mais elle devança son attaque. Elle leva son gourdin et se rua vers lui, le frappant à la tempe. Son cou, déjà brisé par la chute, craqua. Les clous enfoncés dans la planche lui percèrent le crâne et elle fut obligée d'abandonner son arme, la laissant accrochée à la tête de Breer comme un cinquième membre. Il tomba à genoux. Sa main agitée de convulsions laissa choir le couteau, tandis que de l'autre main il cherchait la planche à tâtons et l'arrachait de sa tête. Elle était heureuse de se retrouver dans les ténèbres ; le flot de sang et le battement des pieds de l'obèse sur le plancher nu étaient plus que suffisants pour la révulser. Il resta immobile un long moment, puis tomba en avant, enfonçant jusqu'à la garde le couteau planté dans son ventre.

Elle était satisfaite. Cette fois-ci, quand Marty vint tirer sur sa manche, elle le suivit.

Alors qu'ils traversaient le couloir, ils entendirent des coups secs venant du mur. Ils s'arrêtèrent. Quoi encore ? D'autres esprits cherchant à les posséder ?

« Qu'y a-t-il ? » demanda-t-il.

Les coups cessèrent, puis recommencèrent, cette fois-ci accompagnés d'une voix.

« Faites moins de bruit, voulez-vous ? Il y a des gens qui essaient de dormir ici. »

« Les voisins », dit-elle. Les imaginer en train de protester lui parut fort drôle, et quand ils furent sortis de la maison, quand ils eurent laissé derrière eux la porte de la cave en ruine et la camomille de Breer en train de refroidir, ils furent pris tous les deux d'un fou rire.

Ils empruntèrent l'allée obscure derrière la maison pour se diriger vers la voiture, où ils restèrent plusieurs minutes, passant du rire aux larmes ; deux déments, aurait pu penser le peuple de Caliban ; ou alors des amants, réjouis par une nuit d'aventures.

XI

Que ton Règne vienne

56

Cela faisait trois semaines à présent que Chad Schuckman et Tom Loomis apportaient le message de l'Église des Saints-Ressuscités au peuple de Londres, et ils en étaient malades jusqu'aux molaires. « Tu parles d'une façon de passer ses vacances », grommelait Tom chaque jour quand ils préparaient leur itinéraire. Memphis leur paraissait bien loin et ils avaient tous les deux le mal du pays. De plus, leur campagne se révélait être un échec total. Les pécheurs qu'ils rencontraient dans les maisons de cette cité oubliée de Dieu étaient aussi indifférents aux menaces d'Apocalypse que proférait le révérend qu'ils l'étaient à son message de salut.

En dépit du temps (ou peut-être à cause de lui), le péché n'était pas d'une actualité brûlante ces jours-ci en Angleterre. Chad était plein de mépris : « Ils ne savent pas ce qui les attend », répétait-il sans arrêt à Tom, lequel connaissait par cœur toutes les descriptions du Déluge, mais savait aussi qu'elles paraissaient plus convaincantes quand elles étaient issues de la bouche angélique de Chad que lorsqu'elles provenaient de la sienne. Il soupçonnait même les quelques personnes qui prenaient la peine de les écouter d'agir ainsi davantage à cause de la beauté de chérubin nourri au maïs dont Chad était doté que par désir d'entendre les paroles inspirées du révérend. La plupart d'entre elles se contentaient de leur claquer la porte au nez.

Pourtant Chad ne désespérait pas. « Il y a du péché ici, assurait-il à Tom, et là où est le péché se trouve aussi la honte. Et là où se trouve la honte, il y a de l'argent pour accomplir l'œuvre de Dieu. » C'était une équation toute simple, et si Tom avait des doutes sur sa valeur éthique, il n'en disait rien. Mieux valait garder le silence plutôt que d'encourir la réprobation de Chad ; chacun d'eux n'avait que l'autre pour le soutenir dans cette cité étrangère et Tom ne voulait en aucun cas perdre les lumières de son guide.

Mais il était parfois difficile de garder sa foi intacte. Surtout par une journée torride comme celle-ci, quand votre costume en polyester vient vous gratter au creux de la nuque, et que le Seigneur reste hors de vue. Pas le moindre souffle de brise pour rafraîchir votre visage ; pas un seul nuage à l'horizon, lourd de promesses de pluie.

« Ça ne vient pas de quelque part ? demanda Tom à Chad.

— Quoi donc ? »

Chad comptait les tracts qu'il leur restait à distribuer pour la journée.

« Le nom de cette rue, dit Tom. Caliban*. Ça vient de quelque part.

— Ah bon ? » Chad avait fini de compter. « On ne s'est débarrassés que de cinq tracts. »

Il tendit à Tom une poignée de tracts et plongea une main dans son veston à la recherche d'un peigne. Malgré la chaleur, il avait l'air frais et lisse. En comparaison, Tom se sentait mal fagoté, cramoisi, et, craignait-il, à deux doigts d'être tenté de quitter le droit chemin. Par *quoi,* il n'en était pas sûr, mais il était ouvert à toute proposition. Chad passa le peigne dans ses cheveux, restaurant d'un seul geste plein d'élégance la parfaite ordonnance de son halo. Il était important, leur avait enseigné le révérend, de paraître impeccable. « *Vous êtes les envoyés du Seigneur,* avait-il dit. *Il veut que vous soyez propres et sains ; que votre lumière brille dans tous les coins de votre corps.* »

« Tiens, dit Chad en échangeant le peigne contre les tracts. Tes cheveux sont en désordre. »

Tom prit le peigne ; il y avait de l'or incrusté dans ses dents. Il fit une tentative de pure forme pour dompter son épi, tandis que Chad l'observait. Les cheveux de Tom refusaient de se plaquer à l'exemple de ceux de Chad. Le Seigneur regardait probablement cela d'un œil plein de réprobation : Il n'aimerait pas ça du tout. Mais qu'*aimait* le Seigneur, après tout ? Il condamnait le tabac, l'alcool, la fornication, le thé, le café, le Pepsi, les montagnes russes et la masturbation. Et pour toutes les créatures qui s'adonnaient à certains de ces péchés ou — Dieu leur pardonne ! — à *tous,* le Déluge menaçait.

Tom se contentait de prier pour que les flots, quand ils arriveraient, fussent frais.

L'homme vêtu de noir qui vint répondre à Tom et à Chad quand ils sonnèrent à la porte du numéro quatre-vingt-deux, Caliban Street, leur rappela le révérend. Pas physiquement, bien

* Caliban est un personnage de *La Tempête* de Shakespeare. (*N.d.T.*)

sûr. Bliss * était un homme bronzé et rondouillard, tandis que ce type était pâle et émacié. Mais ils dégageaient la même impression d'autorité ; le même sérieux et la même résolution. Et il était attiré par leurs tracts, première manifestation d'intérêt de la journée. Il leur cita même le Deutéronome — un texte qui ne leur était pas connu — et ensuite, leur proposant un verre d'eau, il les invita à entrer.

Ils se seraient crus chez eux. Le plancher et les murs nus ; l'odeur de désinfectant et d'encens, comme si on venait tout juste de nettoyer. A vrai dire, Tom pensait que ce type avait poussé l'ascèse à l'extrême. La pièce dans laquelle il les fit entrer n'était meublée en tout et pour tout que de deux chaises.

« Mon nom est Mamoulian.

— Comment allez-vous ? Je suis Chad Schuckman et voici Thomas Loomis.

— Deux saints, hein ? » Les deux jeunes hommes avaient l'air dérouté. « Vos noms. Deux noms de saints.

— Saint *Chad ?* s'aventura le blond.

— Mais certainement. C'était un évêque anglais ; c'est du VIIe siècle que nous parlons. Thomas, bien sûr, le grand incrédule. »

Il les laissa quelques instants pour aller chercher de l'eau. Tom s'agita sur sa chaise.

« Quel est le problème ? jeta Chad. C'est le premier converti en puissance qu'on ait rencontré ici.

— Il est bizarre.

— Crois-tu que le Seigneur s'en soucie ? » dit Chad.

C'était une bonne question, et Tom était en train de formuler une réponse quand leur hôte réapparut.

« Votre eau.

— Est-ce que vous vivez seul ? demanda Chad. Cette maison est bien grande pour une personne seule.

— Ces derniers temps, j'ai été bien seul, dit Mamoulian en leur tendant deux verres d'eau. Et je dois dire que j'ai grand besoin d'aide. »

« Je l'aurais parié », pensa Tom. L'homme le regarda au moment même où cette idée lui traversait la tête, comme s'il l'avait exprimée à haute voix. Tom rougit et but son verre d'eau pour dissimuler son embarras. Elle était tiède. Les Anglais n'avaient-ils jamais entendu parler du réfrigérateur ? Mamoulian reporta son attention sur saint Chad.

« Que comptez-vous faire durant les deux prochains jours ?

* *Bliss* = béatitude. (*N.d.T.*)

— L'œuvre de Dieu », répondit aussitôt Chad.
Mamoulian hocha la tête.
« Bien, dit-il.
— Répandre Sa Parole.
— “ Je ferai de vous des pêcheurs d'hommes. ”
— Matthieu, chapitre quatre, rétorqua Chad.
— Peut-être, dit Mamoulian, que si je vous autorisais à sauver mon âme immortelle, vous pourriez m'aider ?
— A quoi faire ? »
Mamoulian haussa les épaules.
« J'ai besoin de l'assistance de deux jeunes animaux en bonne santé comme vous. »
Animaux ? Voilà qui ne semblait guère fondamentaliste. Ce pauvre pécheur n'avait-il jamais entendu parler de l'Éden ? Non, pensa Tom en regardant les yeux de l'homme ; non, probablement jamais.
« J'ai bien peur que nous n'ayons d'autres obligations, répondit poliment Chad. Mais nous serions heureux de vous compter parmi nous quand le révérend arrivera, et de vous faire baptiser.
— J'aimerais bien rencontrer le révérend », répliqua l'homme.
Tom se demandait si tout ceci n'était pas une charade. « Il nous reste si peu de temps avant que descende sur nous la colère du Créateur », dit Mamoulian.
Chad acquiesça avec ferveur.
« Alors, nous ne serons plus que des épaves — n'est-ce pas ? —, des épaves au milieu des flots. »
Ces paroles étaient presque les mêmes que celles du révérend. Tom les entendait sortir des lèvres étroites de cet homme et l'accusation d'incrédulité venait le tourmenter. Mais Chad était en transe. Son visage avait cet air évangéliste qu'il prenait durant les sermons ; cette expression que Tom avait toujours enviée, mais qui lui paraissait à présent positivement maniaque.
« Chad..., commença-t-il.
— Des épaves au milieu des flots, répéta Chad. *Alléluia.* »
Tom posa son verre près de sa chaise. « Je crois que nous devrions partir », dit-il, et il se leva. Pour une raison mal définie, le plancher nu sur lequel il se tenait lui semblait bien plus éloigné de ses yeux que d'habitude : environ dix fois plus. Comme s'il avait été une tour près de s'effondrer, une tour aux fondations déjà érodées. « Il nous reste tant de rues à parcourir », dit-il, essayant de se concentrer sur son problème présent, à savoir : comment sortir de cette maison avant qu'il ne se passe quelque chose de terrible.

« Le Déluge, annonça Mamoulian, est presque à nos portes. »

Tom tendit une main vers Chad pour l'arracher à ses transes. Les doigts au bout de sa main lui paraissaient se trouver à un millier de kilomètres de ses yeux. « Chad », dit-il. Saint Chad, avec son halo, pissait des arcs-en-ciel.

« Est-ce que tu te sens bien, mon garçon ? demanda l'inconnu en tournant vers Tom ses yeux de poisson.

— Je... me... sens...

— Comment te sens-tu ? » demanda Mamoulian.

Chad le regardait, lui aussi, le visage innocent de tout souci ; innocent, en fait, de tout sentiment. Peut-être — cette idée vint à Tom pour la première fois — était-ce pour *cela* que le visage de Chad était si parfait. Blanc, symétrique et totalement vide.

« Assieds-toi, dit l'inconnu. Avant de tomber.

— Tout va bien, le rassura Chad.

— Non », dit Tom. Ses genoux refusaient de lui obéir. Il les soupçonnait d'être sur le point de s'effondrer.

« Aie confiance », dit Chad. Tom le voulait désespérément. Chad avait eu le plus souvent raison dans le passé. « Crois-moi, nous avons trouvé le bien ici. Assieds-toi, comme l'a dit ce gentleman.

— Est-ce la chaleur ?

— Oui », dit Chad à l'homme, parlant pour Tom. « C'est la chaleur. Il fait chaud à Memphis ; mais nous avons l'air conditionné. »

Il se tourna vers Tom et posa une main sur l'épaule de son compagnon. Tom baissa pavillon devant sa faiblesse et se rassit. Il sentit quelque chose voleter au-dessus de sa nuque, comme si un oiseau-mouche essayait de s'y poser, mais il n'avait pas la force de le chasser.

« Vous vous appelez des envoyés ? dit l'homme d'une voix presque inaudible. Je ne crois pas que vous sachiez ce que cela veut dire. »

Chad fut prompt à venir à leur défense.

« Le révérend dit...

— Le révérend ? interrompit l'homme d'une voix méprisante. Croyez-vous qu'il ait la moindre idée de votre valeur ? »

Chad en resta sans voix. Tom tenta de dire à son ami de ne pas se laisser abuser par la flatterie, mais les mots refusèrent de sortir de sa bouche. Sa langue gisait dans son palais comme un poisson mort. « Quoi qu'il arrive désormais, pensa-t-il, du moins le vivrons-nous ensemble. » Ils étaient amis depuis l'école primaire ; ils avaient goûté ensemble aux érections et à la métaphysique ; Tom se croyait inséparable de Chad. Il espérait que cet homme comprendrait que, là où irait Chad, Tom le suivrait. Les caresses sur sa nuque avaient cessé ; une sensation de chaleur rassurante s'insinuait dans sa tête. Les choses ne semblaient pas aller si mal, après tout.

« J'ai besoin que vous m'aidiez, jeunes hommes.

— A quoi faire ? demanda Chad.

— A déclencher le Déluge », répondit Mamoulian.

Un sourire, d'abord incertain, mais de plus en plus large à mesure que cette idée le séduisait, naquit sur le visage de Chad. Ses traits, que le zèle rendait trop souvent sobres, s'éclairèrent.

« Oh oui », dit-il. Il jeta un regard vers Tom. « Entends-tu ce que nous dit cet homme ? »

Tom acquiesça.

« Entends-tu, frère ?

— J'entends. J'entends. »

Durant toute sa vie passée à l'ombre de Bliss, Chad avait attendu cette invite. Pour la première fois, il était capable d'imaginer la réalité derrière les visions de destruction qu'il avait prophétisées sur des centaines de seuils. Dans son esprit, des flots — des flots rouges et dévastateurs — montaient en vagues frangées d'écume pour s'abattre sur cette cité païenne. Nous sommes des épaves au milieu des flots, dit-il, et ces paroles suscitaient en lui des images. Des hommes et des femmes — mais surtout des femmes — s'enfuyaient, nus, devant ce raz de marée. L'eau était brûlante ; elle tombait en averse sur leurs visages hurlants, sur leurs seins luisants et ballottants. C'était ce que le révérend leur avait promis depuis le commencement ; et cet homme devant eux leur demandait de rendre tout cela possible, d'aider à la venue de ce Jour entre tous les Jours. Comment auraient-ils pu refuser ? Il voulut brusquement remercier cet homme de les avoir trouvés dignes. L'idée engendra l'acte. Ses genoux se courbèrent, et il tomba sur le sol aux pieds de Mamoulian.

« Merci, dit-il à l'homme au costume noir.

— Vous allez donc m'aider ?

— Oui... » ; répondit Chad — son hommage n'était-il pas un signe assez éloquent ? « Bien sûr. »

Derrière lui, Tom murmura son propre accord.

« Merci, dit Chad. Merci. »

Mais quand il leva la tête, l'homme, apparemment convaincu de leur dévotion, avait déjà quitté la pièce.

57

Marty et Carys dormirent ensemble dans le lit à une place : un sommeil long et réparateur. Si le bébé de l'appartement d'en dessous cria pendant la nuit, ils ne l'entendirent pas. Et ils n'entendirent pas non plus les sirènes dans Kilburn High Road, la police et les pompiers se précipitant vers un incendie survenu à Maida Vale. L'aube filtrant à travers les fenêtres sales ne les réveilla pas non plus, bien qu'ils eussent oublié de tirer les rideaux. Mais aux premières heures du jour, Marty se retourna dans son sommeil et ses yeux s'ouvrirent pour apercevoir la lumière du soleil sur la vitre. Plutôt que de se retourner, il la laissa caresser ses paupières quand il les eut refermées.

Ils passèrent une demi-journée ensemble dans le studio avant que le *besoin* ne se manifeste : bain, café, silence presque total. Carys lava et pansa la blessure à la jambe de Marty ; ils se changèrent, abandonnant les vêtements qu'ils avaient portés la nuit précédente.

Ce ne fut pas avant le milieu de l'après-midi qu'ils se mirent à parler. Leur conversation commença de fort calme façon, mais la nervosité de Carys augmenta à mesure qu'elle ressentait son manque, et leur dialogue ne fut bientôt plus qu'une diversion qui leur évitait de penser à son ventre tremblant. Elle parla à Marty de sa vie avec l'Européen : les humiliations, les mensonges, et l'impression qu'elle avait qu'il connaissait son père et elle-même mieux qu'elle ne l'avait cru. A son tour, Marty tenta de paraphraser le récit que Whitehead lui avait fait lors de leur dernière nuit ensemble, mais elle était trop distraite pour se concentrer là-dessus. Sa conversation devint de plus en plus agitée.

« Il me faut une dose, Marty.

— Maintenant ?

— Très bientôt. »

Il s'était attendu à ce moment, l'avait redouté. Pas parce qu'il ne pouvait pas lui trouver de la came ; il savait qu'il en serait capable. Mais parce qu'il avait espéré qu'elle aurait pu résister au *besoin* une fois avec lui.

« Je me sens vraiment malade, dit-elle.

— Tout va bien. Tu es avec moi.

— Il va venir, tu sais.

— Plus maintenant.

— Il sera en colère, et il viendra. »

Marty retourna en esprit à l'expérience qu'il avait vécue dans la chambre de la maison de Caliban Street. Ce qu'il avait vu là-haut, ou plutôt ce qu'il n'avait *pas* vu, l'avait terrifié plus profondément que les chiens ou que Breer. Ces derniers ne représentaient qu'un danger purement physique. Mais ce qui s'était passé dans la chambre était un danger d'une tout autre nature. Il avait senti, peut-être pour la première fois de sa vie, que son *âme* — une notion qu'il avait jusque-là rejetée comme relevant du baratin chrétien — était menacée. Ce qu'il entendait par ce mot, il n'en était pas vraiment sûr ; il soupçonnait qu'il ne lui donnait pas le même sens que le pape. Mais une partie de son être, plus essentielle que son corps ou sa vie, avait manqué d'être engloutie, et Mamoulian en était responsable. Qu'est-ce que cette créature pouvait bien lâcher d'autre sur eux si elle le souhaitait ? Sa curiosité était désormais plus que le simple désir de soulever un voile, elle était devenue une nécessité. Comment pourraient-ils espérer s'armer contre ce démagogue sans disposer du moindre indice sur sa nature ?

« Je ne veux rien savoir, dit Carys en lisant ses pensées. S'il doit venir, il viendra. Nous ne pouvons rien y faire.

— La nuit dernière... », commença-t-il, sur le point de lui rappeler qu'ils avaient remporté cette escarmouche.

Elle écarta cette pensée d'un geste avant qu'elle eût été formulée. La tension sur son visage était insupportable ; son *besoin* la mettait au supplice.

« Marty... »

Il tourna les yeux vers elle.

« ... tu as promis, dit-elle d'un ton accusateur.

— Je n'ai pas oublié. »

Il s'était livré à un calcul mental : pas pour déterminer le coût de la drogue, mais pour évaluer celui de sa vanité perdue. Il lui faudrait aller voir Flynn pour se procurer de l'héroïne ; il ne connaissait personne d'autre à qui faire confiance. Ils étaient tous les deux des fugitifs à présent, poursuivis par Mamoulian et par la justice.

« Il faut que je donne un coup de fil, dit-il.

— Vas-y », répondit-elle.

Elle semblait s'être altérée physiquement durant la dernière demi-heure. Sa peau était cireuse ; ses yeux avaient une lueur désespérée ; son tremblement s'aggravait un peu plus chaque minute.

« Ne lui rends pas la tâche facile », dit-elle.

Il plissa le front :

« Facile ?

— Il peut me forcer à faire des choses que je ne veux pas faire », dit-elle. Les larmes s'étaient mises à couler sur ses joues Il n'y avait aucun sanglot pour les accompagner, juste une cascade tombant de ses yeux. « Peut-être me forcer à te faire mal.

— Tout va bien. Je vais y aller maintenant. Il y a un type qui vit avec Charmaine, il pourra m'avoir de la came, ne t'inquiète pas. Tu veux venir ? »

Elle se passa les bras autour du corps

« Non, dit-elle. Je ne ferais que te retarder. Vas-y. »

Il enfila sa veste, s'efforçant de ne pas la regarder ; le mélange de fragilité et d'appétit dans son expression le terrifiait. La sueur sur son corps était fraîche ; elle se rassemblait dans le doux passage derrière ses clavicules, coulait en torrent sur son visage.

« Ne laisse entrer personne, d'accord ? »

Elle acquiesça, le brûlant de ses yeux.

Quand il fut parti, elle referma la porte derrière lui puis alla se rasseoir sur le lit. Les larmes coulèrent de nouveau, sans retenue. Ce n'étaient pas des larmes de chagrin, juste de l'eau salée. Enfin, peut-être y avait-il un peu de chagrin en elles — à l'idée de sa fragilité redécouverte et à la pensée de cet homme qui venait de descendre les marches.

C'était lui qui était responsable de son inconfort présent, pensa-t-elle. C'était lui qui l'avait persuadée, à force de séduction, qu'elle serait capable de tenir sur ses propres jambes. Et où cela l'avait-il menée ; où cela les avait-il menés tous les deux ? Dans cette étuve, au cœur d'un après-midi torride de juillet, menacés par un mal terrible qui allait fondre sur eux.

Ce n'était pas de l'amour qu'elle ressentait pour lui. Cela aurait été un fardeau bien trop lourd. Ce n'était au mieux qu'une pointe d'affection superficielle, à laquelle venait se mêler cette sensation de perte qu'elle éprouvait toujours quand elle était proche de quelqu'un, comme si chaque instant passé en sa présence était consacré au deuil qu'elle porterait après son inévitable départ.

En bas, la porte claqua quand il parvint sur le trottoir. Elle s'étendit sur le lit, pensant à la première fois où ils avaient fait l'amour. A la façon dont cet acte privé entre tous s'était déroulé sous les yeux de l'Européen. L'idée de Mamoulian, une fois née dans son esprit, était comme une boule de neige dévalant une pente. Elle roula, prenant vitesse et volume en progressant, jusqu'à devenir monstrueuse. Une avalanche qui effaçait tout sur son passage.

L'espace d'un instant, elle douta d'être simplement en train de se souvenir : cette impression était trop claire ; trop *réelle.* Puis ses doutes disparurent.

Elle se redressa, faisant craquer les ressorts. Ce n'était pas un simple souvenir.

Il était ici.

58

« Flynn ?

— Allô ? » La voix à l'autre bout du fil était engourdie de sommeil. « Qui est-ce ?

— C'est Marty. Je te réveille ?

— Qu'est-ce que tu veux ?

— J'ai besoin de ton aide. »

Il y eut un long silence au bout du fil.

« Tu es toujours là ?

— Ouais. Ouais.

— J'ai besoin d'héroïne. »

L'engourdissement quitta la voix ; ce fut l'incrédulité qui vint le remplacer.

« Tu te shootes à l'héro ?

— C'est pour un copain. » Marty sentait le sourire en train de naître sur le visage de Flynn. « Est-ce que tu peux me dealer quelque chose ? *Vite.*

— Combien ?

— Je peux mettre cent livres.

— C'est pas impossible.

— Bientôt ?

— Ouais. Si tu veux. Quelle heure est-il maintenant ? » L'idée de se faire un peu de fric sur le dos d'un pigeon aux abois avait fait démarrer l'esprit de Flynn au quart de tour. « Une heure et quart ? D'accord. » Il s'arrêta pour faire un calcul. « Amène-toi dans trois quarts d'heure environ. »

Voilà qui était fort rapide ; à moins que, comme le pensait Marty, Flynn ne fût si impliqué dans le deal qu'il pût avoir accès à la came sur-le-champ : en fouillant dans sa poche, par exemple.

« Je ne peux rien garantir, bien sûr, dit-il, juste pour entretenir le désespoir de Marty. Mais je vais faire mon possible. On peut rien dire de mieux, hein ?

— Merci, répondit Marty. Sincèrement.

— Amène le liquide, Marty. C'est tous les remerciements qu'il me faut. »

Le téléphone devint brusquement muet. Flynn avait un don pour avoir le dernier mot. « Salaud », dit Marty au combiné, et il le reposa violemment sur son socle. Il tremblait légèrement ; ses nerfs étaient à vif. Il entra dans un kiosque, acheta un paquet de cigarettes, puis retourna dans la voiture. C'était l'heure du repas, la circulation dans Londres risquait d'être encombrée, et il lui faudrait une bonne partie des quarante-cinq minutes pour retourner sur ses vieux terrains de chasse. Il n'avait pas le temps d'aller vérifier si Carys allait bien. De plus, devinait-il, elle n'aurait guère été encline à le remercier d'avoir retardé le moment de la transaction. Elle avait besoin de la came plus que de lui.

L'Européen apparut de façon trop soudaine pour que Carys pût tenir à l'écart sa présence envahissante. Mais même dans son état de faiblesse, il *fallait* qu'elle lutte. Et cet assaut avait quelque chose qui le distinguait des autres. Était-il plus désespéré lors de cette nouvelle tentative ? Sa nuque lui fit mal quand il s'introduisit en elle. Elle la massa de sa paume moite.

Je t'ai retrouvée, dit-il dans sa tête.

Elle parcourut la pièce du regard, en quête d'un moyen de le chasser.

Inutile, lui dit-il.

« Laissez-nous tranquilles. »

Tu m'as fait du mal, Carys. Je devrais te punir. Mais je ne le ferai pas ; pas si tu me livres ton père. Est-ce tant demander ? J'ai des droits sur lui. Tu le sais bien, au fond de ton cœur. Il m'appartient.

Elle savait bien qu'il ne fallait pas faire confiance à sa voix enjôleuse. S'il découvrait Papa, que ferait-il ensuite ? La laisserait-il vivre sa vie ? Non ; il la prendrait, elle aussi, comme il s'était emparé d'Evangeline, de Toy, et de tant d'autres ; il la conduirait vers cet arbre, vers ce Néant.

Ses yeux vinrent s'arrêter sur la petite cuisinière électrique placée dans un coin de la chambre. Elle se leva, les jambes en coton, et se dirigea vers elle en chancelant. Si l'Européen avait eu vent de son plan, alors tant mieux. Il était faible, elle le sentait. Triste et fatigué ; les yeux dans le vague, ne se concentrant qu'avec difficulté. Mais sa présence était suffisamment douloureuse pour venir lui brouiller l'esprit. Quand elle fut arrivée près de la cuisinière, elle se souvenait à peine de la raison qui l'avait amenée là. Elle força son esprit à passer à la vitesse supérieure. Un refus ! C'était ça. La cuisinière était un refus ! Elle tendit la main et alluma une des deux plaques chauffantes.

Non, Carys, lui dit-il. *Ce n'est pas sage.*

Son visage apparut en elle. Il était vaste et venait lui cacher la chambre autour d'elle. Elle secoua la tête pour se débarrasser de lui, mais il refusait d'être délogé. Il y avait aussi une seconde illusion à côté de son visage. Elle sentit des bras passés autour d'elle — pas pour l'étrangler, mais pour la protéger. Ils la berçaient doucement, ces bras.

« Je ne vous appartiens pas », dit-elle, luttant contre l'impulsion qui la poussait à succomber à cette étreinte. Au fond de son crâne, elle entendait une chanson ; son rythme suivait le rythme soporifique du mouvement de ses bras. Les paroles n'étaient pas en anglais mais en russe. C'était une berceuse, elle le savait sans avoir besoin de comprendre les mots, et il lui sembla, tandis qu'elle en écoutait la musique, que toutes ses blessures disparaissaient. Elle était de nouveau un bébé ; un bébé dans ses bras. Il lui murmurait cette berceuse pour la faire dormir.

A travers les dentelles du sommeil tout proche, elle aperçut quelque chose de brillant. Bien qu'elle n'eût pu déterminer sa signification, elle se rappelait que cette spirale orangée qui brillait non loin d'elle *avait* eu une importance. Mais que signifiait-elle ? Ce problème l'irritait et l'empêchait de trouver le sommeil tant désiré. Aussi ouvrit-elle les paupières pour voir un peu mieux ce qu'était cet objet, afin d'en finir une bonne fois pour toutes.

La cuisinière se redéfinit devant ses yeux, disque luisant. L'air au-dessus d'elle frissonnait. *Maintenant,* elle se souvenait, et ce souvenir écarta le sommeil. Elle tendit le bras vers la source de chaleur.

Ne fais pas ça, conseilla la voix dans sa tête. *Tu ne réussiras qu'à te faire du mal.*

Mais elle n'était pas dupe. Le sommeil entre ses bras était plus dangereux que la douleur que lui apporterait l'instant à venir. La chaleur était insupportable, bien que sa peau se fût trouvée à plusieurs centimètres de sa source, et, l'espace d'un instant de désespoir, sa volonté vacilla.

Tu seras marquée pour la vie, dit l'Européen, sentant qu'elle hésitait.

« Laissez-moi tranquille. »

Je ne veux pas que tu te fasses du mal, mon enfant. Je t'aime trop.

Ce mensonge agit comme un aiguillon. Elle trouva une once de courage, leva la main et pressa sa paume contre la plaque.

L'Européen cria le premier ; elle entendit sa voix s'élever un instant avant de pousser son propre cri. Elle écarta vivement sa main de la plaque dès que l'odeur de chair brûlée vint la frapper. Mamoulian se retira d'elle ; elle le sentit battre en retraite. Le soulagement inonda son être. Puis la douleur l'envahit et l'obscurité s'abattit sur elle. Mais elle n'avait pas peur. Elle était en sécurité dans cette ténèbre. Il ne s'y trouvait pas.

« Parti », dit-elle, et elle s'effondra.

Quand elle revint à elle, moins de cinq minutes plus tard, sa première pensée fut qu'elle tenait une poignée de rasoirs dans sa main.

Elle se traîna jusqu'au lit et posa la tête sur le matelas jusqu'à ce qu'elle eût repris connaissance. Quand elle eut rassemblé son courage, elle examina sa main. Le dessin de la plaque était profondément gravé sur sa paume, un tatouage en spirale. Elle se leva et alla jusqu'au lavabo pour passer sa blessure sous l'eau froide. Cela calma un peu sa douleur ; le dommage n'était pas aussi grave qu'elle l'avait cru. Bien que la scène lui eût semblé durer une éternité, sa paume n'était probablement pas restée en contact avec la plaque pendant plus d'une seconde ou deux. Elle enveloppa sa main dans un des tee-shirts de Marty. Puis elle se rappela avoir lu quelque part qu'il valait mieux laisser les brûlures à l'air libre et elle défit son bandage. Épuisée, elle s'allongea sur le lit et attendit que Marty revînt pour lui apporter un bout de son Île.

59

Les deux envoyés du révérend Bliss restèrent pendant plus d'une heure dans la pièce du bas de la maison de Caliban Street, perdus dans une rêverie de mort océanique. Durant ce temps-là, Mamoulian partit à la recherche de Carys, la trouva et fut chassé par elle. Mais il avait découvert sa cachette. De plus, il avait appris que Strauss — cet homme qu'il avait stupidement négligé au Sanctuaire — était parti pour aller chercher de l'héroïne pour la fille. L'heure était venue, pensa-t-il, de renoncer à toute compassion.

Il se sentait comme un chien battu : il ne souhaitait qu'une chose, s'étendre et mourir. Il lui semblait — surtout depuis que la fille l'avait chassé avec tant de ruse — que son corps était lourd de chacune des heures de sa longue, longue vie. Il regarda sa main, qui souffrait toujours de la brûlure que Carys lui avait infligée. Peut-être que la fille finirait par comprendre que tout cela était inévitable. Que la partie qu'il était sur le point de conclure était plus importante que sa vie, que celle de Strauss, celle de Breer ou celle des deux crétins memphites qu'il avait laissés à leurs rêves deux étages plus bas.

Il descendit jusqu'au premier étage et entra dans la chambre de Breer. Le Mangeur de Rasoirs était étendu sur son matelas dans un coin de la pièce, le cou tordu, l'estomac empalé, et le regardait comme un poisson pris de démence. Au pied du matelas, plus proche des yeux de Breer qui se faisaient plus faibles, le poste de télévision déversait un flot d'insanités.

« Nous allons bientôt partir, dit Mamoulian.

— Vous l'avez retrouvée ?

— Oui, je l'ai retrouvée. Un endroit appelé Bright Street. La maison (il parut trouver cette idée amusante) est peinte en jaune. Au deuxième étage, je crois.

— Bright Street, dit Breer d'une voix rêveuse. Est-ce que nous allons la chercher ?

— Non, pas *nous*. »

Breer se tourna un peu plus vers l'Européen ; il avait bloqué son cou dans une minerve de fortune qui rendait tout mouvement difficile.

« Je veux la voir, dit-il.

— Tu n'aurais pas dû la laisser partir.

— *Il* est venu ; celui qui était à la maison. Je vous l'ai dit.

— Oh oui, dit Mamoulian. J'ai des projets pour Strauss.

— Voulez-vous que j'aille vous le chercher ? » dit Breer.

Les vieilles images d'exécution lui revinrent à l'esprit, tout droit sorties d'un livre d'atrocités. Une ou deux d'entre elles étaient plus fraîches que jamais, comme si elles avaient été sur le point d'être concrétisées.

« Inutile, répondit l'Européen. J'ai deux acolytes qui bouillent d'impatience à l'idée d'accomplir cette tâche pour moi. »

Breer eut une moue boudeuse.

« Que puis-je faire, alors ?

— Tu peux préparer cette maison en vue de notre départ. Je veux que tu brûles nos quelques possessions. Je veux que tout soit comme si nous n'avions jamais existé, toi et moi.

— La fin est proche, n'est-ce pas ?

— A présent que je sais où elle est, oui.

— Elle peut s'enfuir.

— Elle est trop faible. Elle ne pourra pas bouger tant que Strauss ne lui aura pas amené sa drogue. Et, bien sûr, il n'en fera rien.

— Vous allez le faire tuer ?

— Lui et quiconque se dressera désormais sur ma route. Je

n'ai plus assez d'énergie pour faire preuve de compassion. C'est une erreur que je n'ai que trop souvent commise : épargner les innocents. Tu as tes instructions, Anthony. Exécute-les. »

Il quitta cette pièce fétide et descendit pour voir ses nouveaux agents. Les Américains se levèrent respectueusement quand il ouvrit la porte.

« Êtes-vous prêts ? » demanda-t-il.

Le blond, qui s'était révélé être le plus malléable dès le début, voulut recommencer à lui exprimer sa reconnaissance éternelle, mais Mamoulian lui enjoignit de faire silence. Il leur donna ses ordres et ils les reçurent comme s'il leur avait distribué une manne.

« Il y a des couteaux à la cuisine, dit-il. Prenez-les et servez-vous-en bien. »

Chad sourit.

« Souhaitez-vous que nous tuions aussi son épouse ?

— Le Déluge n'a pas le temps de faire une sélection.

— Et si elle n'a pas péché ? » dit Tom, ne sachant pas pourquoi il avait cette idée stupide.

« Oh, elle a péché », répondit l'homme, les yeux brillants, et cela suffit pour les enfants du révérend Bliss.

En haut, Breer se souleva de son matelas avec difficulté, et alla en trébuchant jusqu'à la salle de bains pour se regarder dans le miroir craquelé. Ses blessures avaient cessé de suinter depuis longtemps, mais il avait l'air horrible.

« De la crème à raser, dit-il pour lui-même. Et du bois de santal. »

Il redoutait que les choses n'aillent trop vite à présent — s'il n'y prenait garde, il se retrouverait hors circuit. Il était temps qu'il agisse pour son propre compte. Il mettrait une chemise propre, une cravate et un veston, et puis il irait faire sa cour. Si la fin était si proche que l'on pensait à se débarrasser des témoins, alors il ferait bien de se presser. Il allait apporter une conclusion à son roman d'amour avec la fille avant que celle-ci ne suive la voie de toute chair.

60

Il fallut bien plus de trois quarts d'heure à Marty pour traverser Londres. Une importante manifestation antinucléaire était en cours ; des groupes de manifestants se rassemblaient un peu partout en ville avant de marcher sur Hyde Park où devait se tenir un meeting. Le centre ville, où il n'était guère facile de circuler en temps ordinaire, était si encombré par le défilé et par les véhicules bloqués qu'il était virtuellement infranchissable. Ce dont Marty ne se rendit compte qu'une fois coincé en plein milieu, alors qu'il était hors de question de battre en retraite ou de passer ailleurs. Il pesta contre son inattention : il y avait sûrement eu des panneaux pour prévenir les automobilistes de ce qui les attendait. Il n'en avait remarqué aucun.

Il n'y avait rien à faire, sinon peut-être laisser là la voiture et continuer à pied ou par le métro. Aucune de ces solutions n'était particulièrement attirante. Le métro devait être bondé, et marcher par cette chaleur étouffante ne ferait que l'affaiblir encore davantage. Il lui fallait conserver les maigres réserves d'énergie qui lui restaient encore. Cela ne faisait que trop longtemps qu'il vivait grâce à l'adrénaline et aux cigarettes. Il était épuisé. Il ne pouvait qu'espérer — et cet espoir était bien mince — que son adversaire était encore plus faible.

Il n'arriva chez Charmaine qu'en milieu d'après-midi. Il fit le tour du pâté de maisons à la recherche d'une place et finit par se garer au coin de la maison. Ses pieds avaient peine à le conduire chez elle ; la scène qui l'attendait n'était pas particulièrement attirante. Mais Carys comptait sur lui.

La porte d'entrée était entrouverte. Il appuya néanmoins sur la sonnette et attendit sur le trottoir, hésitant à entrer dans la maison. Peut-être étaient-ils au lit, même à cette heure avancée de l'après-midi.

En bas de la rue, la camionnette d'un marchand de glaces, qui diffusait un *Beau Danube bleu* discordant, s'immobilisa au bord du trottoir pour attendre le client. Marty jeta un œil dans sa direction. La valse avait déjà fait venir deux gourmands. Ils attirèrent son attention pendant un moment : deux jeunes hommes aux costumes sobres qui lui tournaient le dos. L'un d'eux avait une chevelure jaune vif — elle brillait au soleil. Ils prenaient à présent possession de leurs glaces ; on échangea de l'argent. Satisfaits, ils disparurent au coin de la rue sans même regarder par-dessus leur épaule.

Désespérant d'obtenir une réponse à ses coups de sonnette, Marty poussa la porte. Elle vint racler le paillasson couleur noix de coco qui proclamait « *Bienvenue* » en lettres effacées. Un tract glissé dans la boîte aux lettres tomba sur le sol, le côté imprimé caché à ses yeux. La boîte aux lettres se referma avec un claquement sourd.

« Flynn ? Charmaine ? »

Sa voix était une intruse ici ; elle monta jusqu'en haut de

l'escalier, où des grains de poussière dansaient dans le rai de lumière qui filtrait par la fenêtre ; elle alla se perdre dans la cuisine, où le lait de la veille achevait de tourner sur l'étagère près de l'évier.

« Il y a quelqu'un ? »

Immobile au milieu de l'entrée, il entendit une mouche. Elle vint bourdonner autour de sa tête, et il la chassa d'un geste. Indifférente, elle emprunta le couloir pour voler jusqu'à la cuisine, attirée par quelque chose. Marty la suivit, appelant Charmaine tout en marchant.

Elle l'attendait dans la cuisine, ainsi que Flynn. On leur avait coupé la gorge à tous les deux.

Charmaine s'était effondrée contre la machine à laver. Elle était assise, une jambe repliée sous son corps, et regardait le mur en face d'elle. On avait laissé Flynn la tête penchée au-dessus de l'évier, comme s'il avait été occupé à se laver le visage. L'illusion de vie était presque convaincante, on entendait même des éclaboussures.

Marty resta immobile sur le seuil tandis que la mouche, bien moins impressionnable que lui, faisait le tour de la cuisine en bourdonnant, en proie à l'extase. Marty contemplait le spectacle. Il n'y avait plus rien à faire ; il ne restait qu'à regarder. Ils étaient morts. Et Marty n'avait besoin d'aucun effort de réflexion pour savoir que leurs tueurs étaient vêtus de gris et qu'il les avait vus tourner au coin de la rue, une glace à la main, accompagnés par *Le Beau Danube bleu.*

On avait surnommé Marty « le Danseur de Wandsworth » — du moins ceux qui se souciaient un tant soit peu de son existence —, parce que Strauss était le Roi de la Valse. Il se demanda s'il avait jamais raconté ça à Charmaine, dans une de ses lettres ? Non, probablement pas ; et à présent, il était trop tard. Les larmes commençaient à lui brûler le coin de l'œil. Il lutta contre elles. Elles ne feraient que lui gâcher le spectacle et il n'avait pas fini de le contempler.

La mouche qui l'avait conduit ici faisait de nouveau le tour de sa tête.

« L'Européen, lui murmura-t-il. C'est lui qui les a envoyés. »

La mouche fit quelques zigzags, tout excitée. « Bien sûr, bourdonna-t-elle.

— Je le tuerai. »

La mouche se mit à rire.

« Tu n'as aucune idée de ce qu'il est. Il pourrait être le Diable lui-même.

— Foutue mouche. Qu'est-ce que tu en sais ?

— Ne prends pas tes grands airs avec moi, répondit la mouche. Tu marches dans la merde, toi aussi. »

Il la regarda aller et venir, en quête d'un endroit où poser ses pattes sales. Elle finit par atterrir sur le visage de Charmaine. Atroce de voir que celle-ci ne levait pas une main lasse pour la chasser ; terrible de voir qu'elle restait étendue là, la jambe repliée, le cou tranché, et laissait l'insecte ramper sur sa joue, jusqu'à son œil, dans sa narine, festoyant çà et là, sans un souci.

La mouche avait raison. Il *était* ignorant. S'il voulait qu'ils survivent, il fallait qu'il extirpe sa vie secrète à Mamoulian, parce qu'une telle connaissance signifiait : le pouvoir. Carys avait raison. Il ne servait à rien de fermer les yeux et de tourner le dos à l'Européen. La seule façon de s'en libérer était de le *connaître ;* de le regarder en face aussi longtemps que le courage le permettait et de l'examiner dans le moindre de ses détails sinistres.

Il laissa les deux amants dans la cuisine et partit à la recherche de l'héroïne. Il ne lui fallut pas longtemps pour la trouver. Le paquet était glissé dans la poche intérieure de la veste de Flynn, que celui-ci avait laissée sur le canapé du salon. Empochant la dose, Marty retourna à la porte d'entrée, sachant bien que quitter cette maison pour retrouver le soleil lui faisait courir le risque d'être accusé de meurtre. On le verrait et le reconnaîtrait forcément. La police serait à ses trousses dans moins de quelques heures. Mais il ne pouvait rien y faire ; s'échapper par la porte de derrière aurait également éveillé les soupçons.

Il s'arrêta près de la porte et ramassa le tract qui était tombé de la boîte aux lettres. Il représentait le visage souriant d'un évangéliste, un dénommé révérend Bliss, qui, un microphone à la main, levait son visage vers le ciel. « *Rejoignez notre Église,* proclamait une bannière, *Et voyez la Puissance de Dieu à l'Œuvre. Entendez Sa Parole ! Sentez Son Esprit !* » Il l'empocha afin de garder leurs références.

En retournant vers Kilburn High Road, il s'arrêta près d'une cabine téléphonique et signala les deux meurtres. Quand on lui demanda qui il était, il le dit, ajoutant qu'il était libéré sur parole et en fuite. Quand on lui ordonna de se rendre au poste de police le plus proche, il répondit qu'il allait le faire, mais qu'il devait auparavant régler une affaire urgente.

Tandis qu'il roulait vers Kilburn à travers des rues parsemées des résidus de la manifestation, son esprit partit en quête d'indices qui pourraient le conduire à la cachette de Whitehead. Où que se trouvât le vieil homme, Mamoulian finirait par s'y rendre, tôt ou tard. Il pouvait demander à Carys de partir à la recherche de son père, bien sûr. Mais il avait autre chose à lui demander, quelque chose qu'elle ne consentirait à faire que s'il usait de quelque chose de plus que de sa seule gentillesse. Il lui faudrait localiser le vieil homme à l'aide de sa propre intelligence.

Ce ne fut qu'en revenant dans le centre ville, alors qu'il venait de repérer un panneau qui lui indiquait la direction de Holborn, qu'il se rappela Mr Halifax et ses fraises.

61

Marty sentit Carys dès qu'il eut ouvert la porte, mais durant quelques secondes il crut que cette odeur était celle du porc grillé. Ce ne fut que lorsqu'il s'approcha du lit qu'il aperçut la brûlure sur sa paume.

« Tout va bien, lui dit-elle sur un ton froid.

— Il est venu ici. »

Elle acquiesça.

« Mais il est parti, à présent.

— Est-ce qu'il m'a laissé un message ? » demanda-t-il avec un rictus.

Elle s'assit. Quelque chose semblait avoir affecté Marty de façon horrible. Sa voix était étrange ; son visage avait la couleur d'un poisson mort. Il restait loin d'elle, comme si le contact de sa main l'aurait fait s'effondrer. Cette vision faisait presque oublier à la jeune fille l'appétit qui la consumait toujours.

« Un message, dit-elle, pour toi ? » Elle ne comprenait pas. « Pourquoi ? Que s'est-il passé ?

— Ils étaient morts.

— Qui ?

— Flynn. Charmaine. Quelqu'un leur a coupé la gorge. »

Son visage était à deux doigts de s'effriter. Ils avaient sûrement atteint le nadir. Ils ne pouvaient pas tomber plus bas.

« Oh Marty...

— Il savait que j'allais retourner chez moi », dit-il.

Elle chercha une accusation dans sa voix, mais il n'y en avait aucune. Elle se défendit néanmoins.

« Ça ne peut pas être moi. Je ne sais même pas où tu habites.

— Oh, mais lui le sait. Je suis sûr qu'il prend bien soin de connaître ce genre de détail.

— Mais pourquoi les tuer ? Je ne comprends pas.

— Erreur de cible.

— Breer te connaît.

— Ce n'est pas Breer qui a fait le coup.
— Tu as vu quelque chose ?
— Je crois que oui. Deux gamins. »

Il sortit de sa poche le tract qu'il avait trouvé sous la porte. C'étaient les assassins qui l'avaient laissé derrière eux, devinait-il. Quelque chose dans leurs costumes sobres et dans ce halo de cheveux blonds qu'il avait entr'aperçu suggérait que les évangélistes adeptes du porte-à-porte étaient dotés non seulement d'un visage frais mais d'une main meurtrière. L'Européen ne se réjouirait-il pas d'un tel paradoxe ?

« Ils ont commis une erreur », dit-il, ôtant sa veste et se mettant à déboutonner sa chemise trempée de sueur. « Ils ont pénétré dans la maison et ils ont tué le premier homme et la première femme qu'ils ont rencontrés. Mais ce n'était pas moi, c'était Flynn. » Il fit sortir de ses pantalons les pans de sa chemise et l'enleva. « C'est si facile, n'est-ce pas ? Il ne se soucie pas de la loi — il s'estime au-dessus de tout ça. » Marty était conscient de ce que son attitude avait d'ironique. Lui, l'ex-détenu, l'ennemi des uniformes, qui s'accrochait à la notion de loi. Ce n'était pas un refuge facile, mais il n'avait rien de mieux pour le moment. « Qui est-il, Carys ? Qu'est-ce qui le rend si sûr d'être invulnérable ? »

Elle contemplait le visage plein de ferveur du révérend Bliss. « Le Baptême dans le Saint-Esprit ! » promettait-il avec allégresse.

« Quelle importance ça a de savoir ce qu'il est ? dit-elle.
— Sinon, tout est fini. »

Elle ne répondit rien. Il alla jusqu'à l'évier et se lava le visage et le torse à l'eau froide. Aux yeux de l'Européen, ils n'étaient que des moutons dans un enclos. Pas seulement dans cette pièce, n'importe où. Où qu'ils se cachent, il finirait par trouver leur abri et par venir à eux. Il y aurait peut-être une petite lutte — les moutons luttaient-ils contre leur exécution imminente ? se demanda-t-il. Il aurait dû poser la question à la mouche. La mouche l'aurait su.

Il s'écarta de l'évier, l'eau gouttant à sa mâchoire, et regarda Carys. Elle était en train de contempler le sol en se grattant.

« Va vers lui », dit-il sans prévenir.

Sur le chemin du retour, il avait essayé une douzaine de façons de lancer cette conversation, mais pourquoi essayer de lui dorer la pilule ?

Elle le regarda, les yeux vides.

« Qu'est-ce que tu dis ?

— Va vers lui, Carys. Va *en* lui, comme il vient *en* toi. Renverse le processus. »

Elle faillit éclater de rire. Un rictus se formait sur ses lèvres pour répondre à cette obscénité.

« *En* lui ? dit-elle.

— Oui.

— Tu es fou.

— On ne peut pas affronter ce qu'on ne connaît pas. Et on ne le connaîtra pas tant qu'on n'aura pas *regardé* en lui. Tu peux y arriver ; tu peux y arriver pour nous deux. » Il traversa la chambre pour se diriger vers elle, mais elle inclina de nouveau la tête. « Découvre ce qu'il *est*. Trouve une faiblesse, ne serait-ce qu'une trace, n'importe quoi qui nous aide à survivre.

— Non.

— Si tu n'y arrives pas, quoi que nous fassions, quoi que nous essayions de faire, il viendra ici, lui ou un de ses disciples, et me coupera la gorge comme à Flynn. Et toi ? Dieu sait que tu souhaiteras sans doute mourir comme je l'aurai fait. »

C'était brutal, et il se sentait souillé par ses propres paroles, mais il savait avec quelle énergie elle lui résisterait. Si les menaces n'y faisaient rien, il avait toujours l'héroïne. Il s'accroupit en face d'elle, levant la tête vers elle.

« Penses-y, Carys. Donne sa chance à cette idée. »

Son visage se durcit.

« Tu as vu sa chambre, dit-elle. Autant m'enfermer dans un asile.

— Il ne le saurait même pas, dit-il. Il ne serait pas prêt.

— Je n'ai plus envie d'en discuter. Donne-moi la came, Marty. »

Il se releva, le visage figé. « Ne me force pas à être cruel », pensa-t-il.

« Tu veux que je foute le camp, et ensuite tu l'attendras, c'est ça ?

— Oui », dit-elle à voix basse. Puis avec plus de force : « *Oui.*

— C'est tout ce que tu vaux, à ton avis ? » Elle ne répondit rien. Il était impossible de déchiffrer son visage. « Si c'est ce que tu crois, pourquoi t'es-tu brûlé la main ?

— Je ne voulais pas partir. Pas sans... sans t'avoir revu. Sans avoir été avec toi. » Elle tremblait. « On ne peut pas gagner, dit-elle.

— Si on ne peut pas gagner, qu'est-ce qu'on a à perdre ?

— Je suis fatiguée, répondit-elle en secouant la tête. Donne-moi la came. Peut-être demain, quand je me sentirai mieux. » Elle leva la tête vers lui, les yeux brillant au fond de leurs orbites. « Donne-moi la came !

— Et comme ça, tu pourras tout oublier, hein ?

— Marty, non. Ça va tout gâcher... »

Elle s'interrompit.

« Gâcher quoi ? Nos dernières heures ensemble ?

— J'ai besoin de cette drogue, Marty.

— Comme c'est commode. Et moi, je n'ai qu'à aller me faire foutre. »

Il eut soudain l'impression que c'était exactement ça ; qu'elle ne se souciait pas de ses souffrances et ne l'avait jamais fait. Il était entré dans sa vie et, maintenant qu'il lui avait amené sa drogue, il pouvait en ressortir et la laisser à ses rêves. Il voulut la frapper et lui tourna le dos pour ne pas le faire.

Derrière lui, elle dit :

« On pourrait prendre un peu de came — toi aussi, Marty, pourquoi pas ? Comme ça, on serait ensemble. »

Il ne répondit pas avant un long moment. Quand il le fit, ce fut pour dire :

« Pas de came.

— Marty ?

— Pas de came tant que tu ne seras pas allée vers lui. »

Il fallut plusieurs secondes à Carys pour absorber l'impact de ce chantage. N'avait-elle pas dit, il y avait longtemps de cela, qu'il l'avait déçue parce qu'elle s'était attendue à découvrir une brute ? Elle avait parlé trop vite.

« Il saura, souffla-t-elle. Il saura dès que je serai près de lui.

— Vas-y en douceur. Tu peux le faire ; tu le sais bien. Tu es rusée. Tu t'es assez souvent insinuée dans ma tête.

— Je ne peux pas », protesta-t-elle. Comprenait-il ce qu'il lui demandait ?

Il fit une grimace, poussa un soupir et alla près de sa veste, qui était restée là où il l'avait laissée choir sur le sol. Il fouilla dans sa poche jusqu'à ce qu'il eût trouvé l'héroïne. C'était un paquet pitoyablement petit, et connaissant Flynn, la drogue était coupée. Mais c'était elle que ça regardait, pas lui. Elle regardait le paquet, fascinée.

« C'est tout pour toi », dit-il, et il le jeta dans sa direction. Il atterrit sur le lit à côté d'elle. « Amuse-toi bien. »

Elle regardait sa main vide à présent. Elle ne la quitta des yeux que lorsqu'il ramassa sa chemise sale pour l'enfiler.

« Où vas-tu ?

— Je t'ai déjà vue quand tu es défoncée. Et j'ai entendu les conneries que tu débites. Je ne veux pas me souvenir de toi dans cet état.

— Il faut que j'en prenne. »

Elle le détestait ; elle le regarda, debout dans un rayon de soleil de fin d'après-midi, avec son ventre nu et sa poitrine nue. Elle détestait la moindre de ses fibres. Elle pouvait comprendre le chantage — c'était grossier mais efficace. Mais cette désertion était une ruse bien pire.

« Même si je devais faire ce que tu me demandes... », commença-t-elle ; cette idée semblait la flétrir. « ... je ne trouverais rien. »

Il haussa les épaules.

« Écoute, la came est à toi, dit-il. Tu as ce que tu voulais.

— Et toi ? Que veux-tu ?

— Je veux vivre. Et je pense que c'est notre seule chance. »

Et quand bien même, c'était une chance fort mince ; la plus étroite des lézardes dans cette muraille, une lézarde à travers laquelle, si le destin leur souriait, ils pourraient se glisser.

Elle évalua leurs chances ; pourquoi elle acceptait d'envisager cette idée, elle n'en savait rien. Un autre jour, peut-être aurait-elle dit : par amour. Finalement, elle dit : « Tu as gagné. »

Il s'assit et la regarda se préparer pour le voyage. Tout d'abord, elle se lava. Pas seulement le visage, mais le corps tout entier, debout sur une serviette posée devant le petit évier dans un coin de la chambre, avec le chauffe-eau au gaz qui rugissait en crachant son eau chaude. En la contemplant, il sentit son érection et il eut honte de penser au sexe alors que tant de choses étaient en jeu. Mais ce n'était que le puritain en lui qui parlait ; il fallait qu'il ressente ce que bon lui semblait. C'était elle qui lui avait enseigné cela.

Quand elle eut fini, elle remit son slip, ainsi qu'un tee-shirt. C'était ce qu'elle portait quand il était arrivé dans Caliban Street, remarqua-t-il : des vêtements simples et peu encombrants. Elle s'assit sur une chaise. Sa peau ondulait sous la chair de poule. Il voulait qu'elle lui pardonne ; qu'elle lui dise que ses manipulations étaient justifiées et que — quoi qu'il arrive désormais — elle comprenait qu'il n'avait fait qu'agir pour le mieux. Elle ne lui offrit aucune remarque rassurante. Elle se contenta de dire :

« Je crois que je suis prête.

— Que puis-je faire ?

— Peu de chose, répondit-elle. Mais reste là, Marty.

— Et si... tu sais... si quelque chose tournait mal ? Puis-je t'aider ?

— Non, répondit-elle.

— Quand saurai-je que tu es arrivée ? » demanda-t-il.

Elle le regarda comme s'il avait posé une question idiote et dit :

« Tu le sauras. »

62

Il ne fut guère difficile à Carys de trouver l'Européen ; son esprit alla vers lui avec une promptitude presque alarmante, comme s'il avait été pressé de retrouver les bras d'un compatriote perdu depuis longtemps. Elle sentait distinctement l'attirance qu'il exerçait sur elle et qui n'était pas, pensa-t-elle, un magnétisme conscient. Quand ses pensées arrivèrent dans Caliban Street et pénétrèrent dans la chambre du haut, ses soupçons quant à la passivité de Mamoulian se vérifièrent. Il était étendu à même le plancher nu de la pièce, dans une posture d'épuisement total. « Peut-être, pensa-t-elle, suis-je capable de faire cela, après tout. » Comme une maîtresse taquine, elle rampa à ses côtés et se glissa en lui.

Elle eut un murmure.

Marty tiqua. Il voyait des mouvements dans sa gorge, laquelle était si émaciée qu'il croyait presque voir les mots prendre forme en elle. Parle-moi, voulut-il lui dire. Dis-moi que tout va bien. Le corps de Carys était devenu rigide. Il la toucha. Ses muscles étaient pétrifiés.

« Carys ? »

Elle murmura de nouveau, sa gorge palpita, mais aucun mot ne vint ; on percevait à peine son souffle.

« Tu m'entends ? »

Si elle le faisait, elle n'en donna aucun signe. Les secondes se transformaient en minutes et elle était toujours murée dans son silence. Les questions de Marty venaient se fracturer contre elle avant de retomber sans un bruit.

Et puis elle dit : « J'y suis. » Sa voix était dénuée de toute substance, comme celle d'une station étrangère que l'on trouvait par hasard sur une radio ; des mots venus d'un lieu impondérable.

« Avec lui ? demanda-t-il.

— Oui. »

Assez de faux-fuyants maintenant, se reprocha-t-il. Elle

était allée vers l'Européen, comme il le lui avait demandé. Il lui fallait désormais rassembler tout son courage et la rappeler avant que ça tourne mal. Il lui posa d'abord la question la plus difficile, celle à laquelle il avait le plus besoin de trouver une réponse.

« Qu'est-il, Carys ?

— Je ne sais pas », dit-elle.

Le bout de sa langue émergea pour déposer une couche de salive sur ses lèvres.

« Si noir », murmura-t-elle.

Il faisait *noir* en lui : la même ténèbre palpable que dans la chambre de Caliban Street. Mais, du moins pour le moment, ces ombres étaient passives. L'Européen ne s'attendait pas à voir survenir des intrus ici. Il n'avait laissé aucune terreur pour garder les portails de son cerveau. Elle s'enfonça plus profondément dans sa tête. Des dards de lumière explosèrent à la lisière de ses pensées, comme les couleurs qui dansaient sur ses paupières après qu'elle les eut frottées, mais plus brillantes et plus fugaces. Elles allaient et venaient si vite que la jeune fille ne savait pas si elle voyait quelque chose en elles ou à leur lueur, mais à mesure qu'elle progressait et que les dards se faisaient plus fréquents, elle commença à y discerner des formes : des virgules, des segments, des traits, des points, des spirales.

La voix de Marty vint interrompre sa rêverie par quelque question stupide. Elle l'ignora. Qu'il attende. Les lumières se faisaient plus complexes, leurs réseaux s'entrecroisaient, gagnaient en profondeur et en substance. Elle semblait à présent distinguer des tunnels et des cubes bondissants ; des océans de lueurs ondoyantes ; des fissures qui s'ouvraient et se refermaient ; des averses de bruit blanc. Elle contempla la scène, fascinée par la façon dont ces formes croissaient et se multipliaient ; l'univers mental de l'Européen apparaissait comme un Paradis indistinct au-dessus d'elle, tombait en averse sur elle et autour d'elle. D'immenses cubes près de s'entrechoquer grondaient au-dessus d'elle, venaient planer à quelques centimètres de son crâne, pesaient sur elle comme de petites lunes.

Et soudain, tout disparut. La ténèbre de nouveau, plus impitoyable que jamais, la pressant de tous côtés. Pendant un moment, elle eut l'impression d'être étouffée ; elle tenta de reprendre son souffle, paniquée.

« Carys ?

— Ça va », murmura-t-elle à l'adresse de son interlocuteur si lointain.

Il était à des univers d'elle, mais il l'aimait, du moins s'en souvenait-elle vaguement.

« Où es-tu ? » voulut-il savoir.

Elle n'en avait pas la moindre idée, aussi secoua-t-elle la tête. De quel côté devait-elle avancer, le devait-elle seulement ? Elle attendit au milieu des ténèbres, se préparant à ce qui allait arriver ensuite.

Soudain, les lumières refirent irruption, à l'horizon. Cette fois-ci — pour leur seconde performance —, leurs formes s'étaient faites plus nettes. Au milieu des spirales qu'elle avait observées, elle découvrit des colonnes de fumée qui s'élevaient devant elle. Au lieu d'un océan de lumière, un paysage, où des rayons de soleil intermittents venaient frapper des collines lointaines. Des oiseaux s'envolèrent sur des ailes de feu, puis devinrent les pages d'un livre, et s'éloignèrent en voletant d'une conflagration faisant rage de tous côtés.

« Où es-tu ? » lui demanda-t-il de nouveau.

Les yeux de Carys roulaient comme ceux d'une démente derrière ses paupières closes, découvrant cette province en gestation. Il ne pouvait rien partager de ses visions, sinon à travers ses paroles, et elle était muette — d'admiration ou de terreur, il n'aurait su le dire.

Il y avait aussi du bruit. Pas beaucoup. Le promontoire sur lequel elle s'avançait avait souffert de trop de ravages pour pouvoir encore crier. Sa vie s'était presque éteinte. Des corps gisaient à ses pieds, si défigurés qu'on aurait cru qu'ils venaient de tomber du ciel. Des armes, des chevaux, des roues. Elle découvrit tout cela, comme à la lueur d'un sinistre feu d'artifice, sans pouvoir distinguer quoi que ce fût plus d'une fois. Chaque instant de ténèbres entre une illumination et la suivante faisait changer la scène. Durant un moment, elle se tenait sur une route dégagée, sur laquelle une petite fille nue courait vers elle en hurlant. Le moment suivant, elle était au flanc d'une colline et observait une vallée ravagée à travers un rideau de fumée. Puis un taillis de bouleaux argentés, puis plus rien. Puis des ruines, avec un cadavre décapité à ses pieds, puis de nouveau plus rien. Mais toujours les flammes à proximité ; les escarbilles et les cris qui venaient souiller l'air ; l'impression d'être pourchassée. Elle avait la sensation que cela pouvait durer éternellement, cette succession de scènes — un paysage, puis une atrocité le moment d'après —, sans qu'elle eût jamais le temps de trouver un sens à ces images disparates.

Puis, aussi brutalement que les lumières avaient disparu, les flammes s'évanouirent, et la ténèbre l'entoura de nouveau.

« Où ? »

La voix de Marty la retrouva. Il était si agité et si confus qu'elle lui répondit.

« Je suis à l'article de la mort, dit-elle d'une voix tout à fait calme.

— Carys ? »

Il redoutait d'alerter Mamoulian en prononçant son nom, mais il fallait qu'il sache si elle parlait pour elle ou bien pour lui.

« Pas Carys », répondit-elle.

Sa bouche sembla perdre de sa plénitude, ses lèvres s'amincirent. C'était la bouche de Mamoulian, pas la sienne.

Elle écarta légèrement une main de son giron, comme pour venir toucher son visage.

« Presque mort, dit-elle. Perdue la bataille, voyez-vous. Perdue cette foutue guerre...

— Quelle guerre ?

— Perdue depuis le début. Mais quelle importance, hein ? Je me trouverai une autre guerre. Il y en a toujours.

— Qui êtes-vous ? »

Elle plissa le front.

« Qu'est-ce que vous en avez à faire ? aboya-t-elle. Ça ne vous regarde pas.

— Aucune importance », répliqua Marty.

Il avait peur de pousser cet interrogatoire trop loin. Mais sa question trouva aussitôt une réponse.

« Mon nom est Mamoulian. Je suis sergent dans le 3e régiment de fusiliers. Ou plutôt : j'*étais* sergent.

— Plus maintenant ?

— Non, plus maintenant. Je ne suis plus personne, à présent. C'est plus sûr de n'être personne de nos jours, ne croyez-vous pas ? »

Sa voix avait pris le ton de la conversation, comme si l'Européen savait exactement ce qui se passait et avait choisi de parler à Marty par l'intermédiaire de Carys. Un autre jeu, peut-être ?

« Quand je pense à toutes les choses que j'ai faites pour éviter les ennuis, dit-il. Je suis tellement lâche, voyez-vous ? Je l'ai toujours été. J'abomine la vue du sang. »

Il se mit à rire en elle, un rire solide, absolument pas féminin.

« Vous n'êtes qu'un homme ? » dit Marty. Il pouvait à peine croire à ce qu'on lui disait. Il n'y avait aucun Diable caché dans le cortex de l'Européen, juste un sergent à moitié fou, égaré sur un champ de bataille. « Rien qu'un homme ? répéta-t-il.

— Que vouliez-vous que je sois ? » répondit le sergent, vif

comme l'éclair. « Heureux de vous rendre service. N'importe quoi pour me sortir de cette merde.

— A qui croyez-vous parler ? »

Le sergent fronça les sourcils de Carys, réfléchissant à cette question.

« Je dois perdre l'esprit, dit-il d'une voix mélancolique. Cela fait plusieurs jours que je parle tout seul. Il ne reste plus personne, voyez-vous. Le 3e régiment a été anéanti. Et le 4e. Et le 5e. Tous partis en enfer ! » Il s'interrompit pour grimacer. « Plus personne avec qui jouer aux cartes, nom de Dieu. On ne peut pas jouer avec les morts, n'est-ce pas ? Ils n'ont rien que je désire... »

La voix s'estompa.

« Quel jour sommes-nous ?

— On est en octobre, n'est-ce pas ? répondit le sergent. J'ai perdu le fil des jours. Mais il fait foutrement froid la nuit, laissez-moi vous le dire. Oui, on doit être au moins en octobre. Le vent était lourd de neige hier. Ou bien était-ce avant-hier ?

— Quelle année sommes-nous ? »

Le sergent éclata de rire.

« Je ne suis pas fou à ce point, dit-il. 1811. C'est ça. J'aurai trente-deux ans le 9 novembre. Et je ne parais pas plus de la quarantaine. »

1811. Si le sergent disait la vérité, Mamoulian était vieux de deux siècles.

« Vous en êtes sûr ? demanda Marty. Nous sommes en 1811 ? Vous en êtes certain ?

— Fermez votre gueule ! lui fut-il répondu.

— Quoi ?

— Des ennuis. »

Carys avait relevé les bras contre sa poitrine, comme si elle était oppressée. Elle se sentait enfermée — mais par quoi, elle n'en était pas sûre. La route dégagée sur laquelle elle s'était trouvée avait disparu de façon abrupte, et elle sentait à présent qu'elle gisait dans l'obscurité. Il faisait plus chaud ici que sur la route, mais ce n'était pas une chaleur agréable. Il régnait une odeur putride. Elle cracha — pas une seule fois mais trois ou quatre — pour se débarrasser d'une bouchée de fange. Où était-elle, pour l'amour de Dieu ?

Tout près, elle entendait approcher des chevaux. Le bruit qu'ils faisaient était étouffé, mais il déclencha la panique en elle, ou plutôt dans le cœur de l'homme qu'elle occupait. Quelque part sur sa droite, quelqu'un gémit.

« Chut... », souffla-t-elle.

N'avait-il pas entendu les chevaux, lui aussi ? On allait les découvrir ; et, sans savoir pourquoi, elle était persuadée que cela leur serait fatal.

« Que se passe-t-il ? » demanda Marty.

Elle n'osa pas lui répondre. Les cavaliers étaient trop près pour qu'elle ose prononcer un seul mot. Elle les entendit mettre pied à terre et s'approcher de sa cachette. Elle répéta une prière muette. Les cavaliers parlaient à présent ; c'étaient des soldats, devina-t-elle. Ils se disputaient entre eux pour savoir qui se chargerait d'une corvée peu ragoûtante. Peut-être, pria-t-elle, allaient-ils renoncer à leurs recherches avant même de les avoir entamées. Mais non. La dispute s'était achevée, et ils se mettaient à l'œuvre en grommelant et en protestant. Elle les entendit soulever des sacs et les jeter par terre. Une douzaine, deux douzaines. La lumière se fraya un chemin jusqu'à elle ; elle respirait à peine. On souleva d'autres sacs ; la lumière tombait sur elle de plus belle. Elle ouvrit les yeux et reconnut enfin le refuge qu'avait choisi le sergent.

« Dieu Tout-Puissant », dit-elle.

Ce n'étaient pas des sacs qui gisaient autour d'elle, mais des cadavres. Il s'était dissimulé dans un monticule de corps. C'était la chaleur de la putréfaction qui l'avait fait transpirer.

Les cavaliers avaient entrepris de décomposer cette butte macabre et donnaient un coup de baïonnette dans chacun des corps jetés de son sommet afin de trier les vivants des morts. On désignait à un officier les quelques misérables qui respiraient encore. Il les considérait tous comme perdus ; le coup de grâce arrivait bien vite. Avant qu'une baïonnette eût pu lui percer le flanc, le sergent roula sur lui-même et se montra.

« Je me rends », dit-il. On lui donna quand même un coup de poignard dans l'épaule. Il hurla. Carys aussi.

Marty tendit une main vers elle ; son visage était déformé par la douleur. Mais il choisit de ne pas intervenir en ce moment sans doute crucial : cela ferait peut-être plus de mal que de bien.

« Tiens, tiens, dit l'officier juché sur son cheval. Tu ne m'as pas l'air très mort.

— Je m'entraînais », répliqua le sergent.

Ce trait d'esprit lui valut une deuxième blessure. A en juger par l'expression des hommes qui l'entouraient, il avait eu de la chance de ne pas être étripé. Ils semblaient tous disposés à s'amuser.

« Tu ne vas pas mourir », dit l'officier en caressant le cou luisant de sa monture. La présence de tant de pourriture mettait le pur-sang mal à l'aise. « Nous avons d'abord besoin de connaître les réponses à certaines questions. Ensuite, tu auras ta place dans la fosse commune. »

Derrière la tête couronnée de plumes de l'officier, le ciel s'était assombri. Alors même qu'il parlait, la scène commença à perdre de sa cohérence, comme si Mamoulian avait oublié comment elle s'était conclue.

Les yeux de Carys se mirent de nouveau à tournoyer derrière ses paupières. Un nouvel assaut d'impressions venait de la surprendre ; chaque moment était dessiné avec une précision absolue, mais ils se succédaient trop vite pour qu'elle pût leur donner un sens.

« Carys ? Est-ce que ça va ?

— Oui, oui », dit-elle, à bout de souffle. « Juste des instants... des instants de vie. »

Elle vit une pièce, une chaise. Sentit un baiser, une gifle. Douleur, soulagement ; douleur encore. Des questions ; des rires. Elle ne pouvait pas en être sûre, mais elle devinait que, sous la menace, le sergent disait à l'ennemi tout ce que celui-ci désirait savoir, et bien davantage encore. Plusieurs jours s'écoulèrent en l'espace d'un battement de cœur. Elle les laissa glisser entre ses doigts, sentant que l'esprit de l'Européen faisait accélérer son rêve vers un point culminant. Il valait mieux se laisser conduire ; il connaissait mieux qu'elle la signification de cette plongée.

Le voyage se termina avec une soudaineté choquante.

Un ciel couleur d'acier froid vint éclore au-dessus de sa tête. De la neige en tombait doucement, averse paresseuse de duvet qui, au lieu de la réchauffer, lui glaçait les os. Dans le studio minuscule où Marty transpirait, assis torse nu devant elle, les dents de Carys se mirent à claquer.

Les geôliers du sergent avaient apparemment fini de l'interroger. Ils l'avaient conduit, ainsi que cinq autres prisonniers vêtus de haillons, dans une petite cour. Il regarda autour de lui. Cet endroit était un monastère, ou du moins en avait été un avant que les soldats ne l'occupent. Un ou deux moines se tenaient à l'abri de la promenade du cloître et observaient d'un regard philosophe le déroulement des événements dans la cour.

Les six prisonniers attendaient en file indienne sous la neige. Ils n'étaient pas attachés. Il n'y avait aucune issue dans cette petite cour. Le sergent, au bout de la file, se rongeait les ongles et s'efforçait de garder un cœur léger. Ils allaient mourir ici, c'était un fait irréfutable. Ils ne seraient pas les premiers à être exécutés cet après-midi. Alignés soigneusement contre un mur en vue d'une inspection posthume, se trouvaient cinq cadavres.

On avait placé leurs têtes tranchées, profanation suprême, entre leurs jambes. Les yeux grands ouverts, comme surpris par le coup mortel, ils regardaient la neige qui tombait, regardaient les fenêtres, regardaient l'arbre solitaire planté dans un carré de terre au milieu des pierres. En été, cet arbre portait sûrement des fruits au milieu desquels les oiseaux venaient chanter leurs chansons idiotes. A présent, il n'avait pas une seule feuille.

« Ils vont nous tuer », dit-elle d'une voix égale.

Tout se déroula de façon fort informelle. L'officier de service, un manteau de fourrure passé autour de ses épaules, tendait ses mains au-dessus d'un brasier rougeoyant, tournant le dos aux prisonniers. Le bourreau était à côté de lui, une épée sanglante reposant négligemment sur son épaule. C'était un homme gros et lourd, qui riait aux plaisanteries de l'officier, et qui avala une tasse de liquide chaud avant de retourner à sa besogne.

Carys eut un sourire.

« Que se passe-t-il maintenant ? »

Elle ne dit rien ; ses yeux étaient fixés sur l'homme qui allait les tuer ; elle continuait de sourire.

« Carys. Que se passe-t-il ? »

Les soldats s'étaient approchés de la file des prisonniers et les avaient poussés au milieu de la cour. Carys avait baissé la tête pour exposer sa nuque.

« Nous allons mourir », murmura-t-elle à son confident si lointain.

A l'autre bout de la file, le bourreau leva son épée et la rabaissa avec un geste rapide de professionnel. La tête du prisonnier sembla bondir de son cou, propulsée par un geyser de sang. Spectacle grotesque sur fond de murs gris et de neige blanche. La tête tomba les yeux contre terre, roula sur quelques mètres, s'immobilisa. Le corps se recroquevilla sur le sol. Mamoulian observait le déroulement des événements du coin de l'œil, s'efforçant d'arrêter le claquement de ses dents. Il n'avait pas peur et ne voulait pas qu'ils pensent le contraire. Le suivant dans la file s'était mis à hurler. Deux soldats s'avancèrent quand l'officier leur en intima l'ordre et vinrent le saisir. Soudain, après un calme tel que l'on pouvait entendre la neige choir doucement sur le sol, la file de condamnés explosa en prières et en supplications. La terreur de cet homme avait fait sauter un barrage. Le sergent ne dit rien. Ils avaient de la chance de mourir avec style, pensa-t-il : l'épée était réservée aux aristocrates et aux officiers. Mais l'arbre n'était pas assez grand pour qu'on pendît un homme à ses branches. Il regarda l'épée tomber une deuxième fois, se demandant si sa langue bougerait encore après la mort, enfouie au cœur du palais asséché d'une tête sans vie.

« Je n'ai pas peur, dit-il. A quoi sert la peur ? On ne peut ni l'acheter ni la vendre, on ne peut pas lui faire l'amour. On ne peut même pas la porter sur soi lorsque on est sans chemise et qu'il fait froid. »

La tête d'un troisième prisonnier alla rouler dans la neige ; et celle d'un quatrième. Un soldat éclata de rire. Le sang fumait. Son odeur de viande était fort appétissante pour un homme qui n'avait pas mangé depuis une semaine.

« Je ne perds pas grand-chose, dit-il en guise de prière. Ma vie a été inutile. Elle s'achève ici, et alors ? »

Le prisonnier debout à sa droite était très jeune : pas plus de quinze ans. Un tambour, devina le sergent. Il pleurait doucement.

« Regarde là-bas, dit Mamoulian. C'est de la désertion pure et simple. »

Il désigna du menton les cadavres épars, que leurs divers parasites quittaient déjà. Puces et lentes, conscientes du trépas de leurs hôtes, fuyaient leurs têtes et leurs corps en bondissant et en rampant, impatientes de trouver une nouvelle résidence avant de succomber au froid.

L'enfant regarda le spectacle et sourit. Cela suffit à le distraire durant le moment où le bourreau se mettait en position pour donner le coup fatal. La tête s'envola ; de la chaleur vint gicler sur la poitrine du sergent.

Distraitement, Mamoulian tourna la tête vers son bourreau. Il était légèrement aspergé de sang ; sinon, sa profession n'était pas inscrite sur son visage. Celui-ci était lourd, parsemé d'une barbe qui avait besoin d'être taillée, et orné d'une paire d'yeux protubérants. « Vais-je être assassiné par ceci ? pensa le sergent. Eh bien, je n'en ai pas honte. » Il tendit les bras de chaque côté de son corps dans un geste universel de soumission, et pencha la tête. Quelqu'un vint tirer sur le col de sa chemise pour exposer sa nuque.

Il attendit. Un bruit qui ressemblait à un coup de feu résonna dans sa tête. Il ouvrit les yeux, s'attendant à voir la neige fondre vers sa tête bondissante ; mais non. Au milieu de la cour, un des soldats tombait à genoux, la poitrine pulvérisée par un coup de fusil tiré de l'une des fenêtres du cloître. Mamoulian jeta un regard derrière lui. Des soldats faisaient irruption des quatre côtés de la cour ; des balles venaient sillonner la neige. L'officier de service, blessé, s'effondra près du brasier et son manteau de fourrure prit feu. Deux soldats, pris au piège au-dessous de l'arbre, furent abattus et s'effondrèrent, enlacés comme deux amants sous l'abri des branches.

« Va-t'en, ordonna Carys avec sa voix. Vite. Va-t'en. »

Il rampa le long des pierres gelées tandis que les adversaires s'affrontaient au-dessus de sa tête, à peine capable de croire qu'il avait été épargné. Personne ne fit attention à lui. Désarmé et maigre comme un squelette, il ne représentait de danger pour personne. Une fois sorti de la cour et parvenu à l'abri du monastère, il reprit son souffle. La fumée commençait à voleter dans les couloirs glacés. C'était inévitable : une des deux factions — peut-être les deux — allait incendier cet endroit. C'étaient tous des imbéciles, il n'en aimait aucun. Il commença à errer dans ce labyrinthe qu'était l'édifice, espérant trouver une sortie avant de tomber sur un fusilier égaré.

Dans un couloir, loin de toute escarmouche, il entendit un bruit de pas — provenant de sandales, pas de bottes — qui se dirigeait vers lui. Il fit demi-tour pour affronter son poursuivant. C'était un moine, dont le visage étroit trahissait l'ascète. Il immobilisa le sergent en saisissant le col de sa chemise en lambeaux.

« Tu es béni de Dieu », dit-il.

Il était essoufflé, mais son étreinte était ferme.

« Laissez-moi tranquille. Je veux sortir d'ici.

— On commence à se battre un peu partout dans l'immeuble ; tu ne seras en sécurité nulle part.

— J'en prendrai le risque, dit le sergent en souriant.

— Tu as été choisi, soldat », dit le moine, le tenant toujours. « Le hasard est intervenu en ta faveur. Cet enfant innocent qui était près de toi est mort, mais toi, tu as survécu. Tu ne comprends pas ? Demande-toi... pourquoi. »

Il essaya d'écarter le frocard ; le mélange d'encens et de sueur fanée qui se dégageait de lui était atroce. Mais l'homme tint bon et se mit à parler plus vite :

« Il y a des passages secrets en dessous des cellules. Nous pouvons nous enfuir sans être massacrés.

— Oui ?

— Certainement. Si tu consens à m'aider.

— Comment ?

— J'ai des livres à sauver — l'œuvre de toute une vie. J'ai besoin de tes muscles, soldat. Ne t'inquiète pas, tu seras récompensé de ta peine.

— Et qu'avez-vous donc que je puisse désirer ? » dit le sergent — que pouvait donc posséder ce flagellant aux yeux fous ?

« J'ai besoin d'un acolyte, dit le moine. Quelqu'un à qui enseigner ce que j'ai appris.
— Dispensez-moi de vos conseils spirituels.
— J'ai tant de choses à t'apprendre. Comment vivre éternellement, si c'est cela que tu souhaites. » Mamoulian s'était mis à rire, mais le moine poursuivit son délire. « Comment prendre la vie à autrui et la garder pour toi. Ou, si tu le désires, comment la donner aux morts pour les ressusciter.
— Jamais.
— C'est une très ancienne sagesse, dit le moine. Mais je l'ai redécouverte, écrite dans le grec le plus simple. Des secrets qui étaient déjà antiques quand ces collines étaient jeunes. Et quels secrets !
— Si vous êtes capable de tant de choses, pourquoi n'êtes-vous pas tsar de toutes les Russies ? » répliqua Mamoulian.
Le moine lâcha la chemise du soldat et regarda celui-ci avec des yeux brillants de mépris.
« Quel homme, dit-il lentement, quel homme à l'âme pétrie de véritable ambition se contenterait de n'être que tsar ? »
Cette réponse effaça le sourire sur le visage du soldat. Étranges paroles, dont la signification — si on la lui avait demandée — aurait été difficilement explicable. Mais il y avait en elles une promesse que sa confusion présente était impuissante à leur dérober. Eh bien, pensa-t-il, peut-être est-ce ainsi que la sagesse vient aux hommes ; et l'épée n'est pas tombée sur mon cou, n'est-ce pas ?
« Montrez-moi », dit-il.

Carys eut un sourire, faible mais radieux. En l'espace d'un battement d'ailes, l'hiver avait fondu. Le printemps s'épanouissait, le sol était vert jusqu'à l'horizon, et surtout au-dessus des fosses communes.
« Où vas-tu ? » lui demanda Marty.
A en juger par son expression pleine de joie, il était clair que les circonstances avaient changé. Durant plusieurs minutes, elle lui avait donné avec parcimonie des indices sur la vie qu'elle partageait dans la tête de l'Européen. Marty avait à peine réussi à suivre ce qui se passait. Il espérait qu'elle pourrait lui fournir des détails plus tard. De quel pays s'agissait-il, de quelle guerre.
Soudain, elle dit :
« J'ai fini. »
Sa voix était légère, presque enjouée.
« Carys ?
— Qui est Carys ? Jamais entendu parler. Probablement mort. Ils sont tous morts, sauf moi.

— Qu'avez-vous fini ?
— D'apprendre, bien sûr. Tout ce qu'il a pu m'enseigner. Et c'était vrai. Tout ce qu'il m'avait promis : tout était vrai. Une ancienne sagesse.
— Qu'avez-vous appris ? »
Elle leva une main, celle qui était brûlée, et la déploya.
« Je peux voler la vie, dit-elle. C'est facile. Il suffit de trouver le bon endroit et de boire. Facile à prendre, facile à donner.
— A donner ?
— Provisoirement. Aussi longtemps que j'en ai envie. » Elle tendit un doigt : Dieu vers Adam. « Que la vie soit. »
Il se mit de nouveau à rire en elle.
« Et le moine ?
— Oui, et alors ?
— Est-il encore avec vous ? »
Le sergent secoua la tête de Carys.
« Je l'ai tué, quand il a eu fini de m'apprendre tout ce qu'il savait. » Ses mains se tendirent pour venir étrangler l'air. « Je l'ai étouffé une nuit, tandis qu'il dormait. Bien sûr, il s'est réveillé en sentant mes mains autour de sa gorge. Mais il ne s'est pas débattu ; il n'a pas fait la moindre tentative pour sauver sa vie. » Le sergent ricanait en décrivant la scène. « Il m'a laissé l'assassiner. J'arrivais à peine à y croire ; cela faisait des semaines que je préparais mon coup, terrorisé à l'idée qu'il pouvait lire dans mes pensées. Quand j'ai vu que c'était si facile, ce fut l'extase... » Son sourire disparut brusquement. « Stupide, murmura-t-il dans la gorge de Carys. Si, *si* stupide.
— Pourquoi ?
— Je n'avais pas vu le piège qu'il m'avait tendu. Je n'avais pas compris qu'il avait tout combiné depuis le début, qu'il m'avait traité comme son fils tout en *sachant* que je serais son bourreau le moment venu. Je n'ai jamais compris — pas une seule fois — que je n'étais que son instrument. *Il voulait mourir.* Il voulait transmettre sa sagesse (il prononça le mot avec dérision), me la transmettre avant de mourir de ma main.
— Pourquoi voulait-il mourir ?
— Ne voyez-vous pas à quel point c'est terrible de vivre alors que tout passe autour de vous ? Et que, plus les années se font nombreuses, plus l'idée de la mort vient geler vos entrailles, parce que plus vous réussissez à l'éviter, plus vous imaginez qu'elle sera pire ? Et vous vous mettez à souhaiter — oh, à souhaiter *si* fort — que quelqu'un vous prenne en pitié, que quelqu'un vienne vous étreindre et partager vos terreurs. Et,

quand viendra le moment de la fin, que quelqu'un soit à vos côtés pour entrer dans la ténèbre.

— Et vous avez choisi Whitehead, dit Marty à mi-voix, tout comme on *vous* avait choisi — par hasard.

— Tout n'est que hasard; et donc rien n'est hasard », proclama l'homme endormi. Puis il rit à nouveau, de lui cette fois-ci, d'un rire amer. « Oui, je l'ai choisi, avec un jeu de cartes. Et puis j'ai passé un marché avec lui.

— Mais il a triché. »

Carys hocha la tête, lentement, et sa main décrivit un cercle dans l'air.

« Tourne et tourne, dit-elle. Tourne et tourne.

— Qu'allez-vous faire à présent ?

— Trouver le pèlerin. Où qu'il soit, je le trouverai ! Et je l'emmènerai avec moi. Je jure de ne pas le laisser m'échapper. Je le prendrai et je lui montrerai.

— Vous lui montrerez quoi ? »

Aucune réponse ne vint. Au lieu de parler, Carys soupira, s'étira légèrement et remua sa tête de droite à gauche. Marty se rendit soudain compte dans un choc qu'il l'observait en train de répéter les mouvements de Mamoulian : que l'Européen avait été endormi jusqu'ici et que maintenant, ayant récupéré son énergie, il se préparait au réveil. Il répéta en hâte sa dernière question, résolu à connaître la réponse sur ce point crucial.

« Vous lui montrerez *quoi ?*

— L'*enfer*, dit Mamoulian. Il m'a trompé ! Il a gaspillé tout mon enseignement, toute ma science, il l'a jetée par les fenêtres par pure avidité, par désir de pouvoir, pour jouir de la vie de son corps. Par appétit ! Tout a disparu au nom de son appétit. Tout mon amour si précieux, gâché ! »

Marty entendait dans cette litanie la voix du puritain — une voix de moine, peut-être ? —, la rage d'une créature qui voulait que le monde soit plus pur qu'il ne l'était et qui vivait dans les tourments parce qu'elle ne voyait autour d'elle que la chair et la fange qui s'évertuaient en transpirant à créer plus de chair, plus de fange. Quel espoir de raison trouvait-on en ce lieu ? A moins de trouver une âme qui partage vos tourments, un amant en compagnie de qui on pouvait haïr l'univers. Whitehead avait été un tel partenaire. Et à présent, Mamoulian était fidèle à l'âme de son amant : il désirait mettre fin à son existence et entrer dans le royaume des morts en compagnie du seul être à qui il avait jamais fait confiance. « Nous irons dans le néant... », souffla-t-il, et son souffle était une promesse. « Tous, dans le néant. En bas ! En bas ! »

Il se réveillait. Plus le temps de poser d'autres questions, même si Marty était encore curieux.

« Carys.

— En bas ! En bas !

— Carys ! Tu m'entends ? Sors de lui ! Vite ! »

La tête de Carys roulait sur ses épaules.

« Carys ! »

Elle grogna.

« Vite ! »

Dans la tête de Mamoulian, les lumières s'étaient remises à danser, plus enchanteresses que jamais. Des traits qui deviendraient bientôt des images, elle le savait. Qu'allaient-ils former cette fois-ci ? Des oiseaux, des pétales, des arbres fleuris. Quel pays des merveilles c'était.

« *Carys !* »

La voix de quelqu'un qu'elle avait jadis connu l'appelait depuis un lieu très lointain. Mais les lumières aussi. Elles étaient en train de se définir à présent. Elle attendit, pleine d'espérance, mais cette fois-ci, ce ne furent pas des souvenirs qui firent irruption devant ses yeux...

« *Carys ! Vite !* »

... c'était le monde réel, qui apparut quand l'Européen ouvrit ses paupières. Le corps de Carys se raidit. Marty vint saisir sa main. Elle exhala, lentement, un souffle qui franchit ses lèvres en petits gémissements, et elle fut soudain consciente du danger qui la menaçait. Elle projeta ses pensées hors de la tête de l'Européen, en direction de Kilburn. Durant un instant de pur supplice, elle sentit sa volonté défaillir, et elle retomba en arrière, retomba vers la tête qui l'attendait. Terrifiée, elle hoqueta comme un poisson jeté sur la berge tandis que son esprit luttait pour se dégager.

Marty la tira vers lui pour la relever, mais ses jambes étaient emmêlées. Il la serra contre lui en l'enveloppant dans ses bras.

« Ne me quitte pas, murmura-t-il dans ses cheveux. Pour l'amour de Dieu, ne me quitte pas. »

Soudain, ses yeux s'écarquillèrent.

« Marty, grogna-t-elle. Marty. »

C'était elle — il connaissait trop bien ses expressions pour que l'Européen pût le tromper.

« Tu es revenue », dit-il.

Ils ne dirent pas un mot durant plusieurs minutes, ils se contentaient de s'accrocher l'un à l'autre. Quand ils se mirent à parler, elle n'avait pas envie de lui raconter son expérience.

Marty contrôla sa curiosité. Il lui suffisait de savoir qu'ils n'avaient pas le Diable aux trousses.

Juste cette vieille humanité, privée d'amour, et prête à faire choir l'univers sur sa tête.

63

Peut-être avaient-ils donc une chance de survie, après tout. Mamoulian était un homme, en dépit de ses facultés surnaturelles. Il était vieux de deux cents ans, certes, mais que représentait une telle différence d'âge entre amis ?

En priorité, il fallait retrouver Papa et le prévenir des intentions de Mamoulian, et ensuite se préparer le mieux possible à subir les assauts de l'Européen. Si Whitehead ne voulait pas les aider, c'était son droit. Au moins Marty aurait-il essayé, en souvenir du bon vieux temps. Et après l'assassinat de Charmaine et de Flynn, les crimes de Whitehead à l'égard de Marty prenaient la dimension de simples péchés d'incivilité. Ils représentaient clairement un moindre mal.

Quant à savoir *comment* retrouver Whitehead, la seule piste dont Marty disposait était celle des fraises. C'était Pearl qui lui avait dit que le vieil homme ne laissait pas passer un seul jour sans manger de fraises. Ça n'était pas arrivé une seule fois en vingt ans, avait-elle prétendu. Était-ce possible que, même en fuite, il continuât à satisfaire ce caprice ? C'était une piste bien mince. Mais l'appétit, comme l'avait récemment appris Marty, était au cœur de l'énigme.

Il essaya de convaincre Carys de l'accompagner, mais elle était au bord de l'épuisement. Elle avait fini de voyager, lui dit-elle ; elle en avait bien trop vu pour aujourd'hui. Tout ce qu'elle souhaitait à présent, c'était de retrouver l'île du Soleil, et elle fut inflexible sur ce point. A contrecœur, Marty la laissa se préparer une dose et sortit pour aller parler de fraises avec Mr Halifax.

Laissée à sa solitude, Carys trouva bien vite l'oubli. Les spectacles dont elle avait été témoin dans la tête de Mamoulian furent renvoyés au passé lointain d'où ils étaient issus. L'avenir, s'il y en avait un, était inconnu ici, on n'y trouvait que la tranquillité. Elle se bronza à la lumière d'un soleil d'absurdités, tandis que dehors tombaient des pluies douces.

XII

La Danse de l'Obèse

64

Breer ne se souciait guère du changement de temps. Il faisait de toute façon trop étouffant dans la rue, et la pluie, symbole de purification, le fit se sentir plus à l'aise. Bien qu'il n'eût pas senti le moindre spasme de douleur depuis plusieurs semaines, la chaleur lui donnait des démangeaisons. Pas vraiment des démangeaisons, en fait. C'était une irritation plus fondamentale : il avait la sensation que quelque chose rampait sous sa peau, une sensation qu'aucun onguent ne pouvait apaiser. Mais cette averse semblait l'atténuer dans une certaine mesure, ce dont il lui était reconnaissant. L'averse, ou alors le fait qu'il allait rendre visite à la femme qu'il aimait. Bien que Carys l'eût agressé à plusieurs reprises (il portait ses blessures comme autant de trophées), il lui pardonnait ses offenses. Elle le comprenait mieux que quiconque. C'était un être unique — une déesse, en dépit de sa toison — et il savait que, s'il pouvait seulement la revoir, se montrer à elle, la toucher, tout irait bien.

Mais il lui fallait d'abord atteindre la maison. Il avait dû attendre un certain temps avant de trouver un taxi qui consentît à le prendre. Quand il y fut parvenu, le chauffeur ne lui fit parcourir qu'une partie du chemin, lui demandant de descendre parce que, prétendait-il, son odeur était si répugnante qu'il n'arriverait pas à trouver un autre client de la journée. Rempli de honte par cette diffamation publique — le chauffeur de taxi avait poursuivi sa harangue tout en s'éloignant —, Breer emprunta des ruelles à l'écart des grandes artères, espérant ainsi qu'on ne se moquerait plus de lui.

Ce fut dans une de ces ruelles, à quelques minutes de marche seulement de l'endroit où Carys l'attendait, qu'un jeune homme au cou tatoué d'hirondelles bleues surgit d'un pas de porte pour porter assistance au Mangeur de Rasoirs.

« Hé, mec. T'as l'air malade, tu sais ? Laisse-moi te donner un coup de main.

— Non, non », grogna Breer, espérant que ce bon samaritain allait le laisser tranquille. « Je vais très bien.

— Mais j'insiste », dit l'Homme aux Hirondelles, pressant le pas pour dépasser Breer, puis barrant la route au Mangeur de Rasoirs. Il jeta un regard des deux côtés de la ruelle afin de vérifier qu'il ne s'y trouvait aucun témoin, puis il poussa Breer sur le seuil d'une maison condamnée.

« Tu fermes ta gueule, mec », dit-il en sortant un couteau de sa poche et en le pressant contre la gorge bandée de Breer, « et tout ira bien. Allez, vide tes poches. Vite ! Vite ! »

Breer ne fit aucun geste pour lui obéir. La soudaineté de cette attaque l'avait désorienté ; et la façon dont le jeune homme avait saisi son cou brisé lui donnait le vertige. L'Homme aux Hirondelles enfonça légèrement son couteau dans le bandage pour confirmer ses intentions. Cette victime puait, et le voleur voulait faire son coup le plus vite possible.

« Tes poches, mec ! T'es sourd ? » Il enfonça un peu plus son couteau. L'homme ne broncha pas. « Je vais le faire, mec, menaça le voleur, je vais te couper ta foutue gorge.

— Oh », dit Breer, guère impressionné.

Plus pour calmer le voleur que par crainte, il fouilla dans la poche de son manteau et y trouva une poignée d'objets personnels. Des pièces de monnaie, quelques bonbons à la menthe qu'il avait continué de sucer jusqu'à ce que la salive lui fît défaut, et une bouteille de lotion après-rasage. Il les offrit avec une excuse feinte sur son visage fardé.

« C'est tout ce que tu as ? »

L'Homme aux Hirondelles était furieux. Il ouvrit le manteau de Breer d'un geste violent.

« Ne faites pas ça, suggéra le Mangeur de Rasoirs.

— Fait un peu chaud pour porter un manteau, hein ? dit le voleur. Qu'est-ce que tu caches là-dessous ? »

Les boutons de la veste que Breer portait sous son manteau sautèrent quand il la déchira, et le voleur resta immobile, bouche bée, figé dans la contemplation du couteau et de la fourchette qui étaient toujours enfouis dans l'abdomen du Mangeur de Rasoirs. Les taches de fluide séché qui provenaient des blessures n'étaient qu'un peu moins répugnantes que la pourriture brunâtre qui s'étendait depuis ses aisselles jusqu'à son bas-ventre. Pris de panique, le voleur enfonça un peu plus son couteau dans la gorge de Breer.

« Bon Dieu, mec... »

Anthony, ayant perdu sa dignité, l'estime qu'il avait pour lui-même, et — mais il ne le savait pas — sa vie, n'avait plus que son calme à perdre. Il tendit la main et saisit le couteau qui le tourmentait dans une paume graisseuse. Le voleur lâcha son arme un instant trop tard. Breer, plus rapide que ne le suggérait sa masse, tordit en arrière la lame et la main qui la tenait, et brisa le poignet de son agresseur.

L'Homme aux Hirondelles avait dix-sept ans. Sa vie, pensait-il, avait été bien remplie pour son âge. Il avait assisté à deux morts violentes, il avait perdu sa virginité — avec sa demi-sœur — à quatorze ans, il avait élevé des lévriers de course, il avait regardé des films montrant des morts non simulées, il avait essayé toutes les sortes de pilules sur lesquelles il avait pu poser ses mains tremblantes : son existence avait été, pensait-il, fort affairée, pleine de sagesse durement acquise. Mais ça, c'était nouveau. Jamais rien vu de tel. Il en avait la vessie douloureuse.

Breer tenait toujours fermement le bras meurtri du voleur.

« Lâchez-moi... je vous en supplie. »

Breer se contenta de le regarder, la veste toujours ouverte, exhibant toujours ses blessures.

« Qu'est-ce que tu veux, mec? Tu me fais mal. »

Le blouson de l'Homme aux Hirondelles était ouvert, lui aussi. A l'intérieur se trouvait une autre arme, profondément enfoncée dans une poche.

« Couteau? dit Breer en regardant son manche.

— Non, mec. »

Breer tendit une main. Le jeune homme, pressé de le satisfaire, sortit l'arme de sa poche et la jeta aux pieds de Breer. C'était une machette. Sa lame était tachée mais son tranchant aigu.

« Elle est à toi, mec. Vas-y, prends-la. Mais lâche mon bras, mec.

— Ramasse-la. Baisse-toi et ramasse-la », dit Breer en relâchant le poignet blessé.

Le jeune homme s'accroupit et ramassa la machette, puis la tendit à Breer. Le Mangeur de Rasoirs la prit. Le tableau qu'il formait, debout près de sa victime agenouillée, une lame à la main, rappela quelque chose à Breer, mais il fut incapable de déterminer exactement quoi. Une image dans son livre d'atrocités, peut-être.

« Je pourrais te tuer », remarqua-t-il avec un certain détachement.

Cette éventualité n'avait pas échappé à l'Homme aux Hirondelles. Il ferma les yeux et attendit. Mais aucun coup ne vint. L'homme se contenta de dire : « Merci », et il s'en fut.

A genoux sur le seuil condamné, l'Homme aux Hirondelles se mit à prier. Il était lui-même fort surpris par cet accès de piété, surpris de s'entendre réciter par cœur les prières que lui et Hosanna, sa demi-sœur, avaient dites ensemble avant et après avoir péché.

Il priait toujours, dix minutes plus tard, quand la pluie se mit à tomber avec violence.

65

Breer dut passer plusieurs minutes à fouiller Bright Street avant de trouver la maison jaune. Une fois qu'il l'eut localisée, il resta devant elle durant encore plusieurs minutes afin de se préparer. Elle était ici : son salut. Il voulait que leurs retrouvailles fussent aussi parfaites que possible.

La porte d'entrée était ouverte. Des enfants jouaient sur le seuil, chassés de leur marelle et de leur chat perché par l'averse soudaine. Il passa près d'eux avec précaution, soucieux de ne pas écraser leurs menottes avec son pied maladroit. Une enfant particulièrement charmante fit naître un sourire sur ses lèvres : mais elle ne le lui retourna pas. Il s'immobilisa dans l'entrée, essayant de se rappeler où l'Européen lui avait dit que Carys se cachait. Au deuxième étage, n'est-ce pas ?

Carys entendit quelqu'un marcher sur le palier devant le studio, mais ce carré de plancher pourri entouré de murs en lambeaux se trouvait derrière des détroits impassables, loin de son Île. Elle était en sécurité là où elle se trouvait.

Puis on frappa à la porte : des coups hésitants, fort polis. Elle ne répondit pas tout d'abord, mais quand les coups furent répétés, elle dit : « Allez-vous-en. »

Après plusieurs secondes d'hésitation, on fit tourner légèrement la poignée de la porte.

« Je vous en prie... », dit-elle, d'une voix aussi polie que possible, « allez-vous-en. Marty n'est pas là. »

On secoua de nouveau la poignée, plus fort cette fois-ci. Elle entendit des doigts habiles travailler le bois ; ou était-ce la caresse des vagues sur les berges de l'Île ? Elle ne parvenait pas à se résoudre à éprouver peur ou souci. Marty lui avait apporté de l'héro de qualité. Pas la meilleure — seul Papa avait pu la lui procurer —, mais elle avait emporté au loin toutes les fibres de sa terreur.

« Vous ne pouvez pas entrer, dit-elle à l'intrus en puissance. Allez-vous-en et revenez plus tard.

— C'est moi », tenta de dire le Mangeur de Rasoirs.

Même à travers les vapeurs de soleil, elle reconnut cette voix. Comment Breer pouvait-il être en train de murmurer ainsi devant sa porte ? Son esprit lui jouait des tours fort malvenus.

Elle s'assit sur le lit, tandis que ses manœuvres sur le seuil se faisaient plus bruyantes. Soudain, las de ses subtilités, il poussa la porte. Une fois, deux fois. Le verrou succomba bien vite à ses assauts, et il pénétra dans la chambre. Ce n'était pas une illusion, après tout, il était là, dans toute sa gloire.

« Je t'ai retrouvée », dit-il, comme un prince de conte de fées.

Il referma avec soin la porte derrière lui et se présenta à elle. Elle le regarda avec incrédulité : son cou brisé soutenu par une minerve faite de bric et de broc avec du bois et des bandes Velpeau, ses vêtements sales et déchirés. Il tira sur un de ses gants de cuir afin de l'ôter, mais il refusa de venir.

« Je suis venu te voir, dit-il en brisant ses mots.

— Oui. »

Il tira sur le gant. Il y eut un bruit mou et écœurant. Elle regarda la main ainsi révélée. Une bonne partie de la peau était venue avec le gant. Il tendit vers elle cette main d'arlequin suintante.

« Il faut que tu m'aides, lui dit-il.

— Est-ce que vous êtes seul ? lui demanda-t-elle.

— Oui. »

C'était au moins quelque chose. Peut-être que l'Européen ne savait même pas qu'il était ici. Il était venu faire sa cour, à en juger par ses pathétiques tentatives de politesse. Ce badinage datait de leur première rencontre dans le hammam. Elle n'avait ni hurlé ni vomi, et cela lui avait suffi pour gagner la loyauté éternelle du Mangeur de Rasoirs.

« Aide-moi, gémit-il.

— Je ne peux pas vous aider. Je ne sais pas comment.

— Laisse-moi te toucher.

— Vous êtes malade. »

La main était toujours tendue. Il fit un pas en avant. La prenait-il pour une sorte d'icône, pour un talisman qui — si on le touchait — guérissait toutes les maladies ?

« Belle », dit-il.

L'odeur qui se dégageait de lui était toute-puissante, mais son esprit drogué hésita. Elle savait qu'il était vital de s'enfuir, mais comment ? La porte, peut-être ; la fenêtre ? Ou alors lui demander tout simplement de partir : reviens demain ?

« Voulez-vous partir, s'il vous plaît ?

— Juste te toucher. »

La main n'était qu'à quelques centimètres de son visage. La

répulsion s'empara d'elle, triomphant de la léthargie induite par l'Île. Elle écarta son bras d'un geste violent, écœurée par le bref contact qu'elle avait eu avec sa chair. Il prit un air offensé.

« Tu as essayé de me faire mal, lui rappela-t-il. Tant de fois. Je ne t'ai jamais fait mal, pas une seule fois.

— Vous vouliez le faire.

— C'était *lui;* jamais moi. Je veux que tu viennes avec tous mes autres petits amis ; là où rien ne pourra te faire du mal. »

La main, qui était retombée à son côté, bondit soudain et saisit Carys par le cou.

« Tu ne me quitteras jamais, dit-il.

— Anthony, vous me faites mal. »

Il l'attira contre lui et pencha sa tête vers elle aussi loin qu'il le pouvait, étant donné l'état de son cou. Elle aperçut un mouvement sous un bout de peau près de son œil droit. Plus elle s'approchait, et plus elle voyait avec netteté les vers gras et blancs qui avaient été déposés sous forme d'œufs dans son visage et qui y mûrissaient lentement, attendant que leur poussent des ailes. Savait-il qu'il était devenu un refuge pour asticots ? Peut-être était-il fier d'être un nid de mouches ? Il allait l'embrasser : cela ne faisait plus aucun doute. « S'il introduit sa langue dans ma bouche, pensa-t-elle en défaillant, je la lui arracherai. Je ne le laisserai pas faire ça. Pour l'amour de Dieu, je préférerais mourir. »

Il posa les lèvres sur les siennes.

« Tu es impardonnable », dit une voix pincée.

La porte était ouverte.

« Lâche-la. »

Le Mangeur de Rasoirs relâcha Carys et s'écarta de son visage. Elle cracha pour se rincer la bouche après son baiser et leva la tête.

Mamoulian se tenait sur le seuil. Derrière lui se trouvaient deux jeunes hommes bien vêtus ; l'un avait des cheveux dorés, tous deux avaient des sourires dévastateurs.

« Impardonnable », répéta l'Européen, et il tourna ses yeux vides vers Carys. « Tu vois ce qui arrive quand tu quittes ma protection ? dit-il. Quelles horreurs surviennent ? »

Elle ne répondit pas.

« Tu es toute seule, Carys. Celui qui te protégeait est mort.

— Marty ? Mort ?

— Dans sa maison, alors qu'il allait te chercher de l'héroïne. »

Elle avait plusieurs secondes d'avance sur lui et se rendit compte de l'erreur qu'il commettait. Peut-être cela donnerait-il un avantage à Marty s'ils le croyaient mort. Mais il ne serait pas sage de feindre de pleurer. Elle n'était pas douée pour la tragédie. Mieux valait feindre l'incrédulité — le doute, tout au moins.

« Non, dit-elle. Je ne vous crois pas.

— De mes propres mains, dit l'adonis blond derrière l'Européen.

— Non, insista-t-elle.

— Crois-moi sur parole, dit l'Européen, il ne reviendra pas. Fais-moi confiance au moins sur ce point.

— Confiance ? » murmura-t-elle — c'était presque comique.

« N'ai-je pas prévenu ton viol ?

— C'est votre créature.

— Oui ; et il sera châtié, sois-en sûre. Maintenant, j'espère que tu auras la bonté de retrouver ton père pour moi en remerciement pour ce que j'ai fait. Je n'accepterai aucun refus, Carys. Nous allons retourner à Caliban Street et tu le retrouveras, ou alors, par Dieu, je te briserai. C'est une promesse. Saint Thomas va t'escorter jusqu'à la voiture. »

Le sourire aux cheveux bruns quitta son compagnon blond et tendit le bras à Carys.

« Je n'ai pas de temps à perdre, ma fille », dit Mamoulian — le changement de ton dans sa voix confirmait cette déclaration. « Aussi, je t'en prie, finissons-en avec cette pénible affaire. »

Tom conduisit Carys en bas des marches. Quand elle fut partie, l'Européen tourna son attention vers le Mangeur de Rasoirs.

Breer n'avait pas peur de lui ; il n'avait plus peur de personne, désormais. La chambre minuscule dans laquelle ils se faisaient face était étouffante ; il le voyait à la sueur qui naissait sur les joues et la lèvre supérieure de Mamoulian. Quant à lui, il se sentait frais ; il était l'homme le plus frais de la Création. Rien ne pourrait susciter la crainte en lui. Mamoulian le voyait certainement.

« Ferme la porte, dit Mamoulian au garçon blond. Et trouve quelque chose pour ligoter cet homme. »

Breer sourit.

« Tu m'as désobéi, dit l'Européen. Je t'avais demandé de finir de préparer Caliban Street en vue de notre départ.

— Je voulais la voir.

— Tu n'as pas à la voir. J'ai passé un marché avec toi, et comme tous les autres, tu as trahi ma confiance.

— Un petit jeu, dit Breer.

— Aucun jeu n'est *petit,* Anthony. Es-tu resté si longtemps à mes côtés sans comprendre cela ? Le moindre de nos actes a son poids de signification. Surtout le jeu.

— Ce que vous dites m'est égal. Ce ne sont que des mots, rien que des mots.

— Tu es méprisable », dit l'Européen. Le visage fardé de Breer le regarda sans la moindre trace d'angoisse ni de contrition. Bien que l'Européen ait eu la certitude de sa suprématie en cette circonstance, quelque chose dans le regard de Breer le mettait mal à l'aise. En son temps, Mamoulian avait été servi par des créatures bien plus viles. Ce pauvre Konstantin, par exemple, dont les appétits post-mortuaires étaient plus développés que le goût des baisers. Pourquoi alors Breer le troublait-il autant ?

Saint Chad avait déchiré des échantillons de vêtements ; ceux-ci, plus une ceinture et une cravate, suffisaient pour ce que Mamoulian avait l'intention de faire.

« Attache-le sur le lit. »

Chad eut toutes les peines du monde à toucher Breer, bien que celui-ci n'eût même pas tenté de se débattre. Il se prêta à ce jeu de la punition avec son éternel sourire idiot sur le visage. Sa peau — sous la main de Chad — paraissait n'être plus solide, comme si les muscles s'étaient transformés en gelée et en pus sous sa surface luisante et tendue. Le Saint se mit à l'œuvre aussi efficacement que possible pour en finir au plus vite, tandis que le prisonnier se distrayait en observant les révolutions des mouches autour de sa tête.

En moins de trois ou quatre minutes, Breer était pieds et poings liés. Mamoulian hocha la tête en signe de satisfaction.

« C'est bien. Tu peux aller rejoindre Tom dans la voiture. Je descends dans un instant. »

Chad se retira respectueusement, essuyant ses mains à son mouchoir en partant. Breer observait toujours les mouches.

« Il faut que je te quitte à présent, dit l'Européen.

— Quand reviendrez-vous ? demanda le Mangeur de Rasoirs.

— Jamais. »

Breer sourit.

« Je suis libre, alors, dit-il.

— Tu es mort, Anthony, répondit Mamoulian.

— Quoi ? »

Le sourire de Breer commença à se décomposer.

« Tu es mort depuis le jour où je t'ai trouvé pendu au plafond. Je crois que tu savais peut-être que j'allais venir et que tu t'es tué pour m'échapper. Mais j'avais besoin de toi. Aussi t'ai-je donné un petit peu de ma vie, afin de te garder à mon service. »

Le sourire de Breer avait totalement disparu.

« C'est pour cette raison que tu es insensible à la douleur ; tu es un cadavre ambulant. La détérioration que ton corps aurait dû souffrir durant ces mois de canicule a été retardée. Pas entièrement prévenue, j'en ai peur, mais considérablement ralentie. »

Breer secoua la tête. Était-ce cela, le miracle de la Rédemption ?

« A présent, je n'ai plus besoin de toi. Aussi, je reprends la vie dont je t'ai fait don...

— Non ! »

Il essaya de faire un geste de supplication, mais ses poignets étaient liés ensemble, et les liens vinrent mordre dans ses muscles, les faisant ployer et trembler comme de l'argile.

« Dites-moi comment m'amender, proposa-t-il. Je ferai tout ce que vous voudrez.

— Ce n'est pas possible.

— Tout ce que vous demanderez. Je vous en supplie.

— Je te demande de souffrir, répondit l'Européen.

— Pourquoi ?

— Pour m'avoir trompé. Pour t'être montré, finalement, pareil à tous les autres.

— Non... rien qu'un petit jeu.

— Eh bien, que cela soit aussi un jeu, si ça t'amuse. Six mois de décomposition compressés en autant d'heures. »

Mamoulian se dirigea vers le lit et posa une main sur la bouche frémissante de Breer, esquissant un geste comme pour saisir quelque chose.

« C'est fini, Anthony », dit-il.

Breer sentit un mouvement dans son bas-ventre, comme si une créature venait de périr soudain après une dernière convulsion. Il suivit la sortie de l'Européen, ses yeux tournés vers le ciel. De la matière, et non des larmes, se rassembla à ses paupières.

« Pardonnez-moi, supplia-t-il son Sauveur. Je vous en prie, pardonnez-moi. »

Mais l'Européen était parti, tout doucement, en refermant la porte derrière lui.

Il y eut un bruit sur le rebord de la fenêtre. Breer quitta la porte des yeux pour regarder dans cette direction. Deux pigeons venaient de se disputer un bout de nourriture et s'envolaient à présent. Des petites plumes blanches vinrent se poser sur le rebord, comme des flocons de neige en plein été.

66

« Vous êtes bien Mr Halifax, n'est-ce pas ? »

L'homme en train d'inspecter les cageots de fruits dans la petite cour infestée de guêpes située derrière la boutique se tourna vers Marty.

« Oui. Que puis-je faire pour vous ? »

Mr Halifax était allé prendre un bain de soleil qui avait mal tourné. Son visage pelait par endroits et avait l'air bien tendre. Il avait chaud, semblait mal à l'aise, et, devina Marty, devait être fort irritable. Le tact était de rigueur s'il voulait gagner la confiance de cet homme.

« Comment vont les affaires ? » demanda Marty.

Halifax haussa les épaules.

« On fait aller », dit-il, guère désireux de se laisser entraîner sur ce sujet. « La plupart de mes clients fidèles sont en vacances à cette époque de l'année. » Il regarda Marty avec attention. « Est-ce que je vous connais ?

— Oui. Je suis venu ici plusieurs fois, mentit Marty. Pour les fraises de Mr Whitehead. C'est pour ça que je suis ici. La commande habituelle. »

Halifax ne broncha pas ; il reposa le cageot de pêches qu'il tenait.

« Désolé. Je ne fournis aucun Mr Whitehead.

— Les fraises, pressa Marty.

— J'ai bien entendu ce que vous avez dit, répondit sèchement Halifax, mais je ne connais personne de ce nom. Vous devez vous tromper.

— Vous vous souvenez bien de moi ?

— Non. Maintenant, si vous voulez acheter quelque chose, Theresa va s'occuper de vous. » Il désigna du menton la boutique. « J'aimerais bien finir ce que j'ai à faire ici avant de cuire dans cette foutue chaleur.

— Mais je suis censé venir chercher les fraises.

— Vous pouvez en prendre autant que vous voulez, dit Halifax en écartant les bras. Ça déborde de partout. Demandez à Theresa. »

Marty se sentait près d'échouer. Cet homme n'allait pas reculer d'un centimètre. Il fit une ultime tentative.

« Vous n'avez rien mis de côté pour Mr Whitehead ? Vous faites un petit paquet avec les fraises, en général. »

Ce détail significatif sembla adoucir l'expression de refus sur le visage de Halifax. Le doute l'envahit.

« Écoutez..., dit-il, ... je ne pense pas que vous m'ayez vraiment compris... » Sa voix diminua de volume, bien qu'il n'y eût personne dans la cour pour les entendre. « Joe Whitehead est mort. Vous ne lisez pas les journaux ? »

Une grosse guêpe atterrit sur le bras de Halifax, se frayant un chemin avec difficulté à travers ses poils roux. Il la laissa cheminer ainsi sans la déranger.

« Je ne crois pas tout ce que je lis dans les journaux, répondit doucement Marty. Et vous ?

— Je ne vois pas de quoi vous voulez parler, répliqua l'autre.

— Ses fraises, dit Marty. C'est tout ce que je veux.

— Mr Whitehead est *mort*.

— Non, Mr Halifax : Joe n'est pas mort. Nous le savons, vous et moi. »

La guêpe décolla du bras de Halifax et vint voleter entre eux. Marty la chassa d'un geste ; elle revint, bourdonnant de plus belle.

« Qui êtes-vous ? dit Halifax.

— Le garde du corps de Mr Whitehead. Je vous l'ai dit, je suis déjà venu ici. »

Halifax se repencha sur le cageot de pêches ; de nouvelles guêpes vinrent se ruer sur l'un des fruits déjà mordu.

« Je regrette, je ne peux pas vous aider, dit-il.

— Vous les lui avez déjà portées, n'est-ce pas ? » Marty posa une main sur l'épaule de Halifax. « N'est-ce pas ?

— Je n'ai pas le droit de vous dire quoi que ce soit.

— Je suis un ami. »

Halifax se tourna vers Marty.

« J'ai juré », dit-il, du ton définitif du marchandeur expérimenté. Marty avait formulé un scénario qui s'arrêtait à cette impasse : Halifax confesse qu'il sait tout, mais il refuse de donner des détails. Et ensuite ? Allait-il lever la main sur cet homme ; le tabasser pour le faire parler ?

« Joe est en grand danger.

— Oh oui, murmura Halifax. Vous croyez que je ne m'en rends pas compte ?

— Je peux l'aider. »

Halifax secoua la tête.

« Cela fait de nombreuses années que Mr Whitehead est un client fidèle, expliqua-t-il. C'est toujours moi qui lui ai fourni ses fraises. Je n'ai jamais connu un homme qui aime autant les fraises que lui.

— Vous parlez au présent », commenta Marty.

Halifax poursuivit comme si on ne l'avait pas interrompu.

« Il avait l'habitude de venir ici en personne, avant le décès de son épouse. Puis il a cessé de venir. Mais il m'achetait toujours des fraises. Il faisait venir quelqu'un pour en prendre livraison. Et à Noël, il y avait toujours un chèque pour mes enfants. Il y en a toujours un, d'ailleurs. Il m'envoie toujours de l'argent pour eux. »

La guêpe s'était posée sur le dos de sa main, là où le jus de quelque fruit avait séché. Halifax la laissa manger tout son content. Marty aimait bien cet homme. Si Halifax n'était pas disposé à lui donner des informations, Marty ne serait pas capable de les lui soutirer par la force.

« Et voilà que vous arrivez et que vous prétendez être de ses amis, dit Halifax. Comment puis-je savoir si vous dites la vérité ? Il y a des gens qui ont des amis prêts à leur couper la gorge.

— Surtout les siens.

— Exact. Tant d'argent, et si peu de gens pour se soucier de lui. » Halifax avait l'air triste. « Il me semble que je devrais garder sa cachette secrète, n'est-ce pas ? Sinon, à qui pourrait-il faire confiance en ce monde ?

— Oui », admit Marty.

Ce que disait Halifax était sensé et plein de compassion, et il n'y avait rien qu'il fût prêt à faire pour le forcer à changer d'avis.

« Merci », dit-il, humilié par cette leçon. « Excusez-moi de vous avoir empêché de travailler. »

Il se dirigea vers la boutique. Il n'avait fait que quelques pas quand Halifax dit :

« C'était bien *vous.* »

Marty pivota sur ses talons.

« Quoi ?

— C'est vous qui êtes venu chercher les fraises. Je me rappelle. Mais vous étiez différent. »

Marty passa une main sur sa barbe de plusieurs jours ; le rasoir était un instrument qu'il avait oublié ces derniers temps.

« Ce n'est pas la barbe, dit Halifax. Vous étiez plus dur. Je ne vous avais pas trouvé sympathique. »

Marty attendit avec une certaine impatience que Halifax eût fini son homélie d'adieu. Son esprit se tournait déjà vers d'autres possibilités. Ce ne fut que lorsqu'il écouta les paroles de Halifax avec plus d'attention qu'il se rendit compte que l'autre avait changé d'avis. Il allait lui parler. Il fit un signe de la main à Marty depuis l'autre bout de la cour.

« Vous pensez pouvoir l'aider ?

— Peut-être.

— J'espère que quelqu'un le peut.

— Vous l'avez vu ?

— Je vais vous raconter. Il a téléphoné à la boutique, a demandé à me parler. C'est drôle, j'ai tout de suite reconnu sa voix, même après toutes ces années. Il m'a demandé de lui apporter des fraises. Il a dit qu'il ne pouvait pas venir lui-même. Ce fut horrible.

— Pourquoi ?

— Il a tellement peur. » Halifax hésita, cherchant ses mots. « Je me rappelle de lui comme d'un homme immense, vous savez ? Impressionnant. Quand il entrait dans le magasin, tout le monde s'écartait sur son passage. Et maintenant ? Il n'est plus rien. C'est la peur qui lui a fait ça. J'ai déjà vu ça arriver. Ma belle-sœur, la même chose lui est arrivée. Elle avait le cancer. La peur l'a tuée plusieurs mois avant la tumeur.

— Où est-il ?

— Laissez-moi vous le dire. Je suis revenu chez moi et je n'ai rien dit à personne. J'ai bu une demi-bouteille de whisky, cul sec. Je n'avais jamais fait ça de ma vie. Je voulais juste chasser de mon esprit cette vision que j'avais eue de lui. Ça m'a vraiment retourné l'estomac, de l'entendre et de le voir comme ça. Je veux dire... si un homme tel que lui peut ressentir une telle peur, quelle chance avons-nous, nous autres ?

— Vous n'avez rien à craindre », dit Marty, priant Dieu que la vengeance de l'Européen n'aille pas jusqu'à atteindre celui qui fournissait le vieil homme en fraises.

Halifax était un brave homme. Marty se surprit à s'accrocher à cette constatation tandis qu'il regardait ce visage rubicond. La bonté était devant lui. Cet homme avait des défauts, sans aucun doute — peut-être des brassées de péchés. Mais cette bonté méritait d'être célébrée, quelles que fussent les taches de cet homme. Marty voulait tatouer la date de ce jour de révélation sur la paume de sa main.

« Il y a un hôtel, disait Halifax. On l'appelait l'hôtel Orphée, apparemment. C'est au bout d'Edgware Road — Staple Corner. Un endroit horrible, en ruine. En voie de démolition, ça ne me surprendrait guère.

— Il est tout seul là-bas ?

— Oui. » Halifax poussa un soupir, pensant à la chute des puissants. « Peut-être, suggéra-t-il après un court moment, pourriez-vous aussi lui porter quelques pêches ? »

Il alla jusqu'à sa boutique et en revint avec un guide *A to Z* des rues de Londres. Il parcourut les pages jaunies par l'âge à la recherche du plan approprié, tout en se lamentant sur la tournure des événements et en espérant que les choses allaient s'arranger. « Il y a pas mal de rues qui ont été rasées autour de cet hôtel, expliqua-t-il. Ces plans sont bien périmés, j'en ai peur. »

Marty examina la page que Halifax avait sélectionnée. Un nuage, porteur de la pluie qui avait déjà arrosé Kilburn et tout le Nord-Ouest, vint occulter le soleil au moment où l'index taché de Halifax traçait une route sur la carte, une route qui menait du quartier de Holborn jusqu'à l'hôtel Pandémonium.

XIII

Dans l'hôtel Pandémonium

67

L'enfer est réimaginé par chaque génération. On fouille son territoire en quête d'absurdités et on le refaçonne grâce à un nouveau moule ; on scrute ses terreurs et, si nécessaire, on les réinvente en fonction du climat des atrocités contemporaines ; on redessine son architecture pour épouvanter l'œil des damnés modernes. Jadis, Pandémonium — la première cité de l'enfer — se dressait sur une montagne de lave tandis que les éclairs déchiraient les nuées au-dessus d'elle et que des phares éclairaient ses murailles pour guider les anges déchus. Aujourd'hui, un tel spectacle n'a sa place qu'à Hollywood. L'enfer se dresse ailleurs. Loin des éclairs, loin des gouffres enflammés.

Au cœur d'un espace désolé, à une centaine de mètres d'une bretelle d'autoroute, il trouve sa nouvelle incarnation : souillé, dégénéré, délaissé. Mais ici, là où les gaz d'échappement épaississent l'atmosphère, des terreurs mineures se découvrent une nouvelle violence. Le ciel nocturne se pare des configurations de l'enfer. Ainsi que l'hôtel Orphée — désormais baptisé hôtel Pandémonium.

Cela avait été jadis un immeuble imposant, qui aurait pu le redevenir si ses propriétaires avaient daigné faire quelques investissements. Mais il était probablement malavisé d'un point de vue financier de rénover et de redécorer un hôtel si grand et si démodé. A un moment donné de son histoire, un incendie avait fait rage dans l'édifice, ravageant le rez-de-chaussée, puis les premier et deuxième étages, avant d'être maîtrisé. Le troisième niveau et les étages supérieurs étaient souillés par la fumée, ne laissant subsister que des traces de la grandeur passée de l'hôtel.

Les errements des planificateurs urbains avaient encore amoindri les chances que l'édifice avait d'être restauré. Comme l'avait dit Halifax, les environs immédiats de l'hôtel avaient été rasés en vue de l'édification de constructions nouvelles. Mais aucun projet n'avait abouti. L'hôtel se dressait dans une splendide isolation, entouré d'un labyrinthe de voies d'accès à l'autoroute M 1, à moins de trois cents mètres d'une des bandes de béton et de goudron les plus fréquentées du sud de l'Angleterre. Des milliers d'automobilistes jetaient chaque jour un coup d'œil dans sa direction, mais sa grandeur décrépite leur était à présent si familière qu'ils enregistraient probablement à peine son existence. « Rusé, pensa Marty, de se dissimuler ainsi à la vue de tous. »

Il gara sa voiture aussi près que possible de l'hôtel, puis se glissa à travers une brèche dans le grillage rouillé qui entourait la parcelle et se fraya un chemin dans le terrain vague. On avait visiblement ignoré les ordres affichés sur la grille — « *Défense d'entrer* » et « *Défense de déposer des ordures* ». Des sacs de plastique noir, gonflés d'ordures, étaient entassés en pile parmi les détritus et les vieux feux de camp. Nombre d'entre eux avaient été éventrés par des enfants ou par des chiens. Les ordures domestiques et industrielles s'étalaient au grand jour : plusieurs centaines de bouts de tissu — des chutes venues des usines de confection — étaient dispersés sous ses pieds ; aliments pourrissants, boîtes de conserve omniprésentes, coussins, abat-jour et moteurs de voitures — abandonnés sur un lit de poussière et d'herbe grise.

Des chiens — sauvages, devina Marty — délaissèrent leurs fouilles pour le regarder avancer, leurs flancs pâles et salis, leurs yeux jaunis par le crépuscule. Il pensa à Bella et à sa progéniture luisante — ces bâtards paraissaient à peine appartenir à la même espèce. Quand il regardait dans leur direction, ils baissaient la tête et essayaient de l'observer sans en avoir l'air, comme des espions ineptes.

Il se dirigea vers l'entrée de l'hôtel : le mot ORPHÉE était encore visible au-dessus de la porte ; il y avait des colonnes pseudo-doriques de chaque côté des marches, et un carrelage tarabiscoté sur le seuil. Mais la porte elle-même était condamnée par des planches clouées sur elle et une pancarte menaçait les intrus de poursuites judiciaires. La venue d'un intrus était fort peu probable. Les fenêtres des premier, deuxième et troisième étages avaient été condamnées avec le même soin que la porte ; celles du rez-de-chaussée avaient été entièrement murées. Il y avait une porte sur la façade arrière de l'immeuble, que l'on n'avait pas condamnée mais qui était verrouillée de l'intérieur. C'était probablement par là que Halifax était entré dans l'édifice ; mais Whitehead avait dû lui ouvrir. Il était impossible d'entrer ici sans effraction.

Ce ne fut que lors de sa deuxième révolution autour de l'hôtel qu'il s'attarda sur l'escalier de secours. Il zigzaguait le long de la façade est de l'immeuble, un impressionnant ouvrage de fer forgé qui commençait sérieusement à rouiller. On lui avait infligé d'autres mutilations, sans doute une entreprise de récupération de métaux qui, voyant en lui une source de profit, avait commencé à déboulonner l'escalier du mur, renonçant à poursuivre au-delà du premier étage. La partie inférieure de l'escalier était ainsi portée disparue, et sa queue mutilée pendait à environ trois mètres du sol. Marty étudia le problème. Les portes qui donnaient sur l'escalier de secours avaient été condamnées ; mais celle du troisième étage présentait des traces d'effraction. Était-ce ainsi que le vieil homme avait pénétré dans l'immeuble ? On l'y avait sans doute aidé — Luther, peut-être.

Marty examina le mur auquel était accroché l'escalier. Il était couvert de graffitis, mais lisse. Il n'avait aucune chance de trouver une prise pour atteindre les premières marches, et ensuite l'escalier lui-même. Il se tourna vers le terrain vague, en quête d'inspiration, et quelques minutes de fouilles dans le crépuscule qui montait lui permirent de trouver un groupe de vieux meubles, parmi lesquels une table à trois pieds, mais paraissant solide. Il la porta jusqu'à l'escalier, puis entassa une pile de sacs-poubelle au-dessous pour remplacer son membre disparu. Ce support se révéla instable quand il grimpa dessus, et en plus de cela, ses doigts n'atteignaient pas tout à fait la première marche. Il fut obligé de sauter à la recherche d'une prise, et en trouva une à l'issue de sa quatrième tentative, se retrouvant pendu par le bras au bas de l'escalier. Une averse de rouille chut sur son visage et sur ses cheveux. L'escalier grinça. Il rassembla son courage et se souleva de quelques centimètres, puis tendit la main gauche à la recherche d'une prise sur une marche plus haute. Les articulations de ses épaules se mirent à gémir, mais il se hissa à la force du poignet, jusqu'à ce qu'il pût soulever sa jambe suffisamment haut pour, d'un rétablissement, se retrouver sur la marche.

Cette première phase achevée, il se leva, reprit son souffle, et commença à monter l'escalier. La structure de celui-ci n'était en aucune façon stable ; l'entreprise de démolition avait de toute évidence commencé à le décrocher du mur. Chacun des pas que faisait Marty suscitait un grincement qui semblait annoncer sa capitulation.

« Tiens bon », lui murmura-t-il, gravissant les marches d'un pas aussi léger que possible. Ses efforts furent récompensés quand il parvint au troisième étage. Comme il l'avait deviné, on avait ouvert la porte très récemment et, non sans soulagement, il quitta la douteuse sécurité de l'escalier de secours pour pénétrer dans l'hôtel proprement dit.

Il y régnait encore l'odeur de la conflagration qui avait sonné sa défaite : l'odeur amère du bois calciné et des tapis carbonisés. Au-dessous de lui, il apercevait — grâce à la faible lumière qui filtrait par l'issue de secours — les étages ravagés. Les murs étaient roussis, la peinture de la rampe crevassée de cloques. Mais à quelques pas de l'endroit où il se trouvait, la progression du feu avait été stoppée.

Marty commença à monter vers le quatrième étage. Un long couloir se présenta à lui, avec des chambres à sa droite et à sa gauche. Il erra sur toute sa longueur, jetant un regard dans chaque chambre au passage. Les portes numérotées ne donnaient que sur des espaces vides : cela faisait des années que l'on avait enlevé tous les meubles et toutes les décorations récupérables.

Peut-être en raison de sa position isolée, et de la difficulté d'y pénétrer, l'immeuble n'avait été visité ni par les vandales ni par les squatters. Toutes les pièces étaient absurdement propres, leurs profonds tapis beige clair — apparemment trop encombrants pour être enlevés — ployaient avec souplesse sous ses pieds comme du gazon. Il vérifia toutes les suites du quatrième étage avant de rebrousser chemin vers le palier et de passer au niveau supérieur. Le spectacle y était identique, bien que les suites — qui avaient peut-être jadis joui d'une vue plus attirante — aient été plus vastes et moins nombreuses à cet étage, et les tapis plus luxueux. Il était bizarre de quitter les profondeurs calcinées de l'hôtel pour monter vers ces lieux immaculés et silencieux. Des gens avaient peut-être péri dans les couloirs aveugles des étages inférieurs, asphyxiés ou rôtis dans leurs robes de chambre. Mais là-haut, aucune trace de la tragédie ne subsistait.

Il ne lui restait qu'un étage à fouiller. Alors qu'il escaladait le dernier escalier, l'illumination s'intensifia jusqu'à ce qu'il fît clair comme en plein jour. La source de cette lumière était l'éclairage de l'autoroute, qui se frayait un chemin à travers les verrières et les fenêtres mal scellées. Il explora le labyrinthe des chambres aussi rapidement que possible, ne s'arrêtant qu'une fois pour regarder par une fenêtre. Loin au-dessous de lui, il vit sa voiture garée près du grillage, les chiens en train de se livrer à un viol collectif. Dans la deuxième suite, il aperçut soudain quelqu'un en train de l'observer de l'autre côté de l'immense salon, avant de se rendre compte que ce visage hagard était le sien, reflété dans un miroir.

La porte de la troisième suite de l'étage était fermée à clé — c'était la première. Une preuve, s'il en était besoin, qu'elle était occupée.

Jubilant, Marty frappa à la porte. « Ohé ? Mr Whitehead ? » Aucun mouvement ne vint lui répondre à l'intérieur. Il frappa de nouveau, plus fort, poussant sur la porte pour voir si on pourrait la forcer, mais elle avait l'air trop solide pour être enfoncée facilement. Si nécessaire, il lui faudrait retourner à la voiture pour y prendre quelques outils.

« C'est Strauss, Mr Whitehead. C'est Marty Strauss. Je sais que vous êtes ici. Répondez-moi. »

Il écouta. Aucune réponse ne venant, il frappa sur la porte une troisième fois, cette fois-ci du poing et non plus des phalanges. Et là, la réponse vint, étonnamment proche. Le vieil homme se trouvait de l'autre côté de la porte ; il avait probablement toujours été là.

« Allez au diable », dit la voix — elle était légèrement graillonneuse, mais c'était sans aucun doute celle de Whitehead.

« Il faut que je vous parle, répondit Marty. Laissez-moi entrer.

— Comment m'avez-vous retrouvé ? demanda Whitehead. Espèce de foutu salaud.

— J'ai mené mon enquête, c'est tout. Si j'ai pu vous retrouver, n'importe qui en sera capable.

— Pas si vous fermez votre gueule. Vous voulez du fric, c'est ça ? Vous êtes venu pour avoir du fric, hein ?

— Non.

— Je vous en donnerai. Je peux vous en faire parvenir, quelle que soit la somme.

— Je ne veux pas d'argent.

— Alors, vous êtes un crétin », dit Whitehead, et il se mit à rire tout seul ; un gloussement rauque de débile. Il était ivre.

« Mamoulian n'est pas dupe, dit Marty. Il sait que vous êtes en vie. »

Le rire cessa net.

« *Comment ?*

— Carys.

— Vous l'avez vue ?

— Oui. Elle est en sécurité.

— Eh bien... Je vous ai sous-estimé. »

Il fit une pause ; il y eut un bruit mou, comme s'il s'appuyait contre la porte. Après un long moment, il reprit la parole. Il avait l'air épuisé.

« Pourquoi êtes-vous venu, sinon pour avoir du fric ? Elle a des habitudes onéreuses, vous savez.
— Grâce à vous.
— Je suis sûr que vous finirez par trouver ça aussi pratique que moi. Elle se mettra en quatre pour vous afin d'avoir sa dose.
— Vous êtes une ordure, vous le savez ?
— Mais vous êtes quand même venu m'avertir. » Le vieil homme bondit à la vitesse de l'éclair sur ce paradoxe, plus vif que jamais quand il s'agissait de percer un homme au flanc. « Pauvre Marty... » Sa voix traînailla, étouffée par une pitié feinte. Puis, tranchante comme un rasoir : « Comment m'avez-vous retrouvé ?
— Les fraises. »
Un bruit qui ressemblait à un hoquet étouffé lui parvint de derrière la porte, mais c'était encore le rire de Whitehead, cette fois-ci déchaîné contre lui-même. Il lui fallut un long moment pour retrouver sa contenance.
« Les fraises..., murmura-t-il. Eh bien ! Vous savez vous montrer persuasif. Vous lui avez cassé les bras ?
— Non. Il m'a donné l'information de lui-même. Il ne voulait pas que vous creviez dans votre trou.
— Je ne vais pas mourir ! aboya le vieil homme. C'est Mamoulian qui va mourir. Vous allez voir. Le temps lui est compté. Je n'ai qu'à attendre. Et ici vaut bien ailleurs. C'est très confortable ici. Mais il y a Carys. Elle me manque. Pourquoi ne me l'amenez-vous pas, Marty ? Ça serait une excellente idée.
— Vous ne la reverrez plus jamais. »
Whitehead poussa un soupir.
« Oh si, dit-il, elle me reviendra quand elle sera fatiguée de vous. Quand elle aura besoin de quelqu'un qui saura vraiment apprécier son cœur de pierre. Vous verrez. Eh bien... merci de m'avoir rendu visite. Bonsoir, Marty.
— Attendez.
— Bonsoir, j'ai dit.
— ... J'ai des questions..., commença Marty.
— Des questions, des questions... »
La voix s'estompait déjà. Marty se pressa un peu plus contre la porte pour lancer son dernier appât.
« Nous avons découvert qui est l'Européen ; ce qu'il est ! »
Mais il n'y eut aucune réponse. Il avait perdu l'attention de Whitehead. De toute façon, c'était inutile, il le savait. Il n'y avait nulle sagesse ici ; rien qu'un vieil ivrogne qui ressassait ses vieux jeux de pouvoir. Quelque part au fond de la suite royale, une porte se ferma. Tout contact entre les deux hommes fut irrémédiablement coupé.

Marty descendit les deux étages jusqu'à l'issue de secours et quitta l'immeuble comme il y était entré. Après l'odeur de feu mort qui régnait dans l'édifice, même l'air souillé par l'autoroute lui paraissait frais et léger.

Il resta plusieurs minutes sur l'escalier à contempler les véhicules qui défilaient sur l'autoroute, l'attention plaisamment divertie par les automobilistes qui bondissaient de file en file. En bas, deux chiens se battaient au milieu des détritus, las de leurs tentatives de viol. Tout le monde s'en fichait, les automobilistes comme les chiens, personne ne se souciait de la mort des potentats — pourquoi devrait-il le faire, lui ? Whitehead, tout comme l'hôtel, était une cause perdue. Il avait fait de son mieux pour tenter de sauver le vieil homme et il avait échoué. A présent, Carys et lui allaient vivre une nouvelle vie, et laisser Whitehead prendre les dispositions qui lui chantaient pour mettre fin à la sienne. Qu'il se tranche les veines, poussé par un remords d'alcoolique, ou qu'il étouffe dans ses vomissures durant son sommeil — désormais, Marty ne s'en souciait plus.

Il descendit l'escalier de secours et bondit sur la table, puis traversa le terrain vague jusqu'à sa voiture, ne regardant en arrière qu'une seule fois afin de voir si Whitehead observait son départ. Nul besoin de le dire, les fenêtres de l'étage supérieur étaient vides.

68

Quand ils arrivèrent dans la maison de Caliban Street, la fille était encore si défoncée qu'il était difficile de communiquer à travers ses sens transportés par les produits chimiques. L'Européen laissa les évangélistes se charger de la tâche de nettoyage qu'il avait confiée à Breer et escorta Carys jusqu'à la chambre d'en haut. Là, il entreprit de la convaincre de retrouver son père, et vite. Tout d'abord, la drogue dans son système ne fit que lui adresser des sourires. La frustration de Mamoulian se changea bien vite en colère. Quand elle se mit à rire devant les menaces qu'il proférait — ce rire lent et détaché qui ressemblait tant à celui du pèlerin, comme si elle avait eu connaissance d'une plaisanterie à son sujet, une plaisanterie qu'elle refusait de partager —, il perdit tout contrôle et lâcha sur elle un cauchemar si vicieux et si impitoyable que sa crudité le dégoûtait presque autant qu'elle la terrifiait. Elle regarda avec incrédulité la marée de fange qu'il avait conjurée dans la salle de bains s'écouler cette fois de son propre corps. « Arrêtez », lui dit-elle, mais il ne fit qu'accroître l'intensité de l'illusion, jusqu'à ce que le giron de la jeune fille se mît à grouiller de monstruosités. Brusquement, son univers-bulle né de la drogue explosa. Une lueur de folie apparut dans ses yeux quand elle se tapit dans un coin de la pièce, tandis que tous les orifices de son corps accouchaient de créatures qui se débattaient en naissant avant de s'accrocher à elle de tous les membres que l'Européen avait pu leur inventer. Elle était à un cheveu de la démence, mais il était allé trop loin à présent pour ralentir ses assauts, tout écœuré qu'il fût devant leur perversité.

« Trouve le pèlerin, dit-il, et tout cela s'évanouira.

— Oui, oui, oui, supplia-t-elle, tout ce que vous voudrez. »

Il se leva pour l'observer tandis qu'elle obéissait à son ordre, se jetant dans ce même état de fugue qu'elle avait réussi à atteindre quand elle avait poursuivi Toy. Mais il lui fallut plus longtemps pour trouver le pèlerin, si longtemps que l'Européen la soupçonna d'avoir coupé tous les ponts avec son organisme, préférant le laisser livré à lui-même plutôt que de réintégrer son corps. Mais elle finit par revenir. Elle l'avait trouvé dans un hôtel qui se trouvait à moins d'une demi-heure de route de Caliban Street. Mamoulian ne fut guère surpris. Il n'était pas dans la nature des renards de s'éloigner de leur habitat naturel ; Whitehead était tout simplement revenu sur ses vieux terrains de chasse.

Épuisée par son voyage et par la terreur qui l'avait propulsée, Carys dut être portée par Chad et par Tom jusqu'à la voiture. L'Européen fit un dernier tour de la maison avant de la quitter, afin de vérifier qu'il ne restait plus ici aucun signe de sa présence. La fillette dans la cave, ainsi que les reliques de Breer, ne pouvaient pas être évacuées après un si court préavis, mais ce n'était qu'un détail. Que leurs successeurs déduisent ce qu'ils voudraient des photographies d'atrocités collées sur les murs et des flacons de parfum diposés avec amour. Il importait seulement d'effacer d'ici — en fait, de partout — les preuves de son passage, du passage de l'Européen. Il ne serait bientôt plus qu'une rumeur ; un bruit qui courait parmi les âmes hantées.

« Il est temps de partir, dit-il en fermant la porte. Le Déluge sera bientôt sur nous. »

A présent qu'ils roulaient, Carys commençait à retrouver des forces. L'air chaud qui passait par la vitre ouverte venait caresser son visage. Elle entrouvrit ses paupières et dirigea ses yeux vers l'Européen. Il ne regardait pas dans sa direction ; il avait le visage tourné vers la vitre, son profil aristocratique plus banalisé que jamais par la fatigue.

Elle se demanda comment son père se tirerait de la fin de partie toute proche. Il était vieux, mais Mamoulian était bien plus vieux que lui ; dans cette confrontation, l'âge était-il un avantage ou un handicap ? Et si — cette idée lui vint pour la première fois — les deux hommes étaient de force égale ? Et si le jeu auquel ils jouaient se terminait sans victoire ni défaite des deux côtés ? Juste une conclusion digne du XXe siècle — tout en ambiguïtés. Elle ne voulait pas de cela, elle souhaitait une vraie fin.

Quelle que fût la tournure des événements, elle savait qu'il y avait peu de chances pour qu'elle survive au Déluge qui s'annonçait. Seul Marty pourrait faire pencher la balance en sa faveur, et où était-il à présent ? S'il revenait à Kilburn et trouvait le studio désert, n'allait-il pas penser qu'elle était partie de sa propre volonté ? Elle ne pouvait pas prévoir la façon dont il allait réagir ; qu'il eût été capable de ce chantage à l'héroïne lui avait fait un choc. Une manœuvre désespérée était encore possible : aller jusqu'à lui *en pensée* et lui dire où elle se trouvait, et pourquoi. Un tel gambit n'était pas sans risque. Attraper au vol des pensées issues de son cerveau était une chose — ce n'était rien de plus qu'un tour de passe-passe —, mais tenter de forcer l'entrée de son esprit pour communiquer avec lui de façon consciente, d'âme à âme, nécessiterait bien plus d'énergie mentale. Et même en supposant qu'elle eût la force de le faire, quelles seraient les conséquences d'une telle intrusion sur Marty ? Elle réfléchit sur son dilemme avec angoisse, sachant bien que les minutes s'enfuyaient et qu'il serait bientôt trop tard pour toute tentative d'évasion, même désespérée.

Marty roulait plein sud vers Cricklewood quand une douleur naquit sur sa nuque. Elle se répandit rapidement dans tout son crâne, escaladant en moins de deux minutes pour devenir un mal de tête aux proportions incomparables. Son instinct lui criait d'accélérer et de rejoindre Kilburn le plus vite possible, mais Finchley Road était encombrée par la circulation, et il ne pouvait que suivre le flot des véhicules, tandis que la douleur empirait tous les dix mètres. Sa conscience — de plus en plus obnubilée par la spirale montante de la douleur — s'accrocha à des quanta d'informations de plus en plus minuscules, ses perceptions ne lui permettaient plus d'appréhender qu'un champ gros comme une tête d'épingle. Devant la Citroën, la rue n'était plus qu'un brouillard. Il était presque aveugle et n'évita une collision avec un camion-frigo que grâce à l'habileté de l'autre chauffeur. Il se rendit compte que continuer de conduire dans un tel état risquait de lui être fatal, aussi sortit-il de la file avec toute l'adresse dont il était capable — les klaxons retentissaient de toutes parts — et se gara-t-il sans élégance sur le bas-côté, avant de sortir de la voiture pour prendre un peu d'air. Complètement désorienté, il avança droit vers la file de voitures. Les phares des véhicules qui défilaient devant lui formaient un mur de couleurs stroboscopiques. Il sentit mollir ses genoux et manqua de s'effondrer devant le flot de voitures, se raccrochant à la portière ouverte de la Citroën et se traînant à la force du poignet jusque devant la voiture, avant de parvenir au havre de sécurité toute relative que lui offrait le trottoir.

Une goutte de pluie esseulée tomba sur sa main. Il dirigea ses yeux vers elle, se concentrant pour définir cette image. Elle était rouge vif. Du sang, pensa-t-il vaguement. Pas de la pluie, du sang. Il leva une main vers son visage. Son nez saignait copieusement. La chaleur descendit le long de son avant-bras et jusque dans la manche roulée de sa chemise. Fouillant dans sa poche, il en sortit un mouchoir et le porta à son nez, puis tituba sur le trottoir jusqu'à la vitrine d'un magasin. Il aperçut son reflet dans le verre. Des poissons nageaient derrière ses yeux. Il lutta contre cette illusion, mais elle persista : des poissons exotiques aux couleurs brillantes, soufflant des bulles à l'intérieur de son crâne. Il s'écarta de la surface de verre et aperçut les mots qui étaient peints dessus : « *Aquariums de Cricklewood.* » Il tourna le dos aux poissons-arcs-en-ciel et aux carpes d'ornement et s'assit sur le rebord étroit. Il s'était mis à trembler. « C'est l'œuvre de Mamoulian. Si je rends les armes, je mourrai. Je dois lutter. A n'importe quel prix, *lutter.* »

Carys parla, le mot s'échappa de ses lèvres avant qu'elle ait pu l'en empêcher.

« Marty. »

L'Européen la regarda. Rêvait-elle ? Il y avait de la sueur sur ses lèvres gonflées. Oui, bien sûr, elle rêvait au coït avec Strauss, sans aucun doute. C'était pour ça qu'elle prononçait son nom avec tant de désir dans le ton.

« Marty. »

Oui, c'était une certitude, elle rêvait de son dard et de sa blessure. « Regardez comme elle tremble. Regardez ses mains frotter entre ses jambes : quelle honteuse exhibition. »

« C'est encore loin ? » demanda-t-il à Saint Tom, qui consultait la carte.

« Cinq minutes, répondit le jeune homme.

— Belle nuit », dit Chad.

Marty?

Il leva la tête, plissant les yeux pour mieux voir la rue autour de lui, mais il ne distinguait pas son interlocuteur. La voix était dans sa tête.

Marty?

C'était la voix de Carys, horriblement distordue. Quand elle parla, son crâne sembla craquer, son cerveau gonfla pour atteindre la taille d'un melon. La douleur était insupportable.

Marty?

Tais-toi, voulut-il dire, mais elle n'était pas là pour l'entendre. De plus, ce n'était pas elle, c'était lui, *lui,* l'Européen. La voix fut remplacée par le bruit d'un souffle, pas le sien. Le sien était un halètement de malade, ce souffle-là avait le rythme du sommeil. Le brouillard de la rue s'assombrissait; la douleur dans sa tête était devenue le ciel et la terre. Il savait qu'il mourrait s'il ne trouvait pas de l'aide.

Il se leva, aveuglé. Un sifflement emplissait ses oreilles à présent, occultant presque le vacarme de la circulation à quelques mètres de lui. Il trébucha en avant. Du sang coula à nouveau de son nez.

« Aidez-moi, quelqu'un... »

Une voix anonyme filtra à travers le chaos de sa tête. Les mots qu'elle prononça lui étaient incompréhensibles, mais au moins n'était-il plus seul. Une main touchait sa poitrine; une autre lui tenait le bras. La voix qu'il avait entendue s'éleva, prise de panique. Il n'était pas sûr d'avoir répondu à son cri. Il n'était même pas sûr d'être debout ou en train de tomber. Quelle importance, de toute façon?

Sourd et aveugle, il attendit qu'une âme charitable lui dise qu'il pouvait mourir.

Ils se garèrent dans une rue non loin de l'hôtel Orphée. Mamoulian descendit et laissa les évangélistes porter Carys. Elle s'était mise à sentir, avait-il remarqué; cette odeur de pourriture qu'il associait avec les menstrues. Il alla de l'avant, empruntant la brèche dans le grillage et traversant le *no man's land* qui entourait l'hôtel. Cette désolation lui plut. Les tas de détritus, les piles de meubles abandonnés : à la lumière maladive de l'autoroute, cet endroit acquérait une certaine grandeur. Si des derniers rites devaient être prononcés, quel meilleur endroit pour le faire? Le pèlerin avait bien choisi.

« C'est ici? dit Saint Chad derrière lui.

— Oui. Aurais-tu l'obligeance de nous trouver une voie d'accès ?

— Avec plaisir.

— Mais fais-le en douceur, veux-tu ? »

Le jeune homme s'avança sur le terrain parsemé de trous, ne s'arrêtant que pour choisir parmi les détritus une barre de métal tordu pour fracturer la porte. Des gens pleins de ressources, ces Américains, songea Mamoulian en suivant Chad : pas étonnant qu'ils gouvernent le monde. Pleins de ressource, mais guère subtils. Chad arrachait les planches qui condamnaient la porte de devant sans se soucier de préserver l'effet de surprise. « Entends-tu ? dit-il en pensée au pèlerin. Sais-tu que je suis ici, en bas, si proche de toi enfin ? »

Il leva la tête pour diriger ses yeux froids vers le sommet de l'hôtel. Son ventre était acide d'anticipation ; une pellicule de sueur faisait luire son front et ses paumes. « Je suis comme un amoureux transi, pensa-t-il. Si étrange que notre romance finisse ainsi, sans observateur sensé pour être témoin du dernier acte. » Qui donc saurait, une fois que tout serait fini ; qui donc irait tout raconter ? Pas les Américains. Ils ne survivraient pas aux prochaines heures avec leur raison intacte. Pas Carys : elle ne survivrait pas du tout. Il n'y aurait personne pour raconter leur histoire, ce qu'il regrettait — pour quelque obscure raison. Était-ce cela qui faisait de lui un Européen ? Cette volonté de voir son histoire racontée une fois de plus, de la voir transmise vers un autre auditeur impatient qui, en fin de compte, négligerait ses leçons et revivrait ses souffrances ? Ah, comme il aimait la tradition.

La porte d'entrée avait été défoncée. Saint Chad se tenait devant elle, tout souriant de sa réussite, transpirant sous son costume et sa cravate.

« Conduis-nous », invita Mamoulian.

Le jeune homme impatient entra ; l'Européen le suivit. Carys et Saint Tom fermèrent la marche.

A l'intérieur, l'odeur était appétissante. Une odeur que l'on associait à toutes les malédictions amenées par l'âge. Pour lui, ce parfum de bois carbonisé et la dévastation qui s'étalait devant lui évoquaient une douzaine de villes qu'il avait visitées ; mais l'une d'elles, bien sûr, en particulier. Était-ce pour cela que Joseph était venu ici : parce que cette odeur de fumée et ces marches craquantes qu'il fallait grimper avaient réveillé en lui le souvenir de la chambre de la place Muranowski ? La ruse du voleur avait été à la hauteur de la sienne cette nuit-là, n'est-ce pas ? Il y avait eu quelque chose de céleste chez ce jeune homme aux yeux brillants ; ce renard qui avait fait preuve de si peu d'étonnement ; qui s'était simplement assis à sa table, prêt à risquer sa vie pour jouer. Mamoulian croyait que le pèlerin avait oublié Varsovie à mesure que sa fortune avait crû ; mais l'ascension le long de ces marches calcinées était une preuve du contraire.

Ils grimpaient dans les ténèbres, Saint Chad en avant-garde, les prévenant que la rampe s'était écroulée par ici, qu'une marche s'était effondrée par là. Entre les troisième et quatrième étages, là où le feu s'était arrêté, Mamoulian ordonna une halte et attendit que Carys et Tom les aient rattrapés. Ceci fait, il ordonna que la jeune fille soit amenée devant lui. Il faisait plus clair ici. Mamoulian vit l'expression désolée sur le tendre visage de la jeune fille. Il la toucha, n'appréciant guère ce contact mais l'estimant approprié.

« Ton père est ici », lui dit-il. Elle ne répondit pas, et son visage ne perdit pas son air chagriné. « Carys... est-ce que tu m'écoutes ? »

Elle cligna des yeux. Il se dit qu'elle était en contact avec lui.

« Je veux que tu parles à Papa. Tu comprends ? Je veux que tu lui dises de m'ouvrir la porte. »

Elle secoua doucement la tête.

« Carys, gronda-t-il. Tu sais qu'il ne faut rien me refuser.

— Il est mort, dit-elle.

— Non, répondit l'Européen d'une voix atone, il est là-haut, à quelques mètres au-dessus de nous.

— Je l'ai tué. »

Quelle illusion était-ce là ?

« Qui ? demanda-t-il sèchement. Qui as-tu tué ?

— Marty. Il ne répond pas. Je l'ai tué.

— Chut... Chut... » Des doigts glacés vinrent caresser sa joue. « Ainsi, il est mort ? Eh bien, il est mort. C'est tout ce qu'il y a à dire.

— ... ma faute...

— Non, Carys. Ce n'était pas toi. Il fallait le faire. Ne t'en soucie pas. »

Il prit son visage dans les mains. Il avait souvent bercé sa tête quand elle était enfant, fier de savoir qu'elle était le fruit du pèlerin. Durant ces étreintes, il avait nourri les pouvoirs qu'elle avait affinés en grandissant, sentant que viendrait l'heure où il aurait besoin d'elle.

« Ouvre la porte, Carys. Dis-lui que tu es ici et il l'ouvrira pour toi.

— Je ne veux pas... le voir.

— Mais *moi,* je le veux. Tu me rendras un grand service. Et quand tout sera fini, tu n'auras plus jamais de raison d'avoir peur. Je te le promets. »

Elle sembla trouver un sens à cette promesse.

« La porte. ., insista-t-il.

— Oui. »

Il lâcha son visage et elle s'écarta de lui pour monter l'escalier.

Dans le confort douillet de sa suite, écoutant un disque de jazz qui tournait sur la chaîne stéréo portable qu'il avait lui-même montée jusqu'au sixième étage, Whitehead n'avait rien entendu. Il avait tout ce qu'il lui fallait. Des bouteilles, des livres, des disques, des fraises. L'Apocalypse pouvait survenir — il n'en serait pas dérangé pour autant. Il avait même emporté certains tableaux : l'œuvre de jeunesse de Matisse qui avait trôné dans son bureau, *Nu couché, quai Saint-Michel;* un Miró et un Francis Bacon. Ce dernier était une erreur. Il était trop morbide et trop suggestif avec ses insinuations de chair écorchée; il l'avait retourné face contre le mur. Mais le Matisse était une joie à regarder, même à la lueur des chandelles. Il était en train de le contempler, toujours enchanté par la maîtrise détachée de l'artiste, quand on frappa à la porte.

Il se leva. Cela faisait plusieurs heures — il avait perdu toute notion du temps — que Strauss était venu; était-il encore là? Légèrement grisé par la vodka, Whitehead traversa la suite en titubant et écouta à la porte.

« Papa... »

C'était Carys. Il ne lui répondit pas. Sa présence ici était suspecte.

« C'est moi, Papa, c'est moi. Tu es là? »

Sa voix était si hésitante ; on aurait de nouveau dit une enfant. Était-il possible que Strauss l'eût pris au mot et lui eût envoyé la jeune fille, ou bien était-elle venue de sa propre volonté, comme le faisait jadis Évangeline après leurs querelles? Oui, c'était bien ça. Elle était venue parce que, comme sa mère, elle ne pouvait pas s'empêcher de venir. Il commença à ouvrir la porte, les doigts tremblants.

« Papa... »

Il finit par tourner la clé et le loquet, et ouvrit la porte. Elle n'était pas là. Il n'y avait personne — du moins le pensa-t-il tout d'abord. Mais alors même qu'il reculait d'un pas dans le vestibule, on poussa brutalement la porte et il fut projeté en arrière par un jeune homme dont les mains le saisirent à la gorge et au bas-ventre pour l'aplatir contre le mur. Il laissa choir sa bouteille de vodka et leva les mains pour indiquer qu'il se rendait. Quand il se fut remis de cette attaque, il regarda par-dessus l'épaule du jeune homme et ses yeux bouffis se posèrent sur l'homme qui avait suivi son agresseur dans la suite.

Doucement, sans prévenir, il se mit à pleurer.

Ils laissèrent Carys dans le vestiaire à côté de la plus grande chambre. Cette pièce ne contenait qu'une armoire et une pile de rideaux que l'on avait décrochés des fenêtres et oubliés là. Elle se fit un nid entre leurs plis moisis et s'y étendit. Une seule pensée tournait en rond dans sa tête : *Je l'ai tué.* Elle avait senti la résistance qu'il opposait à sa pénétration mentale ; senti la tension qui croissait en lui. Et puis plus rien.

La suite, qui occupait un bon quart de l'étage supérieur, avait vue sur deux directions. D'un côté, l'autoroute : un ruban de lumières crues. De l'autre, sur le côté est de l'hôtel : un spectacle plus sinistre. La fenêtre du petit vestiaire donnait de ce côté : une étendue de terrain vague désolé, puis le grillage et la ville derrière lui. Mais, étendue sur le sol, elle ne voyait rien de tout cela. Elle n'apercevait qu'un carré de ciel, le long duquel rampaient les feux d'un avion.

Elle le regarda décrire des cercles pour amorcer sa descente, pensant au nom de Marty.

Marty.

On le soulevait pour le faire entrer dans une ambulance. Il se sentait encore malade jusqu'au fond de l'estomac après cette partie de montagnes russes. Il ne voulait pas de la conscience, parce qu'avec elle venait la nausée. Mais ce sifflement était parti de ses oreilles ; et sa vision était intacte.

« Que s'est-il passé ? Une collision ? lui demanda quelqu'un.

— Il s'est écroulé, répondit un témoin. J'ai tout vu. Il s'est écroulé en plein milieu du trottoir. Je sortais du marchand de journaux quand... »

Marty.

« ... et il était... »

Marty.

Son nom résonnait dans sa tête, aussi clair que le son d'une cloche de Pâques. Il y eut un nouveau filet de sang à son nez, mais aucune douleur cette fois. Il leva une main vers son visage pour étancher le flot, mais une autre main s'y trouvait déjà, qui lui pressait un tissu contre le nez.

« Tout va bien », dit une voix d'homme. Marty savait instinctivement que c'était exact, mais que cela n'avait rien à voir avec les soins que lui prodiguait cet homme. La douleur avait disparu, et la peur avait disparu avec elle. C'était Carys qui parlait dans sa tête. Cela avait toujours été elle. A présent, un mur avait été brisé dans son crâne — par force, peut-être, et non sans douleur, mais le pire était passé — et elle pensait son nom et il saisissait sa pensée comme une balle de tennis. Tous les doutes qu'il avait entretenus lui paraissaient bien naïfs. C'était vraiment tout simple d'attraper au vol les pensées d'un autre, une fois qu'on avait compris le truc.

Elle le sentit s'éveiller à sa voix.

Durant plusieurs secondes, elle resta étendue sur son lit de rideaux tandis que l'avion clignotait à la fenêtre, n'osant pas encore croire ce que lui disait son instinct — qu'il l'entendait bien, qu'il était vivant.

Marty ? pensa-t-elle. Cette fois-ci, au lieu de se perdre dans les ténèbres qui séparaient leurs deux esprits, le mot arriva tout droit à destination, accueilli avec joie par son cortex. Il n'avait pas le talent suffisant pour y répondre de façon cohérente, mais cela importait peu en l'occurrence. Tant qu'il pouvait l'entendre et la comprendre, il pourrait la rejoindre.

« L'hôtel, pensa-t-elle. Tu comprends, Marty ? Je suis avec l'Européen dans l'hôtel. » Elle essaya de se rappeler le nom qu'elle avait aperçu au-dessus de la porte. *Orphée :* c'était ça. Elle n'avait pas l'adresse de l'immeuble, mais elle essaya de lui en donner une image, espérant qu'il parviendrait à se guider grâce à ces quelques indications.

Il se redressa dans l'ambulance.

« Ne vous inquiétez pas. On va s'occuper de votre voiture », dit l'ambulancier, posant une main sur son épaule pour le forcer à se recoucher. On avait enveloppé une couverture écarlate autour de lui. Rouge pour que le sang ne se voie pas, pensa-t-il en la jetant au loin.

« Vous ne devez pas vous lever, lui dit l'ambulancier. Vous êtes blessé.

— Ça va », insista Marty en repoussant sa main pleine de sollicitude. « Vous avez été formidables. Mais j'ai un rendez-vous urgent. »

Le chauffeur de l'ambulance était en train de refermer la double porte à l'arrière du véhicule. A travers l'interstice qui allait en s'amenuisant, Marty apercevait un groupe de témoins professionnels qui s'efforçaient de distinguer le spectacle. Il plongea vers la porte.

Les spectateurs furent fort déçus de voir Lazare se relever, et pis, de le voir sourire comme un crétin lorsqu'il émergea du véhicule, se confondant en excuses. Cet homme n'avait-il donc aucun sens du drame ?

« Ça va », dit-il au chauffeur tout en se frayant un chemin à travers la foule. « Ça doit être quelque chose que j'ai mangé. »

Le chauffeur le regarda sans comprendre.

« Vous êtes en sang, réussit-il à articuler.

— Je ne me suis jamais aussi bien senti de ma vie », répondit Marty, et, en un sens, en dépit de la fatigue qui lui rompait les os, c'était exact.

Elle était *là,* dans sa tête, et il était encore temps de redresser la situation, s'il se dépêchait.

La Citroën n'était qu'à quelques mètres de lui ; des taches de sang criblaient le trottoir à côté d'elle. La clé de contact était encore sur le tableau de bord.

« *Attends-moi, bébé* », dit-il, et il fit demi-tour pour se diriger vers l'hôtel Pandémonium.

69

Ce n'était pas la première fois que Sharon avait été chassée de la maison pendant que sa mère recevait un monsieur que la petite fille n'avait jamais vu et qu'elle ne reverrait sans doute jamais, comme d'habitude ; mais ce soir, cette éviction était particulièrement malvenue. Elle sentait venir une grippe et elle aurait préféré se trouver à la maison, en face du poste de télévision, plutôt que dans la rue, où il faisait déjà noir, en train d'essayer de sauter à la corde en solitaire. Elle erra le long de la rue, commençant une partie de marelle puis l'abandonnant au cinquième carreau. Elle était juste devant le numéro quatre-vingt-deux. C'était une maison dont sa mère lui avait ordonné de se tenir à l'écart. Une famille d'Asiatiques vivait au rez-de-chaussée — dormant à douze dans le même lit, du moins Mrs Lennox l'avait-elle dit à la mère de Sharon — dans des conditions si sordides qu'elles en étaient criminelles. Mais en dépit de sa réputation, le numéro quatre-vingt-deux avait été une déception tout l'été — jusqu'à aujourd'hui. Aujourd'hui, Sharon avait observé des allées et venues fort bizarres dans cette maison. Des gens étaient arrivés dans une grosse voiture et avaient emporté avec eux une femme qui avait l'air malade. Et à présent, tandis qu'elle jouait mollement à la marelle, il y avait quelqu'un à la fenêtre du premier étage, une silhouette massive et confuse qui lui faisait des signes.

Sharon avait dix ans. Il s'écoulerait encore une année avant ses premières règles, et bien que sa demi-sœur lui eût donné un aperçu de ce qui se passait entre les hommes et les femmes, elle trouvait tout cela ridicule. Les garçons qui jouaient au football dans la rue étaient des créatures sales et grossières ; elle n'arrivait pas à s'imaginer en train de rechercher leur affection.

Mais cette silhouette séduisante à la fenêtre était masculine, et elle éveillait quelque chose en Sharon ; elle soulevait une pierre dans son esprit. Au-dessous de cette pierre grouillait une vie qui n'était pas encore prête à affronter les feux du soleil. Cette vie s'agitait — elle faisait naître des picotements sur ses jambes frêles. Ce fut pour faire cesser ces picotements qu'elle désobéit à l'ordre qui lui avait été donné de rester à l'écart du numéro quatre-vingt-deux et qu'elle s'introduisit dans la maison quand on en ouvrit la porte, pour monter jusqu'à l'endroit où elle savait que se trouvait l'inconnu.

« Bonjour ? » dit-elle, debout sur le palier devant le studio.

« Tu peux entrer », dit l'homme.

Sharon n'avait jamais senti l'odeur de la mort auparavant, mais elle la reconnut d'instinct : toute présentation était superflue. Elle resta immobile sur le seuil et détailla l'homme. Elle pouvait encore s'enfuir si elle le voulait, elle le savait aussi. Elle se sentit davantage en sécurité en le découvrant attaché sur le lit. Elle voyait bien ceci, bien que la chambre eût été plongée dans l'obscurité. Son esprit curieux ne trouva rien d'étrange à cela ; les adultes avaient leurs jeux, tout comme les enfants.

« Allume la lumière », suggéra l'homme.

Elle tendit la main vers le commutateur placé à côté de la porte et l'actionna. L'ampoule éclairait faiblement le prisonnier d'une étrange lueur ; jamais Sharon n'avait vu quelqu'un qui parût si malade. De toute évidence, il avait traîné le lit à travers la chambre pour atteindre la fenêtre, et les cordes qui le ligotaient avaient mordu dans sa peau grisâtre, si bien que des fluides bruns et luisants — pas tout à fait du sang — couvraient ses mains et ses pantalons, et éclaboussaient le sol à ses pieds. Des taches noires parsemaient son visage également luisant, suggérant la robe d'un cheval pie.

« Bonjour », dit-il.

Sa voix était déformée, comme si elle était issue d'un poste de radio bon marché. Cette bizarrerie amusa la fillette.

« Bonjour », répondit-elle.

Il la gratifia d'un sourire de travers et l'ampoule vint accrocher ses yeux mouillés, qui étaient enfoncés si profondément dans sa tête qu'elle parvenait à peine à les distinguer. Mais lorsqu'ils bougeaient, comme ils le faisaient à présent, la peau autour d'eux frissonnait.

« Je suis désolé de t'arracher à tes jeux », dit-il.

Elle se trémoussa sur le seuil, ne sachant pas si elle devait rester ici ou s'enfuir.

« Je ne devrais pas être là, taquina-t-elle.

— Oh... », dit-il, faisant rouler ses yeux jusqu'à ce que seul le blanc en fût visible. « S'il te plaît, ne t'en va pas. »

Elle lui trouva l'air comique, avec son veston tout taché et ses yeux qui roulaient.

« Si Marilyn apprend que je suis venue ici...

— C'est ta sœur, je présume ?

— Ma mère. Elle me battra. »

L'homme eut l'air peiné.

« Elle ne devrait pas faire ça, dit-il.

— Eh bien, elle le fait.

— C'est une honte, répondit-il avec compassion.

— Oh, elle ne le saura pas », le rassura Sharon. Cet homme était plus peiné par la possibilité d'une raclée qu'elle ne l'aurait cru. « Personne ne sait que je suis là.

— Bien, dit-il. Je ne voudrais pas qu'il t'arrive du mal par ma faute.

— Pourquoi êtes-vous attaché ? s'enquit-elle. C'est un jeu ?

— Oui. Rien qu'un jeu. Dis-moi, comment t'appelles-tu ?

— Sharon.

— Tu as tout à fait raison, Sharon ; c'est un jeu. Mais je n'ai plus envie de jouer. Ça commence à me faire mal. Tu le vois bien. »

Il leva les mains aussi haut qu'il le put, pour montrer comme les liens mordaient sa chair. Un essaim de mouches, dérangées dans leur ponte, bourdonnait autour de sa tête.

« Est-ce que tu es douée pour défaire les nœuds ? lui demanda-t-il.

— Pas très.

— Peux-tu essayer ? Pour moi ?

— Peut-être, dit-elle.

— Mais je suis très fatigué. Rentre, Sharon. Ferme la porte. »

Elle s'exécuta. Il n'y avait aucune menace ici. Rien qu'un mystère (ou peut-être deux : la mort et les hommes), et elle voulait en savoir davantage. De plus, cet homme était malade : il ne pouvait pas lui faire du mal dans l'état où il était. Plus elle s'approchait de lui et plus il lui semblait mal en point. Sa peau était couverte de cloques et il y avait des gouttes qui ressemblaient à du goudron un peu partout sur son visage. Sous l'odeur de son parfum, qui était forte, il y avait quelque chose d'amer. Elle ne voulait pas le toucher, toute désolée qu'elle se sentît à son égard.

« S'il te plaît... », dit-il en tendant ses mains liées.

Les mouches volaient dans tous les sens, irritées. Il y en avait beaucoup, et il les intéressait toutes ; elles étaient dans ses yeux, dans ses oreilles.

« Il faudrait que j'aille chercher un docteur, dit-elle. Vous n'êtes pas bien.

— Pas le temps, insista-t-il. Détache-moi d'abord, ensuite j'irai chercher un docteur moi-même, et personne n'aura besoin de savoir que tu es venue ici. »

Elle hocha la tête, percevant la logique de ce raisonnement, et s'approcha de lui à travers le nuage de mouches afin de dénouer ses liens. Ses doigts n'étaient guère robustes, ses ongles étaient rongés jusqu'à la peau, mais elle se mit à défaire les nœuds avec détermination, son front barré d'un pli charmant tandis qu'elle se mettait à l'œuvre. Ses efforts étaient contrariés par les flots de fluide jaunâtre qui coulaient de la chair brisée de l'homme et venaient poisser les liens. De temps en temps, elle tournait vers lui ses yeux bleus ; il se demanda si elle pouvait percevoir la dégénérescence à l'œuvre devant elle. Si elle le pouvait, elle était trop obnubilée par le défi que lui jetaient les nœuds pour s'en aller ; ou alors, elle le libérait volontairement, consciente du pouvoir qu'elle exerçait sur lui.

Elle ne montra qu'une fois son anxiété, quand quelque chose sembla s'effondrer dans la poitrine de l'homme, un rouage de sa machinerie interne qui glissa dans un lac autour de ses entrailles. Il toussa et exhala un souffle à côté duquel les égouts avaient une odeur de rose. Elle détourna la tête et fit une grimace. Il s'excusa poliment et elle lui demanda de ne pas recommencer, puis retourna à sa besogne. Il attendit patiemment, sachant que toute tentative pour la faire aller plus vite ne ferait que lui faire perdre sa concentration. Mais elle finit par résoudre l'énigme des nœuds et ses liens commencèrent à se relâcher. Sa chair, qui avait à présent la consistance du savon mou, glissa sur les os de ses poignets quand elle libéra ses mains.

« Merci, dit-il. Merci. Tu as été très gentille. »

Il se pencha pour dénouer les cordes qui ligotaient ses pieds, son souffle, ou ce qui passait pour tel, ronflant et raclant dans sa poitrine.

« Je m'en vais, maintenant, dit-elle.

— Pas encore, Sharon », répondit-il — parler lui était douloureux à présent. « S'il te plaît, ne t'en va pas encore.

— Mais il faut que je rentre à la maison. »

Le Mangeur de Rasoirs regarda son visage si lisse : elle avait l'air si fragile, debout sous cette lumière chiche. Elle s'était écartée de lui une fois que les nœuds avaient été défaits, comme si son inquiétude initiale s'était de nouveau manifestée. Il essaya de lui sourire, de la rassurer, de lui dire que tout allait bien, mais son visage refusait de lui obéir. La graisse et les muscles pendaient aux os de son crâne ; ses lèvres semblaient paralysées. Les mots, il le savait, allaient bientôt lui manquer. Il devrait désormais se contenter de signes. Il pénétrait dans un monde plus pur — un monde de symboles, de rituels —, un monde où les Mangeurs de Rasoirs avaient en vérité leur place.

Ses pieds étaient libres. Il ne lui faudrait que quelques instants pour traverser la pièce jusqu'à elle. Même si elle faisait mine de s'enfuir, il arriverait à la rattraper. Personne pour le voir ni pour l'entendre ; et même si on le capturait, comment pourrait-on le châtier ? Il était un homme mort.

Il traversa la chambre jusqu'à elle. Cette petite chose pleine de vie restait immobile dans son ombre et ne faisait aucun mouvement pour lui échapper. Avait-elle calculé ses chances elle aussi et vu que toute fuite était futile ? Non, elle lui faisait tout simplement confiance.

Il tendit une main sordide pour lui caresser la tête. Elle cligna des yeux et retint son souffle à son approche, mais ne fit aucune tentative pour échapper à son contact. Il aurait souhaité que ses doigts jouissent du sens du toucher, pour sentir la brillance de ses cheveux. Elle était si parfaite : quelle bénédiction ce serait que d'absorber un morceau d'elle, une preuve d'amour qu'il exhiberait aux portes du paradis.

Mais son regard suffisait. Il l'emporterait avec lui et s'estimerait satisfait ; cette douce obscurité lui servirait de souvenir, comme des pièces de monnaie pour payer son passage.

« Adieu », dit-il, et il se dirigea vers l'entrée de sa démarche hésitante. Elle le précéda pour lui ouvrir la porte, puis le conduisit en bas des marches. Un enfant pleurait dans une des pièces adjacentes, le cri désespéré d'un bébé qui sait que personne ne viendra. Arrivé sur le seuil de la maison, Breer remercia de nouveau Sharon, puis ils se séparèrent. Il la regarda courir vers chez elle.

Quant à lui, il n'avait aucune certitude — du moins consciemment — de l'endroit où il devait se rendre à présent, ni des raisons qui le poussaient à s'y rendre. Mais une fois sur le trottoir, ses jambes l'emportèrent dans une direction qu'il n'avait jamais explorée auparavant, et il ne se perdit pas, bien qu'il eût pénétré dans un territoire inconnu. Quelqu'un l'appelait. Lui, et sa machette et son visage brouillé, grisâtre. Il avança aussi vite que son anatomie le lui permettait, comme un homme convoqué par l'Histoire.

70

Whitehead n'avait pas peur de la mort ; il craignait seulement de découvrir en mourant qu'il n'avait pas assez vécu. Telle avait été son inquiétude quand il avait fait face à Mamoulian dans le vestibule, et elle le tourmentait encore alors qu'ils étaient assis dans le salon, le bourdonnement de l'autoroute derrière leurs dos.

« Tu as fini de courir, Joe », dit Mamoulian.

Whitehead ne dit rien. Il alla dans un coin de la pièce ramasser un grand bol plein des fraises de Halifax, puis retourna sur son siège. Caressant de ses doigts experts les fruits dans le bol, il sélectionna une fraise particulièrement appétissante et se mit à la suçoter.

L'Européen l'observait, ne laissant rien paraître de ses pensées. La poursuite était achevée ; avant la fin, il espérait qu'ils pourraient parler ensemble du bon vieux temps durant quelques minutes. Mais il ne savait pas par où commencer.

« Dis-moi », dit Whitehead en dévorant la chair du fruit jusqu'à la queue, « as-tu un paquet sur toi ? » Mamoulian le fixa des yeux. « De cartes, bien sûr, railla le vieil homme.

— Bien sûr, répondit l'Européen, toujours.

— Et ces deux jeunes gens si charmants sont-ils joueurs ? » dit-il en désignant Chad et Tom, qui se tenaient près de la fenêtre.

« Nous sommes venus pour le Déluge », dit Chad.

Un pli vint barrer le front du vieil homme.

« Que leur as-tu raconté ? demanda-t-il à l'Européen.

— Ils ont tout inventé, répondit Mamoulian.

— La fin du monde est proche », dit Chad, peignant ses cheveux avec un soin obsessionnel tout en contemplant l'autoroute, le dos tourné aux deux hommes. « Ne le saviez-vous pas ?

— Vraiment ? dit Whitehead.

— Les hommes de peu de foi seront balayés. »

Le vieil homme reposa son bol de fraises. « Et qui les jugera ? » demanda-t-il.

Chad abandonna sa coiffure.

« Le Très-Haut, dit-il.

— Ne pouvons-nous pas jouer ça ? » répondit Whitehead.

Chad se tourna vers son interlocuteur, intrigué ; mais cette question ne lui était pas adressée, elle était destinée à l'Européen.

« Non, répondit Mamoulian.

— En souvenir du bon vieux temps, le pressa Whitehead. Rien qu'une partie.

— Ton habileté au jeu m'impressionnerait sans nul doute, pèlerin, s'il ne s'agissait pas de toute évidence d'une tactique destinée à retarder l'inévitable.

— Tu ne veux donc pas jouer ? »

Les yeux de Mamoulian cillèrent. Il souriait presque quand il dit :

« Oui. Bien sûr que je veux jouer.

— Il y a une table dans la chambre, à côté. Veux-tu envoyer un de tes gitons pour aller la chercher ?

— Ce ne sont pas des gitons.

— Tu es trop vieux pour ça, n'est-ce pas ?

— Ce sont des hommes qui craignent Dieu, tous les deux. On ne peut pas en dire autant de toi.

— Ça a toujours été mon problème », dit Whitehead, accueillant cette pique avec un sourire.

C'était comme au bon vieux temps : l'échange de commentaires ironiques, les reparties douces-amères, la conscience, partagée, durant chacun de leurs moments d'intimité, que chacune de leurs paroles dissimulait une profondeur de sentiments qui aurait fait honte à un poète.

« Veux-tu aller chercher une table ? » demanda Mamoulian à Chad.

Celui-ci ne bougea pas. Il était trop passionné par la lutte de volontés entre les deux hommes. Une grande partie de sa signification lui échappait, mais la tension qui régnait dans la pièce était indéniable. Quelque chose de prodigieux pointait à l'horizon. Peut-être une vague montante ; peut-être non.

« Vas-y, toi », dit-il à Tom — il refusait de quitter des yeux les adversaires, ne fût-ce qu'un instant.

Tom, heureux d'avoir quelque chose pour lui faire oublier ses doutes, s'exécuta.

Chad relâcha le nœud de sa cravate, ce qui était pour lui l'équivalent d'un strip-tease. Il adressa un sourire ravageur à Mamoulian.

« Vous allez le tuer, n'est-ce pas ? dit-il.

— A ton avis ? répondit l'Européen.

— Qui est-il ? L'Antéchrist ? »

Whitehead eut un gloussement de plaisir devant cette idée absurde.

« Tu as rapporté..., taquina-t-il l'Européen.

— Est-ce cela qu'il est ? pressa Chad. Dites-moi la vérité, je peux la supporter.

— Je suis pire que ça, mon garçon, dit Whitehead.

— Pire ?

— Voulez-vous une fraise ? »

Whitehead souleva le bol et lui tendit les fruits. Chad jeta un regard de côté vers Mamoulian.

« Il ne les a pas empoisonnées, le rassura l'Européen.

— Elles sont fraîches. Prenez-les. Allez dans la pièce à côté et laissez-nous en paix. »

Tom était revenu avec une table de chevet. Il la posa au milieu de la pièce.

« Si vous allez dans la salle de bains, dit Whitehead, vous y trouverez une réserve abondante d'alcools. Surtout de la vodka. Un peu de cognac aussi, je crois.

— Nous ne buvons pas, dit Tom.

— Faites une exception, répondit Whitehead.

— Pourquoi pas ? » dit Chad, la bouche pleine de fraises ; il y avait du jus sur son menton. « Pourquoi pas, merde ? C'est la fin du monde, hein ?

— Exact, dit Whitehead en hochant la tête. Maintenant, allez, jouez et tripotez-vous les uns les autres. »

Tom regarda fixement Whitehead, qui prit un air de contrition feinte.

« Je suis désolé, on ne vous permet pas de vous masturber non plus ? »

Tom eut un grognement de dégoût et quitta la pièce.

« Votre frère est malheureux, dit Whitehead à Chad, Allez, prenez ces fruits. Allez le tenter. »

Chad ne savait pas si on se moquait de lui ou non, mais il prit le bol et se dirigea vers la porte pour suivre Tom. « Vous allez mourir », lança-t-il à Whitehead en sortant. Puis il referma la porte sur les deux hommes.

Mamoulian avait posé un paquet de cartes sur la table. Il ne s'agissait pas des cartes pornographiques — il les avait détruites à Caliban Street en même temps que ses quelques livres. Les cartes qui se trouvaient sur la table étaient plus vieilles de plusieurs siècles. Les visages étaient colorés à la main, les figurines grossièrement dessinées.

« Le dois-je vraiment ? dit Whitehead, relevant la remarque de Chad.

— Quoi faire ?
— Mourir.
— Je t'en prie, pèlerin...
— Joseph. Appelle-moi Joseph, comme tu le faisais autrefois.
— ... épargne-nous cela.
— Je veux vivre.
— Bien entendu.
— Ce qui s'est passé entre nous... cela ne t'a causé aucun mal, n'est-ce pas ? »

Mamoulian tendit les cartes à Whitehead pour que celui-ci les mélange et les coupe ; mais comme son offre fut ignorée, il se chargea lui-même de cette tâche, battant les cartes de sa seule main valide.

« Eh bien ?
— Non, répondit l'Européen. Non, pas vraiment.
— Alors. Pourquoi *me* vouloir du mal ?
— Tu te méprends sur mes motivations, pèlerin. Je ne suis pas venu ici pour me venger.
— Alors pourquoi ? »

Mamoulian commença à distribuer les cartes pour une partie de vingt-et-un.

« Pour conclure notre marché, bien sûr. Est-ce si difficile à comprendre ?
— Je n'ai passé aucun marché.
— Tu m'as trompé, Joseph, tu m'as volé ma part de vie. Tu m'as jeté dehors quand je ne pouvais plus te servir à rien, et tu m'as laissé pourrir. Je te pardonne tout cela. C'est du passé. Mais la mort, Joseph... » Il finit de battre les cartes. « ... ça, c'est le futur. Le futur proche. Et je ne serai pas seul quand j'irai à elle.
— Je t'ai fait mes excuses. Si tu veux un acte de contrition, dis-moi lequel.
— Rien.
— Tu veux mes couilles ? Mes yeux ? Prends-les !
— Joue, pèlerin. »

Whitehead se leva.

« Je ne veux pas jouer !
— Mais c'est toi qui l'as demandé. »

Whitehead regarda les cartes étalées sur la table.

« C'est comme ça que tu m'as pris au piège, dit-il doucement. Ce foutu jeu.
— Assieds-toi, pèlerin.
— Tu m'as fait souffrir les tourments des damnés.
— Moi ? » dit Mamoulian d'une voix pleine de sollicitude.

« As-tu *vraiment* souffert ? En ce cas, je suis sincèrement désolé. La tentation n'a de valeur que si son prix en a aussi.

— Es-tu le Diable ?

— Tu sais bien que non », dit Mamoulian, peiné par ce nouveau mélodrame. « Tout homme est son propre Méphistophélès, ne penses-tu pas ? Si je n'étais pas venu, tu aurais passé un marché avec une autre puissance. Et tu aurais eu ta fortune, et tes femmes, et tes fraises. Tous ces tourments que je t'ai fait souffrir. »

Whitehead écouta cette voix flûtée énoncer ses ironies. Bien sûr, il n'avait pas souffert : il avait vécu une vie de jouissances. Mamoulian lut cette pensée sur son visage.

« Si j'avais *vraiment* voulu que tu souffres, dit-il avec une insupportable lenteur, il y a plusieurs années que j'aurais eu cette douteuse satisfaction. Et tu le sais. »

Whitehead acquiesça. La bougie, que l'Européen posait à présent sur la table à côté de la donne de cartes, laissa couler sa cire.

« Ce que je veux de toi est quelque chose de bien plus permanent que la souffrance, dit Mamoulian. A présent, joue. Les doigts me démangent. »

71

Marty descendit de voiture et resta immobile durant plusieurs secondes, contemplant la masse imposante de l'hôtel Pandémonium. L'immeuble n'était pas complètement plongé dans les ténèbres. Une lumière fragile luisait à l'une des fenêtres de l'étage supérieur. Il traversa, pour la deuxième fois ce jour-là, l'étendue du terrain vague, tremblant de tous ses membres. Carys ne l'avait pas contacté depuis qu'il s'était mis en route pour arriver ici. Il ne s'interrogeait pas sur ce silence — il y avait bien trop de raisons plausibles pour l'expliquer, et aucune n'était agréable.

Alors qu'il s'approchait, il vit que la porte d'entrée de l'hôtel avait été enfoncée. Au moins pourrait-il emprunter un chemin direct plutôt que de grimper le long de l'escalier de secours. Il enjamba l'amas de planches fracassées, passant sous la porte grandiose pour pénétrer dans le hall, s'arrêtant pour habituer ses yeux à l'obscurité avant de monter avec précaution l'escalier calciné. Le moindre bruit qu'il faisait dans ces ténèbres ressemblait à un coup de feu tiré lors d'un enterrement, fort et choquant. Malgré tous ses efforts pour atténuer le bruit de ses pas, les marches dissimulaient trop d'obstacles pour qu'il pût avancer dans un silence complet ; il était persuadé que l'Européen entendait chacun de ses pas, qu'il se préparait à déverser sur lui un souffle de néant mortel.

Une fois qu'il eut atteint l'endroit par lequel il était entré dans l'hôtel depuis l'escalier de secours, sa progression devint plus facile. Ce ne fut que lorsqu'il pénétra dans les étendues moquettées qu'il se rendit compte — cette pensée fit naître un sourire sur ses lèvres — qu'il était venu ici sans arme ni plan, si sommaire fût-il, pour délivrer Carys. Tout ce qu'il pouvait espérer, c'était qu'elle ait perdu de l'importance aux yeux de l'Européen, qu'on l'oublie durant quelques instants vitaux. Alors qu'il posait le pied sur la dernière marche, il aperçut son reflet dans un des miroirs du palier : maigre, mal rasé, le visage toujours couvert de taches de sang, la chemise rougie — on aurait dit un dément. Cette image, qui reflétait de façon si précise celle qu'il s'était donnée — un barbare désespéré — lui donna du courage. Son reflet et lui étaient bien d'accord : il avait perdu l'esprit.

Pour la seconde fois seulement depuis le début de leur longue association, ils étaient assis face à face au-dessus d'une table et jouaient au vingt-et-un. La partie se révéla monotone ; ils étaient apparemment de force égale, bien plus qu'ils ne l'avaient été dans la maison de la place Muranowski, une quarantaine d'années auparavant. Et tout en jouant, ils parlaient. Leur dialogue était lui aussi tranquille et sans drame : ils parlaient d'Evangeline, de l'effondrement récent du marché, de l'Amérique, et même, quand le jeu eut un peu progressé, de Varsovie.

« Y es-tu jamais revenu ? » demanda Whitehead.

L'Européen secoua la tête.

« C'est horrible, ce qu'ils ont fait.

— Les Allemands ?

— Les urbanistes. »

Ils continuèrent de jouer. De nouveau, les cartes furent mélangées et distribuées, mélangées et distribuées. La brise de leurs gestes faisait vaciller la lueur de la bougie. Le jeu évoluait dans un sens, puis dans l'autre. La conversation s'étiolait puis reprenait : un bavardage presque banal. On aurait dit que, lors de ces minutes qui étaient les dernières qu'ils devaient passer ensemble — et durant lesquelles ils auraient eu tant à se dire —, ils ne pouvaient rien émettre de signifiant, de peur de déclencher un déluge verbal. Ce bavardage ne se révéla sous son vrai jour qu'une seule fois — escaladant de la simple remarque au dialogue métaphysique.

« J'ai l'impression que tu triches, observa l'Européen d'un ton léger.

— Tu le saurais si je trichais. Tous les trucs que j'utilise viennent de toi.

— Allons, allons.

— C'est vrai. Tout ce que j'ai appris sur la tricherie, c'est toi qui me l'as enseigné. »

L'Européen avait presque l'air flatté.

« Même aujourd'hui, dit Whitehead.

— Quoi donc ?

— Tu triches encore, n'est-ce pas ? Tu ne devrais pas être en vie, pas à ton âge.

— C'est vrai.

— Tu n'as pas changé d'un iota depuis Varsovie, mis à part quelques cicatrices. Quel âge as-tu ? Cent ans ? Cent cinquante ?

— Plus que ça.

— Et qu'est-ce que ça t'a apporté ? Tu as encore plus peur que moi. Tu as besoin que quelqu'un te tienne la main quand tu mourras, et c'est moi que tu as choisi.

— Ensemble, peut-être n'aurions-nous *jamais* péri.

— Oh ?

— Nous aurions pu fonder des univers.

— J'en doute. »

Mamoulian soupira.

« Tout venait de ton appétit, alors ? Depuis le début.

— En gros, oui.

— Tu ne t'es jamais soucié de trouver un sens à tout ça ?

— Un sens ? Rien n'a aucun sens. C'est toi qui me l'a appris : ta première leçon. *Tout est hasard.* »

L'Européen jeta ses cartes, ayant perdu cette partie.

« ... Oui, dit-il.

— Un autre jeu ? proposa Whitehead.

— Rien qu'un dernier. Ensuite, nous devrons y aller. »

Arrivé au sommet de l'escalier, Marty s'immobilisa. La porte de la suite de Whitehead était entrouverte. N'ayant aucune idée de la topographie des lieux au-delà — les deux suites qu'il avait fouillées à cet étage étaient totalement différentes —, il ne pouvait pas prévoir l'agencement de celle-ci en se basant sur le leur. Il repensa à la conversation qu'il avait eue avec le vieil homme. Quand elle avait pris fin, il avait eu la nette impression que le vieil homme avait parcouru une distance considérable avant de refermer une porte intérieure pour mettre fin à leur dialogue. Un vestibule relativement vaste, donc, avec sans doute des possibilités de cachette.

Il ne servait à rien d'hésiter davantage; s'il restait là à soupeser ses chances, il ne ferait qu'aggraver l'anxiété qui lui rongeait les nerfs. Il fallait agir.

Arrivé près de la porte, il s'immobilisa de nouveau. Il y avait un murmure de voix à l'intérieur, mais des voix étouffées, comme si ceux qui parlaient s'étaient trouvés derrière une porte close. Il posa les doigts sur la porte de la suite et la poussa doucement. Elle s'ouvrit de quelques centimètres et il jeta un coup d'œil à l'intérieur. Comme il l'avait deviné, l'entrée donnait sur un long couloir vide qui conduisait aux chambres proprement dites ; le long de ce couloir, quatre portes. Trois étaient fermées, la dernière entrouverte. Les voix qu'il avait entendues provenaient de derrière l'une des portes fermées. Il se concentra afin d'essayer de donner un sens à ces murmures, ne réussissant qu'à saisir un mot ici et là. Mais il reconnut les deux interlocuteurs : l'un était Whitehead, l'autre Mamoulian. Et le ton de leur dialogue était reconnaissable lui aussi ; policé, civilisé.

Il regretta à nouveau de ne pas posséder la capacité d'aller vers Carys comme celle-ci était venue à lui, de la localiser avec la seule aide de son esprit, et de discuter avec elle de la meilleure façon de s'échapper. Mais — comme toujours —, tout n'était que hasard.

Il avança le long du couloir vers la première porte et l'ouvrit subrepticement. Bien que le loquet eût légèrement grincé, les voix dans l'autre pièce continuèrent leurs murmures, sans paraître remarquer sa présence. La pièce qu'il fouillait du regard n'était qu'un vestiaire vide. Il referma la porte et avança de quelques mètres sur la moquette du couloir. A travers la porte ouverte, il entendit un mouvement, puis le cliquetis des verres. Une ombre, projetée depuis l'intérieur de la pièce par la lumière d'une bougie, voletait sur le mur. Il resta totalement immobile, hésitant à battre en retraite maintenant qu'il était allé si loin. Des voix dérivèrent jusqu'à lui depuis la pièce adjacente.

« Merde, Chad, dit quelqu'un d'une voix presque plaintive. Qu'est-ce qu'on fout ici? Je n'arrive pas à penser correctement. »

Cette remarque fut accueillie par un éclat de rire.

« Tu n'as pas besoin de penser. C'est l'œuvre de Dieu que nous sommes en train d'accomplir ici, Tommy. Bois.

— Il va se passer quelque chose d'horrible, dit Tom.

— Merde, répondit Chad. Pourquoi crois-tu que nous soyons ici. Maintenant, bois. »

Marty eut vite fait d'identifier ce couple. Ils étaient ici pour accomplir l'œuvre de Dieu : y compris le meurtre. Il les avait vus en train d'acheter des glaces sous le soleil de l'après-midi, avec leurs couteaux sanglants soigneusement cachés. Mais la peur surmonta le désir de vengeance qui s'éveillait en lui. Il avait déjà assez peu de chances de sortir d'ici vivant.

Il y avait une dernière porte à ouvrir, juste en face de la pièce occupée par les jeunes Américains. Pour y parvenir, il devrait passer devant sa porte ouverte.

La voix indolente reprit la parole.

« On dirait que tu vas dégueuler.

— Pourquoi tu ne me laisses pas tranquille ? » répondit l'autre.

Il paraissait — ou bien n'était-ce qu'une impression ? — s'éloigner. Puis vint le bruit caractéristique d'un homme en train de vomir. Marty retint son souffle. L'autre jeune homme irait-il au secours de son compagnon ? Il l'espéra avec ferveur.

« Ça va, Tommy ? »

La voix changea de timbre quand le jeune homme bougea. Oui, il s'éloignait de la porte. Saisissant sa chance à la gorge, Marty s'écarta du mur à grands pas, ouvrit la dernière porte et la referma derrière lui.

La pièce dans laquelle il venait de pénétrer n'était pas grande, mais elle était plongée dans les ténèbres. Grâce à la faible lueur qui y pénétrait, il aperçut une silhouette étendue en chien de fusil sur le sol. C'était Carys. Elle dormait ; son souffle régulier avait un rythme très doux.

Il se dirigea vers l'endroit où elle était étendue. Comment la réveiller : voilà le problème. Dans la pièce à côté, derrière ce mur, se trouvait l'Européen. Si elle faisait le moindre bruit en se réveillant, il l'entendrait sûrement — sinon *lui,* les Américains.

Il s'accroupit et posa doucement une main sur sa bouche, puis lui secoua l'épaule. Elle semblait résister au réveil. Elle plissa le front dans son sommeil et murmura une plainte. Il se pencha au-dessus d'elle et courut le risque de siffler son nom à son oreille. Ça marcha. Ses yeux s'ouvrirent en grand, écarquillés comme ceux d'une enfant étonnée ; sa bouche esquissa un cri contre la paume de Marty. Elle le reconnut un instant avant de prononcer un mot.

Il enleva sa main. Il n'eut droit à aucun sourire de bienvenue ; le visage de Carys était pâle et ses traits tirés, mais elle lui toucha les lèvres du bout des doigts en signe de bienvenue. Il se leva, lui tendant une main.

Dans la pièce voisine, une querelle venait d'éclater. Les deux voix si policées s'accusaient mutuellement ; on renversa des meubles. Mamoulian appela Chad. On entendit un bruit de pas précipités venus de la salle de bains.

« Merde. » Ils n'avaient pas le temps d'improviser une tactique. Il leur faudrait tenter leur chance et profiter de l'instant présent, quoi qu'il advienne.

Il aida Carys à se lever et se dirigea vers la porte. Tout en tournant le loquet, il regarda par-dessus son épaule pour vérifier que Carys le suivait, mais le désastre se lisait sur le visage de la jeune fille. Il se retourna vers la porte et la cause de son abattement — Saint Tom, le menton luisant de vomissures — se trouvait droit devant lui, en face de la porte. Il était apparemment aussi surpris de voir Marty que ce dernier l'était de le découvrir. Profitant de son hésitation, Marty fit un pas dans le couloir et donna à Tom un coup dans la poitrine. L'Américain tomba en arrière, le mot « Chad ! » s'échappant de ses lèvres alors qu'il franchissait à reculons la porte en face d'eux, renversant un bol de fraises au passage. Les fruits vinrent rouler sous ses pieds.

Marty contourna la porte du vestiaire et se précipita vers l'entrée, mais l'Américain eut vite fait de recouvrer son équilibre et il tendit la main pour saisir un pan de sa chemise. Cette tentative suffit à ralentir Marty, et alors qu'il se retournait pour faire lâcher prise à cette main insistante, il vit le deuxième Américain émerger de la pièce où se trouvaient les deux vieillards. Il y avait une sérénité terrifiante dans les yeux du jeune homme quand il se dirigea vers Marty.

« Va-t'en ! » fut tout ce qu'il put crier à Carys, mais le dieu blond la stoppa quand elle pénétra dans le couloir, la repoussant là d'où elle venait en soufflant : « Non » avant de continuer d'avancer vers Marty. « Retiens-la », dit-il à son compagnon avant de saisir Marty à son tour. Tom suivit Carys hors de vue et il y eut un bruit de lutte, mais Marty n'eut guère le loisir de l'analyser, car Chad le fit plier en deux d'un coup de poing à l'estomac. Marty, trop désorienté par cette action si soudaine pour s'être préparé à la douleur, gémit et s'effondra contre la porte de la suite, la claquant derrière lui. Le jeune homme blond le suivit dans le couloir et Marty aperçut à travers des yeux noyés de larmes le coup suivant juste avant d'atterrir. Il ne vit ni le troisième ni le quatrième. Il n'avait pas le temps de se redresser ni de reprendre son souffle entre chaque coup. Le corps nourri au maïs de celui qui le tabassait était fort et souple, plus que celui de Marty. Il essaya en vain d'agiter les bras pour résister à cette volée de coups. Il était si fatigué, si malade. Son nez se remit à saigner, face à ces yeux sereins qui le fixaient toujours tandis que ces poings couvraient son corps de bleus. Si calmes, ces yeux — ils auraient pu être ceux d'un homme en prière. Mais c'était Marty qui tombait à genoux ; Marty dont la tête se relevait dans une adoration forcée tandis que le jeune homme blond crachait sur lui ; Marty qui disait : « Aidez-moi » — ou une quelconque corruption de ces mots — en s'effondrant.

Mamoulian sortit de la salle de jeu, laissant le pèlerin à ses larmes. Il avait fait ce que le vieil homme lui avait demandé — ils avaient joué une partie ou deux en souvenir du bon vieux temps. Mais il en avait désormais fini de céder à ses caprices. Et qu'était donc ce chaos dans le vestibule ; ces jambes entremêlées devant la porte, ce sang qui aspergeait l'entrée ? Ah, c'était Strauss. L'Européen s'était vaguement attendu à voir survenir quelqu'un lors de la cérémonie. Qui ? il ne l'avait pas prévu. Il traversa le couloir à grands pas pour évaluer les dommages commis, regardant le visage défiguré et couvert de crachats en poussant un soupir. Saint Chad, les poings couverts de sang, transpirait un peu : l'odeur qui émanait de ce jeune lion était fort douce.

« Il a failli s'enfuir, dit le Saint.

— En effet », répondit l'Européen, intimant d'un geste au jeune homme de lui faire de la place.

Gisant sur le sol de l'entrée, Marty leva les yeux vers l'Européen. L'air qui les séparait semblait crépiter. Marty attendit. Le coup de grâce allait sûrement venir bientôt. Mais rien ne vint, excepté le regard de ces yeux indifférents. Même dans son état, Marty percevait la tragédie inscrite sur le masque qu'était le visage de l'Européen. Celui-ci ne le terrifiait plus, désormais — il ne faisait que le fasciner. Cet homme était la source du néant auquel il avait à peine survécu dans la maison de Caliban Street. N'y avait-il pas un spectre de cette atmosphère grisâtre qui luisait dans ses orbites à présent, qui s'écoulait de ses narines et de sa bouche comme si un feu avait couvé à l'intérieur de son crâne ?

Dans la pièce où il avait joué aux cartes avec l'Européen, Whitehead se dirigea à pas de loup vers l'oreiller de son lit de fortune. Ce qui se passait dans l'entrée avait détourné l'attention de Mamoulian pour un instant et il devait en profiter. Il glissa une main sous l'oreiller et en retira le revolver qui y était dissimulé, puis se faufila jusqu'au vestiaire adjacent à la chambre et se cacha hors de vue, derrière la garde-robe. Depuis sa position, il voyait Saint Tom et Carys debout dans le couloir, observant les événements qui se déroulaient près de la porte. Tous deux étaient trop absorbés par le combat de gladiateurs pour remarquer sa présence dans la pièce obscure.

« Est-il mort... ? demanda Tom au loin.
— Qui sait ? entendit-il Mamoulian répondre. Mettez-le dans la salle de bains, hors de vue. »
Whitehead observa le corps inerte de Strauss que l'on traînait sur le sol vers la pièce en face de lui, où il fut jeté sur le carrelage. Mamoulian s'approcha de Carys.
« C'est toi qui l'a amené ici », dit-il simplement.
Elle ne répondit rien. L'index de Whitehead le démangeait. Depuis l'endroit où il se trouvait, Mamoulian était une cible facile à atteindre, mais Carys était entre lui et le revolver. S'il tirait une balle dans le dos de sa fille, la transpercerait-elle pour aller atteindre l'Européen ? Cette idée, pour répugnante qu'elle fût, devait être envisagée : sa survie était en jeu. Mais ce moment d'hésitation avait vu sa chance s'envoler. L'Européen escortait Carys vers la salle de jeu, hors de portée. Aucune importance, la voie était libre.
Il quitta sa cachette et se précipita vers la porte du vestiaire. Alors qu'il pénétrait dans le couloir, il entendit Mamoulian dire : « Joseph ? » Whitehead franchit au pas de course les quelques mètres qui le séparaient de la porte d'entrée, sachant qu'il n'avait qu'une chance infime de s'échapper sans commettre quelque acte de violence. Il saisit la poignée de la porte et la tourna.
« *Joseph* », dit la voix derrière lui.
La main de Whitehead se figea quand il sentit des doigts invisibles venir lui pincer la nuque. Il ignora cette pression et força la poignée à se tourner. Elle glissa sous sa paume en sueur. La pensée qui soufflait sur sa nuque se pressa autour de ses vertèbres, menaçante. « Eh bien, pensa-t-il, je n'ai plus le choix. » Il lâcha la poignée de la porte et se tourna pour faire face au joueur de cartes. Celui-ci se tenait au bout du couloir, qui semblait s'obscurcir, devenir un tunnel sortant des yeux de Mamoulian. De si puissantes illusions. Mais rien que cela : *des illusions*. Il pouvait leur résister assez longtemps pour terrasser leur façonneur. Whitehead leva son arme et la pointa sur l'Européen. Sans laisser au joueur de cartes un instant pour le confondre, il fit feu. La première balle atteignit la poitrine de Mamoulian ; la deuxième son estomac. La perplexité envahit le visage de l'Européen. Le sang jailli de ses blessures vint inonder sa chemise. Mais il ne tomba pas. Au lieu de cela, avec une voix si égale que l'on aurait pu croire qu'aucun coup de feu n'avait été tiré, il dit :
« Veux-tu sortir, pèlerin ? »
Derrière Whitehead, la poignée de la porte s'était mise à tressauter.
« Est-ce cela que tu veux ? demanda Mamoulian. Sortir ?

— Oui.
— Alors, sors. »
Whitehead s'écarta de la porte, qui s'ouvrit avec tant de violence que la poignée vint s'empaler dans le mur du couloir. Le vieil homme se détourna de Mamoulian pour s'enfuir, mais avant qu'il ait pu faire un pas dehors, la lumière venue du couloir fut absorbée par les ténèbres absolues qui régnaient derrière la porte, et Whitehead découvrit avec horreur que l'hôtel avait disparu au-delà du seuil. Il n'y avait ni moquette ni miroirs devant lui ; pas d'escalier pour le conduire vers le monde extérieur. Rien qu'une étendue désolée qu'il avait traversée près d'un demi-siècle auparavant : une place, un ciel peuplé d'étoiles frémissantes.
« Sors, l'invita l'Européen. Cet endroit t'attend depuis toutes ces années. Sors ! *Sors !* »
Le plancher sous les pieds de Whitehead semblait être devenu huileux ; il se sentit glisser vers le passé. Son visage fut aspergé par l'air qui traversait le couloir à sa rencontre. Cet air sentait le printemps ; il sentait la Vistule qui courait en grondant vers la mer à dix minutes de marche de là ; et il sentait aussi les fleurs. Bien sûr, il sentait les fleurs. Ce qu'il avait cru être des étoiles n'étaient que des pétales, des pétales blancs emportés par la brise et voletant vers lui. La vue de ces pétales était trop persuasive pour être ignorée ; il les laissa le conduire au cœur de cette nuit glorieuse, durant laquelle, l'espace de quelques heures flamboyantes, le monde entier avait paru s'offrir à son étreinte. Alors même que ses sens s'abandonnaient à la nuit, l'arbre apparut, aussi phénoménal que dans ses rêves innombrables, sa couronne blanche tremblant doucement. Quelqu'un était tapi dans l'ombre de ses branches lourdes de fleurs ; le moindre de leurs mouvements suscitait une nouvelle cascade. Sa raison en transe tenta une dernière fois de saisir la réalité de l'hôtel, et il tendit la main vers la porte de la suite. Mais sa main ne la trouva pas dans les ténèbres. Il n'eut pas le temps de regarder vers elle une deuxième fois. Le spectateur confus émergeait de l'abri des frondaisons. Une impression de déjà vu s'empara de Whitehead ; mais la première fois qu'il s'était trouvé ici, il n'avait fait qu'apercevoir l'homme qui se trouvait sous l'arbre. Cette fois-ci, la sentinelle malgré elle sortit de sa cachette. Avec un sourire de bienvenue, le lieutenant Konstantin Vasiliev montra son visage calciné à l'homme qui était venu du futur pour lui rendre visite. Cette nuit, le lieutenant ne se rendrait pas en chancelant à quelque rendez-vous avec une morte ; cette nuit, il allait étreindre le voleur, qui était devenu gras et barbu, mais dont il avait attendu le retour toute une vie.

« Nous pensions que tu ne viendrais jamais », dit Vasiliev. Il écarta une branche et pénétra complètement dans la lumière morte de cette nuit fantastique. Il était fier de s'exhiber, bien que ses cheveux eussent été entièrement brûlés, son visage rouge et noir, son corps criblé d'impacts. Ses pantalons étaient ouverts, son membre en érection. Plus tard, peut-être, ils iraient voir sa maîtresse, lui et le voleur. Ils boiraient de la vodka comme deux vieux amis. Il sourit à Whitehead. « Je leur ai dit que tu finirais par venir. Je savais que tu reviendrais. Pour nous revoir. »

Whitehead leva le revolver qu'il tenait toujours dans sa main et tira sur le lieutenant. Mais l'illusion ne fut pas interrompue par cet acte de violence — seulement renforcée. Des cris — en russe — résonnèrent au-delà de la place.

« Regarde ce que tu as fait, dit Vasiliev. Maintenant, les soldats vont venir. »

Le voleur se rendit compte de son erreur. Il ne s'était jamais servi d'une arme après le couvre-feu : c'était inviter à une arrestation. Il entendit des bruits de bottes, tout près.

« Il faut nous dépêcher », insista le lieutenant, recrachant avec nonchalance la balle qu'il avait attrapée entre les dents.

« Je n'irai pas avec toi, dit Whitehead.

— Mais nous attendons depuis si longtemps », répondit Vasiliev, et il secoua une branche pour indiquer le début de l'acte suivant.

L'arbre leva ses frondaisons comme une mariée aurait levé son trousseau. Quelques instants plus tard, l'air fut envahi par un blizzard de pétales. Alors qu'ils se posaient, aspergeant le sol de leur rayonnement, le voleur commença à distinguer les visages familiers qui attendaient sous les branches. Des gens qui, au fil des années, étaient venus dans cette désolation, étaient venus vers cet arbre et s'y étaient rassemblés autour de Vasiliev, pour pourrir et pleurer. Evangeline se trouvait parmi eux, exhibant les blessures que l'on avait dissimulées avec tant de goût lorsqu'elle avait reposé dans son cercueil. Elle ne sourit pas, mais elle tendit les bras pour l'étreindre, sa bouche formant son nom — « Jojo » — tandis qu'elle s'avançait. Bill Toy était derrière elle, en habit de soirée, comme pour se rendre à l'Academy. Ses oreilles saignaient. A ses côtés, le visage ouvert du front à la lèvre, se tenait une femme en chemise de nuit. Il y en avait d'autres, il en reconnaissait beaucoup, certains pas du tout. La femme qui l'avait conduit jusqu'au joueur de cartes était là, les seins nus, comme dans son souvenir. Son sourire était plus horrible que jamais. Il y avait également des soldats, que Mamoulian avait défaits comme il avait défait Vasiliev. L'un d'eux portait une chemise par-dessus les impacts de balles dans son corps. Un mufle émergea de ses plis. Saul — sa carcasse ravagée — renifla l'odeur de son vieux maître et grogna.

« Tu vois depuis quand nous t'attendons? » dit Vasiliev.

Tous ces visages délaissés regardaient Whitehead; leurs bouches étaient béantes. Aucun son n'en émergeait.

« Je ne peux pas vous aider.

— Nous voulons en finir, dit le lieutenant.

— Alors, partez.

— Pas sans toi. Il ne voudra pas mourir sans toi. »

Le voleur finit par comprendre. Cet endroit, qu'il avait entr'aperçu dans le sauna du Sanctuaire, existait à l'intérieur de l'Européen. Ces spectres étaient des créatures qu'il avait dévorées. Evangeline! Même elle. Ils attendaient, ces restes en lambeaux, dans ce *no man's land* entre la chair et la mort, que Mamoulian se lasse de l'existence et se couche pour mourir. Alors, eux aussi sans doute recouvreraient leur liberté. Jusqu'à ce jour, leurs visages formeraient ce O muet en le regardant, comme une supplique pleine de mélancolie.

Le voleur secoua la tête.

« Non », dit-il.

Il ne renoncerait pas à son souffle. Pas pour un verger d'arbres, pas pour une nation de visages désespérés. Il tourna le dos à la place Muranowski et à ses fantômes plaintifs. Les soldats criaient non loin de là : ils arriveraient bientôt. Il regarda en direction de l'hôtel. Le couloir de la suite était toujours là, derrière le seuil d'une maison détruite par les bombes : juxtaposition surréaliste des ruines et du luxe. Il traversa l'étendue de gravats dans sa direction, ignorant les ordres que lui lançaient les soldats. Mais les cris de Vasiliev se faisaient plus insistants. « Salaud! » hurlait-il. Le voleur ignora ses insultes et quitta la place pour réintégrer la chaleur du vestibule, levant son arme en pénétrant dans le couloir.

« De l'histoire ancienne, dit-il, tu ne me feras pas peur avec ça. »

Mamoulian était toujours debout à l'autre bout du couloir; les minutes que le voleur avait passées sur la place ne s'étaient pas écoulées ici.

« Je n'ai pas peur! cria Whitehead. Tu m'entends, espèce de salaud sans âme? *Je n'ai pas peur!* »

Il tira de nouveau, visant cette fois-ci la tête de l'Européen. La balle l'atteignit à la joue. Le sang jaillit. Avant que Whitehead ait pu faire feu de nouveau, Mamoulian réagit.

« Il n'y a pas de limites, dit-il d'une voix tremblante, à ce que je peux faire. »

Ses pensées saisirent le voleur à la gorge, et le tordirent. Les membres du vieil homme furent secoués de convulsions ; le revolver s'envola loin de sa main ; sa vessie et ses intestins le trahirent. Derrière lui, sur la place, les spectres se mirent à applaudir. L'arbre secoua ses branches avec une telle véhémence que les quelques pétales qu'elles portaient encore furent emportés dans l'air. Certains d'entre eux voletèrent jusqu'à la porte, fondant sur le seuil qui séparait le passé du présent comme des flocons de neige. Whitehead s'effondra contre le mur. A la lisière de son champ de vision, il aperçut Evangeline qui crachait du sang dans sa direction. Il commença à glisser le long du mur ; son corps tressautait comme s'il avait été en proie à une crise d'épilepsie. Il laissa échapper un mot entre ses mâchoires claquantes. Il dit :

« *Non !* »

Sur le sol de la salle de bains, Marty entendit ce hurlement de refus. Il s'efforça de bouger, mais sa conscience était engourdie, et son corps meurtri était douloureux de la tête aux pieds. Saisissant le rebord de la baignoire, il se mit à genoux. De toute évidence, on l'avait oublié : dans le déroulement de l'action, son rôle avait été purement comique. Il essaya de se lever, mais ses membres inférieurs le trahirent ; ils ployaient sous lui et il tomba de nouveau, sentant chaque blessure réagir à l'impact de sa chute.

Dans l'entrée, Whitehead s'était écroulé sur ses hanches, bouche béante. L'Européen s'approcha pour lui donner le coup de grâce, mais Carys s'interposa.

« Laissez-le », dit-elle.

Distrait, Mamoulian se tourna vers elle. Le sang sur sa joue avait tracé une fine ligne vers sa mâchoire.

« Toi aussi, murmura-t-il. Pas de limites. »

Carys entra en reculant dans la salle de jeu. La bougie sur la table s'était mise à crépiter. L'énergie était déchaînée dans toute la suite, et la flamme crachotante qui s'en nourrissait atteignait l'incandescence. L'Européen regarda Carys avec des yeux affamés. L'appétit s'était emparé de lui — réponse instinctive à la perte de sang — et tout ce qu'il voyait en elle était une source de nourriture. Comme le voleur : affamé à la pensée d'une nouvelle fraise, même s'il avait déjà le ventre plein.

« Je sais ce que vous êtes », dit Carys en détournant les yeux.

Depuis la salle de bains, Marty entendit sa tentative de stratagème. C'était idiot, pensa-t-il, de lui dire ça.

« Vous n'êtes personne, commença la jeune fille. Vous n'êtes qu'un soldat qui a rencontré un moine et qui l'a étranglé durant son sommeil. Quelles raisons avez-vous d'être si fier ? » Sa fureur vint frapper l'Européen en plein visage. « Vous n'êtes personne ! Personne et *rien du tout !* »

Il tendit une main pour la saisir. Elle réussit à l'éviter en faisant le tour de la table de jeu, mais il renversa celle-ci, dispersant les cartes, et l'attrapa. Le contact de sa main sur le bras de Carys était pareil à celui d'une immense sangsue, qui lui prenait tout son sang et ne lui donnait que le vide en échange, que la ténèbre sans but. Il était de nouveau l'Architecte de ses rêves.

« Dieu ait pitié de moi », souffla-t-elle. Ses sens s'effritèrent et la grisaille se précipita pour prendre leur place. Il l'extirpa de son corps d'un seul geste insolent et la prit en lui, laissant retomber sa carcasse près de la table renversée. Il s'essuya la bouche avec le dos de sa main et leva la tête avant de découvrir les évangélistes. Ils étaient debout sur le seuil, les yeux fixés sur lui. Il se sentait malade d'appétit. Elle était en lui — tout elle d'un seul coup — et c'était trop. Et les Saints ne faisaient qu'aggraver la situation, le regardant comme s'il avait été un objet de répugnance, le brun secouant la tête.

« Vous l'avez tuée, dit-il. Vous l'avez tuée. »

L'Européen tourna le dos à ces accusations, son esprit en ébullition, et il s'appuya de l'avant-bras contre le mur, pareil à un ivrogne sur le point de vomir. Sa présence en lui était un tourment. Elle refusait d'être tranquille, elle rageait et rageait sans trêve ni répit. Et cette turbulence éveillait d'autres sensations : Strauss en train de lui percer les entrailles ; les chiens sur ses talons, déclenchant des flots de sang et de fumée ; et puis plus loin dans le passé, avant ces mois si horribles, d'autres épreuves plus anciennes : des cours sous la neige et la lumière des étoiles, et les femmes et la faim, encore la faim. Et il sentait toujours dans son dos le regard des chrétiens.

L'un d'eux parla ; le blond, celui qu'il aurait pu désirer jadis. Lui, et elle, et tous.

« Est-ce tout ? exigea-t-il de savoir. Est-ce tout, espèce de foutu menteur ? Vous nous aviez promis le Déluge. »

L'Européen pressa une main contre sa bouche pour arrêter le flot de fumée qui s'en dégageait et vit en esprit une vague montant au-dessus de l'hôtel, au-dessus de la ville, descendant pour engloutir l'Europe tout entière.

« Ne me tente pas », dit-il.

Dans le vestibule, Whitehead, le cou brisé, eut vaguement conscience d'un parfum dans l'air. De l'endroit où il gisait, il pouvait voir le palier devant la suite. La place Muranowski, avec son arbre fatal, s'était évanouie depuis longtemps, ne laissant que les miroirs et la moquette. A présent, affalé contre la porte, il entendit quelqu'un gravir les marches. Il aperçut une silhouette qui se déplaçait parmi les ombres ; *celui-ci* était l'homme parfumé. Le nouveau venu s'approchait lentement mais d'un pas décidé ; n'hésitant qu'un instant sur le seuil avant d'enjamber la forme prostrée de Whitehead et de se diriger vers la pièce où les deux hommes avaient joué aux cartes. Il y avait eu un moment, pendant qu'ils bavardaient tout en jouant, où le vieil homme s'était imaginé pouvoir passer un nouvel accord avec l'Européen, échapper quelques années encore à l'inévitable catastrophe. Mais tout était allé de travers. Ils s'étaient disputés pour une broutille, comme deux amants, et une logique incompréhensible avait déterminé une escalade jusqu'à ce point : la mort.

Il roula sur lui-même pour regarder dans l'autre direction, le long du couloir vers la salle de jeu. Carys était étendue sur le sol au milieu des cartes éparses. Il pouvait voir son cadavre dans l'entrebâillement de la porte. L'Européen l'avait dévorée.

A présent, le nouveau venu lui bloqua la vue quand il franchit le seuil en titubant. De l'endroit où il se trouvait, Whitehead n'avait pas pu voir le visage de cet homme. Mais il avait vu la lumière se refléter sur la machette qu'il portait.

Tom aperçut le Mangeur de Rasoirs avant Chad. Son estomac secoué se rebella devant ce mélange de parfum de santal et de putréfaction, et il vomit sur le lit du vieil homme quand Breer pénétra dans la pièce. Il était venu de loin, et les kilomètres n'avaient pas été tendres avec lui, mais il était ici.

Mamoulian s'écarta du mur pour se redresser et faire face à Breer.

Il n'était pas entièrement surpris de voir devant lui ce visage en train de pourrir, bien qu'il ne fût pas sûr de savoir pourquoi. Se pouvait-il que son esprit n'eût pas tout à fait relâché l'emprise qu'il avait sur Breer et que celui-ci fût venu ici sur son ordre ? Breer regarda Mamoulian à travers l'atmosphère luisante, comme s'il avait attendu de nouvelles instructions avant d'agir. Les muscles de son visage étaient si détériorés que le moindre clignement d'œil menaçait de déchirer la peau autour de ses orbites. Il avait l'air, pensa Chad — l'esprit grisé par le cognac —, d'un homme plein à craquer de papillons. Leurs ailes venaient battre aux confins de son anatomie ; ils réduisaient ses os en poudre dans leur ferveur. Bientôt, leur mouvement incessant l'ouvrirait en deux et l'air serait plein du battement de leurs ailes.

L'Européen baissa les yeux vers la machette que portait Breer.

« Pourquoi es-tu venu ? » voulut-il savoir.

Le Mangeur de Rasoirs tenta de répondre, mais sa langue refusa d'obéir à son devoir. Son palais ne réussit qu'à former un mot qui aurait pu être « bien », ou « hein », ou « Dieu », mais qui n'était aucun d'eux.

« Es-tu venu pour être tué ? C'est cela ? »

Breer secoua la tête. Il n'en avait aucune intention, et Mamoulian le savait. La mort était le cadet de ses soucis. Il leva son arme pour signaler ses intentions.

« Je peux t'anéantir », dit Mamoulian.

Breer secoua de nouveau la tête. « Porc », dit-il, ce que Mamoulian interpréta et répéta : « Mort. »

« Mort, dit Chad d'un air songeur. Dieu du ciel. Cet homme est mort. »

L'Européen murmura un « oui ».

Chad sourit. Peut-être allaient-ils échapper à la vague destructrice. Peut-être que les calculs du révérend étaient faux et que le Déluge les épargnerait encore pour quelques mois. Quelle importance ? Il avait des histoires à raconter — et quelles histoires... Même Bliss, avec ses sermons pleins de démons, n'avait jamais connu de telles scènes. Le Saint observa le spectacle, se léchant les lèvres d'avance.

Dans le vestibule, Whitehead avait réussi à ramper à trois ou quatre mètres de la porte et il aperçut Marty, qui était parvenu à se relever. Appuyé contre la porte de la salle de bains, Marty sentit le regard du vieil homme sur lui. Whitehead leva une main pour lui faire signe de s'approcher. Groggy, Marty tituba le long du couloir, ignoré par les acteurs dans la salle de jeu. Il faisait sombre ici ; la lumière dans la salle de jeu, cette bougie crachotante, était presque occultée par la porte partiellement fermée.

Marty s'agenouilla à côté de Whitehead. Le vieil homme agrippa sa chemise.

« Il faut que vous alliez la chercher », dit-il d'une voix presque inaudible.

Ses yeux étaient exorbités, sa barbe couverte de sang, et de nouvelles giclées venaient avec chaque mot, mais son étreinte était encore forte.

« Qu'est-ce que vous racontez ?

— Il *la* tient, dit Whitehead. En lui. Allez la chercher, pour l'amour de Dieu, ou elle restera éternellement là-bas, avec les autres. »

Ses yeux se tournèrent brièvement vers le palier, se rappelant l'horreur de la place Muranowski. Était-elle déjà là-bas ? Prisonnière sous l'arbre, le corps parcouru par les mains impatientes de Vasiliev ? Les lèvres du vieil homme se mirent à trembler.

« On ne peut pas... le laisser la garder, mon garçon, dit-il. Vous m'entendez ? Je ne *veux* pas qu'il la garde. »

Marty avait des difficultés à saisir le sens de tout ça. Whitehead était-il en train de lui suggérer de pénétrer en Mamoulian et de récupérer Carys ? Ce n'était pas possible.

« Je ne peux pas », dit-il.

Le vieil homme eut une moue de dégoût et lâcha Marty comme s'il venait de se rendre compte qu'il tenait des excréments dans sa main. Douloureusement, il tourna la tête.

Marty regarda en direction de la salle de jeu. A travers l'entrebâillement de la porte, il vit Mamoulian se diriger vers la silhouette caractéristique du Mangeur de Rasoirs. Il y avait une certaine fragilité sur le visage de l'Européen. Marty l'étudia pendant un moment, puis regarda aux pieds de l'Européen. Carys gisait là, le visage surpris par sa fin, la peau luisante. Il ne pouvait rien faire ; pourquoi Papa ne le laissait-il pas s'enfuir dans la nuit pour panser ses blessures ? Il ne pouvait *rien* faire.

Et s'il s'enfuyait, s'il trouvait un endroit où se cacher, où se soigner, pourrait-il jamais laver l'odeur de sa lâcheté ? Cet instant — où les chemins devant lui se divisaient et se redivisaient sans cesse — ne marquerait-il pas à jamais ses rêves comme un brandon ? Il regarda de nouveau vers Papa. N'eût été le faible mouvement de ses lèvres, on aurait pu le croire déjà mort. « Allez la chercher », disait-il toujours, comme un catéchisme qu'il répéterait jusqu'à son dernier souffle. « Allez la chercher. Allez la chercher. »

Marty avait demandé quelque chose de semblable à Carys — pénétrer dans la tanière du dément et en ramener une histoire. Comment pourrait-il ne pas lui retourner la politesse ? *Allez la chercher. Allez la chercher.* Les mots de Papa devenaient plus faibles à chaque battement de son cœur défaillant. Peut-être était-elle récupérable, pensa Marty, quelque part dans ce flux qu'était le corps de Mamoulian. Et sinon, sinon, serait-il si dur de mourir en volant à son aide, en allant la chercher, serait-il si dur de voir la fin des chemins qui se divisaient sans cesse, de voir ses choix réduits en cendres ?

Mais comment ? Il essaya de se rappeler comment elle avait agi, mais ces procédures étaient trop complexes — la toilette, le silence — et il n'aurait que peu de chances de faire ce voyage avant que les circonstances ne s'altèrent. Sa seule source d'espoir résidait dans sa chemise ensanglantée — l'impression qu'il avait ressentie, en venant ici, que Carys avait fait s'écrouler une barrière dans sa tête et que ce changement en lui était désormais définitif. Peut-être son esprit pourrait-il aller jusqu'à elle grâce à cette blessure qu'elle lui avait infligée, peut-être pourrait-il renifler son odeur avec autant d'acuité qu'elle avait reniflé la sienne.

Il ferma les yeux, chassant de son esprit le vestibule, Whitehead et le corps gisant aux pieds de l'Européen. La vue était un piège ; elle le lui avait dit une fois. L'effort aussi. Il devait se laisser aller. Laisser son instinct et son imagination le conduire là où ses sens et son intelligence étaient impuissants à l'amener.

Il conjura son image, sans effort, écartant de son esprit le fait que son corps gisait non loin de lui et évoquant son sourire à sa place. Dans sa tête, il prononça son nom et elle vint à lui dans une douzaine d'instants : riante, nue, intriguée, contrite. Mais il laissa s'enfuir ces moments éphémères, ne gardant que sa présence essentielle dans son crâne douloureux.

Il rêvait d'elle. La blessure s'était rouverte et elle était douloureuse au toucher. Le sang coulait dans sa bouche grande ouverte, mais cette sensation n'était qu'un phénomène lointain. Elle n'avait pas grand-chose à voir avec sa condition présente, laquelle était de plus en plus disloquée. Il eut la sensation de se glisser hors de son corps. Celui-ci était superflu : simple gaspillage de matière. La facilité avec laquelle il accomplit cet acte le stupéfia ; la seule anxiété qu'il éprouvait était née de son impatience ; il fallait qu'il contrôle son exaltation de peur d'oublier toute prudence et de se laisser découvrir.

Il ne voyait rien, n'entendait rien. Le milieu dans lequel il se déplaçait — se déplaçait-il vraiment ? — n'était pas accessible aux sens. A présent, bien qu'il n'eût aucune preuve de ce qu'il percevait, il était persuadé d'être abstrait de son corps. Celui-ci se trouvait derrière lui, au-dessous de lui : coquille désertée. Devant lui, Carys. Il se frayerait un chemin jusqu'à elle grâce au rêve.

Et à ce moment-là, alors qu'il commençait à penser pouvoir prendre plaisir à ce voyage extraordinaire, l'enfer s'ouvrit devant lui...

Mamoulian, l'attention mobilisée par le Mangeur de Rasoirs, ne sentit rien lorsque Marty pénétra en lui. Breer esquissa un geste dans sa direction, levant sa machette dans l'intention de frapper l'Européen. Celui-ci fit un pas de côté pour éviter le coup, mais Breer pivota sur lui-même avec une souplesse inattendue et, cette fois-ci, grâce au hasard plutôt qu'à son habileté, la machette vint frapper le bras de Mamoulian, déchirant le tissu de son costume gris sombre.

« Chad », dit l'Européen, sans quitter Breer des yeux.

« Oui ? » répondit le jeune homme blond.

Il était toujours appuyé contre le mur près de la porte, prenant la pose tel un héros indolent ; il avait découvert la réserve de cigares de Whitehead, en avait empoché plusieurs et allumé un. Il exhala un nuage de fumée bleue et observa les gladiateurs à travers une brume d'alcool.

« Que désirez-vous ?

— Va chercher l'arme du pèlerin.

— Pourquoi ?

— Pour notre visiteur.

— Tuez-le vous-même, répondit Chad d'une voix nonchalante, vous pouvez y arriver. »

L'esprit de Mamoulian se révolta à l'idée de marquer sa chair d'une telle corruption ; une balle était préférable. A bout portant, elle aurait un effet dévastateur sur le Mangeur de Rasoirs. Sans tête, même les morts ne pouvaient plus marcher.

« Va chercher le revolver ! exigea-t-il.

— Non », répondit Chad.

Le révérend lui avait enseigné l'importance de la sincérité.

« Ce n'est pas le moment de jouer », dit Mamoulian, quittant un instant Breer des yeux pour regarder en direction de Chad.

C'était une erreur. Le mort souleva de nouveau sa machette, et cette fois-ci, la lame vint frapper Mamoulian à l'épaule, se logeant dans un muscle près de son cou. L'Européen n'émit qu'un simple grognement quand le coup l'atteignit, suivi d'un second lorsque Breer tira la lame hors de la blessure.

« Arrête », dit-il à son agresseur.

Breer secoua la tête. C'était pour ça qu'il était venu, n'est-ce pas ? C'était le prélude à un acte qu'il avait attendu si longtemps d'accomplir.

Mamoulian posa une main sur sa blessure à l'épaule. Il pouvait encaisser les balles et survivre ; mais une plaie plus traumatisante, une plaie qui atteignait l'intégrité de sa chair, une telle plaie était dangereuse. Il devait achever Breer, et si le Saint refusait d'aller chercher le revolver, alors il tuerait le Mangeur de Rasoirs de ses mains nues.

Breer sembla percevoir ses intentions.

« Vous ne pouvez pas me faire mal », essaya-t-il de dire, ne réussissant à émettre qu'un fatras de mots. « Je suis mort. »

Mamoulian secoua la tête.

« En pièces, murmura-t-il. S'il le faut. En pièces. »

Chad sourit en entendant la promesse de l'Européen. Doux Jésus, pensa-t-il, c'était ainsi que le monde prendrait fin. Une tanière de chambres vides, les voitures qui foncent sur l'autoroute, les morts et les presque morts qui échangent des coups à la lueur d'une chandelle. Le révérend s'était trompé. Le Déluge n'était pas une vague montante, n'est-ce pas? C'était des hommes aveugles armés de haches; c'était les grands de ce monde priant à genoux pour ne pas mourir sous les coups des débiles ; c'était l'irrationnel prenant les proportions d'une épidémie. Il contemplait la scène, pensant à la façon dont il pourrait la décrire au révérend, et, pour la première fois de ses dix-neuf ans d'existence, sa tête de chérubin fut secouée par un spasme de joie

Marty ne se rendit compte de l'extase que lui avait procurée cette expérience de voyage mental — passager sur les ondes de la pensée pure — que lorsqu'il plongea dans le corps de Mamoulian. Il eut la sensation d'avoir été écorché vif et immergé dans de l'huile bouillante. Il se débattit, son essence exigeant la fin de cette saison dans l'enfer d'un autre. Mais Carys était ici. Il devait garder cette idée à l'esprit, comme une pierre de touche.

Au sein de ce maelström, ses sentiments à l'égard de Carys avaient la pureté des mathématiques. Leurs équations — complexes, mais élégantes dans leur résolution — lui offraient les mêmes plaisirs que la vérité. Il fallait qu'il s'accroche à cette démonstration. S'il s'en détachait ne fût-ce qu'un instant, il était perdu.

Bien que dépourvu de sens, il sentait son nouvel état lutter pour lui imposer une vision de sa situation. Au coin de ses yeux aveugles, des lueurs jaillissaient — des perspectives s'ouvraient et se refermaient en un instant — des soleils menaçaient d'entrer en éruption au-dessus de sa tête et s'éteignaient avant d'avoir pu dispenser chaleur ou lumière. Une certaine irritation le possédait — un grain de folie. Ouvre-moi, disait-il, et tu n'auras plus jamais besoin de transpirer. Il résista à cette séduction en pensant à Carys.

Disparue, dit le grain, *enfouie bien plus loin que tu n'oseras jamais aller. Si loin.*

Ce qu'il prétendait était peut-être exact. Il l'avait avalée tout entière, l'avait enfouie là où il conservait ses objets préférés. Là où se trouvait la source du Néant que Marty avait tenté d'affronter dans la maison de Caliban Street. Face à un tel vide, il ne pourrait que s'effondrer sur lui-même : il n'y aurait aucune grâce cette fois-ci. *Un tel endroit,* dit le grain, *un si terrible endroit. Veux-tu le voir ?*

« Non. »

Viens, regarde ! Regarde et tremble ! Regarde et renonce ! Tu voulais savoir ce qu'il était, eh bien tu vas en avoir un aperçu.

« Je ne t'écoute pas », pensa Marty. Il alla de l'avant, et bien que — tout comme dans la maison de Caliban Street — il n'y eût ici ni haut ni bas, ni devant ni derrière, il eut l'impression de descendre. Était-ce simplement un effet de la métaphore qu'il portait en lui, de la vision qu'il avait de l'enfer comme un gouffre ? Ou bien rampait-il à travers les entrailles de l'Européen jusqu'à la tripe où Carys était cachée ?

Tu ne sortiras jamais, bien sûr, dit le grain en souriant, *une fois que tu seras arrivé en bas. On n'en revient pas. Il ne te chiera jamais. Tu resteras à jamais prisonnier là-dedans.*

« Carys en est sortie », raisonna-t-il.

Elle était dans sa tête, lui rappela le grain. *Elle feuilletait dans sa bibliothèque. Tu es enfoui dans la merde ; et au fond, oh oui, mon vieux, au fin fond.*

« Non ! »

Certainement.

« Non ! »

Mamoulian secoua la tête. Celle-ci était pleine d'étranges douleurs, et aussi de voix. Où bien n'était-ce que le passé en train de lui parler ? Oui, le passé. Il avait murmuré et bourdonné à ses oreilles avec plus d'intensité durant les dernières semaines que pendant les décennies précédentes. Où que son esprit se fût trouvé, la pesanteur de l'Histoire l'avait appelé, et il s'était retrouvé dans la cour du monastère, sous la neige, avec le jeune tambour qui tremblait à sa droite et les parasites qui quittaient les cadavres refroidis. Deux cents années de vie avaient résulté de cette conjonction d'instants. Si la balle qui avait tué le bourreau avait été moins rapide de quelques secondes, l'épée serait tombée, sa tête aurait roulé sur le sol, et les siècles qu'il avait vécus ne l'auraient jamais contenu ; pas plus qu'il ne les aurait contenus.

Et pourquoi ces pensées revenaient-elles le troubler à présent, alors qu'il regardait Anthony de l'autre côté de la pièce ? Ils se trouvaient à plus d'un millier de kilomètres et à dix-sept décennies de cet événement. « Je ne cours aucun danger, se morigéna-t-il, alors pourquoi trembler ? » Breer était au bord de l'effondrement total. L'achever était une tâche toute simple, bien que répugnante.

Il fit un geste soudain, sa main vint agripper la gorge de Breer avant que celui-ci pût réagir. Les doigts souples de l'Européen s'enfouirent dans la bouillie de chairs et se refermèrent autour de l'œsophage de Breer. Puis il tira fort. Une bonne partie du cou de Breer se détacha dans un jaillissement de graisse et de fluides. Il y eut un bruit de vapeur qui s'échappe.

Chad applaudit, le cigare à la bouche. Dans le coin de la pièce où il s'était écroulé, Tom avait cessé de gémir et observait lui aussi cette mutilation. Un homme qui luttait pour sa vie et l'autre pour sa mort. Alléluia ! Saints et pécheurs rassemblés.

« Dois-je te réduire en pièces ? » dit Mamoulian.

Alors même qu'il parlait, quelque chose s'agita en lui. La fille luttait-elle encore contre son emprisonnement ?

« Qui est là ? » demanda-t-il doucement.

Carys répondit. Pas à Mamoulian, mais à Marty. Ici, dit-elle. Il l'entendit. Non, il ne l'entendit pas, il la *sentit.* Elle l'appela et il suivit son appel.

Le grain qui se trouvait en Marty était au septième ciel. *Trop tard pour l'aider,* dit-il : *trop tard pour faire quoi que ce soit.*

Mais elle était tout près, il le savait, sa présence faisait reculer sa panique. « Je suis avec toi, dit-elle. Nous sommes deux maintenant. »

Le grain n'était guère impressionné. Il ricana à l'idée d'une évasion. *Tu es prisonnier ici à jamais,* dit-il, *autant l'admettre. Si elle ne peut pas sortir, pourquoi en serais-tu capable ?*

« Deux, dit Carys. Nous sommes deux maintenant. » L'espace du plus fugace des instants, il comprit ce qu'elle voulait dire. Ils étaient ensemble, et ensemble, ils étaient plus que la somme de leurs parties. Il pensa à leurs anatomies épousées — dans un acte physique qui n'était qu'une métaphore pour cette autre union. Il n'avait jamais compris cela jusqu'ici. Son esprit jubila. Elle était avec lui, lui avec elle. Ils ne formaient qu'une seule pensée indivisible, s'imaginant l'un l'autre.

Vas-y !

Et l'enfer se divisa ; il n'avait pas le choix. Sa province fut réduite en fragments quand ils échappèrent à l'étreinte de l'Européen. Ils firent l'expérience de quelques instants sublimes durant lesquels ils ne formèrent qu'un seul esprit, et puis la pesanteur — ou toute autre loi qui gouvernait cet état — exerça de nouveau son emprise. La division survint — explosion qui les chassa avec rudesse de cet Éden momentané — et ils plongèrent à toute vitesse vers leurs corps, leur conjonction achevée.

Mamoulian ressentit cette évasion comme une blessure plus traumatisante que celles que Breer lui avait jusque-là infligées. Il porta les doigts à sa bouche, une expression de deuil pitoyable sur son visage. Les larmes coulèrent librement sur ses joues, venant diluer le sang qui les tachait. Breer sentit venir sa chance : son moment était arrivé. Une image était apparue spontanément dans son cerveau en voie de liquéfaction — pareille à une des photographies grenues de son livre d'atrocités —, mais cette image était mouvante. La neige tombait ; les flammes d'un brasier dansaient dans l'air.

La machette dans sa main lui paraissait plus lourde à chaque seconde : presque comme une épée. Il la leva ; son ombre vint se poser sur le visage de l'Européen.

Mamoulian regarda les traits ravagés de Breer et les reconnut ; il vit comment tout avait pu conduire à cet instant. Ployant sous le poids des années, il tomba à genoux.

A ce moment même, Carys ouvrit les yeux. Le retour avait été pénible et éprouvant — plus terrible pour Marty que pour elle, qui avait l'habitude de cette sensation. Mais il n'était jamais agréable de sentir les muscles et la graisse se congeler autour de l'esprit.

Les yeux de Marty s'étaient également rouverts et il contemplait le corps qu'il occupait. Il était lourd et vicié. Tant de cette matière — toutes ces couches de peau, ces poils, ces ongles – était morte. Sa substance même le révolta. Cet état qui était le sien à présent n'était qu'une parodie de la liberté à laquelle il venait de goûter. Il se redressa dans un sursaut, poussant un petit cri de dégoût, comme s'il venait de s'éveiller en trouvant son corps couvert d'insectes grouillants.

Il regarda vers Carys pour trouver quelque réconfort, mais l'attention de la jeune fille était tout entière accaparée par un spectacle que la porte à demi fermée cachait à Marty.

Elle observait une scène qu'elle connaissait pour l'avoir déjà vue quelque part. Mais le point de vue n'était pas le même et il lui fallut un certain temps pour la resituer : cet homme agenouillé, la nuque exposée, les bras légèrement écartés du corps, les doigts écartés dans un geste universel de soumission ; ce bourreau, au visage indistinct, qui soulève son épée pour décapiter sa victime consentante ; le bruit d'un rire non loin de là.

La dernière fois qu'elle avait contemplé ce tableau, elle s'était trouvée derrière les yeux de Mamoulian, un soldat dans une cour aspergée de neige, figé dans l'attente du coup qui mettrait fin à sa jeune vie. Un coup qui n'était jamais venu ; ou plutôt, qui avait été retardé jusqu'à maintenant. Le bourreau avait-il attendu si longtemps, ne vivant dans un corps que pour l'échanger ensuite contre un autre, poursuivant Mamoulian de décennie en décennie, jusqu'à ce que le destin décide enfin de leur réunion ? Ou bien tout cela n'était-il que l'œuvre de l'Européen ? Sa volonté avait-elle fait venir Breer ici afin qu'il conclue une histoire interrompue par accident plusieurs générations auparavant ?

Elle ne le saurait jamais. Cet acte, commencé une seconde fois, ne serait plus jamais retardé. La lame s'abattit, séparant presque d'un seul coup la tête du torse qui la soutenait. Quelques nerfs tenaces la maintinrent encore en position — nez contre poitrine — jusqu'à ce que deux nouveaux coups successifs la fissent enfin rouler entre les jambes de l'Européen, puis elle alla s'immobiliser auprès de Tom. Le jeune homme l'éloigna d'un coup de pied.

Mamoulian n'avait fait aucun bruit ; mais à présent, privé de tête, son torse émit un souffle. Un son jaillit de la blessure en même temps que le sang ; des plaintes semblèrent résonner de chacun de ses pores. Et avec ce son surgirent des fantômes évanescents, des images à demi formées, s'élevant de lui comme de la vapeur. De sinistres choses apparurent et s'en furent ; des rêves, peut-être, ou des fragments du passé. Ils ne faisaient plus qu'un désormais. Et cela avait en fait toujours été le cas. Il était né de la rumeur ; lui, le légendaire, lui, l'insaisissable, lui, dont le nom même était un mensonge. Quelle importance si sa biographie, qui s'évanouissait dans le néant, était considérée comme une fiction ?

Breer, inassouvi, se mit à agrandir avec sa machette la blessure ouverte dans le cou du cadavre, frappant d'estoc et ensuite de taille, s'efforçant de réduire son ennemi en fragments de plus en plus minuscules. Il coupa un des bras dans un geste machinal ; le ramassa pour détacher la main du poignet, le bras de l'avant-bras. Quelques instants plus tard, la pièce, qui avait presque respiré la sérénité au moment de l'exécution, devint un abattoir.

Marty franchit le seuil en trébuchant juste à temps pour voir Breer couper l'autre bras de Mamoulian.

« Regardez-le faire ! » dit le jeune Américain, portant un toast à ce bain de sang avec la vodka de Whitehead.

Marty contempla le carnage, impassible. Tout était fini

L'Européen était un homme mort. Sa tête reposait sur une joue près de la fenêtre ; elle avait l'air minuscule : un vestige.

Carys, pressée contre le mur à côté de la porte, saisit la main de Marty.

« Papa ? dit-elle. Et Papa ? »

A ce moment-là, le corps de Mamoulian s'effondra en avant. Les fantômes et le vacarme qui en étaient issus avaient cessé de se manifester. Seul un sang noir coulait à présent de lui. Breer se pencha pour poursuivre son œuvre de boucherie, ouvrant l'abdomen en deux coups d'épée. De l'urine jaillit de la vessie fendue.

Carys, révoltée par cet assaut, se glissa hors de la pièce. Marty s'y attarda encore quelques instants. La dernière vision qu'il eut de la scène avant de suivre Carys fut celle du Mangeur de Rasoirs en train de ramasser la tête comme quelque fruit exotique avant de la taillader de long en large.

Dans le vestibule, Carys était accroupie aux côtés de son père ; Marty la rejoignit. Elle caressa la joue du vieil homme. « Papa ? » dit-elle. Il n'était pas mort, mais il n'était pas non plus tout à fait vivant. Il y avait un faible battement dans son pouls, rien de plus. Ses yeux étaient clos.

« Ça ne sert à rien... », dit Marty en secouant l'épaule du vieil homme, « il est fini. »

Dans la salle de jeu, Chad s'était mis à hurler de rire. Apparemment, les scènes d'abattage atteignaient de nouveaux sommets de brio absurdiste.

« Je ne veux pas être ici quand il se lassera », dit Marty. Carys ne fit pas un geste. « Nous ne pouvons plus rien faire pour le vieil homme », dit-il.

Elle leva les yeux vers lui, impuissante devant son dilemme.

« Il est parti, Carys. Et on devrait en faire autant. »

Le silence était tombé dans l'abattoir. D'une certaine façon, il était pire que les rires ou les bruits de Breer à l'œuvre.

« On n'a pas le temps d'attendre », dit Marty.

Il releva Carys d'un geste brusque et la poussa en direction de la porte d'entrée de la suite. Elle ne protesta que faiblement.

Alors qu'ils sortaient de l'immeuble par la porte du rez-de-chaussée, quelque part au-dessus d'eux, l'Américain blond se remit à applaudir.

72

Le mort s'acharna longtemps sur sa besogne. Longtemps après que la circulation sur l'autoroute eut ralenti son flot, laissant la place aux camions qui fonçaient en rugissant vers le nord. Breer n'entendit rien de tout cela. Ses oreilles avaient depuis longtemps cessé de fonctionner, et ses yeux, jadis si perçants, ne distinguaient que vaguement le carnage autour de lui. Mais quand sa vision fut devenue complètement défaillante, il disposait encore des rudiments du toucher. Il s'en servit pour finir son œuvre, divisant et subdivisant la chair de l'Européen jusqu'à ce qu'il fût impossible de distinguer le morceau qui avait parlé de celui qui avait pissé.

Chad se lassa du divertissement longtemps avant ce stade. Écrasant son deuxième cigare d'un coup de talon, il traversa la pièce sur la pointe des pieds pour aller voir ce qui se passait ailleurs. La fille avait disparu ; le héros aussi. « Dieu les aime », pensa-t-il. Mais le vieil homme gisait toujours dans le vestibule, agrippant le revolver qu'il avait récupéré à un moment de l'action. Ses doigts tressautaient de temps en temps, rien de plus. Chad retourna dans la pièce ensanglantée, où Breer était agenouillé parmi la viande et les cartes, toujours en train de tailler, et releva Tom du sol. Celui-ci était dans un état languide, ses lèvres étaient presque bleues, et il dut le cajoler un certain temps avant qu'il ne réagisse. Mais Chad était né pour le prosélytisme, et il ne lui fallut que quelques instants pour lui insuffler un nouvel enthousiasme. « Il n'y a rien que nous ne puissions faire, tu sais ? lui dit Chad. Nous sommes des hommes baptisés. Je veux dire, nous avons *tout* vu, n'est-ce pas ? Il n'existe rien au monde avec quoi le Diable puisse nous combattre, parce que nous avons été là. N'est-ce pas ? »

Chad était grisé par sa nouvelle liberté. Il voulait le prouver, et il eut l'idée géniale — « Tu vas aimer ça, Tommy » — de couler un bronze sur la poitrine du vieil homme. Tom ne paraissait pas s'en soucier, et il se contenta d'observer tandis que Chad baissait ses pantalons pour aller au charbon. Mais ses tripes refusèrent de lui obéir. Cependant, alors qu'il commençait à se redresser, les yeux de Whitehead s'ouvrirent et le revolver cracha. La balle manqua d'un cheveu les testicules de Chad, mais traça un sillon écarlate à l'intérieur de sa cuisse blanche comme le lait, avant de passer en sifflant à proximité de son visage pour aller ensuite s'enchâsser dans le plafond. Les entrailles de Chad se relâchèrent alors, mais le vieil homme était mort ; il était mort en tirant le coup qui avait manqué de détruire la virilité de Chad.

« C'était tout juste », dit Tom, tiré de sa catatonie par la mutilation qu'avait failli souffrir Chad.

« Je dois être verni », répliqua le jeune homme blond. Puis ils se vengèrent du mieux qu'ils le purent, et s'en allèrent.

« Je suis le dernier de la tribu, pensa Breer. Quand je serai parti, les Mangeurs de Rasoirs appartiendront au passé. »

Il sortit à grand-peine de l'hôtel Pandémonium, sachant que son corps perdait rapidement le peu de cohérence qui lui restait. Ses doigts pouvaient à peine agripper le bidon d'essence qu'il avait volé dans le coffre d'une voiture avant de venir à l'hôtel, et qu'il avait laissé, en prévision d'un ultime rituel, à la réception. Il lui était aussi difficile de le saisir avec son esprit qu'avec ses doigts, mais il fit tout son possible pour y parvenir. Il ne pouvait donner un nom aux choses qui vinrent renifler sa carcasse quand il s'accroupit au milieu des ordures ; il ne pouvait même pas se rappeler qui il était, se rappelant seulement avoir vu, jadis, des choses merveilleuses.

Il dévissa le bouchon du bidon d'essence et déversa son contenu sur son corps avec autant d'efficacité qu'il le put. La majorité du liquide forma une flaque autour de lui. Puis il laissa tomber le bidon et fouilla ses poches, à l'aveuglette, à la recherche des allumettes. La première et la deuxième refusèrent de prendre feu. La troisième y réussit. Les flammes l'engloutirent en un instant. Dans la conflagration qui s'ensuivit, son corps se recroquevilla sur lui-même, prenant cette attitude de pugiliste commune aux victimes de l'immolation par le feu, ses ligaments se contractèrent en cuisant, ramenant ses bras et ses jambes dans une posture défensive.

Quand les flammes furent enfin éteintes, les chiens vinrent vers lui afin de ronger ce qui restait. Mais plus d'un s'enfuit en criant, le palais tailladé par une bouchée de viande dans laquelle, sécrétées comme les perles d'une huître, se nichaient les lames de rasoir que Breer avait englouties comme un gourmet.

XIV

Après la vague

73

Le vent tenait le monde.

Il soufflait exactement de l'est vers l'ouest ce soir-là, emportant les nuages, légers après toute une journée de pluie, dans la direction du soleil couchant, comme s'ils avaient été pressés de rejoindre quelque Apocalypse par-delà l'horizon. Ou peut-être — et cette pensée était bien pire — se précipitaient-ils vers le soleil afin de le persuader de ne pas plonger dans l'oubli pendant encore une heure, encore une minute — tout pour retarder la venue de la nuit. Et il ne viendrait pas, bien sûr, le soleil profiterait de leur panique et de leur détresse pour enlever les nuages au-delà du bord du monde.

Carys avait tenté de convaincre Marty que tout allait bien, mais elle n'y était pas parvenue. A présent, alors qu'il se hâtait une nouvelle fois vers l'hôtel Orphée, sous les nuages suicidaires à l'approche de la nuit, il sentait à quel point ses soupçons étaient fondés. Le monde entier était une preuve visible de la conspiration.

De plus, Carys parlait toujours durant son sommeil. Pas avec la voix de Mamoulian, certes, de cette voix prudente, ironique et fielleuse qu'il avait appris à connaître et à détester. Elle ne prononçait même pas des mots entiers. Rien que des bribes de sons : des bruits de crabe, des bruits d'oiseaux emprisonnés dans un grenier. Des grincements et des grattements, comme si elle, ou quelque chose en elle, s'était efforcée de réinventer un vocabulaire oublié. Il n'y avait encore rien d'humain en eux, mais il était certain que l'Européen s'y dissimulait. Plus il écoutait ces murmures, plus il semblait y percevoir un ordre, et plus les bruits produits par sa langue dormante ressemblaient à ceux émis par un palais en quête de langage. Cette idée le mettait en nage.

Et puis, durant la nuit qui avait précédé cette nuit de nuages en fuite, il s'était réveillé en sursaut à quatre heures du matin. Il y avait eu des rêves atroces, bien sûr, et il y en aurait encore, supposait-il, pendant plusieurs années. Mais cette nuit-là, ils n'étaient pas confinés dans sa tête. Ils étaient ici. Ici et maintenant.

Carys n'était pas étendue à côté de lui sur le lit étroit. Elle se tenait debout au milieu de la chambre, les yeux clos, le visage envahi par des tics minuscules et inexplicables. Elle parlait de nouveau, ou du moins tentait-elle de le faire, et cette fois-ci il *savait,* savait sans l'ombre d'un doute que Mamoulian était encore en elle d'une certaine façon.

Il prononça son nom, mais elle ne fit pas mine de se réveiller. Quittant le lit, il traversa la chambre dans sa direction, mais alors qu'il se mettait en mouvement, l'air autour d'eux sembla suinter la ténèbre. Ses murmures se firent plus pressants et il sentit la ténèbre se solidifier. Son visage et son torse se mirent à le démanger; ses yeux le piquaient.

Il prononça de nouveau son nom, criant cette fois-ci. Il n'y eut aucune réponse. Des ombres s'étaient mises à voleter autour d'elle, bien qu'il n'y eût aucune lumière dans la chambre pour les projeter. Il fixa son visage en train de bredouiller : les ombres qui s'y mouvaient ressemblaient à celles que la lumière aurait projetées à travers des branches chargées de fleurs, comme si elle s'était trouvée à l'ombre d'un arbre.

Au-dessus de lui, quelque chose soupira. Il leva la tête. Le plafond avait disparu. À sa place, un réseau mouvant de branchages, croissant sous ses yeux. Il prenait racine dans ses mots, cela ne faisait aucun doute, et devenait plus fort et plus complexe à chacune des syllabes qu'elle prononçait. Les rameaux ondoyaient en s'élargissant, se couvrant de bourgeons qui, en quelques secondes, s'alourdissaient de fleurs. Mais, en dépit de sa santé apparente, cet arbre était corrompu jusqu'à la moindre corolle. Ses feuilles étaient noires et ne luisaient pas de sève mais de la sueur de la putréfaction. De la vermine grouillait le long des branches; des fleurs fétides tombaient comme des flocons de neige, laissant exposés les fruits.

Des fruits si terribles! Un bouquet de couteaux, attachés ensemble par un ruban, comme un cadeau pour assassin. Une tête d'enfant suspendue à ses tresses. Une des branches était ornée d'une guirlande d'intestins; une cage était accrochée à une autre, dans laquelle un oiseau était en train de brûler vif. Tous ces souvenirs, témoignages d'atrocités passées. Et le collectionneur était-il ici, lui aussi, parmi ses réminiscences?

Quelque chose bougea dans la ténèbre en turbulence au-dessus de Marty, et ce n'était pas un rat. Il entendit des murmures que l'on échangeait. Il y avait des êtres humains là-haut, reposant parmi la pourriture. Et ils descendaient vers lui pour l'emmener avec eux.

Il tendit une main à travers l'air en fusion et saisit le bras de Carys. Il paraissait flasque, comme si la chair qui l'entourait allait rester dans sa main. Sous ses paupières closes, elle roula des yeux comme un dément cabotin ; sa bouche formait toujours les mots qui conjuraient l'arbre.

« Arrête », dit-il, mais elle continua de bredouiller.

Il la saisit des deux mains et lui cria de se taire, la secouant dans tous les sens. Au-dessus d'eux, les branchages craquèrent ; un monceau de brindilles tomba sur eux.

« Réveille-toi, bon sang, lui dit-il. Carys ! C'est Marty ; c'est moi, Marty ! Réveille-toi, pour l'amour de Dieu. »

Il sentit quelque chose dans ses cheveux et leva les yeux pour découvrir une femme en train de cracher un filet de salive sur lui. La glaire vint asperger son visage, froide comme la glace. Pris de panique, il se mit à crier à Carys de la faire cesser, en pure perte, et la gifla ensuite avec violence. L'espace d'un instant, la conjuration fut interrompue. L'arbre et ses habitants se plaignirent en grondant. Il la gifla de nouveau, plus fort. La fièvre avait baissé sous ses paupières, vit-il. Il l'appela de nouveau et la secoua de plus belle. Sa bouche s'ouvrit avec mollesse ; les tics disparurent de son visage qui perdit sa terrible intensité. L'arbre trembla.

« Je t'en prie..., supplia-t-il. Réveille-toi. »

Les feuilles noires se recroquevillèrent sur elles-mêmes ; les branchages enfiévrés perdirent leur ambition.

Elle ouvrit les yeux.

Murmurant son chagrin, la pourriture s'étiola et disparut dans le néant.

La marque d'une main finissait d'empourprer la joue de Carys, mais elle était apparemment inconsciente des coups que lui avait donnés Marty. Sa voix était brouillée par le sommeil quand elle dit :

« Qu'est-ce qui ne va pas ? »

Il la serra contre lui, ne se sentant pas le courage de lui répondre. Il ne fit que dire :

« Tu rêvais. »

Elle le regarda, intriguée.

« Je ne m'en souviens pas », dit-elle ; puis, prenant conscience de ses mains qui tremblaient : « Que s'est-il passé ?

— Un cauchemar, dit-il.

— Pourquoi suis-je levée ?

— J'essayais de te réveiller. »

Elle le regarda fixement.

« Je ne veux pas qu'on me réveille, dit-elle. Je suis assez fatiguée comme ça. » Elle se dégagea. « Je veux retourner au lit. »

Il la laissa retourner vers les draps froissés et s'étendre sur la couche. Elle s'était endormie avant qu'il l'ait rejointe. Il ne se coucha pas à ses côtés, mais resta éveillé jusqu'à l'aube, la regardant dormir et essayant de garder ses souvenirs hors de portée.

« Je retourne à l'hôtel », lui avait-il dit au milieu du jour suivant ; ce jour même. Il avait espéré qu'elle aurait une explication au sujet des événements de la nuit précédente — espoir fragile ! —, qu'elle lui dirait que ce n'était qu'une illusion égarée qu'elle avait enfin réussi à recracher. Mais elle ne put lui offrir aucun réconfort. Quand il lui demanda si elle se rappelait ce qui s'était passé durant la nuit, elle lui rétorqua qu'elle ne rêvait plus à rien en ce moment, et qu'elle en était heureuse. *Rien.* Il répéta ce mot comme s'il s'était agi d'une condamnation à mort, pensant à la pièce vide dans la maison de Caliban Street ; pensant que le *rien* était l'essence même de sa peur.

Percevant sa détresse, elle alla vers lui et caressa son visage. Sa peau était brûlante. Il pleuvait dehors, mais la chambre était une étuve.

« L'Européen est mort, lui dit-elle.

— Je dois le vérifier par moi-même.

— Ce n'est pas la peine, bébé.

— S'il est mort et disparu, pourquoi parles-tu dans ton sommeil ?

— Je parle ?

— Tu parles ; et tu crées des illusions.

— Peut-être que j'ai envie d'écrire un livre », dit-elle.

Cette tentative pour détendre l'atmosphère avorta lamentablement.

« Nous avons assez de problèmes comme ça sans avoir besoin de retourner là-bas. »

C'était exact ; ils avaient tant de décisions à prendre. Comment raconter leur histoire, par exemple ; et comment faire pour qu'on les croie. Comment se livrer à la loi sans courir le risque d'être accusés de meurtres, connus et inconnus ? Il y avait une fortune qui attendait Carys quelque part ; elle était la seule héritière de son père. Ça aussi, c'était une réalité qu'il fallait affronter.

« Mamoulian est mort, lui dit-elle. Ne pouvons-nous pas

l'oublier quelque temps ? Quand on aura découvert les corps, nous raconterons toute l'histoire. Mais pas encore. Je veux me reposer quelques jours.

— Tu as fait apparaître quelque chose la nuit dernière. Ici, dans cette chambre. Je l'ai vu.

— Pourquoi es-tu si certain que c'est moi ? rétorqua-t-elle. Pourquoi serais-je, *moi,* la seule à être encore obsédée ? Es-tu sûr que ce n'est pas *toi* qui fais durer tout ça ?

— Moi ?

— Incapable de cesser d'y penser.

— Rien ne me rendrait plus heureux !

— Alors, oublie, bon sang ! Laisse tomber, Marty ! Il a disparu. Il est mort et disparu ! Et c'est fini, fini ! »

Elle le laissa retourner cette accusation dans sa tête. Peut-être était-ce *lui ;* peut-être avait-il tout simplement rêvé cet arbre, et la blâmait-il pour sa propre paranoïa. Mais, en son absence, ses doutes conspiraient contre elle. Comment pouvait-il lui faire confiance ? Si l'Européen *était* en vie — quelque part, dans quelles limbes ? —, ne pouvait-il placer ces arguments dans sa bouche, pour empêcher Marty d'intervenir ? Quand elle fut sortie, il passa des heures en proie au doute, ne percevant aucune solution qui ne fût teintée de suspicion, mais ne trouvant pas en lui la force d'affronter à nouveau l'hôtel et d'en avoir le cœur net une bonne fois pour toutes.

Puis, en fin d'après-midi, elle était revenue. Ils n'avaient rien dit, ou si peu, et elle avait fini par aller se coucher, se plaignant d'une forte migraine. Après une demi-heure passée à partager sa présence endormie, percevant seulement son souffle régulier (pas de murmures cette fois-ci), il était sorti acheter du whisky et un journal, parcourant celui-ci en quête d'une information ou d'un avis de recherche à leur sujet. Il n'y avait rien. Les événements de la planète dominaient le quotidien ; là où il ne se trouvait ni cyclones ni guerres, il y avait les bandes dessinées et les résultats des courses. Il s'en retourna vers le studio, prêt à oublier ses doutes, à lui dire qu'elle avait eu raison, mais il trouva la porte fermée de l'intérieur et entendit le bruit de sa voix — adoucie par le sommeil — qui avançait en titubant vers une nouvelle cohérence.

Il enfonça la porte et essaya de la réveiller, mais cette fois-ci, ni ses cris ni ses gifles ne purent l'arracher à son sommeil de possédée.

74

Il était presque arrivé à présent. Il n'était pas vêtu pour le froid qui perçait insidieusement, et il frissonna en traversant l'étendue désolée qui conduisait à L'hôtel Pandémonium. L'automne se manifestait bien tôt cette année et n'attendait même pas le début de septembre pour venir rafraîchir l'atmosphère. Durant les semaines qui s'étaient écoulées depuis qu'il était venu ici, l'été avait rendu les armes devant le vent et la pluie. Il n'était pas mécontent de cette désertion. La chaleur de l'été dans une chambre minuscule ne lui rappellerait désormais plus rien d'agréable.

Il examina l'hôtel. La lumière fugace lui donnait des reflets de corail — les détails des traces de brûlure et des graffitis paraissaient presque trop réels. Portrait signé par un obsédé, dont chaque détail était minutieusement rendu. Il regarda la façade durant un long moment, en quête d'un signal quelconque. Peut-être une fenêtre allait-elle lui adresser un clin d'œil, peut-être une porte allait-elle lui faire une grimace ; n'importe quoi pour le préparer à ce qu'il allait découvrir à l'intérieur. Mais la façade demeura impavide. Ce n'était qu'un immeuble solide, mutilé par les flammes et par l'âge, accrochant la lumière du crépuscule.

La porte d'entrée avait été refermée par le dernier visiteur qui avait quitté l'hôtel, mais on n'avait fait aucune tentative pour remettre les planches en place. Marty donna un coup dans la porte, et celle-ci s'ouvrit, grinçant en passant sur les débris de plâtre qui jonchaient le sol. A l'intérieur, rien n'avait changé. Le chandelier tressaillit quand un courant d'air venu du dehors pénétra dans le sanctuaire ; une pluie de poussière sèche voleta jusqu'au sol.

Alors qu'il grimpait les deux premiers étages, une odeur vint s'infiltrer dans ses narines ; quelque chose de plus mûr que l'humidité ou les cendres. Les cadavres se trouvaient sans doute encore là où on les avait laissés. Ils avaient très certainement atteint un état de décomposition avancée. Il n'avait aucune idée de la durée de ce processus, mais après ses expériences des semaines précédentes, il était prêt au pire ; même la puanteur, qui devenait de plus en plus forte à mesure qu'il montait, le touchait à peine.

Il s'arrêta à mi-chemin, sortit la bouteille de scotch qu'il avait achetée, dévissa son bouchon, et, les yeux toujours fixés sur l'escalier devant lui, porta la bouteille à ses lèvres. La gorgée d'alcool glissa sur ses gencives et sur son palais et alla lui brûler l'estomac. Il résista à la tentation d'en avaler une seconde. Il referma la bouteille et l'empocha avant de se remettre en route.

Les souvenirs commencèrent à l'assiéger. Il avait espéré pouvoir les tenir à l'écart, mais ils surgirent sans prévenir et il n'était pas assez fort pour leur résister. Il n'y avait aucune image, rien que des voix. Elles résonnaient dans son crâne comme si celui-ci avait été vide, comme s'il n'avait été qu'une brute stupide répondant à l'appel d'un esprit supérieur. L'envie de faire demi-tour et de s'enfuir s'empara de lui, mais il savait que s'il capitulait pour retourner vers Carys, ses doutes ne feraient que s'amplifier. Bientôt, il soupçonnerait le moindre sursaut de son bras, se demanderait si l'Européen la préparait à commettre un meurtre. Ce serait un autre genre de prison : ses murs seraient maçonnés par le soupçon, ses barreaux forgés dans le doute, et il serait condamné à y rester enfermé pour le restant de ses jours. Même si Carys le quittait, ne regarderait-il pas sans arrêt par-dessus son épaule à mesure que les années s'écouleraient, attendant la venue de quelqu'un qui aurait un autre visage dissimulé derrière le sien, et derrière ses yeux les yeux impitoyables de l'Européen ?

Et pourtant, à chaque nouveau pas, ses craintes se multipliaient. Il agrippa la rampe souillée et se força à avancer vers le haut. Je ne veux pas y aller, se plaignit l'enfant qui était en lui. Ne m'y force pas, je t'en prie. Ça serait si facile de faire demi-tour, si facile de remettre ça à un autre jour. Regarde ! laisse faire tes pieds, donne-leur l'ordre de se tourner. Va-t'en ! Elle finira bien par se réveiller ; essaie d'être patient. Va-t'en !

Et si elle ne se réveille pas ? répondit la voix de la raison. Et cela suffit à le faire continuer.

Quand il posa le pied sur une autre marche, quelque chose bougea sur le palier devant lui. Un bruit ténu, si ténu qu'il pouvait à peine l'entendre. Un rat, peut-être ? Probablement. Il viendrait ici toutes sortes de charognards, n'est-ce pas, tout prêts à festoyer. Il avait également prévu cette horreur et avait endurci son esprit à son idée.

Il atteignit le palier. Aucun rat ne s'enfuit à son approche, du moins n'en vit-il aucun. Mais il y avait quelque chose ici. Au bord de la première marche, un petit ver brun roulait sur la moquette, se tortillant d'enthousiasme dans sa progression. Sans doute voulait-il descendre — vers les ténèbres. Il se garda de le regarder de trop près. Quoi que ce fût, c'était inoffensif. Qu'il aille donc se trouver un trou pour y engraisser en paix et devenir un jour une mouche, si c'était là son ambition.

Il traversa l'avant-dernier palier et commença à gravir le dernier escalier. Quelques marches plus haut, la puanteur empira brutalement. L'odeur de viande fétide l'assaillit et, malgré le scotch et les heures de préparation mentale, ses entrailles se retournèrent sur elles-mêmes ; comme le ver rampant sur la moquette, se tortillant dans tous les sens.

Il s'arrêta après avoir monté deux ou trois marches, sortit son whisky et engloutit deux bonnes gorgées, les avalant si vite qu'il en eut les larmes aux yeux. Puis il reprit son ascension. Quelque chose de mou s'écrasa sous son pied. Il baissa les yeux. Un autre ver, le frère aîné de celui d'en bas, avait été arrêté dans sa course par son soulier : il ne formait plus qu'une tache graisseuse. Il ne le regarda qu'une seconde avant de se remettre en route, conscient de ce que ses semelles étaient devenues glissantes ; à moins qu'il n'eût écrasé d'autres vers bouffis en avançant.

Les gorgées d'alcool lui avaient tourné la tête ; il franchit les deux dernières douzaines de marches presque au pas de course, impatient d'en avoir fini. Quand il atteignit le sommet de l'escalier, il était à bout de souffle. Il eut soudain une image absurde de lui-même — un rêve d'ivrogne — en messager porteur de nouvelles — batailles perdues, enfants assassinés — dans le palais de quelque roi fabuleux. Mais le roi lui aussi était assassiné, et toutes ses batailles étaient perdues.

Il se dirigea vers la suite ; l'odeur était devenue si dense qu'elle était presque palpable. Comme il l'avait déjà fait naguère, il aperçut son reflet dans le miroir ; il baissa les yeux, pris de honte devant ce visage terrifié, et — Dieu ! — la moquette grouillait. Pas deux, ni trois, mais plus d'une douzaine de vers bouffis rampaient, apparemment à l'aveuglette, cherchant leur direction sur la moquette souillée par leurs traces. Ils ne ressemblaient à aucune larve qu'il eût jamais vue, étaient dépourvus de toute anatomie reconnaissable, et il n'y en avait pas deux de la même taille — certains n'étaient pas plus gros que le doigt, d'autres étaient larges comme un poing de bébé, leurs formes amorphes étaient pourpres, mais striées de jaune. Ils laissaient derrière eux des traînées de boue et de sang, comme des limaces blessées. Il passa loin d'eux. Ils s'étaient engraissés en dévorant de la viande avec laquelle il avait conversé. Il ne souhaitait pas les examiner de trop près.

Mais quand il poussa la porte de la suite et fit un pas prudent dans le couloir, une hypothèse terrifiante s'insinua dans sa tête pour ne plus la quitter, lui murmurant des obscénités. Les créatures étaient omniprésentes. Les plus ambitieuses d'entre elles escaladaient les murs pastel, collant leurs corps ténus à la tapisserie avec des fluides suintants, ondoyant comme des chenilles, animées par des mouvements péristaltiques. Les directions qu'elles suivaient étaient arbitraires ; certaines, à en juger par leurs traces, tournaient en rond.

Ses soupçons ne firent que frémir à la faible lumière du couloir ; mais ils se mirent à bouillir quand il passa près du corps recroquevillé de Whitehead avant de pénétrer dans l'abattoir, où la lumière venue de l'autoroute dessinait un jour au sodium. Là, les créatures pullulaient. Toute la pièce grouillait de leur présence, depuis les vermisseaux gros comme des mouches jusqu'aux tranches de viande grosses comme un cœur humain, qui projetaient devant elles des lambeaux de filaments grâce auxquels elles progressaient comme au moyen de tentacules. Vers, mouches, larves — c'était une entomologie inédite qui proliférait en ce lieu d'exécution.

Mais ce n'étaient ni des insectes ni des embryons d'insectes : il le voyait bien à présent. C'étaient des fragments de la chair de l'Européen. Il était toujours en vie. Réduit en pièces, en un millier de fragments stupides et aveugles, mais *en vie.*

Breer avait été impitoyablement minutieux dans son œuvre de destruction, éliminant l'Européen autant que le lui avaient permis sa machette et ses mains défaillantes. Mais cela n'avait pas suffi. Il y avait trop de vie dérobée qui bourdonnait dans les cellules de Mamoulian ; elle continuait de rugir, en violation de toutes les lois de la raison, insatiable. En dépit de toute sa véhémence, le Mangeur de Rasoirs n'avait pas mis fin à la vie de l'Européen, il n'avait fait que la subdiviser, la laissant décrire ces cercles futiles. Et quelque part dans cette ménagerie démente se trouvait une bête animée par la volonté, un fragment qui possédait assez d'esprit pour s'insinuer — même par bribes — dans celui de Carys. Peut-être pas un seul fragment, peut-être plusieurs —, la somme de ces morceaux en errance. Marty ne s'intéressait pas au métabolisme de cet être. Comment cette obscénité avait pu survivre, seul un congrès de déments aurait pu en débattre.

Il sortit de la pièce à reculons et retourna dans le vestibule, tremblant de tous ses membres. Le vent venait frapper à la fenêtre ; le verre gémissait. Il écouta les rafales tandis qu'il réfléchissait à ce qu'il devait faire. Au fond du couloir, un morceau d'ordure tomba du mur. Il le regarda lutter pour se retourner avant de reprendre sa lente ascension. Juste derrière l'endroit où il se trouvait, gisait Whitehead. Marty se dirigea vers son corps.

Les assassins de Charmaine s'étaient bien amusés avant de

partir : on avait ôté les pantalons et les sous-vêtements de Whitehead pour taillader son bas-ventre. Ses yeux étaient ouverts ; on lui avait enlevé ses fausses dents. Il regardait Marty, la mâchoire flasque comme celle d'un enfant pris en faute. Des mouches rampaient sur lui ; il y avait des taches de pourriture sur son visage. Mais il était mort : ce qui était déjà quelque chose en ce bas monde. Comme insulte finale, les deux garçons avaient déféqué sur sa poitrine. Les mouches se rassemblaient là aussi.

Marty avait détesté cet homme ; l'avait aimé aussi, ne fût-ce que pour une journée ; l'avait appelé Papa, l'avait appelé salaud ; avait fait l'amour à sa fille et s'était senti le Roi de la Création. Il avait vu cet homme au sommet du pouvoir : un seigneur. L'avait vu aussi en proie à la frayeur : cherchant une issue tel un rat pris dans un incendie. Il avait vu à l'œuvre l'intégrité que pratiquait le vieil homme, et il l'avait trouvée efficace à sa manière. Aussi fructueuse, peut-être, que l'affection d'un homme plus aimant.

Il tendit une main pour lui fermer les yeux, mais, poussés par le zèle, les évangélistes avaient coupé les paupières de Whitehead, et les doigts de Marty touchèrent ses orbites luisantes. Ce n'étaient pas des larmes qui les mouillaient, mais la pourriture. Il grimaça et retira sa main, écœuré.

Juste afin d'occulter l'expression sur le visage de Papa, il glissa ses doigts sous le cadavre pour le retourner sur le ventre. Les fluides corporels s'étaient amassés dans son dos, lequel était humide et poisseux. Serrant les dents, il fit rouler la masse du vieil homme sur le côté et laissa la pesanteur faire le reste. Maintenant, au moins, il n'aurait pas à voir ce qui allait suivre.

Marty se releva. Ses mains puaient. Il les baptisa d'abondance avec le restant de scotch, pour chasser l'odeur. Ces libations avaient un autre but : elles écartaient la tentation de l'alcool, il serait trop facile de s'enivrer et de perdre le problème de vue. L'ennemi était ici. Il fallait s'occuper de lui, l'éliminer à jamais.

Il se mit à l'œuvre là où il se trouvait, dans le vestibule, broyant du talon les fragments de chair qui rampaient autour du corps de Whitehead, faisant tout son possible pour écraser la vie qu'ils avaient volée. Ils ne faisaient aucun bruit, bien sûr, ce qui lui rendait la tâche plus facile. Ce n'étaient que des vers, se dit-il, des morceaux de vie stupides et aveugles. Et cela devint plus facile encore quand il avança dans le couloir, broyant cette viande en hachis de graisse jaune et de muscle brun. Les créatures succombèrent sans offrir la moindre résistance. Il se mit à transpirer, soulageant sa répugnance sur ces débris humains, les yeux regardant dans tous les sens pour être sûr de ne pas laisser échapper le moindre déchet. Il sentit un sourire naître au coin de sa bouche, d'où un rire sans humour s'échappa bientôt. C'était une extermination bien facile. Il était de nouveau un gamin qui tuait les fourmis d'un coup de pouce. Une ! Deux ! Trois ! Mais ces créatures étaient plus lentes que la fourmi la plus bouffie, et il pouvait se permettre de les piétiner tout à loisir. Tout le pouvoir et toute la sagesse de l'Européen s'étaient métamorphosés pour devenir cette fange, et lui — Marty Strauss — avait été élu pour jouer à Dieu et pour l'effacer. Il était finalement investi d'une terrible autorité.

Il n'y a rien d'essentiel. Ces mots qu'il avait entendus — et prononcés — dans la maison de Caliban Street avaient enfin un sens absolu. L'Européen apportait la preuve de cet amer syllogisme avec sa chair et ses os.

Quand il en eut fini dans le couloir, il retourna dans la pièce et se mit à l'œuvre, et sa répugnance à l'idée de toucher cette chair diminua peu à peu. Il finit par arracher les fragments accrochés au mur et par les jeter sur le sol et les y piétiner. Quand il en eut fini dans la salle de jeu, il retourna fouiller le palier et l'escalier. Enfin, lorsque tout fut immobile, il revint dans la suite et fit un feu de joie avec les rideaux du vestiaire, l'alimentant avec la table sur laquelle le vieil homme avait joué aux cartes, et avec les cartes elles-mêmes en guise de brindilles, puis il fit le tour de la pièce, poussant à coups de pied les plus gros morceaux de viande qui allèrent grésiller dans le feu où ils se consumèrent. Il cueillit les plus petits morceaux, secoué d'un rire intermittent à mesure qu'il déversait une trombe de viande au milieu de la conflagration. La pièce se remplit bientôt de chaleur et de fumée, qui n'avaient aucun moyen de s'échapper. Son cœur se mit à résonner à ses oreilles ; ses bras étaient luisants de sueur. C'était un travail de longue haleine et il devait s'efforcer d'être méticuleux, n'est-ce pas ? Il ne devait pas laisser un seul fragment derrière lui, de peur qu'il ne continue de vivre, qu'il ne devienne mythique — qu'il ne croisse peut-être — et finisse par le retrouver.

Quand le feu ralentit, il lui offrit les coussins, les disques et les livres de poche jusqu'à ce qu'il ne reste plus rien d'autre à brûler que lui-même. Alors qu'il regardait les flammes avec fascination, il y eut un moment où l'idée de pénétrer dans le feu lui parut attirante. Mais il résista. Ce n'était que sa fatigue qui le tentait ainsi. Il alla s'écrouler dans un coin de la pièce, contemplant la lueur des flammes qui jouait sur le mur. Les dessins qu'elle traçait le firent pleurer ; du moins pleura-t-il pour quelque chose

Quand, peu de temps avant l'aube, Carys arriva au sommet de l'escalier pour l'arracher à sa rêverie, il ne l'entendit ni ne la vit. Le feu était mort depuis longtemps. Seuls les os, fracassés par la rage de Breer et calcinés par le feu, étaient encore reconnaissables. Échardes de fémur, de vertèbres ; la coupelle du crâne de l'Européen.

Elle avança en silence, comme si elle avait craint de réveiller un enfant endormi. Peut-être avait-il dormi. Il y avait des images qui voletaient dans sa tête et qui ne pouvaient qu'être nées du rêve — la vie n'était pas aussi horrible.

« Je me suis réveillée, dit-elle. Je savais que tu serais ici. »

Il pouvait à peine la distinguer dans l'atmosphère enfumée ; c'était un dessin à la craie sur du papier noir : si vulnérable à la souillure. Les larmes revinrent à ses yeux quand il eut cette pensée.

« Il faut qu'on s'en aille », dit-elle, ne souhaitant pas lui demander une explication. Peut-être finirait-elle par lui poser des questions, quand la détresse aurait quitté son regard ; peut-être ne lui demanderait-elle jamais rien. Après l'avoir cajolé et étreint durant quelques minutes, elle le vit quitter sa position méditative et s'abandonner à ses soins.

Quand ils sortirent de l'hôtel, le vent vint les agresser, plus violent que jamais. Marty leva les yeux pour voir si les rafales avaient fait quitter leur course aux étoiles, mais elles étaient immuables. Tout était à sa place, en dépit de la démence qui avait brisé leur vie ces dernières semaines, et bien qu'elle le pressât d'aller plus vite, il s'attarda, levant la tête, clignant des yeux en regardant les étoiles. Il n'y avait aucune révélation à glaner là-haut. Rien que des points de lumière dans un ciel banal. Mais il vit pour la première fois à quel point cela était bien. Que dans ce monde trop plein de deuil et de rage, les étoiles soient distantes : un minimum de gloire. Quand elle le conduisit à travers le terrain vague dénué de lumière, il ne put s'empêcher de diriger de temps en temps son regard vers le ciel.

« *SPÉCIAL FANTASTIQUE* »

CLIVE BARKER
Livre de Sang

Le Jeu de la damnation

JAMES HERBERT
Pierre de Lune

ANNE RICE
Lestat le Vampire

« *SPÉCIAL SUSPENSE* »

RICHARD BACHMAN
La Peau sur les os
Chantier

GERALD A. BROWNE
19 Purchase Street
Stone 588

JEAN-FRANÇOIS COATMEUR
La Nuit rouge
Yesterday
Narcose

CAROLINE B. COONEY
Une femme traquée

JAMES CRUMLEY
La Danse de l'ours

ROBERT DALEY
La nuit tombe sur Manhattan
L'Année du Dragon (hors série)

WILLIAM DICKINSON
Des diamants pour Mrs Clark
Mrs Clark et les enfants du diable
De l'autre côté de la nuit

FRÉDÉRIC H. FAJARDIE
Le Loup d'écume

CHRISTIAN GERNIGON
La Queue du Scorpion
(Grand Prix de littérature policière 1985)

JEAN-CLAUDE HÉBERLÉ
La Deuxième Vie de Ray Sullivan

JACK HIGGINS
Confessionnal
L'Irlandais (hors série)

MARY HIGGINS CLARK
La Nuit du renard
(Grand Prix de littérature policière 1980)
La Clinique du Docteur H
Un cri dans la nuit
La Maison du Guet
Le Démon du passé
Ne pleure pas ma belle

STEPHEN KING
Cujo
Charlie
Simetierre (hors série)
Différentes saisons (hors série)
Brume (hors série)

FROMENTAL/LANDON
Le Système de l'homme-mort

PATRICIA J. MACDONALD
Un étranger dans la maison
Petite Sœur

LAURENCE ORIOL
Le tueur est parmi nous

ALAIN PARIS
Impact
Opération Gomorrhe

STEPHEN PETERS
Central Park

FRANCIS RYCK
Le Nuage et la Foudre
Le Piège

BROOKS STANWOOD
Jogging

La composition de ce livre
a été effectuée par Bussière à Saint-Amand,
l'impression et le brochage ont été effectués
sur presse CAMERON
dans les ateliers de la S.E.P.C. à Saint-Amand-Montrond (Cher)
pour les éditions Albin Michel

AM

Achevé d'imprimer en janvier 1988.
N° d'édition 10159. N° d'impression 111.
Dépôt légal : janvier 1988.

Imprimé en France